Días de tempestad

Días de tempestad

Brenna Watson

Penguin
Random House
Grupo Editorial

Primera edición: septiembre de 2023
Primera reimpresión: enero de 2024

© 2023, Brenna Watson
© 2023, Penguin Random House Grupo Editorial, S. A. U.
Travessera de Gràcia, 47-49. 08021 Barcelona

Printed in Spain – Impreso en España

ISBN: 978-84-666-7594-9
Depósito legal: B-12.077-2023

Compuesto en Llibresimes

Impreso en Liberdúplex
Sant Llorenç d'Hortons (Barcelona)

BS 7 5 9 4 9

A mi cuñada Rosa,
que disfruta tanto con mis historias
y que me anima a seguir escribiéndolas.
Gracias, sister

PRIMERA PARTE
TEMPLANZA

1

Londres, Inglaterra, noviembre de 1839

Londres se desperezaba esa mañana de primeros de noviembre sacudiéndose los vapores del sueño, barridos con desgana por un sol tibio que no terminaba de asomar tras las nubes. La ciudad que nunca dormía encadenaba el traqueteo de los carruajes de los ciudadanos más acomodados —que regresaban al amanecer de alguna fiesta que se había alargado demasiado— con el ajetreo de los modestos carromatos que acudían a los mercados y con los trabajadores que deambulaban por sus barrios en busca de su jornal.

En el elegante pero no exclusivo barrio de Bloomsbury, el día había comenzado de la forma habitual, con los criados limpiando y encendiendo los fuegos de las chimeneas, y con los señores disfrutando unas horas más de sus cálidos y confortables lechos. En el número 36 de Great Russell Street, el primero en levantarse fue Conrad Barton, vizconde Bainbridge, que tomó un frugal desayuno antes de encerrarse en su despacho. Cada mañana, sin excepción, revisaba personalmente el estado de sus cuentas, como si de ese modo pudiera controlar el dispendio que suponía ser un noble en aquella época y aquella ciudad. Aunque uno decidiera no salir de casa en semanas, estaba obligado a mantener suficiente personal de servicio para atender no solo a sus moradores, sino también a las eventuales visitas que pudieran acudir a lo largo de la jornada. Y todo el mundo sabía que las esposas de los hombres más prominentes de la urbe no tenían mucho más que hacer que visitarse unas a otras en maratonianas tardes de té y pastas.

Los Bainbridge, por suerte o por desgracia, no se contaban entre los miembros más destacados de aquel microcosmos y, aun así, rara era la semana que no recibían al menos a dos o tres matronas con hijas casaderas en busca de un acercamiento a los dos varones de la mansión: Harold y Justin. Los hijos de Conrad Barton no parecían muy proclives a la idea del matrimonio, a pesar de que el mayor había cumplido ya los treinta y dos y el más joven los treinta. Pese a la insistencia de su madre Blanche de que ya era el momento de que ambos buscaran esposa —a ser posible dueña de una cuantiosa dote—, el padre había decidido no apremiarlos. Más le preocupaba, en cambio, el destino de la benjamina de la familia. Con veinte años, su hija Harmony se encontraba disfrutando de su primera temporada en sociedad, una temporada que estaba a punto de finalizar sin que hubiera recibido una propuesta de matrimonio digna de ser considerada.

Harmony Barton no carecía de encantos. Era una beldad, de piel cremosa y pálida, cabello castaño y sedoso y unos grandes e inocentes ojos azules. De porte distinguido, poseía además una voz melodiosa y una nada desdeñable destreza con el hilo y la aguja. Refinada, educada, dulce y encantadora, reunía en su persona aptitudes más que deseables en una futura dama de la alta sociedad. De haber nacido en una familia con una fortuna mayor que la de los Bainbridge, a esas alturas ya estaría sin duda comprometida. Sin embargo, una dote más bien escasa y la imposibilidad de acudir a todos los actos a los que era invitada, suponían escollos más que notables en su camino hacia el matrimonio.

La temporada oficial londinense se iniciaba en enero, tras la apertura del Parlamento y la presentación de las debutantes ante la reina, y se extendía hasta el verano. Durante el otoño tenía lugar la conocida como «pequeña temporada», en la que participaban todos aquellos que no se hubieran retirado a sus propiedades en el campo hasta el año siguiente. Al menos había sido así hasta poco más de una década atrás. Con la mejora de los caminos y la llegada del ferrocarril, las distancias parecían haberse acortado y ya no era inusual que la pequeña temporada contara ahora con la misma repercusión y casi el mismo número de asistentes que la oficial. Londres tenía tanto que ofrecer que nadie quería pasar demasiado tiempo alejado de la capital. Así que el número de fiestas, bailes y eventos era superior a épocas anteriores, lo que Conrad lamentaba en profundidad.

Bien sabía Dios que había hecho cuanto estaba en su mano para propiciar la buena ventura de su hija. Aunque había retrasado su presentación un año, había realizado una importante inversión para que fuese un éxito. Había comprado un carruaje nuevo pese a que el que la familia poseía estaba aún en muy buenas condiciones. También nuevos caballos y un vestuario que había hecho temblar las cuentas familiares, y eso que al final había accedido a adquirir solo un reducido porcentaje de la lista que su esposa Blanche había confeccionado para la ocasión. ¿Quién diantres necesitaba treinta vestidos nuevos? Si a eso se le añadían docenas de guantes, sombreros, zapatos, ropa interior, sombrillas, pellizas, capas y un sinfín de accesorios tanto para su hija como para su esposa, el montante final habría podido alimentar a la mitad de los habitantes de Whitechapel durante un año al menos. Era un disparate. Necesario si uno quería que su hija asistiera a todas las veladas y eventos de la temporada sin repetir vestido, pero un disparate, al fin y al cabo. Y los Bainbridge, decididamente, no podían permitírselo.

Así que Conrad Barton repasaba las cuentas una mañana tras otra, comprobando que no se habían excedido las diferentes partidas que mantenían viva aquella casa en el corazón de Londres y en pie su preciada propiedad en Kent, a donde estaba deseando retirarse en cuanto Harmony hubiera encontrado al fin un esposo aceptable.

Harmony era muy consciente de las limitaciones a las que se veía abocada por ser una Barton y, aun así, no se habría cambiado por ninguna otra de las jóvenes debutantes que deambulaban por los salones londinenses. Varias de las muchachas que habían iniciado la temporada junto a ella ya se encontraban en distintas fases de sus respectivos cortejos. Sin embargo, no sentía envidia alguna más allá de la de no representar ya una carga para sus progenitores. Esa era la única pena auténtica que le producía la situación en la que se encontraba, porque adoraba a su familia. Casi tanto como adoraba Barton Manor, la casa que poseían en Kent y que, una vez casada, visitaría con menos frecuencia de la deseada. Despedirse de las personas que amaba y de los lugares que la habían visto crecer era un precio demasiado alto por obtener un marido con el que, muy probablemente, tendría muchas menos cosas en común que con sus hermanos Harold y Justin. Menos incluso que con su padre, un hombre casi siempre taciturno, o con su madre, tan rígida y estricta que a veces parecía más una institutriz remilgada que la mujer que la había llevado en el vientre.

En su fuero interno, como imaginaba que hacían todas las jóvenes de su edad, soñaba con casarse por amor, lo único que podría compensar en realidad las pérdidas a las que se enfrentaría. Solo que una mujer de su posición rara vez contraía matrimonio enamorada, y debía conformarse con una unión que satisficiera a ambas partes, principalmente a nivel económico. Hasta el momento, por desgracia para sus padres y por suerte para ella, ninguna de las escasas propuestas que había recibido habían sido del agrado de los Barton. A no ser que ocurriera un milagro en los próximos días, Harmony tendría que asistir a una segunda temporada, con los gastos que eso supondría para la economía familiar.

—No deberías preocuparte por esas cosas —le dijo su padre cuando ella expresó esos mismos pensamientos en voz alta.

Ambos se encontraban a solas en el salón, aguardando la hora de la comida. Conrad Barton tomaba un jerez y ella permanecía sentada con las manos entrelazadas sobre el regazo. Su madre estaba comprobando en las cocinas que todo estuviera en orden y sus hermanos aún no habían regresado de sus correrías matutinas.

—Sé que esta temporada ha supuesto una gran decepción —confesó ella, con la mirada gacha.

—Querida, pero eso no es culpa tuya. —Su padre le sonrió con afecto, e incluso la tomó con cierta torpeza de los dedos—. Los jóvenes londinenses no sabrían apreciar una gema ni aunque les atizaran con ella en un ojo.

—¡Harmony! —exclamó su hermano Harold, que entraba en ese momento en la estancia—. ¿Es que has golpeado a alguien?

Con su cabello castaño ligeramente despeinado y sus ojos azules brillando de diversión, la contemplaba con fingida extrañeza desde el umbral, mientras estiraba los extremos del chaleco sobre su vientre plano.

—Lo cierto es que he sentido unas irremediables ganas de hacerlo en cuanto te he visto entrar —respondió ella con burla.

—Es por mi chaleco, ¿verdad? —Harold bajó la mirada hasta la prenda mientras se reía—. Creo que es de Justin, por eso me va un poco estrecho.

Que los tres hombres de la familia compartieran un único ayuda de cámara provocaba situaciones como aquella, aunque ninguno se habría atrevido jamás a llamar la atención al pobre señor Davis, que llevaba con ellos más tiempo del que ninguno era capaz de recordar.

Con paso resuelto, Harold se aproximó a la mesa de bebidas, se sirvió un dedo de brandi en un vaso tallado y tomó asiento junto a ella.

—Hoy estás especialmente bonita, hermana —le dijo al tiempo que le pellizcaba la mejilla, un gesto que ella había odiado desde siempre. Harmony retiró la cara.

—Mis deseos de golpearte no han hecho ahora más que aumentar —lo amenazó.

—Pues si necesitas ayuda para esa justa causa, cuenta conmigo —anunció teatralmente Justin, quien justo en ese instante aparecía en el salón.

El mediano de los Barton era un hombre agraciado, algo más menudo que su hermano mayor, y con unos profundos ojos marrones, del mismo tono que su madre. Era el más serio de los tres, aunque en ese momento no lo pareciera. Últimamente, además, Harmony había detectado que el humor se le había agriado un tanto, y sospechaba que tenía que ver con su interés no correspondido por la hija de un conde que lo consideraba poco apropiado para su pequeña.

—¿Podríamos cambiar de tema? —intervino el vizconde—. La idea de ver a mis hijos golpearse unos a otros no es precisamente algo en lo que quisiera pensar justo antes de comer.

—Por supuesto, padre —replicó Harold—. Lo dejaremos para la hora del té.

Harmony disimuló una risita y evitó afrontar la mirada admonitoria que su progenitor dirigía a su hermano y luego a ella.

Blanche Conrad eligió ese momento para hacer acto de presencia. La vizcondesa, pese a haber superado con creces los cincuenta años, conservaba una figura estilizada y elegante, en ese momento cubierta con un sencillo vestido de terciopelo verde oscuro que había visto mejores tiempos. Los hombres se levantaron y su esposo le ofreció una copita de jerez, que ella aceptó a la vez que tomaba asiento en una butaca.

—El almuerzo se servirá en quince minutos —anunció con voz grave.

—Estoy famélico. —Harold se frotó el estómago.

—Si hubieras desayunado antes de salir no llegarías a casa con ganas de comerte hasta los muebles —replicó Justin, que se había acodado en la repisa de la chimenea, donde ardía un reconfortante fuego.

—¿Qué te hace suponer que no tomé algo antes de irme? —preguntó Harold con sorna.

—Que el bizcocho estaba casi entero, y las tostadas intactas —respondió su hermano—. De hecho, gracias a ti tuve la oportunidad de repetir.

Harold resopló.

—Tenía prisa —dijo al fin—. Había quedado en encontrarme con George y llegaba tarde.

—¿Podrías hacer el favor de no hablar del vizconde Craxton con tanta familiaridad? —intervino Blanche Conrad—. No resulta apropiado.

—Es mi amigo, madre, y cuando estamos juntos nos llamamos por el nombre de pila.

—Pero imagina que Harmony, a fuerza de escuchar su nombre, se dirija a él en esos términos la próxima vez que se encuentren. Sería escandaloso.

—Harmony jamás haría eso, ¿verdad, hermanita? —Harold hizo amago de ir a pellizcarle la mejilla de nuevo, aunque ella lo esquivó a tiempo.

—Desde luego que no —contestó.

—Además, de no haberme encontrado con él —continuó Harold—, no me habría enterado de que en la fiesta de mañana en casa de los marqueses de Swainboro conoceremos al fin a la Americana.

«La Americana». Así había comenzado a llamar todo el mundo a la mujer que se había instalado casi un mes atrás en la mansión de los duques de Maywood, una de las más grandes y lujosas de Mayfair. Sus dueños, ya de avanzada edad, llevaban un par de años retirados en su propiedad campestre en Lancashire, lejos del bullicio de Londres y de su exigente etiqueta.

—Qué curioso que los Swainboro hayan invitado a una extranjera a su fiesta, y además desconocida —hizo notar la vizcondesa con un mohín de disgusto.

—Según tengo entendido —comentó Harold—, no fue expresamente invitada, aunque acudirá como acompañante de alguien que sí lo ha sido.

—No se me ocurre quién podría hacer de valedor de una extraña, y americana, además —refunfuñó la madre—. Todo el mundo sabe que los americanos carecen por completo de modales y del sentido del decoro.

Harmony se mordió la lengua para no intervenir y señalar que ella sentía verdaderos deseos de conocer a esa mujer de la que todo el mundo hablaba y que aún no se había dejado ver en los selectos círculos londinenses. Y se preguntó, como casi todo el mundo aquella mañana de noviembre, quién habría sido el osado caballero que había decidido acudir a casa de los Swainboro con aquella mujer del brazo.

Unas horas más tarde, en el también elegante pero mucho más sofisticado barrio de St James, un grupo de jóvenes se hacía exactamente las mismas preguntas. Ernestine Cleyburne, la anfitriona, que a la sazón disfrutaba también de su primera temporada, se había rodeado de muchachos de ambos sexos, como venía siendo habitual al menos un par de veces por semana. Los varones allí presentes habían mostrado cierto interés en su persona, aunque la joven sospechaba que eso tenía más que ver con su abultada dote que con sus propios encantos; apenas había intercambiado unos bailes y media docena de frases con cada uno de ellos como para que pudieran apreciar realmente sus virtudes. Las dos chicas que la acompañaban eran antiguas amigas de la escuela de señoritas, no demasiado íntimas pero sí bien relacionadas, y Ernestine se había encargado de mantener viva esa amistad con las miras puestas en el futuro.

Ernestine Cleyburne debía reconocer que esa primera temporada había sido todo un éxito. Había recibido media docena de propuestas de matrimonio y, aunque un par de ellas parecían prometedoras, había logrado convencer a su padre de que deseaba esperar un poco más. Gordon Cleyburne, barón Oakford, rara vez contradecía los deseos de su hija. En ese caso, además, confiaba en las aptitudes de su pequeña para conquistar al hombre más solicitado del momento: el marqués de Wingham. Alto, apuesto y uno de los pares más ricos del reino, parecía esquivar el matrimonio con la misma destreza con la que las matronas lo acosaban sin descanso. A pesar de que el noble no había mostrado en ella un interés mayor o más genuino que en otras jóvenes de su entorno, Ernestine no perdía la esperanza y confiaba en lograr su objetivo más pronto que tarde.

—He oído que no tiene marido —decía en ese momento Mathilda, sentada a su derecha.

—¿Quién? —Ernestine miró a su amiga. No sabía de qué estaba hablando.

—La Americana —contestó Mathilda, balanceando sus rizos color cobre—. Dicen que es soltera.

—Yo he oído decir que es viuda —intervino Hester, sentada frente a ellas.

—Habladurías —repuso Simon Lloyd al tiempo que tomaba una galleta de un plato situado en una mesita lateral—. Su marido es americano y se reunirá con ella próximamente.

—¿Dónde has oído eso? —inquirió Ernestine, vivamente interesada.

—En el club, creo.

—Mi padre dice que los duques de Maywood le han alquilado la casa durante un año, con posibilidad de alargarlo, y que es soltera —volvió a decir Mathilda, que miraba los dulces sin atreverse a probarlos por miedo a ganar más peso del que su madre le permitía.

Ernestine se fiaba más de su palabra, porque su padre, un reputado abogado que era además un baronet, se había ocupado de las gestiones.

—De todos modos, ¿qué nos importa? —señaló Hester, risueña—. Es mayor.

—¿Mayor? —Ernestine alzó una de sus rubias cejas—. ¿Como mi padre?

—Hummm, creo que no tanto. Pero sin duda demasiado mayor como para buscar esposo —aseveró Hester.

—Aunque así fuera —dijo Richard Henson, muy serio, de pie junto a su amigo Simon—, ninguna americana por hermosa que sea podría hacer sombra a tres beldades como ustedes.

Las jóvenes se ruborizaron de placer ante el cumplido y Ernestine aprovechó para dedicarle una caída de ojos de lo más ensayada, a pesar de ser consciente de que su amiga Hester mostraba cierta inclinación hacia el joven de cabello dorado y sonrisa presta.

—¿Y quién es el caballero que acudirá con ella a la fiesta? —preguntó a continuación.

Ernestine no podía explicarse la razón, pero desde que había llegado a sus oídos la noticia de la existencia de aquella mujer, una insana curiosidad no dejaba de rondarla. Era probable que se debiera a un hartazgo de encontrarse siempre con las mismas personas en una fiesta tras otra, o a su natural inclinación por conocer hasta los más nimios detalles de todo el mundo, como su padre le había enseñado a hacer. «La información será siempre tu arma más poderosa», le había repetido con frecuencia desde su infancia, hasta que las palabras habían calado tan hondo que ya no podía borrarlas u olvidarlas. Ernestine se jactaba de conocer a todas las personas de su entorno, al menos lo suficiente como para saber cuándo debía adularlas, ignorarlas o manipularlas a su favor, y aquel nuevo elemento en el tablero de la alta sociedad londinense era aún un enigma.

Confiaba en que no por mucho tiempo.

A solo unas puertas de distancia de aquel salón, Gordon Cleyburne, barón Oakford, leía complacido la prensa, cómodamente apoltronado en una butaca de su despacho. Su nombre volvía a aparecer en el *London Sentinel*, un periódico que había iniciado su andadura solo un año atrás y que ya parecía haberse convertido en uno de los diarios más leídos de la ciudad. Ahí, en la tercera página, estaba la entrevista que había concedido a Frank Thompson, uno de los periodistas del rotativo, que se había mostrado muy interesado en su exitosa trayectoria como hombre de negocios. Lejos de comportarse como la mayoría de los nobles de su generación, que vivían prácticamente de las rentas que les proporcionaban sus tierras, Cleyburne había optado desde muy joven por abrirse camino en el mundo de los negocios, multiplicando varias veces el valor de su fortuna. Había esquivado con habilidad los detalles de sus inicios y utilizado con una soltura encomiable el relato que se había encargado de construir a lo largo de los años. El periodista dio por bueno cuanto él quiso contarle y el artículo no podía ser más favorecedor, ya que mostraba a un hombre inteligente y emprendedor, un modelo para sus coetáneos.

Dobló el periódico con cuidado, con la intención de guardarlo en su archivo personal, al tiempo que escuchaba a su hija despedirse de sus invitados. Cleyburne detestaba ver su casa invadida por extraños —a no ser que fuera él quien los invitara—, esa casa que tanto esfuerzo le había costado adquirir casi diez años atrás y que ahora se había convertido en el culmen de su carrera, en el símbolo que demostraba lo alto que había llegado. Primero su esposa Augusta y luego él tras la muerte de esta, acaecida dos años atrás, se habían encargado de seleccionar con cuidado al personal que los atendía, así como de escoger con igual mimo a las personas que luego recibían en su mansión, una sólida y bella construcción de tres plantas que era la envidia de sus vecinos.

Con la reciente presentación de Ernestine en sociedad, Cleyburne se había visto arrastrado a modificar sustancialmente sus costumbres. No solo había sido necesario reformar la casa por completo o contratar a más personal, como una nueva doncella, un cochero y un par de lacayos para que la acompañaran, también se había visto obligado a recibir a más personas, no todas ellas de su agrado.

Pero si Ernestine jugaba bien sus cartas, aquella situación no se prolongaría demasiado y todas esas pequeñas molestias habrían merecido la pena.

2

Como tercer hijo de un conde, Alexander Lockhart no estaba destinado a heredar título ni tierras, a no ser que su padre decidiera en su testamento legarle alguna de sus propiedades más lejanas y modestas, en Durham o en Cornualles. Aunque así fuera, él no se veía llevando una existencia plácida en la campiña, lejos del animado ajetreo de una ciudad del tamaño de Londres. Siempre había tenido muy claro que su destino dependería única y exclusivamente de sí mismo. Tras estudiar en Eton y en la Universidad de Oxford, había pasado un par de años en la India —donde casi se había comprometido con la hija de un coronel británico— y tres más recorriendo Europa, desde el puerto de Cádiz hasta la lejana San Petersburgo. Hacía algo más de dos años que había regresado a Inglaterra, con un buen puñado de contactos y con varios negocios en ciernes que no sabía muy bien cómo manejar.

Su padre, el conde de Woodbury, no había tardado en ponerle en contacto con Gordon Cleyburne, barón Oakford, cuya propiedad principal lindaba con la de los Woodbury en Kent, donde Alexander había pasado casi todos los veranos de su infancia. Los dos nobles se conocían desde sus años mozos y su progenitor admiraba el carácter emprendedor de su antiguo vecino y su visión para los negocios. Incluso había invertido en el Banco Cleyburne & Co, la entidad financiera que el barón dirigía ahora en solitario tras la muerte del socio con quien la había fundado.

Alexander no compartía la simpatía que su padre profesaba al banquero, que a él se le antojaba un tanto petulante, pero era innegable que sabía cómo mover el dinero y hacer que este se multiplicara en sus manos. Gracias a él, Alexander había asentado su fortuna y se había convertido en socio del barón por derecho propio en algunos de sus proyectos.

—Quién me iba a decir que aquel niño algo tímido, delgaducho y pelirrojo acabaría trabajando conmigo —comentó Cleyburne, por enésima vez.

—Las vueltas del destino —dijo él, repitiendo la misma frase que usaba en cada ocasión. Le resultaba curioso, porque apenas recordaba a aquel individuo de cabello escaso y cano y facciones duras.

Los dos hombres se encontraban en el despacho del banco, revisando la petición de préstamo de un caballero que había perdido una fortuna en las carreras de caballos —que ambos coincidieron en denegar— y el cuantioso depósito que un conde pretendía ingresar en su entidad, para el que exigía ciertas garantías.

—¿Te veré esta noche en la fiesta de los Swainboro? —inquirió el mayor.

—Tengo un compromiso previo —contestó Alexander, extrañado. El hombre no acostumbraba a preguntarle por su vida social—. Pero si es importante…

—Tal vez sería aconsejable que el conde de Folkston te conociera. —Cleyburne agitó el documento para el depósito del que habían estado hablando—. Tu presencia infunde respeto y estaría bien que sacaras partido de ello.

Alexander no estaba del todo de acuerdo con aquella afirmación. Era cierto que poseía apostura, elegancia y un buen apellido que lo respaldaba, pero también que llevaba desde hacía más de siete años un parche de cuero negro sobre su ojo izquierdo, y estaba convencido de que eso le restaba muchos puntos a las cualidades que le arrogaba su mentor. Durante ese tiempo se había enfrentado al curioso escrutinio de sus semejantes y había vislumbrado en sus rostros expresiones que iban de la suspicacia al asombro y de la fascinación al rechazo.

Sin embargo, Cleyburne insistía en que, a pesar de ese pequeño contratiempo, su talante seguía transmitiendo honestidad y confianza, cualidades muy ventajosas en el mundo de los negocios. Y ahora, además, determinación y solvencia. Alexander, cada vez que se miraba al espejo, trataba de encontrar esos rasgos en su rostro de facciones suaves y frente amplia, y en aquel único ojo de color gris. O en su cabello, más corto de lo que dictaba la moda y de un tono cobrizo, igual que el bigote y la barba poco poblada y muy recortada que dejaba asomar el tono claro de su piel. Pero en realidad pensaba que —dejando a un lado aquel accesorio que adornaba su cara—, si no fuera por su casi metro ochenta de estatura, no se habría distinguido de los cientos de caballeros que se movían por los salones y clubes de la capital.

—Haré lo posible por acudir —convino al fin, mientras tomaba nota mental de enviar recado a los Swainboro aceptando la invitación que previamente había declinado—, aunque llegue un poco tarde.

—Estupendo, estupendo. —El banquero sonrió, satisfecho—. Además, según tengo entendido esta noche contaremos con cierta distracción extra.

Alexander alzó una ceja.

—Al parecer —continuó el barón—, se espera la presencia de alguien que últimamente ha despertado cierto interés.

El joven disimuló una sonrisa mientras lo escuchaba. A veces, Cleyburne no se diferenciaba de esas matronas que formaban corrillos en los salones para chismorrear de unos y de otros.

Si hubiera sabido lo que esa presencia misteriosa iba a desencadenar en su vida, tal vez habría prestado más atención.

Ernestine Cleyburne contemplaba los cuatro vestidos que su doncella Daphne había extendido sobre la cama: rosa pálido, crema, celeste y lavanda. Todos colores claros, como era habitual en las debutantes, y todos de corte similar, elegantes pero no ostentosos. No terminaba de decidirse por ninguno, quizá porque no conocía los gustos del marqués de Wingham, y necesitaba que se fijase en ella esa noche, que la distinguiera entre todas las demás jóvenes que acudirían a la fiesta de los Swainboro.

—¿Ya se ha decidido, señorita? —Daphne, su doncella desde poco antes de iniciarse la temporada, aguardaba con paciencia junto al tocador.

—¿Cuál crees que me quedaría mejor? —le preguntó.

—Estaría preciosa con cualquiera de ellos.

—Pero no quiero estar preciosa —confesó—, quiero estar impresionante.

La sirvienta, una joven que aún no habría cumplido los veinticinco, dirigió sus ojos castaños y vivaces hacia las prendas que yacían sobre el lecho.

—El lavanda entonces —le dijo—. Podría adornar su cabello con una cinta de color violeta y, como lo tiene usted tan claro, destacaría mucho. Y podría hacerle unos pequeños lazos a juego y cosérselos en los puños, tal vez uno también en el escote. Hay tela suficiente.

—Eso nos llevaría demasiado tiempo —resopló Ernestine, a quien la idea le había gustado mucho.

—Soy rápida con la aguja. —Daphne sonrió y mostró sus dientes desiguales y pequeños—. Podría hacerlo mientras toma su baño, si puede prescindir de mi ayuda durante unos minutos.

Ernestine aplaudió entusiasmada y comenzó a desabrocharse el batín, mientras la otra joven revolvía el interior de una gran caja de cintas y lazos. Se echó un rápido vistazo en el espejo y se imaginó con el cabello rubio recogido a los lados, como mandaba la costumbre, y sujeto con aquella cinta que su doncella ya sostenía triunfal entre los dedos. Sí, sin duda el vestido de color lavanda era la mejor opción.

Gordon Cleyburne rara vez echaba de menos a su esposa Augusta, la mujer con la que había compartido casi veinte años y que le había dado a su única hija. Siempre había sido una mujer distante, tan poco interesada en los asuntos de su marido como él en los de ella. Sin embargo, en noches como aquella, admitía que su presencia habría sido de lo más conveniente. A pesar de la confianza que le inspiraba su hija, Ernestine necesitaba una matrona a su lado que sirviese de garante de su virtud y de acompañante en los salones de baile, y que ese papel tuviera que interpretarlo en esa ocasión, como en tantas otras, la madre de una de las amigas de su pequeña era algo que le escocía. Era consciente de que la condesa de Dahlgren lo hacía de buen grado, pero no era responsabilidad suya hacerse cargo de otra joven que no fuese la suya propia. Cleyburne no había logrado convencer a Ernestine sobre la conveniencia de contratar a una dama de compañía, pero estaba resuelto a encargarse de ello en cuanto se iniciase la nueva temporada.

La mansión de los Swainboro apenas distaba dos manzanas de la suya propia, en el mismo barrio de St James, y era casi tan esplendorosa como la que él había adquirido. En el «casi» residía el motivo de su orgullo, porque Cleyburne se había encargado de remodelar la suya por completo cuando se hizo con ella, y en eso también su difunta esposa había jugado un destacado papel. A pesar de su carácter huraño y poco afectuoso, poseía un elevado sentido del gusto y una elegancia innata, uno de los motivos principales por los que la había elegido como compañera. Unos meses atrás, justo antes de la presentación de Ernestine, había vuelto a redecorarla, tratando de mantener el espíritu que la baronesa había dejado como impronta.

El carruaje se detuvo frente a la entrada principal y él y su hija se unieron a la larga fila de invitados que ascendían por la escalinata. Una vez en el interior, evaluó con ojo crítico el enorme recibidor, cuyos paneles inferiores lucían un tono algo apagado, y luego el gran salón de baile, con molduras pasadas de moda y cortinajes demasiado pesados para su gusto. El lugar ya se encontraba bastante concurrido, aunque el baile aún no había dado comienzo. Los asistentes conversaban en pequeños grupos y, tras saludar a los anfitriones, se aproximó con su hija del brazo hasta los condes de Dahlgren. La joven Hester saludó con cierta efusividad a Ernestine y ambas se pusieron a cuchichear, mientras él intercambiaba algunas palabras amables con la pareja.

Las dos jóvenes se alejaron para reunirse con su amiga Mathilda, que también había acudido acompañada de sus padres, y durante unos instantes el barón Oakford no supo de qué hablar con aquel matrimonio. Por fortuna, otra pareja se aproximó a ellos y formaron un pequeño corrillo. Cleyburne los conocía a ambos, a él especialmente. Se trataba del vizconde Seatton, con quien coincidía en el club con cierta frecuencia y a quien había concedido un préstamo unos meses atrás. Debido tanto a su perspicacia como a su papel como banquero, sabía los secretos mejor guardados de buena parte de las personas que se habían congregado allí. En el caso del vizconde Seatton, ese secreto tenía que ver con un hijo ilegítimo del que había decidido hacerse cargo a espaldas de su esposa. Una información que él había guardado a buen recaudo, por si necesitara usarla en el futuro.

La conversación no tardó en derivar hacia uno de los temas que más se habían comentado en fiestas y salones durante las últimas semanas: el reciente compromiso de la reina Victoria con su primo hermano por parte de madre, el príncipe Alberto de Sajonia-Coburgo.

—No entiendo cómo lord Melbourne ha consentido ese compromiso —decía la vizcondesa Seatton en ese momento, refiriéndose al primer ministro británico.

—Dudo mucho que Melbourne tenga tanta ascendencia sobre la reina —apuntó su marido, conciliador.

—Por supuesto que la tiene, ¿o acaso ya no recuerdas lo que sucedió unos meses atrás con Robert Peel y aquel asunto de las damas de la reina?

El episodio que mencionaba había ocurrido en mayo, cuando Melbourne había decidido dimitir tras una derrota ante los *tories* en la Cámara de los Comunes. Sobre Robert Peel, cabeza visible de los conservadores, había recaído la responsabilidad de intentar formar gobierno. Sin embargo, en una de las peticiones que había dirigido a la reina, la había conminado a sustituir a algunas de sus damas de compañía —todas esposas o familiares de miembros del partido *whig*— por otras que pertenecieran a la esfera del partido conservador. Victoria, dada su conocida animadversión por el partido *tory*, se negó en redondo y abortó así la iniciativa que trataba de contrarrestar la influencia *whig* sobre la joven monarca. Este hecho había provocado que Robert Peel renunciara a formar gobierno y que Melbourne, que siempre había maniobrado en la sombra, recuperara su puesto como primer ministro.

—Además, es evidente lo unida que está la reina a lord Melbourne —intervino la condesa de Dahlgren, la madre de Hester. El comentario iba cargado de intención, pues todo el mundo conocía también los rumores que circulaban en torno al supuesto romance entre Victoria y el político, aunque este le triplicara la edad.

—Eso son solo habladurías —replicó su marido—. Ni siquiera él se atrevería a tanto.

—Su influencia no debe ser tan grande si ha permitido el compromiso con el príncipe Alberto —insistió la vizcondesa Seatton, abanicándose con furia—. ¡Casarse con un alemán!

—Y un alemán pobre, además —puntualizó la condesa de Dahlgren.

—¿Pobre? —Cleyburne intervino por primera vez.

—No me negará que, en comparación con Inglaterra, el ducado de Sajonia es poco más que un villorrio —resopló el vizconde Seatton.

—Es posible —concedió—, pero el tío de ambos es el rey Leopoldo de Bélgica, un hombre muy bien situado en las esferas políticas europeas.

—Menudencias —insistió el vizconde.

—Al menos la duquesa de Kent estará contenta —ironizó su esposa, mientras agitaba de nuevo el abanico.

Cleyburne también estaba seguro de ello. La duquesa de Kent, madre de la reina, que había mantenido a su hija bajo su férrea vigilancia durante años, había visto desde la coronación cómo iba perdiendo su influencia. Por ello, que ahora Victoria fuera a contraer matrimonio con su primo, que era por tanto sobrino de la duquesa, le garantizaba al menos continuar formando parte de su círculo más íntimo.

La conversación se alargó un poco más, y Cleyburne decidió que había llegado el momento de abandonar aquel grupito. Nada de lo que se había dicho allí había aportado información suplementaria a la que ya poseía, así que solo se trataba de chismorrear por chismorrear, y él tenía otros asuntos entre manos.

Recorrió la amplia estancia con la mirada. No localizó a Alexander, aunque no le extrañó dado que le había comentado que llegaría tarde, pero sí vio al conde de Folkston, con quien estaban a punto de cerrar un buen negocio. Se despidió de los condes de Dahlgren y de los vizcondes Seatton y se acercó a saludarlo. Para su sorpresa, en el grupo en el que se encontraba Folkston también se estaba hablando del reciente compromiso de la joven Victoria, y se armó de paciencia para escuchar, de nuevo, las mismas frases y opiniones sobre el particular.

A Harmony Barton le encantaban esas fiestas. Le fascinaba contemplar los hermosos vestidos de las damas y observar a los caballeros, tan elegantes y refinados. Le gustaba tomar aquellas bebidas tan dulces y refrescantes servidas en lujosas copas de cristal. Y la música, oh, la música era lo mejor de todo. Lamentablemente, casi nunca lograba llenar su carnet de baile y siempre se veía obligada a disfrutar de algunas piezas desde su discreto rincón, inmóvil. En ocasiones, su padre, el vizconde Bainbridge, la sacaba a bailar, aunque ello supusiera dejar a su esposa abandonada durante unos minutos. En otras, como esa noche, Harmony tenía la suerte de que uno de sus hermanos —sino ambos— los hubiera acompañado y no se encontrara distraído con otros asuntos que le impidieran danzar con ella.

Precisamente Harold Barton, el hermano mayor, se encontraba a su lado en ese momento —Justin había viajado al norte por un asunto de negocios—, y Harmony estaba deseando que el baile diese comienzo, porque tenía las dos primeras casillas de su carnet vacías y pretendía que él fuese su pareja.

—Ni te atrevas a marcharte —lo amenazó en cuanto vio que saludaba con la cabeza a uno de sus conocidos. Harmony apenas movió los labios y tampoco abandonó la sonrisa, así que no tenía muy claro si Harold había logrado entender ni una sola de sus palabras.

—Por nada del mundo me perdería la oportunidad de bailar con mi hermana favorita —bromeó él, que le lanzó una mirada de soslayo.

En ese momento, Harmony vio pasar a Ernestine Cleyburne junto a sus dos amigas, Hester y Mathilda. Las tres dirigieron una mirada apreciativa a su hermano, pero no se detuvieron a saludar, a pesar de que habían sido presentados formalmente. Harold era un hombre inteligente, atractivo y considerado, solo que su renta anual no era lo suficientemente abultada como para llamar la atención de aquellas jóvenes. Ni siquiera se fijaron en Harmony que, de forma instintiva, retrocedió un paso para ocultarse tras la figura de su hermano.

—No necesitas esconderte de nadie —le aseguró él, con el semblante serio—. Vales tanto o más que ellas.

—Es la segunda vez que uso este vestido este año —se disculpó Harmony.

—Oh, por Dios, de verdad que no entiendo la manía de las mujeres con la ropa. Estás radiante. ¿Qué más puede importar?

—No lo entenderías.

—Me explotaría la cabeza, seguro —rio, en un vano intento por animar a su hermana.

—Harmony, haz el favor de mantener la espalda erguida. —Blanche Barton, vizcondesa Bainbridge, se había materializado junto a ellos.

—Sí, madre —contestó la joven, que hizo justo lo que le ordenaban.

—Debes mantener siempre una postura regia —insistió la matrona—. Como si el mundo fuese a caer rendido a tus pies.

—Al menos una parte de él —susurró Harold en tono de chanza.

—Más te valdría no bromear con estos temas, querido —lo riñó la vizcondesa—. A ti tampoco te vendría mal adoptar una postura más digna si quieres encontrar una buena esposa.

—No creo que el problema sea precisamente mi postura —murmuró tan bajito que solo su hermana logró oír sus palabras.

Entonces se escuchó un runrún junto a la entrada del salón y Harmony volvió la cabeza en aquella dirección. Sin poder evitarlo, sus grandes ojos azules se abrieron un poco más. Bajo el umbral que daba acceso a la enorme estancia se había detenido una pareja singular. Él era un hombre alto y delgado, que superaba con largueza los sesenta años, con el cabello canoso peinado hacia atrás y una media sonrisa en la comisura de su boca. Llevaba del brazo a una mujer al menos treinta años más joven, ataviada con un vestido de seda de color bronce que brillaba bajo la luz de las lámparas del techo, con los puños y el escote adornados con encaje negro. Era un color inusual para una dama —pues se solían evitar los grises o marrones—, pero a Harmony le pareció el culmen de la elegancia. Su cabello castaño, en lugar de peinado a los lados como dictaba la moda, lo llevaba recogido en la parte alta de la cabeza, sujeto con una tiara de diamantes, y los rizos sueltos le enmarcaban el rostro. Un rostro de facciones suaves y atractivas, en el que destacaban los labios bien delineados y pintados de un tono coral y los ojos azul oscuro, ligeramente rasgados. Supo, sin necesidad de preguntar, que se trataba de la Americana.

—Dios mío, no me lo puedo creer —bisbiseó su madre. Harmony pensó que se refería a la presencia y el aspecto de aquella mujer—. ¡Es lord Algernon!

—¿Quién? —Harmony observó al caballero, que había comenzado a saludar a los invitados y a presentar a su acompañante.

—El conde de Algernon —aclaró su madre—. Hacía más de quince años que no asistía a ningún acto social, desde que enviudó.

Harmony volvió a fijarse en él, y en esta ocasión tampoco albergó duda alguna de que aquella dama era el motivo por el que el noble había abandonado su retiro. ¿Se trataría de algún familiar?

¿Tal vez incluso de su prometida?

3

La mujer a la que todo el mundo en Londres había comenzado a apodar la Americana se llamaba Temperance Whitaker. Desde el mismo instante en el que puso un pie en aquel salón, fue plenamente consciente del interés que su presencia había despertado entre los miembros de la aristocracia. Sentía sobre sí las miradas de la gran mayoría de los asistentes, algunas tan poco amistosas como la de la dama que le acababan de presentar, que la observó de arriba abajo antes de dedicarle unas palabras de cortesía tan falsas como su sonrisa. Sin embargo, Temperance se había vestido para la ocasión e irguió aún más la espalda, orgullosa de su aspecto y de lo que se ocultaba bajo aquellos costosos ropajes. Nunca había sido una mujer menuda, y tanto la postura como los elevados tacones de sus botines la situaban casi a la misma altura que su acompañante.

Lord Algernon, en cambio, parecía un tanto incómodo con el escrutinio al que estaban siendo sometidos, aunque años de experiencia en aquellos salones le permitían mantener un porte hierático.

—Milord, es un placer verlo de nuevo —lo saludaba un conde en ese momento y ella intuyó que sus palabras eran sinceras—. Se le ha echado mucho de menos.

—Permítame que lo dude, milord —comentó circunspecto el anciano—. Tengo entendido que han tenido entretenimiento suficiente durante años.

—Nos ha faltado su incisiva mente, no lo dude.

—Pues a mi incisiva mente le gustaría presentarle a la señorita Temperance Whitaker, de Nueva York. La señorita Whitaker es hija de una prima lejana que se marchó a América hace ya algunos años y ha venido a pasar una temporada en Londres.

—Oh, así que viene usted de las *colonias* —El conde pretendía mostrarse ocurrente, pero a ella le irritó que, varias décadas después de su independencia, algunas personas siguieran refiriéndose a Estados Unidos como parte del Imperio británico. Sin embargo, sonrió con elegancia y le ofreció la mano enguantada, que el noble besó como dictaban las normas sociales.

—Sentía curiosidad por conocer la *metrópoli* —dijo en cambio, usando el mismo tono que su interlocutor.

—Londres es el centro del mundo —señaló el conde, al tiempo que hinchaba el pecho—. Estamos en la ciudad más grande del planeta, todo lo importante sucede aquí.

—Le recomendaría viajar a Nueva York —continuó ella, sin abandonar su gesto amable—. A no mucho tardar, es posible que le arrebate ese honor a su ciudad.

—Hummm, he leído que está creciendo mucho —convino el noble—, aunque de ahí a convertirse en la sucesora de nuestra querida urbe...

—Nos encantaría continuar con esta agradable conversación, milord —intervino lord Algernon—, pero me temo que aún hay muchas personas que sin duda querrán conocer a mi protegida.

—Oh, por supuesto —se disculpó el conde—. No pretendía acaparar su atención. Señorita Whitaker, ha sido un placer...

Temperance inclinó ligeramente la cabeza a modo de despedida y, sin soltar el brazo de Algernon, continuó recorriendo el salón.

—Procure no enemistarse con todos los asistentes a la velada —le susurró Algernon tratando de aparentar normalidad—. Al menos esta primera noche.

—Haré todo lo posible —accedió ella, que disimuló una sonrisa.

¿Mayor?, pensó Ernestine, recordando las palabras de Hester cuando se había referido a aquella mujer. Mayor era el hombre que la acompañaba, que ella, sin saber por qué, había imaginado joven y apuesto. A la Americana, en cambio, la había concebido de varias maneras distintas: con el cabello ralo y algo canoso, con sobrepeso, con un caminar torpe, con el rostro arrugado y los ojos apagados... Nada que se pareciera a aquella beldad, que estaba segura de que no había cumplido aún los treinta años y que se desplazaba por el salón como si le perteneciera. Bien era cierto que su edad, demasiado avanzada para los cánones de la época, suponía un impedimento a la hora de encontrar marido, ya que una mujer, pasados los veinticinco, era considerada oficialmente una solterona. Solo que no tenía en absoluto el aspecto de alguien a quien se le han cerrado las puertas del matrimonio y, a juzgar por el modo en el que todos los caballeros la observaban, estaba muy lejos de suceder en un futuro cercano. Con fastidio, Ernestine reconoció que en los próximos meses, además de con todas las jóvenes de su edad que se habían presentado ese mismo año, las que aún quedaban solteras de temporadas anteriores y las que se unirían al mercado matrimonial el año siguiente, ahora se vería obligada a competir con esa mujer tan exquisita. Como si no existieran ya suficientes obstáculos en su carrera hacia el altar.

—Deberías dejar de mirarla así —murmuró Hester.

—¿Qué? —Ernestine volvió la cabeza hacia su amiga.

—A la Americana. Se va a dar cuenta.

—Es mucho más joven de lo que esperaba —le dijo con un mohín.

—¡Pero si debe tener al menos veintisiete o veintiocho años! Tal vez incluso más.

—Ya...

Recorrió el salón con los ojos, hasta que localizó al marqués de Wingham junto a un par de nobles de menor rango, a quienes superaba en alzada y en apostura. Su mirada apreciativa, como la de muchos de los presentes, también estaba fija en la recién llegada.

—Maldita sea —masculló.

Ni siquiera con su precioso vestido color lavanda y el lazo violeta que adornaba su cabello podía competir con una mujer así.

Iba a necesitar algo más si quería conquistar al marqués, aunque todavía no sabía qué.

Conrad Barton nunca había disfrutado mucho de los eventos multitudinarios. Desde que se había fracturado una pierna años atrás al caerse de un caballo, le suponían además un suplicio. Verse obligado a pasar tanto tiempo de pie, e incluso a bailar con su esposa, su hija o alguna de las damas presentes, acababa pasándole factura. En actos tan concurridos como aquel tenía por costumbre encontrar un buen lugar en el que poder apoyarse para aliviar con cierto disimulo la presión sobre su pierna, y lograba hacerlo con bastante éxito, a decir de su esposa. Nadie que no lo observara con más atención de lo que dictaba la cortesía habría detectado esa vulnerabilidad, y Conrad se habría cortado la pierna antes que mostrarse débil ante sus iguales.

Pese a todo, el vizconde Bainbridge aún se sentía un hombre vigoroso a sus cincuenta y cinco años, lo bastante joven para albergar ilusiones y lo suficientemente mayor como para no dejarse arrastrar por ellas sin calibrar las consecuencias. Quizá por eso le costó sobreponerse a la impresión de reencontrarse con el conde de Algernon, cuyo rostro revelaba los estragos del paso del tiempo, como el suyo propio debía mostrar, aunque fuese casi una década menor. En otro tiempo, lord Algernon había visitado su propiedad en Kent, cuando todos eran más jóvenes. Cuando la vida era más fácil, o al menos lo parecía.

—Milord, qué inesperada sorpresa —le dijo, al tiempo que estrechaba su mano con firmeza—. Demasiado tiempo privándonos de su presencia.

—Me alegro de verlo, Bainbridge. Vizcondesa, continúa usted igual de hermosa que la última vez que la vi.

—Es usted muy amable —contestó Blanche Barton con las mejillas encendidas al tiempo que lanzaba una breve mirada a su hermosa acompañante.

—No sé si recuerda a mis hijos, Harold y Harmony —continuó Conrad, y se mostró complacido cuando ambos saludaron al anciano con el debido respeto.

—Son los más jóvenes los que nos recuerdan que el tiempo no pasa en balde, ¿no le parece? —discurrió Algernon—. La última vez que los vi eran unos niños, y creo que la pequeña aún no había comenzado a caminar.

—Los años no perdonan ni arrugas ni deudas —sentenció Conrad.

—Permítanme que les presente a la señorita Temperance Whitaker, hija de una prima lejana que se instaló en América —dijo entonces el anciano.

La mujer que lo acompañaba los saludó con cortesía.

—Espero que su estancia en Londres esté siendo de su agrado —comentó la vizcondesa.

—Es una ciudad muy interesante —afirmó la señorita Whitaker, que poseía una voz grave y profunda y un ligero acento norteamericano.

—¿Tiene pensado pasar mucho tiempo aquí? —preguntó entonces Harmony.

—Disculpe la falta de modales de mi hija, señorita Whitaker —se apresuró a intervenir la dama, al tiempo que lanzaba una mirada reprobatoria a la muchacha—. Ya sabe lo curiosos que pueden llegar a ser los jóvenes.

—Oh, estoy convencida de que no es la única en este salón que se hace la misma pregunta —repuso la mujer, con media sonrisa—. Admiro la curiosidad de las mentes jóvenes y su incapacidad para ponerle freno.

—Entonces permítame decirle que su vestido es precioso —comentó Harmony de nuevo, sin poder contenerse—. Es un color inusual, que usted luce con gran elegancia.

—Harmony... —Las mejillas de su madre se colorearon de nuevo.

—Es muy amable, señorita Barton —respondió la señorita Whitaker.

—Deduzco que lo ha traído usted de América, porque el diseño me es por completo desconocido.

—Así es, en efecto. En Nueva York tenemos la suerte de contar también con excelentes modistas.

—¿Es la primera vez que visita nuestro país? —intervino Conrad, que no había dejado de observarla.

—¿Cómo dice? —La mujer clavó en él sus ojos azul oscuro y elevó un tanto las cejas.

—Me resulta usted familiar... —confesó, algo turbado.

—Es el primer evento de estas características al que asisto aquí en Londres —respondió ella—, aunque ya llevo unas semanas en la ciudad. Quizá nos hayamos cruzado en la calle.

—Es posible —convino, no del todo convencido.

Conrad Barton trató de hacer memoria, pero no le sonaba haberse cruzado con aquella mujer ni en la calle ni en ningún otro sitio. De todos modos, se dijo, nunca había sido buen fisonomista y no era inusual que confundiera a los extraños.

—Si ha viajado a Nueva York en los últimos años es posible que hayamos coincidido en alguna otra fiesta —añadió ella.

—Me temo que nuestra familia no ha abandonado Inglaterra desde que yo tengo uso de razón —dijo Harold, que intervenía en la conversación por primera vez—. En caso de haberlo hecho, le aseguro que yo sí la habría reconocido.

La señorita Whitaker aceptó el cumplido con una sonrisa que a Conrad le pareció un tanto forzada, y Algernon aprovechó para despedirse alegando que aún quería saludar a varias personas.

Mientras se alejaban, el vizconde comprobó que la extraña pareja se había convertido en la mayor atracción de la velada. La súbita reaparición de lord Algernon después de una ausencia tan prolongada iba a ser la comidilla de todas las tertulias de los siguientes días. Y la joven que lo acompañaba sin duda protagonizaría un buen número de cotilleos entre las damas de la alta sociedad.

—No sabía que Algernon tuviera una prima —murmuró su esposa Blanche—. Ni cercana ni lejana.

—Bueno, es posible que él tampoco sepa de la existencia de tu prima Gertrude —señaló su marido en tono jocoso.

—Conrad, eres un hombre imposible —replicó ella al tiempo que lo golpeaba suavemente en el antebrazo con el abanico cerrado. Luego se volvió hacia su hija—. Harmony, en cuanto a tus modales…

Pero Harmony no la escuchaba. Como muchos otros de los presentes, tenía la mirada fija en la enigmática señorita Whitaker.

Los rumores y los cuchicheos acompañaron a la insólita pareja a lo largo y ancho del salón. El brillo de las lámparas se mecía al compás de los movimientos de Temperance, cuyo vestido refulgía bajo las luces. Lord Algernon, a su vez, parecía recuperar parte de su antigua entereza a medida que iba saludando a viejos conocidos, e incluso a viejos amigos que habían llegado a pensar, quizá, que no volverían a verlo. Ella se dio cuenta de cómo comenzaba a moverse con la espalda más erguida y, a pesar de que sospechaba que no se sentía del todo cómodo, era indudable que había ganado confianza.

—¿Y conoce usted a los Briscoe? —le preguntaba a Temperance la condesa de Folkston, que se encontraba en el último grupo al que se habían aproximado.

—Por supuesto —contestó ella.

Era ya la tercera familia americana por la que se interesaba aquella señora tan incisiva, acaparando toda su atención e impidiendo que los demás pudieran hacer ningún comentario. La acompañaba su esposo, que evitaba mirarla, tal vez un tanto avergonzado por la curiosidad malsana de su mujer. Junto a él, un circunspecto Gordon Cleyburne, barón Oakford, permanecía hierático ante aquel interrogatorio.

—Oh, asistimos a una velada encantadora en su casa de la

calle Catorce. Fue hace mucho... —reconoció la mujer—. Con la edad, ya sabe, se pierde el gusto por los viajes, sobre todo a lugares tan lejanos.

—Claro... —concedió ella.

—Lord Algernon —continuó la mujer, dirigiéndose ahora a su acompañante—, ha sido una suerte que mi marido insistiera en que acudiéramos hoy a la fiesta de los Swainboro, de lo contrario me habría perdido verlo de nuevo.

—Entonces debo agradecerle a su esposo este feliz reencuentro —dijo el anciano, que inclinó la cabeza en dirección al aludido.

—Pero no le perdonaré a Cordelia, la marquesa, que no me lo mencionara —comentó la mujer con un mohín—. ¡Si somos íntimas amigas!

—Probablemente quería que fuese una sorpresa, querida —señaló su esposo.

—Tengo entendido que se aloja usted en la mansión de los Maywood —aprovechó entonces Gordon Cleyburne para dirigirse a Temperance—. Es una propiedad muy hermosa, o al menos lo era la última vez que la visité.

—Sigue siéndolo —confirmó ella—. Tan bella por dentro como por fuera, como imagino que deben serlo las cosas importantes.

—Me alegro de que esté de nuevo habitada —continuó el barón—. Me parecía una auténtica lástima que algo tan hermoso se desperdiciara.

—Los Maywood la han mantenido en perfecto estado —señaló ella—, aunque que algo sea hermoso no implica que tenga que ser expuesto de forma continuada, ¿no cree?

—Desde luego, aunque la belleza solo puede ser valorada en su justa medida si es contemplada por los ojos de los demás.

Temperance no tuvo oportunidad de réplica, porque en ese momento apareció una joven a su lado. Su cabello, tan rubio que parecía casi blanco, iba recogido con un lazo violeta que la favorecía mucho. Los ojos, de un verde apagado, grandes y ligeramente saltones, la contemplaron con cierto descaro y algo de disgusto. Gordon Cleyburne la presentó como su hija Ernestine.

—Espero que no se sienta incómoda en nuestro ambiente —señaló la chica, en un tono de voz que pretendía insinuar todo lo contrario.

—¿Y por qué habría de estarlo? —preguntó Temperance en tono neutro.

—Bueno, seguro que no está acostumbrada a frecuentar fiestas como esta —recalcó con cierto retintín—. Los Swainboro son una de las familias más importantes y respetadas de Inglaterra.

—Entonces he tenido suerte de poder asistir a uno de sus bailes.

—Lord Algernon ha sido muy amable trayéndola con él —continuó la joven—, así tendrá algo emocionante que contar a su regreso a casa.

—Oh, confío en poder contar muchísimas cosas más, ya que no tengo intención de volver a cruzar el océano en breve.

Aquella información no pareció ser del agrado de la muchacha, que alzó de forma involuntaria una de las comisuras de los labios.

—Ernestine, creo que el baile va a dar comienzo —dijo entonces su padre.

Tras un breve intercambio de frases de despedida, ofreció el brazo a su hija y se alejaron del grupo. Lord Algernon aprovechó la coyuntura para hacer lo mismo, y Temperance y él se dirigieron con calma hacia una de las esquinas del salón.

—Me temo que la señorita Cleyburne no parece muy satisfecha con su presencia en esta fiesta —señaló el aristócrata con cierto pesar—, y es posible que no sea la única. Ya no recordaba lo presuntuosos que son mis conciudadanos.

—No se inquiete —comentó ella de buen humor—. No conozco un acicate más eficaz que un poco de controversia para alentar a las matronas aburridas.

—Llevo demasiado tiempo retirado de esto... —resopló el anciano.

—Podemos marcharnos cuando guste, lord Algernon —le propuso en tono amable.

—¿Cómo…? ¿Y perderme toda esta diversión? —El hombre sonrió, algo turbado—. Además, me debe al menos un baile.

—Todos los que quiera. —Inclinó la cabeza—. Le recuerdo que mi carnet está vacío.

—No por falta de peticiones.

No se trataba de eso, por supuesto. Varios de los caballeros a los que acababa de ser presentada le habían solicitado una pieza, que ella había rechazado con cortesía. Temperance adoraba bailar, pero aquella era su primera aparición en la alta sociedad londinense y necesitaba contar con todos sus sentidos alerta.

Por otro lado, tampoco deseaba dar pie a innecesarios cortejos que pudieran distraerla en el futuro, porque, como le había asegurado a Ernestine Cleyburne, todavía no iba a marcharse de Londres.

4

Alexander bajó del carruaje frente a la escalinata de entrada de la mansión de los Swainboro. La noche era fría y algunos jirones de niebla se enroscaban en los arbustos que adornaban los laterales del edificio. Más allá, apenas se podían apreciar los extensos y cuidados jardines de los marqueses, y ni siquiera la luz de las farolas lograba atravesar aquella bruma espesa y blanquecina.

Echó un rápido vistazo al elevado número de carruajes que ocupaban la explanada situada frente a la casa. Los cocheros, bien abrigados bajo sus gruesas capas, movían los pies como si bailaran, tratando de ahuyentar el frío, y algunos acariciaban a los animales, frente a cuyos hocicos se formaban pequeñas nubes de vapor. En ese momento, deseó encontrarse en su propio hogar, donde le aguardaría un fuego bien alimentado y una copa de brandi. En su lugar, se veía obligado a asistir a aquella velada en la que Cleyburne pretendía presentarle al conde de Folkston y en la que también debería socializar con las jóvenes casaderas, algo que le apetecía aún menos.

Subió la escalinata de acceso y, tras dar su nombre al lacayo que le abrió la puerta, se aventuró en el inmenso vestíbulo, casi desierto. Le sorprendió encontrarse de frente con una hermosa desconocida, y sin compañía alguna. Iba ataviada con un vestido de color bronce y llevaba el cabello castaño recogido sobre la cabeza. Algunas hebras lanzaban destellos rojizos bajo la luz de las lámparas. Aquellos ojos, azul oscuro, se detuvieron en su persona y lo evaluaron en unas décimas de segundo. Apenas le dedicó un breve vistazo al parche de cuero negro que cubría su ojo izquierdo, sujeto con una cinta del mismo material. En su fuero interno se lo agradeció. Estaba acostumbrado a que aquel detalle de su fisonomía atrajera la atención, a veces de manera desmesurada. Dedujo que, o la dama acababa de llegar y estaba esperando a que alguien acudiera en su busca para acompañarla dentro, o pretendía abandonar la fiesta antes de que esta hubiera alcanzado su punto álgido.

Un criado se acercó hasta Alexander y este se quitó el abrigo y el sombrero y se los entregó sin mucha ceremonia.

—Buenas noches, milady —la saludó al fin, con una leve inclinación de cabeza.

—Milord…

La observó de reojo, mientras se deshacía también de los guantes, y aguardó a que el criado desapareciera.

—Puedo acompañarla al interior si está esperando a alguien —se ofreció.

—En realidad ya me marchaba —contestó ella. Alexander apreció la cadencia de su voz, suave y aterciopelada—. Espero a mi acompañante, que intuyo que se habrá entretenido con algún viejo conocido.

Se preguntó qué tipo de hombre dejaría abandonada a una mujer como aquella. En ese momento apareció una criada con una gruesa capa de terciopelo negro entre las manos.

—Permítame —dijo él.

Tomó la prenda de manos de la muchacha, la desdobló y la colocó sobre los hombros de la desconocida. Hasta él llegó el aroma de su fragancia, sutil y nada empalagosa, que le resultó especialmente agradable. La mayoría de las damas que conocía parecían bañarse en perfume, lo que siempre acababa por provocarle dolor de cabeza. La mujer aceptó de buena gana su gesto, que agradeció con una sonrisa.

—¿La fiesta no ha sido de su agrado? —preguntó él.

—Los marqueses han sido unos anfitriones excelentes —contestó ella, que echó un rápido vistazo hacia las puertas que conducían al salón, del que emergía la música de un vals.

Alexander no lograba identificar aquel ligero acento y pensó que aquella dama era con toda probabilidad de alguna región del norte de Inglaterra, tal vez incluso de Escocia. Le habría gustado preguntarle al respecto, pero, dado que aún no habían sido presentados formalmente, habría sido una descortesía. De hecho, incluso aquella ligera conversación de circunstancias se habría considerado inapropiada en determinados círculos.

—Los Swainboro no lo habrán hecho demasiado bien si se marcha usted tan pronto —comentó en tono ligero—. ¿Los canapés estaban rancios? ¿La música es espantosa? Porque, por lo que puedo oír, no tengo la sensación de que lo estén haciendo tan mal.

La mujer sonrió de forma abierta y a él se le antojó incluso más hermosa.

—Los canapés estaban deliciosos, le aconsejo que no se pierda los de salmón y pepino —respondió—. El champán está un poco caliente para mi gusto, pero también es de excelente calidad. Y la música, coincido con usted, es más que aceptable.

—Entonces se aburría —continuó él.

—Oh, en absoluto. Hay demasiada gente ahí dentro como para aburrirse.

—Permítame decirle entonces que es una lástima que nos abandone tan pronto —le dijo, casi en un susurro—. Me habría encantado invitarla a un baile.

—Quizá debería haber llegado usted antes. —La mujer clavó en él sus ojos, que en ese momento parecieron aumentar su brillo, y bajó el tono de voz—. Es posible que entonces hubiera decidido quedarme un poco más.

Alexander experimentó un ligero escalofrío ante el evidente flirteo que encerraba aquel comentario, a pesar de que no le eran ajenas las insinuaciones de aquella índole, que rara vez conseguían atravesarle la piel.

—En ese caso es probable que no me hubiera separado de usted en toda la velada —le aseguró, siguiéndole el juego.

—Sin duda habría resultado una situación de lo más interesante.

—Le prometo que intentaré compensárselo en el próximo evento en el que coincidamos. —Dio un paso más hacia ella—. Y espero que eso ocurra muy pronto.

Iba a añadir algo más, pero percibió un movimiento junto a la puerta que conducía al salón y se alejó un par de pasos. Sin darse cuenta, se había aproximado a ella en exceso, demasiado para lo que dictaban las normas del decoro. Cuando vio que una pareja mayor aparecía en el vestíbulo, consideró que había llegado el momento de retirarse. Inclinó la cabeza en dirección a la desconocida, a la que dedicó una sonrisa tentadora, y se internó en el salón en busca de Cleyburne.

Mientras recorría la abarrotada estancia cayó en la cuenta de que aquella mujer, con toda probabilidad, debía ser la americana de la que todo el mundo había estado hablando.

Temperance se arrebujó en su capa. Incluso en el interior del carruaje que los conducía a ella y a lord Algernon a sus respectivos hogares hacía frío. Las bajas temperaturas, sin embargo, le permitieron despejar un poco la mente.

«Debe haber sido el champán», se dijo, mientras un ligero dolor de cabeza comenzaba a trepar por su nuca. En un intento por templar un poco los nervios y hacer honor a su nombre de pila, «Templanza», quizá se había excedido un tanto con la bebida. Solo así se explicaba que se hubiera mostrado tan osada con aquel atractivo desconocido en el vestíbulo de los Swainboro. Su aspecto varonil y misterioso, acentuado por aquel parche que le confería incluso un aura peligrosa, había resultado verdaderamente estimulante. Y su voz, grave y ligeramente ronca, como una caricia en mitad de una tormenta.

—¿Ha sido tal como esperaba? —le preguntó entonces lord Algernon.

Temperance volvió en sí y contempló las finas arrugas de su rostro y aquellos ojos claros que en ese momento no eran más que dos estanques de oscuridad.

—Más o menos —respondió—. ¿Y para usted?

—¿Para mí? —El hombre alzó una de sus delgadas cejas, casi completamente cana.

—Hacía mucho tiempo que no asistía a ningún evento.

—Las cosas no han cambiado tanto.

—¿Esperaba que lo hubieran hecho?

—El mundo no ha cesado de girar en los últimos lustros —comentó el anciano—. Creía que habría modificado aspectos más esenciales que los transportes o la industria.

—¿Decepcionado entonces?

—En realidad no —reconoció—. Tampoco tenía muchas expectativas, así que no ha supuesto ningún desengaño. ¿Qué me dice de usted?

—He descubierto que las personas tienen modos muy similares de divertirse, aunque las separe un océano. Esta velada no ha sido muy distinta de otras a las que he acudido en Nueva York, Boston o Filadelfia.

—Intuyo que ha tenido usted una vida social muy activa.

—Le sorprendería descubrir la de puertas que puede abrir el dinero, incluso a una mujer.

—Como ya le dije hace unas semanas, será para mí un placer abrirle las que su fortuna no pueda comprar.

A modo de respuesta, ella se limitó a asentir con la cabeza y sonrió, complacida.

Los caballos se detuvieron solo un par de minutos después, tras atravesar las verjas que conducían a la propiedad de los Maywood, la lujosa mansión que se había convertido en su nuevo hogar.

El conde descendió del vehículo y le ofreció el brazo para acompañarla hasta la puerta de su casa, como si fuese un pretendiente considerado. La escalinata de acceso, construida en mármol, daba paso a un amplio porche de columnas, iluminado por una lámpara de dos brazos que colgaba del techo.

—Ha sido un placer acompañarla esta noche —le dijo, al tiempo que besaba su mano enguantada.

—Muchas gracias, milord, aunque el placer ha sido mío.

—Que termine de pasar una buena velada...

La puerta principal se abrió en ese momento y, contra el resplandor que emergía del interior, se recortó la figura de un hombre corpulento, de facciones cuadradas y con el cabello rubio oscuro cayéndole sobre la frente.

—Buenas noches, señorita Temperance. —La recibió y luego miró a su acompañante—. Milord…

Lord Algernon lo saludó con la cabeza y desanduvo el camino hasta el carruaje, que aguardaba a los pies de la escalinata. Antes de subir, se giró una última vez y alzó la mano a modo de despedida. Ella, que no se había movido del sitio, devolvió el gesto.

Cuando el vehículo se puso en marcha, Temperance entró y comenzó a quitarse los guantes.

—¿Ha ido todo bien, señorita? —le preguntó el criado.

—Te dije que no hacía falta que me esperaras despierto, Moses —lo riñó con cariño.

—Lo sé, pero es mi trabajo.

—¿Tu trabajo es esperarme despierto cuando vuelvo de una fiesta? —bromeó ella.

—Mi trabajo es protegerla. Venga de donde venga.

Solo entonces reparó en sus ropas elegantes, en las botas altas y en sus mejillas ligeramente coloreadas.

—Moses, ¿me has seguido? —preguntó, curiosa.

—Tanto como ha sido posible —reconoció él, sin ocultarse.

—Pero ¿cómo…?

—En su carruaje, por supuesto. Y permanecí fuera, junto a los demás cocheros, por si me necesitaba en algún momento. He llegado solo unos segundos antes que usted y he entrado por detrás.

—Te lo agradezco mucho, pero no es necesario que…

—Es necesario, señorita. Lo sabe tan bien como yo. Aquí no cuenta con nadie más que conmigo y Seline.

Ella se mordió los carrillos. Era cierto. Estaba lejos de su hogar y de las personas a las que acudir en caso de apuro. Lord Algernon era alguien en quien podía confiar, estaba segura de ello, pero solo hacía unas semanas que se conocían. Moses, en cambio, llevaba más de una década con ella, desde que su familia lo había rescatado de las peleas ilegales que se celebraban en los barrios bajos de Nueva York. Por aquel entonces, él ya había superado los treinta años y su agilidad y su fuerza tenían que competir casi a diario con las de jóvenes aspirantes con músculos de acero y el cuerpo mucho menos castigado. La nariz torcida y una gruesa cicatriz sobre la ceja izquierda eran las marcas visibles de su vida anterior, aunque bajo aquellos ropajes ella sabía que había muchas más.

Tiempo atrás, cuando tomó la decisión de viajar a Inglaterra, Temperance supo sin lugar a dudas qué dos personas quería que la acompañaran.

Y supo también que no se arrepentiría.

La otra persona era Seline Nash, su doncella. Solo un año mayor que Temperance, era una joven enérgica y parlanchina, con la piel del color del café con leche, prueba evidente de su origen paterno, probablemente el dueño de la plantación en la que había nacido, en Alabama. En los años que hacía que se conocían, jamás le había hablado de su padre, y ella intuía que era probable que no estuviera del todo segura de quién la había engendrado, porque a lo largo de ese tiempo le había mencionado a varios capataces y cómo un par de ellos abusaban de las esclavas. Ese había sido el motivo por el que la madre había decidido arriesgarse a huir con ella. Ambas escaparon de la plantación de algodón e iniciaron un largo y proceloso viaje hacia el norte, con la ayuda de la asociación abolicionista de la que luego formó parte la misma Temperance. La señora Nash había muerto en el trayecto, pero la hija, con solo trece años, logró llegar a su destino y allí, tras recibir los cuidados pertinentes, quedó a cargo de la familia Whitaker.

Seline también la esperaba despierta, como sospechaba, y se puso en pie en cuanto ella entró en la habitación.

—¿Se ha divertido? —le preguntó, al tiempo que la ayudaba a desprenderse de la capa.

—Sí, ha sido… entretenido.

—¿Solo entretenido? —Hizo una mueca divertida—. ¿Ningún joven apuesto la ha invitado a bailar? ¿O a pasear por los jardines?

—¿Con este frío? —rio, cansada.

Con manos diestras, comenzó a desabrocharle el vestido, que cayó pesado a sus pies. De repente, se sintió mucho más ligera y, cuando le aflojó los cordones del corsé, esa sensación aumentó. Soltó un suspiro de alivio.

—No entiendo cómo puede respirar con esa cosa puesta —reconoció la criada.

—Es el precio que hay que pagar por estar deslumbrante.

—Usted estaría deslumbrante incluso vestida con harapos.

—Ya, solo que así habría resultado mucho más difícil entrar en esa fiesta.

Seline la ayudó a ponerse un camisón de algodón, tan cómodo y cálido que sintió sueño de inmediato.

—Estoy agotada —reconoció.

—Solo unos minutos más. —La doncella la acompañó hasta la silla situada frente al tocador.

Una vez allí, le extrajo los alfileres y horquillas que adornaban su pelo y luego, con mucho cuidado, retiró la peluca castaña y el vendaje que mantenía su auténtica melena pegada al cráneo. Una cascada rubia cayó por debajo de sus hombros.

—Es una pena que tenga usted que ocultar un cabello tan bonito —se lamentó Seline.

—Es preciso.

—Lo sé, lo sé. Es solo que no me acostumbro a verla tan morena.

Seline le masajeó el cráneo durante unos segundos, lo que le provocó un inusitado alivio y logró al fin relajar sus hombros. Luego cogió un bote de crema y la extendió por su rostro con cuidado. Temperance, con la coronilla apoyada contra el vientre de la doncella, se dejó mimar. Bajo aquellas manos sentía que las fuerzas la abandonaban y que, de un momento a otro, se dormiría allí sentada.

Con delicadeza, la doncella retiró la crema con un paño humedecido y limpió los restos de maquillaje. Su piel pálida y nacarada resplandeció bajo la luz de las lámparas y resaltó el pequeño lunar que tenía junto a la boca, que se encargaba de ocultar a diario.

—Espero que todo esto merezca la pena, señorita.

—Yo también, Seline —ronroneó ella—. Yo también.

Al final a Temperance le había costado mucho rato dormirse. Había repasado una y otra vez los acontecimientos de la noche anterior. Cada conversación mantenida, cada frase pronunciada. Hasta altas horas, pese al cansancio que sentía, permaneció despierta, escribiendo los nombres de las personas que había conocido, sus características físicas, lo que le había llamado la atención, los temas de los que habían hablado e incluso las impresiones que le habían provocado. Y eran tantos los invitados que la tarea le llevó mucho más de lo esperado.

Cerca ya de la madrugada, cerró el cuaderno de tapas negras. No se había olvidado de nada, ni siquiera de ese desconocido con el que coincidió en el último minuto. No sabía su nombre, ni qué papel jugaba en toda aquella historia, pero no podía obviar que se había sentido cautivada por él más de lo que se había sentido por nadie en los últimos años. Era consciente de que no se trataba solo de su atractivo físico, más que evidente. Era algo más. Una especie de fuerza que emanaba de su persona y del temerario resplandor de aquel único ojo, una seguridad que parecía un puerto inexpugnable en mitad de una tempestad.

Se fue a dormir con la mente en blanco, después de haberla vaciado por completo en aquel cuaderno. Solo así fue capaz de conciliar el sueño, y durmió durante siete horas seguidas.

Por la mañana, después de asearse y vestirse con sencillez, ingirió un almuerzo ligero y repasó las notas que había tomado la noche anterior.

Seline la ayudó a disfrazar de nuevo su aspecto ante el resto de los criados y a media tarde bajó al salón para tomar un té con pastas. Cuando el mayordomo le trajo la bandeja con el correo, sonrió complacida. Varias invitaciones para acudir a todo tipo de actos en las próximas semanas descansaban sobre la superficie bruñida.

Satisfecha, se recostó contra la butaca y se dispuso a leerlas. Iba a necesitar a lord Algernon para escoger las más prometedoras.

Londres seguía siendo un misterio para ella.

5

La tienda de madame Giraud en Bond Street era todo lo lujosa que uno podía esperar en un local de aquellas características. Los escaparates lucían modelos exclusivos, acompañados de todo tipo de complementos de lo más exquisito. Al cruzar la puerta de madera pintada de color lavanda, las damas de la alta sociedad londinense lograban sentirse casi en casa. Un puñado de criadas servían té y pastas a cualquier hora, se ocupaban de mover sillas y mesitas, recogían abrigos, guantes y sombreros... Otro grupo de jóvenes, vestidas con más sofisticación y de modales más cuidados, se encargaban de acompañar a las clientas, de mostrarles telas o accesorios, de ayudarlas a consultar las revistas de moda y a elegir los modelos más favorecedores. Y luego estaban las modistas y costureras, que cortaban, cosían, probaban, ajustaban y repetían el proceso una y otra vez hasta que la clienta en cuestión se mostraba del todo satisfecha. Madame Giraud dirigía un pequeño ejército de empleadas, disciplinadas y obsequiosas, y supervisaba todos los pasos del proceso.

Muebles de buena factura, cortinajes, telas cubriendo las paredes, candelabros, pinturas y fruslerías de todo tipo adornaban el interior de la tienda y transmitían la sensación de encontrarse en un salón cualquiera de una mansión cualquiera de Mayfair o St James. Allí se habían reunido tres jóvenes a petición de una de ellas: Ernestine Cleyburne.

—No entiendo para qué necesitas más vestidos —apuntó Mathilda, cómodamente recostada en un diván y con una taza de té en la mano—. Aún no has estrenado los que encargaste la última vez.

—Una mujer nunca tiene suficientes vestidos —puntualizó Ernestine, que se mantenía con la espalda erguida. Había solicitado hablar en persona con madame Giraud, que en ese momento se encontraba atendiendo a la reciente esposa de un duque.

—Mi padre me mataría si encargara otro guardarropa —señaló Hester.

—Tiene suficiente dinero como para comprártelo si quisiera —dijo Ernestine.

—Lo sé, pero es de la opinión de que los gastos innecesarios y superfluos son los que terminan arruinando las grandes fortunas.

—Las grandes fortunas se mantienen mostrando a todo el mundo que las posees —afirmó ella—. El dinero llama al dinero, es lo que dice siempre mi padre.

—Tu padre es un hombre sabio. —Hester sonrió—. A ver si consigo que convenza al mío.

Madame Giraud se aproximó en ese momento. Era una mujer instalada en la frontera entre los cuarenta y los cincuenta años, con el cabello castaño claro peinado a la moda, los ojos marrones pequeños y muy juntos y una figura estilizada y ataviada siempre con esmero. Esa tarde llevaba un vestido de terciopelo azul oscuro, con los puños y el cuello de encaje negro. No era tan elegante como para eclipsar las prendas que elegían sus clientas, pero sí lo suficiente como para hablar de su buen gusto.

—Señoritas, es una alegría volver a verlas por aquí —las saludó—. Me han dicho que querían hacerme una consulta.

—Sí —respondió Ernestine, que acaparó la atención de la famosa modista—. Me preguntaba si podría confeccionarme un par de vestidos nuevos.

—Oh, por supuesto. ¿De noche? ¿De paseo? ¿De tarde?

—De noche. Había pensado en algo… distinto.

—Han llegado las últimas revistas de moda, podemos confeccionarle el modelo que prefiera.

—Más que el modelo había pensado en un tejido diferente.

—No comprendo.

—¿Tiene algo en color marrón?

—¿Marrón?

La pregunta la formularon al mismo tiempo la modista y las dos jóvenes. Mathilda dejó la taza de té a medio beber sobre la mesita, Hester se incorporó en su asiento y Madame Giraud alzó las cejas de forma pronunciada.

—Bueno, en realidad el color exacto se parece más a...

—Al bronce bruñido, no me diga más.

—Sí, ¿cómo...?

—Es la tercera clienta que acude hoy con una petición similar. Aunque he de decir que una de ellas lo comparó más con el tono de las castañas asadas.

—¿Tiene algo en esa tonalidad? —insistió Ernestine, a quien no le había hecho gracia que más personas hubieran acudido con el mismo encargo.

—Me temo que no —reconoció la modista con una pequeña mueca—. Los marrones suelen utilizarse para la ropa de estar en casa, o para las viudas. Hasta la fecha jamás he confeccionado un vestido de fiesta de ese color.

—¿Es posible que pueda conseguirlo en breve?

—He contactado con mis proveedores de telas, pero nadie está trabajando en este momento con esa gama. De todos modos, señorita Cleyburne, es usted demasiado joven para lucir un color tan oscuro.

—Me aburre llevar colores claros e insignificantes.

—Oh, pero es usted una debutante, es lo que se espera que luzca en las fiestas. Los tonos pálidos acentúan su pureza y, con ese hermoso cabello que Dios le puso sobre la cabeza, seguro que debe estar usted preciosa.

—Sí, bueno, muchas gracias de todos modos por habernos atendido. —Ernestine se levantó y sus amigas la imitaron.

—Vuelvan cuando gusten... —se despidió la dueña.

Las criadas acudieron solícitas con sus capas, guantes y sombreros y, unos minutos después, estaban las tres de nuevo en la calle.

—No tenía ni idea de que querías un vestido marrón —señaló Mathilda—. ¡Es un color horrible!

—¿Te pareció espantoso el vestido que llevaba anoche la Americana? —preguntó, algo molesta.

—En absoluto. En ella ese color era… perfecto. Pero recuerda que es una mujer mayor.

—Elegante y sofisticada también, no olvides mencionarlo —dijo con sorna.

—No estoy muy segura de que ese tono te favoreciera en absoluto.

—Tendremos que comprobarlo entonces.

—Pero… Madame Giraud ha dicho que no tenía tela de ese color —comentó Hester.

—Madame Giraud no es la única modista de Londres —señaló Ernestine, que comenzó a caminar de forma resuelta, seguida por sus dos amigas.

Una de las cosas de las que Gordon Cleyburne se sentía más orgulloso era de su colección de obras de arte. No era tan extensa como le habría gustado y, desde luego, no tanto como la del duque de Devonshire, pero en su favor tenía que decir que el duque provenía de una larga familia de nobles adinerados que habían ido acumulando muchos objetos a lo largo de sus vidas. Él, en cambio, era el primero de su estirpe que decidía invertir en piezas raras o valiosas y le gustaba la sensación de sentirse dueño de algo único e irrepetible.

Desde hacía trece meses contaba además con su propio especialista en arte, un joven llamado Robert Foster, con importantes contactos en los mercados de antigüedades y que, hasta la fecha, le había proporcionado media docena de piezas valiosas. La última de ellas, una pequeña escultura de origen griego datada en el siglo IV a. C., había llamado la atención del propio

Devonshire, que la había admirado con cierta envidia. O eso habría asegurado él.

Robert Foster disponía de un despacho propio al final del corredor de la planta principal, y allí lo encontró el barón Oakford, limpiando con esmero un busto que había conseguido de las ruinas de Pompeya, junto con un par de vasijas en asombroso buen estado. El descubrimiento de la ciudad que había quedado sepultada bajo una gruesa capa de cenizas llevaba ya unas décadas atrayendo la atención de arqueólogos, eruditos y aventureros, aunque aún faltaba mucho por revelar de aquella urbe arrasada por la erupción del Vesubio en el siglo I. A Cleyburne el tema le parecía tan fascinante que había tratado sin éxito de conseguir más piezas, e incluso de hacerse cinco años atrás con el cuadro que había pintado el ruso Karl Briulov en 1833, un óleo sobre lienzo de poco más de seis metros y medio de largo que había contemplado en el Salón de París. El artista había obtenido la medalla de oro del jurado, y no era de extrañar, pues había tardado seis años en completarlo. La pintura reflejaba con gran realismo lo que debió significar la erupción del volcán y en ella aparecían varias figuras tratando de protegerse en vano del fuego y las cenizas. El Salón de París era una de las mayores exposiciones de arte del mundo, a la que Cleyburne había asistido en varias ocasiones, pero jamás había vuelto a sentir aquella conexión con ninguna de las obras que allí había contemplado. Después de ser admirada en Milán, Roma y París, el cuadro de Briulov había terminado en San Petersburgo, pues ni siquiera la fortuna de Cleyburne había podido competir con la del zar Nicolás I.

Sin embargo, la obra del pintor había inspirado también una novela casi con el mismo título, *Los últimos días de Pompeya*, de Edward Bulwer-Lytton, un joven barón miembro del Parlamento que había tenido oportunidad de ver la pintura en Milán. Aunque sus posiciones políticas eran contrarias —Bulwer-Lytton era *whig* y Cleyburne se alineaba con los *tories*—, habían coincidido suficientes veces como para que la relación fuese más o menos fluida. De ese modo, el barón no había tenido reparo en pedirle que le firmara un ejemplar de la primera edición de su novela, que se había publicado en 1834. Eran muchos, él incluido, los que opinaban que, con el tiempo, aumentaría su valor. De hecho, cuando el joven Robert Foster consiguió adquirir el busto de mármol, que probablemente había adornado alguno de los jardines de la antigua ciudad romana, Cleyburne había valorado la posibilidad de colocar la novela de Bulwer-Lytton junto a él, pero Foster se lo había desaconsejado. El libro no había adquirido aún relevancia suficiente y desmerecería la antigüedad de la pieza principal. Acabó por darle la razón.

Cleyburne permaneció unos segundos bajo el vano de la puerta, observando a su empleado limpiar con un pequeño cepillo los pliegues de la elaborada melena de la escultura. El joven insistía en realizar esas tareas en el despacho, donde disponía de mucha luz y de sus herramientas, y cada vez que era preciso trasladaba el busto en un carrito que se había hecho fabricar para esos menesteres. Al barón no le agradaba que las piezas abandonaran su ubicación porque podrían dañarse, pero Foster insistía en que era el mejor modo de proceder.

El despacho, según pudo comprobar de un simple vistazo, presentaba el aspecto de siempre, una mezcla de cuidado desorden de legajos, libros, pequeñas piezas en distintas fases de autenticación o restauración y la acostumbrada pila de periódicos extranjeros en los que Robert Foster buceaba a diario en busca de oportunidades.

—¿Algo interesante? —preguntó mientras se aproximaba a la mesa de su empleado.

Foster dio un pequeño respingo. Había estado tan concentrado en su tarea que no le había oído llegar.

—Nada para nosotros —contestó el joven, que regresó a su tarea.

El comentario llamó la atención de Cleyburne, que estiró el cuello por encima de la mesa. Había un periódico turco abierto por la mitad y debajo otro egipcio —ambos en inglés— y sobre este último descansaba una larga carta escrita en un idioma desconocido.

Tomó el diario y le dio la vuelta. Allí, en una esquina de la decimosegunda página, vio la pequeña noticia. En algún punto sin confirmar cerca de Luxor, en Egipto, se había descubierto la antesala de lo que parecía ser un templo o una tumba, con algunos objetos en su interior. El artículo no mencionaba ni la cantidad ni la calidad de dichas piezas, así que, pensó, no debía tratarse más que de otro agujero vacío en mitad del desierto. Desde que se había iniciado el gusto por las antigüedades egipcias, eran muchos los que excavaban sin descanso en busca de las tumbas de los faraones, casi siempre para descubrir que otros habían llegado antes que ellos para saquearlas.

—¿Qué me dice de esto? —preguntó, con el diario en la mano.

Foster estiró un poco el cuello para comprobar qué había llamado la atención de su jefe y luego se desentendió.

—Aún no es el momento —le dijo.

—¿El momento de qué? —Cleyburne volvió a comprobar la noticia.

—Uno de mis contactos me ha asegurado que el descubrimiento podría ser mucho mayor de lo que menciona el periódico. Estamos siguiendo el asunto, por si podemos conseguir alguna pieza dentro de unos meses, cuando la excavación haya finalizado —contestó, sin abandonar lo que estaba haciendo—. Ya le avisaré cuando se presente la ocasión adecuada.

—¿Cuánto mayor?

—Podría ser uno de los descubrimientos de la década, tal vez del siglo —anunció con voz neutra.

—Pero eso es… ¡asombroso! —exclamó, agitando las páginas—. ¿No sería mejor adelantarse y obtener las mejores piezas ahora?

—Me temo que no será posible —Foster tenía ahora toda la atención puesta en él—. Por lo que he podido averiguar, todo lo que se obtenga es propiedad de un jeque local, que se niega a venderlas por separado y busca a un único comprador. Asegura que no desea convertir aquello en un mercadillo, por eso la noticia apenas ha trascendido. Tampoco desea la intervención del gobierno egipcio.

—Pues entonces cómprela entera.

Foster abrió los ojos de forma desmesurada.

—¿La excavación? Lord Oakford, no sabe lo que está diciendo —le aseguró—. Al parecer se trata de varias docenas de objetos, muchos de ellos de oro y gemas. ¿Se imagina lo que pedirá por ella? Además, hablamos solo de una pequeña antesala, hace falta una gran inversión para continuar con los trabajos.

—No puede ser tanto —comentó Cleyburne—. La libra esterlina es una moneda fuerte y, al cambio, seguro que no representa un desembolso tan grande.

—Estamos hablando de varias decenas de miles, milord —susurró Foster—. Ese tipo de inversiones solo está al alcance de unos pocos. Una vez se haya descubierto todo, estoy seguro de que podremos conseguir del comprador final algunas piezas sueltas para su colección.

—Hummm. —Cleyburne se mordió el labio—. Esto podría ser una nueva Pompeya, Foster.

—Es posible, milord. ¿Quién puede saberlo? Aun así, el riesgo es demasiado elevado y es mi deber desaconsejárselo encarecidamente.

—Sí, sí… —El barón agitó la mano en el aire, contrariado.

—Tal vez podría conseguirle algunos mosaicos de Pompeya, o incluso otra vasija.

—Ya tengo dos —masculló.

—También he localizado un manuscrito iluminado del siglo XII en un pequeño monasterio de Francia —continuó Foster—. Estoy a la espera del certificado de autenticidad y, en cuanto me sea posible, viajaré para comprobarlo.

—Ah, eso suena prometedor. —Cleyburne pareció recuperar el buen humor y, tras echar un último vistazo al periódico, volvió a dejarlo sobre la pila.

No siempre se podía salir victorioso. El poder de un hombre sabio residía en reconocer las batallas que no podía ganar. El tiempo le había enseñado esa valiosa lección.

Harmony Barton adoraba el teatro, y su preferido era el Her Majesty's Theatre, en Haymarket, que antes de la entronización de la reina Victoria se había llamado King's Theatre. Su familia no podía permitirse pagar las más de dos mil quinientas libras que costaba un palco durante la temporada, así que se veían obligados a adquirir las entradas para las funciones, que valían alrededor de doce chelines por cabeza. A ella, con tal de ver la representación, no le importaba ocupar uno de los asientos de la platea —casi nunca en la parte central, más caras—, aunque tuviera que soportar a vecinos molestos.

La primera vez que había asistido al teatro, el año anterior, había quedado fascinada. William Macready, uno de los mejores actores del momento, había interpretado el Enrique V de Shakespeare, en el Royal Theatre de Covent Garden. Harmony se había emocionado hasta saltarle las lágrimas durante el discurso del día de San Crispín, con el que el rey arengaba a sus tropas antes de la batalla de Azincourt, donde franceses superaban a los ingleses en apabullante número. Cuando Macready, con su voz profunda y grave, pronunció las famosas palabras «porque el que hoy derrame su sangre conmigo será mi hermano; por vil que sea, este día ennoblecerá su condición», Harmony ya lloraba a lágrima viva, presa de un fervor patriótico que no había sentido jamás. Ese día, lo recordaba a la perfección, sus dos hermanos la habían acompañado y, lejos de burlarse de ella, se habían mostrado comedidos y parcos en palabras. Harmony supo que se habían emocionado tanto como ella y desde entonces ninguno de los tres se perdía un estreno, aunque tuvieran que renunciar a otros entretenimientos. Por desgracia, Justin se encontraba en esos momentos en Northumberland y tardaría en regresar. Se preguntó si allí también gozaría del privilegio de asistir a alguna representación.

Junto con el teatro, Harmony había descubierto también el gusto por la ópera y, sobre todo, por el ballet, y el Her Majesty's Theatre era el lugar idóneo para una representación de esas características, dado que disponía de uno de los escenarios más amplios de Londres. Harold no había mostrado la misma inclinación por la música y, con Justin ausente, esa noche Harmony asistía al espectáculo en compañía de sus padres, aunque ninguno de los dos parecía mucho más interesado que su primogénito. Sin embargo, asistir al teatro o a la ópera era un acto social de cierta relevancia, y casi todas las familias con hijas casaderas acudían con relativa frecuencia.

Durante los entreactos, los pasillos se llenaban de gente y los que asistían a la representación en la platea subían a los pisos superiores a visitar a los amigos y conocidos que frecuentaban los lujosos palcos. Esa noche, a Harmony no le sorprendió distinguir a la señorita Temperance Whitaker saliendo de uno de ellos en compañía de lord Algernon. En esa ocasión lucía un vestido en distintos tonos de azul, desde el medianoche de gran parte de la amplia falda hasta el celeste de algunos adornos. Era un atavío un tanto extraño, y daba la sensación de haber sido confeccionado a partir de distintos recortes de telas, pero el resultado era espectacular. Ni siquiera aguardó a sus padres para acercarse a saludarla.

—Señorita Whitaker, cuánto me alegra encontrarla aquí —dijo, con mayor efusividad de la que pretendía.

—Buenas noches, señorita Barton. Espero que esté disfrutando del ballet. —La mujer la saludó con comedida cortesía.

—Oh, ya lo creo que sí. ¿No le parece que Marie Taglioni está maravillosa?

—¿Es usted aficionada al ballet?

—¡Me encanta! —reconoció la joven—, aunque debo confesar que prefiero el teatro.

—También yo —aseveró la mujer, esta vez con una sonrisa que se le antojó sincera—. Habría sido imperdonable perderme esta función.

—¿Tienen muchos teatros en Nueva York?

—Por supuesto, casi tantos como aquí. El New Theatre, en Manhattan es incluso más grande que este.

Los vizcondes Bainbridge, que se habían detenido previamente para saludar a unos conocidos, llegaron al fin junto a su hija. Harmony lamentó la interrupción, porque le habría gustado continuar conversando con aquella mujer. La presencia de sus padres le impediría hacerlo con total libertad, así que decidió permanecer en segundo plano mientras charlaban de temas insustanciales y viejos conocidos.

De tanto en tanto, miraba a la señorita Whitaker, ansiosa por preguntarle cosas sobre su país y sobre su ciudad, sobre la última obra que había visto o sobre el último libro que había leído. Aunque apenas habían intercambiado un puñado de frases en las dos veces que se habían visto, sentía una inexplicable conexión con aquella desconocida, que le parecía la persona más fascinante que había conocido durante toda la temporada.

6

Temperance era consciente del interés con el que la observaba aquella jovencita y estuvo tentada de comprobar con las manos que la peluca se encontrara bien colocada. La madre, en cambio, la vizcondesa Bainbridge, poseía una mirada mucho más dura y calculadora, como si no dejara de preguntarse quién era aquella americana que había irrumpido en sus salones, y en compañía nada menos que de uno de los nobles más respetados de Inglaterra.

Mantenía la mandíbula tensa, a la espera de algún ataque directo, por parte de la vizcondesa Bainbridge o de alguna de las otras personas que se habían aproximado a saludar, aunque sus temores fueron infundados. Sin embargo, cuando regresó al palco sentía los hombros rígidos y no consiguió relajarse en todo el segundo acto. Unos minutos antes de que este finalizara, salió a hurtadillas y se dirigió al tocador, donde se refrescó y comprobó el estado de su atuendo, en especial del cabello. No se había movido de su sitio, lo que la tranquilizó un poco.

Decidió volver a toda prisa, pero sus pies se detuvieron en cuanto salió al pasillo desierto. Allí, apoyado con indolencia contra una de las columnas, se encontraba el atractivo desconocido de la otra noche.

—Me había parecido que era usted —le dijo.

—¿Cómo? —preguntó ella, con la boca seca.

—Mi palco se encuentra casi enfrente del suyo —respondió—, y creí verla salir.

—¿Ha estado usted espiándome? —inquirió, entre halagada y molesta.

—Es usted mucho más interesante que el ballet.

—No sé si eso dice mucho de usted en cuanto a gustos musicales.

—Créame, considero a Taglioni un compositor notable, y a su hija, una bailarina excepcional. —El hombre se acercó un paso más y ella sintió que se le erizaba toda la piel.

—Entonces es un gran cumplido.

—Usted no merece menos —susurró.

—¿Acostumbra a flirtear con tanto descaro con mujeres desconocidas? —La voz de Temperance apenas fue un murmullo.

—Lo cierto es que no, aunque le cueste creerlo. —Su respuesta fue concisa y directa, e intuyó que no mentía—. Usted es la Americana, ¿verdad?

—Dudo mucho que yo sea la única mujer de Estados Unidos de visita en Londres, tal vez incluso en este teatro.

—Oh, pero sin duda es la más encantadora.

—¿En qué se basa para una afirmación tan categórica? —preguntó, clavando en él sus ojos azul profundo—. Apenas hemos intercambiado un puñado de frases.

—Suficientes.

Ambos se encontraban tan cerca que, con solo alzar la mano, Temperance habría podido acariciar sus mejillas, cubiertas con una barba muy corta que alternaba el rubio con el rojizo. De lejos, escuchó los aplausos del público y supo que el segundo acto había finalizado. Volvió la cabeza en dirección a su palco, donde en ese momento lord Algernon se asomaba, seguramente buscándola.

—He de irme —le dijo al desconocido.

—Hasta la próxima entonces.

Temperance se alejó con premura y alcanzó a lord Algernon en el momento en el que las puertas que daban al corredor comenzaron a abrirse, de tal modo que pareció que ambos salían al mismo tiempo. Echó la vista atrás para comprobar si el desconocido aún se encontraba allí, pero ya no había rastro de él. Unos minutos después, aquel hombre había desaparecido de su pensamiento.

Alexander regresó a su asiento. Por el camino apenas se detuvo a saludar a los caballeros y las damas que salían a los pasillos a charlar y entró en el palco como una tromba. En todos los años que llevaba acudiendo a aquellos actos sociales jamás había hecho nada semejante: abordar a una mujer a solas cuando salía del tocador. Pero ¿en qué diablos estaba pensando?

—¿Te ha dado calabazas?

—¿Qué? —Alexander miró a su amigo como si de repente hubiera recordado que no estaba solo.

—La dama a la que llevas toda la noche observando.

—Yo no…

—Ni te atrevas a mentirme —le dijo con una sonrisa franca—. ¿Crees que no tengo ojos en la cara? Y unos muy bonitos, además, o eso dice mi madre.

Alexander echó un rápido vistazo al palco situado enfrente, vacío en ese momento, y se dejó caer sobre su butaca.

—¿Me creerías si te dijera que no tengo ni idea de lo que he hecho ni por qué?

—Te creería incluso si me dijeras que te ha salido una segunda cabeza, aunque no pudiera verla.

Alexander volvió la vista y miró a su amigo, a ese hombre al que le confiaría su vida entera.

—Tu madre tiene razón, ¿sabes?

—Mi madre tiene razón en muchas cosas…

—Tus ojos son bonitos —bromeó Alexander.

Jake Colton soltó una carcajada, y a él le pareció uno de los sonidos más reconfortantes del mundo. Siempre se lo había parecido, desde que ambos se habían conocido en la Universidad de Oxford, hacía casi una eternidad. Jake era un joven algo tímido hasta que se le conocía bien. Aplicado, inteligente, leal, trabajador, honesto… Cualquier hombre se sentiría orgulloso de contarlo entre sus amigos, como era el caso de Alexander, aunque algunos lo trataran con cierto desdén por su origen humilde. Y eso que no sabían ni la mitad. De entre todos sus coetáneos, solo Harold Barton y Alexander Lockhart conocían su historia con detalle. Los tres eran casi inseparables desde sus años en la universidad, y él confiaba en que sería así hasta el fin de los tiempos.

Jake y su hermano Eliot habían sido unos huérfanos de las calles de la ciudad de Worcester, en el condado de Hereford, hasta que una joven dama llamada Madeleine Hancock, entonces condesa de Sedgwick, los había rescatado y, años después, adoptado. Alexander jamás había visto a una madre querer tanto a unos hijos. La suya propia, sin ir más lejos, a pesar de ser una mujer bastante afectuosa, no lograba irradiar esa chispa de cariño y confianza que había visto en Madeleine. Animaba a Jake y a Eliot a alcanzar sus metas, los apoyaba en sus decisiones, aunque a veces las considerase equivocadas, y se mostraba cercana sin ser invasiva. Alexander debía admitir que, cuando la había conocido por primera vez a los diecinueve años, se había enamorado sin remedio de ella. Era dulce, hermosa, fuerte e inteligente, e irradiaba una luz a la que era imposible sustraerse.

«Eso es», se dijo. Eso era lo que le atraía de la señorita Whitaker. Aquella mujer, aquella americana, poseía esa misma luz.

Aunque era posible que ni ella misma lo supiera.

Conrad Barton, vizconde Bainbridge, repasaba las cuentas, como cada mañana. Con cierta satisfacción, comprobó que no se habían excedido del presupuesto y, una vez hechas todas las anotaciones pertinentes, abrió el correo que su mayordomo acababa de entregarle. Un par de facturas con las que ya contaba y una carta desde Barton Manor, su residencia en Kent, remitida por Peter Shaw. El ingeniero Shaw llevaba un par de meses haciendo prospecciones en sus tierras. Aseguraba que en el subsuelo se encontraba una importante mina de carbón y estaba tratando de dilucidar el perímetro y la profundidad de esta. La inversión, en caso de llevarse a cabo, sería sustancial, pero solo sería rentable si realmente el yacimiento merecía la pena, y era lo que Shaw estaba tratando de averiguar.

Conrad aún no sabía de dónde iba sacar el dinero para hacer esa primera inversión, pues la cantidad aproximada mencionada por Shaw era muy superior a los fondos que poseía o que podía conseguir. Intuyó que, llegado el caso, se vería obligado a solicitar un préstamo con la garantía de las ganancias que se obtuvieran con la mina. A pesar de sus reticencias a la hora de pedir dinero prestado, los posibles beneficios eran demasiado tentadores como para dejarlos pasar. En cuanto se corriera la voz, además, Harmony recibiría la atención que merecía, y sus hijos Harold y Justin podrían afrontar el futuro en una posición mucho más ventajosa. Por el momento no eran más que sueños en el aire, susceptibles de ser barridos por cualquier huracán, pero ya había comenzado a prepararse para ello y había enviado a Justin a Northumberland, a las minas de carbón, para que aprendiera cómo funcionaban, cómo se dirigían y cómo se explotaban de la mejor manera posible.

Conrad abandonó sus ensoñaciones y regresó al libro de cuentas para anotar las últimas partidas. Todavía era demasiado pronto para hacer elucubraciones.

Un carruaje sencillo pero elegante se detuvo frente al número 17 de Arlington Street. De él descendió un hombre de poco más de cuarenta años, vestido con sobriedad, de ojos y cabello oscuros y un bigote bien recortado y pulcramente engominado. Su pequeño maletín negro lo identificaba como médico, y era un accesorio que siempre lo acompañaba.

Solomon Peyton-Jones, doctor en Medicina, pidió a su cochero que lo esperara y ascendió con premura los escalones que lo conducirían a la puerta principal de aquella mansión. Mientras aguardaba, echó un vistazo a los jardines de la parte delantera, huérfanos de flores y aun así de una belleza arrebatadora. Algún día, se decía cada vez que acudía a aquella casa, él también poseería un hogar como aquel.

El mayordomo lo recibió como era habitual y lo hizo pasar, también como tenía por costumbre, a la pequeña salita cerca de la entrada. Solomon aprovechó aquellos minutos para comprobar su aspecto en el espejo de medio cuerpo que adornaba la habitación, decorada en tonos ocres. La tarde comenzaba a declinar y los colores tostados despedían una calidez que le reconfortaba los huesos y le aliviaba un tanto el mal humor. Odiaba aquellas visitas que se veía obligado a realizar, casi tanto como odiaba a la persona que iba a recibirle.

No tuvo que esperar mucho tiempo. La puerta se abrió casi con sigilo y Gordon Cleyburne, barón Oakford, hizo acto de presencia. Iba ataviado con un traje elegante y cómodo, en gris oscuro, con una camisa tan blanca que, por un instante, acaparó toda la luz de la habitación.

—Señor Peyton-Jones, no le esperaba —lo saludó sin extender la mano, como habría sido de rigor en otras circunstancias.

—Dispongo de una información que he considerado que debería saber.

—Por supuesto. —Cleyburne se estiró el chaleco—. Tome asiento, por favor.

—No me quedaré tanto tiempo.

—Como guste.

El barón ocupó una de las butacas y desde allí clavó en el doctor sus ojos marrones, tan fríos como inexpresivos. Solomon cambió el peso de un pie a otro y se arrepintió de no haber aceptado la invitación para ocupar uno de los asientos. Allí de pie se sentía expuesto al escrutinio de aquel hombre, que había cruzado una pierna sobre la otra y aguardaba con su acostumbrada paciencia.

—Usted dirá. —Cleyburne lo animó a hablar.

—He estado en casa del barón Walton —le dijo—. Según cuentan los criados, uno de los lacayos ha sido despedido por mantener una relación poco apropiada con su segunda hija.

—Hummm, interesante… —comentó el anfitrión.

Hacía unos años que Solomon Peyton-Jones atendía al servicio de algunas de las casas más importantes de St James y Mayfair —todavía no demasiadas—, y a los criados les encantaba compartir los chismorreos de sus señores con cualquiera que deseara oírlos, sobre todo con alguien capaz de transmitir la confianza que desprendía un médico de su reputación. Por un aciago vuelco del destino, hacía ya tres largos años que se veía obligado a compartir esa información con Cleyburne, una tarea que cada vez le resultaba más ardua y desagradable.

—Al parecer, no han sido más que unas cuantas conversaciones a escondidas —continuó.

—Que usted sepa.

—Que yo sepa, en efecto. Pero el criado ha sido despedido. Y a la joven no se la ha visto desde entonces.

Si la muchacha en cuestión se había quedado embarazada de uno de los lacayos de la casa, era poco probable que Solomon se ocupara del caso. Su estatus aún no era tan elevado como para atender a los aristócratas y sus familias.

—En todo caso no tardaremos en descubrirlo —comentó Cleyburne—. La joven fue presentada en sociedad el año anterior. Si desaparece de repente de los salones será una información mucho más valiosa.

No sería la primera joven en caer en desgracia, pensó Solomon. Ni la primera que se vería obligada a abandonar su hogar y a refugiarse en casa de algún pariente lejano hasta dar a luz, para luego regresar y continuar con la búsqueda de un marido apropiado, mientras el niño, en el mejor de los casos, era adoptado por algún pariente y, en el peor, abandonado en alguna inclusa.

—¿Alguna cosa más? —preguntó.

—No…

—Gracias, señor Peyton-Jones. —Cleyburne se levantó, dando por concluido aquel pequeño encuentro.

Tampoco hubo intercambio de despedidas, y el médico abandonó aquella casa sintiéndose un poco más miserable que la última vez. El frío azotó su rostro y envolvió su enjuto cuerpo mientras descendía los escalones y volvía a subir al carruaje. Ordenó al cochero que lo llevara a casa, en Holborn, donde tenía pensado servirse un buen vaso de whisky para borrar la amarga sensación que se le había quedado pegada al paladar.

Cerró los ojos y se pellizcó el puente de la nariz. Tal vez, pensó, un solo vaso de whisky no fuese suficiente.

Ni siquiera dos.

Temperance había decidido establecer un día de visita a la semana en su casa de Mayfair. Sabía que era costumbre entre los miembros de la alta sociedad hacerlo de ese modo, a no ser que a uno no le importara recibir a diario y a todas horas.

Aquella era la primera tarde que iba a abrir las puertas de su hogar y había dado instrucciones al mayordomo de aceptar a todos aquellos que se acercaran. Había encargado a la cocinera varias bandejas de canapés y algunos dulces, además de té, cacao y café, y se había vestido con especial esmero con un vestido de color mostaza tan inusual como todos los que había lucido hasta la fecha. Había aprendido desde muy joven que un atuendo bien escogido era un modo muy eficaz de llamar la atención sobre su persona. A lo largo de los años había visto a mujeres realmente hermosas pasar del todo desapercibidas con sus vestidos discretos y de colores apagados, y lo que ella pretendía era justamente lo contrario.

Como era de esperar, el salón de su casa se vio invadido por varias damas de la alta sociedad y algún que otro caballero, que presentaron sus respetos y alguna fruslería antes de desaparecer y dejar el té y las pastas para las señoras.

Temperance le había pedido a su doncella que se quedara en el piso de arriba, porque temía que aquellas encopetadas damas la hicieran sentir incómoda, pero Seline no quiso ni oír hablar de ello.

—Estoy muy orgullosa de mi color, señorita —se defendió.

—Lo sé, y también yo. Pero aquí...

—No se preocupe por mí. Seré una excentricidad más —le dijo con una sonrisa—. Imagine las conversaciones que esas mujeres mantendrán con sus familias esta noche durante la cena. Además, no creo que sea muy distinto a Nueva York.

—Pero no tienes por qué hacerlo.

—No se crea ni por un momento que va a disfrutar de esto sin mí —replicó la criada con una risita.

En efecto, la presencia de Seline llamó la atención mucho más que el vestido de la anfitriona o los cambios que había hecho en el interior de la mansión. Muchas de las presentes le dirigían miradas de soslayo y se encogían involuntariamente cuando la joven se aproximaba a ellas para rellenar sus tazas o acercarles las bandejas. Como si el tono oscuro de su piel fuese algo contagioso.

Sin embargo, ninguna de aquellas damas preguntó por ella y casi todas la ignoraron con más o menos disimulo. De tanto en tanto, Seline miraba a Temperance y en una ocasión incluso le guiñó un ojo. Se lo estaba pasando en grande. A decir verdad, mucho mejor que ella, que todavía sentía el estómago contraído.

Por fortuna los motivos de conversación fueron bastante inocuos: el compromiso de la reina, los últimos dictados de la moda —ninguna preguntó tampoco por su modista, aunque su vestido acaparó varias miradas curiosas—, los próximos eventos sociales, los actos benéficos de cara a la Navidad…

Cuando el día comenzó a declinar y aquellas damas empezaron a despedirse, Temperance suspiró de alivio. Había superado la primera prueba y recibido un puñado de invitaciones a tomar el té y a devolver la visita de varias de las asistentes. Sus primeros pasos en la alta sociedad londinense parecían firmes.

Así también lo creyó lord Algernon cuando acudió esa noche a cenar, e incluso la felicitó por su éxito.

—No tiene mérito alguno —comentó ella, como al descuido.

—¿Siempre acepta tan mal los cumplidos?

—En todo caso, el mérito le corresponde a usted también, lord Algernon —le aseguró—. Sin su ayuda no habría logrado introducirme en esos círculos.

—Estoy convencido de que habría encontrado el modo, con o sin mi ayuda.

—Es posible —reconoció, a regañadientes.

Temperance lo observó un instante. Aquel hombre, elegante y discreto, parecía comenzar a disfrutar de su pequeña representación. Qué lejos quedaba ahora aquel anciano frágil y apático que la había recibido en su casa solo un mes atrás.

—Por cierto, tengo noticias. —Lord Algernon echó mano al interior de su chaqueta y extrajo un sobre de color crema adornado con un escudo de armas—. Hemos sido invitados a la fiesta del duque de Devonshire.

El pulso de Temperance se aceleró mientras tomaba aquel trozo de papel entre los dedos y extraía la primorosa tarjeta. «Lord Algernon y acompañante», rezaba la misiva. No la habían incluido de forma directa en la invitación, pero, dado que el anciano llevaba más de una década alejado de los eventos sociales y que solo se había dejado ver en su compañía, era de esperar que fuera ella quien acudiera a su lado.

—Esto es magnífico —aseguró, devolviéndole el sobre y su contenido.

—También lo creo. —Lord Algernon tomó su copa y bebió un sorbo de vino, con la mirada fija en ella—. Y deduzco que ese joven también estará allí.

—¿Qué joven? —El pulso de Temperance volvió a acelerarse, aunque por un motivo bien distinto.

—Los vi juntos en el teatro, en el pasillo. ¿O acaso ya no lo recuerda?

Por supuesto que lo recordaba. De hecho, había pensado en esa escena en más de una ocasión.

—Vagamente —mintió, con la vista fija en el contenido de su plato.

—Ni siquiera sabía que ya habían sido presentados.

—Bueno, en realidad…

—Comprendo —la interrumpió—. Aunque sin duda sabe de quién se trata, ¿no?

Ella lo miró con la culpabilidad reflejada en sus ojos.

—Oh, Dios —resopló lord Algernon—. El joven de la otra noche es Lockhart. Alexander Lockhart.

La garganta de Temperance se cerró de golpe y dejó caer el tenedor sobre el plato. Durante unos segundos no se escuchó más ruido que el de su respiración, que se había vuelto pesada.

Alexander Lockhart era el atractivo desconocido con el que había coincidido en dos ocasiones, el hombre que había logrado colarse en sus fantasías nocturnas.

—¿Hay algún problema? —La voz de lord Algernon sonó como si proviniera de otra habitación.

—Ninguno en absoluto —respondió, con la mandíbula apretada.

Solo que no era cierto, y ambos lo sabían. Al menos Temperance lo tenía muy claro.

Debía alejarse de Alexander Lockhart. Tanto como le fuera posible.

7

La mansión del duque de Devonshire, ubicada en Mayfair, era una construcción alargada de tres pisos, con una fachada bastante sobria y dos escaleras exteriores que ascendían en suave curva hacia la segunda planta, en este caso la principal.

El carruaje del barón Oakford se detuvo y de él descendieron el aristócrata y su hija. En el patio, profusamente iluminado, se acumulaban vehículos de toda índole, con los cocheros arrebujados en sus capas y mantones.

Cleyburne habría rechazado con gusto acudir a esa velada, molesto con la idea de encontrarse con el anfitrión. Robert Foster le había comunicado el día anterior que el manuscrito iluminado que pretendía conseguir había sido adquirido finalmente por el duque de Devonshire, sin que su empleado hubiera tenido siquiera la oportunidad de verlo o de pujar por él. Sin embargo, no podía privar a Ernestine de asistir a un evento de esa importancia, pues el duque era uno de los nobles más prominentes de Inglaterra.

Por otro lado, él mismo tampoco podía rechazar la oportunidad de encontrar cierto resarcimiento, si no en la figura del duque, sí en la de otra persona que le inspiraba incluso mayor antipatía: el conde de Easton. Morgan Haggard era un *tory*, igual que él, pero hasta ahí llegaban las semejanzas. La participación de Gordon Cleyburne en los asuntos del gobierno como miembro del Parlamento se limitaba a seguir los dictados que marcaban sus negocios, apoyando leyes que pudieran favorecerlos y retrasando u obstaculizando aquellas que los perjudicaban. Haggard, por el contrario, poseía unas miras más elevadas y siempre parecía moverse en beneficio del Imperio, y Cleyburne desconfiaba por naturaleza de las personas sin ambiciones políticas propias.

Sin embargo, no podía negar que el conde era un hombre inteligente, capaz y muy rico, y, si no fuera porque ya estaba casado, tal vez lo habría elegido como esposo para Ernestine. A pesar de que no le profesaba simpatía alguna. El sentimiento era mutuo, no le dolía reconocerlo, y estaba convencido de que esa noche la animadversión iba a aumentar unos puntos. Ambos habían estado batallando por la obtención de una importante plantación de cacao en Venezuela, propiedad de un hombre de negocios británico que había decidido retirarse a su Durham natal. Esa misma semana, y tras un par de meses de negociaciones, Cleyburne había logrado al fin hacerse con ella y tenía en mente una serie de proyectos futuros que le reportarían grandes beneficios. Ganarle la partida al conde de Easton había sido el primero de ellos, pero no el último.

Con su hija del brazo, entró en el gran vestíbulo de la mansión Devonshire y sus ojos se dirigieron de inmediato a la mesa del centro, como veía hacer a otros invitados. Las famosas rosas negras Elsbeth, que adornaban la entrada cada inicio de verano, no estaban. Las extrañas flores provenían del condado de Hereford y solo el duque, dada su gran amistad con los barones Falmouth, que eran quienes las cultivaban, disfrutaba del privilegio de lucirlas una vez al año. A pesar de encontrarse en el mes de noviembre, Cleyburne había esperado verlas allí, como si el duque tuviera el poder de hacer que las rosas florecieran con su sola voluntad en cualquier época del año.

Ya en el salón, se obligó a tragar saliva. Allí estaban expuestas algunas de las obras de arte que el duque y sus antepasados habían ido acumulando a lo largo de los años. Bustos y estatuas, cuadros y litografías, manuscritos iluminados, dagas enjoyadas, piezas de cerámica y porcelana, muebles… Todo distribuido con un gusto exquisito y sin abusar. Sabía que el duque poseía muchísimas más piezas y que las cambiaba de lugar con cierta frecuencia, para no aburrir a los invitados. Una bola de envidia se le atoró en la garganta y carraspeó con energía para deshacerla.

—¿Se encuentra bien, padre? —le preguntó Ernestine.

—Hace frío esta noche —respondió.

—Habrá mucha gente en la fiesta —añadió la joven—. En un rato hará incluso calor.

—Probablemente —concedió, aun sabiendo que la sensación de amargura no desaparecería en toda la velada.

Temperance Whitaker jamás había oído hablar de rosas negras. Le parecía una tonalidad tan imposible como que el sol se levantase de color añil una mañana. Sin embargo, no dudaba de la palabra de lord Algernon, ni del duque de Devonshire cuando le fue presentado, y que respondió a sus preguntas de buen talante. Era un hombre agradable de trato, delgado y alto, y con los ojos de un azul desvaído rodeados de pequeñas arrugas. Temperance se preguntó si permanecería en Londres el tiempo suficiente como para contemplar semejante milagro de la naturaleza, y en ese momento deseó fervientemente que así fuera.

Lord Algernon y Temperance pasearon por el salón, Lord Algernon y Temperance pasearon por el salón. Se detuvieron a saludar a algunos invitados que ella ya conocía y a otros cuyos nombres incorporaría luego a su interminable lista. Entre estos últimos se encontraban Morgan Haggard, conde de Easton, y su encantadora esposa, Edora. Aunque ambos superaban ya los cuarenta años, todavía conservaban una belleza enigmática y, en el caso de ella, casi exótica. De pómulos altos y figura exuberante, destacaban sus larguísimas pestañas, que enmarcaban unos profundos ojos grises. Eran casi de la misma tonalidad que los de su marido, que adquirían una calidez tangible cuando la miraba.

—¿Qué le está pareciendo nuestra ciudad, señorita Whitaker? —le preguntaba la condesa.

—Me temo que aún no he tenido tiempo de conocerla a fondo —se disculpó ella.

—Sospecho que los salones de baile no serán muy distintos a los de Nueva York —continuó la mujer—, este tipo de actos son casi iguales en todas partes. Tal vez quiera usted aprovechar su estancia para visitar algunos lugares de interés.

—¿Cuáles me recomendaría? —inquirió Temperance, curiosa.

—Si le apetece ir de compras, Bond Street y Regent Street tienen los mejores establecimientos —respondió—. Si es aficionada a la naturaleza, los jardines de Kew son espectaculares. Y si le interesa el arte, sin duda la National Gallery. Cuenta con varias colecciones muy atractivas.

—Entre ellas dos de tus cuadros, querida, no lo olvides —apuntó el conde de Easton con cierta picardía.

—Ah, no haga caso de mi esposo, señorita Whitaker —dijo la mujer, con las mejillas encarnadas—. Es cierto que dos de mis pinturas están expuestas en el museo, pero no pueden compararse a las grandes obras que se encuentran allí y…

—Oh, Dios mío —la interrumpió Temperance, nerviosa de repente—. ¿Usted es E. Haggard?

—Eh, sí —contestó, tímida y sorprendida a partes iguales—. Usted… ¿conoce mi trabajo?

—Un amigo de mi familia adquirió una pintura suya hace unos años —contestó—, aunque siempre habíamos creído que la E correspondía a alguien llamado Edward o Edgar.

—Es habitual, sí. —La condesa sonrió—. Siempre he pensado que era mejor mantener cierto anonimato.

—Es una obra magnífica, según recuerdo.

—Mi esposa goza de un gran talento —comentó el conde de Easton—, aunque esté mal que yo lo diga.

—¿Quién mejor para alabar el talento de una mujer que su propio esposo, milord? —apuntó lord Algernon.

—Admiro su técnica —continuó Temperance— y la fuerza que transmite. Mi familia intentó adquirir otras de sus obras, pero no se encontraban a la venta.

—No me he prodigado mucho, aunque en estos últimos años he recuperado mi gusto por la pintura —reconoció la mujer—. Mis deberes como esposa y como madre me han mantenido muy ocupada.

—Esa es una gran noticia —señaló Temperance—. ¿Cuándo tendremos la oportunidad de ver esas nuevas obras?

—Bueno, yo... no sé si estoy preparada para exponerlas. —Edora Haggard volvía a mostrar esa encantadora timidez.

—Claro, lo comprendo.

—Pero puede usted venir cualquier tarde a tomar el té. Se las enseñaré con mucho gusto.

—Oh, lo siento, no pretendía...

—Por favor, será un placer. Así podrá darme su opinión.

—¿Acaso la mía no vale? —preguntó, socarrón, su esposo.

—No soy una entendida en arte, lady Easton.

—Me atrevería a dudarlo, señorita Whitaker —señaló la condesa—. He visto cómo observaba las piezas de Devonshire.

Temperance no tuvo oportunidad de contestar. Gordon Cleyburne y su hija Ernestine se habían aproximado hasta ellos y el ambiente cálido y distendido se evaporó. Los labios de Edora se cerraron en una fina línea y el cuerpo varonil de Morgan Haggard se tensó. Los saludos fueron fríos, desprovistos de la anterior gentileza. Ernestine dirigió una mirada casi despectiva a Temperance y observó con recelo su vestido de terciopelo color granate.

—Buenas noches, lord Oakford —saludó lord Algernon a su vez—. Charlábamos sobre las obras de arte de Devonshire. ¿No le parecen magníficas?

—Tal vez un poco ostentosas.

—El duque posee un gusto innegable —señaló lady Easton, cortante.

—Y nosotros tenemos la fortuna de disfrutarlas sin el elevado coste que supone adquirirlas —puntualizó lord Algernon, en un tono más cordial.

—No todo el mundo está en disposición de obtener piezas de ese valor, y no me refiero solo al monetario —dijo Haggard con intención y mirando al barón—. El duque es un gran entendido en arte.

—Cierto —concedió Cleyburne—, pero el dinero es, al fin y al cabo, lo que nos permite acceder a bienes que de otro modo nos estarían vedados. Y al final siempre gana quien más dinero pone sobre la mesa.

—Hay cosas que no merecen el precio que uno acaba pagando por ellas —remarcó Haggard, molesto.

Temperance asistía en silencio al intercambio de pullas entre los dos hombres y, de reojo, observaba a Ernestine Cleyburne. La joven se había desentendido de la conversación que mantenían los mayores y observaba con disimulo al marqués de Wingham. Lord Algernon se lo había presentado un rato antes, un caballero agradable además de atractivo. No le extrañaba que hubiera llamado la atención de la muchacha que suspiraba a su lado, aunque el marqués no daba muestras de estar especialmente interesado en su persona.

De hecho, en los minutos que los Cleyburne permanecieron allí, no le dirigió la mirada ni una sola vez.

Era una pena que Harold Barton no hubiera podido acompañarlos, pensó Alexander mientras Jake Colton y él entraban en la mansión Devonshire. Esa noche los Barton celebraban una pequeña cena en su casa de Bloomsbury, una cena que había sido programada con tanta antelación que fue imposible cancelarla para asistir a la velada del duque en Mayfair.

Alexander se fijó en la naturalidad con la que su amigo se movía por aquella mansión y en el modo en el que el servicio lo saludaba, casi con familiaridad. Conocía la estrecha amistad que unía al duque con Nicholas y Madeleine Hancock, los padres adoptivos de Jake, y sabía que su joven amigo había pasado mucho tiempo entre aquellas paredes y, sobre todo, en sus jardines. Colton tenía en común con Devonshire la pasión por la horticultura, una pasión que, a su vez, ambos habían compartido con Thomas Andrew Knight, botánico de gran renombre y presidente de la Horticultural Society of London. Hasta su muerte, el año anterior, Knight había actuado como mentor de Jake e incluso había logrado introducirlo en la prestigiosa academia.

—¿Andas buscando a alguien? —le preguntó Jake, en tono burlón.

Ambos habían saludado al anfitrión, que les había dedicado varios minutos de su tiempo, y, tras conseguir un par de copas en la mesa de las bebidas, deambularon por el salón. Era evidente que Jake se había percatado del modo en que Alexander inspeccionaba la abarrotada estancia.

—Sabes de sobra que sí —contestó, sin molestarse en mirarle siquiera.

—Parece imposible encontrar a alguien aquí. —Jake chasqueó la lengua—. No sé por qué William invita siempre a tanta gente.

Alexander sonrió. Siempre le resultaba gracioso que su amigo llamara por el nombre de pila a un hombre de la talla de Devonshire, algo que a él le resultaría imposible. Sospechaba que mancharse juntos las manos de tierra y abono creaba lazos casi tan fuertes como la sangre.

Jake era un hombre muy atractivo, de cabello y ojos oscuros, con las facciones bien cinceladas y un carácter afable. Alexander no se explicaba que no hubiera una fila de matronas aporreando su puerta a diario. Poseía, además de inteligencia, una fortuna considerable, fruto de los negocios de su familia, que incluían la fabricación de sidra —una de las más reputadas en Inglaterra—, la cría de ganado y el cultivo de fresas y piñas, muy preciadas en las altas esferas. Había contribuido, además, a la creación de nuevas variantes de manzanas, en un proceso de injertos cuyos detalles se le escapaban, y estaba bien considerado en los círculos científicos y académicos. Además, poseía tierras propias, que dedicaba al estudio de diversas especies de plantas. Por eso no comprendía que al menos la mitad de las jóvenes casaderas de Londres no hubieran caído a sus pies, pese al poco interés que el matrimonio parecía despertar en él.

—¿Has pensado en casarte alguna vez? —le preguntó.

—Eh, un momento. —Jake se detuvo en seco y volvió la cabeza hacia él—. Esta es la primera copa que te tomas, ¿cierto?

—Que yo recuerde —contestó Alexander, sonriente.

—Pues hasta que no te hayas bebido al menos cinco no te permito ese tipo de cuestiones.

Alexander comenzó a elaborar una réplica, pero se detuvo. Ahí estaba la Americana, la señorita Whitaker, con un vestido granate que no hacía sino acentuar la palidez cremosa de su piel. Iba en compañía de lord Algernon, y ambos charlaban con el conde de Folkston y su esposa. Se le antojó un momento perfecto para aproximarse y saludar. Tomó a Jake del brazo y casi lo arrastró por el salón.

Algo no iba bien. Eso fue lo que pensó Alexander tras el primer intercambio de frases corteses. La señorita Whitaker apenas lo había mirado o, mejor dicho, lo había hecho con una indiferencia que le resultó ofensiva. Y, en cuanto lord Algernon mencionó que la madre de Jake Colton era quien cultivaba aquellas rosas negras tan especiales, fue como si Alexander se hubiera vuelto invisible.

Conocía bien aquella historia, que Jake contó de forma resumida. Su madre se había instalado en una casa cuyo jardín había sufrido un completo abandono durante años y allí, bajo la maleza, había descubierto un rosal aún vivo con un único capullo. A fuerza de dedicación y cariño, las rosas Elsbeth habían vuelto a florecer.

Alexander observó el interés genuino de la señorita Whitaker a medida que Jake narraba la historia, e incluso se atrevió a comentar la impresión que le habían causado la primera vez que las vio, pero su intervención apenas obtuvo una breve e indiferente mirada por parte de ella.

Cuando finalmente se alejaron del grupo, Alexander sentía la piel en llamas.

—No me extraña que te interese esa mujer —mencionó Jake—. Es encantadora.

—Sí...

—Y arrebatadora —añadió, divertido, en un tono de voz más bajo.

—Ya...

Hasta antes de aparecer en la mansión Devonshire, Alexander había intuido que aquel interés era recíproco. Sin embargo, a medida que transcurría la velada y comprendía que la señorita Whitaker hacía todo lo posible por esquivarlo, comenzó a dudar de su criterio. Y cuando la vio conversar y coquetear con el apuesto marqués de Wingham ya no tuvo duda alguna.

¿Cómo podía un hombre equivocarse tanto?

8

Ernestine se observaba frente al espejo de su habitación, adoptando las poses con las que se conducía la señorita Whitaker. Solo que, en su caso, en lugar de ademanes elegantes y sofisticados, parecían forzados y poco naturales. De esa guisa la sorprendió su doncella al regresar con uno de sus vestidos recién planchado. Ernestine ni siquiera se molestó en disimular.

—¿Crees que soy bonita? —le preguntó, mirándola a través de la superficie reflectante.

—Es usted encantadora, señorita. —La doncella cruzó la habitación en dirección al vestidor.

—¿Pero soy hermosa?

—Desde luego.

—¿Y sofisticada?

Daphne se detuvo y la miró, como si meditara la respuesta.

—Quizá aún es joven para la sofisticación —contestó al fin—. Tengo entendido que eso se adquiere con la edad.

—Es decir, que solo las mujeres mayores son sofisticadas.

—Eh... bueno, más o menos.

La respuesta la alegró. Si tenía que elegir entre juventud o sofisticación, se quedaba sin duda con la primera. Ya tendría tiempo para adquirir la segunda. Su padre insistía a menudo en que sus puntos fuertes eran precisamente su juventud y su abultada dote. El problema era que el marqués de Wingham no daba muestras de sentirse atraído por las debutantes ni precisaba tampoco de su dinero.

—¿Cómo podría conquistar a un caballero? —le preguntó a su propio reflejo.

—¿Decía algo, señorita? —Daphne asomó la cabeza desde el interior del vestidor.

Durante un segundo, Ernestine calibró si volver a formular la pregunta y al final desestimó la idea. ¿Qué iba a saber una doncella sobre conquistar a un marqués?

Gordon Cleyburne llevaba tres días inquieto. Desde la fiesta en casa de Devonshire no había logrado dormir ni una noche entera. Se levantó de la silla que ocupaba frente a la mesa de su despacho y se acercó al gran ventanal que daba al jardín. El viento parecía furioso esa mañana y azotaba las copas de los árboles. Los arbustos se balanceaban como peonzas y las hojas caídas realizaban danzas imposibles al otro lado del cristal. Le alegró encontrarse en su hogar, a resguardo del viento y del frío, con la chimenea encendida y con los pies sobre una mullida alfombra. Contempló el cielo un instante y pensó que no tardaría en nevar. Cuando era niño la nieve le fascinaba y podía pasarse horas en el exterior, subido a su trineo o participando en interminables batallas con otros niños. Ahora, la nieve no era más que un incordio, una molestia con la que tenía que lidiar para desplazarse de un lugar a otro.

Con una mueca de fastidio regresó a la mesa y cogió el periódico, el *London Sentinel*. Frank Thompson, el periodista que lo había entrevistado unas semanas atrás, publicaba un breve artículo sobre la última adquisición de Devonshire, ese manuscrito que debía haber acabado en sus manos. El columnista alababa el inefable buen gusto del duque y su perspicacia a la hora de conseguir obras de arte relevantes, y finalizaba lamentando que no hubiera más ciudadanos de su talla dispuestos a rescatar la historia del olvido.

Cleyburne arrojó el diario sobre la mesa con tanta fuerza que golpeó la taza de café, cuyo contenido se derramó sobre la superficie de madera y sobre algunos documentos que había estado revisando a primera hora.

—¡Maldita sea! —exclamó, al tiempo que se levantaba y trataba de mitigar el estropicio.

A grandes zancadas se dirigió a la puerta y la abrió con tanto ímpetu que sobresaltó a la criada que encontró en el pasillo. Era la doncella de su hija —Daphne, creía que se llamaba—, que lo miró con los ojos muy abiertos.

—Avise al mayordomo de inmediato —bramó, pasando a su lado—. Dígale que necesito a una de las criadas en el despacho.

—Ahora mismo, milord —contestó la joven, con la cabeza inclinada.

A continuación, se alejó de ella y recorrió la distancia que lo separaba del despacho de Robert Foster, su empleado. Lo encontró sentado a su mesa, con un diario extendido frente a él. El joven se levantó de inmediato.

—Milord... —lo saludó.

—¿Se ha sabido algo más sobre esa excavación? —preguntó.

—¿Cómo?

—Esa de la que hablamos el otro día. ¿Era en Egipto?

—Sí, cerca de la ciudad de Luxor —contestó Foster—. No he tenido más noticias, aunque aún no he terminado de ojear los periódicos de hoy.

—Bien, escriba a sus contactos y averigüe qué hay que hacer para conseguirla.

—Pero milord...

—¿Tiene algún problema, Foster? —Cleyburne estaba a punto de perder la paciencia—. Porque si no se ve capaz de hacerlo, puedo contratar a alguien para que se ocupe de ello.

—Puedo encargarme, por supuesto. —El rostro de Robert Foster había empalidecido—. Aunque va a suponer un gran desembolso, como ya le mencioné.

—Yo me ocuparé del dinero —sentenció—. Usted consígame las piezas que ya se hayan extraído de la excavación y organice la continuación de los trabajos. ¡Y que sea rápido!

—Me pondré de inmediato, milord.

—Necesitaré un informe detallado que darle a la prensa.

—¿La prensa? Milord, ¿no le parece un tanto precipitado?

—Robert Foster tragó saliva de forma visible—. Quizá sería mejor mantenerlo en secreto de momento.

—¿Por qué habría de hacer tal cosa? —El barón alzó una de sus cejas.

—Todavía no sabemos ni siquiera qué es lo que se ha descubierto, ni qué tipo de piezas van a formar esa colección. Desconocemos también si habrá más en el futuro, o si alguien ya ha iniciado las negociaciones con el jeque.

Cleyburne resopló. Foster tenía razón. Si hablaba con Thompson para que publicara algo en el *London Sentinel* y luego la operación resultaba ser un fiasco, haría el ridículo. ¿Devonshire se habría interesado también por aquel asunto?

—¿Qué me sugiere? —le preguntó al joven.

—Primero, averiguar el número de piezas, su valor estimado y si existe la posibilidad de realizar la compra —contestó—. Una vez tengamos la operación asegurada, puede usted hablar con la prensa si es su deseo. Aunque yo, si me permite expresar mi opinión, no lo haría, al menos no de ese modo.

—Continúe —solicitó, intrigado a su pesar.

—Mantendría el secreto hasta el último momento. Una vez que tenga las piezas puede organizar algún tipo de evento en el que presentarlas todas juntas. Podríamos incluso recrear el interior de la tumba, y mostrarlas tal y como fueron halladas. Sería un espectáculo que se recordaría durante años.

—Hummm…

—Si la noticia se publica con antelación, despertará cierto interés inicial, pero, cuando se organice la exposición, el efecto sorpresa habrá desaparecido.

—Tal vez tenga razón.

—Podría invitar a toda la prensa, e incluso a historiadores y arqueólogos, y al director del Museo Británico.

—Parece tenerlo todo muy bien pensado, Foster. —Lo miró con suspicacia.

—Yo… No voy a negarle que he fantaseado con esa excavación desde que conocimos la noticia, milord —aseguró el joven, con una sonrisa tímida.

—Y si el hallazgo resulta ser tan valioso como suponemos, su nombre figurará en los libros de historia junto al mío.

Robert Foster evitó su mirada, aunque el brillo de sus ojos lo delató. Cleyburne soltó una carcajada.

—Será mejor que vaya preparando las maletas —le dijo al fin.

—¿Las maletas, milord? —Foster lo miró casi espantado.

—No pensará que voy a dejar esto en manos de unos aficionados. Por lo que sabemos, ese jeque podría tener a su servicio a un puñado de desharrapados que podrían destruir o robar las mejores piezas.

—Cierto, no lo había pensado —concedió Foster, mordiéndose el labio.

—Irá usted allí y supervisará primero la adquisición y luego los trabajos —continuó.

—Por supuesto, milord.

—Y trabaje rápido, Foster. Le proporcionaré fondos suficientes para contratar a todo el personal que necesite. Quiero esas piezas aquí lo antes posible.

—Pero es que será…

—Lo antes posible.

El barón mantuvo la mandíbula tensa y los ojos clavados en el joven, que acabó asintiendo, a todas luces tan entusiasmado con el proyecto como él mismo.

Cuando abandonó el despacho, Gordon Cleyburne volvía a sentirse ligero y de buen humor.

La bandeja del correo de Temperance volvía a estar llena de invitaciones. Ni siquiera en sus mejores años en Nueva York su presencia había sido tan solicitada. Era consciente de que, en unas semanas, cuando la novedad hubiera pasado, el número descendería de forma notable, o al menos contaba con ello. Mientras tanto, debía ocuparse de leerlas, aceptar las que le resultaran más beneficiosas para sus planes y escribir declinando las demás. Era una tarea que le ocupaba un par de horas al día, a veces incluso más. Seline se había ofrecido a ayudarla en varias ocasiones y ella acababa entregándole las invitaciones menos relevantes, para que escribiera una breve nota de disculpa con su elegante y picuda letra.

Todo aquel ajetreo de salidas, compras y fiestas enmascaraba, no obstante, algo que Temperance había estado postergando desde su llegada a Inglaterra, a pesar de que cada noche se acostaba con la intención de ponerle remedio al día siguiente. Cuanto más ingrata se nos antoja una tarea, más excusas encontramos para no llevarla a cabo. Era algo que sabía y, aun así, no había logrado reunir el coraje suficiente como para afrontarla. Al menos hasta esa mañana.

En cuanto se hubo levantado, ordenó que prepararan el carruaje y se vistió con un atuendo sencillo y cómodo. El viaje iba a ser largo, pero no iba a hacerlo sola. Seline se atavió con un vestido similar al suyo, y ambas se enfundaron guantes, sombreros y gruesas capas. Cuando bajaron a la primera planta, Moses ya estaba allí, debidamente abrigado, pues ese día sería él quien conduciría el vehículo.

Abandonaron la ciudad de Londres en medio de una gélida llovizna. Los campos feraces de la campiña británica no tardaron en extenderse al otro lado de las ventanillas del carruaje. A través de los cristales empañados Temperance observaba los pedazos del paisaje reconstruyéndose una y otra vez.

Pararon brevemente a comer en una posada y continuaron el viaje. Conforme se aproximaban a su destino, el desasosiego comenzó a hacer mella en su ánimo. De tanto en tanto lanzaba miradas de soslayo a Seline, que, aparentemente, leía ajena a su zozobra. En la asociación abolicionista que la había acogido, le habían brindado la oportunidad de aprender a leer y a escribir, y ahora era una de las lectoras más voraces que conocía.

—No me deja concentrarme —comentó Seline, sin alzar la vista del libro.

—¿Qué? —Temperance se hizo la sorprendida.

—Me mira con tanta intensidad que casi podría leer mis

pensamientos. —La miró, y su sonrisa blanca relució en mitad de aquel rostro oscuro.

—Estoy algo nerviosa —admitió.

—¿Quiere hablar de ello?

—No... Creo que no.

—Podemos charlar sobre cualquier otro tema, si lo desea.

Negó con la cabeza. En ese momento no podía pensar en nada que no fuese lo que iba a suceder en pocas horas. Volvió la vista de nuevo hacia la ventanilla y trató de abstraerse. Una hora después había dejado de llover, aunque el cielo permanecía encapotado y una fina neblina brotaba del suelo, formando un mar de bruma de un par de palmos de altura. El carruaje comenzó a disminuir la velocidad, prueba evidente de que estaban llegando a su destino, y los contornos que se dibujaban al otro lado del cristal empañado fueron cobrando forma. Intuyó lo que iba a encontrarse cuando el vehículo al fin se detuviera y se preparó mentalmente para ello. Pero no fue suficiente.

Nada habría sido suficiente para contemplar aquella desolación.

Temperance bajó del carruaje sin esperar a que Moses le abriera la portezuela y allí de pie, azotada por el viento helado, contempló con un nudo en el estómago la construcción que se alzaba a pocos metros, al otro lado de unas verjas de hierro cubiertas de hiedra. Era una casa de tres plantas, grande y majestuosa, con el tejado abuhardillado y tres chimeneas en ruinas coronando la cima.

La maleza trepaba por los muros y en algunos lugares se había colado por las ventanas, huecos vacíos donde algunos jirones de lo que en otro tiempo debieron ser cortinas ondeaban al viento. Las hierbas del jardín, o lo que quedaba de él, eran tan altas que casi ocultaban la primera planta. Algunas contraventanas colgaban de forma precaria y otras simplemente habían desaparecido. Ni siquiera existía ya un camino que condujera a la escalinata que daba acceso al edificio, de la que solo se podía apreciar el último escalón.

Era una casa muerta.

Las piernas de Temperance temblaron y se doblaron bajo su peso. Y allí, de rodillas frente a aquel cascarón sin vida, lloró por todas las grietas de su alma.

9

Condado de Kent, Inglaterra, otoño de 1817.
Veintidós años atrás

El día en que el mundo de Grace Barton comenzó a desmoronarse lucía un sol espléndido. El mes de octubre acababa de dar sus primeros pasos y las hojas de los árboles adquirían colores dorados y rojizos. Las mañanas eran frías y el alba casi siempre venía acompañada de una capa de niebla que iba disipándose a medida que el sol ganaba altura. Grace sabía que no debía salir de casa hasta que la sombra de la chimenea principal hubiera desaparecido del suelo que se extendía al otro lado de la ventana del salón. Su padre, Jonathan Barton, se lo había repetido en incontables ocasiones. Cuando la sombra ya no se veía, significaba que el sol estaba lo suficientemente alto como para que pudiera salir sin miedo a resfriarse. Y ella seguía sus indicaciones, porque su madre había muerto precisamente de un constipado cuando ella era demasiado pequeña como para acordarse.

Sin embargo, a veces Grace Barton hacía trampas y salía un poquito antes, aunque no demasiado; no quería tentar al destino. Sobre todo si fuera la aguardaba algo realmente extraordinario, como sucedía esos últimos días, en los que permanecía con el rostro pegado al cristal viendo menguar aquella lengua oscura que reptaba por el césped, con excesiva lentitud para su gusto.

Hacía tres meses que había cumplido los siete años y su padre y tío Markus le habían regalado un poni, que ella había bautizado como Terronillo. Era un animal de carácter dócil, con los ojos más tiernos que Grace había visto nunca y un pelaje de tono castaño parecido a la tierra húmeda que había inspirado su nombre. Cada día, en cuanto le estaba permitido salir, corría en dirección a los establos. Siempre llevaba algo para él en los bolsillos, habitualmente una manzana o una zanahoria, y se colocaba frente al animal para que adivinara dónde lo había escondido. Terronillo no se equivocaba nunca, y su hocico golpeaba con suavidad el costado donde ella había ocultado la golosina.

Su padre y tío Markus siempre andaban por allí —estaba convencida de que esperando a verla aparecer—, la ayudaban a ensillar el poni y luego salían los tres a pasear por el pequeño prado que se extendía a uno de los lados de la casa. Ambos a lomos de sus caballos, tan altos que Grace casi podía pasar por debajo de ellos sin inclinarse.

—Vas a ser una excelente amazona —le dijo tío Markus esa mañana, cuando apenas llevaban diez minutos de paseo.

—Aún no he aprendido a trotar —se lamentó ella, con las riendas bien sujetas entre sus diminutas manos.

—Porque todavía eres muy pequeña —señaló su padre, situado en el lado contrario—. Primero tienes que aprender a mantenerte erguida, y Terronillo tiene que acostumbrarse a tu peso y a las órdenes que le des. Si se pone nervioso y se encabrita, te tirará al suelo.

—Él jamás haría eso —lo defendió.

—Es un animal, Grace —continuó Jonathan Barton—, no puedes pretender que te entienda cuando le hablas, ni que obedezca tu voz. Tienes que aprender a comunicarte con él.

Grace soltó entonces una risa que sonó como una cascada de campanillas. Le parecía absurdo tener que aprender un idioma especial para hablar con su poni, cuando ambos se entendían tan bien.

La mañana transcurrió deprisa, mucho más deprisa de lo que a ella le hubiera gustado. Luego tocó cepillar los caballos y llenar sus comederos. Grace tenía que ocuparse de esa tarea como parte de sus responsabilidades, aunque contara siempre con ayuda, si no de su padre o de tío Markus, del jefe de los establos, el señor Hooper. Solo que ella no lo consideraba una obligación. Su deber era cuidar de Terronillo tal y como él cuidaba de ella, y le dedicaba todo el tiempo que fuera preciso, a veces incluso más. En ocasiones, terminaba sentada sobre unas balas de heno, cepillando sus largas crines y susurrándole pequeños secretos.

—La señora Norton está a punto de servir el almuerzo, Grace.

Tío Markus había acudido a buscarla a los establos, como hacía casi siempre.

—Un rato más —rogó ella.

—Ahora, Grace —insistió, severo—. La comida se enfriará, otra vez.

—Ya voy —replicó, de mala gana. Y luego bajó la voz—. Luego vendré a verte de nuevo, bonito.

El poni bajó la testuz y ella le dio un beso entre los ojos al tiempo que le acariciaba la suave mejilla. Luego echó a correr para encontrarse con tío Markus junto a la puerta.

—La señora Norton ha preparado pollo al limón y tarta de manzana —anunció el hombre, ahora con una media sonrisa.

Grace notó que le gruñían las tripas y también sonrió. Eran sus dos platos favoritos.

—Y esta mañana he comprado acuarelas nuevas en la ciudad, quizá podríamos pintar juntos esta tarde —continuó.

—¡Sí!

—He encontrado un nuevo tono de verde.

—¡Es mi color favorito!

—Lo sé. —Tío Markus le guiñó un ojo y ella, feliz, le tomó de la mano.

Mientras caminaban en dirección a la casa se preguntó si podía existir un día mejor que aquel.

Grace sabía que Markus no era en realidad su tío, solo que, desde que tenía uso de razón, lo había llamado de ese modo. Su padre le había pedido que lo hiciera y ella siempre obedecía a su padre. No vivía con ellos en Warford Hall, la propiedad que su bisabuela Elizabeth había legado a su nieto menor, aunque pasaba allí tanto tiempo que a veces lo olvidaba. Ocupaba el puesto de administrador y se alojaba en una casita al final del sendero que discurría por detrás de la mansión. Era una construcción sencilla, con los postigos pintados de rojo, tan pequeña que solo necesitaba una criada para mantenerla limpia y en orden.

A Grace le gustaba tío Markus. Era guapo, como uno de esos ángeles que había pintados en la iglesia parroquial a la que asistían cada domingo, con el cabello castaño siempre alborotado y los ojos tan azules como dos trozos de cielo atrapados entre sus pestañas. Y le gustaba el modo en que miraba a su padre, y el modo en el que este sonreía cuando charlaban, aunque fuese sobre cosas tan poco sugerentes como los avances de la cosecha o los próximos cultivos.

Tras la comida, ella se veía obligada a dormir una siesta, que siempre trataba de esquivar y que su niñera, la señora Gallagher, siempre lograba hacerle cumplir. Mientras tanto, su padre se encerraba en el despacho para atender sus asuntos o salía a hacer alguna gestión, y tío Markus se dedicaba a su trabajo, fuese cual fuese, hasta la caída de la tarde, en la que ambos volvían a aparecer. Tras la siesta, la señora Gallagher le permitía acudir unos minutos a los establos para ver a Terronillo y luego se sentaba con ella a enseñarle a leer, a escribir y a contar. Su padre le había comentado que en breve contrataría a una institutriz para que le diera clases, a no ser que quisiera acudir a alguna escuela de señoritas, algo a lo que Grace se había negado. Por nada del mundo iba a dejar a su padre solo. Y ahora tampoco a su poni. Una institutriz estaría bien, le aseguró, y lo decía totalmente en serio.

Esa tarde, tras regresar de su habitual visita al poni, escuchó gritos. Se quedó inmóvil en el vestíbulo, con los ojos muy abiertos y la piel erizada. Provenían del despacho de su padre. Durante un instante temió que se tratase de una pelea con tío Markus, aunque jamás los había visto discutir de forma tan acalorada. La sola posibilidad de que se enfadaran el uno con el otro hasta ese punto le resultaba tan impensable como que a ella le salieran dos brazos nuevos. Tampoco era capaz de asociar al señor Stevenson, el mayordomo, con esa escena, pero las voces sin duda pertenecían a dos hombres. Tal vez se trataba de su tío Conrad, el hermano de su padre. Sí, eso debía ser, se dijo, solo que ese pensamiento no la alivió en absoluto.

Entonces las voces cesaron de forma abrupta, la puerta se abrió con fuerza y un hombre salió del despacho. Lo conocía. No recordaba su nombre, pero lo había visto en alguna ocasión. Era uno de sus vecinos, pensó. El hombre clavó en ella sus ojos oscuros y brillantes, pintados con cierto matiz de sorpresa al encontrarla allí, y luego pasó por su lado con paso apresurado y con un puñado de papeles bien sujetos en la mano. Grace permaneció inmóvil unos instantes, sin saber si debía acercarse hasta el despacho o subir a su habitación, donde la señora Gallagher la esperaba.

Aquel era un asunto de mayores, se dijo, y su padre siempre le decía que no debía inmiscuirse en ellos, así que comenzó a subir, pero se detuvo de nuevo. Desde abajo le llegó el inconfundible sonido de algo haciéndose añicos contra el suelo y luego un sollozo que le cortó la respiración.

Bajó los tres escalones que ya había subido y corrió hacia el despacho, cuya puerta había quedado abierta. Su padre estaba de pie, al otro lado de su larga mesa, con las manos apoyadas sobre la superficie, los ojos hundidos y la cabeza gacha.

—Papá —susurró, con la voz temblorosa.

Jonathan Barton alzó la cabeza y la vio allí. Sus mejillas estaban húmedas y su rostro parecía haber envejecido una década.

Sin saber por qué, Grace comenzó también a llorar.

Jonathan Barton había cometido un error, uno que podía destruir su vida y las de todos a los que amaba. Tras asegurarle a su preciosa hija que se encontraba bien —y necesitó varios intentos y una gran dosis de voluntad para apartar la tormenta que se había cernido sobre su cabeza—, cerró la puerta y se dejó caer en uno de los sillones de su despacho. En ese momento lamentó no haber aceptado la propuesta del mayordomo para que encendieran la chimenea, porque el frío le atravesaba la piel y los huesos. No había pensado permanecer allí el rato suficiente como para que la habitación se caldeara, ya que la temperatura del exterior aún resultaba agradable. Un escalofrío lo recorrió de la coronilla a los pies y, como no deseaba ver a nadie, él mismo se ocupó de encender el fuego. Al señor Stevenson le habría dado un pasmo si lo hubiera visto con las mangas remangadas, apilando leña y ensuciándose sus bien cuidadas manos. Como si Jonathan no supiera hacer ese trabajo. Como si no lo hubiera hecho cientos de veces antes.

La lumbre chisporroteó y la madera seca prendió en un instante. Jonathan permaneció de rodillas, para que su cuerpo asimilara todo el calor posible. Había comenzado a tiritar y, aunque sabía que no se debía al frío —o al menos no del todo—, el fuego lo reconfortó.

Su error no había sido amar a Markus, la persona más importante de su vida después de Grace. Jamás habría considerado eso una equivocación. Durante años Jonathan se había comportado como se esperaba de él. Había recibido una educación exquisita, se ocupaba de sus tierras y negocios y se había casado con la esposa que sus padres le habían buscado. Elizabeth Reston había sido una joven apocada pero dulce, que jamás había mostrado una pasión mayor que la lectura de la Biblia o las vidas de los santos, y que aparentemente se había conformado con las escasas visitas conyugales que su marido le había prodigado. Durante los tres breves años que había durado su matrimonio, él no le había sido infiel ni una sola vez, aunque Markus ya trabajase allí. De hecho, se obligaba a no observar a su administrador más allá de lo estrictamente necesario, y eso no cambió hasta después de quedarse viudo. Hasta bastante después.

Su hermano Conrad le había insistido en que contrajese de

nuevo matrimonio, pero no quiso ni oír hablar de ello. Le aseguró que estaba bien solo y que no quería que una extraña interfiriera entre él y su hija, que a la sazón no había cumplido aún los dos años de vida. Conrad acabó por desistir. El título de vizconde Bainbridge estaba asegurado, primero en la figura de Conrad y luego en la de sus dos hijos, Harold y Justin, así que Jonathan podía permitirse disfrutar de la vida como mejor le conviniera.

No, su error no había sido enamorarse por primera vez en su vida. Su error había sido no proteger ese amor lo suficiente.

Y ahora tendría que pagar el precio.

Markus lo encontró allí mismo un par de horas más tarde, terriblemente abatido. Supo que algo malo había sucedido. Hizo falta que Jonathan le asegurara dos veces que no se trataba de Grace para que accediera al fin a sentarse y escuchar lo que tuviera que decirle.

—Gordon Cleyburne tiene mis cartas —soltó Jonathan.

—¿Qué cartas? —Lo miró, sin comprender.

—Las cartas que te escribí, las que aún te escribo de tanto en tanto. —Sonrió con tristeza.

El aliento de Markus se le congeló en el pecho y expandió sus tentáculos hasta ahogarle.

—No… no puede ser —balbuceó, con los ojos desencajados—. Están en mi casa, en el cajón de la cómoda, bien escondidas…

—Markus, las he visto en sus manos esta misma tarde.

—Pero… pero ¿cómo? —Entonces pareció caer en la cuenta de algo—. Prudy. —Casi escupió el nombre de la criada que se ocupaba de la pequeña vivienda—. Tiene que haber sido Prudy.

—¿Crees que ha sido ella?

—Ayer se despidió, aduciendo que partía a Gales para cuidar de su madre enferma…

—Oh, Dios.

—No puede haber otra explicación. —Markus se puso en pie

y comenzó a caminar por la habitación—. Cleyburne debe haberla sobornado. O amenazado —resopló—. Maldito bastardo.

—Me ha dicho que hace tiempo que lo sospechaba y que ahora tiene la confirmación —continuó Jonathan.

—Pero esas cartas no van firmadas con tu nombre, solo con tu inicial. —Su voz sonó esperanzada—. No puede probar que las hayas escrito tú.

—Sí que puede. Ha traído también un par de documentos oficiales, entre ellos tu contrato de trabajo, y ese va firmado con mi nombre y apellidos. La letra es inconfundible.

—Oh, Señor. —Markus se dejó caer sobre uno de los sillones—. ¿Qué...? —carraspeó—. ¿Qué va a hacer al respecto?

—Denunciarnos.

—¡Jonathan!

—Lo sé.

En Inglaterra continuaba vigente la Buggery Act de 1533, que había sido promulgada durante el reinado de Enrique VIII y que castigaba con rigor la homosexualidad. No solo se despojaba a los culpables de todos sus bienes, sino que eran llevados a prisión y, en el peor de los casos, condenados a morir en la horca.

—Debes marcharte, Markus, cuanto antes —balbuceó Jonathan—. Tienes familia en Cornualles...

—¿Qué? —Lo miró, atónito—. ¡No pienso huir a ningún sitio! ¿Quieres que sea un fugitivo el resto de mis días?

—Al menos te asegurarás de seguir con vida.

—¿De verdad crees que, sin ti y sin Grace, podría llamar vida a eso? —Markus se sentó a su lado y le acarició el cabello revuelto—. Ambos conocemos a Cleyburne. Estoy seguro de que quiere algo a cambio de esas cartas.

—No ha mencionado nada.

—No, claro que no. —Se mordió el labio, pensando—. Seguro que primero quiere que te sientas tan asustado que luego aceptes cualquier propuesta que te presente.

—Pues ha logrado su objetivo —ironizó Jonathan, con la voz rota—. Estoy aterrado. Por ti, por Grace, por mi familia...

—Y por ti.

—La verdad es que en mí es en quien menos he pensado. —Esquivó su mirada—. Oh, Markus, debí haberte pedido esas cartas y haberlas guardado a buen recaudo, junto a las que tengo de ti.

—Yo debí haberlas escondido mejor, pero, si hay algún culpable, ese es Gordon Cleyburne. Maldita sea, ¿qué ha de importarle a él cómo vivamos nuestra vida?

—Ha dicho... Ha dicho cosas terribles sobre nosotros. —Jonathan miró el fuego—. Entre ellas que somos unos monstruos y unos pervertidos, y que mi hija no merece vivir en una casa con un padre como yo.

La voz se le rompió y los sollozos hicieron temblar sus hombros. Markus lo abrazó, resistiendo sus propias ganas de llorar. Jonathan Barton era el hermano de un vizconde, sería difícil que lo acusaran y lo condenaran, pero él no era nadie. Solo un hombre que se había enamorado y que había entregado su corazón a la persona más generosa, dulce e increíble que había conocido nunca.

—Saldremos de esta —le susurró, con los labios pegados a su cabello—. Saldremos de esta, Jonathan.

Solo que ni él mismo se creyó sus propias palabras.

Gordon Cleyburne quería algo, Markus no se había equivocado al respecto. Quería ver a la familia Barton destruida, y en especial a Jonathan Barton.

Gordon no había nacido siendo el heredero del barón Oakford, ni siquiera había nacido portando el apellido familiar. De hecho, había llegado al mundo en una casa humilde de un barrio humilde de Dover, y hasta que no cumplió los nueve años no supo que su padre era el barón y que su madre había sido una de las criadas de la casa hasta que su embarazo la obligó a marcharse. Lo más terrible, sin embargo, no fue conocer su origen, ni tener que desprenderse de la figura imaginaria de un padre que había muerto en una guerra lejana. Lo peor fue descubrir que su progenitor quería que el niño continuara su crianza en la casa familiar para que se convirtiera en el compañero de juegos, y más tarde en ayuda de cámara, de su hijo legítimo: William Cleyburne.

William era un año menor que él, algo que Gordon siempre tuvo muy presente. El título, sentía con resquemor, tendría que haberle correspondido a él como hermano mayor que era, pese a las circunstancias de su nacimiento. Sin embargo, también tuvo siempre muy claro que un bastardo jamás lograría acceder a un título nobiliario, y que más le valía labrarse su futuro por él mismo. Así que aprovechó su estancia en Oakford House para aprender cuanto le fuera posible y asistió con mucho más empeño y atención a las clases que William recibía en su hogar.

Al principio, el joven William aceptó de buen talante a su nuevo compañero de juegos, que confundía a menudo con un amigo auténtico, hasta que tuvo edad suficiente como para comprender el parentesco que los unía. Cuando cumplió los doce años, la relación entre ambos, que nunca había sido demasiado estrecha dado el carácter huraño de Gordon, dio un giro y, desde entonces, William no perdía la oportunidad de recordarle a su hermanastro cuál era su sitio en aquella casa.

Los Cleyburne siempre habían mantenido un entendimiento cordial con los Barton, sus vecinos al oeste de sus propiedades, y con los Lockhart, situados al norte. Desde que se había quedado viudo, George Cleyburne, barón Oakford, había estrechado un poco más esa relación y, durante los veranos, permitía a su vástago pasar varias semanas en la casa que la abuela Barton poseía un poco más lejos: Warford Hall. Allí se reunían los niños de los vecinos, y Gordon formaba parte del equipaje de William cada verano.

Warford Hall era una mansión de piedra blanca de tres pisos de altura, con varias chimeneas, y las contraventanas pintadas de marrón oscuro. Gordon se prendó de ella la primera vez que la vio. Era grande pero no ostentosa, rodeada de prados y campos de cultivo, y poseía una calidez especial con la que casi se sintió en su hogar. William se pasaba el día con Conrad y Jonathan Barton y con Miles y Stuart Lockhart, los hijos del conde de

Woodbury. A menudo aceptaban a Gordon en sus juegos. Otras veces, en cambio, lo dejaban fuera, alegando que él no era «de los suyos». Cada vez que William dejaba clara su posición en aquella escala social, Gordon cerraba los puños con furia para no romperle la nariz. El resto de los muchachos solían esquivar su mirada cuando eso sucedía, avergonzados o tal vez ajenos, excepto Jonathan Barton, que clavaba en él sus sorprendidos ojos azules. Gordon era consciente de que era el más pequeño de todos, que trataba de encajar en el grupo y que, con toda probabilidad, no entendía lo que sucedía. Y, aun así, aquella mirada entre curiosa, azorada y suspicaz era la que aún hoy lo perseguía en sueños.

Gordon dejó de amar aquella casa el primer verano que pasó allí y, durante los años siguientes, llegó incluso a aborrecerla. Hasta que llegó Elizabeth Reston.

Los Reston eran amigos de los Barton y aquel verano en que Gordon tenía diecisiete años pasaron una semana en Warford Hall, una semana que a él, por primera vez, se le pasó en un suspiro. Elizabeth no solo era la joven más hermosa que había contemplado jamás, también poseía un carácter dulce y lo trató siempre con amabilidad. Incluso llegó a reñir a William cuando este hizo una de sus acostumbradas bromas a su costa. Ver a su hermanastro enrojecer hasta la raíz del cabello fue una de las cosas más memorables de aquel verano. La otra, aunque no tan buena, fue comprender que se había enamorado de Elizabeth y que jamás podría ser suya.

En los años siguientes, los muchachos se hicieron hombres. Primero se casó Miles Lockhart, luego Conrad Barton, le siguió Stuart Lockhart y el último fue Jonathan Barton. Y lo hizo precisamente con la mujer que Gordon había amado en secreto cada día desde la primera vez que la vio. Solo una semana después de aquel enlace, William contrajo unas extrañas fiebres y murió en menos de un mes. George Cleyburne, el barón, enfermó a continuación y, en su lecho de muerte, hizo llamar a un notario y reconoció a Gordon como hijo legítimo. Al fin.

Aunque ya fuera demasiado tarde.

Elizabeth ya pertenecía a otro hombre.

10

Grace sabía que algo no iba bien. Ni su padre ni tío Markus estaban como siempre. Oh, hacían casi las mismas cosas, pero parecían tristes y cualquier sonido fuera de lo común los ponía tensos y alertas. Durante las comidas apenas hablaban y pasaban tanto tiempo encerrados o ausentes que Grace comenzó a preocuparse de veras. Compartió esas preocupaciones con Terronillo y, aunque era consciente de que el animal no entendía ni una sola de sus palabras, se sintió reconfortada.

Al tercer día de aquella insólita situación, su padre la invitó a dar un paseo por los jardines. La petición interrumpió su tiempo de clase con la señora Gallagher, quien, sin embargo, no puso ninguna objeción. Grace bajó los escalones con reticencia, temerosa de enfrentarse a lo que fuera que la aguardaba en el jardín. Intuía que no le iba a gustar.

Comenzó interesándose por sus avances en las clases y luego hablaron durante unos minutos sobre otros temas sin importancia. Grace empezaba a relajarse cuando llegó la pregunta importante. Lo supo por el tono que empleó su padre y por el modo en el que clavó en ella sus ojos tristes.

—¿Te gustaría vivir en otro lugar? —le dijo.

Las ramas del roble cercano derramaban su sombra sobre el rostro de Jonathan Barton, que parecía transformarse a medida que el viento las mecía.

—¿En casa de tío Markus? —preguntó, aunque sabía bien que esa no era la respuesta adecuada.

—No... Más lejos.

—Papá...

—Tal vez más al norte —comentó su padre, que elevó la vista y dejó que se perdiera en los arbustos que delimitaban el jardín—. Quizá fuera de Inglaterra.

—¡Yo no quiero irme de aquí! —La voz le salió temblorosa.

—En el mundo existen lugares maravillosos, Grace. —Volvió a mirarla, con una intensidad que a ella le provocó un escalofrío—. Y en el sur de Europa hay países muy bellos, como España, con un clima mucho más cálido.

—Pero...

—Podrías pasear mucho más rato con Terronillo.

—¿Vendría con nosotros?

—Pues claro. Nos iríamos todos juntos. Tú, yo, tío Markus y, por supuesto, tu poni.

—¿La señora Gallagher también vendría con nosotros?

—Eh...

—¿Y el señor Hooper? —continuó preguntando—. ¿Y la señora Norton? Nadie en el mundo cocina el pastel de manzana como la señora Norton.

—Seguro que no —su padre rio. Fue una risa breve, pero era la primera que le escuchaba en tres días y a Grace le supo a gloria—. Aun así, no creo que podamos llevarnos a los criados.

Se mordió el labio, indecisa.

—Si nos marchamos, ¿tú y tío Markus dejaréis de estar tan tristes?

Su padre hizo una mueca extraña y se pellizcó el puente de la nariz con los dedos, como le había visto hacer otras veces cuando estaba preocupado. Luego le acarició los rizos dorados.

—Probablemente —contestó al fin.

—Entonces de acuerdo. ¿Cuándo nos vamos?

Su padre volvió a reír y le pasó un brazo por los hombros mientras continuaban su paseo. Durante un instante, Grace casi sintió que las cosas volvían a estar como siempre, aunque iba a echar de menos la casa en la que había nacido. Añoraría su bonita y espaciosa habitación, la vista de los campos desde su ventana, el confortable salón en el que se reunían al anochecer y todos los queridos rincones del que siempre sería su hogar.

Gordon Cleyburne había esperado tres días, el tiempo suficiente como para que Jonathan Barton se cociera en su propio jugo. A esas alturas, dedujo, ya habría valorado sus posibles opciones, que no eran muchas. La más probable era la huida, aunque a él no le importaba demasiado. Que Jonathan desapareciera no cambiaba ni un ápice sus planes.

La perversión del más joven de los Barton no le había sorprendido en exceso. Había intuido algo extraño la primera vez que lo había visto junto a su esposa, Elizabeth. Aunque se mostraba galante y considerado, parecía esquivar su contacto más allá de lo razonable, algo que puso a Gordon furioso. Ella era la mujer más extraordinaria que había conocido y aquel patán ni siquiera sabía valorar la suerte que había tenido al convertirla en su esposa. Primero lo achacó a la timidez del joven, que apenas había cumplido los veinte años, pero el paso del tiempo le demostró que aquella primera impresión no era un hecho aislado. Luego ella murió, y Gordon quedó completamente destrozado. Tanto que se pasó tres días y sus correspondientes noches borracho, encerrado en la que había sido la habitación de su padre y que por entonces ya le correspondía por derecho.

Culpó al destino primero, y luego a aquel miserable que no había sabido cuidarla como merecía. Durante meses se obligó a controlar su carácter cada vez que coincidía con él, lo que, por fortuna, no ocurrió en muchas ocasiones. Y en una de ellas, cuando habían transcurrido ya tres años desde la muerte de Elizabeth, vio algo distinto. Un aura emanaba de Jonathan Barton, como si los dioses le hubieran sonreído, y no se debía a aquella preciosa niña tan parecida a él y con el cabello de su madre. No, era algo distinto. Y supo de qué se trataba unos meses más tarde, cuando lo vio en compañía de Markus Rowe, su administrador.

Gordon sintió repulsión cuando comprendió el tipo de relación que unía a aquellos dos hombres. No solo era un pecado imperdonable y un delito castigado con dureza, era una afrenta personal, y así se la tomó. Aquel ser despreciable y maldito ni siquiera era digno de Elizabeth Reston y se preguntó cuánto habría sufrido aquella criatura a manos de un ser tan depravado.

Solo fue cuestión de tiempo esperar a la oportunidad más adecuada y solo fue cuestión de dinero conseguir que la criada de Markus buscara pruebas incriminatorias contra su señor. Con la cantidad de libras que Gordon le había entregado, podría vivir durante unos años sin trabajar.

En cuanto tuvo las cartas en su poder, se obligó a leerlas y subrayó entre náuseas los pasajes más comprometedores. ¿Cómo podía aquel individuo hablar de amor como lo hacía? De hecho, si no supiera a ciencia cierta a quién iban dirigidas, habría pensado que su destinataria era una mujer y su remitente, un hombre profundamente enamorado.

Con algunas de esas misivas —las que se le antojaron más incendiarias—, Gordon Cleyburne montó en su caballo y se dirigió hacia su destino.

Conrad Barton, vizconde Bainbridge desde hacía cuatro años, siempre se había considerado un hombre razonablemente feliz. Amaba la tierra en la que se había criado y que le proporcionaba una renta más que satisfactoria. Le tenía aprecio a su esposa Blanche, el suficiente como para que el matrimonio de conveniencia al que ambos se habían visto abocados no le supusiera una carga. Y adoraba a sus dos hijos, que crecían fuertes y sanos. Conrad jamás habría hecho nada que los pusiera en peligro o que pudiera perjudicarlos, y las cartas que en ese momento tenía entre las manos suponían la mayor amenaza a la que se había enfrentado nunca.

—¿Dónde...? —carraspeó—. ¿Dónde las ha encontrado?

—Eso carece de importancia —contestó Gordon Cleyburne,

petulante, reclinándose en la silla del despacho que el vizconde le había ofrecido al llegar.

A Conrad nunca le había gustado ese hombre, ni siquiera cuando eran niños y los observaba con aquel resquemor apenas disimulado, como si ellos fuesen los culpables de las circunstancias de su nacimiento. Era cierto que William Cleyburne no se había comportado siempre con amabilidad, pero también lo era que Gordon se tomaba cualquier pequeña broma como una ofensa personal, como si los juegos infantiles no existieran más que para hacerle padecer de algún modo.

Desde que Gordon había adoptado el apellido Cleyburne y el título de barón Oakford, aquella mirada siempre desdeñosa y desafiante se había suavizado, pero Conrad había sido un ingenuo al pensar que no regresaría. En ese instante, la expresión de su vecino era, además, de pura satisfacción.

Los papeles que Conrad sostenía entre las manos —cuya autenticidad parecía verosímil— eran una abominación y no podía entender cómo su hermano había caído tan bajo. ¡Pero si había estado casado! Aun así, pese al rechazo que aquella conducta le provocaba, Jonathan era de su sangre, y debía intentar hacer cuanto estuviera a su alcance para protegerlo.

—Mi hermano... —dijo, con un hilo de voz.

—Si ya las ha visto...

—Claro. —Conrad dejó las cartas sobre la mesa—. ¿Qué piensa hacer al respecto?

—Mi deber como buen cristiano es denunciarlos —contestó al tiempo que cruzaba una pierna sobre la otra. Conrad intuyó que estaba disfrutando con aquello—. Sin embargo, la amistad que une a nuestras familias me ha hecho reconsiderarlo. A fin de cuentas, somos vecinos.

—Le estaría muy agradecido si no hiciera pública esta información. —Soltó un pequeño suspiro, casi aliviado. Quizá Cleyburne no fuera tan mal tipo después de todo.

—Oh, no se confunda. Mi silencio tiene un precio.

Conrad se había equivocado, una vez más. El barón era tan despreciable como lo recordaba.

—Mis tierras, como ya debe sospechar, no producen unas rentas muy cuantiosas, pero... —comenzó a decir.

—No quiero su dinero, Barton.

—¿Entonces...?

—Quiero las propiedades de su hermano Jonathan.

—¿Qué...?

—Incluida la mina de estaño.

—Lord Oakford... —Conrad se levantó con energía y apoyó las manos sobre la mesa, dispuesto a decirle a aquel miserable todo lo que pensaba de él.

—Y, por supuesto, Jonathan tendrá que marcharse de Inglaterra —continuó Cleyburne, impertérrito—. Creo que Australia sería un destino apropiado.

—¡Está usted loco! —Se dejó caer de nuevo sobre la silla.

—No soy yo quien está manteniendo una relación inmoral e ilegal con otro hombre. —Lo dijo con una sonrisa de suficiencia que el vizconde deseó borrarle de un puñetazo—. De todos modos, sabe tan bien como yo que si lo denuncio perderá igualmente todos sus bienes.

—Pero... ¿de qué va a vivir?

—Eso no es asunto mío.

—Y mi sobrina...

—Tampoco me concierne.

—Cleyburne, debe haber otra solución. —Se pasó una mano por el cabello. Un sudor frío había comenzado a perlar su piel—. Quizá podríamos...

—No he terminado.

—¿Cómo?

—También quiero parte de sus tierras, Barton, las que lindan con las mías al otro lado del arroyo.

—¡Jamás!

—Está usted en su derecho a negarse, por supuesto. —Cleyburne se mostraba tan calmado y dueño de sí mismo que Conrad llegó a pensar que no era más que un espectro—. Sin embargo, debería tener en cuenta cómo afectaría este escándalo a su familia. A usted, a su esposa, a sus hijos...

—No se atreverá.

—Dentro de unos años, cuando sus muchachos estén en edad de casarse, no les resultará fácil encontrar a una familia decente que quiera emparentarse con la suya, ¿no lo cree así? Hay escándalos que ni siquiera el tiempo puede borrar.

—Es usted un monstruo.

Conrad se sentía tan superado por las circunstancias que ni siquiera era capaz de discutir con aquel individuo. No encontraba las palabras apropiadas con las que rebatir sus afirmaciones, ni posibles alternativas que ofrecer a sus descabelladas peticiones.

—Déjeme hablar con mi hermano, seguro que encontraremos una solución razonable.

—Esto no es una negociación, Barton —le dijo, en el mismo tono monocorde que había empleado durante toda la conversación—. Su hermano tiene una semana para poner en orden sus asuntos y marcharse. En caso contrario, acudiré a las autoridades.

El barón se puso en pie con parsimonia, se estiró el chaleco y los puños de la camisa y clavó en el vizconde sus ojos oscuros y vivaces.

—Una última cosa —le dijo—. Quiero que deje la casa tal y como está.

—¿Qué?

—Warford Hall. Jonathan puede llevarse su ropa y algunos enseres personales, lo demás se queda. Todo.

Sin añadir nada más, Cleyburne se dio la vuelta y salió de la habitación, dejando a Conrad Barton, vizconde Bainbridge, totalmente abatido.

—Dime que no es verdad —pidió Conrad a Jonathan.

En cuanto Cleyburne hubo abandonado la casa, Conrad ordenó que le prepararan un caballo y cabalgó como un relámpago hasta Warford Hall. La hora escasa de distancia que lo separaba de su hermano se le hizo más larga que nunca. En cuanto lo vio y comprobó la palidez de su rostro, comprendió que Cleyburne no mentía y que aquellas cartas eran auténticas. Su última esperanza, una muy pequeña que había ido tomando forma y que le decía que todo aquello era una farsa, se vino abajo.

—Conrad...

Jonathan estaba sentado en un sillón frente a la chimenea, con los hombros hundidos y los ojos acuosos. Frente a él, aún de pie, su hermano aguardaba una respuesta. Pero solo oírle pronunciar su nombre en aquel tono le dijo más de lo que deseaba oír.

—Por Dios, Jonathan, pero ¿qué diablos te ha pasado?

—¿Pasado? —El menor alzó la vista—. Me enamoré, Conrad.

—¡No digas sandeces! —le gritó—. Un hombre no puede amar a otro hombre, no al menos de ese modo. Es... antinatural. ¡Es repugnante! En este momento me alegro de que nuestros padres no vivan para ver en lo que te has convertido.

Jonathan se levantó de un salto.

—¡Si has venido a insultarme ya puedes marcharte por donde has venido! —le dijo, alzando la voz.

—¿Pero es que no entiendes lo que has hecho?

—¿Y a ti qué más te da?

—Eres un iluso. Un iluso y un inconsciente. ¿De verdad crees que este escándalo no me salpicará? —le gritó a su vez—. ¿De verdad piensas que si Cleyburne entrega esas cartas mi familia y yo saldremos ilesos de este desastre?

Jonathan desvió la vista y Conrad tomó asiento al fin. Se masajeó las sienes, donde palpitaba un dolor de cabeza colosal, y le contó la conversación que había mantenido con Cleyburne.

—Maldito bastardo hijo de puta —masculló Jonathan cuando su hermano finalizó la narración.

—Esas eran justo las palabras que buscaba.

—No voy a consentir que lo haga, Conrad —le aseguró—. Le entregaré mis tierras si es lo que quiere, incluso la mina, pero no consentiré que te despoje de ni un solo acre de tu propiedad.

—Me temo que no es negociable.

Jonathan, con los codos apoyados sobre las rodillas, se pasó ambas manos por el cabello, que a esas alturas era solo un amasijo de enredos.

—¿Y quiere que me vaya a… Australia? —preguntó con un hilo de voz—. Pero eso está… ¡en la otra punta del mundo!

—Lo sé.

—Allí es a donde destinan a los presos, Conrad.

—También hay muchos colonos.

Jonathan permaneció unos segundos en silencio.

—Bueno, Markus y yo sabremos adaptarnos, pero…

—¡¿Qué?! —lo interrumpió su hermano, que se puso en pie, furioso—. ¿Markus y tú? ¿Acaso te estás escuchando? ¡Por culpa de ese hombre nos encontramos en esta situación!

—¡Markus no es culpable de nada!

—¿Pretendes hacerme creer que, con todo lo que ha sucedido, no vas a renunciar a ese canalla? —gritó, encolerizado—. ¿Que pretendes continuar con ese tipo de vida perversa junto a un indeseable?

—¡No te consiento que hables en esos términos de una persona que significa tanto para mí! —El más joven de los Barton, con las mejillas encendidas, se había puesto de pie y lo enfrentaba con los puños apretados—. Nos marcharemos, sí, pero no voy a disculparme por ser quien soy.

—¡Pues deberías! —le espetó, asqueado—. A causa de esa vida de la que pareces sentirte tan orgulloso nos encontramos en una situación insostenible.

—Haré que preparen nuestro equipaje de inmediato —Jonathan hundió los hombros—, y tengo que contarle a Grace que nos vamos a ir muy lejos y…

—¿Grace? —preguntó Conrad, con las cejas alzadas—. ¡No vas a llevarte a Grace!

—¡¿Qué?! Pero ¿qué dices? ¡Es mi hija!

—Entonces debiste haber pensado en ella antes de meter a ese hombre en tu cama.

—¡No voy a abandonarla!

—¡¡¡Y yo no consentiré que arrastres a la niña a una vida de vicio y depravación!!!

—¿Pero...? ¿Pero qué clase de hombre crees que soy? —Jonathan cogió a su hermano de la pechera de la camisa.

—Uno que ha perdido completamente el rumbo, ese es el tipo de hombre que eres —le contestó, más impasible de lo que esperaba y desasiéndose de un manotazo de su agarre—, y no dejaré que ella pague por tus pecados. Se quedará con nosotros y recibirá una buena educación, y el día de mañana se casará con un buen hombre, si Cleyburne mantiene su promesa y no saca a la luz esas malditas cartas.

Algo había cambiado de repente en el semblante de Jonathan, que se apoyó como mareado sobre la mesa, casi sin fuerzas.

—Eso no, Conrad —pronunció con la voz ronca y débil—. No puedes pedirme que deje atrás lo que más quiero en el mundo.

—No tienes elección —aseguró, con firmeza—. Sabes que será lo mejor para ella.

Conrad lamentaba ver a su hermano en una situación tan deplorable, pese a la repulsión que en ese momento le causaba lo que había hecho. Sin embargo, estaba convencido de sus palabras. No iba a consentir que una niña inocente acabara en un país medio salvaje, con dos hombres que habían cruzado todos los límites de la decencia.

11

Jonathan no encontraba las fuerzas necesarias para hablar con su hija, a la que evitó en los días siguientes. ¿Cómo iba a explicarle que se veía obligado a abandonarla? ¿Cómo hacerle entender que en realidad no había hecho nada malo pero que, aun así, no le quedaba otra opción? Markus estaba casi tan destrozado como él, y en esos días tan lúgubres apenas encontró consuelo en su compañía. ¿Cómo habían llegado a ese punto?

El plazo se iba acabando y seguía sin reunir el coraje suficiente para hacer lo que tenía que hacer. Conrad, a su pesar, había acabado convenciéndolo de que aquella solución era la mejor. Era cierto que no sabía a qué debería enfrentarse una vez llegara a Australia, un país a medio colonizar en mitad de un mar inmenso, ni a qué iba a dedicarse en el futuro. El dinero en metálico que pudiera conseguir sería una cantidad respetable, pero no le duraría eternamente. Sin embargo, no le daba miedo afrontar esa incertidumbre. Solo tenía veintinueve años, saldría adelante. Markus y él lo harían. Pero ¿cómo iba a condenar a su pequeña a un viaje lleno de peligros y a un porvenir tan incierto?

Al fin mandó llamar a su hermano, que le había pedido expresamente que no fuera a su casa. Jonathan dedujo que su cuñada Blanche debía de estar furiosa con él y que lo hacía responsable de que hubieran perdido una cuarta parte de sus tierras. No podía culparla, claro, aunque le escocía no poder despedirse de su familia y de la casa en la que se había criado. Warford Hall era la que le había correspondido en la herencia de su abuela, y donde había pasado innumerables y espléndidos veranos en su niñez, pero su hogar siempre había sido Barton Manor.

—Tal vez, en un tiempo, Cleyburne olvide su amenaza y pueda regresar —le dijo, con un tenue brillo de esperanza en los ojos.

—Lo dudo, pero quién sabe…

—No puedo decírselo, Conrad —le confesó—. No puedo contarle a mi hija que voy a marcharme.

—Dile que te vas de viaje, un viaje muy largo —le propuso—, y que vivirá en nuestra casa mientras tanto. Cuando haya transcurrido un tiempo y se haya acostumbrado a tu ausencia, yo le contaré…

—Que no volverá a verme —sollozó Jonathan, incapaz ya de contenerse.

—Que no volverá a verte —murmuró Conrad, confirmando sus palabras—. Que ninguno de nosotros volverá a verte.

Jonathan hubiera querido abrazar una última vez a su hermano, a ese hombre en el que siempre había confiado, pero la relación entre ellos se había roto en tantos pedazos que veía imposible reconstruirla. Conrad continuaba enfadado, y tal vez lo estaría durante años, así que se limitó a estrecharle la mano con firmeza y a pedirle que cuidara de su hija por él.

Era todo cuanto podía hacer.

Gordon Cleyburne tenía planes, grandes planes. Desde pequeño, en los muelles de Dover donde se había criado, había aprendido rápido que solo los más fuertes sobrevivían y él nunca se había considerado débil. A sus treinta y un años se había convertido en el barón Oakford y estaba a punto de triplicar las tierras que había heredado de su padre, que se había negado a reconocerlo hasta el último minuto. Le habría encantado ver su cara al descubrir que lo había superado, que había sido mejor que él y que había tenido mucho más éxito. Y aquello solo era el comienzo.

Aquella mina de estaño a la que estaba a punto de echarle el guante iba a significar un importante avance en su carrera. Unos años atrás, durante la contienda europea, Napoleón había ofrecido una importante recompensa a quien hallara el modo de conservar la comida durante mucho tiempo, para que los soldados pudieran ir al frente bien abastecidos sin tener que sobrevivir a base de frutos secos y carne salada. El resultado había sido un proceso que había revolucionado el modo de alargar la vida de los alimentos, guardándolos en tarros de vidrio. Casi de inmediato, alguien había mejorado la idea e inventado un recipiente de hojalata cilíndrico que no se rompía, un recipiente que, gracias al estaño, tampoco se oxidaba. Los alimentos conservaban sus propiedades y su sabor, y el mismo duque de Wellington alabó su calidad en 1813, durante la guerra contra Francia. Bryan Donkin, que era quien ostentaba la patente, logró que el mismo rey Jorge III y su esposa, la reina Charlotte, los probaran también, y consiguió así el respaldo necesario para convertirse en abastecedor del ejército y la marina. En la actualidad, aunque dicha patente aún permanecía vigente, ya existían otros fabricantes que trataban de hacerse un hueco en el mercado, y él quería ser uno de ellos. Le parecía un invento extraordinario, que permitiría a la gente consumir productos fuera de temporada, aunque hubiera malas cosechas. A menudo se imaginaba los armarios de todos los hogares de Inglaterra llenos de esas latas. Los del mundo entero. Aún era un negocio en ciernes y las posibilidades todavía no habían sido explotadas debidamente, pero él se encargaría de ello. La mina le proporcionaría el estaño. Las tierras, los productos. Poco a poco, se abriría un hueco en el mercado y, si jugaba bien sus cartas, en el futuro llegaría a controlarlo.

Así que el desliz de Jonathan Barton no solo le permitía cobrarse una pequeña venganza personal, también colocaba los primeros peldaños de la escalera que lo conduciría al cielo. Su próximo destino sería Londres. Allí abriría su primera fábrica y, cuando estuviera bien asentado, buscaría una esposa respetable que le diera hijos y una posición fuerte.

Solo fracasan los hombres que no hacen planes, se decía a menudo.

Y él había preparado los suyos a conciencia.

Grace había llorado tanto que apenas tenía voz. No lograba entender por qué su padre tenía que marcharse tan lejos y tan de repente, por qué no podía llevarla con él o por qué, finalmente, no se habían marchado todos juntos como le había sugerido días atrás en el jardín. Se lo había explicado, varias veces de hecho, pero ella seguía sin comprenderlo. Despedirse de tío Markus dos días atrás había sido terrible.

—Prométeme que vas a pintar mucho —le había dicho—, y que me mostrarás tus dibujos cuando volvamos a vernos.

—¡No quiero que te vayas! —lloró ella.

—Buscaré más tonos de verde, seguro que hay muchos otros que no conocemos.

La voz de tío Markus sonaba extraña, como si estuviera rota, y tenía los ojos velados y la piel pálida.

—No pintaré más —aseguró ella—. Nunca más.

—No digas eso, pequeña. —Markus le acarició la barbilla—. Tu imaginación es la luz del mundo, no debes dejar que se apague.

La abrazó con fuerza y le besó el cabello y las mejillas. Ella se aferró a él con tanta intensidad que fue necesario que interviniera su padre, tan pálido y demacrado como tío Markus. Pero Grace se resistió con ahínco. Presentía que era el primer paso del derrumbe de su vida y luchaba con todas sus fuerzas para mantener las cosas como estaban.

Apenas había probado bocado desde su marcha, ni tampoco había visitado a Terronillo con la frecuencia acostumbrada. Temía que, al regresar a la casa, su padre se hubiera ido sin despedirse. Así que lo vigilaba todo el tiempo, a veces escondida, a veces fingiendo que hacía cualquier otra cosa, pero con todos los sentidos en alerta.

Esa tarde se había ocultado en un armario de la entrada, donde los criados almacenaban manteles, servilletas y otros utensilios para cuando recibían invitados. Dudaba mucho que fuese a celebrarse ningún acto social en las horas siguientes, así que pensó que sería un buen escondrijo. Desde allí vio llegar a su tío Conrad y luego a ese señor tan serio. Por algún motivo que todavía se le escapaba, sabía que ese individuo era el responsable de las desgracias que se estaban acumulando a su alrededor. Los vio entrar en el despacho y cerrar la puerta. Grace salió de su escondite y se aproximó. Abrió una rendija y espió el interior de la habitación.

Desde donde se encontraba apenas lograba escuchar más que un murmullo, pero era evidente que se trataba de algo grave. Intuyó que su padre trataba de convencer a ese hombre de algo, pero él permanecía impertérrito, como si ninguna de sus palabras pudiera conmoverlo. Ella no podía oírlas, pero solo el gesto de desesperación que vio reflejado en el rostro de su padre la habría convencido de cualquier cosa. Luego lo vio firmar unos documentos, con los hombros hundidos, y dejarse caer sobre la silla a continuación, como si las fuerzas lo hubieran abandonado de repente. Grace no sabía cómo explicarlo, pero dedujo que aquel último gesto marcaba el fin inexorable de todas las cosas.

Volvió a su escondite en cuanto comprendió que aquel individuo se marchaba, y se quedó allí metida, llorando en silencio lágrimas que ni siquiera sabía que aún tenía. Hasta que le dolió la cabeza, se acurrucó en un rincón, tapada con un mantel de hilo, y cerró los ojos para poder refugiarse en algún lugar imaginario donde nada la hiciera sufrir.

Jonathan apenas podía respirar. Por más que lo intentaba, el aire se negaba a entrar del todo en sus pulmones. Sentado en el interior del carruaje que lo llevaba al puerto de Dover, trataba por todos los medios de no pensar en su hija, de la que se había despedido hacía unos minutos. Para su sorpresa, Grace se había mostrado bastante apática y no había montado ninguna escena como la que había protagonizado con Markus. Jonathan sabía que no habría podido resistirlo y que habría terminado llevándosela en brazos. Sí que vio algunas lágrimas deslizándose por sus mejillas, tan grandes y tristes que podrían haber horadado el infierno, pero poco más. Lo entendió todo cuando la señora Gallagher le confesó que le había dado unas gotas de láudano para tranquilizarla. Jonathan no podía aprobar que la hubieran medicado, aunque le agradeció a la mujer que se hubiera ocupado de hacerlo.

Pese a ello, la despedida le partió el alma en dos. Jonathan trató de mantener la compostura y, con voz queda, le aseguró que volvería a por ella, porque era incapaz de decirle cualquier otra cosa. La abrazó con fuerza y ella le devolvió el gesto, un tanto ausente y con los brazos algo laxos. Y luego se subió al carruaje y no se atrevió a asomarse a la ventanilla mientras se alejaban. Sabía que, de hacerlo, pediría al cochero que se detuviera y lo mandaría todo al diablo.

En la soledad del vehículo, a salvo de cualquier mirada, dio rienda suelta a su zozobra, y el galope de los caballos ahogó su llanto amargo. Ahora se sentía tan agotado que no tenía fuerzas ni para pensar. Estaba deseando llegar a Dover y reunirse al fin con Markus.

Una vez en la ciudad, se dirigió a la posada en la que habían acordado encontrarse, y le extrañó no hallarlo allí. Ni siquiera se había registrado. Tres días atrás lo había mandado con bastante dinero para comprar los pasajes y prepararlo todo. Una terrible sospecha comenzó a cernirse sobre él. ¿Habría decidido hacerle caso y hallar refugio en Cornualles, junto a su familia? Descartó la idea de inmediato. Jamás habría actuado de esa manera, y sin decírselo, por mucho que Jonathan hubiera insistido hasta la saciedad en que era lo mejor para él.

Esa misma noche, mientras tomaba una cena frugal en el comedor, un hombre bien trajeado se aproximó a su mesa y tomó asiento sin pedir permiso. Tendría poco más de treinta años y lucía una abundante cabellera de color castaño veteada de rubio.

—Señor Barton… —lo saludó, serio.

—¿Le conozco?

—No, tampoco yo le conozco —respondió—, aunque por su aire abatido he supuesto que sería usted.

—¿Cómo dice?

—Mi nombre es Lionel Ashland, soy abogado en el bufete Ashland & Halligan, y estoy aquí contratado por el señor Cleyburne para cerciorarme de que toma usted el barco a Australia.

Jonathan casi regurgitó la sopa que había tomado. Así que el barón no pensaba dejar nada al azar e iba a asegurarse de que realmente embarcaba y abandonaba Inglaterra. Muy listo, se dijo. Aunque no habría hecho falta. Jonathan no había pensado ni por un momento burlar el trato, poniendo en peligro a su hija y a su familia.

—Estoy a la espera de los pasajes —le dijo.

—Yo me he ocupado de eso.

El hombre extrajo del bolsillo de su abrigo unos documentos que le tendió. Jonathan los abrió, indeciso.

—Aquí solo hay un pasaje.

—Son las instrucciones que he recibido. —El abogado parecía desconcertado—. El barco zarpa pasado mañana, al amanecer. Mi consejo es que siga usted las reglas y no lo pierda.

—No tengo intención de escabullirme.

—Entonces mejor para todos.

El hombre se levantó, lo saludó con la cabeza y cruzó el comedor en dirección a la puerta. Jonathan barrió la estancia con la mirada, preguntándose cuál de aquellos parroquianos se encontraba allí para seguir sus pasos. Y descubrió que no le importaba.

Grace se sentía extraña, como si flotara en una nube de algodón. Solo quería dormir, meterse en una cama cálida y mullida y cerrar los ojos, a ser posible para siempre. La habitación que le habían preparado en la mansión de su tío Conrad era bastante bonita, aunque no tan grande como la que tenía en casa.

—Ha sido todo un poco rápido —le decía en ese momento su tío—, pero la decoraremos a tu gusto, ¿de acuerdo?

Grace asintió. No tenía ganas de hablar. Solo quería que él se fuera y la dejara a solas con la señora Gallagher, su niñera, a la que habían permitido acompañarla.

Ambos adultos intercambiaron algunas palabras que ella no hizo el esfuerzo de escuchar, y con paso cansino se dirigió a una de las grandes butacas y se sentó en ella. Tenía tanto sueño que se habría echado a dormir en el suelo.

Finalmente, su tío abandonó la habitación y la señora Gallagher se acercó a ella y le acarició la mejilla. Era una mujer de mediana edad y de rostro afable, con unos ojos demasiado pequeños y unos labios carnosos que sonreían con facilidad. Grace sintió una oleada batir su pecho y aspiró un par de bocanadas de aire. Las lágrimas volvían a escocer tras sus párpados.

La niñera se acercó a la mesita auxiliar, llenó medio vaso con el agua de una jarra y luego se llevó la mano al bolsillo. Grace no logró ver lo que estaba haciendo, pero aceptó el vaso cuando se lo llevó y lo apuró en dos tragos. El frescor le alivió la garganta irritada y, unos minutos después, sintió que los párpados le pesaban más que nunca.

—Aguanta un poco, Grace. —La voz de la mujer parecía provenir de muy lejos—. Voy a quitarte el vestido y a ponerte un bonito camisón.

La niña se dejó hacer y, cuando finalmente apoyó la cabeza sobre la almohada y cerró los ojos, sintió un gran y bienvenido alivio. Algo terrible había sucedido, solo que era incapaz de pensar en ello con claridad.

«Mañana —se dijo mientras el sueño la vencía—. Lo pensaré mañana».

¿Cuántas pérdidas puede soportar un ser humano sin quebrarse? Eso mismo se preguntaba Jonathan, asomado a la ventana de su habitación, observando el cielo límpido y poblado de frías estrellas. En unas horas zarparía a bordo de un barco cuyo nombre ni siquiera se había molestado en memorizar, y dejaría atrás a su hija, su familia y su casa. Y, aun así, continuaba respirando. ¿No resultaba casi absurdo?

Antes de que despuntara el día ya se encontraba en el muelle, con dos pasajes en el bolsillo interior del abrigo. Había comprado uno para Markus, porque no albergaba ninguna duda de que, pese a su inexplicable retraso, acabaría acudiendo.

A pocos pasos de distancia, un circunspecto señor Ashland aguardaba con mucha más paciencia que él, que era incapaz de permanecer inmóvil. Marineros y estibadores se movían con premura, cargando las últimas mercancías a bordo, y los pasajeros comenzaron a embarcar, muchos menos de los que esperaba. Australia no parecía ser un destino muy apetecible.

La campana sonó una primera vez, anunciando la pronta partida, y Markus no aparecía. Jonathan se puso de puntillas y trató de ver por encima de todas aquellas cabezas, sin éxito alguno. Intercambió una breve mirada con el abogado, que permanecía impasible y que acabó por aproximarse.

—Señor Barton, debe embarcar ya.

—Unos minutos más —suplicó—. Solo unos minutos.

—El barco no esperará por usted.

Jonathan miró a su espalda, al imponente navío que se balanceaba sobre las aguas, y luego de nuevo al abogado, como si ese hombre pudiera hacer algo para detener el tiempo. Un movimiento a su izquierda captó su atención. Un joven, apenas un muchacho, se acercaba corriendo desde el extremo del muelle, con las mejillas encendidas y el cabello alborotado. Se detuvo a escasos metros y lo miró con los ojos entrecerrados.

—¿Es usted el señor Barton? —le preguntó.

—Sí, en efecto.

El chico se acercó, se echó la mano al bolsillo de su chaqueta y extrajo una carta. Reconoció la letra de inmediato. Markus le había escrito.

—El señor me dijo que me daría usted una buena propina si llegaba a tiempo.

—Claro —contestó, con el corazón bombeando salvaje en su pecho.

Abrió la carta con el pulso tembloroso y el mundo se detuvo mientras leía aquellas líneas. Ni siquiera se enteró de que la campana del barco sonaba de nuevo, ni de que el chico permanecía aún frente a él, cambiando el peso de un pie al otro, ni de que el brazo de Ashland lo sostuvo cuando las fuerzas le fallaron.

Jonathan Barton se dispuso a abandonar Inglaterra, dejando atrás todo lo que alguna vez había amado. El futuro que se abría ante él era un yermo desolado, un erial sin horizonte, sin principio ni final. Un solo individuo había conseguido arrebatarle todo cuanto poseía y se juró a sí mismo que aquel bastardo no lograría vencerle. Trabajaría duro, trabajaría sin descanso y algún día, algún día, regresaría a por lo que era suyo.

Regresaría a por Grace.

12

Conrad Barton tenía la sensación de que las dos semanas que habían transcurrido desde la marcha de su hermano Jonathan se habían sucedido con extrema lentitud, como si el tiempo se arrastrara por los relojes. Nada a su alrededor parecía haber cambiado en exceso y, sin embargo, todo era muy diferente. En primer lugar, por supuesto, estaba su sobrina, con la que apenas había hablado y que se movía por la casa como un fantasma. A las horas de las comidas, ocupaba su asiento y picoteaba de su plato, sin terminarse nunca la ración que le hubieran puesto. El resto del tiempo dormía. Dormía tanto que llegó a inquietarse por su salud.

Había otros cambios, claro, aunque menos visibles. Entre ellos, había hablado con el mayordomo para ajustarse un poco en los gastos de la casa. Ahora que iban a disponer de menos ingresos no podían realizar dispendios innecesarios. Y eso había afectado a su relación con su esposa Blanche, que apenas le había dirigido la palabra desde lo sucedido. Conrad sabía que, de algún modo que no lograba entender, ella lo culpaba de haber perdido una cuarta parte de su propiedad. Como si él hubiera podido hacer algo para evitarlo. Sabía que con el tiempo acabaría por perdonarle o, cuanto menos, por volver a la relación cordial que habían mantenido siempre. Debería de armarse de paciencia hasta entonces.

Octubre había dado paso a noviembre y el jardín que podía

contemplar al otro lado del ventanal de su despacho estaba cubierto de hojas doradas y rojizas, que uno de los jardineros se ocupaba en esos momentos de acumular en un rincón, con poco éxito dado el viento que azotaba la casa. Estuvo tentado de pedirle que lo dejara y se ocupara de otros menesteres, pero entonces vio acudir al jefe de los jardineros y ordenarle exactamente eso. Conrad se retrepó en la butaca y sonrió. Le gustaba cuando las cosas funcionaban como era debido.

Se preguntó qué clima haría en Australia y, tal y como el pensamiento tomó forma en su mente, lo ahuyentó. No quería pensar en eso. No quería pensar en Jonathan de camino al otro lado del mundo, enfrentándose a sabía Dios qué. Su destino ya no estaba en sus manos. Eso lo llevó a pensar de nuevo en su sobrina y decidió subir a su habitación a ver qué tal se encontraba.

—Está durmiendo, milord —le dijo la señora Gallagher en un susurro.

—Son las once y media de la mañana —expuso él.

—Lo sé, milord —reconoció la mujer, al tiempo que bajaba la vista—. Se levantó para desayunar y luego dijo que tenía sueño.

—No puede pasarse el día en la cama, señora Gallagher —la reconvino—. Es una niña.

—Está sufriendo mucho, señor.

—Con más motivos —alegó—. Debería estar jugando con sus primos, al menos con Justin, que es solo un año mayor que ella.

Conrad miró por encima del hombro de la mujer y vio la cabecita rubia de su sobrina asomando tras las mantas. Una oleada de tristeza lo recorrió de la cabeza a los pies.

—Quiero que deje de suministrarle láudano —ordenó.

—Pero milord...

—Desde hoy mismo —insistió—. No quiero ver a mi sobrina convertida en un espectro.

Conrad sabía que la mujer velaba por la niña y que el médico les había asegurado que unas gotitas para ayudarla a dormir o para soportar el día no le harían ningún mal, pero Conrad no estaba tan convencido. La niñera asintió, conforme, y él abandonó la habitación sintiéndose un poco más ligero.

Si Grace hubiera tenido que elegir un lugar favorito en Barton Manor, ese sin lugar a dudas habrían sido los establos. Era un edificio grande y alargado, más espacioso que el de su casa, con una decena de habitáculos para los caballos. Al fondo, en uno de los cubículos más pequeños, estaba Terronillo. Desde que se había instalado con sus tíos apenas había pasado tiempo con él. Se sentía siempre tan cansada que apenas lograba reunir las fuerzas necesarias para cruzar el patio que lo separaba de la vivienda principal. Desde hacía unos días, parte de su anterior energía había comenzado a regresar, aunque venía acompañada de una angustia insondable y de unas irrefrenables ganas de llorar a todas horas.

Cada mañana, después del desayuno, se dirigía precisamente a los establos. Si el día era apacible, sacaba a pasear al poni, aunque no lo montaba, y luego cepillaba su pelaje cobrizo y trenzaba sus crines. De tanto en tanto conseguía una manzana o una zanahoria en las cocinas, que la señora Stewart le daba de buena gana. No era tan buena cocinera como la señora Norton, pero su pudin de ciruelas era más que aceptable. Se preguntó dónde estaría la señora Norton en ese momento. Y el señor Hooper, y el mayordomo, el señor Stevenson. Y eso la llevaba a tío Markus y a su padre, lo que le provocaba auténticos episodios de pánico, en los que se veía obligada a respirar a pequeñas bocanadas para no ahogarse. Los recuerdos de su marcha permanecían medio borrosos en su memoria, como si los hubiera contemplado a través de un cristal demasiado grueso. Pero el dolor, el dolor era lacerante y nítido, tan intenso que a menudo solo quería gritar hasta desgañitarse, hasta perder la voz y el sentido.

La señora Gallagher siempre sabía dónde encontrarla y acudía en su busca a la hora de comer y a la hora de cenar. El resto del tiempo la dejaba a su aire, y Grace agradecía esa aparente falta de atención. En muchas ocasiones, la niñera la encontraba dormida sobre la paja, con el olor a cuadra impregnando su cabello y sus ropas. Grace jamás se había visto obligada a bañarse tanto como desde su llegada a Barton Manor.

Los momentos en los que debía compartir espacio con sus tíos y sus primos le resultaban un suplicio. Contestaba a las preguntas que los mayores le hacían con el menor número de palabras posible y permanecía ajena a las travesuras de Justin y Harold, que disfrutaban arrojándose a escondidas bolitas de pan. Se forzaba a comer cuanto le ponían en el plato, aunque muchas veces, un rato después, acabara vomitándolo todo. Alguna noche que se encontraba especialmente intranquila, la señora Gallagher volvía a darle aquel bebedizo de sabor amargo que la ayudaba a conciliar el sueño y que le proporcionaba unas horas de bendito descanso. Cada vez con menos frecuencia, para su desgracia, ni siquiera cuando se lo suplicaba. No entendía por qué su niñera se empeñaba en que se sintiera triste si con unas cuantas gotas de aquel frasco que escondía a buen recaudo podía acabar con su angustia.

Quizá, con el tiempo, ese peso que le estrujaba las costillas terminaría desapareciendo.

Quizá.

Con el tiempo.

La vida de Blanche Barton, vizcondesa Bainbridge, había sufrido un revés. De la noche a la mañana su buena posición económica había mermado. No solo eso, ahora además tenía a otras dos personas bajo su responsabilidad y, en el caso de la sobrina de Conrad, los gastos serían considerables. Habría que contratar a una institutriz, vestidos acordes con su estatus, organizar una presentación en sociedad cuando llegara el momento y estipular una dote sustanciosa para atraer a un buen marido. Era consciente de que aún faltaban años para eso, pero convenía empezar a prepararse, y eso significaba reducir los gastos presentes de cara al futuro. Sabía que Conrad ya había comenzado a ocuparse de ello, y quizá sería necesario que mantuvieran una charla sobre el particular, aunque la idea todavía le resultaba incómoda. Él tenía parte de culpa de la situación en la que se encontraban, por no haber sido capaz de ver el tipo de hombre en el que se había convertido su propio hermano, por no haber encontrado la fuerza suficiente para enfrentarse a su vecino, Gordon Cleyburne, por no haberlos protegido de la desgracia.

Blanche temblaba solo de imaginar su nombre y los de sus hijos en los titulares de todos los periódicos del país, asociados a aquel escándalo. Las miradas de desprecio de los nobles, de sus amigos y conocidos. Había noches en las que sufría de terribles pesadillas en las que veía cómo las puertas de todo Londres se cerraban ante sus narices, como si fuese una mendiga, y donde nadie escuchaba sus gritos desesperados diciendo que todo aquello no había sido culpa suya.

Y Conrad ni siquiera había sido capaz de luchar por mantener al menos su propiedad intacta, y su esposa y sus hijos eran castigados así por el pecado de su hermano. Oh, sí, Blanche estaba enfadada con su marido, tanto que apenas soportaba estar en su presencia sin dirigirle todo tipo de reproches envenenados.

El recordatorio constante de esa situación era aquella niña que vagaba por la casa como un fantasma, que apenas hablaba ni la miraba de forma directa y que se pasaba las horas escondida en los establos. En el tiempo que llevaba con ellos, más de un mes y medio ya, había visto cómo adelgazaba y cómo su precioso cabello rubio perdía todo el brillo. Sus ojos, que recordaba vivaces y brillantes, apenas tenían chispa, y las mejillas hundidas y los labios resecos le recordaban continuamente que aquella criatura inocente era otra de las víctimas de la depravación de Jonathan Barton.

Blanche era la señora de la casa y a ella le correspondía tomar cartas en el asunto, así que aquella fría mañana de finales de noviembre subió al piso de arriba con decisión. Picó a la puerta antes de entrar y, cuando cruzó el umbral, encontró a la niña sentada en un taburete y a la niñera peinándole la cabellera. Justo en ese instante, la señora Gallagher contemplaba con horror un largo mechón de pelo que se había quedado enganchado en el cepillo. Blanche tuvo que disimular una expresión muy similar al darse cuenta de que la pequeña estaba perdiendo aquella preciosa melena y de que eso no parecía importarle. Permanecía sentada, con la mirada perdida, dejándose hacer igual que una muñeca de trapo.

—Querría hablar con usted cuando termine, señora Gallagher —le dijo Blanche—. Buenos días, Grace.

La pequeña alzó la vista a modo de respuesta y volvió a bajarla. La niñera, con ademanes nerviosos, le sujetó el pelo con un lazo y le dijo que estaba lista. Grace se levantó y, sin decir nada, salió de la estancia como una aparición.

—Creía que mi marido le había dicho que no le diera más láudano —manifestó con cierta rudeza.

—Y no lo hago, señora —se defendió la mujer.

—¿Está todo el tiempo así de… apática?

—Me temo que sí, milady. No deja de preguntar cuándo vuelve su padre y no sé qué decirle.

—¿Mi marido no ha hablado con usted? —Blanche se extrañó.

—Me comentó que el señor Barton se ausentaría durante una larga temporada, pero no concretó los detalles.

Blanche calibró cuánto debía contarle a aquella mujer.

—Mi cuñado no va a regresar, señora Gallagher —dijo al fin.

La niñera se llevó la mano a la boca y abrió mucho los ojos.

—Dios, no. Eso…, eso no es posible. Oh, mi pobre niña.

—Grace no debe saberlo, al menos de momento.

—Pero… no lo entiendo.

—No puedo darle los detalles, son asuntos de familia. —Blanche no iba a contarle a aquella desconocida los pormenores de la marcha de su cuñado. Ni siquiera su propio servicio estaba al tanto.

—Por supuesto, lo comprendo —comentó la niñera, aún apesadumbrada.

—Deberíamos hacer algo con Grace —continuó Blanche.

—¿Algo? —La señora Gallagher alzó entonces una ceja.

—Una niña de su edad no debería pasarse el día en la cama o en los establos —respondió—. Tal vez ha llegado el momento de buscarle una institutriz.

—Hasta ahora yo me he ocupado de eso. Grace sabe leer, escribir y contar.

—¿Es usted una mujer instruida? —Aquella información la había pillado por sorpresa.

—Antes de que el señor Barton me contratara, fui la institutriz de las dos hijas de un caballero de Sussex.

—Oh, eso está muy bien. Entonces podrá encargarse usted misma, al menos por el momento. A usted ya la conoce.

—Sí, señora.

—Ocúpese de darle clase todos los días, las horas que considere apropiadas —le ordenó—. Tal vez también sería un buen momento para que comenzara a aprender labores de costura, incluso música. ¿Sabe si le gusta dibujar?

—Eh, sí, aunque hace tiempo que no usa ni sus cuadernos ni sus pinturas.

—Grace necesita mantener la mente ocupada, señora Gallagher —la interrumpió—. Comprendo que está triste, que está desorientada, pero no podemos dejarla sola, a su aire. Ya ha transcurrido tiempo suficiente como para que comience a aceptar su nueva vida aquí.

—Por supuesto, señora. Faltan pocas semanas para Navidad. Quizá podríamos ir poco a poco hasta entonces, para que se vaya acostumbrando.

—Me parece bien —convino Blanche—. Lo que usted considere más oportuno.

Charlaron durante unos cuantos minutos más sobre el futuro de Grace y Blanche regresó a sus quehaceres, con la sensación de estar tomando las riendas de la situación.

Había comenzado a nevar. Diminutos copos blancos revoloteaban frente al ventanal desde donde Grace observaba la entrada principal de Barton Manor. La nieve aún no había cuajado, pero no tardaría en hacerlo si continuaba cayendo sin descanso.

Faltaban tres días para Navidad y apenas se despegaba del frío cristal. Después de sus obligaciones diarias y de una breve visita a Terronillo, se situaba cerca de alguna de las ventanas que dieran al camino de acceso, ya fuera en el salón, en la biblioteca o en las habitaciones de arriba. Intuía que su padre no tardaría en aparecer. Las navidades siempre habían sido sus fiestas favoritas y en Warford Hall las celebraban por todo lo alto. Le resultaba impensable que tío Markus y él se las perdieran.

Escuchó un ruido a su espalda, pero no se volvió.

—¿Qué haces? —La voz de su primo Justin sonó tras ella.

Grace no contestó. Justin tenía un año más, pero era bastante más alto, aunque muy delgado. Tenía el cabello castaño siempre alborotado y le faltaba un diente en la fila superior. Cada vez que se reía, que era con bastante frecuencia, le recordaba a uno de los piratas de los cuentos que su padre o tío Markus leían en voz alta en el salón antes de ir a dormir.

—¿Te has quedado sorda? —insistió.

—Estoy esperando a mi padre.

—No va a venir para Navidad.

—Sí que lo hará —aseguró, convencida.

Justo en ese momento, como si lo hubiera convocado, un carruaje enfiló el camino de acceso y Grace contuvo la respiración. ¡Ahí estaba! ¡Lo sabía!

Justin se colocó a su lado, pero no le importó. El corazón le latía a tanta velocidad que sintió una especie de vértigo.

No reconoció el vehículo, pero eso no significaba nada. Cuando el carruaje se detuvo, un hombre bajó del interior. Llevaba el cuello del abrigo alzado y un sombrero que le ocultaba el rostro. Era alto, como su padre, de complexión fuerte pero delgada, igual que él. Sin embargo, algo estaba mal. Su cabello era castaño, mucho más oscuro. Cuando el recién llegado alzó el rostro para subir la escalinata, comprendió que se había equivocado.

Grace sintió las lágrimas reptar por su garganta, primero

despacio, y luego a una velocidad tal que fue incapaz de controlarlas.

—Te lo dije —musitó su primo.

—Llegará más tarde.

—No.

Justin se alejó de la ventana, dispuesto a salir de la habitación.

—Es Navidad, lo hará.

—Eres una niña tonta —le dijo—. Todo el mundo sabe que no va a venir.

—¡Mentira! —La voz de Grace, aunque elevada, le salía temblorosa. Las lágrimas habían sido sustituidas por una rabia sorda que palpitaba en el centro de su pecho.

—¡Verdad! Harold ha oído a mis padres cómo lo decían.

—¡¡¡Eres un mentiroso!!!

—¡¡¡No miento!!!

Grace, incapaz ya de controlarse, cogió el objeto que tenía más a mano y se lo arrojó a su primo Justin, que lo esquivó por los pelos.

—¡Estás loca! —le gritó.

—¡¡¡Y tú eres un mentiroso!!! —lo increpó ella de nuevo mientras continuaba lanzándole cuanto encontraba a su alcance.

Un libro, una figura de porcelana, una palmatoria… Justin se cubría el rostro con los brazos mientras ella gritaba frenética. El niño estaba tan sorprendido como asustado por la reacción de su prima, que daba muestras de haber perdido completamente la razón.

Blanche Barton apareció solo unos segundos más tarde y contempló la situación, atónita, antes de intervenir.

Grace había reaccionado, al fin. Aunque de un modo que ninguno de ellos habría imaginado.

13

Hacía al menos un año que Conrad no veía a Edmund Keensburg, conde de Algernon. En otro tiempo había sido un buen amigo de la familia, a pesar de ser bastante más joven que su padre, y tanto él como su esposa los habían visitado con cierta frecuencia. Tras la muerte de los anteriores vizcondes Bainbridge no se habían visto más que en algunos eventos sociales de la temporada londinense. Y la última vez que Conrad y Blanche habían visitado la capital, los Algernon se encontraban viajando por Europa en compañía de su hijo Cedric, que a esas alturas ya habría cumplido los diecisiete o dieciocho años.

Que el conde, uno de los nobles más ricos y prestigiosos de Inglaterra, se hubiera desplazado hasta allí tres días antes de la Navidad, y con la nieve empezando a embarrar los caminos, no podía ser una buena señal. Conrad se preguntó qué nueva desgracia les habría tocado en suerte mientras lo recibía en su despacho con tono cordial y lo invitaba a sentarse. Durante unos minutos intercambiaron los acostumbrados comentarios sobre la familia y los conocidos, una charla que, en otras circunstancias, quizá le habría resultado hasta agradable. Tuvo que morderse la lengua para no preguntarle por la verdadera razón que lo había llevado a Barton Manor y aguardó pacientemente a que Algernon abordara el asunto.

—Querido Conrad, mi visita obedece a una cuestión un

tanto inusual —comenzó—. El caso es que he recibido una carta que le pertenece.

Conrad pensó de inmediato en Cleyburne. ¿Acaso aquel malnacido había roto su parte del trato?

—Una carta… —balbuceó, pálido como la cera.

—De Estados Unidos, sí.

—¿Cómo?

Conrad alzó las cejas. No, aquello no podía ser obra del barón Oakford. Que él supiera no disponía de contacto alguno al otro lado del océano.

—De su hermano Jonathan —continuó Algernon.

—No, no. Eso no es posible. —Sonrió con cierta pesadumbre—. Jonathan está en Australia.

—Creo que ese es el lugar donde debería estar, sí —replicó el conde—, o al menos eso menciona en la misiva que me ha dirigido. Al parecer, decidió cambiar su destino antes de abandonar Inglaterra.

—Oh, Dios…

—No se alarme —se apresuró a decir Algernon—. He deducido por su carta que el viaje de su hermano no se debe a ningún asunto de negocios, como ha mencionado usted a sus conocidos, así que no tengo intención de compartir con nadie ese pequeño detalle.

—Milord, no sabe cuánto se lo agradezco —dijo Conrad, aliviado.

—Su hermano no me ha relatado los pormenores de ese viaje tan apresurado, aunque sí lo suficiente como para saber que no se ha ido por voluntad propia.

—Es una situación complicada.

—Me hago cargo. —Lord Algernon sonrió con indulgencia—. El caso es que, en el interior de mi carta venían otras dos, una para usted y otra para Grace Barton. Es lo que he venido a entregarle.

Lord Algernon sacó dos pequeños sobres del interior de su chaqueta y se los extendió a Conrad, que los cogió con dedos temblorosos.

—Sospecho también que resulta arriesgado que su hermano le escriba de forma directa, y venía también a decirle que no tengo inconveniente en hacer de intermediario el tiempo que consideren oportuno.

—Eso es muy generoso de su parte.

—Pamplinas. —Algernon hizo un aspaviento con la mano—. Su padre fue un buen amigo y, aunque en los últimos años nuestras familias se han distanciado, conservo un grato recuerdo de todos ustedes. Para mí será un honor ayudar en lo que pueda.

—No quisiera involucrarlo en este asunto, milord —reconoció Conrad—. Le aseguro que mi hermano y yo encontraremos la manera de poder comunicarnos sin necesidad de recurrir a usted.

—De acuerdo, pero, mientras tanto, estoy a su disposición. Hágame llegar su respuesta a mi casa en Londres y yo remitiré sus noticias a Nueva York.

—¿Nueva York?

—Sí...

La mención de la famosa urbe le hizo asimilar de golpe el nuevo destino de su hermano, y eso le provocó un vuelco en el estómago. ¿Por qué habría desobedecido de forma tan flagrante las órdenes de Cleyburne?

La rabieta de Grace había sido la comidilla de los criados durante todo el día, en especial entre los que habían tenido que recoger los trozos de porcelana o cristal que habían quedado desparramados por el salón. Por fortuna, Justin no había resultado herido más que con un ligero rasguño en la palma de la mano, mientras trataba de protegerse de los proyectiles que su prima le lanzaba.

En cuanto Blanche le contó a su esposo lo que había ocurrido, Conrad mandó llamar a Grace a su despacho. La pequeña que atravesó la puerta presentaba un aspecto tan desvalido y angelical que llegó a dudar de la palabra de su esposa.

—Imagino que sabrás por qué te he hecho llamar —le dijo, mientras con la mano la invitaba a sentarse en la butaca situada frente a la suya.

La niña obedeció y él tragó saliva cuando vio aquellas piernecitas balancearse en el aire. Era tan pequeña que ni siquiera alcanzaba el suelo.

—Tu comportamiento de esta tarde ha sido inexcusable —continuó.

—Sí, tío Conrad —balbuceó ella, sin atreverse a mirarle.

—Aquí todos te apreciamos, Grace. También Justin. Y estoy convencido de que lo que ha sucedido no puede ser tan grave como para que trataras de herirle.

—Yo solo quería que se callara.

—¿Y lo consideras un modo apropiado de hacerlo?

—¡Estaba mintiendo!

La niña alzó el rostro y su mirada acuosa se clavó en la de su tío. Conrad atisbó una sombra de aquella rabia que la había dominado un par de horas atrás.

—Justin ha dicho que mi padre no va a venir —murmuró Grace, aunque Conrad pudo escuchar sus palabras con claridad.

—Tu primo no mentía.

—¡Pero es Navidad! —Una lágrima solitaria se deslizó por aquella mejilla.

—Tu padre está muy lejos, Grace. Aunque partiera ahora mismo, no llegaría a tiempo.

—¿En Australia?

—Sí, eso es.

Conrad había contestado sin pensarlo siquiera. No iba a decirle a Grace que su padre se encontraba en realidad en Estados Unidos. Aún era demasiado pequeña y aquella información podía escapársele con facilidad. Sospechaba que a Cleyburne, en realidad, le daba igual dónde estuviera Jonathan, mientras fuera bien lejos de Inglaterra, pero no estaba dispuesto a arriesgarse.

—No estés triste —la animó—. Mira, hoy ha llegado una carta suya para ti.

Se levantó, tomó la nota y se la entregó. Ella la asió con fuerza y la pegó a su pecho.

—Puedo leértela yo si quieres —se ofreció.

—Ya sé leer.

Grace comenzó a balacear sus piernecitas, ansiosa por marcharse.

—Bien, puedes irte ahora —le dijo Conrad—. Pero no quiero más peleas con Justin.

La niña no contestó. Se bajó de la butaca y corrió hacia la puerta, dedujo que deseosa de encontrar un lugar tranquilo donde leer aquellas líneas. Conrad ya lo había hecho, aunque no había sido su intención inmiscuirse en la intimidad de padre e hija. Solo quería asegurarse de que todo estaba bien. Jonathan se mostraba tierno y cariñoso con la pequeña, a la que le rogaba que se portara bien y a la que aseguraba echar de menos todos los minutos de todos los días.

Casi tres meses habían transcurrido desde aquella conversación. Tres meses en los que solo llegó una nueva carta de su padre. Grace había releído tantas veces las dos misivas que el papel en el que estaban escritas había comenzado a ajarse. En ninguna tío Markus había añadido siquiera unas líneas, aunque, dado lo limitado del tamaño de las cuartillas, tampoco le extrañó. ¿En Australia no dispondrían de papel suficiente?, se preguntaba a menudo.

La primavera se asomó con timidez, como si no fuese bienvenida. Pequeños charcos de nieve sucia persistían en las zonas más sombrías y el viento que de tanto en tanto azotaba los campos seguía siendo helado. Sin embargo, los primeros brotes habían comenzado a perlar las ramas de los árboles y los arbustos lucían diminutos capullos nuevos. La vida, que parecía detenerse bajo el hielo en los largos meses de invierno, se desperezaba con fuerza, llena de posibilidades. Ahora, en cambio, para Grace no era más que otro lapso de tiempo entre el antes y el futuro.

A medida que transcurrían los días, las temperaturas se fueron tornando más cálidas y pudo al fin salir con Terronillo. La acompañó su tío, que alabó su destreza, aunque ella intuía que lo decía más por amabilidad que porque realmente lo hiciera bien. No había dispuesto de mucho tiempo para practicar antes de la marcha de su padre y tío Markus y, desde que estaba allí, no había vuelto a montar. Pero estaba empeñada en aprender y en mejorar siempre que tuviera oportunidad.

A mediados de abril, los Barton organizaron una merienda en el jardín e invitaron a sus vecinos, Miles y Josephine Lockhart, los condes de Woodbury, que llegaron acompañados de su hijo menor, Alexander, de la edad de Harold. Según pudo averiguar, los dos hijos mayores del matrimonio estudiaban en Eton, y Alexander comenzaría allí el curso siguiente. Los padres habían retrasado su ingreso en la escuela y recibía lecciones de un instructor. Igual que sus primos, Harold y Justin.

La costumbre de Grace de permanecer casi todo el tiempo callada y de no intervenir en conversaciones ajenas le permitía descubrir muchísimas cosas. Aunque al principio los adultos siempre se mostraban un tanto cautelosos, acababan por olvidar su presencia y por hablar como si estuvieran solos. Ella, de todas formas, no lo hacía a propósito. Estaba obligada a asistir, siempre impecablemente vestida y peinada, aunque en los últimos tiempos su cabello fuese mucho más escaso y con menos brillo. Cuando sus primos obtenían permiso para ausentarse e ir a jugar, ella se quedaba en su sitio.

Esa ocasión no fue diferente. Harold y Justin se alejaron a toda prisa, como siempre, pero el otro chico, Alexander Lockhart, se quedó un instante allí, inmóvil, mirándola. Como si aguardara que se uniera a ellos. Grace contempló sus ojos grises, aquel cabello rojizo un tanto alborotado, y desvió la mirada. El muchacho acabó por desaparecer tras la estela de sus amigos y ella se quedó allí, sentada en una esquina.

Un rato más tarde, su tío Conrad se percató de su presencia y la animó a salir con los demás. Ella quiso negarse y decir que allí estaba bien, pero lady Woodbury se unió a la petición y no le quedó otro remedio que abandonar su asiento.

Encontró a los tres chicos en la parte trasera de la casa, lanzándose una pelota.

—¿Quieres jugar? —le preguntó Alexander, tendiéndole la bola de cuero.

—Déjala —respondió Harold por ella—. Apenas habla.

—No es necesario hablar para jugar a esto —manifestó el chico, que continuaba con el brazo extendido.

—Pierdes el tiempo —comentó Justin con sorna—. Esa niña es como un fantasma.

—¿Está enferma? —Alexander miró, realmente interesado, a sus compañeros de juego.

—De la cabeza —rio Justin.

Grace se había quedado a cierta distancia y su intención inicial había sido permanecer allí, observándolos, pero sin intervenir. Sin embargo, el comentario malicioso de su primo la sublevó y le dirigió una mirada cargada de rabia. Avanzó unos pasos, tomó la pelota que Alexander le ofrecía y la lanzó con fuerza a la cara de su primo.

En lugar de alzar los brazos para protegerse, igual que había hecho semanas atrás, Justin ni siquiera reaccionó. La bola de cuero impactó contra su nariz, de la que comenzó a manar un hilo de sangre. Grace sintió náuseas de inmediato. No había pretendido hacerle daño, no al menos hasta ese punto. Justin cayó de rodillas, quejándose y con las manos cubriendo su ensangrentado rostro. Harold se acercó corriendo a su hermano, mientras una de las criadas salía a toda prisa de la casa.

Grace sintió sobre sí la mirada de Alexander y lo miró a su vez. No vio reproche alguno en ella, que era lo que esperaba. Era algo distinto, algo que no fue capaz de identificar.

Sus tíos aparecieron poco después y Blanche se llevó una mano a la boca cuando vio a su hijo pequeño sangrando, mientras una sirvienta sostenía una toalla manchada de rojo pegada al rostro del niño.

—¡Ha sido ella! —exclamó Justin entre lloros al tiempo que la señalaba con el dedo.

Grace no encontró palabras que justificaran sus actos y aguantó aquellas miradas de desaprobación sin pestañear.

—Justin la provocó —dijo entonces Alexander.

Su intervención pasó desapercibida entre los aspavientos de su tía Blanche y las órdenes de su tío para que llamaran a un médico.

Solo Grace pudo escucharla.

Mientras el médico atendía a su primo, Grace se refugió en el cubículo de Terronillo. Sentada en unas balas de heno, acariciaba la testuz de su poni mientras trataba de calmarse, y pronto estuvo tan ensimismada que apenas escuchó llegar al señor Schelling, el jefe de las cuadras, y al mozo que lo ayudaba con los animales. Oyó sus voces, pero no les prestó atención, al menos hasta que el nombre de su padre salió a relucir. Entonces sus dedos se detuvieron y estiró el cuello para oír mejor.

—No creo que vuelva por aquí —decía en ese momento el mayor de los dos.

—¿Pero por qué se ha marchado?

—No lo sé, pero dicen que hizo algo malo.

—¿Algo malo como qué? ¿Ha matado a alguien?

La curiosidad del más joven era la misma que en ese momento dominaba a Grace. Le habría gustado salir del pequeño cubículo y preguntarles directamente, aunque sabía que no iban a responderle. Nadie le contaba nada. Ni siquiera su tío era capaz de proporcionarle una razón de peso que explicara la ausencia de su padre. Sin embargo, la posibilidad de que hubiera hecho algo malo, tan malo como para tener que irse, le resultaba inverosímil.

Lágrimas de rabia anegaron sus ojos. Sabía que no podía aparecer de improviso y llamarlos mentirosos, igual que había hecho con Justin. Aquella era una conversación de mayores, y eso era tanto como adentrarse en territorio prohibido. Así que apretó los labios con fuerza para impedir que las palabras se escaparan de su boca y los escuchó charlar un rato más.

En cuanto el mayor reconoció que no conocía los motivos, ambos hombres cambiaron de tema y Grace perdió el interés en seguir escuchando. Sin embargo, permaneció largo rato rumiando aquella conversación. Si su padre había hecho algo malo y por eso había tenido que marcharse, ¿no podía ella hacer lo mismo para que la llevaran con él? No se le ocurría qué comportamiento podía conllevar un castigo de tal magnitud, pero estaba dispuesta a intentarlo.

A cualquier precio.

Un mes después del incidente con la pelota, Blanche Barton continuaba enfadada. Y no solo eso, también estaba atónita. Aunque el golpe de Justin al final no había revestido mayor gravedad, la pequeña Grace había cambiado por completo desde entonces, como si algún duende hubiera entrado por la noche en la mansión y hubiera sustituido a la niña callada y apática por alguien muy distinto. Alguien que encadenaba una travesura con otra y cuya imaginación para causar el mal no conocía límites.

No había vuelto a recurrir a la violencia, pero escondía objetos del salón, se negaba a tomar las lecciones de piano —cuando la obligaban tocaba mal todas las notas—, manchaba de forma asombrosa todos sus vestidos, colocaba insectos o babosas en las sillas y los zapatos de sus primos, robaba comida de la despensa y hasta había llegado a destrozar cojines y cortinas con unas tijeras, con el pretexto de que su intención era confeccionar vestidos para sus muñecas. Un sinfín de actos de rebeldía que tenían a sus tíos y al personal de la casa completamente desquiciados.

Conrad había mantenido varias charlas con la pequeña, e incluso la había castigado sin poder ver a su poni o mandándola a la cama sin cenar. Aquellos correctivos solo funcionaban durante un par de días y su carácter arisco y temerario regresaba todavía con mayor brío.

Ni siquiera la señora Gallagher lograba explicarse qué había ocurrido para que aquella niña que siempre había sido buena y educada se hubiera transformado en una especie de demonio disfrazado. Siempre iba desaliñada, con los vestidos hechos jirones y el pelo alborotado y lleno de heno. Una noche, incluso, volvió a coger las tijeras y se cortó la melena tan corta que ahora se le veía la nuca. Blanche puso el grito en el cielo y ni siquiera la buena mano de la señora Gallagher logró arreglar aquel estropicio. Grace llevaba el pelo ahora incluso más corto que sus primos, aunque ninguno de ellos se atrevió ya a burlarse.

La situación alcanzó su clímax una tarde de mediados de junio. Blanche tomaba el té con lady Woodbury en la salita pequeña, sus dos hijos recibían sus lecciones en el piso de arriba y Conrad estaba reunido con el administrador. Por lo que ella sabía, Grace debía de estar en cualquier lugar, embadurnándose de porquería. Rogaba porque no apareciera en la salita de repente con el aspecto de los últimos tiempos, o la delicada lady Woodbury podría sufrir un vahído.

Olió el humo casi en el mismo instante en el que la voz de su esposo atravesó la casa pidiendo ayuda. Blanche dejó caer la taza de té y, sin echar mientes a su invitada, corrió fuera de la habitación.

El pasillo estaba lleno de una humareda espesa y oscura que procedía del salón. Varios criados iban ya hacia allí con peroles y recipientes de todo tipo llenos de agua. Justin y Harold, seguidos de su viejo instructor, bajaban las escaleras a toda prisa, sin saber muy bien lo que sucedía. Con el corazón a punto de saltarle del pecho, Blanche se asomó a la estancia. Vio las cortinas medio calcinadas y las llamas chisporroteantes que comenzaban a consumir alfombras y muebles. Junto a la puerta, medio escondida entre el ir y venir de los sirvientes, localizó a Grace, con expresión horrorizada. Imaginó que estaba conmocionada por el alcance de su última trastada. Porque Blanche estaba convencida de que aquello solo podía haber sido obra de la niña. «Dios mío —pensó—. ¿Y si le hubiera dado por provocar el incendio durante la noche?».

Aquello tenía que terminarse, se dijo, o acabarían todos muertos.

14

Conrad Barton había tratado de postergar lo inevitable, pero su esposa tenía razón, por más que le pesase.

El carruaje traqueteaba con suavidad a través de la campiña y, en cualquier otro momento, tal vez ese balanceo le hubiera conducido al sueño. En las circunstancias actuales le resultaba imposible. Sentía que su sobrina, sentada frente a él, le clavaba una mirada inquisitiva. Con el cabello así de corto y aquellos grandes ojos azules, le recordaba a su hermano Jonathan de niño, cuando el mundo aún era nuevo y lleno de oportunidades.

Tras el incendio, que había destruido más de la mitad del salón, había coincidido con Blanche en que era preciso hacer algo con Grace. La niña se había disculpado por el accidente —así lo había llamado—, asegurando que no había tenido intención de provocar tantos daños. Sin embargo, ya se había tomado la decisión de alejarla un tiempo de Barton Manor a un lugar donde se le inculcase un poco de disciplina.

El sitio elegido era un internado para señoritas cerca de Wickford, en Essex, y Grace, lejos de protestar, casi parecía aliviada. Más que eso. Conrad habría jurado que estaba incluso satisfecha. Su mirada ahora, lejos de reflejar tristeza o reproche, mostraba expectación. ¿Tendría Blanche razón y su sobrina padecía algún tipo de tara mental?, se preguntó a lo largo del viaje. Si era así, esperaba que el personal especializado del internado la ayudase, porque era evidente que no podía hacer más por ella.

El trayecto les llevó toda la jornada y, aunque estaban en verano y los días eran largos, no llegaron hasta el atardecer. Los altos muros se alzaban imponentes, rodeando una propiedad de varios acres en la que destacaba la enorme mansión, una robusta construcción de piedra clara, en otro tiempo propiedad de un duque. Otros edificios de menor envergadura rodeaban el principal y, pese a las horas que eran, el lugar bullía de actividad. Varias alumnas paseaban por los jardines antes de cenar, sin duda aprovechando las cálidas temperaturas, bajo la atenta vigilancia de matronas e institutrices. Algunas se volvieron a contemplar el carruaje que llegaba, pero la mayoría no le prestó atención.

Grace se removió inquieta en su asiento y Conrad le dedicó una mirada tranquilizadora. La niña asomó la cabeza por la ventanilla y se bajó del vehículo antes de que el lacayo llegara para abrirle la portezuela. Miró a su alrededor con sumo interés, hasta que su atención se centró en la dama que bajaba la escalinata de acceso. Aquella debía ser la señora Bellamy, la directora del centro, con la que Conrad había mantenido correspondencia en los últimos días para lograr la admisión de su sobrina. Se trataba de una mujer entrada en la cincuentena, de aspecto pulcro y profesional, con el cabello canoso sujeto en un moño y mirada perspicaz.

—Buenas noches, milord —lo saludó antes de inclinarse un poco en dirección a la niña—. Y usted debe ser la señorita Grace Barton.

Su sobrina asintió, cohibida, mientras Conrad echaba un vistazo al cochero, que en ese momento bajaba el primero de los baúles.

—No se preocupe por el equipaje, lord Bainbridge —le dijo la mujer con amabilidad—. Los criados se ocuparán de subirlo a la habitación de Grace.

Conrad no supo qué hacer a continuación. ¿Cómo debía comportarse en una situación como aquella?

—¿Tiene algún asunto del que desearía hablar, milord? —le preguntó la directora.

—Lo cierto es que no se me ocurre ninguno —confesó. Era

verdad. La correspondencia previa había despejado todas sus dudas.

—Entonces lo mejor sería que se marchara usted ahora —le indicó la directora en un aparte—. Tenemos comprobado que la transición es más efectiva si no permanece aquí mucho más tiempo.

—Claro, claro.

Conrad no tenía ni idea de si aquello era cierto o no, pero no pensaba poner en duda la palabra de aquella mujer. Hincó una rodilla en tierra y miró a su sobrina a los ojos.

—Aquí estarás muy bien, Grace —le dijo—. Cuidarán de ti.

—Sí, tío.

Conrad no supo qué más decir. Su sobrina parecía más que conforme y, durante un breve lapso de tiempo, se preguntó si no tenía pensado hacer alguna otra travesura. Ya había puesto a la directora en antecedentes y ella le había respondido que no tenía de qué preocuparse. Claro que eso resultaba mucho más fácil decirlo que hacerlo.

Le acarició la cabeza con cierta torpeza y volvió a asombrarse por su escasez de cabello. Se despidió de la señora Bellamy, a la que le rogó que lo mantuviera informado en todo momento. Luego subió al vehículo y cerró la portezuela. Mientras se alejaba en dirección a las puertas de hierro forjado que habían atravesado unos minutos antes, sacó la cabeza por la ventanilla y observó una última vez a su sobrina. Al lado de aquella señora tan alta, aún parecía más pequeña y vulnerable, sensación que aumentó a medida que se fue alejando.

Esperaba haber hecho lo correcto.

La señora Bellamy llevaba veintiún años trabajando en aquella escuela —los últimos seis como directora— y en ese tiempo había sido testigo de muchas cosas: alumnas que llegaban ansiosas por aprender o complacer a sus padres, niñas tímidas que se negaban a formar parte de la comunidad y que se encerraban en sí mismas, jovencitas rebeldes que solo necesitaban atención o disciplina… Lord Bainbridge ya le había contado en sus cartas qué podía esperar de su sobrina y la señora Bellamy intuía a qué tipo iba a pertenecer la pequeña. No hacía falta más que ver el corte de pelo que llevaba, como si fuese un niño de las calles, para comprender que aquel desastre se lo había provocado ella misma. Alguien había tratado de arreglárselo, pero había mechones más largos que otros y en algunas zonas incluso podía apreciarse la blancura del cráneo.

La chiquilla esperó a que el carruaje de su tío hubiera desaparecido en el horizonte para volverse hacia ella, con mirada ansiosa.

—¿Dónde está mi padre? —le preguntó.

—¿Su… padre?

La niña miró en derredor, como si esperara encontrar a su progenitor escondido tras alguno de los árboles del jardín. La señora Bellamy no lograba imaginarse qué la había llevado a extraer aquella conclusión tan peregrina.

—Blackbird House es un internado para señoritas, Grace —le dijo, con voz suave—. Este va a ser su nuevo hogar y le puedo asegurar que su padre no se encuentra aquí.

Aquellos bonitos ojos azules se abrieron con espanto en cuanto comprendió que le estaba diciendo la verdad y su actitud, hasta ese instante dócil y casi complacida, se transformó por completo.

—¡No! —exclamó, presa de un ataque de pánico—. ¡No! ¡No!

Sin que la señora Bellamy alcanzara a detenerla, la niña echó a correr en dirección a las verjas de acceso, gritando el nombre de su tío. Tampoco era la primera vez que la directora era testigo de una reacción de esa naturaleza, y probablemente no sería la última. Un par de asistentes de la escuela, dos vigorosas mujeres que se ocupaban de las tareas más pesadas, no tardaron en aproximarse a la pequeña, que sujetaba con fuerza los barrotes, tratando en vano de moverlos. Les costó desasirla, mientras Grace pataleaba y gritaba como una posesa. A pesar de la distancia que las separaba, la señora Bellamy escuchó con claridad cada una de sus palabras: gritos llamando a su padre y a su tío mezclados con improperios a quienes trataban de sujetarla. Por desgracia, tampoco era un espectáculo inusual.

La directora se armó de paciencia y aguardó al pie de la escalinata a que condujeran a la niña ante su presencia. Intentó que se calmara para poder razonar con ella, pero resultó una tarea imposible. Ni siquiera parecía ser consciente de que se había convertido en el centro de atención de las alumnas y profesoras que se encontraban en el jardín, o de otras que habían ido saliendo del interior del edificio, alertadas por el escándalo.

En casos como aquel solo había una solución posible, aunque no resultase del todo de su agrado. Con un simple movimiento de cabeza, indicó a las dos asistentes que condujeran a Grace al piso de arriba. Allí había una habitación especial, bien aislada del resto, una estancia de reducido tamaño cuya única ventana era un rosetón en la parte superior de uno de sus muros, de difícil acceso para impedir la huida, pero que permitía la entrada de luz. El mobiliario era escaso y austero: una cama, una mesa, una cómoda, una mesita y una silla, todo clavado al suelo. No había objetos con los que una joven desesperada pudiera hacerse daño, y la jarra del agua, el vaso e incluso el orinal eran de peltre. La directora sospechaba que la estancia de la joven Barton en la habitación iba a añadir unas cuantas abolladuras más a las muchas huellas que el tiempo y la desesperación de anteriores inquilinas habían dejado en esos enseres.

La pequeña no dejó de patalear y gritar en todo el trayecto, y solo enmudeció cuando sus captoras la soltaron, ya dentro de la habitación. Entonces la miró y, al ver aquellos ojos anegados en lágrimas y con tanta rabia contenida, supo que su transición no resultaría fácil.

—Creo que lo mejor será que pase un par de días aquí, Grace —le dijo, con la mirada pétrea—. Hasta que haya logrado tranquilizarse.

La niña apretó la mandíbula y la señora Bellamy cerró la puerta y echó la llave. Aguardó unos segundos en el corredor y suspiró de alivio cuando el silencio se alargó un poco más. Entonces se reanudaron los gritos y los golpes contra la superficie de madera que las separaba, y luego un llanto sordo y profundo que le supo a veneno.

La señora Bellamy agachó la cabeza. En su calidad de directora en ocasiones se veía forzada a tomar decisiones que no eran de su agrado para favorecer la integración de sus alumnas. Esa era una de ellas y esperaba por el bien de Grace que no se alargara demasiado.

Por el bien de Grace y por el suyo propio.

Hasta la más férrea voluntad puede quebrarse. A Grace le llevó cuatro días, cuatro días que pasó encerrada en aquella especie de celda, alternando episodios de rabia y frustración con horas de llanto amargo. El primer día se negó a comer, y lo mismo hizo el segundo. Al tercero, la directora se presentó acompañada de un médico.

—¿Qué va a hacerme? —Grace se asustó al contemplar el maletín que portaba en las manos.

—Ya que no desea usted comer, el doctor Yeats tendrá que obligarla —la informó la señora Bellamy—. No voy a consentir que se deje usted morir aquí, muchacha.

La idea de que aquel hombre fuese a hacerle Dios sabía qué le congeló las tripas. En un instante, se imaginó sujeta a aquella cama con correas, con un tubo insertado en la boca para procurarle alimento. La imagen le provocó náuseas. Con los hombros hundidos, se aproximó hasta la mesa, donde una sirvienta había dejado un cuenco de gachas. Se llevó la primera cucharada a la boca y, para su sorpresa, descubrió que, aunque frías, estaban deliciosas. Acalló las protestas de su estómago y se llenó la cuchara por segunda vez, y luego una tercera. Un ligero mareo la obligó a tomar asiento mientras se disponía a dar buena cuenta del contenido del tazón. Estaba famélica.

—No tan deprisa, Grace —la avisó la directora.

La mujer le hizo un gesto con la cabeza al médico, que abandonó la habitación, y luego se volvió hacia ella.

—Le guste o no, Grace, su lugar está ahora aquí, entre nosotros. Cuando esté preparada, creo que he encontrado a su compañera perfecta de habitación.

—No quiero estar con nadie —replicó, con la boca llena.

—Lo que usted quiera es irrelevante, chiquilla. —La señora Bellamy alzó las cejas—. En Blackbird House todas las niñas comparten cuarto y usted no va a ser una excepción.

Grace refunfuñó.

—Si prefiere quedarse encerrada en esta habitación durante semanas, incluso meses, no tengo inconveniente —propuso la directora con una sonrisa incisiva—. No piense usted que es la primera rebelde que se aloja en este cuarto, y le puedo asegurar que tampoco será la última. Caracteres más duros que el suyo han sido domeñados aquí.

Grace le dio la espalda mientras una de las criadas se llevaba el tazón, ahora vacío.

—Como desee —le dijo la directora antes de marcharse—. Tal vez a mediodía haya cambiado de opinión. O a la noche. Yo no tengo ninguna prisa, recuérdelo. La única que sale perjudicada con esto es usted.

Ganó la señora Bellamy, por supuesto. A la noche siguiente, Grace claudicó al fin y la mujer la condujo al piso superior, hasta una habitación casi al final del pasillo oeste. Allí la esperaba una niña un poco mayor que ella, con el cabello castaño perfectamente recogido, el rostro redondo y agradable y unos grandes ojos color miel que la recibieron con simpatía.

—Bienvenida a Blackbird House —le dijo, enérgica y alegre.

Grace masculló una respuesta ininteligible.

—Esa será su cama —la informó la señora Bellamy señalando a la izquierda—. Sus pertenencias ya han sido colocadas en su armario y en su cómoda y Gwen le explicará las reglas básicas de la escuela. ¿Lo ha entendido?

Grace asintió de forma burda. No pensaba dirigirle la palabra a aquella señora tan estirada.

—Una última cosa —le dijo la directora antes de salir—. Le aconsejo que no trate de llevar a cabo ninguna de sus travesuras. Haga lo que haga, por muy grave que sea, no la mandaremos de vuelta a casa de su tío. Lo único que conseguirá es pasar más tiempo en la habitación que ya conoce, así que usted decide.

La señora Bellamy se marchó y Grace no supo qué hacer. Miró de soslayo a su compañera, que permanecía de pie, observándola a su vez.

—Nunca había conocido a nadie que hubiera pasado tanto tiempo en la Cueva —le susurró, con un deje de admiración.

—¿Eh?

—Así es como llamamos a la celda de castigo —rio Gwen bajito.

—No me interesa —aseguró, desentendiéndose.

Grace se acercó hasta su cama y se sentó. El colchón era mullido y la colcha, suave. El dormitorio era bastante bonito, pintado de un alegre color amarillo y con los muebles de color blanco. Los cobertores, a juego, estaban adornados con florecillas violetas. En otras circunstancias, habría pensado que era un rincón encantador. Su compañera tomó asiento en su propia cama al otro lado de la estancia, sin dejar de observarla. Ella esquivó sus ojos cuanto pudo.

—¿Por qué te han encerrado? —le preguntó, curiosa.

—Quería volver a casa —le contestó tras unos instantes.

—Puedes escribir a tu familia y pedirles que vengan a buscarte —la informó—. No serías la primera que se marcha nada más llegar.

—Mi tío jamás me llevará de vuelta.

—¿Por qué no?

—Me he portado mal —contestó Grace, sin atreverse aún a mirarla de frente.

—¿Mucho? —Gwen trató de ocultar su risa tapándose la boca con la mano.

—Parece que no lo suficiente.

—¿Lo suficiente? —Las cejas de la niña se elevaron como dos pequeñas sombrillas—. ¿Suficiente para qué?

—Para que me lleven con mi padre.

—No… no lo entiendo.

—Escuché a dos hombres hablar en los establos, y decían que había tenido que marcharse porque había hecho algo malo —explicó de corrido, con un pesado nudo en la garganta—. Pensé que si yo… que si yo también me portaba mal, me llevarían con él.

Gwen se levantó de su cama, se acercó hasta ella y se sentó a su lado. Sin decir nada, la tomó de la mano y se la apretó. Era una mano menuda y cálida, tan cálida que no pudo evitar que la emoción le subiera por la garganta.

Y así fue como Grace Barton conoció a Gwendolyn Rossville, que iba a ser su compañera de habitación en aquella escuela y su mejor amiga en el mundo.

15

Grace nunca había tenido una amiga de su edad. Las niñas de su entorno, hijas de vecinos o conocidos, eran o demasiado jóvenes o demasiado mayores para jugar con ella, y su vida se había desarrollado a la sombra de su padre, de tío Markus y de los criados de la casa. Nunca había echado realmente en falta a alguien con quien compartir juegos, aventuras y confidencias, no hasta que conoció a Gwen.

Tras los primeros días, en los que continuó mostrando cierta reticencia a intimar con nadie, descubrió que aquella niña de ojos de miel era lo mejor que le había pasado desde hacía casi un año. Durante las dos primeras semanas en Blackbird House todavía protagonizó un par de episodios que la hicieron merecedora de pasar la noche en la Cueva; se resistía a permanecer allí y exigía que la llevaran con su padre. Pero pronto le resultó evidente que las palabras de la señora Bellamy eran ciertas: nada de lo que hiciera la llevaría de vuelta a casa de sus tíos, y mucho menos a su antigua vida. La resignación ante sus nuevas circunstancias fue haciendo mella en su espíritu, por lo que halló un inusitado y reconfortante consuelo en su compañera de habitación.

Gwen se mostraba comprensiva y cariñosa, la escuchaba sin juzgarla, la abrazaba cuando la desesperación la vencía y se sentaba a su lado en silencio a la espera de que el sosiego regresara a su ánimo. De naturaleza alegre y luminosa, poseía una increíble perspicacia tanto para mostrar su lado más tierno como para hacerla reír o entretenerla con alguna de sus ocurrencias e invenciones, así que pronto resultó imposible ver a la una sin la otra.

Aunque Gwen solo llevaba un curso en aquel colegio, ya había descubierto casi todos sus secretos. Sabía, por ejemplo, a qué hora colarse en las cocinas para hurtar algún dulce, cuáles eran los mejores rincones para esconderse cuando no quería ser encontrada y quiénes eran las profesoras y asistentes más amables.

Una calurosa tarde de mediados de julio, poco después de un mes de su llegada, Grace esperaba a su amiga sentada a la sombra del sauce junto al estanque, con la ropa pegada al cuerpo y el cabello húmedo adherido al cráneo. La mayoría de las niñas habían abandonado ya el internado para pasar el verano con sus familias, y otras lo harían en breve. Gwen le había asegurado que no sería su caso. Sus padres, los condes de Abingdon, estaban de viaje por Europa y no regresarían hasta el otoño. Pero Grace no las tenía todas consigo. Temía que los condes hubieran cambiado de opinión y se presentaran en busca de su hija, y la ansiedad que aquello le provocaba la mantenía en constante inquietud.

Estaba a punto de levantarse del banco cuando la vio aparecer, con aquella sonrisa resplandeciente y mellada que tan bien conocía ya.

—¡Ven conmigo! —la apremió.

—¿A dónde?

—¡Tú ven! —la instó de nuevo.

Grace obedeció. Tomó la mano sudorosa de su amiga y la siguió, primero al interior, luego al piso superior y más tarde, tras una pequeña puerta disimulada en la madera, por unas empinadas escaleras.

—¿A dónde vamos? —insistió, excitada.

—Es una sorpresa.

Y vaya si lo era. Grace se quedó muda y luego se rio, mientras un par de lágrimas comenzaban a deslizarse por sus mejillas. Estaban en uno de los desvanes de la escuela, donde Gwen había colocado varios vasos con flores —algunas casi marchitas—, una guirnalda de papel, una manta y unos cojines en el suelo. En el centro, un plato con un enorme trozo de tarta de frambuesas.

—¡Feliz cumpleaños! —Gwen aplaudió a su lado, con tanto entusiasmo que comenzó a dar saltitos.

—Pero… ¿cómo lo has sabido?

—Me lo dijo ayer la señora Bellamy —respondió—. Creyó que no te apetecería una celebración con las demás, o con las pocas que aún quedan aquí, como hacemos siempre.

En el tiempo que llevaba en el colegio, Grace había descubierto que la señora Bellamy era muy inteligente, y muy sagaz. Sabía las cosas incluso antes de que nadie se las dijera, una cualidad que Grace había comenzado a apreciar.

—¿Te gusta? —Gwen se mostró dubitativa—. Ya sé que no puede compararse a tu último cumpleaños y yo no tengo ningún poni que regalarte, pero…

Grace la abrazó con fuerza, interrumpiendo su perorata, y se echó a llorar ya sin tapujos.

—Es perfecto —balbuceó.

—Anda, tonta, no llores más —le dijo Gwen, con los ojos también brillantes—. ¡Ya tienes ocho años!

Grace había tratado de no pensar en el año anterior, cuando era feliz sin saber siquiera que lo era, cuando todo era luminoso y perfecto y tenía la sensación de que iba a durar para siempre. Apreciaba el gesto de Gwen, mucho más de lo que era capaz de expresar, pero ni siquiera su amiga podía ofrecerle el único regalo que realmente deseaba. Aun así, se propuso hacer el esfuerzo de disfrutar de ese día, al menos por las molestias que se había tomado.

Ambas se sentaron sobre la manta y dieron buena cuenta de la deliciosa tarta, y luego, con un clavo que encontraron entre aquel cúmulo de objetos abandonados, grabaron sus iniciales en uno de los postes de madera que sujetaban el techo inclinado. Que las dos compartieran inicial les resultó de lo más simpático y durante un rato se rieron de sí mismas llamándose mutuamente con todas las palabras que les parecieron graciosas y que comenzaban con la letra ge. Así fueron Gallina, Gigante, Galleta, Gusano, Garabato, Gansa, Gorgorito o Garrapata. Entre risas y juegos la tarde se les echó encima y el sol inició su descenso.

—Tenemos que bajar ya —anunció Gwen.

Se habían tumbado sobre la manta y contemplaban el techo, en cuyas esquinas habían construido su hogar algunas arañas.

—Me gustaría quedarme aquí hasta mañana —reconoció Grace.

—Y a mí. ¡Pero tengo hambre!

—¿Otra vez?

—¿Otra vez? —Gwen la miró, sorprendida—. ¡Si hace horas que nos comimos el pastel!

Grace no lograba entender cómo su amiga podía comer tanto y estar tan delgada como ella, que apenas probaba bocado.

A regañadientes, se levantaron y recogieron todas las cosas.

—Muchas gracias —dijo Grace, con las mejillas sonrosadas.

Como respuesta, Gwen le dio un beso en la mejilla.

—Este será nuestro escondite —añadió.

—¿Nadie más sube aquí? —preguntó Grace, extrañada.

—¿De verdad crees que se utiliza mucho? —Gwen parecía divertida.

Grace echó un vistazo alrededor. Trastos de todo tipo se acumulaban por doquier, con una gruesa capa de polvo encima.

—Me costó al menos un par de horas limpiar solo ese trocito —le aclaró—, así que estoy convencida de que nadie lo usa.

Grace asintió, conforme. Le encantaba la idea de disponer de un lugar secreto para ellas dos.

Un refugio.

Aunque la señora Bellamy, la directora, había resultado ser una mujer bastante amable —a pesar de los desafortunados primeros días—, no todo el personal de la escuela poseía ese mismo carácter. La señorita Prudence Morrison, la subdirectora, era su antítesis: bajita, rechoncha, malcarada y cruel. Impartía algunas de las clases y no dudaba en golpear con una vara de madera las palmas de las alumnas que no atendían las explicaciones, y Grace fue una de las mayores receptoras de aquel castigo. No siempre podía evitar quedarse ensimismada pensando en su antigua vida, lo que le granjeaba las consecuentes reprimendas y golpes. La primera vez lloró, con la palma ardiéndole y enrojecida. La segunda se mordió los carrillos y aguantó las lágrimas por poco. A partir de la tercera, desafiaba a la señora Morrison con la mirada, quien, lejos de amilanarse, la golpeaba con más fuerza.

—No sirve de nada que te muestres altiva —le aconsejó Gwen en una ocasión.

—¡No debería pegarnos! —se defendió Grace—. Mi padre no lo consentiría…

—Es probable, pero no todos piensan igual —reconoció su amiga—. El mío asegura que, si alguna vez recibo un correctivo en esta escuela, es porque me lo he ganado.

Grace no podía estar de acuerdo con eso, de ningún modo. Sin embargo, aquel comportamiento no era solo prerrogativa de Prudence Morrison. La señorita Straw, por ejemplo, que les enseñaba costura, era tan cruel como la subdirectora. Cuando alguna de las chicas no realizaba su tarea con la debida diligencia o el primor adecuado, no dudaba en pincharla con su aguja en el brazo. Todas las niñas llevaban una especie de bata de algodón azul marino sobre la ropa, que hacía las veces de uniforme, y las manchas de sangre que provocaban aquellas torturas no se apreciaban. Los picotazos las tenían aterrorizadas. Grace poseía bastante destreza con la aguja, pero Gwen, en cambio, tenía tendencia a equivocarse y a realizar sus labores de forma poco satisfactoria, a juicio de la señorita Straw. Casi en cada clase se ganaba uno de aquellos castigos, y los moretones de los brazos tardaban en desaparecer. Sin que la maestra se diera cuenta, Grace comenzó a intercambiar su labor con la de su amiga. A veces lo hacía rápido y podía arreglar el estropicio que

Gwen hubiera cometido. Otras, en cambio, era sorprendida antes de haberlo logrado y recibía su propio correctivo. Gwen había tratado de convencerla para que no se arriesgara, pero ella insistía. ¿Por quién iba a hacerlo, si no era por ella, su única amiga?

Pese a su carácter huraño, Grace no parecía haberse creado enemigas entre las otras alumnas del centro, aunque tampoco había intimado con nadie más. Por un lado, se encontraban las más populares, cuyos padres ostentaban los títulos nobiliarios más elevados y que se comportaban con la altivez que suponían que les correspondía. Alrededor de ellas pululaban algunas niñas de igual renombre y otras que simplemente querían parecérseles. Lo más habitual, sin embargo, era la existencia de pequeños grupos, a menudo de tres o cuatro integrantes de edad similar, que compartían habitación o asistían juntas a las mismas clases. Grace era de las más jóvenes, pero había también chicas que ya habían cumplido los quince, e incluso los dieciséis, para quienes aquella chiquilla —y por extensión todas las que no hubieran alcanzado la adolescencia— no representaba más que un borrón en el paisaje.

Cuando llegó el otoño, las alumnas comenzaron a regresar y la rutina tras el verano volvió a instalarse entre aquellos muros. Conforme transcurrían los días, el carácter de Grace se fue ensombreciendo.

—¿Qué te pasa? —Gwen se mostraba preocupada.

—Hace un año que… que mi padre se marchó…

—Oh, Grace, no lo sabía.

—No, no es eso. Es que…

Grace se echó a llorar, tan compungida que Gwen la abrazó.

—¿Qué? ¿Qué pasa?

—No sé qué día fue —reconoció entre sollozos—. No puedo recordar qué día exacto se marchó.

—¿Y qué importa eso?

Pero para ella era importante, por algún motivo que no lograba comprender. Un año sin su padre. ¿Por qué no regresaba? Desde que había ingresado en la escuela solo había recibido una breve nota para felicitarle el cumpleaños, que su tío Conrad había hecho llegar a la señora Bellamy. Un par de párrafos en los que apenas le contaba nada. Habían transcurrido casi tres meses desde aquella escueta carta y no había recibido más noticias. Ni de él ni de tío Markus. ¿Dónde estaban? ¿Se encontrarían bien? ¿Y por qué no iban a buscarla?

Lo peor de todo era que, cada vez que trataba de recordarlos, le resultaba más difícil. Como si los contornos de aquellos rostros tan queridos comenzaran a desdibujarse.

Y tenía miedo. Un miedo atroz a olvidarse para siempre de ellos.

Las siguientes Navidades, su tío Conrad fue a buscarla para pasar las fiestas en Barton Manor. Grace lo recibió con más entusiasmo del que ella misma se esperaba, ante la evidente incomodidad de este. Ni siquiera se había dado cuenta de que lo había echado de menos. No se atrevió a preguntarle por su padre, porque intuía que nada había cambiado en aquellos meses, así que se resignó a pasar aquellos días con los restos de su familia.

En Barton Manor lo encontró todo como lo había dejado. Incluso la señora Gallagher permanecía allí. Se había mantenido ocupada en otros menesteres durante su ausencia. En cuanto la vio, Grace se aferró a la niñera durante largo rato. El olor a lavanda y al linimento que usaba para las manos la reconfortó de una forma inesperada. Sus primos habían crecido un poco e imaginó que ellos también la verían mayor. El cambio más sustancial, sin embargo, se había operado en su tía, que había engordado muchísimo. Se pasaba la mayor parte del tiempo sentada, con las piernas en alto y las rollizas manos apoyadas en la enorme barriga. Nunca la había visto comer de forma desmedida y, cuando se lo comentó a la señora Gallagher, esta le dijo que su tía estaba embarazada y que en pocos meses daría a luz a un bebé.

Grace no tenía ni idea de cómo se hacían los niños, ni podía entender tampoco que una persona estuviera creciendo allí dentro, así que se pasó gran parte de las fiestas observando a su tía, vigilando si el vientre se movía o si asomaba alguna manita o algún piececito por las costuras de sus vestidos.

El resto del tiempo lo pasó en los establos, como no podía ser de otro modo. Lloró de alegría cuando se reencontró con Terronillo, y él pareció feliz de volver a verla, porque cabeceó y relinchó en cuanto se acercó al cubículo.

También le quedó tiempo para cometer algunas de sus travesuras. Gwen había tratado de convencerla de que aquella actitud no la conduciría al destino que ella ansiaba, pero Grace quiso agotar las posibilidades que tuviera de lograrlo. Ya no volvió a provocar ningún otro incendio ni causó estropicios en la casa, pero, amén de su típico repertorio de fechorías, se mostró distante, respondona, burlona con sus primos y le cogió el gusto a esconderse durante horas, ante el desespero de su familia y de los criados. Pero lo único que obtuvo fue que su tío la devolviera a la escuela tres días antes de lo previsto. Al parecer, su tía Blanche estaba desquiciada y en aquel momento —la escuchó decir— no podía lidiar con aquello.

Tal vez, pensó en el camino de vuelta, Gwen tuviera razón. A fin de cuentas, era casi un año mayor que ella. Eso la convertía en alguien más sabio, ¿verdad?

Había un metro de nieve fuera. No había dejado de nevar desde mediados de enero y las alumnas de Blackbird House estaban nerviosas e irritables por verse encerradas a todas horas. Tras las clases, Gwen y Grace pasaban casi todo el tiempo libre en el desván, sorprendentemente caldeado gracias a los tiros de dos chimeneas que pasaban justo por allí. Con tiempo y paciencia habían despejado un espacio algo más amplio, retirando algunos trastos y aprovechando otros. Ahora disponían de dos butacas raídas, una mesita baja con la superficie agrietada y una cómoda a la que le faltaba un cajón, pero donde podían guardar sus pequeños tesoros.

Gwen solía practicar con la costura o plasmaba en el papel las historias que siempre andaba inventando. Grace dibujaba en su cuaderno, lo mismo la enorme telaraña que adornaba la esquina de una de las vigas del techo, que los muebles viejos y descascarillados que inundaban aquel rincón. No había retomado la pintura con acuarelas que solía ejercitar con tío Markus, pero había descubierto que el carboncillo se le daba francamente bien. A veces, las dos leían alguno de los libros de la biblioteca de la escuela o jugaban a las cartas con una vieja baraja que habían encontrado en el desván. Nadie les había enseñado ningún juego, así que ellas mismas se inventaban las reglas y luego las rompían para improvisar otras diferentes. Jugaban a las adivinanzas, a las palabras encadenadas, o inventaban historias en común, algo en lo que Gwen demostraba un talento extraordinario.

—¿Qué te gustaría hacer de mayor? —le preguntó Gwen aquella tarde de febrero.

—¿De mayor? —La pregunta la extrañó. Jamás hasta ese momento se había planteado cómo sería su vida cuando saliera de allí. Su futuro era tan incierto que no se había detenido a pensar en ello.

—A mí me gustaría escribir cuentos para niños —reconoció su amiga.

—Oh, Gwen, ¡seguro que serán maravillosos! —le aseguró, entusiasmada—. Pero creía que querías casarte y tener muchos hijos.

—Eso también. —Gwen rio—. Espero que pueda compaginar ambas cosas.

—¿Qué es compaginar? —A Grace siempre le sorprendían las palabras que conocía su compañera. Seguro que era porque leía mucho, al menos mucho más que ella.

—Significa poder hacer las dos cosas de forma ordenada sin tener que renunciar a ninguna.

—Entonces necesitarás un montón de niñeras.

—Lo sé. —Gwen volvió a reírse—. Por eso espero casarme con un hombre muy guapo y muy rico.

—Yo todavía no he pensado en ello —confesó.

—Podrías casarte con el hermano de mi marido —propuso Gwen—, así seríamos como hermanas. Viviríamos cerca y estaríamos casi todo el día juntas, como ahora.

—O tú podrías casarte con mi primo Harold, así vivirías en Barton Manor. Y yo viviré en mi casa, en cuanto mi padre vuelva.

—¿Harold es guapo? —preguntó Gwen, con una sonrisa pícara.

—No lo sé —contestó con una mueca.

—¿No lo sabes? ¿No tienes ojos en la cara o es que no sabes usarlos?

—Supongo que sí... —Hizo una pausa y pensó en su primo—. Tiene el cabello castaño y los ojos claros, creo que azules.

—¿Crees?

—Casi toda mi familia los tiene de ese color, no me he fijado.

—¿Y qué más?

—Es bastante alto, y delgado. Tiene la mandíbula un poco ancha y la nariz recta. Creo que es bastante guapo, sí.

—De acuerdo, lo añadiré a la lista.

—¿Tienes... una lista?

—Eh, aún no, pero algún día la tendré —reconoció—. Y Harold Barton ocupará el primer lugar. Te lo prometo.

La idea de contar con Gwen en su vida para siempre, viviendo la una cerca de la otra, se le antojó un futuro de lo más prometedor.

16

Con la llegada del verano, su tío Conrad acudió de nuevo a buscarla. Durante el camino, sin embargo, le advirtió seriamente que no consentiría malos comportamientos por su parte, o la llevaría de regreso enseguida. Grace prometió portarse bien, y hablaba en serio. Gwen no iba a estar en Blackbird House hasta el otoño, y ella no tenía intención de permanecer en el internado sin ella. Además, ya había llegado a la conclusión de que su amiga tenía razón y que, sin importar lo que hiciera, jamás la llevarían con su padre. Tendría que aguardar a que él fuera en su busca.

—Hay otra cosa que quiero comentarte antes de que lleguemos —le dijo, muy serio—. Tenemos un nuevo miembro en la familia.

—¿El bebé ya ha salido? —preguntó ella, que lamentó no haber estado ahí para verlo llegar.

—Eh... sí, podría decirse así. —Su tío esbozó una sonrisa—. Se llama Harmony y es tu nueva prima.

—Oh, ¡es una niña! —exclamó con entusiasmo.

—Grace, te ruego que tengas cuidado con ella. Aún es muy pequeña —continuó—. Solo tiene cuatro meses y es muy delicada.

—¡Pero si yo jamás le haría daño! —Se sintió herida al comprender que dudaba de ella.

—Tal vez no a propósito, pero tu comportamiento de los últimos meses...

—Ya...

Grace agachó la cabeza. Su tío Conrad tenía razón, por supuesto, por más que le pesase. Así que aquella era una de las consecuencias de sus actos, como Gwen siempre le hacía notar. Lejos de haber conseguido reunirse con su padre, lo único que había logrado era que su familia temiera por la vida de un bebé en su presencia. La angustia le atenazó el estómago. Se portaría bien, se juró, y protegería a aquella niña incluso de sí misma.

Harmony Barton no podía ser más bonita. Tenía la piel suave y sonrosada, una deliciosa pelusa de color castaño sobre la cabeza y unos grandes ojos azules que observaron a su prima con curiosidad. Grace se enamoró de ella de inmediato, tanto que ni siquiera le importó que la señora Gallagher estuviera haciendo de su niñera. ¡Podían compartirla sin problemas! Además, estaba a punto de cumplir los nueve años, ya apenas necesitaba de sus servicios. En el internado, las niñas contaban con una sola doncella por cada cuatro alumnas y tenían que apañárselas solas la mayoría del tiempo.

Su tía Blanche, con el cuerpo tenso, estuvo presente todo el rato mientras veía por primera vez a su prima, y no permitió que la cogiera en brazos. No se molestó, ¿cómo hacerlo? Tal vez, en su lugar, habría hecho lo mismo. Pero sí sintió una honda tristeza que la arrasó por dentro y que ni siquiera la visita a Terronillo logró mitigar.

Durante los primeros días pasaba todo el tiempo que podía en la habitación de Harmony, siempre con la señora Gallagher presente y, no pocas veces, también con su tía Blanche. Emborronó un cuaderno entero con bocetos de su prima, sentada en silencio en un rincón, como si quisiera mimetizarse con el entorno para que no la echaran de allí. Porque eso era lo que hacía su tía cuando consideraba que ya llevaba allí demasiado rato, la *invitaba* a salir a jugar, e incluso a ir a montar en poni. Grace no protestaba. Se marchaba en silencio y regresaba en cuanto su tía desaparecía de escena.

—No deberías pasar tanto tiempo aquí, Grace —le dijo una mañana la señora Gallagher.

—Ya sé que a mi tía no le gusta.

—No es solo eso, pequeña. —La tomó de la barbilla—. Deberías salir, tomar un poco el sol, pasear...

—Me gusta estar con Harmony.

—Pero si aún no puede hablar —sonrió la niñera—. Y todavía falta mucho para que pueda jugar contigo.

—Ya lo sé. Pero quiero que me conozca bien, y que no me tenga miedo cuando crezca.

—Oh, Grace.

La señora Gallagher le acarició la cabeza con ternura, como hacía cuando era más pequeña, como haría a no mucho tardar con Harmony.

—Eres una niña muy buena, siempre lo has sido —le dijo—, solo que durante un tiempo lo olvidaste.

Grace no podía hablar. Sentía un nudo en la garganta que no se iba por más saliva que tragara, y durante unos minutos dejó que aquella mujer que era lo más parecido a una madre que tenía la abrazara como si volviera a ser un bebé.

Durante las primeras dos semanas, el comportamiento de Grace fue ejemplar. Tal vez contribuyó a ello el hecho de que sus primos estaban internos en una escuela por primera vez y aún no habían vuelto a casa. Incluso notó que su tía Blanche comenzaba a relajarse en su presencia y le permitió por fin coger a Harmony en brazos, unos instantes, y bajo su estricta supervisión. Al percibir aquel cuerpo suave y cálido contra el suyo, la invadió una oleada de puro amor que la pilló totalmente desprevenida. Harmony alzó sus bracitos y sonrió, como si ya la reconociera, y con sus deditos agarró el índice de Grace, que jugaba a hacerle carantoñas en la barbilla.

—Creo que le gusto —dijo, alzando la vista en dirección a su tía.

—Todavía es muy pequeña —replicó la mujer—. Ahora mismo le gusta todo el mundo.

Dedujo que su tía no había dicho aquellas palabras con mala

intención, pero las sintió como una ofensa. Sin embargo, procuró que no hicieran mella en su ánimo y continuó haciéndole mimos a su prima hasta que la madre decidió que ya había sido suficiente.

Harold y Justin llegaron solo un par de días más tarde y apenas repararon en su presencia. Ambos visitaron a su hermana y, si les extrañó encontrarse a Grace allí, ninguno dijo nada. Al menos no ese primer día.

Al siguiente fue muy distinto. Como si los dos hermanos se hubieran puesto de acuerdo, la acorralaron en un rincón de los jardines.

—Ni se te ocurra hacerle daño a Harmony —la amenazó Harold, que había crecido mucho en los últimos meses.

—Yo no… —Grace trató de defenderse.

—Como te atrevas a meter algún insecto en su cuna lo lamentarás —dijo entonces Justin, con el rostro contraído. También había dado un buen estirón, y ella se sintió diminuta en presencia de ambos.

—Te vamos a mantener vigilada —continuó Harold.

—¡Jamás le haría nada malo! —gritó.

—Claro —ironizó Justin—. ¿Esta vez te contentarás con prenderle fuego al comedor? ¿A nuestras habitaciones quizá?

—No…, no…, ya no…

Pero Grace no podía hablar tampoco en esta ocasión. Tenía la sensación de que últimamente su garganta tenía propensión a retorcerse sobre sí misma para impedirle pronunciar palabra. Sus primos se marcharon y la dejaron allí sola, y ella se refugió en su habitación, de donde no salió en todo el día.

Grace nunca había llegado a considerar Barton Manor como un hogar, pero desde el episodio del jardín, todavía menos. Se sentía observada en todo momento por sus primos, por su tía, hasta por su tío Conrad. Todo el mundo parecía estar esperando el momento en el que estallara.

El tiempo que pasaba en el cuarto de Harmony se vio también influenciado por esa sensación. Cuando se encontraba allí, siempre terminaban presentándose Justin o Harold. A veces se limitaban a cruzar por delante de la puerta y a echar un vistazo al interior, para cerciorarse de que no se encontrara demasiado cerca de la cuna. Otras, en cambio, se instalaban en un rincón, con un libro o una baraja de naipes, y no se marchaban hasta que ella lo hacía.

En las comidas y las cenas procuraba mantener la boca cerrada y no intervenir si no le preguntaban. Asistía en silencio a la narración de las anécdotas del colegio de sus primos, sin que a nadie se le ocurriera preguntarle por su estancia en el internado. Solo en una ocasión su tío Conrad sí que lo hizo, y ella se limitó a comentar, casi en un susurro, que no tenía nada que contar. La escuela a la que asistían Harold y Justin era muy distinta a Blackbird House. No solo tenían acceso a materias que se le antojaban de lo más interesantes, también practicaban esgrima y equitación, en lugar de costura, clases de piano y el estudio de la Biblia, como Gwen y ella. En ese sentido, se habría cambiado por cualquiera de sus primos sin dudarlo.

Los condes de Woodbury también acudieron ese verano, a un almuerzo que su tía organizó en el jardín. Grace se reencontró con Alexander Lockhart, que había cambiado mucho desde la última vez que se vieran, y que ya superaba en altura a su primo Harold. Sería un hombre muy guapo cuando fuera mayor, se dijo, y pensó en decirle a Gwen que, si su primo no le gustaba, Alexander Lockhart también sería una buena opción como marido. Solo que él no heredaría ni el título ni las tierras de su padre —sus dos hermanos mayores iban por delante—, así que era muy probable que no terminaran siendo vecinas. Después de todo, decidió, quizá no era tan buena idea hablarle sobre aquel chico pelirrojo, cuyos ojos tan grises como un día nublado la escrutaron casi toda la tarde. ¿También él esperaba que cometiera alguna estupidez?

En esa ocasión, cuando los tres muchachos se levantaron de la mesa para ir fuera, Grace los acompañó. Necesitaba congraciarse con Harold y Justin, que comprendieran que ella no era una amenaza, ni para Harmony ni para nadie. Ninguno de los dos puso buena cara cuando la vieron salir con ellos, pero tampoco hicieron ningún comentario y Grace se relajó. Cuando los vio dirigirse hacia el gran roble que dominaba el jardín los imitó y tomó asiento a cierta distancia.

Durante unos minutos los escuchó con sumo interés. Según pudo deducir, Alexander estudiaba en Eton y sus primos, en un colegio de Hampshire, y los tres comparaban experiencias. Tras el primer intercambio de impresiones, Grace decidió que ella también querría estudiar en Eton, que, al parecer, era una escuela mucho más exclusiva.

—Pero no voy a negar que, aunque me encanta estar allí, volver a casa siempre es un placer —decía en ese instante Alexander.

Grace no podía estar más de acuerdo y decidió que aquel era un excelente momento para intervenir y formar parte de la conversación.

—A mí no me desagrada mi escuela —dijo, con cierta timidez—, pero solo porque allí tengo a mi mejor amiga.

—¿No te gusta estudiar? —se interesó el chico.

—Me gustan algunas de las historias de la Biblia que nos cuentan en clase —reconoció.

Por el rabillo del ojo vio que sus primos intercambiaban una mirada un tanto desconcertada, como si no acabaran de creerse que fuera capaz de mantener una conversación normal con otra persona.

—A mí me apasionan las matemáticas. Dice mi padre que mi cabeza está hecha para los números. —Alexander rio su propia gracia—. De todos modos, el verano es lo mejor, ¿no crees?

—Sí —concedió ella—. Y cuando vuelva mi padre yo también regresaré a mi casa durante las vacaciones.

—Eso no va a suceder nunca —le espetó su primo menor, con una pizca de malicia.

—¡Justin! —lo riñó Harold.

—¿Qué? —Su primo se volvió contra su hermano—. ¡Es la verdad!

Grace apretó los labios con fuerza. ¿Por qué diantres había tenido que hablar? ¿Por qué no se podía haber quedado callada como venía haciendo desde su llegada?

—Tu padre no volverá y aquella casa ya no es vuestra —continuó su primo menor.

—¡Justin! ¡Basta ya! —Harold se puso en pie, incómodo, mientras miraba contrito a su prima.

—No…, no es verdad —balbuceó Grace, con las lágrimas nublando su visión.

—Pues pregúntale a mi padre si no me crees —replicó el menor.

—¡Estás mintiendo! —Ella también se incorporó, temblorosa.

Grace quiso pegarle, quiso pegarles a los tres, de hecho, aunque Alexander no había pronunciado palabra y Harold parecía querer fundirse con el césped bajo sus pies. Hasta Justin, en ese momento, viéndola tan alterada, comenzaba a dar muestras de arrepentirse de haber abierto la boca. Pero fue la mirada de su primo mayor la que le dijo que era cierto. En ella no había burla, ni ironía, solo una honda sensación de vergüenza y de compasión. Grace se quiso morir en ese instante y echó a correr en dirección a la casa para refugiarse en su cuarto.

¿Su padre no iba a volver? ¿Nunca? ¿Y su casa… ya no era su casa?

¿Cómo podía ser eso posible?

Su tío Conrad acudió un par de horas después a su habitación. Los Woodbury se habían marchado y era evidente que Harold le había contado el episodio del jardín.

—Grace…

—¿Es… verdad? —interrumpió lo que fuera a decirle. Su voz sonó ronca y apagada.

Estaba tumbada en la cama, con los ojos hinchados y enrojecidos de tanto llorar. Su tío se sentó a los pies del lecho y la miró con tanta pena que ella se echó a llorar de nuevo.

—Lo siento, Grace. Yo... no sabía cómo decírtelo. No sabíamos cómo...

—¿Por qué? —No lograba hallar consuelo—. ¿Por qué tuvo que marcharse?

—No quería hacerlo, créeme. Fue un asunto complicado que ahora no entenderías.

—Pero va a volver, ¿verdad? Y tío Markus también, ¿a que sí?

—Grace...

—¿Verdad?

—Tal vez algún día.

—¿Algún... día? —sollozó.

—En unos años quizá.

¿Años? ¿Su tío le estaba diciendo que su padre podría volver en unos años? ¿Quizá, tal vez...? Eso era como afirmar que posiblemente jamás regresaría, que ninguno de los dos lo haría. Sentía de nuevo las lágrimas acumulándose en su pecho, ahogándola.

—¿Y por qué... por qué no me llevaron con ellos? —logró articular.

—Era un viaje muy, muy largo, y muy peligroso también. Y tu padre no sabía si cuando llegara allí... —Hizo una pausa, visiblemente incómodo—. No sabía si podría mantenerte. Pensamos que lo mejor era que te quedaras aquí.

¿Lo mejor para ella? ¿De verdad creía eso? ¿De verdad su tío pensaba que todo lo que había padecido después de la marcha de su padre había sido mejor que irse con él? No, no importaba lo que él dijera. En el fondo de su alma sabía que volverían a por ella, lo sabía.

—Ahora no te lo parece, lo sé, pero con el tiempo te darás cuenta y estarás de acuerdo conmigo —continuó su tío.

—No lo creo —dijo, con rabia.

Su tío la miró y asintió levemente con la cabeza.

—Será mejor que te deje descansar —le dijo al tiempo que se levantaba—. Mañana volveremos a hablar si quieres.

—¿Y la casa? —inquirió—. ¿De verdad ya no es nuestra?

—Tu padre tuvo que... venderla.

—Pero…, pero… —Se cubrió el rostro con las manitas—. ¿Y la cocinera, la señora Norton? ¿Y el señor Hooper? ¿Aún cuida los establos?

—Eh… sí, supongo que sí.

—Podremos ir a verlos, ¿verdad?

—Bueno…

—¡Es que tengo que despedirme! —Gruesas lágrimas continuaban deslizándose por sus mejillas.

—Claro, claro, iremos algún día. —La tranquilizó con unos golpecitos sobre la cabeza.

No es que se sintiera mucho mejor con esa promesa, pero asintió cerrando los ojos y llevándose las manos a las sienes.

—Ahora descansa —pidió él—. ¿Quieres que le pida a la señora Gallagher que te prepare una infusión?

Grace negó con un vago ademán. Lo único que quería era que se marchara de su habitación, que la dejara sola. La cabeza había comenzado a dolerle y sentía el estómago revuelto. No pudo evitar pensar por enésima vez que aquello no podía estar sucediendo, que debía tratarse de un mal sueño, una horrible pesadilla de la que despertaría de un momento a otro.

Le parecía imposible que su padre se hubiera deshecho de la casa sin decírselo. ¿Su preciosa casa en manos de unos extraños? Allí había nacido, allí había dado sus primeros pasos, todos sus recuerdos felices empapelaban aquellas queridas paredes. ¡Pero si incluso la mayoría de sus cosas todavía estaban allí! A esas alturas, con los meses que habían transcurrido, los nuevos dueños probablemente las habrían tirado, junto con todos esos recuerdos, perdidos para siempre.

—Vete —le pidió al fin a su tío, con un hilo de voz.

En ese momento su presencia le resultaba tremendamente ofensiva. Tenía ganas de arañarle y de morderle, de gritar hasta quedarse ronca, de destrozar aquella casa hasta los cimientos. Odiaba a su tío Conrad. Odiaba a su tía, a sus primos y, en ese instante, también odiaba a tío Markus y a su padre. Un poquito al menos. Hasta a la señora Gallagher, que seguro que conocía aquella información y tampoco le había dicho nada.

Solo había una persona en aquella casa a la que no odiaba, la única con la que no podía hablar.

O que no podía contestarle. Contestarle y decirle que todo iba a ir bien.

No abandonó su cuarto en dos días y apenas comió. Ni siquiera la señora Gallagher logró convencerla de que saliera de allí. La tercera mañana después de aquella conversación, bajó con sigilo hasta el despacho de su tío y le pidió que la llevara a su antigua casa. Necesitaba cerciorarse, asegurarse de que era cierto lo que le habían dicho, ver a las personas con las que se había criado.

Pero su tío alegó que estaba demasiado ocupado y que se acercarían en otro momento. Sin embargo, ese momento no parecía llegar nunca. Tras varios infructuosos intentos, Grace acabó por desistir. Si él no quería llevarla, tendría que ir sola.

Pensó en ensillar a Terronillo, pero aún era demasiado pequeña para hacerlo sola y tampoco la dejarían sacarlo de los establos sin supervisión. Tendría que ir caminando. Recordaba el trayecto. Lo había recorrido varias veces con su padre, en el carruaje, mirando el paisaje a través de la ventanilla. Lamentó no haberse fijado un poco más en el entorno, que ahora podría resultarle muy útil, pero no debía ser tan difícil.

Con la decisión ya tomada, aguardó el día apropiado. Se vistió con ropa cómoda y hurtó un poco de comida y agua de la alacena, lo suficiente por si se retrasaba. Con un poco de suerte, iría y volvería antes de que nadie se diera cuenta. Esperó a que todo el mundo se hubiera retirado a sus aposentos tras el almuerzo y entonces se escabulló.

Al pasar frente a la habitación de Harmony se detuvo. La señora Gallagher dormitaba, cómodamente sentada en la mecedora, y no había nadie más a la vista. En un impulso, tomó la decisión de llevarse a Harmony con ella, como cuando la sacaban a pasear hasta el gran roble del camino de acceso. Quería enseñarle la casa donde había nacido y que la señora Norton y el señor Hooper conocieran también a su prima. Oh, seguro que su tía se enfadaría cuando descubriera que se la había llevado, pero a esas alturas le daba igual. ¿Qué más podían hacerle ya en aquel lugar? Y estaba segura de que con ella Harmony no corría ningún peligro. Además, temía que no hubiera otra oportunidad de ver Warford Hall como ella la recordaba, y necesitaba hacerlo antes de que eso sucediera.

Sin pensárselo más se acercó a la cuna con extremo sigilo y tomó a Harmony en brazos. Su pequeño y cálido cuerpecito se pegó a su pecho y lo cubrió con la mantita. Luego cogió el portabebés, una suerte de bandolera de tela resistente que la niñera se colgaba del cuello y el hombro y en cuyo hueco colocaba al bebé. La había visto hacerlo tantas veces que acertó a la primera. También cogió la bolsa de Harmony con cosas que quizá pudieran resultarle útiles durante el paseo y un biberón aún caliente que le habían preparado para después de la siesta.

—Volveremos enseguida —le susurró con dulzura y con los labios pegados a su sedoso cabello—. Warford Hall te va a encantar, ya lo verás. Te enseñaré todos mis juguetes, si es que aún siguen allí, y que ahora serán tuyos también. Y seguro que podemos pedirle a la señora Norton que nos cocine algo delicioso...

Harmony se removió, aún dormida, y Grace interpretó aquello como un signo de aquiescencia.

Iba a ser un agradable paseo.

17

Grace nunca habría imaginado que un bebé de cuatro meses pesara tanto. Cuando había cogido a Harmony le había parecido ligera como una pluma. Ahora, tras un par de horas caminando, los músculos del cuello y los hombros rugían de dolor. Sentía los muslos y las pantorrillas ardiendo, y también los pies, enfundados en sus mejores botas. A buen seguro tendría ampollas en ambos. El cabello, mojado de sudor, se le pegaba al cráneo y había comenzado a picarle.

El trayecto en carruaje siempre se le había antojado muy corto, pero hacerlo a pie estaba resultando más duro y largo de lo que había supuesto, y comenzaba a asustarse. Además, había decidido atajar por un bosquecillo que había creído reconocer y, antes de darse cuenta, había perdido el sentido de la orientación. No mucho después, inquieta, trató de hallar el camino de regreso a Barton Manor, pero tampoco fue capaz. El bosquecillo se convirtió en espesura y no sabía si estaba dando vueltas en círculo o avanzaba en alguna dirección.

Estaba agotada, nerviosa y hambrienta. El día comenzaba a languidecer, el calor diurno había desaparecido y el ambiente refrescaba por momentos. En la casa todos estarían muertos de preocupación por Harmony. ¿Cómo se le había ocurrido aquella estupidez? Debía encontrar el camino de vuelta a casa de sus tíos de inmediato.

Anduvo un rato más por una trocha hasta que distinguió un conjunto de piedras que formaban una especie de montículo. Se acercó hasta allí y, cuando se sentó en la hierba húmeda, todo su cuerpo protestó. Se tumbó de espaldas en la helada superficie y contempló durante un rato los fragmentos de cielo magenta colándose entre las ramas. Soplaba una brisa fresca, que enfrió el sudor de su cuerpo y acabó por provocarle frío. Se arrebujó más en el chal que había llevado con ella, cerró los ojos y, antes de darse cuenta, se había dormido.

Despertó un rato después, con la oscuridad rodeándola y el frío metido hasta los huesos. Harmony, bien cubierta con la manta, lloraba y golpeaba con sus bracitos el pecho de su prima. Grace intuyó que tendría hambre o el pañal mojado. Había pasado el tiempo suficiente con el bebé y la señora Gallagher como para saber lo que debía hacer, y se alegró de haber cogido aquella bolsa. Al resguardo de las piedras, la tumbó sobre la manta y la protegió del aire nocturno con su propio cuerpo. La limpió con cuidado y luego, de nuevo bien arropada, le dio el biberón, que había ocultado bajo su ropa, pegado a la piel, para mantenerlo tibio.

Los ruidos nocturnos le alteraban el pulso y con su voz trataba de mantener el miedo alejado. No podía quedarse allí, a merced de los animales que hubiera en los alrededores. Lamentó una vez más su estupidez y volvió a ponerse en marcha. Por suerte, la luna llena emitía una suave claridad, la suficiente como para distinguir los contornos. Era preciso que encontrara el camino principal cuanto antes.

Harmony se removía, inquieta, y su prima comenzó a hablarle y a cantarle en voz queda hasta que volvió a adormilarse. Grace no dejó de moverse, aunque ahora arrastraba los pies porque ya no era capaz de alzar las piernas. Sentía los muslos como dos inmensas rocas que luchaban por clavarla al suelo, y la espalda y los brazos a punto de estallar en llamas. No sabía cuánto tiempo llevaba caminando, pero le pareció que la vegetación era menos densa en esa zona. Animada, aceleró la marcha y casi cayó al suelo de rodillas cuando vio que habían abandonado la arboleda. A un par de cientos de metros, el camino principal brillaba bajo la luna.

¿Qué dirección tomar? ¿Derecha? ¿Izquierda? No sabía dónde estaba. Levantó la mirada y trató de localizar alguna luz en el horizonte, algo que le indicara la presencia de otras personas, aunque fuesen sus tíos, pero solo había oscuridad. A esas alturas debían estar furiosos con ella, y no sin razón. Ella misma lo estaba.

Decidió esperar a que se hiciera de día para tomar una decisión, porque sus fuerzas no le permitían llegar más lejos. ¿Y si volvía a equivocarse? Una vez cerca del camino, buscó un lugar cómodo junto a un arbolito y se sentó. Se arrebujó en su chal y cubrió bien a su prima con la mantita. Harmony se quejaba, otra vez, pero Grace ya no disponía de energía suficiente para calmarla. Decidió cerrar los ojos, solo unos momentos, para recuperarse.

Despertó sobresaltada. Gritos. Caballos.

Abrió los ojos, asustada. El sol se alzaba sobre la línea del horizonte. Su prima, todavía en la bandolera, lloraba con desconsuelo. Y dos caballos, tan grandes como dos montañas, se aproximaban a toda velocidad. Aún con los restos del sueño pegados a los párpados no fue capaz de ver más que dos figuras oscuras. Sentía la boca seca y los labios agrietados, y todos los músculos de su cuerpo como si hubiera caído desde el cielo con un golpe seco.

Se puso de pie con dificultad, dispuesta a pedir ayuda a quienes fueran aquellos jinetes que se acercaban envueltos en una nube de polvo, aunque no tardó en comprender que no era necesario.

La figura de su tío Conrad, que había descabalgado, se materializó frente a ella con el rostro enrojecido y sudoroso. Tras él, reconoció al jefe de los establos de Barton Manor, el señor Schelling, aún subido a su montura. La voz de su tío le llegó como amortiguada y pensó que el polvo que no acababa de asentarse le estaba robando las palabras.

Le arrebató a Harmony de los brazos con un empujón tan enérgico que la tiró al suelo. El cerebro de Grace se despertó de repente.

—¡Estás loca! —le gritaba desde su inconmensurable altura, mientras trataba de averiguar si su hija se encontraba bien—. ¿Sabes lo que has hecho? ¡Podrías haber matado a Harmony! ¡Podríais haber muerto las dos!

El bebé había arreciado el llanto y el padre acunó a la pequeña, mientras le susurraba palabras de consuelo.

Grace quiso justificarse, decirle que no había querido hacerle daño, que solo quería llevarla a conocer su casa, pero no tenía fuerzas ni para terminar de enhebrar el pensamiento. Su tío dio unas órdenes al señor Schelling mientras subía a su caballo con el bebé. Grace sintió que casi perdía la consciencia cuando el hombre la aupó a su montura y se puso en marcha también. Le ofreció un trago de agua fresca, que ella bebió con fruición.

El trayecto de regreso no les llevó mucho rato y, al llegar, estaba más espabilada, aunque la cabeza le dolía terriblemente, tiritaba de frío y los músculos de su cuerpo no parecían querer darle descanso. Su tío descabalgó casi de un salto y fue recibido por una Blanche llorosa y gritona, que lanzó a Grace todo tipo de improperios mientras se hacía cargo de la pequeña. También estaban allí sus primos, con los rostros tan pálidos como fantasmas. La señora Gallagher le dedicó una breve mirada antes de seguir a los demás al piso de arriba. En aquella mirada no vio afecto, ni siquiera compasión. Solo reproche.

—Prepara tu equipaje —le dijo su tío Conrad, aún al pie de la escalera—. El señor Schelling te llevará de vuelta a Blackbird House mañana a primera hora.

—Yo... yo no pretendía hacerle nada malo —intentó disculparse—. Solo quería...

—¡No me importa lo que tú quisieras! —la interrumpió, con la voz convertida en un trueno—. Lo que has hecho no tiene excusa posible. Has puesto a mi hija en grave peligro y a ti con ella. ¿Es que no tienes nada en esa cabezota tuya?

—Lo siento, tío Conrad, yo...

—Ya es tarde para disculpas, Grace. —Su tío comenzó a subir las escaleras—. Demasiado tarde.

Grace fue encerrada en su habitación. Le llevaron agua limpia para que se aseara y algo para comer. Nada más. Nadie vino a verla. Nadie vino a preguntarle por qué lo había hecho. Cerraron la puerta con llave y nadie apareció por allí hasta la mañana siguiente, cuando una criada entró con el desayuno. Fue ella la que la ayudó a terminar de hacer las maletas.

Se encontraba mal. Había vomitado durante la noche, que había pasado presa de escalofríos y pesadillas recurrentes. Le dolían todos los músculos y se sentía tan devastada por dentro y por fuera que pensó que jamás volvería a recuperarse. Tenía la sensación de encontrarse fuera de su cuerpo, como si pudiera observarse a sí misma desde cierta altura. Entendía que estuvieran enfadados, claro que sí, pero debían saber que jamás le habría hecho daño a su prima a propósito. Todo había sido un accidente. Se había extraviado al querer volver a su casa. Si su tío la hubiera llevado allí cuando se lo pidió nada de eso habría sucedido.

Era consciente de que echarle la culpa a otra persona no era justo. Ella era la responsable, y como tal aceptaría las consecuencias de sus actos.

Bajó las escaleras con la cabeza gacha, dispuesta a enfrentarse a su familia por última vez, pero allí no había nadie esperándola, nadie para despedirla. Ni siquiera la señora Gallagher.

Compungida, entró en el carruaje que, en esa ocasión, conduciría el señor Schelling, que tampoco le dirigió mirada alguna. El viaje se le hizo más largo que otras veces, y eso que pasó la mayor parte del tiempo adormilada, con fiebre y temblores. Al llegar, presentaba tan mal aspecto que la señora Bellamy la ayudó a meterse en la cama e hizo venir al médico.

Mientras Grace caía en el sueño, echó un vistazo a la cama vecina, donde habitualmente dormía Gwen. Ni siquiera estaba allí su mejor amiga para consolarla. Ni para celebrar su noveno cumpleaños.

El médico diagnosticó agotamiento severo y un fuerte constipado, y Grace permaneció en cama cuatro días. Poco a poco recuperó las fuerzas, pero había vuelto con una melancolía tan profunda que le carcomía el alma día a día. La señora Bellamy trató de charlar con ella, pero Grace se negó a contarle nada. No quería ver a nadie, no quería hablar con nadie. Solo quería que la dejaran en paz.

Siempre que podía se escondía en el desván y miraba por el ventanuco los campos verdes y amarillos, contando los días para que Gwen regresara. Aquel verano pasó muchas tardes leyendo. A veces eran novelas entretenidas; otras, libros tan arduos que acababa con dolor de cabeza, pero había descubierto que sumergirse en aquellas páginas era el único modo de escapar de su propia vida.

No volvió a abrir su cuaderno de dibujo en todo el verano.

El estío fue languideciendo y las alumnas comenzaron a regresar a la escuela. Las risas mientras se contaban anécdotas unas a otras reverberaban entre aquellos muros de piedra. Varias de las muchachas se interesaron por sus vacaciones y ella inventó unas cuantas mentiras bastante convincentes para salir del paso, pero no pudo engañar a Gwendolyn Rossville. Su amiga supo que algo iba terriblemente mal en cuanto salió a recibirla al zaguán. Ni siquiera había bajado del carruaje familiar que la conducía de regreso cuando sus miradas se encontraron. Gwen frunció el ceño.

—Grace, ¿qué ha pasado?

A modo de respuesta, apretó los labios con fuerza y luego la ayudó con su bolsa de mano. Mantuvo la compostura todo el tiempo que le fue posible, e incluso comenzó a ayudarla a colocar sus cosas ya en la habitación. Hasta que Gwen la interrumpió, la tomó de la mano y la condujo, decidido, hacia el desván.

—Y ahora cuéntamelo todo —le dijo mientras tomaba asiento en una de las butacas.

Grace observó un haz de luz que se colaba por el ventanuco y dibujaba un semicírculo perfecto sobre la gastada madera del suelo. Ni siquiera sabía por dónde comenzar. Abrió la boca para iniciar su explicación, pero fue incapaz. En su lugar, arrancó a llorar, y derramó todas las lágrimas que llevaba semanas acumulando por todas las pérdidas que se habían amontonado unas sobre otras.

Lloró hasta que se quedó sin fuerzas.

La señorita Spencer era una joven maestra, agraciada y de carácter afable. Impartía geografía, historia y literatura. Nada demasiado profundo, como reconocía con frecuencia, solo lo suficiente para que las alumnas contaran con cierta cultura general que les permitiera desenvolverse en el futuro. Ningún marido esperaba que su esposa fuese una mujer instruida, pero tampoco una ignorante que no distinguiera Escocia de Gales o que jamás hubiera oído hablar de William Shakespeare.

—¿Qué distancia hay de aquí a Australia?

Si se mostró sorprendida por la pregunta de Gwen, que de las dos era quien llevaba la voz cantante, no lo demostró. Aquellas dos niñas todavía no formaban parte de su alumnado, aunque Gwendolyn Rossville comenzaría ese año a asistir a sus clases. Aun así, se mostró encantada de solventar la duda que les había surgido.

—Pues no sabría decirles con exactitud, pero diría que más de diez mil millas.

—¿Diez mil... millas? —Gwen había abierto los ojos como platos.

—¿Cuánto se tardaría en llegar? —se interesó Grace, que hablaba por primera vez.

—Varios meses según tengo entendido. Es un viaje largo y

peligroso, aunque nuestros barcos son cada vez mejores —reconoció la maestra, con cierto orgullo.

—En barco… —repitió Grace—. ¿Y a caballo?

—¿A… caballo? —La maestra sonrió, sin duda pensando que era una broma.

A Grace, en realidad, le hubiera gustado preguntarle cuánto tiempo tardaría en recorrer esa distancia en su poni, pero decidió que un caballo era más genérico y menos sospechoso y le proporcionaría casi la misma información.

—Pues no lo sé. Mucho tiempo imagino.

—¿Cuántas semanas? —preguntó Gwen.

—¿Semanas? —La maestra alzó una ceja—. Más bien meses, incluso años diría yo.

—¡¿Años?! —La boca de Grace se secó.

—Hay muchos obstáculos por el camino, no debe ser un recorrido fácil.

La maestra se puso en pie y se dirigió hacia el final del aula, donde colgaba un mapamundi de grandes dimensiones, con la superficie terrestre pintada de ocre y los mares de un azul desvaído, que evidenciaba los muchos años que llevaba en aquella pared.

—Australia está aquí —les dijo, señalando la esquina inferior derecha del mapa.

—¿Australia es… una isla? —preguntó Grace, asombrada, sin dejar de contemplar aquella superficie de color beis, aparentemente tan alejada del resto del mundo.

—Exacto —contestó la señorita Spencer, que dio un par de pasos hacia delante y señaló una isla mucho menor y de forma alargada que Grace ya era capaz de reconocer—. Y esto es Inglaterra. Es imposible llegar a caballo directamente, como podéis ver. Habría primero que tomar un barco hasta Francia, recorrer Europa y Asia hasta esta zona de aquí y luego tomar otro navío, por ejemplo, hasta Sídney, una de las ciudades más importantes de… —de repente detuvo su perorata y las miró, risueña—. ¿A qué viene ese repentino interés por Australia?

—Eh, por una noticia que mi padre leyó en el periódico. —La respuesta de Gwen fue rápida.

—¿Qué noticia? —inquirió, curiosa, la profesora.

—Hummm, ahora no la recuerdo. Muchas gracias, señorita Spencer, ha sido de gran ayuda.

Sin aguardar respuesta, Gwen cogió a su amiga de la mano y salieron del aula.

Años, pensó Grace. Podría tardar años en viajar hasta allí. Totalmente descorazonada siguió a su amiga hasta la buhardilla y se dejó caer sobre la butaca.

—Jamás lo lograría —le dijo.

—No sabía que había tanta distancia —reconoció Gwen, también apesadumbrada. A fin de cuentas, la idea de preguntar había sido suya—. ¿Por qué se fue tan lejos?

—No lo sé.

Grace no sabía nada, en realidad. Y continuaba enfadada con tío Markus y con su padre. Sobre todo con su padre. Por haberse ido sin ella, por haber vendido la casa, por no escribirle con tanta frecuencia como ella desearía y por solo emborronar media cuartilla con banalidades, a pesar de que ella le escribía larguísimas y prolijas cartas. Sabía que, si le formulaba las preguntas cuyas respuestas necesitaba averiguar, era probable que le contestara con medias verdades. Era preciso que lo encontrara.

Sin embargo, era una tarea imposible, al menos para una niña de nueve años. Tendría que armarse de paciencia y trabajar mucho para ganar dinero si su tío no quería ayudarla. Pero, tarde o temprano, se prometió, cruzaría el mundo para dar con él.

18

Los planes nunca salen como uno los imagina. Ese axioma, que los adultos descubren a base de experiencia, era una lección que Grace también había aprendido.

Habían transcurrido tres años desde aquel verano. Para cualquier observador externo, la vida de aquella alumna de doce años no parecería muy distinta a la de la niña que llegó por primera vez al internado, pero lo era.

En primer lugar, Gwen ya no estaba. Hacía un año que sus padres habían decidido cambiarla de escuela, pese a los berrinches y amenazas que profirió su hasta entonces educada y adorada hija. Ahora continuaba su formación en un internado en Lancashire, más exclusivo que Blackbird House.

La señora Bellamy, la directora, también se había marchado, un poco antes que Gwen. Y también a otra escuela, en Hertfordshire, más cerca de donde vivía su familia. Su puesto lo había ocupado la subdirectora, Prudence Morrison, y el internado otrora alegre y luminoso se había transformado en un lugar lleno de estrictas reglas y castigos ejemplares. Durante un tiempo, las dos amigas aún pudieron disfrutar de su desván, hasta que fueron descubiertas por la señorita Morrison. Grace habría jurado que la malcarada mujer disfrutó cerrando con llave aquella puerta y robándoles el único refugio del que disponían.

Grace apenas recibía noticias de su tío. Tres o cuatro cartas al año, que se negaba a leer. Ni siquiera le importaban las notas insulsas de su padre que pudieran contener, y había guardado los sobres sin abrir en el fondo de uno de los cajones de su cómoda. Por supuesto, tampoco habían vuelto a buscarla para pasar la Navidad o el verano en Barton Manor y, aunque lo hubieran hecho, ella no habría aceptado. Sentía que los lazos con aquella parte de su familia se habían roto de forma irreparable.

Sin embargo, fue la partida de Gwen lo que la dejó totalmente devastada. Durante años había sido su apoyo, su confidente, su hermana. Y pese a que se escribían todas las semanas desde que se había marchado, no era lo mismo. Grace no era capaz de plasmar todo lo que sentía en unas hojas de papel y, aunque hubiera podido hacerlo, ¿cómo contarle a su mejor amiga lo mucho que la añoraba y lo vacío que le parecía el mundo en su ausencia? Sabía que eso le haría daño, así que se limitaba a contarle nimiedades, anécdotas sobre las profesoras y las alumnas o información acerca de su nueva compañera de cuarto, Anne Knox, cuarta hija de un barón de Surrey. A pesar de ser un año menor que ella, poseía una seguridad en sí misma envidiable y una altivez que Grace encontraba ofensiva, así que entre ellas no había más que una fría cortesía exenta por completo de afecto.

Asistía a las clases con desgana, se mostraba taciturna y poco interesada en las asignaturas, en las compañeras o en las actividades del centro. Pasaba casi todo su tiempo libre dibujando o leyendo, casi siempre sola, y apenas hablaba con nadie.

El último año había sido, con diferencia, el peor de todos. Así que, para un observador externo, tal vez nada hubiera variado dentro de los muros de aquel colegio. Para Grace, en cambio, todo era distinto.

Era un martes cálido de mayo. Grace estaba en clase de baile, aprendiendo los pasos del vals con la insoportable Anne Knox como compañera. Cuando entró la señorita Morrison para interrumpir la danza, casi suspiró de alivio. Un alivio que apenas pudo disfrutar. La directora venía en su busca. Al parecer, tenía una visita.

Pensó de inmediato en su tío Conrad y estuvo tentada de negarse a verlo, pero entonces la directora comentó que se trataba de una mujer. ¿Su tía Blanche, quizá? ¿Se encontraría bien su tío? ¿Y sus primos?

En los últimos años no se había preocupado por ellos ni le había importado qué les pasara, pero ahora se sentía presa de cierta aprensión, así que aceleró el paso y entró en el despacho pegada a los talones de la señorita Morrison. La persona que la aguardaba allí no era su tía ni nadie a quien conociera. Se levantó para recibirla y Grace la recorrió de un vistazo. Debería rondar los treinta y cinco o cuarenta años. Sus pómulos altos y marcados acentuaban unos grandes ojos castaños, coronados por unas cejas arqueadas y finas. Su boca, de labios delgados, se desplegó en una sonrisa.

—Tú debes de ser Grace —la saludó y le tendió la mano, que estrechó con cautela.

—Esta es la señorita Adeline Hollburn —la presentó la directora—. Proviene de Barton Manor. Va a ser su nueva institutriz.

—¿Qué? —Grace despegó la vista de aquella enigmática mujer y la centró en la señorita Morrison.

—Siempre lamentamos la marcha de una alumna —continuó la directora—, pero su tío ha sido muy claro al respecto. Espera su vuelta a Barton Manor de inmediato.

La mujer agitó una carta en el aire, que con toda probabilidad le habría entregado aquella mujer.

—No, yo… —balbuceó ella, turbada—. Yo no quiero irme.

—Me temo que no está en su mano decidir…

—¿Me permite que hable unos momentos a solas con Grace? —la interrumpió la mujer.

—Eh, sí, claro.

La señorita Morrison no se tomó a mal la intervención de la desconocida, lo que aún extrañó más a Grace. Sabía por propia experiencia que no soportaba que la interrumpieran cuando estaba hablando y aquella mujer solo era una institutriz. Una institutriz muy bien vestida, según pudo observar. Aunque sus prendas eran bastante sencillas, tanto la tela como la confección eran de excelente calidad.

Una vez solas, Grace desvió la vista y la centró en algún lugar indeterminado de la enorme mesa del despacho, cubierta de papeles.

—¿Te gusta esta escuela? —le preguntó Adeline Hollburn.

—No está mal. —Se encogió de hombros.

—Tenía la impresión de que estarías deseando abandonarla.

—Puede decirle a mi tío que prefiero quedarme.

—Ah, lo haría si pudiera, créeme. —La mujer sonrió y Grace se descubrió devolviéndole el gesto, aunque no hubiera entendido sus palabras—. En realidad, no he venido a llevarte a Barton Manor.

Adeline había bajado la voz, como si le estuviera contando una confidencia. El pulso de Grace se aceleró.

—¿Quién...? ¿Quién es usted?

—Una amiga.

—¿De Gwen? —Alzó las cejas. Aquello habría sido muy propio de su antigua compañera de habitación.

—No sé quién es Gwen —reconoció la mujer—, pero mi misión es sacarte de aquí y llevarte conmigo.

—Pero no la manda mi tío.

—Correcto. —Adeline volvió a sonreír—. Eres una chica lista.

—Oiga, no sé quién es usted ni quién la envía, ni tampoco cómo ha conseguido que el vizconde Bainbridge escriba esa carta —Grace hizo un gesto hacia el papel que descansaba sobre la mesa del despacho—, pero no pienso ir con usted a ninguna parte. De hecho, creo que voy a ir a buscar a la señorita Morrison para que aclare esta situación tan extravagante.

—Me manda tu padre —susurró la mujer.

Aquellas palabras la dejaron petrificada, en mitad del gesto de dirigirse hacia la puerta.

—¿Mi... padre? —La miró con una mezcla de estupor y desconfianza.

—No ha podido venir a buscarte... Es una situación complicada que te explicará él mismo, así que he venido yo en su lugar.

—Pero ¿cómo sé que está diciendo la verdad? —La suspicacia de Grace no había hecho sino aumentar.

—Eso mismo le pregunté yo, cómo podría convencerte, y me pidió que te preguntara por Terronillo y si ya habías aprendido a montar.

—Mi poni...

—El que te regaló para tu séptimo cumpleaños, sí.

—¿Cómo sabe usted eso?

—Ya te lo he dicho, tu padre me envía. —La mujer metió la mano en un bolsito y sacó un pequeño sobre—. También me dio esto.

Grace tomó la nota y la abrió con premura. Una cuartilla doblada por la mitad y escrita con la inconfundible letra de su padre. En ella solo le pedía que confiara en aquella mujer.

—Ahora necesito que te decidas, porque el barco zarpa pasado mañana desde Dover y no podemos llegar tarde.

—¿El barco? ¿Nos vamos a Australia?

—Australia, sí. Eso es...

—Pero, pero...

—No debes decirle a nadie a dónde vamos. Es preciso mantener el engaño hasta que nos hayamos marchado.

—¿Y mi tío sabe que...?

—Lo sabrá antes de que abandonemos Inglaterra.

Grace se mordió el labio, indecisa. A pesar de la nota y de lo mucho que deseaba creer a aquella mujer, todo le resultaba tan inaudito que se resistía a admitirlo. ¿De verdad su padre había enviado a aquella señora a buscarla?

—Debes tomar una decisión. Ahora. Tengo un carruaje esperándonos fuera.

Grace contempló a Adeline Hollburn. Sus ojos castaños parecían sinceros y la observaban con expectación.

—De acuerdo —dijo al fin.

Pese a las dudas que aún continuaba albergando, había decidido arriesgarse.

Las siguientes horas se sucedieron con pasmosa celeridad. Grace no poseía muchas pertenencias, así que su equipaje estuvo listo en poco tiempo. Toda su vida, incluidos los libros y cuadernos de dibujo, cabía en un par de baúles. No era mucho y lo era todo al mismo tiempo.

Se despidió de las alumnas con las que había llegado a confraternizar y de un par de profesoras a las que de verdad iba a echar de menos, y luego se acomodó en aquel carruaje más lujoso de lo que había esperado. Adeline Hollburn se sentó frente a ella y, en cuanto el vehículo se puso en marcha, Grace supo que cerraba un capítulo de su vida para iniciar uno nuevo, uno tan desconocido y aterrador que el estómago le dio un vuelco.

—Todo irá bien —la tranquilizó la mujer, que posó su mano enguantada sobre la rodilla temblorosa de Grace—. Para empezar, mi nombre auténtico es Claudia Jane.

—Pero…

—Necesitaba un nombre falso para que no nos siguieran la pista —aclaró.

—Mi padre… ¿está bien? —La miró con algo de recelo. No entendía a qué venía tanto secreto.

—Sí, y lo estará aún más cuando te vea. En los años que hace que lo conozco no ha parado de hablar de ti.

A Grace le costaba creer aquello. En las pocas cartas que le había enviado apenas había reconocido al padre afectuoso y divertido que tan bien conocía. Era cierto que no había abierto las últimas, pero sospechaba que no serían muy distintas. De todos modos, prefirió no contradecir a aquella mujer.

Llegaron a Dover sin contratiempos y se alojaron en una posada modesta pero limpia. Grace estaba cansada y, al mismo tiempo, tan nerviosa que apenas podía parar quieta. Por primera vez en años dispuso de una habitación para ella sola y casi no pegó ojo en toda la noche, temiendo despertarse y descubrir que todo aquello no era más que un sueño.

Al día siguiente, Claudia Jane la llevó de tiendas. Vestidos, ropa interior, zapatos, productos de tocador, nuevos cuadernos de dibujo, algunos libros... Grace nunca había ido de compras y descubrió que la experiencia era tan fascinante como abrumadora, y terriblemente agotadora. Cuando volvieron a la posada, dos mozos cargados de bolsas y paquetes las seguían.

—Te aconsejo que tires tus viejos vestidos —le dijo Claudia Jane—. No van a hacerte falta.

—Pero aún se pueden aprovechar.

—Entonces déjaselos a la hija del posadero. Creo que no es mucho más joven que tú.

Grace valoró aquella propuesta. Las prendas que aquella mujer acababa de comprarle eran las más bonitas que había tenido nunca. Eran tan suaves y cómodas que pensó que podría incluso dormir con ellas, así que aceptó su sugerencia.

—Tu padre te comprará más cosas cuando lleguemos —le dijo—, pero de momento tendrás suficiente para el viaje.

El viaje. Recordó la conversación que habían mantenido Gwen y ella con la señorita Spencer, años atrás. Varios meses a bordo de un barco hasta llegar a su destino. Esperaba no marearse durante el trayecto, o se le iba a hacer interminable.

Por la tarde, acompañó a Claudia Jane al despacho de un abogado, a quien le hizo entrega de una carta que su tío Conrad debía recibir dos días más tarde. En ella, según le dijo, iba una nota de su padre explicándole la nueva situación.

Fue en ese momento cuando Grace comprendió que, con toda probabilidad, jamás volvería a ver ni a sus tíos ni a sus primos. Tampoco a la señora Gallagher, ni a Terronillo, que imaginaba bien cuidado en los establos de Barton Manor. Y por supuesto, tampoco a Gwen.

Eso la sumió en una tristeza de la que ya no pudo sustraerse. Gwen... Gwen era su hermana. ¿Cómo podía marcharse para siempre y dejarla atrás?

—Siempre tendrás la opción de regresar —la tranquilizó Claudia Jane a la hora de la cena.

Aquella mujer había adivinado su estado de ánimo de un solo vistazo, aunque no le hubiera contado nada. Y sí, claro que podía volver, pero ¿cuántas veces? ¿Una? ¿Tal vez dos? Era un viaje demasiado largo como para realizarlo con frecuencia. Más de diez mil millas, recordó que le había comentado la señorita Spencer. Iba a estar en la otra parte del mundo, tan lejos de todo lo que había conocido que volvió a sentir vértigo.

El vértigo aumentó al día siguiente, en cuanto se encontraron frente al navío que iba a llevarlas a su destino. Era un barco inmenso, tan alto como un edificio, repleto de palos, jarcias y velas, y el muelle un continuo trasiego de personas y mercancías. Gritos, empujones, pisotones… Apenas había amanecido y la mitad de la ciudad parecía haberse congregado allí. Atemorizada, sujetó con fuerza la mano de Claudia Jane para no perderse en medio de aquella multitud.

Subieron por la pasarela y fueron recibidas por la tripulación del barco, que las condujo a un tosco camarote, una estancia de reducidas dimensiones que deberían compartir durante el viaje. Grace no tuvo inconveniente. Todo aquello la tenía tan asustada y nerviosa que agradecería la compañía.

Ambas se quedaron en el interior, sentadas a una mesita en que les habían servido té y un bizcocho esponjoso. Sentía el estómago tan revuelto que apenas pudo probar un par de bocados. Tras un tiempo que se le hizo interminable, el barco comenzó a moverse. Ya no había vuelta atrás.

—¿Cuánto tardaremos en llegar? —preguntó.

—Unas semanas si todo va bien.

—¿Tan poco? —se extrañó—. Creía que Australia estaba más lejos.

—Ah, Australia desde luego está mucho más lejos —convino Claudia Jane—. Pero este barco no va a Australia.

—¡¿Qué?!

—Se dirige a Nueva York.

—¿Nos hemos equivocado de barco? —Grace empalideció.

—No, tranquilízate. —La mujer la tomó del brazo para que volviera a ocupar su asiento—. Tu padre está en Nueva York.

—¿En América? Pero… ¿cómo? ¿Cuándo…?

—Siempre ha estado en Nueva York —respondió la mujer—. Jamás se marchó a Australia.

Grace se frotó los ojos, aturdida. No entendía nada. ¿Su padre y tío Markus no habían viajado nunca a Australia? ¿Por qué le habían mentido, una vez más? Quiso exigirle explicaciones a aquella mujer que la miraba con expresión afable, pero supo que no era ella quien debía proporcionarle las respuestas.

No, las respuestas tendría que proporcionárselas el hombre que las esperaba en Nueva York. Un hombre al que Grace parecía no conocer en absoluto.

19

Jonathan Barton había burlado a su destino. Los primeros instantes tras leer aquella carta que Markus le había hecho llegar fueron de un dolor tan lacerante que, de no haberse encontrado rodeado de gente, se habría dejado caer al suelo deshecho en llanto. Sin embargo, una última llamada desde el barco lo apremió a moverse y durante unos segundos se imaginó su futuro en aquella enorme y remota isla en la confluencia entre los océanos Índico y Pacífico, en mitad de ninguna parte, y supo que no podría hacerlo.

Cinco años más tarde, aún era capaz de recordar la cara de asombro del abogado de Dover, Lionel Ashland, cuando le comunicó que no tenía intención de subir a bordo. Intuyó que, si ponía un pie en aquel barco, jamás regresaría.

—Mis instrucciones son claras, señor —le había dicho el hombre, un tanto incómodo.

—Su cliente solo quiere que me marche de Inglaterra —le aseguró—, ¿acaso importa si es a Australia o a cualquier otro continente?

—Lo siento mucho, señor Barton, pero...

—Se lo suplico —rogó Jonathan—. Puedo pagarle.

—No quiero su dinero —contestó, un tanto ofendido.

Fue entonces cuando decidió abrirle su corazón a aquel individuo de gesto adusto pero de mirada amable. No se extendió en los detalles, no había tiempo para eso, pero le habló de su hija, a la que se veía forzado a dejar atrás y que pretendía recuperar algún día. En cuanto descubrió que era padre de familia, supo que se lo había ganado para su causa. O al menos en parte.

—No le mentiré a mi cliente, quiero que lo sepa —le dijo al fin el abogado.

—Solo dígale que he embarcado —le pidió—, no tiene que añadir más detalles.

—Si me pregunta de forma directa, tendré que decirle que ha partido rumbo a América.

—Me parece bien.

Jonathan no conocía a Gordon Cleyburne en profundidad, pero dudaba que se interesara más por el asunto una vez supiera que se había marchado. O tenía la esperanza de que así fuera.

—Habrá que desembarcar su equipaje. —El abogado alzó la vista hacia el navío.

—No creo que falten manos que me ayuden a cambio de un par de guineas —aseguró Jonathan mirando alrededor.

—Quiero que quede constancia de que esto lo hago por su hija —comentó el hombre, que había adoptado un rictus serio.

—Lo sé, y jamás le estaré lo bastante agradecido. —La voz de Jonathan temblaba—. Algún día volveré, y espero poder compensarle por esto.

El abogado apretó los labios y asintió, enérgico.

—Será mejor que le ayude, o se quedará sin su equipaje —dijo en cambio.

Aquel gesto fue un diminuto rayo de luz en la época más sombría de su vida, y unas horas más tarde Jonathan se encontraba a bordo del barco que iba a conducirlo a su nuevo destino.

Fue un viaje largo y tedioso, que pasó encerrado en un camarote doble con un empresario americano que permaneció la mayor parte del tiempo en cubierta para, según le dijo, evitar el mareo. Dada la premura con la que había adquirido el pasaje, Jonathan no había tenido oportunidad de encontrar un acomodo más íntimo, un rincón en el que pudiera dar rienda suelta al fin a la amargura que lo carcomía por dentro.

Una vez hubo desembarcado en la bulliciosa ciudad de Nueva York, ni siquiera supo qué hacer a continuación, así que, tras depositar la mayor parte de su dinero en un banco, alquiló una habitación en una posada cerca de los muelles y escribió a su hermano y a su hija. Y luego, lejos ya de posibles miradas indiscretas, se dejó llevar por el dolor. El alcohol se convirtió en su mejor aliado en aquel proceso, el único que mantenía bajo control las imágenes de su vida pasada, que pugnaban de continuo por asaltar su corazón. Pero lo que pensó que no iban a ser más que unos días de abandono se convirtieron, sin darse cuenta, en varios meses.

Frecuentaba las tabernas del puerto hasta el amanecer, alternando la ginebra con la cerveza o el whisky aguado, casi siempre sentado solo en un rincón, sin hablar con nadie. Perdió tanto peso que la ropa comenzó a quedarle holgada y, como tampoco se molestaba en mantenerla limpia, no tardó en mimetizarse con el entorno y en pasar por uno más de aquellos hombres sin futuro que deambulaban por los barrios más decrépitos de la ciudad. Hasta que una mañana despertó en mitad de su propio vómito, tirado en un callejón, donde alguien le había robado los zapatos y las pocas monedas que llevaba encima. Aquel fue el punto más bajo en el particular infierno de Jonathan Barton.

¿Cómo había podido dejarse arrastrar de esa manera, olvidando incluso a su hija y al hombre que había sido él hasta entonces? Verse allí tumbado, convertido en una sombra de sí mismo, en un auténtico despojo humano, fue lo que lo hizo reaccionar y retomar las riendas de su futuro. Un futuro que no le pertenecía solo a él.

Una semana después, bien aseado, afeitado y con ropa limpia, se instalaba en una coqueta casa de huéspedes de un barrio de clase media, con las calles limpias y bien iluminadas.

Confeccionó una lista de todos sus conocidos, tratando de recordar si alguno de ellos mantenía algún tipo de negocio en

América. Ojeó los periódicos buscando nombres que pudieran sonarle, relaciones a las que pudiera acudir en busca de un empleo. Era un hombre joven y capaz, y se prestaría a realizar cualquier trabajo que le ofreciesen.

Sin embargo, la solución llegaría desde Inglaterra algunas semanas después. Con el fin de eludir cualquier injerencia de Cleyburne, las cartas que había escrito a Conrad y Grace nada más pisar tierras americanas las había enviado a través de un antiguo amigo de la familia, el conde de Algernon. En la misiva explicativa apenas le había contado los detalles, solo que se había visto obligado a dejar Inglaterra y que trataba de abrirse camino en América. Pero ahora, en su respuesta, el conde mencionaba algunos contactos, entre ellos, especialmente, a un hombre de negocios de Nueva York al que le sugería que fuera a ver en su nombre. Así que Jonathan se puso su mejor traje y se dirigió al centro de la ciudad para encontrarse con J. W. Norwich, el hombre que iba a cambiar el rumbo de su vida.

El señor Norwich, que debía sobrepasar la cincuentena, era un hombre bonachón, de mejillas mofletudas y ojos pequeños y vivaces, con un olfato para los negocios que ya era legendario. Se mostró encantado de tener noticias de Algernon, a quien había conocido brevemente pero de quien conservaba un grato recuerdo, y de charlar con un miembro de la aristocracia británica, que allí parecía ser una excéntrica rareza. Antes de que Jonathan le pidiera un empleo fue el mismo Norwich quien le propuso si, durante su estancia en América, le gustaría trabajar para él. Solo se trataba de lidiar con otros hombres de negocios, de reunirse con posibles socios comerciales, de abrir las puertas a nuevas inversiones. Su atractivo físico, su acento británico y su título nobiliario —aunque no fuese más que el segundo hijo de un vizconde— eran bazas que podían jugar a su favor. Jonathan acabó aceptando, por supuesto, y durante los dos primeros años viajó por todo el país y contribuyó a hacer de Norwich un hombre mucho más rico.

Norwich acabó tomándole verdadero afecto y no era infrecuente que lo invitara a comer a su casa, donde su esposa Mildred lo recibía como si fuese un príncipe. El matrimonio solo tenía una hija, a esas alturas ya casada y viviendo en Boston, y se sentían un poco solos. Quizá por eso celebraban fiestas y eventos con tanta asiduidad, y Jonathan tuvo la oportunidad de asistir a algunos de ellos.

Fue en una de esas veladas en que conoció a Claudia Jane. Por aquel entonces, Jonathan ya había descubierto que la alta sociedad neoyorquina se regía por una serie de reglas sociales no muy distintas a las británicas, aunque los americanos daban muestras de ser más directos y, en muchos casos, no temían expresar sus opiniones en público. Claudia Jane era un claro exponente de esa forma de ser. Rotunda de formas y de carácter, poseía un magnetismo difícil de esquivar. Era inteligente, vivaz, extrovertida… e inmensamente rica. Había heredado la fortuna de su padre, quien había invertido en todo tipo de negocios, desde minas hasta el ferrocarril, pasando por el transporte marítimo, la cría de ganado y la construcción. Al morir le había legado todo el patrimonio a su única hija, quien, según los rumores, se negaba a contraer matrimonio para evitar que un posible marido se hiciera con el control de su fortuna. Era una de las solteras más codiciadas de Nueva York pese a haber superado con creces los treinta años.

Quizá fue por eso por lo que Jonathan le cayó en gracia, porque comprendió de inmediato que no trataba de cortejarla. Coqueteaba con él sabiendo que no había peligro alguno, como si de alguna forma intuyera que su interés estaba muy lejos de los miembros de su género, y le pidió en varias ocasiones que le hiciera de acompañante para alejar a los cazafortunas. A Jonathan todo aquello conseguía divertirle, y poco a poco iba desapareciendo esa pátina de melancolía que se le había pegado como una segunda piel. Surgió así entre ellos una amistad que se fue afianzando con el tiempo.

Juntos hicieron algunas ventajosas inversiones y, gracias a eso, a sus ahorros y a su trabajo con Norwich, Jonathan pudo al fin adquirir una confortable vivienda en Chambers Street, al norte de Manhattan. No podía aspirar a la zona de Bowling

Green donde residía Claudia Jane, pero tampoco lo necesitaba. Además, la vida en Nueva York era mucho más barata que en Inglaterra. La carne, la fruta, la mantequilla, la ropa, las velas, el jabón... hasta los muebles costaban alrededor de la mitad de lo que pagaban por ellos los británicos, y eran de mejor calidad. Cuatro años más tarde, con su vida económica afianzada y un futuro razonablemente prometedor, pensó que había llegado el momento de recuperar a Grace.

Escribió a su hermano para iniciar los preparativos, pero, para su sorpresa, Conrad se negó. Al principio le dijo que un nuevo cambio en la vida de la niña sería más perjudicial que otra cosa y, ante su insistencia, acabó confesándole que Grace estudiaba en un internado. Era, le dijo, una niña inestable, voluble e impulsiva, y sacarla de la escuela donde residía sería una terrible idea. Además, Cleyburne podía descubrir el auténtico paradero de Jonathan y, aunque el escándalo si hacía públicas aquellas cartas apenas le salpicaría dada la distancia, ellos aún residían allí, Grace incluida. Además, añadió, cuando su hija fuese mayor, no existía un lugar mejor que Londres para encontrar un buen partido.

Jonathan se horrorizó al imaginar a su hija encerrada en un colegio, aunque su hermano le había explicado los motivos y no podía tampoco culparlo. El lamentable episodio con su sobrina Harmony le había puesto los pelos de punta, y agradeció al Dios que se reía de ellos desde las alturas que no le hubiera ocurrido nada malo a ninguna de las dos. Sin embargo, saber a su pequeña abandonada en aquel lugar, por muy bien considerada que estuviera aquella escuela, le partía el alma. Su ánimo, que había comenzado a mejorar en los últimos tiempos, volvió a tonarse sombrío. Una noche en la que se encontraba especialmente abatido, Claudia Jane insistió en conocer el motivo y él acabó confesándole su historia, en esta ocasión sin omitir ningún detalle. Porque, una vez que abrió la boca, fue incapaz de detenerse y descubrió que estaba dispuesto a pagar el precio de su arranque de honestidad, aunque ello supusiera perder a la única amiga verdadera que tenía en aquel rincón de la Tierra.

Siempre había sospechado que aquella mujer era extraordinaria, como se saben algunas cosas que parecen no tener explicación. Una mezcla de fe e intuición que, en ese caso, resultó ser un acierto. Lejos de escandalizarse, Claudia Jane le ofreció todo su apoyo y durante las semanas siguientes pudo desahogarse a placer con ella. Por primera vez en años volvía a sentirse próximo a otra persona, a la que no necesitaba esconderle nada y que, a su vez, parecía confiar en él del mismo modo. Fue así como descubrió que la rica heredera mantenía desde hacía unos meses una relación ilícita con una mujer casada y que, al mismo tiempo, se veía con un caballero que vivía en Washington y que acudía a verla dos o tres veces al año. Nada importante, le aseguró, aunque él intuyó que ese hombre significaba más para ella de lo que estaba decidida a admitir.

A esas alturas, Jonathan estaba dispuesto a viajar a Inglaterra aun a riesgo de tirar por la borda todos los sacrificios que había hecho en los últimos años. Las posibilidades de encontrarse con Cleyburne o con alguien que lo reconociera eran remotas, pero no imposibles. Comentó la idea con Claudia Jane y entre ambos comenzaron a trazar un plan y a valorar las posibles complicaciones. Presentarse en el colegio e identificarse como el padre de Grace —tanto tiempo ausente— llamaría la atención. Las alumnas lo comentarían en sus casas como una curiosidad más, y era probable que los padres de muchas de ellas fueran viejos conocidos de los Barton. De ahí a comentarlo en los salones, como uno más de los chismes que circulaban durante la temporada, solo había un paso. Tras descartar algunas ideas más, a cuál más descabellada, fue Claudia Jane quien se ofreció a hacerlo en su lugar. Si él era capaz de falsificar una carta supuestamente escrita por su hermano, sacaría de allí a la niña con el pretexto de llevarla a Barton Manor. Antes de dejar Inglaterra, se encargaría de hacer saber a su hermano que en realidad iba a reunirse con Jonathan, y Conrad se encargaría de mantener la mentira sobre su sobrina del modo que considerara más oportuno.

En un principio, se negó. No deseaba involucrar a aquella

mujer en un asunto tan turbio, por no hablar de los peligros que implicaba un viaje tan largo, pero ella insistió. Su amiga era una persona dinámica y enérgica, amante de la aventura y del riesgo. Así, le aseguró, era como había aumentado su fortuna, y acabó convenciéndolo. Tal vez, se dijo, porque era la solución más sensata y menos comprometida para todos. No encontró palabras suficientes para agradecerle el gesto, ni sabía si viviría lo suficiente como para devolverle algún día el favor, y la vio partir desde los muelles con el corazón encogido de gratitud y esperanza. Y también de miedo. Había tantas cosas que podían salir mal que apenas fue capaz de dormir una noche entera desde su partida.

El día que debía atracar el barco procedente de Dover, Jonathan se personó en el puerto al amanecer. Sabía que había ocasiones en que los barcos se adelantaban o se retrasaban dependiendo del estado de la mar o de los caprichos del viento, aunque el día anterior un paquebote había anunciado la inminente llegada. Esa noche ni siquiera se había molestado en acostarse, presa de un estado de nervios que lo había mantenido en vela. Antes de asearse y vestirse con esmero, recorrió la casa tres veces para asegurarse de que todo estuviera en orden, recordó las instrucciones a las cinco personas que trabajaban allí, a esas alturas posiblemente cansadas ya de oírlas, y partió en el carruaje, conducido por un somnoliento cochero.

Una vez en el muelle, deambuló de un lado para otro. Se sentó, se levantó, volvió a pasear… Estaba tan nervioso que apenas podía pensar. Una densa niebla flotaba sobre el mar, impidiéndole ver más allá de unos cuantos metros de agua. Cuando la figura del barco, con las velas plegadas, emergió entre la neblina, el corazón casi se le detuvo. Totalmente petrificado, observó aquella mole de madera atracar en el puerto y luego al personal de tierra colocar la pasarela por la que bajarían los pasajeros. Los ojos le escocían de mantenerlos tan abiertos, pero no quería arriesgarse a parpadear por si se perdía algo importante.

Marineros y trabajadores del puerto se movían en todas direcciones, cargados con baúles y maletas; familiares y amigos recibían a los recién llegados con muestras de alborozo; los niños correteaban de aquí para allá, aumentando el caos y la confusión. Jonathan estaba a punto de perder el sentido. Docenas de rostros pasaron por su lado sin reconocer a ninguno. ¿Habrían bajado ya y no las había visto? ¿Habrían tenido algún problema y no habían llegado siquiera a embarcar?

El muelle comenzó a despejarse a medida que los viajeros lo abandonaban en busca de los vehículos que habrían de llevarlos a los distintos puntos de la ciudad. Hacía rato que nadie descendía por la pasarela, tanto que pensó que ya no lo haría nadie más. Y entonces aparecieron dos figuras. Una mujer y una niña. Desde la distancia distinguió el cabello rubio que el viento arremolinaba. Jonathan contuvo la respiración.

La mujer alzó la vista y lo vio allí plantado, en mitad del muelle. El gentío había disminuido tanto que no le resultó difícil localizarlo. Claudia Jane alzó una mano a modo de saludo, pero él fue incapaz de elevar la suya y devolver el gesto. Los músculos no le respondían.

Permaneció en la misma posición, como si sus zapatos se hubieran convertido en plomo, hasta que ambas terminaron de recorrer los escasos metros que las distanciaban de él. Allí estaba Grace, su Grace, convertida en una preciosa jovencita de doce años, con un bonito vestido de color verde y un sombrerito a juego que cubría sus rizos, más cortos de lo que recordaba. Y allí estaban aquellos ojos azules que lo habían acompañado en sus largas noches de soledad, y aquel diminuto lunar junto a la boca que habría reconocido entre un millón.

Ella lo miraba como si no acabara de reconocerlo, como si no creyera que aquel hombre delgado y con una poblada barba, que no podía ni hablar ni respirar, fuese su padre. Jonathan no supo cómo cruzar la distancia que aún los separaba, como si el océano aún se interpusiera entre ambos.

—Grace... —musitó.

No necesitó decir nada más. La niña corrió a sus brazos y se

refugió en ellos, rota en sollozos, y él la abrazó fuerte, tan fuerte que temió hacerle daño, mientras su propio llanto lo partía
en dos y se juraba a sí mismo que jamás, jamás, volvería a separarse de ella.

20

Grace sentía la imperiosa necesidad de pellizcarse el brazo o el muslo para cerciorarse de que aquello no era un sueño. Durante el viaje en barco se había sorprendido a sí misma haciéndolo en varias ocasiones, porque temía despertarse en su cama de Blackbird House, y ahora volvía a hacerlo.

Iba sentada junto a su padre en el carruaje, tras despedirse de Claudia Jane. La mujer había resultado ser una compañera dulce y considerada en todo momento, que respondió la mayoría de sus preguntas y le contó todo tipo de anécdotas sobre Nueva York hasta que logró vencer la reticencia inicial de la niña. Aunque le había contado algunos detalles sobre la vida de su padre, no tantos como Grace hubiera querido, no le dijo ni una palabra de tío Markus. Claudia Jane insistía en que no le correspondía a ella contarle su historia, y acabó por aceptarlo.

—¿Tío Markus nos espera en casa? —le preguntó.

Observó a su padre de reojo. Parecía mayor. Mucho mayor. Solo habían transcurrido cinco años desde que se vieran por última vez, pero su aspecto era el de un hombre que superaba con largueza los cuarenta, cuando ella sabía que no había cumplido aún ni los treinta y cinco.

—Hablaremos de todo al llegar a casa, ¿de acuerdo?

—Claro —respondió ella.

Se sentía cohibida, más de lo que esperaba. Como si existiera un muro infranqueable entre ambos que no sabía cómo derribar. Como si ese hombre fuese un tío lejano con quien no hubiera mantenido mucha relación.

Grace se concentró en las vistas al otro lado de la ventanilla. Nunca había estado en una ciudad grande, y Nueva York se le antojó gigantesca. Claudia Jane ya le había comentado que era la ciudad más poblada de Norteamérica y que continuaba creciendo día a día. Ver tantos edificios y tanta gente por las calles acabó por marearla y se recostó contra el respaldo. Su padre le preguntó por la travesía, se interesó por si se había sentido cómoda con Claudia Jane y se preocupó por sus tíos y sus primos. Grace le habló de Harmony, aunque no mencionó el episodio de aquel verano. Intuyó que su tío Conrad ya se lo habría contado en alguna de sus cartas, y él tampoco lo mencionó, lo que agradeció mucho.

Finalmente, el coche se detuvo frente a una vivienda de tres plantas de ladrillo rojo. La puerta principal, pintada de verde oscuro, se abrió y un par de lacayos y una criada salieron para hacerse cargo de los baúles. Así que aquel iba a ser su nuevo hogar. Grace alzó la vista y luego volvió la cabeza para mirar la calle. Era un sitio tranquilo y elegante, con pequeños árboles adornando las anchas aceras.

—Te enseñaré la casa —le dijo su padre.

Ella asintió y se dejó conducir. El interior de la vivienda era acogedor. No tan lujoso como Barton Manor o Warford Hall, ni tan grande, pero confortable. Su habitación, situada en el segundo piso, era espaciosa, decorada en tonos verdes y cremas. Le encantó al primer vistazo.

—No sabía si los colores serían de tu gusto —le dijo Jonathan con timidez.

—¡Me encantan! —exclamó ella—. ¡El verde siempre ha sido mi color favorito!

—Lo recuerdo —sonrió.

Lo recordaba. Claro que lo hacía, pensó ella. Era su padre, y no había olvidado ni las cosas más pequeñas. Presa de un repentino ataque de emoción volvió a abrazarse a él, como si temiera perderle de un momento a otro. Se quedaron así durante unos minutos, en medio de aquella habitación por estrenar. Finalmente, Grace se separó unos centímetros.

—¿Dónde está tío Markus? —volvió a preguntar.

El gesto de dolor de su padre le bastó para saber que algo no iba bien.

—¿Y por qué no viajó contigo? —insistió Grace.

—Ya te lo he explicado, cariño —contestó su padre, paciente—. En aquel momento no tuvo otra opción. Tenía familia en Cornualles y era preferible que se quedara allí. Esto está… muy lejos.

—Pero yo siempre pensé… pensé que nosotros éramos su familia.

—Bueno —carraspeó—, no me ha ido tan mal, ¿no?

Extendió los brazos como si abarcara el salón en el que habían tomado asiento. Sin duda la casa era bonita, espaciosa y con todas las comodidades. Sí, Grace debía reconocer que no le había ido mal.

—¿Por qué nunca me ha escrito? —se lamentó.

—Es posible que no supiera ni dónde estabas.

—¿Se encuentra bien? ¿Vendrá a vernos algún día?

—De momento no, Grace. Ha rehecho su vida en otro lugar… —dijo, con tristeza.

Ella bajó la cabeza, tratando de no dejarse vencer por aquella nueva pérdida en su vida.

—Entonces deberías haberme traído contigo, así no habrías estado solo —le reprendió sin alzar la vista y procurando que no se le quebrase la voz—. No entiendo por qué… por qué me dejaste atrás.

—En aquel momento pensé que era lo mejor para ti.

Aquella era la misma respuesta que le había proporcionado su tío Conrad, y seguía sin parecerle suficiente.

—Cuando llegué… fue una época difícil —continuó su padre—. Necesitaba encontrar mi lugar aquí antes de ir a buscarte.

—¿Y por qué te marchaste de Inglaterra?

Su padre la miró, muy serio. Grace aguantó la respiración y pensó que, una vez más, le negaría una respuesta convincente. Se equivocó.

—Imagino que ya tienes edad para saber algunas cosas —respondió al fin—. No me fui de Inglaterra por un capricho, imagino que lo sabes.

—Sí —musitó.

—Había alguien, un hombre, alguien que... poseía cierta información que podría habernos perjudicado mucho. A ti, a mí, a tus tíos y primos...

—¿Qué información?

—Por favor, confía en mí. Espero poder contártelo algún día, pero ahora no es el momento —contestó—. El caso es que podría habernos arruinado, social y económicamente. A cambio de su silencio, tuve que cederle la casa, las tierras y la mina. Y tu tío Conrad también tuvo que entregar una parte de su propiedad.

—Pero... Pero ¿eso no es robar? —preguntó, con los labios apretados por la rabia. Aquella información despejaba muchas de las dudas que había albergado en esos años, como la animadversión que su tía Blanche había mostrado hacia ella los primeros días y que nunca había desaparecido del todo.

—En realidad se llama chantaje. Y sí, es una forma de robar. —Su padre endureció el gesto—. La última condición era que debía abandonar el país e irme lejos.

—A Australia.

—Sí, bueno, esa era la idea inicial, aunque en el último instante cambié los planes. —Sonrió de forma enigmática—. En otro momento te contaré los detalles.

—Está bien.

—Solo quiero que sepas... necesito que sepas que no hice nada malo, hija. No hice daño a nadie. ¿Me crees?

—Sí, papá —asintió, con la garganta atorada. Siempre lo había sabido.

—Porque eso es lo único que me importa —le aseguró—. Aquí viviremos bien y seremos felices, ya lo verás.

Grace volvió a asentir. Por fin se había reunido con su padre, así que a partir de ese momento las cosas no podían sino mejorar.

Confiaba en ello.

Grace tenía tantas cosas que contarle a Gwen que no sabía ni por dónde comenzar. Por consejo de su padre, aquella carta sería enviada también a través de lord Algernon, porque nadie sabía hasta dónde alcanzaban los contactos de aquel hombre horrible que les había destrozado la vida. Y no podía explicarle, además, dónde se encontraba en realidad, lo que le suponía un gran quebradero de cabeza. ¿Cómo iba a hablarle de todos los detalles del viaje sin mencionar su destino? ¿Qué iba a contarle sobre la ciudad en la que ahora vivía sin nombrarla? Por otro lado, su padre también le aconsejaba que la correspondencia entre ambas no fuera excesivamente frecuente. Por un lado, no quería molestar al conde más de lo imprescindible y, por el otro, temía que algún descuido pudiera destapar el engaño.

—Es solo por el momento —le aseguró su padre—. Tarde o temprano todo se arreglará y podremos volver a Inglaterra, ya lo verás.

Pero ahora no sabía si de verdad quería regresar. Aunque había pasado allí toda su vida, los recuerdos amargos de los últimos años habían empañado, tal vez para siempre, su imagen de aquella tierra. Sin embargo, allí estaba Gwen. Y su prima Harmony. Y tío Markus. Y allí se había quedado también Terronillo, su poni, al que añoraba más de lo que era capaz de reconocer.

Así que le escribió a su amiga una carta bastante escueta, contándole el vuelco que había dado su vida y que, por fin, se había reunido con su padre. Mientras trataba de componer aquellas frases de modo que no revelaran nada que debiera mantener en secreto, comprendió que eso mismo era lo que su padre se había visto obligado a hacer durante años. Era realmente difícil no dejarse llevar y explicarle todo tipo de detalles precisamente a la persona en la que más confiaba en el mundo. Además, ¿quién mostraría interés en la correspondencia de unas adolescentes? Por otro lado, como su padre le hizo notar, Gwen era solo una niña, igual que ella, por lo que nadie podía asegurarle que sus padres no leyeran sus cartas o que una doncella algo instruida no las encontrara a la vista.

«Algún día —se dijo—, podré contárselo todo».

Claudia Jane los visitaba con cierta asiduidad, al menos un par de veces por semana, y tomaban el té o el almuerzo. No se perdió tampoco la pequeña fiesta que su padre organizó para celebrar el decimosegundo cumpleaños de Grace.

—Confío en que, para el año que viene, puedas invitar a algunas amigas —le dijo él.

Ella asintió, conforme, aunque no se le ocurría dónde iba a conocer a chicas de su edad, algo que tampoco se le había dado nunca demasiado bien. Desde que había llegado, hacía solo unas semanas, no había salido más que para ir de compras con Claudia Jane o para dar un par de paseos con su padre. Ahora disponía de un armario con muchas prendas de todo tipo y un montón de fruslerías de las que se había encaprichado y a las que apenas encontraba utilidad.

—Podríamos buscar una buena escuela para el otoño —aventuró su padre durante uno de esos almuerzos.

—Conozco algunas muy recomendables —señaló Claudia Jane—. Con gusto escribiré las cartas de recomendación que necesites.

—Eh, no sé si quiero ir a una escuela —murmuró Grace.

—¿Por qué no?

Grace se mordió el labio. Acababan de reencontrarse. ¿De verdad tenía que ir a un nuevo internado y volver a separarse de él?

—Es un lugar idóneo para conocer gente y crear contactos que te resultarán muy útiles en el futuro —comentó la mujer—. Además, una señorita de cierta posición debe poseer un mínimo de conocimientos y de saber tocar algún instrumento, las normas de etiqueta y protocolo… ¿Es necesario que continúe?

—No, claro, es solo que… —Grace bajó la cabeza, un tanto avergonzada.

—Creo que en Blackbird House recibiste una educación esmerada y sería aconsejable continuarla.

—Quizá podríamos comenzar por contratar a una institutriz —señaló su padre—. Hasta que te hayas aclimatado —sugirió, mirando a Claudia Jane.

—¡Sí! ¿No estaría bien esa opción? —Grace también se dirigió a la mujer, esperanzada.

—¿Qué? —Claudia Jane los observó, perpleja—. De acuerdo, de acuerdo… —rio—. A mí no tenéis que convencerme. La escuela siempre va a estar ahí, esperándote. Además, hay algunas no lejos de aquí. Podrías pasar todos los fines de semana en casa.

Eso sonaba bastante bien, reconoció Grace, solo que no estaba preparada. Aún no. Claudia Jane alargó el brazo por encima de la mesa y la tomó de la mano.

—No hay ninguna prisa, Grace —le dijo, amable—. Necesitas tiempo para adaptarte, es comprensible.

Aquel verano, Jonathan Barton llevó a su hija a todas partes, como a contemplar la construcción de los canales Champlain y Erie. Aquellas dos gigantescas obras de ingeniería comunicarían los lagos del mismo nombre, situados al noroeste del estado de Nueva York, con el río Hudson y, a través de este, con el océano Atlántico. Aquellas nuevas vías fluviales eran una de las inversiones en las que participaban Claudia Jane y él, que estaban convencidos de que contribuirían de forma asombrosa al transporte de personas y mercancías desde y hacia el Medio Oeste.

Acudieron con cierta frecuencia a bahías y ensenadas, a las afueras de la ciudad, donde a él le gustaba pescar, un gusto que había adquirido de forma reciente, y se llevaban el almuerzo o la merienda en una cómoda cesta que les preparaba la cocinera. Jonathan tenía la sensación de que necesitaba recuperar los cinco años que Grace y él habían estado separados. Había reducido sustancialmente su jornada de trabajo y le proponía todo tipo de excursiones.

El pequeño jardín trasero de la casa se convirtió también en un lugar apetecible para pasar los días más cálidos. Muchas tardes, él ojeaba el *Evening Post* a la sombra de un tilo mientras Grace dibujaba en sus cuadernos lo que veía: el árbol que los cobijaba, las flores abiertas en distintas fases, sus pies desnudos sobre la hierba húmeda… También jugaban a las cartas, e incluso comenzó a enseñarle el arte del ajedrez, con el que tanto había disfrutado él en el pasado junto con Markus. Con frecuencia se preguntaba qué pensaría si pudiera verlos reunidos de nuevo. ¡Qué felices podrían haber sido allí los tres!

Jonathan tenía que hacer verdaderos esfuerzos para no dejarse arrastrar por la melancolía. Para su sorpresa, tener de nuevo a Grace a su lado había despertado todos los recuerdos de su vida pasada, esos que llevaba casi cinco años enterrando bajo toneladas de rutina y cotidianeidad. Y no deseaba por nada del mundo que ella lo viera triste. Bastante había sufrido. Bastante habían sufrido ya los dos.

A finales del verano llegó también carta de Conrad, escandalizado por lo que había hecho para recuperar a su hija. Le recriminó su actitud y le reprochó su falta de consideración hacia la familia, pero prometió proteger el secreto y le rogó que, salvo en caso de necesidad extrema, no volviera a escribirle. Demasiado se estaban arriesgando ya todos y, si Cleyburne había logrado sobornar a la criada de Markus, ¿quién podía garantizarles que no haría lo mismo con alguno de los empleados de Barton Manor? A Jonathan le pareció bien, aunque ello significara cortar el último lazo que lo unía a la tierra que lo había visto nacer. A partir de ese momento, estarían Grace y él solos.

La institutriz, la señorita Emily Stuart, congenió enseguida con Grace. Era una joven de veintisiete años, de cabello oscuro y fino y unos ojos marrones de lo más expresivos. Tenía la sonrisa presta, una voz melodiosa y era muy instruida. Le enseñaría aritmética, geografía, historia, literatura, filosofía y algo de ciencias. Aquello era mucho más de lo que habría aprendido en el colegio inglés al que había asistido, pero su padre y Claudia Jane habían insistido en que recibiera una educación más completa, casi como si se tratara de un varón. Por otro lado, un par de veces a la semana acudía la señora Culpepper para enseñarle música, danza, protocolo, normas de etiqueta y cuanto una señorita de buena posición debiera conocer para desenvolverse en sociedad. No se mostraba tan cercana como la señorita Stuart, y su comportamiento más bien rígido quizá se debía a que era mucho mayor que la joven institutriz.

Después de dos semanas de clases, Grace no salía de su asombro. Aquella mujer tan joven poseía un caudal de conocimientos abrumador.

—¿Cómo sabe usted tanto? —le preguntó, curiosa.

—He estudiado mucho —contestó la joven.

—¿En una escuela?

—Eh, no. No creo que existan escuelas para señoritas donde se impartan todos estos conocimientos.

—Entonces...

—Bueno, mi padre era maestro y...

—Y él le enseñó todo lo que sabe... —terminó Grace con lo que consideró la explicación más obvia.

—No del todo —señaló la institutriz—. Algunas veces espiaba sus clases, pero la mayor parte de lo que aprendí lo hice yo sola.

—¿Sola?

—Tenía acceso ilimitado a sus libros. Él ni siquiera se daba cuenta de que yo los tomaba prestados y los leía con mucho interés. Cuando había algo que no entendía, le preguntaba. —La señorita Stuart se detuvo, como si estuviera rememorando algún episodio de su pasado—. A veces se negaba a responderme y me reñía por hurgar en sus cosas o por leer materias que no correspondían ni a mi edad ni a mi condición, pero se le pasaba al poco rato, y entonces aclaraba mis dudas.

—Ah...

—Nadie puede prohibirte leer, Grace —le dijo, muy seria—. Los conocimientos del mundo están encerrados en los libros, solo tienes que abrirlos y buscarlos. Si en una escuela no te enseñan lo que quieres aprender, hazlo por ti misma.

Grace la miró, con los ojos muy abiertos. Nunca hasta ese momento había caído en la cuenta de que podía llegar a saber tanto como un hombre, o más incluso. Y que no necesitaba acudir a ninguna escuela para aprender cuanto quisiera.

La señorita Emily Stuart era un buen ejemplo de ello.

Nueva York era una ciudad bulliciosa. Sus calles siempre estaban llenas de gente y vehículos de todo tipo. Una mezcolanza de olores penetrantes y acres sustituía los aromas de su infancia a hierba y a tierra, a lavanda y a espliego, a cebada madura y a heno fresco. Y no había más paisaje que algunos parques pequeños diseminados por la ciudad, casi siempre demasiado concurridos. En ocasiones, extrañaba los campos que siempre había podido contemplar a través de su ventana, el alba desplegándose sobre la línea del horizonte, el sonido del viento azotando las ramas de los árboles o el arrullo del agua del riachuelo que discurría cerca de Warford Hall.

La llegada del invierno trajo fuertes nevadas, que cubrieron la ciudad con un manto blanco y espeso, que amortiguó sonidos y aromas. Celebraron la Navidad como antaño, decorando la casa de arriba abajo, y Claudia Jane cenó con ellos. Hubo regalos, juegos, canciones y luces por todas partes. Aunque Grace ya no era la niña que había disfrutado tanto con aquellas fiestas, no podía negar tampoco que se habían superado sus expectativas.

—¿Claudia Jane va a ser mi nueva madre? —le preguntó esa noche a su padre una vez se quedaron a solas. Estaban recogiendo la baraja que habían utilizado en el último de los juegos.

—¿Qué? —La miró, atónito—. ¿Cómo se te ha ocurrido una idea semejante?

—Parecéis muy unidos y nos visita tanto que…

—Grace…

—A mí me gusta mucho —confesó ella.

—Claudia Jane es solo una amiga, una amiga muy querida.

—¿Como lo fue tío Markus?

—¿Markus? —Su padre alzó las cejas—. ¿Qué te ha hecho pensar en él?

—No lo sé. Es solo que… te mira igual que te miraba él.

Su padre carraspeó, incómodo, y ella decidió no insistir más.

Tras un invierno largo y frío, la primavera había llegado como una explosión de luz y color. El pequeño jardín trasero se había llenado de pequeños capullos de colores y los parques resplandecían con los verdes recién estrenados. Había días, como aquella luminosa tarde de finales de abril, en los que Grace deseaba estar en la calle y no en la habitación donde la señorita Stuart le daba clases. El sol se colaba en pequeños haces por la ventana, llenando la estancia de calidez. Grace tenía un grueso tomo de Historia Antigua sobre el pupitre, aunque, en ese momento, las antiguas guerras entre atenienses y espartanos le importasen más bien poco.

—Podríamos salir un rato —le sugirió a su institutriz.

Emily Stuart alzó la vista del volumen situado frente a ella y miró hacia la ventana.

—Hace un día magnífico —constató la joven.

—Tal vez un paseo hasta el parque —le propuso—, y a la vuelta podríamos pararnos en la chocolatería de la señora Worthington.

—Oh, allí hacen unos dulces magníficos.

—Y por el camino podría hablarme sobre Pericles.

La institutriz soltó una risita.

—Buen intento, señorita Grace.

—Por favor —rogó—. Hace un día demasiado bonito para estar aquí encerradas.

Emily Stuart la miró con fijeza durante unos instantes.

—Está bien —concedió al fin—, pero un paseo corto.

—¡Cortísimo! —accedió Grace, que se puso en pie de un salto—. Voy a cambiarme.

Abandonó la habitación antes de que la señorita Stuart pudiera cambiar de opinión. Se puso un vestido verde menta que le encantaba, con los guantes y el sombrerito a juego, y cuando se contempló en el espejo pensó que parecía mayor, y eso le gustaba, le gustaba mucho. Algún día, se dijo, esperaba ser tan elegante y sofisticada como Claudia Jane.

Irguió la espalda y adoptó la pose distinguida que en aquella mujer era como una seña de identidad. Tratando de imitar su cadencioso caminar, salió del dormitorio y comenzó a bajar las escaleras.

Algo sucedía en el vestíbulo. Vio al ama de llaves —que cubría su boca con una mano— y a uno de los lacayos. En la puerta, abierta de par en par, aguardaban dos desconocidos. Emily Stuart también estaba allí, vestida para salir, como ella. Alzó la vista en su dirección y Grace sintió que las piernas le fallaban. En los ojos de su institutriz había lágrimas, horror y una compasión tan profunda que la atravesó de parte a parte. Incapaz de sostener su peso, se dejó caer sobre los escalones.

Supo, sin necesidad de que nadie se lo dijera, que su vida acababa de dar otro vuelco.

Uno irreparable.

21

Grace estaba convencida de que el corazón se le iba a parar de un momento a otro. Sentía tal presión sobre el pecho que intuía que no lo soportaría. ¿Cómo podía ser el destino tan cruel? ¿Cómo podía haberle arrebatado a su padre menos de un año después de haberse reunido al fin? ¿Qué pecado había cometido ella en sus casi trece años de vida que mereciera un castigo semejante?

Desde su llegada, su padre le había repetido hasta la saciedad que prestara atención a la hora de cruzar una calle, porque los carros y carruajes circulaban en muchas ocasiones a excesiva velocidad. Y había sido precisamente uno de esos vehículos el que había segado su vida, a solo tres calles de su casa. Justo en el trayecto que ella se disponía a recorrer con la institutriz de camino al parque. De haber salido un rato antes, ¿podría haberlo impedido? Esa pregunta le martilleaba las sienes y, aunque sabía que el accidente no había sido culpa suya y que con toda probabilidad no habría logrado evitarlo, tampoco podía sustraerse a la inquietante sensación de que, de algún modo, estaba maldita.

Claudia Jane, como siempre, acudió en su rescate y se hizo cargo de todo. Se instaló en la habitación de invitados, la consoló, la acompañó en todo momento y organizó el funeral. Quiso disuadir a Grace de ver a su padre porque no quería que lo recordara con aquel aspecto, le dijo, pero ella se mostró firme.

Necesitaba cerciorarse, necesitaba despedirse. Por segunda vez y para siempre.

Habían colocado el cadáver sobre el lecho. Las cortinas, a medio correr, dejaban entrar una luz mortecina que bañaba la habitación con sombras. Su padre, ataviado con uno de sus mejores trajes, yacía boca arriba, tan inmóvil que parecía una figura de cera. Se aproximó con sigilo, como si temiera despertarlo. La persona que más amaba en el mundo era ahora una cáscara vacía. Cuando dio la vuelta a la cama pudo apreciar la inflamación de aquella parte del rostro, teñido de un turbador tono púrpura. La visión le causó una impresión tan honda que fue incapaz de contener el grito desgarrado que le subió a toda prisa por la garganta y que estremeció la casa entera.

Y luego nada, el vacío.

Al funeral no acudió mucha gente y, aun así, a Grace le resultó agotador. Se mantuvo pegada a Claudia Jane todo el tiempo, mientras la mujer agradecía en su nombre las condolencias de unos y otros.

Al regresar a la casa, la impronta de su padre permanecía vibrante y con vida en cada rincón. Allí, el último periódico que había leído, junto a su butaca favorita. Allá, la silla que ocupaba cuando jugaban al ajedrez, frente al tablero con su última partida inacabada. Más allá, la mesa de despacho, con sus libros de cuentas y sus papeles. Junto a la puerta, uno de sus abrigos, uno de sus sombreros y el elegante bastón que siempre se olvidaba. El dolor que todos aquellos objetos le causaban era tan desgarrador que sentía como si alguien le estuviera arrancando la carne de los huesos.

Los criados le hablaban en voz baja, sin atreverse a mirarla, y ni siquiera la señorita Stuart sabía cómo debía tratarla. Grace solo quería esconderse, esconderse para siempre en algún agujero bajo tierra y no salir nunca más. Claudia Jane permaneció allí y se encargó de que todo continuara funcionando como siempre, como si su padre solo estuviera de viaje y fuese a regresar de un momento a otro.

Los días transcurrieron como una sucesión de grises, marcados por un sufrimiento tan lacerante que ocupaba todo el espacio de su cuerpo, sin resquicio alguno para nada más. Apenas comía, y se pasaba la mayor parte del tiempo durmiendo, el único modo que conocía de alejarse de la realidad de su existencia.

Una mañana, casi dos semanas después del accidente, se encontraba sentada en el jardín, observando el vuelo de una mariposa sobre las rosas blancas, con la mente extrañamente vacía y en calma. Claudia Jane tomó asiento junto a ella, frente a la mesa, donde ordenó que sirvieran una bandeja con té y pan de maíz. Grace no tenía apetito, pero le dio un par de bocados, solo para contentarla. La ropa que con tanto cariño habían comprado juntas comenzaba a quedarle un poco holgada y sabía que la mujer estaba preocupada por su salud.

—Necesito hablar contigo —le dijo, muy seria—. He tratado de postergarlo cuanto me ha sido posible, pero... hay algunos asuntos que arreglar.

—¿Qué... asuntos?

Grace se inquietó y estuvo tentada de decirle que se ocupara ella sola, como venía haciendo desde aquel fatídico día, pero se contuvo. Bastante había hecho ya.

—Tu padre era un hombre inteligente y muy previsor —comenzó la mujer—, y dejó preparado un testamento en el que te lega todos sus bienes, como era de esperar. Me nombró su albacea para que te ayudara en... la transición si algún día se daba el caso de...

—De su muerte prematura —terminó por ella.

—Sí, exacto. —Claudia Jane suspiró—. Esto tampoco es fácil para mí.

—Lo sé, y yo... te estoy muy agradecida por todo.

La mujer estiró el brazo y le apretó la mano con afecto. A Grace le sorprendió que la tuviera fría, casi tanto como ella misma sentía las suyas.

—Posees algunas acciones bastante rentables y una considerable cantidad de dinero en el banco, además de esta casa, por la que podrías obtener un buen precio. El dinero permanecerá en fideicomiso hasta tu mayoría de edad y no hay problema en transferirlo a cualquier entidad bancaria en Inglaterra.

—¿Inglaterra? —La miró, con las cejas alzadas. Sintió las aletas de su nariz expandirse, como si sus pulmones buscaran un poco más de aire.

—Bueno, allí tienes a tu familia...

Grace recordó su estancia en Barton Manor y se estremeció. ¿Tendría que volver a pasar por aquello? ¿O regresar a Blackbird House?

—El abogado y yo hemos escrito una carta a tu tío Conrad comunicándole la muerte de Jonathan... de tu padre —continuó Claudia Jane—. Me preguntaba si querrías añadir unas líneas. Supongo que tu tío decidirá cómo quiere proceder. —La mujer hizo una breve pausa—. Me he ofrecido a acompañarte de regreso, si tú lo deseas.

—¡Pero yo no quiero volver a Inglaterra! —Retiró las manos de la mesa y se las sujetó con fuerza sobre el regazo.

—Me temo que no tienes otra opción, querida —comentó con tristeza.

—¿No podría quedarme aquí, contigo? —aventuró mientras clavaba en ella una mirada suplicante.

—¿Conmigo? —La mujer la miró, asombrada por la propuesta.

—No te molestaría mucho. Podría ir a un internado, aunque fuese lejos de Nueva York —sugirió.

—Pero eso no... Yo... no sé si tu tío aceptaría que yo me responsabilizara de ti —le dijo, un tanto incómoda—. A fin de cuentas, solo soy una extraña, y americana, además.

Grace sintió el temblor de su barbilla y apretó los labios para evitar que el llanto alcanzara sus ojos.

—Ojalá me hubiera muerto yo también —espetó, al tiempo que se levantaba con un movimiento brusco y abandonaba el jardín en dirección a su cuarto.

Claudia Jane se sentía superada por las circunstancias. Siempre había sido una mujer de carácter, con la mente fría para los negocios y la voluntad forjada a base de superar obstáculos. La muerte de Jonathan la había dejado sumida en una especie de melancolía de la que no lograba desprenderse. En los últimos años se había convertido en su mejor amigo, en algo más incluso, a pesar de ser consciente de que sus sentimientos jamás podrían ser correspondidos de igual modo. Por eso no había dudado a la hora de ofrecerse a ir en busca de su hija, aquella jovencita por la que había llegado a sentir verdadero afecto.

A sus treinta y siete años Claudia Jane era ya una persona de costumbres fijas. Apreciaba su vida exenta de preocupaciones familiares y la libertad de movimiento que le proporcionaban el no depender de nadie y que nadie dependiera de ella. Podía marcharse de cualquier lugar cuando quisiera y regresar cuando le viniera en gana. Levantarse a media mañana o a media tarde sin remordimientos y sin la angustia de haber dejado desatendido a alguien importante. Invitar a alguien a dormir en su cama o pasar la noche con quien le apeteciera sin temor a ser un mal ejemplo para nadie. Amaba esa libertad, esa autonomía que su filosofía de vida y su posición económica le permitían mantener.

Y aun así, no había dejado de pensar en las palabras de Grace cuando le había pedido quedarse en Nueva York con ella. No podía sentir más lástima por esa huérfana a la que nadie esperaba en ningún lugar y que parecía haberse convertido en una incomodidad para todos sus allegados, ella incluida.

Jonathan la había nombrado albacea y ella había aceptado, por supuesto. ¿Cómo iba nadie a suponer que un hombre joven, sano y fuerte moriría tan de repente?

Había vuelto a intentar hablar con Grace, una conversación tensa que finalizó de forma abrupta. Al parecer, estaba dispuesta a arrojarse por la borda del barco si la obligaba a regresar a Inglaterra. Sospechaba que la niña no se atrevería a cumplir su amenaza, pero, en caso de que lo hiciera, ¿podría ella vivir el resto de sus días con esa carga sobre su conciencia?

Claudia Jane estaba al corriente de la vida que Grace había llevado en Inglaterra y, en una ocasión, la pequeña incluso había mencionado los castigos físicos a los que era sometida de tanto en tanto en aquel colegio inglés. ¿Qué podía esperarle si la hacía volver a su país? ¿Su familia la cuidaría como era debido o la encerrarían de nuevo? Y ella, ¿de verdad iba a abandonarla a su suerte?

Grace había comenzado a resignarse a su sino. En los dos días que hacía que no veía a Claudia Jane había llegado a la conclusión de que era injusto colocarla en la tesitura de tener que hacerse cargo de ella. Pronto cumpliría los trece años, por lo que, en unos cuantos más, acabaría abandonando Blackbird House o la escuela a donde la llevaran y, con el dinero que le había dejado su padre, podría comenzar a vivir su propia vida. Siempre y cuando su tío le permitiera hacerlo, por supuesto, porque legalmente sería su tutor y podía obligarla a contraer matrimonio con quien le resultara conveniente. La idea de no ser la dueña de su propio destino era algo que le arañaba las tripas, pero era fuerte, y tenaz. Huiría llegado el momento, quizá de vuelta a América, donde nadie la conociera y donde el futuro fuese un amplio horizonte por descubrir.

Unos golpes en la puerta la sobresaltaron. Claudia Jane entró en la habitación, con el gesto serio y la mirada huidiza.

—Tenemos que hablar —le dijo, al tiempo que tomaba asiento en la única butaca de la estancia—. Es urgente y no puede esperar.

—Yo… siento mucho todo lo que… —comenzó a disculparse.

—El otro día, en el jardín, ¿hablabas en serio cuando dijiste que querías quedarte aquí conmigo? —la interrumpió.

Claudia Jane estaba nerviosa. Era evidente por el modo en que mantenía las manos entrelazadas sobre el regazo y por el tic que movía ligeramente la comisura de sus labios. ¿Sería consciente de que hacía ese gesto a menudo cuando estaba intranquila?

—Por supuesto que sí —contestó.

—Lo que estoy a punto de decirte va en contra de todos mis

principios, quiero que lo sepas. —Grace la miró, estupefacta, con miedo a interrumpirla—. Solo hay un modo de poder llevarlo a cabo y es totalmente ilegal, inmoral incluso, así que necesito saber si estás completamente segura.

—Lo estoy —afirmó, con la voz temblorosa.

La mujer le sostuvo la mirada durante unos segundos antes de continuar.

—Bien, porque el único modo de que puedas quedarte aquí sin que nadie te reclame es fingiendo tu muerte.

—¡¿Qué?!

—Si realmente deseas permanecer en América tu familia debe pensar que has fallecido, igual que tu padre.

Grace sintió que le flaqueaban las fuerzas y tomó asiento sobre la cama. ¿De verdad estaba dispuesta a morir para el mundo con tal de no volver a su antiguo hogar?

—Debes pensarlo muy bien porque, una vez lo hayamos hecho, no habrá vuelta atrás —continuó Claudia Jane—. Escribiré a tu tío y le diré que tu padre y tú sufristeis un accidente en el que ambos perdisteis la vida. Que Dios me perdone por ello. —Se masajeó la frente con las yemas de los dedos antes de proseguir—. He hablado con un médico amigo mío y nos preparará un certificado que así lo atestigüe. ¿Comprendes lo que te estoy diciendo?

Grace se limitó a asentir, porque no lograba encontrar palabras que expresaran lo que sentía en esos momentos.

—Necesito que entiendas que lo que vamos a hacer es muy grave, y repito, no habrá vuelta atrás. No podrás volver a Inglaterra ni usar tu verdadero nombre. No podrás mantener contacto con nadie de tu pasado, ¿eres consciente?

—S-sí —balbuceó.

—Ni siquiera con Gwen.

«Ni siquiera con Gwen», se repitió mentalmente. Aquel era el precio que debía pagar si quería permanecer allí: renunciar a la única amiga que había tenido en la vida, a la única hermana que había tenido o tendría jamás.

—Grace, podrían acusarme no solo de falsificación de documentos, también de secuestro —continuó Claudia Jane—, y esos son delitos muy graves.

—¿Por qué…? ¿Por qué haces esto? —Grace la miró, entre el asombro y la gratitud—. ¿Por qué te arriesgarías así por mí?

—Porque parece que nadie más lo hará —respondió la mujer, con una sonrisa triste—. Y porque apreciaba de verdad a tu padre y creo que él estaría de acuerdo con esto.

Las dos se quedaron calladas, como si el fantasma de Jonathan Barton se hubiera materializado de repente junto a ellas.

—Tómate unos días para pensártelo; no demasiados, porque no podemos demorarlo más —le dijo.

El recuerdo de Gwen volvió a sobrevolar su pensamiento un instante. Aunque tuviera la sensación de que se habían distanciado, seguía siendo la persona a la que más unida se sentía. Con el tiempo, se dijo, Gwen haría nuevas amigas, y probablemente Grace también. Jamás la olvidaría, sus huesos se lo decían, pero no podía volver. No quería hacerlo.

—No necesito más tiempo —afirmó, convencida.

—De acuerdo —Claudia Jane asintió, conforme—, porque ahora viene la segunda parte del plan. —Hizo una pausa—. Un abogado está preparando los papeles de adopción para que pases a ser responsabilidad mía. Diremos a todo el mundo que eres la huérfana de de uno de mis primos segundos y adoptarás mi apellido.

—Pero los criados me conocen…

—Los criados de esta casa recibirán una buena compensación económica y es poco probable que vuelvas a cruzarte con ellos en el futuro, por el bien de las dos.

—¿También la señorita Stuart? —preguntó, porque intuyó que iba a echar terriblemente de menos a su institutriz.

—Me temo que sí. Si estás empeñada en permanecer aquí, deberás hacer sacrificios, ambas deberemos hacerlos. Para empezar, nos marcharemos durante un par de años, a Boston tal vez. Cuando volvamos, serás casi una mujer y resultará más difícil reconocerte si nos cruzamos con alguien.

—Aquí no he conocido prácticamente a nadie…

—Eso jugará en nuestro favor. —Claudia Jane sonrió, tranquilizadora—. Además, nadie pondrá en duda mi palabra, llegado el caso, y dispondremos de los papeles necesarios para convencer a cualquiera.

Grace asintió, conforme.

—Por otro lado, si estás oficialmente muerta tampoco podrás heredar los bienes de tu padre —continuó la mujer—. Gracias a ese mismo abogado podremos *rescatar* una buena parte del dinero de tu herencia, aunque no todo. El resto, unido a lo que se obtenga por la venta de esta casa, deberá acabar por ley en manos de tu tío.

—No me importa —balbuceó—. Yo… siento mucho causarte tantas molestias…

—No digas tonterías. —La mujer hizo un gesto con la mano—. Alguna vez había fantaseado con la idea de tener una hija, ¿sabes? Aunque nunca pensé que llegaría a mi vida tan crecidita.

Grace, entonces sí, se arrojó en sus brazos, llorando y riendo al mismo tiempo. Le dio las gracias de todas las maneras posibles y le hizo todo tipo de promesas. Estaba dispuesta a hacer cuanto estuviera en su mano para que Claudia Jane no se arrepintiera jamás de esa decisión.

—Habrá que buscarte un nuevo nombre —le dijo la mujer, mientras le acariciaba el pelo.

—¿Un nuevo nombre? —Grace se separó y la miró, extrañada.

—Ya no puedes ser Grace Barton —respondió—. ¿Grace es tu único nombre?

—Grace Elizabeth Temperance Barton —recitó, de corrido, aunque jamás había usado sus otros dos nombres, especialmente el tercero.

—Temperance… Templanza. Me gusta. No me parece un nombre muy apropiado dado tu carácter, pero con el tiempo tal vez lo sea.

—Temperance… —murmuró Grace.

—Temperance Whitaker —pronunció Claudia Jane—. Ese será tu nombre a partir de hoy.

22

Nueva York estaba preciosa en primavera. Las calles, con los árboles y los jardines en flor, llenaban la ciudad de colores intensos y vibrantes, de aromas que parecían nuevos tras el invierno. A bordo del carruaje que la llevaba a su casa en Park Place, Temperance Whitaker hacía balance de los seis años que habían transcurrido desde aquella conversación en su antiguo hogar. Cuando aquella niña escuálida y asustada se había convertido en la persona que ahora era.

Claudia Jane se la llevó a Boston, como había planeado, donde pasaron casi dos años y medio. Un tiempo en el que ambas aprendieron a conocerse, a respetarse y a quererse, y tras el cual regresaron a Nueva York, con ella ya convertida en una preciosa adolescente, de curvas generosas y cutis sonrosado. Comenzó a asistir a una escuela de señoritas a las afueras de la ciudad, donde trabó amistad con algunas de las alumnas, no con el grado de intimidad que había alcanzado con Gwen —que estaba convencida de que eso sería irrepetible—, pero sí lo suficiente como para sentirse arropada y apreciada por sus compañeras. Su carácter tímido se fue tornando más extrovertido con el paso del tiempo, y su aguda inteligencia le permitió adaptarse a su entorno y absorber todo tipo de información. El valioso consejo que le había proporcionado su antigua institutriz, la señorita Stuart, era además la máxima que regía la vida de Claudia Jane —a fin de cuentas, había sido ella quien se la recomendara a su padre—, por lo que le permitió el acceso a casi todas las lecturas que consideró oportunas. Según le confesó, ella también había sido una joven ávida de conocimientos, vedados para su sexo, y se había visto forzada a buscarlos por su cuenta.

Temperance había descubierto que su nueva *tía* era una mujer de múltiples talentos. No solo era una de las personas más instruidas que conocía, sino que poseía una visión para los negocios que muchos de sus coetáneos habrían envidiado. Gracias a sus inversiones, Claudia Jane, como había hecho ya con su propia fortuna, había multiplicado por tres el dinero que le había quedado a Temperance de la herencia de su padre. Era, además, una mujer comprometida con diversas causas altruistas, especialmente con el abolicionismo, y formaba parte de una organización femenina que luchaba por el fin de la esclavitud. Durante años habían dado cobijo a los esclavos huidos de las plantaciones del sur, que en su fuga utilizaban una red clandestina de casas seguras que ellas mismas se ocupaban de mantener. Así fue como entró en su vida Seline Nash, que con el tiempo se convertiría en su doncella y en una de las personas en las que más confiaría en el futuro.

Su presentación en sociedad, que Claudia Jane había organizado unos meses atrás, al cumplir los dieciocho, también había provocado un inesperado interés por parte del sexo opuesto, y no era extraño que algunos jóvenes acudieran a visitarla o que le enviaran invitaciones para asistir a todo tipo de eventos. Aunque Temperance no fuese capaz de apreciarlo del todo, se había convertido en una hermosa mujer, más voluptuosa de lo que habría deseado, pero de gran belleza. Su cabello rubio y sus ojos azules, además de su tez pálida y aterciopelada, parecían ser del agrado de los varones neoyorquinos, aunque ella no estuviera muy interesada por el momento en alentar las atenciones de nadie.

Su vida, si alguien le hubiera preguntado, le gustaba. Se sentía plena, feliz y querida, vivía rodeada de comodidades y tenía a su disposición cuanto pudiera necesitar.

Solo que los fantasmas del pasado siempre se empeñan en

regresar, y Temperance Whitaker estaba a punto de reencontrarse con los suyos.

La mansión de Claudia Jane, que había mantenido cerrada durante sus años en Boston, era grande, tan grande que los primeros días Temperance se había perdido por los pasillos. Contaba con un personal compuesto por más de veinte personas fijas y otras tantas que iban y venían según las necesidades. Y fueron dos de ellas las que abrieron sin querer la caja de Pandora.

Una ayudante de cocina se había enamorado de uno de los lacayos, y a ambos les gustaba buscar rincones apartados para estar a solas. Uno de sus favoritos resultó ser una pequeña habitación del tercer piso donde se almacenaban trastos de todo tipo, entre ellos varias cajas de documentos. Una noche se dejaron una vela encendida y, cerca de la una de la madrugada, el fuego alertó a los criados, que lograron sofocar las llamas antes de que el desastre fuera irreparable.

Esa misma noche Claudia Jane y Temperance habían salido al teatro y, al regresar, se encontraron la casa revolucionada y un fuerte olor a humo. A Temperance aquel pequeño incendio no debería haberle preocupado demasiado si no fuera porque, entre aquellas cajas, también se encontraban algunas de las que habían pertenecido a su padre. Tras la venta de la casa de Chambers Street, habían guardado toda la documentación de su despacho y la habían trasladado allí, pero aún no había hallado ni la voluntad ni la enterez para hurgar en su contenido.

Ahora, a punto de cumplir los diecinueve años, pensó que el destino le estaba enviando una especie de señal y que había llegado el momento de revisar aquellos papeles. Era probable que muchos de ellos no fueran más que documentos sin importancia que podría destruir sin consecuencias, pero tal vez no todos.

Sin embargo, descubrió que el fuego se había cebado con una parte importante de los archivos de su padre, sobre todo de los últimos años, y que el agua que habían arrojado los criados para sofocarlo había estropeado otros muchos. En el fondo de una de las cajas que se habían salvado, encontró un pequeño cofre de madera, intacto. Era sencillo, con los herrajes de acero y, en la superficie, un relieve desgastado por el tiempo que formaba un entramado de hojas y ramas. Lo abrió con expectación y echó un vistazo a su contenido. Había varios documentos, un viejo reloj de bolsillo envuelto en un paño y un grueso fajo de cartas sujeto con un lazo de color granate, además de otras sueltas con las señas de su tío Conrad. A simple vista no supo identificar quién era el remitente de las que permanecían unidas. ¿Serían cartas de amor? ¿De su madre, tal vez? ¿De Claudia Jane?

Presa de la excitación abrió la primera de ellas y empezó a leer a gran velocidad, mientras sentía cómo el aire abandonaba sus pulmones a medida que avanzaba.

No podía creerlo… Aquello no podía ser cierto.

—Pero es… Es… ¡antinatural! —Temperance continuaba agitando aquel papel frente a Claudia Jane, mientras se movía inquieta por el salón.

—¿Es antinatural amar a alguien?

—Oh, ya sabes a lo que me refiero.

—No, en realidad no lo sé —le contestó la mujer en tono serio.

—Pues que… ¡ya te lo he explicado! —resopló—. ¡Eran dos hombres!

—Te he oído las tres primeras veces —repuso Claudia Jane con calma—. Uno de ellos era tu padre y el otro Markus. Pensé que los querías a ambos.

—¡Desde luego que sí! —La miró con el ceño fruncido—. Sin embargo, la Biblia dice…

—La Biblia dice muchas cosas, y muchas de ellas absurdas —la interrumpió.

—¿Qué? —Temperance la miró como si se hubiera transformado de repente en otra persona—. ¡No estoy bromeando!

—Tampoco yo —replicó, esta vez en un tono más duro—.

¿Crees que debería preparar una pira en el jardín para quemarte viva?

—¿Cómo... dices?

—En la Biblia, el Levítico dice que puedo hacerlo si llevas un vestido confeccionado con dos clases de tejido, y veo que es el caso —le dijo, mirándola de arriba abajo—. El Deuteronomio, por otro lado, me permite sacarte de la ciudad y apedrearte con la ayuda de mis vecinos si no me escuchas cuando te corrijo o si no me obedeces. En estos últimos años, podría haberlo puesto algunas veces en práctica.

Se dejó caer sobre una butaca, sin dejar de mirarla.

—Creo que también deberían morir todos los médicos, bomberos, dependientes, serenos y demás personas que se atreven a trabajar en domingo. ¡Qué desfachatez! —dijo con sarcasmo—. El Éxodo lo deja bien claro, ¿no es así? Y, ya de paso, también podríamos eliminar a todos los granjeros del país que se atreven a plantar distintas cosechas una al lado de la otra, ¿qué te parece?

—Estás diciendo barbaridades.

—Lo dice la Biblia, Temperance —replicó—. Si vamos a condenar a dos personas que no hicieron daño a nadie y cuyo único pecado fue amarse, seamos consecuentes y apliquemos entonces a todo el mundo esas penas absurdas y retrógradas.

—Pero Dios dice...

—¿Dios? —Claudia Jane clavó en ella sus ojos oscuros—. Creía que en todos estos años habías leído libros suficientes como para ser capaz de pensar por ti misma. La Biblia no la escribió Dios, querida. La Biblia la escribieron un puñado de hombres y volcaron en ella las costumbres de su tiempo, muchas tan bárbaras como estúpidas. —Hizo una pausa y suavizó un poco la expresión de su rostro—. ¿Y no es, acaso, el mensaje más importante de Dios el amarse los unos a los otros?

—Sí —balbuceó ella.

—No seas tan rápida a la hora de juzgar a los demás, porque no te corresponde a ti hacerlo. Bastante pagaron ya tu padre y Markus por su supuesto pecado.

—¿Cómo? —La miró, extrañada.

—¿No has leído las cartas? ¿Y los documentos?

—Eh... no, solo esta y he bajado enseguida a verte. —Contempló aquel papel que aún tenía entre las manos.

—Tómate un par de días para pensar en lo que te he dicho y luego vuelve a subir y lee el resto —le aconsejó—. Sé que tu padre tenía intención de hablarte de todo este asunto cuando hubieras alcanzado cierta edad.

Asintió, confusa. Sentía el irrefrenable impulso de regresar al desván justo en ese momento, pero pensó que Claudia Jane tenía razón. Primero debía tranquilizarse y ser capaz de afrontar aquellos documentos con una mirada más benévola. Al menos, se dijo, les debía eso a su padre y a tío Markus.

Dos días más tarde, Temperance se hallaba de nuevo en el desván, sentada en una silla que había traído de una habitación del piso inferior y con aquel cofre en el regazo. Tomó las cartas con delicadeza entre sus manos. Una vez más, Claudia Jane no se equivocaba.

En el tiempo que había dedicado a asimilar aquel nuevo hecho, había recordado muchos episodios de su pasado, algunos que ya creía incluso olvidados. Habían sido felices. Los tres habían sido muy felices. Sin embargo, en el poco tiempo que había podido pasar con su padre tras volver a reunirse con él en Nueva York, no había vuelto a apreciar el brillo que por aquel entonces impregnaba su mirada, ni tampoco la intensidad y franqueza de su sonrisa, ni la alegría exultante que parecía desprenderse de su persona en todo momento. De hecho, si lo analizaba bien, sus últimos recuerdos de él eran los de un hombre afable pero no exactamente alegre, activo pero no exultante, y en aquella mirada que a veces le sorprendía perdida entre los tilos del jardín, con el periódico muerto sobre el regazo, intuía hoy en día un atisbo de desesperanza y pérdida. Sin duda ahora lo veía de otro modo, más como un hombre superado, que se esforzaba por mantener un estatus adecuado y por devolverle a su hija el cariño y la felicidad tantos años aplazados.

Y así, con esa nueva percepción sobre las cosas, fue como tomó en sus manos la segunda misiva, que leyó lentamente para luego seguir más rauda con la tercera, la cuarta...

Sentía un nudo en el estómago. Solo contaba con las cartas que había escrito tío Markus, aunque intuyó que las de su padre no serían muy distintas. Desprendían tanto amor, tanta complicidad, cariño y respeto, que la vista se le nubló en varias ocasiones. Incluso habían hablado de ella, de alguna anécdota que debía haber olvidado o que tal vez no sabía reconocer por relatarse desde el punto de vista de dos adultos. También habían llegado a aventurar en qué tipo de mujer se convertiría cuando alcanzara la madurez, así como a jurar hacer siempre lo mejor para ella.

Detuvo la lectura en la cuarta misiva. Todo en conjunto le resultaba en extremo doloroso y, por otro lado, algunos pasajes eran demasiado íntimos. Dudó, además, que su padre hubiera aprobado que leyera su correspondencia privada, así que volvió a atarlas todas con el lazo y las dejó a un lado. Ya había leído lo suficiente como para saber que aquel amor, dijeran lo que dijesen las Escrituras, o lo que dictaran las convenciones sociales, no podía ser algo tan depravado y pecaminoso.

Se centró entonces en el resto de los documentos. Primero en las cartas de su tío Conrad, que le revelaron que había sido el principal causante de que ella permaneciera en Inglaterra. En una de las misivas, además, descubrió que se había negado a enviarla a América cuando su padre, que ya se encontraba asentado y con trabajo, le suplicó que lo hiciera. Una oleada de rabia ascendió en esos momentos por su pecho. ¿Cómo se había atrevido su tío a hacer algo así? ¿Con qué derecho se arrogaba la superioridad moral que le facultaba para mantenerlos separados de por vida? ¿O para reprocharle a su hermano a cada oportunidad la situación que todo aquello había provocado en la familia, como si él no hubiera pagado también un altísimo precio?

Y esas partes le dolieron incluso más que todo lo anterior, porque no pudo evitar imaginarse a su padre leyendo aquellas severas palabras escritas por su propio hermano, y el corazón se le hizo añicos.

Continuó inspeccionando aquellos papeles y descubrió los documentos que acreditaban la venta de las tierras de Warford Hall a un tal Gordon Cleyburne, barón Oakford, un nombre que le sonaba vagamente. Creía que podía tratarse de uno de sus vecinos, pero además era, sin lugar a dudas, el hombre que disponía del temible secreto que había arruinado sus vidas.

También había un contrato —a todas luces ilegal— que estipulaba que Jonathan Barton debía partir hacia Australia de inmediato y no regresar jamás, firmado con la letra temblorosa de su padre. Temperance se sentía en esos momentos tan furiosa que con gusto habría provocado un nuevo incendio para quemar aquellos legajos.

Ahora, se dijo, poseía más información, aunque no toda. Algo no acababa de encajar. ¿Qué había pasado realmente con tío Markus? Con lo que sabía ahora de su relación le parecía poco plausible que hubiese vuelto a Cornualles con su familia. ¿Por qué motivo no había acompañado a su padre? ¿Y por qué no habían plantado batalla, juntos, a ese tal Cleyburne? ¿Por qué su tío Conrad no lo había hecho tampoco?

Volvió a centrar la mirada en aquel manojo de cartas que Markus había enviado a su padre. Tal vez, pensó, las respuestas que faltaban se hallaban entre aquellas líneas. Las había empezado a leer en orden cronológico y quizá en las últimas habían llegado a tratar aquel tema.

Así que, al final, venciendo sus reticencias, retomó por tercera vez el fajo de cartas y deshizo el lazo que las unía. Decidió no leerlas todas, solo ojear las tres últimas, que por la fecha calibró que podrían coincidir en el tiempo con aquellos hechos. Examinó las dos primeras por encima y comprendió que eran anteriores. La última, en cambio, era diferente. Diferente en todo. En el tipo de sobre y la calidad del papel. Y en el trazo de la pluma, el equilibrio de la caligrafía y hasta en el tono de las primeras frases.

Y algo en su nuca le decía que se hallaba ante las respuestas que buscaba.

Mi querido Jonathan:

La primera vez que mis ojos te contemplaron, en Warford Hall, tras una inspección en la mina, hablando y alentando a tus empleados, tú mismo con la cara manchada y la sonrisa esplendente, vislumbré que, si el mundo albergaba cosas tan magníficas y buenas, sin duda la vida merecía ser vivida. Las primeras veces que las circunstancias nos llevaron a hablar y a tratarnos, así como nuestras miradas a entenderse, comprendí que tal vez yo también podría llegar a ser digno de una de esas bondades. Y otra primera vez, aquella tarde crepuscular en que nuestros labios sellaron este nuestro amor eterno, supe en mi interior que, llegado el caso, sabría sacrificarlo todo por ti y por todo lo tuyo.

No imaginas cuánto he maldecido durante estos últimos días mi tibieza y despreocupación a la hora de ocultar las cartas que me ibas escribiendo, confiado de la gente, del servicio de mi casa, como si a fuer de mi exultante dicha hubiese llegado a olvidarme de que el mundo es un lugar tortuoso y surcado por la ruindad. Cuántas veces mi mente ha rehecho el pasado, cuántas veces he escondido la prueba de nuestro amor bajo mil llaves inviolables.

Pero al final un hecho contundente me ha devuelto al presente y a la realidad, haciéndome asimilar, a golpe de mazo, la verdadera esencia y gravedad de lo que ha ocurrido.

Te habrá sorprendido no haberme hallado en Dover a tu llegada, con los pasajes en la mano, presto a partir contigo hacia una nueva aventura, presto, como habíamos planeado, a luchar por nosotros y por volver a reunirnos, en el plazo más breve, con nuestra pequeña rosa.

Espero que no hayas llegado a pensar ni por un momento que había huido, que te había abandonado a tu suerte para correr cobardemente a la mía. ¿Cómo crees acaso que podría volver a respirar si tú eres el aire mismo que me rodea?

El día que partí hacia Dover para adelantar los preparativos del viaje, fui abordado y prendido por unos hombres que me llevaron al lugar donde ahora me encuentro, retenido contra mi voluntad hasta que tú hayas embarcado. En ningún momento adujeron los motivos que tenían para recluirme y, aunque los intuí, anduve las primeras horas preso de la incertidumbre.

Las respuestas no han tardado en llegarme. Cleyburne, quién si no, ha venido a verme. Apenas ha permanecido aquí cinco minutos, los suficientes sin embargo para hacerme comprender su juego. En ningún momento tuvo intención de dejarnos marchar sin infligirnos un último castigo, uno «digno de la gravedad de nuestros pecados». Anda firmemente convencido de que merecemos un escarmiento por nuestra «depravación» y por tu «falsedad». Aunque esto último no lo he llegado a entender del todo, he sentido el impulso de reírme en sus narices. Ni siquiera es capaz de comprender que la pureza y honestidad que nos une es más poderosa que cualquier libertinaje que su perniciosa mente haya podido imaginar.

Tratará de que caiga sobre mí todo el peso de la justicia, pero manteniendo —eso asegura— lo pactado con tu hermano. No usará, por tanto, el poder devastador de las cartas.

Me conoces, Jonathan. Sabes que siempre he sido un hombre valiente y créeme que todavía hay valor en mis venas. Pero soy consciente de lo que me espera una vez me lleven a prisión. Interrogatorios, vejaciones, tal vez torturas, y finalmente la horca si me hallan culpable y no obtengo clemencia. Y pocos podrían interceder por mí ahora.

Pero no es el cadalso lo que me atormenta, sino el riesgo que representa todo lo anterior. Te prometo que he tratado de convencerme de que habría de ser capaz de soportarlo todo en nombre del amor que te profeso, pero ya te he dicho que ahora intento ante todo ser cabal. Ambos sabemos lo crueles que pueden llegar a ser nuestros semejantes con personas como nosotros. ¿Qué pasaría si, debilitado por las torturas, confundido por los bebedizos, acabo confesando nuestra relación? ¿Qué sería entonces de ti y de Grace, de toda tu familia? Lo que estamos tratando de evitar saltaría en pedazos y el escándalo os hundiría a todos sin remisión.

Y otro peligro casi igual de aterrador —el único que justifica el riesgo que entraña el envío de esta misiva— sería que mi ausencia en Dover provocara que no zarparas en ese barco y vinieras en mi rescate. Que incumplieras las férreas condiciones de ese pérfido acuerdo acabaría por causar el mismo efecto. Creo que Cleyburne también ha pensado en esa posibilidad y que disfruta con la idea de que cavemos nuestra propia tumba, o que nos hundamos el uno al otro por cobardía o a nosotros mismos por nuestra propia pasión.

¡No se lo podemos permitir, Jonathan!

Me niego a darle ese gusto… tú partirás y volverás a ser feliz, algún día al menos, junto a Grace, y junto a cualquiera que sepa apreciarte… y yo habré sido inmensamente feliz por haberte amado.

Mi única determinación ahora es protegeros a toda costa. Mi vida no vale gran cosa ya, menos aún sin ti a mi lado. En cambio, mi muerte… Oh, mi muerte podría haceros libres, Jonathan, hacernos libres a todos. Y que sea mi propia mano quien le arrebate la victoria final a Cleyburne es motivo más que suficiente para sostener mi decisión. No sufras, mi amor, será rápido, te lo prometo, y me he asegurado de que sea lo más indoloro posible.

En cuanto a esta nota, he convencido a uno de los jóvenes que deambulan por aquí para que te la lleve hasta Dover. Como prenda le he entregado mi reloj de bolsillo, el que me regalaste la última Navidad. Me habría gustado llevármelo conmigo, pero, por desgracia, es la única posesión que no me han arrebatado al encerrarme en este cuarto. Le he prometido que le darías una cuantiosa propina, por la carta y por el reloj, y confío en que respaldarás mi palabra. Se ha portado bien conmigo y de forma creo que honesta. Si además te hace entrega de este mensaje sin duda nos habrá sido un valioso aliado. Sobre todo, porque él me ha conseguido también las semillas de la enredadera que se ve desde mi ventana.

Querido, no puedo acompañarte en este viaje. Ni tú puedes acompañarme en el mío. Nuestros caminos en la tierra se separan aquí, pero el sendero que hemos recorrido juntos hasta hoy será eterno y nadie nos lo arrebatará nunca. Conocerte, amarte, quererte ha sido la dicha más grande de mi vida y, pese a todo lo sucedido estos últimos días, no cambiaría ni uno solo de los instantes vividos junto a ti.

No mires atrás, preciado amigo. No te sientas triste por mi marcha, no al menos mucho tiempo, o mi sacrificio no habrá servido de nada. Recompón tu vida, estoy seguro de que sabrás encauzarla rápido. Lucha, mi amor, lucha por el futuro, por nosotros, por nuestra memoria… Y llegado el momento, por favor, háblale a Grace de mí: ¡es tan pequeña que temo que con el tiempo me olvide! No lo permitas, que no olvide lo que un día fuimos los tres juntos. Porque Grace y tú habéis sido lo mejor para mí estos últimos años, mi verdadera familia a los ojos verdaderos de Dios.

Conserva el reloj y entrégaselo algún día, y dile que la quiero, que la quise como la hija que nunca pensé tener y que lo hubiese dado todo por ella.

No dispongo de más papel, así que me es imposible extenderme más. Tampoco hay mucho más que añadir a todas las palabras que hemos cruzado estos últimos años. Mi alma te pertenece, y así será mientras el mundo sea mundo.

Te amo, Jonathan Philip Barton, y si hay un más allá después de la muerte, te estaré esperando.

Tuyo para siempre,

MARKUS

Temperance dobló la carta sacudiéndose aún entre sollozos, el rostro arrasado de lágrimas y mocos. Tío Markus se había quitado la vida para protegerlos. Tío Markus, con su perenne sonrisa y su pelo alborotado, con su dulzura y su infinita paciencia. «Lo hubiese dado todo por ella», había escrito. Y lo había hecho, había dado por ellos todo lo que un hombre podía dar. Por fin entendía por qué su padre no le había contado los verdaderos sucesos. Ahora ya comprendía en toda su esencia aquella perenne tristeza instalada en la frente y tras los ojos de su padre, ¿cómo no hacerlo? ¿Cómo había estado tan ciega para no darse cuenta de lo mucho que había sufrido?

No pudo evitar que su llanto arreciara y se le atorara en la garganta. El dolor que se había abierto camino en su pecho amenazaba con devorarla entera.

Pero junto con el dolor comenzó a vislumbrar también los contornos centelleantes de otra cosa. De otra emoción que empujaba a través de ella con fuerza, abriéndose paso a dentelladas.

Gordon Cleyburne, barón Oakford, con sus maquinaciones, era el principal culpable de tanta desdicha y sufrimiento. Pero su tío Conrad, con su soberbia y moralidad, como también su esposa Blanche, por su resentimiento y su egoísmo, habían contribuido a prolongar la congoja de su padre en vez de tratar de paliarla.

Solo entonces fue capaz de darle nombre a ese ciclón que se estaba desatando en su pecho.

Solo entonces supo que su nombre era venganza.

SEGUNDA PARTE

TEMPESTAD

23

Condado de Kent, Inglaterra, primeros de diciembre de 1839

La verdad era que Temperance Whitaker no sabía muy bien qué iba a encontrarse al regresar, veintidós años después de su marcha, a su antiguo hogar. Warford Hall había permanecido intacta en su memoria, luminosa, llena de belleza y de estampas felices. Sin embargo, aquel cascarón vacío, medio en ruinas y lleno de muescas no correspondía en absoluto a la imagen que había conservado incólume en su recuerdo.

Durante los años que había permanecido lejos, casi toda su vida en realidad, la imaginó habitada por una nueva familia, con niños correteando a su alrededor, con criados y jardineros manteniéndola en buen estado. Había dado por hecho que Gordon Cleyburne, ya que no la habitaba, la habría alquilado. En ese instante, con las manos aún fuertemente sujetas a los barrotes de la verja y las mejillas todavía húmedas, se maldijo por no haberse ocupado mejor de averiguar en qué estado se encontraba su viejo hogar.

«He cometido un error estúpido», se lamentó con rabia. Por otro lado, se dijo, ¿quién iba a imaginar siquiera que una propiedad tan hermosa como aquella pudiera ser abandonada por completo? Ni siquiera daba la sensación de que alguien se ocupara de acudir de tanto en tanto para evitar que la maleza se la tragara por entero.

Su mirada vagaba por los muros de aquella vivienda, colocando en su lugar los fragmentos que su memoria había conservado. Allí estaba el ventanal desde el que, siendo niña, vigilaba el avance de la sombra de la chimenea, la señal que indicaba que ya se le permitía salir al jardín. Ahora era un hueco desdentado, con una sola contraventana colgando de forma precaria. En el otro extremo, el estudio en el que tío Markus y ella pintaban, una con sus acuarelas y el otro al óleo, una técnica que dominaba con soltura y que ella había ansiado aprender antes de que todo se desmoronara y acabara renunciando para siempre. En el segundo piso, las ventanas de los dormitorios, casi en tan mal estado como las de abajo. Un tropel desordenado de recuerdos pareció brotar de la casa y la golpeó en el pecho con tanta fuerza que se tambaleó. Moses y Seline, que se habían situado a ambos lados, la sujetaron con firmeza.

—Está abandonada —musitó el hombre, con voz ronca, constatando lo evidente.

El tono y la llaneza de las palabras de su criado detuvieron las luminosas imágenes del pasado y la devolvieron al gris del presente. Durante años, y especialmente durante los últimos meses, había fantaseado con el momento de ver aquella casa de nuevo, preguntándose si aún quedaría alguien del antiguo servicio a quien pudiera reconocer.

Temperance sacudió la verja con energía, pero, para su frustración, no se movió ni un milímetro.

—Déjeme a mí, señorita Whitaker —se ofreció Moses.

Ella se apartó y el hombretón sujetó con fuerza dos de los barrotes. Los nudillos de sus gigantescas manos adquirieron un tono pálido mientras se esforzaba por empujar, ayudándose del torso y las piernas, que parecían talladas en granito. La puerta chirrió y se abrió una rendija. Seline y ella lo flanquearon y entre los tres consiguieron abrir un hueco lo bastante amplio como para permitir el paso. Temperance cruzó al otro lado.

—Será mejor que os quedéis aquí —dijo a sus criados—. Podrían denunciarnos por allanamiento o por intento de robo.

Temperance se tomó unos segundos para respirar en profundidad antes de comenzar a avanzar hacia la vivienda. No fue una tarea fácil, dado el mal estado del camino y la vegetación que se empeñaba en enredarse en su falda y sus botines. Los peldaños de la escalinata de acceso quedaron al fin a la vista, semienterrados bajo la hiedra, y ascendió por ellos aun sabiendo que sería un esfuerzo inútil. La puerta, como era de esperar, estaba bien cerrada. Se dio la vuelta, dispuesta a encontrar otro punto de acceso, y dio un respingo al descubrir a sus sirvientes a pocos pasos de ella.

—Os dije que... —comenzó a decir.

—Esa ventana sería un buen lugar para entrar. —Moses señaló hacia la derecha, donde se encontraba el salón. Era evidente que no iba a permitirle insistir sobre la conveniencia o no de que ellos se quedaran fuera.

—De acuerdo —aceptó ella—, pero luego tú y Seline...

En tres zancadas, el hombre alcanzó aquel hueco y, de un salto ágil, se subió al alféizar y se coló en el interior. Un instante después, volvió a aparecer con una silla polvorienta entre las manos, que dejó caer con suavidad frente al muro. Ahora, Temperance solo tenía que subirse a ella para poder entrar en la casa, y aceptó la mano que el hombre le tendió desde el interior.

Pese a que el aire se colaba por todas partes, dentro olía a humedad, a polvo y a excrementos de rata. Las zonas pegadas a los muros estaban en muy mal estado y dedujo que la lluvia y la nieve que se habían colado por los huecos de las ventanas las habían estropeado. Echó un vistazo rápido a su alrededor. Para su sorpresa, casi todo parecía estar donde ella lo recordaba. Las dos butacas frente al fuego, los divanes, las estanterías a ambos lados de la chimenea —todavía llenas de libros ahora deslustrados—, la mesa donde charlaban o jugaban a los naipes... Seguida de Moses y de Seline, recorrió el piso de abajo. ¿Por qué Cleyburne no se habría llevado nada de todo aquello? Algunos muebles, ahora comidos por la carcoma y la desidia, habían sido muy valiosos.

El comedor, la salita pequeña, el despacho de su padre, las cocinas... todo continuaba como si el tiempo se hubiera detenido, aunque con una gruesa capa de mugre encima. Hasta los manteles y las servilletas del armario de la ropa blanca, donde se había escondido hacía una eternidad, seguían allí, amarillentos y ajados.

En el estudio la sobrecogió descubrir dos caballetes cerca de los ventanales, cubiertos con sábanas, como tío Markus y ella solían dejarlos tras finalizar su sesión de pintura. La mesa de al lado estaba cubierta de botes de pigmentos —algunos sin estrenar—, pinceles, tarros, trapos y paletas resecas y agrietadas. Se aproximó con cuidado, como si temiera remover el aire y que este disolviera el espejismo de aquella habitación. Retiró la primera sábana tratando de evitar que el polvo se esparciera y contempló el lienzo. Era un paisaje simple, un prado salpicado de flores blancas, con un bosque al fondo todavía a medio pintar. O al menos eso era lo que ella veía, porque el prado en realidad no era más que un conjunto de manchurrones de distintos tonos de verde, salpicado de pequeños puntos blancos que en su memoria eran preciosas margaritas. Se recordó subida a un escabel, con el pincel en la mano y tratando de imitar a su maestro. Un puño de lágrimas le golpeó la tráquea y cerró los ojos con fuerza para ordenarle que regresara a su lugar.

Entonces retiró la sábana del segundo caballete y contuvo la respiración. Allí estaba el último trabajo de tío Markus, también a medio terminar. Se trataba del mismo tema, el prado salpicado de flores, solo que en aquel cuadro había una niña pequeña de espaldas, con el cabello rubio mecido por la brisa y un puñado de margaritas en la mano.

«Oh, tío Markus», musitó, con el corazón encogido por la pena.

El bosque del fondo no era más que un puñado de líneas verticales y el cielo solo una capa de azul claro; no había tenido tiempo de ir más allá. Aun así, reconoció que poseía talento. Las pinceladas eran precisas; la combinación de tonalidades, perfecta; las formas, bien definidas y detalladas. Se preguntó si, con el tiempo, tío Markus no habría llegado a convertirse en un pintor de éxito. A lo largo de los años, Temperance había mostrado un interés creciente en casi todas las disciplinas artísticas y a esas alturas era capaz de reconocer la calidad de un trabajo en cuanto lo veía.

Permaneció unos segundos más contemplando el cuadro y luego se volvió hacia la puerta.

—Seline, por favor, busca en el armario del hueco de la escalera el mantel que se encuentre en mejores condiciones.

—¿Un mantel? —se extrañó la doncella.

—Vamos a llevarnos este cuadro.

—Señorita —intervino Moses—, ¿cree que es prudente? Podrían descubrir su ausencia.

—Hummm, dudo mucho que alguien haya pasado por aquí en la última década al menos —contestó—, pero tienes razón.

Temperance se dirigió hacia uno de los extremos de la habitación, donde había un armario de considerable tamaño. Lo abrió y, tal y como esperaba, lo encontró lleno de lienzos en blanco.

—Lo sustituiremos por uno de estos —anunció—. Dudo que nadie se dé cuenta.

Tras inspeccionar la planta baja, subieron al segundo piso. Moses insistió en hacerlo primero por si las escaleras cedían y, cuando comprobó que no había peligro, las dos mujeres se reunieron con él. Temperance permaneció dubitativa frente a la puerta de la que había sido su habitación, como si no encontrara el valor necesario para retroceder de un salto al pasado. Con la mano apoyada sobre el pomo aspiró un par de bocanadas de aire húmedo y rancio, y finalmente venció sus reticencias. La respiración se le quedó a medio camino entre la boca y el pecho. Si no fuera por el polvo, las telarañas y la humedad que manchaba las paredes y los tejidos, cualquiera diría que acababan de abandonarla. Allí estaban sus libros, sus juguetes, sus lápices, aquel sombrero de paja que le habían comprado para salir a montar y que luego había olvidado, un par de muñecas viejas que decidió no llevarse a casa de sus tíos, su antiguo cepillo para el pelo y el espejo a juego... Incluso las prendas de ropa que había dejado atrás continuaban colgadas en los armarios o dobladas en los cajones de la cómoda, apolilladas. Nadie había tocado nada, como si aquella estancia hubiera permanecido congelada en el tiempo.

No podían permanecer allí indefinidamente, así que, con la piel aún de gallina, se dirigió a la habitación de su padre. También parecía que su ocupante la hubiera abandonado solo unos minutos antes, dejando incluso una vieja bata sobre el respaldo de la raída butaca. Grandes cercos de humedad manchaban la colcha que cubría la cama, ligeramente hundida en el centro. En un rincón, el papel que cubría la pared se había desprendido y colgaba inerte hacia el suelo. Temperance cerró la puerta con rabia apenas contenida. En el resto de la planta todo estaba intacto, exactamente igual que la última vez que lo había visto, con una notable excepción: la habitación de su madre.

Apenas conservaba recuerdos de aquella estancia. Se limpiaba con frecuencia y se aireaba a diario, pero nadie la había usado desde la muerte de Elizabeth Barton. En alguna ocasión, siendo niña, se había colado en su interior. A veces, abría el frasco de perfume que siempre permanecía sobre el tocador y aspiraba aquel aroma que apenas le decía nada de la mujer que lo había usado. Toqueteaba las piezas del joyero o se ponía alguno de sus chales o guantes, como si con ello pudiera sentirse un poco más cerca de ella. Ahora estaba vacía. Totalmente vacía. Se habían llevado hasta los muebles y las cortinas.

No entendía nada. Parecía que Gordon Cleyburne no había utilizado esa casa desde el mismo instante en que cayó en sus manos, excepto para vaciar aquella habitación. ¿Por qué?

Allí, en aquella estancia desangelada y llena de ecos lejanos, le llevó unos minutos recordar cuanto había averiguado sobre el barón, y luego apenas unos segundos llegar a la conclusión que se le antojó más plausible: Gordon Cleyburne debía de haber estado enamorado de su madre o, cuanto menos, obsesionado con ella. Y que se casara con Jonathan Barton debió resultarle muy frustrante y doloroso. O quizá simplemente insultante, incluso todo al mismo tiempo, quién podía asegurarlo con certeza, pero cuanto más lo pensaba, más probable le parecía esa posibilidad. Después de tantos años, la última pieza de aquel complejo puzle ocupaba su lugar. Nunca había logrado entender del todo por qué aquel despreciable individuo se había comportado de una forma tan cruel con su padre y con tío Markus. Entendía que la relación ilícita entre los dos hombres hubiera podido molestarle, pero no la inquina que había mostrado hacia ellos. Aquella habitación vacía era la respuesta. Y lo odió aún más por ello. Había arrebatado a Temperance todo lo que le quedaba de su difunta madre.

Todo lo que le quedaba de su propia historia.

Joseph Reed siempre se había congratulado de ser un hombre que se había hecho a sí mismo. Nacido en el seno de una familia humilde de Spitalfields, pronto dio muestras de una viva inteligencia y de un gran sentido de la oportunidad. Comenzó a trabajar siendo muy joven como simple recadero para un reputado hombre de negocios, que había visto en él las aptitudes necesarias para escalar puestos con facilidad, y a los veinticinco ya se había convertido en su mano derecha y en alguien con un brillante futuro.

Ahora, con los cuarenta y dos ya cumplidos, Reed era el propietario de una empresa que se hundía sin remedio. Todo ese talento que lo había caracterizado durante sus primeros años parecía haberse evaporado en el último lustro. No podía culpar a nadie más que a sí mismo, porque había olvidado una de las primeras reglas que le inculcara aquel primer jefe: nunca fiarse de nadie. Al menos en cuestiones de negocios. Así que solo él era el responsable de que su fábrica, que se dedicaba principalmente a la fabricación de productos de estaño, se encontrara al borde de la quiebra. Debía una importante cantidad en concepto de préstamos al Banco Cleyburne & Co, unos préstamos que había solicitado precisamente animado por su dueño, quien lo había persuadido para ampliar la empresa y adquirir maquinaria para la fabricación de conservas enlatadas, convenciéndolo de que, entre los dos, acabarían por hacerse con la totalidad del mercado. Pero luego abarató sus productos de tal modo que se vio obligado a hacer lo mismo, hasta que ya no pudo soportar las pérdidas. Fue entonces cuando se vio endeudado con un empréstito abusivo y se dio cuenta de que la única pretensión del banquero había sido conducirlo a la ruina para eliminar a un competidor.

Llevaba un par de años sobreviviendo con la fabricación de otros productos elaborados con estaño y tratando de hacerse un hueco en el mercado. Y, si apenas le daba para pagar a proveedores y empleados ni mantener a su familia como consideraba apropiado, qué decir de abonar unos plazos que, en pocos meses, ya no sería capaz de liquidar. Joseph Reed, sin embargo, se resistía a caer, para mayor desesperación de su rival, aunque ya apenas le quedaban fuerzas. A pesar de que en ese momento ya no representaba ninguna amenaza real para los intereses mercantiles de Cleyburne, este parecía haberse tomado su capitulación como una cuestión personal.

Tal vez, como le decía su esposa Millicent, era hora de finiquitar aquel asunto vendiendo la empresa por lo que pudiera sacar y liquidando aquel maldito préstamo. Era joven, insistía, y aún podía dedicarse a otra cosa. Hacía meses que no lograba dormir más de tres o cuatro horas seguidas, y comía tan poco que en los últimos tiempos había perdido varios kilos.

Mientras contemplaba el baile de números en los documentos que tenía ante sí, se preguntó si su orgullo merecía tanto sacrificio. Porque no se trataba más que de eso, de orgullo, de miedo y vergüenza a reconocer su fracaso.

En esas estaba cuando su secretario le anunció una visita. Estuvo tentado de negarse a recibir a nadie, pero en el último momento pensó que le vendría bien un poco de distracción. Aún no había alcanzado el punto de deberle dinero a sus proveedores, aunque eso no tardaría también en llegar, así que quien fuera que hubiera acudido a verlo no venía a reclamar nada.

Se puso en pie para recibir a un hombre que debía rondar los cincuenta y cinco o sesenta años, con el cabello abundante y de un blanco níveo. Sus ojos, de un gris apagado, eran pequeños y redondos, coronados por unas cejas gruesas y alborotadas. La nariz, ligeramente ganchuda, sombreaba una boca de labios finos, que se estiraron en una sonrisa al tiempo que le tendía la mano.

—Muchas gracias por recibirme, señor Reed —le dijo, con un apretón enérgico—. Me llamo Lionel Ashland.

—¿El... abogado? —inquirió, sorprendido.

—Sí, ¿nos conocemos? —El hombre lo miró con una de aquellas increíbles cejas alzadas.

—No personalmente, aunque su fama le precede.

Joseph Reed solo podía imaginarse una razón para que un abogado de renombre como aquel hubiera acudido a su despacho e intuyó que Gordon Cleyburne estaba detrás de aquella inesperada visita.

—La fama es tan efímera como la virtud, señor Reed —bromeó Ashland, mientras tomaba asiento en una de las dos sillas situadas frente a la mesa.

—¿Le apetece tomar un té? —le ofreció—. Mi secretario lo preparará en un instante. O un café si lo prefiere.

—Un té estará bien, gracias.

Ashland se acomodó y Reed sospechó que aquella reunión iba a alargarse más de lo que temía, así que lo imitó y volvió a ocupar su asiento mientras ordenaba que les prepararan un té en la pequeña cocina situada al final del pasillo.

—Usted dirá, señor Ashland —le dijo, con las dos manos apoyadas en la superficie de la mesa y la espalda tan recta como una tabla.

—El asunto que me trae hasta aquí es de índole comercial, como habrá podido suponer.

—Por supuesto...

—¿Me permite preguntarle qué tal va su negocio?

—Esa información no es de su incumbencia —respondió, molesto.

—Oh, me temo que en este caso sí lo es. De hecho, es esencial para el asunto que vengo a tratar con usted.

—No me va mal —mintió. Por nada del mundo iba a reconocer ante aquel hombre sus dificultades financieras.

—Me alegra oírlo, créame —comentó Ashland, de una forma que a Reed se le antojó incluso sincera—. Entonces, que más de la mitad de su fábrica esté vacía es solo un contratiempo pasajero.

Reed lo miró de hito en hito y ni siquiera hizo caso de la entrada del secretario con la bandeja cargada. Mientras este les servía el té, apiló los documentos que había estado estudiando antes de la llegada del abogado y los metió de cualquier manera en un cajón.

—El caso, señor Reed, es que tengo un cliente que desea invertir en un negocio como el suyo —dijo Ashland tras dar el primer sorbo a su bebida.

—¿Invertir?

—Una importante suma, si me permite decirlo.

—No tengo intención de vender mi empresa, señor Ashland —replicó—. Ya puede decírselo al señor Cleyburne.

—Yo no he mencionado en ningún momento a ese caballero.

—Desde luego que no —farfulló—. Imagino que viene en nombre de una tercera persona que, de forma encubierta, hará la compra por él.

—Tampoco he mencionado la palabra comprar. —Ashland parecía divertido con su irritación—. Señor Reed, permítame que vuelva a comenzar. —El abogado hizo una breve pausa—. Tengo un cliente que desea invertir en su empresa. No comprársela, ni arrebatársela, ni cerrarla.

—No lo entiendo —repuso, algo más calmado, pero aún reticente—. ¿Por qué?

—Eso no me está permitido decírselo.

—Dígale a su cliente que no merece la pena. —Joseph Reed hundió los hombros.

—Ah, vaya. ¿Puedo saber el motivo?

—Estoy al borde de la quiebra —reconoció, con pesar.

—Mi cliente ya lo sabe.

—¿Lo… sabe?

—En efecto, de ahí que desee participar en su negocio.

—Es consciente de que es un disparate, ¿verdad?

—¿Y quién soy yo para disuadir a un cliente que se ha empeñado en llevar a cabo un negocio que yo mismo le desaconsejo? —inquirió Ashland—. Sin ofender.

—No me ofende. —Reed se arrellanó en su sillón de cuero.

—Mi cliente se hará cargo de la deuda de su empresa, cualquiera que pueda tener con bancos o acreedores. E invertirá en modernizar la fábrica y en adquirir nueva maquinaria.

—¡Pero eso es muchísimo dinero!

—No conozco el alcance real de la suma, pero sí, imagino que será una cantidad sustanciosa.

Joseph Reed entrecerró los ojos, calibrando las palabras de aquel hombre.

—E imagino que quiere el control absoluto sobre la empresa —aventuró.

—En realidad se conforma con el cincuenta por ciento, con derecho a vetar cualquier medida que considere perjudicial para el negocio. Y, por supuesto, desea que usted la siga dirigiendo. De hecho, ha dejado muy claro que no tiene ningún interés en venir por aquí.

—Me está tomando el pelo, ¿verdad?

—Nunca bromeo con asuntos de negocios, señor Reed. Aunque, si he de serle sincero, esa misma pregunta fue la que yo le hice a mi cliente.

Joseph Reed se acodó en la mesa y juntó las yemas de los dedos. No lograba dilucidar dónde estaba la trampa en aquel acuerdo, porque estaba convencido de que había alguna. ¿Quién invertiría en un negocio en la ruina con vanas posibilidades de recuperarse y en el que, además, no quería tener nada que ver? No pudo evitar volver a pensar en la posible implicación de Cleyburne, aunque no lograba adivinar cuál podría ser su juego.

—¿Dispongo de tiempo para pensarlo?

—Ah, desde luego —contestó Ashland—, aunque no más de una semana.

Unos minutos después, Joseph Reed volvía a encontrarse solo y le daba vueltas y vueltas a aquella insólita conversación sin llegar a ninguna conclusión satisfactoria.

24

Edmund Keensburg, conde de Algernon, se removía inquieto en su sillón mientras una pálida y abatida Temperance lo ponía al corriente de su desventurada visita a la vieja propiedad familiar. Sabía que, tarde o temprano, ella tenía intención de viajar a Kent y se había ofrecido en varias ocasiones a acompañarla. ¿Por qué no había insistido? ¿Por qué no se le había ocurrido hacer ese viaje con antelación para averiguar lo que ella acababa de descubrir con tanto dolor? Poco habría podido hacer para remediar el estado de abandono de aquella casa que recordaba luminosa y feliz, pero sí podía haberla preparado para que la impresión no hubiese resultado tan devastadora.

La razón de esa pasividad, no obstante, le pareció evidente. Llevaba tanto tiempo sin alejarse de su hogar, sin aventurarse más allá de los muros que circundaban su jardín, que ni siquiera había sopesado realizar un viaje tan largo.

El peso de los años y las tristezas se le acumuló sobre los hombros, que se hundieron bajo aquella carga que, de repente, se le antojó abrumadora.

—Lamento profundamente que haya tenido que pasar por esto, querida —le dijo con un hilo de voz y sin encontrar palabras más precisas con las que disculparse.

—Y yo lamento preocuparle, lord Algernon —dijo ella, algo más tranquila—. Estoy bien. Es solo que ha sido… inesperado.

Siete semanas atrás, esa misma joven de la que ahora se compadecía era una absoluta desconocida que se había presentado a la puerta de su casa en multitud de ocasiones. Su mayordomo, como tenía por costumbre, la había informado de que el señor no recibía visitas, pero ella había regresado una y otra vez. En cada ocasión dejaba su tarjeta y Algernon, que no conocía a nadie con el apellido Whitaker, mantuvo las instrucciones impartidas al servicio hasta que, en el reverso de una de ellas, leyó un mensaje: «Recuerdos del señor Norwich».

Muchos años atrás había tenido tratos con un señor Norwich, un hombre de negocios americano al que acabó uniéndole cierta amistad. No conocía a ningún otro, y el que sí conocía llevaba casi un lustro bajo tierra.

Le pudo la curiosidad, no le daba reparo admitirlo, y accedió a recibirla la siguiente vez que acudió a su casa. Al menos, se dijo, debía reconocerle la perseverancia.

La mujer que se presentó ante él se acercaba a los treinta años y era hermosa, con el cabello castaño y los ojos grandes y azules. Su vestido elegante y sus joyas, escasas pero de indudable valor, la identificaban como alguien de buena posición.

—Muchas gracias por haber aceptado recibirme —lo saludó con una voz grave y profunda.

—¿Habría desistido en su empeño de no ser así?

—En absoluto.

Su franqueza le resultó refrescante y enervante al mismo tiempo, y la invitó a tomar asiento en uno de los sillones de su abarrotada biblioteca. La joven aceptó y, mientras lo hacía, echó un rápido y apreciativo vistazo a las estanterías.

—¿De qué conocía al señor Norwich? —preguntó Algernon, que deseaba llegar cuanto antes al motivo que había propiciado aquella insistencia por verlo.

—Sé que fueron amigos —respondió ella—, pero solo lo conocí brevemente, hace muchos años.

—Y, aun así, no ha dudado en usar su nombre para introducirse en mi casa.

—No se me ocurrió ningún otro que llamara su atención sin ponernos a ambos en un compromiso.

—Extraña elección de palabras, señorita Whitaker. —La miró con el ceño ligeramente fruncido—. Me gustaría saber a qué tipo de compromiso se refiere porque, por si no se ha informado, hace ya muchos años que no salgo de mi casa.

—Lo sé y… permítame que le exprese mis condolencias por su pérdida. —El rostro de la joven adquirió una pátina de compasión que Algernon intuyó que podía ser sincera.

—Dudo mucho que conociera usted a mi esposa —replicó—. ¿A mi hijo Cedric tal vez?

—No, no tuve la fortuna de conocer a ninguno de los dos.

—Le agradezco su pésame, señorita Whitaker, aunque dudo mucho que sea ese el motivo de su visita. Mi esposa y mi hijo murieron hace quince años.

—De haber tenido oportunidad, no dude que se las habría hecho llegar mucho antes.

—¿Va a contarme ya por qué deseaba verme o vamos a continuar intercambiando frases de cortesía? —preguntó en un tono cáustico.

—Yo… venía a solicitar su ayuda.

—Ah, vaya. Debí haberlo sospechado. —Algernon descruzó las piernas, dispuesto a levantarse—. Quiere dinero, ¿no es así?

—¿Dinero? ¡No! Tengo dinero de sobra.

—¿De sobra? —El conde volvió a recostarse en el sillón—. Nadie tiene dinero de sobra.

—Más del que puedo gastar entonces.

—No debe usted poseer aficiones muy caras —ironizó—. De todos modos, no estoy en situación de ofrecerle mi ayuda en ningún asunto.

—¿Mantiene alguna relación con la familia Barton?

Los Barton. Hacía años que no pensaba en ellos, se dijo. ¿Quién era aquella mujer y a qué se debía su interés?

—Eso no le concierne, señorita.

—Una vez les hizo un gran favor. Varios si no recuerdo mal…

—¿Qué?

—Hizo de intermediario con unas cartas, ¿me equivoco?

Algernon, ahora sí, se levantó de su asiento.

—Señorita Whitaker, esta conversación ha terminado —le dijo, cortante—. Será mejor que salga de mi casa.

—También me ayudó a mí, aunque es imposible que recuerde eso —continuó ella, ignorando su invitación a marcharse.

—¿A usted? —La observó con recelo—. No la conozco de nada.

—Es posible, pero conoció a mi padre. Y sé que le profesaba afecto.

—¿Cómo...?

—Soy Grace Barton, milord —respondió con un leve rubor—. Soy la hija de Jonathan Barton.

Las piernas del conde temblaron y se vio obligado a volver a ocupar su sillón. ¿Estaba siendo víctima de algún tipo de aparición? ¿De algo mucho más terrenal, como algún tipo de ardid?

—No... no puede ser. Grace y su padre murieron hace muchos años, en Australia.

—Sabe perfectamente que jamás fueron a Australia. —La joven hizo una pausa, como si aguardara a que él asimilara aquella información—. Usted le hizo llegar también mis cartas a Gwendolyn Rossville, la hija de los condes de Abingdon.

—No es posible...

—Jamás le agradecí lo que hizo por mí entonces, por nosotros, y quisiera hacerlo ahora. Y si, además, me concede unos minutos, quisiera contarle una historia.

Algernon no respondió, se limitó a asentir con la cabeza, algo aturdido, y, durante la siguiente hora, fue incapaz de despegar los labios mientras escuchaba el relato de aquella joven. Fue consciente de que no le explicaba todos los detalles, lo que le pareció razonable. ¿Quién en su sano juicio le abriría su corazón sin tapujos a un extraño? Sin embargo, la narración lo dejó sobrecogido y, cuando finalizó, se sentía casi exhausto.

—Señorita Barton...

—Whitaker, por favor —lo interrumpió ella—. Como muy bien ha dicho, Grace Barton murió hace muchos años.

—Señorita… Whitaker, créame que lamento mucho todo lo que les sucedió en el pasado, pero no comprendo qué ha venido usted a hacer a mi casa, tanto tiempo después.

La mujer le sostuvo la mirada durante unos segundos, que se arrastraron por el reloj envueltos en un silencio denso como la mantequilla.

—Lord Algernon, he venido en busca de justicia.

Ernestine Cleyburne no disfrutaba especialmente con las subastas benéficas. Verse obligada a comprar a precios desorbitados artículos que no necesitaba o que le parecían horrorosos acostumbraba a ponerla de mal humor. No estaba en contra de ayudar a los más desfavorecidos, sobre todo a los niños, pero estaba convencida de que existían métodos más apropiados para hacerlo que organizar aquellos eventos que solo servían para presumir de vestidos y fortunas. Por desgracia, como miembro de la alta sociedad británica que era, su deber consistía en acudir y en participar con cierta asiduidad, y eso hacía aquella tarde fría y ventosa.

Mathilda, Hester y ella se habían reunido un rato antes en casa de la primera y de allí habían partido las tres juntas. Dado el intempestivo estado del tiempo, no le sorprendió encontrar a menos personas de lo esperado, entre ellas algunos reputados miembros de la sociedad londinense: un banquero, un par de políticos, un abogado de renombre… Al ser plebeyos, no era habitual que asistieran a las fiestas de la aristocracia, salvando algunas excepciones, aunque a tenor del montante de algunas de aquellas fortunas bien habrían podido formar parte de la élite más exclusiva. Sin embargo, los nobles británicos continuaban manteniendo cierto recelo a la hora de invitarlos a sus veladas, a pesar de que fuesen mucho más ricos que la mayoría de los asistentes. Ernestine estaba de acuerdo con esa postura. Si ambos mundos comenzaban a mezclarse, ¿hasta dónde alcanzaría el desastre? No, cada uno debía circunscribirse al lugar que le correspondía según el orden natural de las cosas, aunque de tanto en tanto, como esa tarde, pudieran compartir un espacio y un propósito comunes.

Allí estaba también la Americana —una de esas excepciones—, escoltada por su doncella de color. El conde de Algernon no la acompañaba, pero ella se movía con tanta soltura que parecía pertenecer a aquel ambiente por derecho propio, saludando a los aristócratas como si fuesen sus iguales. Ernestine logró esquivarla con bastante acierto.

A quien no pudo eludir fue a Bryan Mulligan, hermano del vizconde Craxton. Se trataba de un joven galante, no carente de atractivo, bastante amable y que había mostrado cierto apego a su persona. Sin embargo, ella no estaba por la labor de alentar su interés, ya que no solo se trataba de un hombre sin título nobiliario, sino que la fortuna familiar de los Mulligan no se contaba precisamente entre las más elevadas de la aristocracia. Así que, pese a sus evidentes virtudes físicas, lo había descartado de inmediato. Si aún se hubiera tratado de su hermano George, que era quien ostentaba el título...

Cruzó con él un puñado de frases de compromiso para no mostrarse descortés y luego continuó paseando con sus amigas por el recinto y comprando algunas fruslerías. Bryan Mulligan acabó por desvanecerse y ella siguió a lo suyo. Se hizo con unos guantes de cabritilla y un pañuelo con bordado de encaje, y pensó que, después de todo, la salida no había resultado del todo infructuosa. Estaba planteándose si convencer a sus amigas para marcharse ya cuando vio al marqués de Wingham. ¿Cómo podía haberle pasado desapercibido?, se preguntó mientras lo contemplaba charlar con Lucinda Holland, la hija más joven del vizconde McIntree, que atendía justamente el puesto donde había adquirido su pañuelo unos minutos atrás. La muchacha, solo un año mayor que ella, le mostraba risueña un par de artículos, en los que el atractivo marqués parecía vivamente interesado.

Ernestine, sin encomendarse a nadie, se aproximó al puesto.

—Señorita Cleyburne —la saludó Lucinda, que no dio muestras de molestarse con la interrupción—, espero que no haya tenido ningún problema con su compra.

—En absoluto —contestó ella, que sonrió a su vez y extendió el gesto al marqués, situado a su lado—. El pañuelo es tan bonito que he pensado en llevarme otro más.

—Ah, no sabe cuánto me alegro. Hace una tarde tan desapacible que temo que no asista gente suficiente como para vender todo el lote.

Ernestine contempló la mesa abarrotada y varias cajas situadas en el suelo, donde sin duda otro montante similar de artículos aguardaba a ser expuesto.

—Es una pena —comentó el marqués mientras echaba un vistazo alrededor y luego miraba directamente a Ernestine—. ¿Cuál le gusta, señorita Cleyburne?

—¿Cómo?

—¿Cuál tiene intención de comprar?

Los ojos castaños del marqués se habían posado en ella con un interés que supuso genuino. Sintió que el rubor teñía de rosa sus mejillas y bajó la cabeza, aparentando fijarse en el contenido del mostrador.

—No importa —resolvió el marqués de repente—. Los compro todos, señorita Holland.

—¡Milord! —exclamó Lucinda—. Es un gesto muy generoso.

Ernestine había alzado la cabeza, tan sorprendida como la otra joven.

—No tiene importancia, la causa lo merece —afirmó Wingham—. Además, serán sin duda un regalo apropiado para las damas en la fiesta que organiza mi familia para fin de año.

—¡Qué gesto tan encantador! —repitió la señorita Holland.

—Mientras lo empaquetan todo, quizá podríamos tomar un ponche caliente —sugirió el marqués a una ruborizada Lucinda.

Wingham pareció entonces recordar que Ernestine aún se encontraba a su lado.

—Señorita Cleyburne, tómese su tiempo para elegir el que más le plazca —se despedía el marqués.

—Oh, cualquiera de ellos me vale. Como ha comentado, se

trata de una buena causa —replicó ella, que cogió uno al azar—. Además, tomar un ponche caliente es una excelente idea para paliar un poco este frío, ¿no está de acuerdo?

—Por supuesto, será un placer contar con su compañía. —El marqués sonrió, aunque a ella tuvo la sensación de que el gesto era un tanto forzado.

A ella no le importó demasiado. Disponía de escasas ocasiones para pasar un rato con él y, aunque fuese en compañía de otras personas, no pensaba desaprovechar ninguna.

A unos metros de allí, junto a un puesto de abanicos, Temperance había observado la escena entre la joven Cleyburne y el marqués de Wingham, con quien ella misma había charlado un rato antes. Como ya hiciera cuando se conocieron, el joven se había mostrado encantador y galante, tal vez incluso en exceso. Los siguió con la vista hasta que desaparecieron entre el gentío.

—¿Decepcionada? —preguntó una voz a su espalda.

Se volvió, algo sobresaltada, para encontrarse frente a frente con Alexander Lockhart.

—Me temo que no entiendo su pregunta —replicó, un tanto molesta.

—Quizá podría aproximarse también al marqués y unirse a su pequeña cohorte de admiradoras.

Ella miró aquel único ojo del color de la tormenta, dispuesta a zanjar aquella situación que los conducía a situaciones tan equívocas.

—Señor Lockhart, lamento si mi comportamiento en anteriores encuentros le ha conducido a albergar esperanza alguna de que usted y yo...

—Es solo que me resulta usted fascinante —la interrumpió.

—Créame, soy una mujer bastante corriente. —Temperance comenzó a sentir el latir furioso del pulso en sus muñecas.

—No creo que corriente sea la palabra que mejor la definiría.

—Y no tengo intención alguna de confraternizar con ningún caballero durante mi estancia en Inglaterra —prosiguió, obviando su última apostilla.

—Me complace oírlo —bromeó él.

—Eso le incluye, por si no se ha percatado.

—Oh, sí que lo he hecho —comentó con sorna.

—Bien, me alegra haberlo aclarado.

—En tal caso, debo considerar su reciente amistad con el marqués de Wingham como algo irrelevante —señaló, insidioso.

—Eso no es de su incumbencia.

—Aunque tal vez sea un poco demasiado joven para usted, ¿no cree? —continuó él, ignorando su comentario—. ¿O es acaso otra de esas americanas ricas en busca de un título?

—¿Qué? ¡Cómo se atreve! —Temperance se esforzó en no elevar la voz, con escaso éxito dado el modo en el que algunas cabezas próximas a ellos se volvieron en su dirección—. ¡Usted no me conoce de nada! —murmuró—. Y, desde luego, no tiene ningún derecho a juzgar con quién me relaciono.

—¿Sucede algo? —Seline, su doncella, se aproximó con los paquetes que contenían las compras recientes.

—Nada —contestó ella, seca—. Nos marchamos ya. Señor Lockhart...

—Señorita Whitaker... —respondió al saludo con tono irónico.

Temperance abandonó la subasta con paso resuelto y con la rabia borboteando en su interior. Mientras regresaban a casa, pensó que las suposiciones de Lockhart, con arreglo a su comportamiento de los últimos días, no deberían parecerle tan insólitas. Por un lado, le resultaban ofensivas; por otro, también confiaba en que fueran suficientes para mantenerlo alejado de ella.

No podía olvidar, ni por un momento, que ese hombre atractivo, inteligente y locuaz era el socio de su peor enemigo.

25

Los Barton, como muchos miembros de la aristocracia, tenían por costumbre pasar las Navidades en sus propiedades campestres. Antaño, las familias abandonaban la bulliciosa capital ya en verano y no regresaban hasta enero, para la apertura del Parlamento. En los tiempos que corrían, esa costumbre se había relajado un tanto, y las facilidades en el transporte habían contribuido a que los desplazamientos de uno a otro lugar se realizasen con más frecuencia. Sin embargo, tanto para los Barton como para muchos de sus iguales, aquellas festividades seguían siendo casi sagradas y continuaban celebrándose en las ancestrales mansiones de sus antepasados.

Aún faltaban casi tres semanas para las fiestas, pero Harmony y sus padres ya se encontraban en Barton Manor. Tras la larga procesión de bailes y eventos de todo tipo a los que se había visto obligada a asistir, poder pasar una temporada en su hogar se le antojaba sumamente apetecible. Aquellos muros que tan bien conocía eran su refugio, el rincón donde había crecido y donde más a gusto se sentía.

Había ocasiones en las que Harmony tenía la sensación de ser una mujer poco mundana, demasiado apegada a sus insulsas tradiciones y a los lugares que le resultaban cómodos y conocidos. Le gustaba oír hablar de países lejanos o exóticos, e incluso leer sobre ellos, pero imaginarse viajando a China, por ejemplo, que últimamente aparecía de continuo en la prensa, le provocaba cierto desasosiego. Pensó en la señorita Whitaker, que había cruzado el océano desde Estados Unidos sin otra compañía que un par de criados, y le pareció una mujer muy valiente. Ella jamás se atrevería a realizar un periplo semejante a menos que la impeliese un motivo de extrema necesidad, y lo cierto era que no se le ocurría qué acontecimiento de esa índole podría tener cabida en su futuro.

Por desgracia, ese futuro no le pertenecía solo a ella y en breve tendría que adaptarse a las costumbres y ambiciones del hombre que se convirtiera en su marido, aunque resultaran del todo incompatibles con las suyas. Era el destino de las mujeres de su posición. A veces, demasiadas tal vez, se preguntaba cómo sería pertenecer a un estrato social menos elevado que el suyo y ser, por ejemplo, la hija de un abogado, de un comerciante o de un médico de clase media.

En ese momento, sin embargo, asomada a la ventana de su habitación, no pensaba en nada de eso. Veía a su padre hablando con Peter Shaw, el ingeniero que llevaba semanas moviéndose por la propiedad y practicando agujeros por todas partes. El contraste entre los dos era notable. Su padre era al menos una década mayor y la edad había redondeado su figura y robado parte del cabello rubio oscuro de su cabeza. Shaw, por el contrario, parecía estar en plena forma. Era algo más alto y mucho más delgado, y su cabello corto y oscuro enmarcaba unas facciones agradables sin llegar a ser atractivas. Esa misma mañana Harold y ella se habían cruzado con él. Tras saludarlo y preguntarle por sus avances, el hombre se había encogido de hombros.

—Aún es pronto para saberlo —les había dicho, con la amabilidad acostumbrada—. La propiedad es muy grande.

—Claro, es comprensible —había comentado Harold—. ¿Eso significa que tendrá que agujerearla entera hasta encontrar lo que busca?

—No. No creo que sea necesario. Hay lugares más apropiados que otros donde puede ocultarse una buena veta. De todos modos, habrá que parar las prospecciones.

—¿Por qué razón? —inquirió ella, curiosa.

—El suelo comienza a estar demasiado duro en muchas zonas —la informó el ingeniero.

—Ah, cierto. Aquí el invierno es riguroso.

—Eso es. Continuaré trabajando en los lugares más accesibles, pero me temo que los trabajos principales tendrán que aguardar a la primavera.

Así que aquel hombre iba a permanecer por allí varios meses más, intentando encontrar el modo de dar un vuelco a la fortuna familiar. Imaginó que a su padre no le haría gracia saber que aún no podía contar con ese giro del destino y lo lamentó. Por él y por ella misma, porque eso significaba que tendría que esforzarse un poco más para conseguir un marido lo bastante rico como para que las finanzas de los Barton no le importaran.

Gordon Cleyburne disfrutaba de aquellas sencillas cenas en compañía de su hija, los dos solos. Eran como un pequeño remanso de paz en mitad de la vorágine de fiestas y eventos de todo tipo que se sucedían casi a diario. Antes de su presentación en sociedad, aquellas veladas habían sido mucho más frecuentes, y se descubrió echándolas de menos. No le importaba que ella no tuviese un nivel intelectual comparable al suyo, para asuntos más serios ya tenía a los miembros del Parlamento y a un puñado de conocidos con los que solía coincidir en el club. La charla a menudo banal de su hija le servía también de relajación mental, y en ese momento escuchaba con fingido interés los pormenores del atuendo que luciría en la siguiente ocasión.

Aunque aún estaban en los primeros días de diciembre, la ciudad ya había comenzado a vaciarse. La mayoría de sus pares se instalarían en sus casas de campo hasta mediados de enero y, en ese tiempo, el número de actos sociales a los que acudir sufriría un descenso. Hacía años que él y Ernestine no visitaban su mansión en Kent. En ocasiones le resultaba llamativo constatar la ironía de la situación. Oakford era la propiedad a la que debía el título de barón, la propiedad con la que había iniciado su singladura en el mundo de los negocios, y a esas alturas apenas si le importaba.

Ernestine, por otro lado, nunca había disfrutado de forma especial de aquella casona fría y desangelada, donde decía aburrirse hasta la extenuación y siempre parecía estar de mal humor. Así que las tierras que poseía en Kent, tanto las adscritas al título como las que había conseguido arrebatar a los hermanos Barton, no representaban para él más que el modo de obtener las materias primas que necesitaba y las rentas que percibía por ellas.

Cleyburne también disfrutaba mucho más en la ciudad, donde siempre tenía cosas que hacer, personas a las que ver o negocios que cerrar. Le gustaba el bullicio, que sonaba como música en sus oídos, y las múltiples posibilidades que le deparaba el día a día. Se consideraba un hombre activo y dinámico, y a él, como a Ernestine, la vida en el campo le resultaba tediosa. Sin embargo, aceptaba casi todas las invitaciones que sus congéneres le hacían llegar a fiestas o meriendas campestres, sobre todo en época estival. A fin de cuentas, se decía a menudo, necesitaba de todas aquellas personas si quería continuar manteniendo su estatus.

En la vida, tanto como en los negocios, era necesario hacer pequeños y grandes sacrificios para triunfar.

Alexander Lockhart disfrutaba de las noches en el club, sobre todo de las noches en las que coincidía con Harold Barton y Jake Colton. Gozaba con el ambiente distendido, una buena copa de brandi y su excelente compañía. No había tema que no pudiera tratarse con ellos, desde negocios hasta placer o asuntos de familia. De hecho, Alexander se sentía más unido a esos dos hombres que a sus propios hermanos mayores, Victor y William. Quizá se debiera a la diferencia de edad, pues el menor de los dos, William, le llevaba casi una década. En cambio, Harold y él habían nacido el mismo año, y Jake solo tenía un par menos.

Sin embargo, sabía que no se trataba únicamente de eso. Conocía a otros muchos hombres, con los que también había estudiado en Eton o en Oxford, a los que no le unía más que una vaga amistad, si acaso. Su relación con Harold se había fraguado en la infancia, durante los veranos en Kent. Con Jake había sido distinto, pero el lazo que los unía era tan fuerte o más que si lo hubiera conocido siendo un niño.

—¿En qué piensas? —le preguntó Harold, mientras uno de los camareros les rellenaba las copas ya vacías.

—En nada en particular —respondió Alexander.

—No será otra vez en esa mujer —aventuró Jake, con media sonrisa.

—Ese asunto ya está olvidado —aseguró.

—Claro. —El tono irónico en la voz de Jake resultó evidente.

Alexander no sentía ningún deseo de compartir con sus amigos lo que lo estaba carcomiendo por dentro, una sensación incómoda de la que no había podido desprenderse desde el día de la subasta benéfica.

Por suerte para él, la llegada de dos caballeros a la mesa que compartían los tres alejó el interés de Harold y Jake de su persona. Tras un breve intercambio de saludos y frases banales, continuaron su camino hacia el fondo del salón principal.

—Podrías acompañarme y venir unos días a Kent —le ofreció Harold una vez volvieron a encontrarse a solas, como si no los hubieran interrumpido—. Si no te apetece estar solo en vuestra casa, puedes hospedarte en Barton Manor con nosotros.

No podía negar que la propuesta le resultaba atractiva. Alejarse unos días de la ciudad siempre le proporcionaba perspectiva y solía regresar con el ánimo renovado. En esta ocasión, no obstante, intuía que el resultado no sería el apetecido.

—Me lo pensaré —dijo al fin.

—¿Te apuntas, Jake? —preguntó Harold a su otro amigo.

—Lo siento, esta vez no podrá ser —contestó—. En unos

días mi hermano vuelve de Edimburgo y quiero pasar unos días aquí con él antes de ir a Falmouth para las fiestas.

Eliot Colton, que era casi cuatro años menor que Jake, había estudiado Medicina en Oxford y se encontraba haciendo sus prácticas en la Universidad de Edimburgo con el doctor James Syme, uno de los cirujanos más reputados de Gran Bretaña. Alexander no había conocido jamás a nadie tan entregado a su vocación ni con tantas ganas de ayudar a los demás como el hermano de su amigo. Por la intimidad que lo unía a Jake, sabía que aquella abnegación tenía su origen en el fallecimiento de la primera y única niñera que los hermanos habían tenido siendo niños, que contrajo el tifus mientras cuidaba de ellos por la misma enfermedad. Él nunca se había sentido tan ligado a ninguna de las personas que lo habían cuidado en su infancia, por eso siempre le llamaba la atención que, tantos años después, ambos la nombraran aún con cariño y normalidad.

—Entonces cuento solo contigo, Alexander —comentó Harold.

—Aún no he dicho que fuese a ir —masculló.

—Creo que nuestro amigo tiene un asunto pendiente en la ciudad —dijo Jake con sorna.

—¿Un asunto de ojos azules y cabello castaño? —bromeó su compañero. Alexander gruñó. Había ocasiones, como aquella en particular, en las que odiaba que sus amigos lo conocieran tan bien.

—Me apostaría la cabeza.

—Tengo por costumbre no aceptar apuestas cuyo resultado ya conozco —se jactó Harold.

—No sabéis cuánto me alegra que os divirtáis a mi costa —farfulló él, mordaz.

—Lo sabemos. —Jake Colton alzó la copa en su dirección y dio un sorbo a su bebida.

Sí, sin duda Alexander odiaba que sus amigos lo conocieran tan rematadamente bien.

Joseph Reed había terminado por acceder a la inusitada propuesta del abogado Lionel Ashland. Aún temía que Cleyburne estuviera detrás de aquel asunto, pero, como le había comentado a su mujer el día anterior, estaba cansado. Agotado sería más preciso. Quizá por eso su mente no trabajaba con su acostumbrada lucidez y, de ser una artimaña del barón, no era capaz de adivinar cuál sería la siguiente jugada.

Ashland se presentó días después con un fajo de documentos y Reed se tomó su tiempo para leerlos. Todo parecía estar en orden, según lo que habían hablado el primer día. Su nuevo socio se ocultaba tras el nombre de una compañía y el abogado se negó a proporcionarle su identidad. Sí que le entregó, en cambio, la documentación necesaria para que accediera a una cuenta del Banco de Inglaterra en que se habían depositado treinta mil libras, con las que debía liquidar el préstamo y adquirir nueva maquinaria y mercancías de distintos tipos, con la mayor discreción posible. Todo ello debía almacenarse en secreto en un depósito que la compañía había alquilado, hasta nueva orden. Cuando comprobó la lista, miró con asombro al letrado.

—Pero esto... —le dijo, con los papeles en la mano.

—Soy consciente.

Aquellas compras dejaban claro que su nuevo socio tenía intención de dedicar parte de la producción de la fábrica a la elaboración de conservas, que era el buque insignia de Gordon Cleyburne.

Desde que el barón Oakford iniciara aquella actividad, con la patente de Donkin aún vigente, su negocio no había hecho sino aumentar, y ahora el mercado le pertenecía casi en exclusiva. Por el camino, había ido eliminando a la competencia más débil. Reed era el único que quedaba en pie, porque en los últimos años había diversificado la producción y en ese momento se dedicaba casi por completo a fabricar otros artículos: hebillas, vajillas, adornos...

—Gordon Cleyburne no está detrás de esto —aventuró tras repasar el contrato.

—Ya le dije que no —contestó el abogado.

—No lo entiendo. —Reed se arrellanó en su sillón—. El mercado de las conservas es muy limitado, apenas hay espacio para los productores ya existentes.

—Aún no.

—Usted sabe algo que yo ignoro. —Reed lo miró con los ojos entrecerrados.

—Es mi trabajo.

—Y no piensa decírmelo.

—No. Todavía no al menos.

El empresario volvió a mirar los papeles, que aún no había firmado.

—Si no está convencido, puedo marcharme y aquí no ha pasado nada —le ofreció Lionel Ashland.

—Para que mi empresa se haga un hueco en el mercado, otra tiene que desaparecer —aventuró.

—Es usted un hombre inteligente. —Ashland sonrió, enigmático.

—Y esa otra, por casualidad, ¿no será la de Cleyburne?

—¿Quién puede saberlo? —El letrado se encogió de hombros.

Era un plan tan absurdo e inverosímil que igual hasta salía bien. No tenía ni idea de quién estaba detrás de todo aquello, pero la mera posibilidad de perjudicar al hombre que casi lo había llevado a la ruina fue motivo más que suficiente para que tomara la pluma y firmara todos los documentos.

No estaba seguro de qué le depararía el destino, pero esa noche durmió a pierna suelta por primera vez en meses.

Pese a que había intentado olvidar el episodio, o cuando menos restarle importancia, Alexander continuaba sintiéndose avergonzado por su comportamiento con la señorita Whitaker y no encontraba justificación posible para su grosería. Aquella mujer era una completa desconocida. No era familia suya, ni siquiera podía considerarla una amiga, y que se sintiera atraído por ella no excusaba de ningún modo su altanería. A lo largo de su vida había experimentado el mismo tipo de interés por otras damas y jamás había cruzado los límites de aquella manera tan poco caballerosa.

Primero pensó en presentarse en su casa de Mayfair y disculparse en persona, pero la posibilidad de que ella se negara a recibirlo —lo que no sería de extrañar— le resultaba demasiado humillante. Rumió también la idea de enviarle una nota acompañada de unas flores, pero se le antojó algo demasiado frío e impersonal. Y un regalo de mayor cuantía, que simbolizara su sentimiento de culpa, habría sido del todo inapropiado. Así que se limitó a dejar pasar unos días, con la esperanza de que el tiempo le aclarara los pensamientos y le indicara el camino a seguir. Y así fue como acabó aquella mañana fría de diciembre, una semana antes de Navidad, frente a la sede de Fortnum & Mason. La famosa tienda, ubicada en Piccadilly, era tan lujosa como un palacio y servía a la casa real con asiduidad. En su interior se podían adquirir los productos más exquisitos y exclusivos de toda la urbe, desde fruta fresca hasta especias, carnes cocinadas en gelatina, diversos tipos de dulces, tés procedentes de todos los rincones del mundo… Alexander no la había visitado con frecuencia, pero su madre acostumbraba a comprar varias de sus elaboraciones, especialmente cuando organizaba alguna velada.

Durante esos días en los que su mente no había dejado de trazar planes, a cuál más absurdo, recordó que la señorita Whitaker había mencionado el establecimiento. No había logrado rememorar ni el momento ni el lugar, solo que tenía por costumbre acudir los jueves por la mañana para adquirir dulces y exquisiteces con los que agasajar a sus invitados, pues ese día tenía por costumbre recibir en su casa. Además, había confesado, le gustaba probar los nuevos productos con los que los dueños deleitaban a los clientes y mencionó que poseía una curiosidad innata en temas de gastronomía. A Alexander le resultó curioso, porque él era más bien de gustos fijos y le desagradaba, por ejemplo, que su cocinera improvisara guisos para sorprenderle en lugar de elaborar los acostumbrados. No obstante, debía reconocer que en algunas ocasiones el resultado lograba entusiasmarle y que varios de los platos que en ese momento eran sus favoritos los había descubierto de ese modo.

Como no sabía en qué momento tenía la joven por costumbre visitar la tienda, Alexander se presentó razonablemente temprano. Durante un par de horas recorrió la calle de arriba abajo, deteniéndose de tanto en tanto frente a otros escaparates para no llamar la atención de los transeúntes, aunque nadie pareció reparar en su presencia. El día anterior habían caído los primeros copos del invierno, dejando una fina capa de nieve que no tardaría en derretirse. Cuando sintió los pies entumecidos por el frío decidió entrar al fin en el establecimiento. Dentro encontró a más clientes de los esperados, y en un par de ocasiones se le acercó un empleado para preguntarle si podía ayudarlo en algo. Era un chico muy joven, que se movía con tanto desparpajo que durante un instante dudó incluso de que realmente trabajara allí. Alexander comenzaba a sentirse ridículo y valoró la posibilidad de abandonar lo que ahora le parecía un estúpido plan. Ya estaba a punto de dirigirse hacia la puerta cuando la vio aparecer, en compañía de su doncella.

Con disimulo, se dio media vuelta y quedó de frente a una pirámide hecha de dulces de almendra. Con el rabillo del ojo la vio aproximarse a una mesa a solo unos metros de distancia de él. Uno de los empleados, el mismo que se había ofrecido a ayudarlo, se acercó hasta ella, decidido, y ambos charlaron durante unos segundos. A continuación, el muchacho sacó una bonita bandeja de la parte trasera y comenzó a llenarla de exquisiteces, que ella le iba indicando con el dedo. Luego pasaron a la siguiente mesa y fue el momento que escogió Alexander para girarse por fin y dar un paso en su dirección.

—Señorita Whitaker... —la saludó.

La mujer dio un pequeño respingo, sorprendida, y lo miró. Su gesto se endureció de inmediato.

—Señor Lockhart...

—Esos dulces tienen una pinta deliciosa —dijo él, que de repente no supo de qué forma dirigirse a ella.

El dependiente decidió intervenir en ese preciso momento, para su consternación.

—Si ya ha terminado de decidirse, milord, puedo prepararle también una bandeja en cuanto haya acabado con la dama —le ofreció con mucha solemnidad.

—Eh, sí, gracias. Sería perfecto.

—¿Lleva mucho rato aquí, señor Lockhart? —le preguntó ella con ojos sesgados y una mueca burlona.

—Casi una hora diría yo —contestó para su incomodidad el empleado mientras continuaba seleccionando aquellas exquisiteces con unas pinzas plateadas.

Alexander sintió unas ganas terribles de estrangular a aquel individuo, que parecía totalmente ajeno a su falta de discreción.

—Quería llevarle unos dulces a mi madre —dijo al fin—, pero no terminaba de decidirme por ninguno.

—Estos son realmente exquisitos. —La señorita Whitaker señaló unas pequeñas bolitas de color dorado—. Están hechos con miel, nueces y un toque de brandi.

—De acuerdo. —Alexander se volvió al dependiente—. Me llevaré cuatro docenas.

—¡Eso es una barbaridad! —rio la Americana.

—Ha dicho que eran deliciosos.

—Pero son demasiado dulces —señaló ella—. Su madre no podría comerse más de dos o tres. A no ser que espere invitados...

—Hummm.

—En todo caso le recomiendo que se deje orientar por Billy —señaló con la cabeza al joven que continuaba seleccionando productos y colocándolos con sumo cuidado sobre la superficie plana—. No se deje engañar por su juventud; es un gran entendido y uno de los trabajadores más valiosos de este establecimiento.

—Me honra usted, señorita Whitaker —contestó el muchacho, con las mejillas ligeramente encendidas.

Mientras el chico acababa de rellenar la bandeja, Alexander la tomó por el brazo para alejarla un par de pasos.

—Quisiera aprovechar para disculparme por mi comportamiento la última vez que nos vimos —dijo de corrido y sin respirar.

—Fue muy grosero.

—Lo sé —convino.

—Podía haberme enviado una nota.

—Eh, sí, probablemente.

—O haber venido a visitarme. Recibo los jueves.

—Claro.

¿Podía un hombre sentirse más ridículo de lo que él se sentía en ese instante? Lo dudaba, lo dudaba mucho.

—Pero ha sido un detalle que decidiera esperarme aquí para propiciar un encuentro. —La señorita Whitaker le sonrió de medio lado.

—No, yo no…

—Por favor, no lo estropee. —La mujer posó la mano enguantada en su antebrazo—. Disculpas aceptadas.

Y sin añadir nada más, se dio la vuelta y continuó con sus compras, como si él se hubiera evaporado de repente.

Con cierta turbación, Alexander se alejó hasta la esquina opuesta del local, donde las apetitosas gelatinas rellenas de carne se mostraban a los clientes. Aquella mujer estaba resultando ser tan bella como perspicaz.

Una combinación de lo más peligrosa.

26

Hacía muchos años que lord Algernon no veía su casa adornada por Navidad. Lazos de colores, ramas de acebo y velas de todos los tamaños habían transformado la oscuridad de su sobria mansión en un punto difuso de luz en el corazón de Londres.

En otros tiempos, su esposa había disfrutado engalanando las estancias principales para recibir a sus invitados, preparando obsequios y sobres con aguinaldos para el servicio, visitando a los amigos con regalos y dulces, organizando recaudaciones en beneficio de los más desfavorecidos… Era su época favorita del año, acostumbraba a decir, y le gustaba compartir la felicidad y fortuna que Dios les había otorgado, sin saber que ese mismo Dios se la habría de arrebatar a él no mucho después.

Lord Algernon todavía no había logrado reconciliarse con el Creador por haberle despojado de las dos personas a las que más amaba en el mundo, pero en esta ocasión había decidido concederle una especie de tregua.

A la hora convenida, con uno de sus mejores trajes y los zapatos tan lustrosos que reflejaban las luces del salón, aguardaba a su invitada como si fuese a recibir a la misma reina Victoria.

Temperance Whitaker no se hizo esperar, y Edmund Keensburg le agradeció para sus adentros su acostumbrada puntualidad.

—Lord Algernon, la casa está preciosa —le dijo ella con una expresión radiante.

—Usted también, señorita Whitaker.

La joven llevaba un vestido de terciopelo verde oscuro con una especie de corpiño en color negro que acentuaba su exquisita figura. Dos pequeñas esmeraldas adornaban los lóbulos de sus orejas, a juego con el colgante que brillaba sobre su pecho nacarado.

—Me he permitido traerle un regalo. —Temperance le entregó una pequeña caja que llevaba en la mano y que le había pasado inadvertida—. Feliz Navidad.

—También yo tengo algo para usted —le dijo con timidez al tiempo que abría el obsequio. Se trataba de una preciosa aguja de corbata con un pequeño rubí en el extremo.

—Perteneció a mi padre —murmuró la joven.

—Oh, señorita Whitaker, no puedo aceptarla. —Lord Algernon le tendió la caja.

—Por favor, milord, sería un honor para mí que la llevara. Y para él también.

Edmund Keensburg trató de rememorar el rostro del joven Barton, desdibujado con el paso de los años. Recordaba su sonrisa amable y sus ojos limpios, iguales a los de su hija, pero era incapaz de completar el cuadro. Quizá eran los años transcurridos. Tal vez el peso de la edad, que iba aniquilando a su paso los recovecos de la memoria.

—Entonces la acepto con gusto —concedió al fin.

Se llevó las manos al cuello, donde su ayuda de cámara había anudado con esmero el corbatín. Quitó la aguja que llevaba y trató de sustituirla por la nueva, con poco acierto a juzgar por cómo la joven se acercó hasta él.

—Déjeme a mí —se ofreció.

Lord Algernon permaneció rígido y, una vez colocada, tocó la pieza con la yema de los dedos. ¿Cuánto hacía que nadie le sorprendía con un obsequio? ¿Cuánto que él no regalaba uno a su vez? De repente, los últimos quince años de su vida le parecían solo un borrón grisáceo, una especie de tiempo suspendido en ninguna parte del que apenas recordaba nada.

Alejó esos pensamientos de su cabeza y se dirigió hacia la mesita más alejada, donde descansaba una caja con un lazo.

—Feliz Navidad, señorita Whitaker.

Ella sonrió y aceptó el presente. Un instante después sostenía entre sus manos un chal de seda de color negro y plata que contemplaba con arrobo.

—Milord, ¡es exquisito!

—¿Le gusta? —preguntó, un tanto cohibido.

—¿Gustarme? ¡Es maravilloso! —contestó, al tiempo que se lo llevaba al rostro—. ¡Es tan suave!

La joven se incorporó, se acercó a él, le dio un rápido beso en la mejilla y luego volvió a admirar el tejido. Lord Algernon sintió un calor reconfortante que le recorría todo el cuerpo. De haber tenido una hija, pensó, le habría gustado que fuese exactamente como esa mujer: impulsiva, fuerte y cariñosa.

—Señorita Whitaker, ¿le parece que pasemos ya al comedor? —le preguntó a continuación—. Creo que la cena nos aguarda.

—Solo si me llama Temperance —respondió ella—. Aunque sea por esta noche.

—No sé si sería apropiado.

—Sí, lo es. —La joven lo tomó del brazo—. Usted ya es casi familia, lord Algernon.

—De acuerdo entonces —accedió, con más emoción de la que esperaba—. Pero solo si usted me llama Edmund.

Ella asintió a modo de respuesta y se dirigieron a la estancia contigua, donde por primera vez en años se celebró la Navidad.

Un palmo de nieve cubría las calles de Londres aquella Nochevieja del año 1839. El día había amanecido grisáceo, como casi todos los anteriores, y Ernestine Cleyburne había pasado la mayor parte de la jornada aburrida, aguardando el momento de comenzar con los preparativos para asistir esa noche a la fiesta del marqués de Wingham. La familia del marqués organizaba cada año, desde hacía más de un lustro, un gran baile para todos aquellos que se habían quedado en Londres en lugar de viajar a sus propiedades en el campo. Algunos, incluso, regresaban a la ciudad solo para acudir a aquel evento, donde se servía el mejor champán y se bailaba hasta el amanecer. O eso había oído, porque esa sería la primera vez que tendría la oportunidad de ir.

Había escogido el vestido varios días atrás, un nuevo modelo que le había confeccionado madame Giraud. No era de color bronce sino de un tono dorado brillante, y la luz se reflejaba en él como si llevara puesto un pedacito de sol. Estaba tan ansiosa por ponérselo que comenzó a prepararse casi una hora antes de lo previsto.

Daphne, su doncella, empezó a peinarla de la forma habitual y, cuando casi había terminado, Ernestine cambió de parecer y le pidió algo diferente. Tras varias pruebas, al final optó por un recogido casi convencional, pero dejando una guedeja suelta con la que le hizo un grueso tirabuzón que caía por un lado. Luego le colocó una hilera de horquillas adornadas con diminutas piedras azules, a juego con los pendientes y el collar, un tanto ostentoso para su gusto, pero que había heredado de su madre y que consideró perfecto para lucir esa noche.

—¿Qué comentan los criados sobre la fiesta de los Wingham? —preguntó poco después a la doncella. Sabía que el servicio siempre estaba al corriente de todos los chismes que circulaban por la ciudad.

—Según parece, este año van a asistir más invitados que nunca —contestó Daphne, que en ese momento la ayudaba a colocarse las enaguas.

—¿Nada más?

—Que los canapés serán excepcionales y que han contratado a dos orquestas.

—¿Dos?

—Los marqueses no quieren que la música cese en ningún momento, así que se irán alternando.

—Una excelente idea —comentó, al tiempo que pensaba que tendría muchas más posibilidades de repetir baile con Wingham.

Cuando Daphne terminó de abrocharle el vestido, este envolvía su cuerpo como un guante.

—Está preciosa, señorita —le dijo.

Ernestine estaba de acuerdo. Contempló su reflejo y se vio más hermosa que nunca, luminosa y radiante como una estrella.

—La esperaré levantada para ayudarla a desvestirse. —La doncella comenzó a recoger los utensilios del tocador.

—No será necesario —le dijo—. Es probable que regrese muy tarde.

—Como guste —convino la joven—. Pero si me necesita no dude en hacerme llamar.

Ernestine asintió y, tras contemplarse una última vez, abandonó la habitación. Su padre ya la aguardaba en el recibidor. Al final había tardado más de lo previsto, pero el resultado no podía ser mejor. Y supo que él también lo creía cuando la observó bajar las escaleras con una expresión de orgullo que no se molestó en disimular.

—Estás radiante, querida —le dijo tras besar su mejilla.

—Gracias, padre.

Se sentía eufórica y expectante, tanto que estuvo a punto de ordenarle al cochero que fuera más rápido.

Estaba ansiosa por iniciar la noche.

La mansión de los Wingham en St James era tan suntuosa como colosal. Una gran verja de hierro daba acceso a un camino de grava bordeado de césped, o eso intuyó Temperance, dado que se encontraba cubierto de nieve. Algo alejados del sendero, grupos de arbustos se arracimaban junto a estatuas y bancos e incluso más allá le pareció ver un pequeño estanque coronado por un coqueto puente de madera pintado de rojo.

El edificio, de piedra y mármol, se alzaba majestuoso, iluminado por docenas de luces que se reflejaban en los techos de las numerosas calesas y carruajes de todo tipo que se habían congregado a su alrededor. Ante la visión, Temperance se obligó a tragar saliva. Era una festividad importante, y el marqués de Wingham y su madre, la marquesa viuda, eran personajes muy respetados en su círculo. Eso significaba que las probabilidades de encontrarse allí con alguien a quien aún no estaba preparada para ver eran más elevadas que nunca, y eso le causaba una angustia que trataba de disimular.

Echó un vistazo de reojo a lord Algernon, cómodamente sentado a su lado. No había compartido con él sus inquietudes porque no deseaba sobrecargar aquellos hombros que ya portaban el peso de demasiados secretos, pero se preparó para lo peor.

Lo primero que hizo al atravesar las puertas del salón fue recorrerlo con la mirada, la respiración a medias contenida, temiendo encontrarse con unos ojos familiares. Pero había demasiada gente: imposible estar segura de que Gwendolyn Rossville, ahora Gwendolyn Dixon, no se hallaba entre los presentes.

Temperance también se había encargado de averiguar qué había sido de su mejor amiga de la infancia, de aquella hermana que tuvo una vez y que el destino, como tantas otras cosas, acabó por arrebatarle. En todos esos años no dejó de pensar en ella y lamentaba el impacto que tuvo que sufrir al conocer la noticia de su fingida muerte. Supo que se había casado con un plebeyo, Phillip Dixon, hijo de un empresario textil, un hombre rico pero sin título, y que vivían en Mánchester. De tanto en tanto, sin embargo, visitaban a sus respectivas familias en Londres. Por ese motivo, y dado que la Navidad le parecía una época propicia para un encuentro de esa índole, se sentía más nerviosa que nunca. Intuía que, si había alguien que pudiera reconocerla, a pesar del tiempo y el disfraz, sería Gwen. Su Gwen. Durante varios años habían permanecido juntas todas las horas del día y de la noche. Conocía sus pequeños tics, su forma de hablar y moverse, el tono exacto de sus ojos… Estaba convencida de que, pese al tiempo transcurrido, no le costaría identificarla entre todas las mujeres de aquella fiesta. Entre todas las mujeres de la ciudad.

Mientras llevaba a cabo su escrutinio con disimulo, fue consciente a su vez de que muchas de las miradas del salón convergían en ella y en lord Algernon. La alta sociedad londinense parecía no haberse repuesto todavía de la reaparición del conde ni de su insólita acompañante.

Esa noche, todas las damas lucían sus mejores galas, lo que convertía el salón en un caleidoscopio de matices. Ella había optado por un vestido de doble cuerpo. La parte superior, de color negro, se ceñía a su cintura y daba paso a una falda plateada cuyo brillo eclipsaba el único diamante que pendía de su cuello, sujeto con una cinta de terciopelo negro. Como complemento, el chal que le había regalado lord Algernon, que cualquiera hubiese creído que se había encargado a juego con el vestido. El hombre parecía sentirse complacido de que hubiera decidido usarlo, como si ella no lo estuviera también al ver el alfiler que le sujetaba el corbatín.

Como era su costumbre, Temperance no aceptó ningún baile y se vio obligada a declinar multitud de peticiones. No había viajado a Londres para disfrutar de sus salones y tampoco deseaba alentar las esperanzas de ningún caballero que decidiera cortejarla a todas horas. Sin embargo, habría sido de mal gusto negarse a bailar con el anfitrión, que los había recibido en la entrada junto a su madre, una mujer elegante y amable que saludó a lord Algernon con efusividad. Al parecer se habían conocido en su juventud, y ella y su difunta esposa habían sido buenas amigas.

Madre e hijo inauguraron el baile y la fiesta dio comienzo de manera oficial. Apenas había transcurrido media hora cuando el marqués acudió en su busca. A estas alturas, ella ya daba por hecho que Gwen no se encontraba allí y pudo permitirse disfrutar del evento de forma relajada.

—Señorita Whitaker, ¿me concedería el honor? —le preguntó con el torso ligeramente inclinado.

—Será un placer, milord.

Temperance aceptó su brazo y lo acompañó hasta el centro de la sala.

—Está usted encantadora esta noche —le dijo, seductor.

—Es muy amable.

—Lo cierto es que deseaba que lord Algernon decidiera venir, sabiendo que usted lo acompañaría.

—También podría haberme invitado de forma directa —dijo ella, aun sabiendo que su madre, con toda probabilidad, no habría aceptado invitar a una desconocida, que además era extranjera.

—Lo tendré en cuenta la próxima vez —comentó él, sin embargo.

El marqués bailaba con destreza, manteniendo la distancia apropiada entre ambos, aunque su mirada melosa parecía indicar que con gusto habría eliminado el aire que los separaba. Temperance tenía muy presentes las palabras de Alexander Lockhart y le molestaba que la hubieran afectado tanto. No obstante, su interés en el marqués no era otro que fastidiar a Gordon Cleyburne, pues no le había costado adivinar que tanto su hija como él lo consideraban un firme candidato para el matrimonio. Era consciente de que resultaba una treta un tanto pueril, pero no había podido resistirse en cuanto se había percatado de que el marqués de Wingham disfrutaba de su soltería —lo que no era de extrañar dada su juventud— y del coqueteo con todas las féminas a su alcance.

Mientras bailaba con él y trataba de esquivar con soltura sus frases cargadas de doble sentido, descubrió la mirada poco amistosa de Ernestine Cleyburne, que esa noche lucía un vestido absolutamente maravilloso y que se encontraba flanqueada por sus inseparables amigas. También la menos penetrante pero más turbadora de Alexander Lockhart, que la observaba desde una esquina del salón. Dedujo que había acudido solo, porque no vio ni a Harold Barton ni a Jake Colton a su lado.

—Espero verla más tarde en el jardín —le susurró Wingham a punto de finalizar la pieza.

—¿Cómo dice? —Temperance se envaró un tanto.

—Para ver los fuegos artificiales. A medianoche —contestó él con picardía—. Junto a todos los demás, por supuesto.

—Por supuesto. —Sonrió, condescendiente.

Intuyó que el marqués había tratado de provocarla y casi se echó a reír. Al parecer, no era la única en recurrir a tretas pueriles para sus propios fines.

Alexander había tratado de no prestar excesiva atención a aquella enigmática mujer. Y le había resultado una tarea harto complicada, dado que su vestido brillaba como una estrella y repartía su reflejo por la enorme y abarrotada estancia. Echó de menos a sus dos mejores amigos, a quienes imaginaba junto a sus familias en sus respectivas casas de campo. La suya, en cambio, había permanecido en Londres, y todos habían acudido a esa velada.

Bailó con su madre y con sus cuñadas, a las que apreciaba de veras. También con Ernestine Cleyburne, como se había acostumbrado a hacer desde el inicio de la temporada, aunque la muchacha le prestaba la atención justa, ansiosa por reclamar la de peces más grandes. El barón Oakford se lo había pedido tras la presentación oficial de su hija y Alexander había aceptado de buen grado. ¿Qué era un baile con una joven debutante por la que no sentía ningún interés y para la que él tampoco revestía atractivo matrimonial alguno?

Además, su madre le insistió en que bailara con las hijas de algunas de sus amigas y también se prestó a ello. ¿No se suponía, a fin de cuentas, que había acudido a la fiesta para bailar y divertirse? Casi siempre se trataba de las mismas jóvenes, que aceptaban la situación con distintos niveles de entusiasmo, la mayoría manteniendo la mirada baja, como si no supieran cómo enfrentarse al parche que le cubría el ojo izquierdo. Solo una, Jemina Sandance, hija del conde de Chadwick, insistía en dedicarle ensayadas caídas de ojos. Alexander, que casi siempre se mostraba cordial y locuaz en aquella tesitura, guardaba con ella una distancia para no alimentar sus esperanzas. Sabía a ciencia cierta que a sus padres les haría feliz aquel enlace, pero no tenía ninguna prisa por comprometerse con una joven que, aunque bastante atractiva, no le inspiraba ningún sentimiento.

Como era ya costumbre, cerca de la medianoche los invitados salieron a las enormes terrazas, y desde allí contemplaron el castillo de fuegos artificiales que Wingham siempre tenía preparado para ellos. Los presentes recibían el año nuevo con aplausos, apretones de manos y, en el caso de familiares y amigos íntimos, abrazos. Alexander disfrutó del espectáculo junto a sus padres y hermanos. El año 1840 había dado su primer paso y se preguntó, como hacía siempre, hacia dónde le conducirían los siguientes.

Una hora más tarde, tras haber saludado y confraternizado con el resto de los invitados, esos pasos lo llevaron de regreso a la misma terraza, ahora vacía. Había visto salir a Temperance Whitaker por una de las puertas laterales y, en un arrebato al que se negó a sustraerse, decidió salir por la principal, esperando encontrarla a solas, aunque fuesen unos segundos.

La noche era fría y despejada y, en contraste con el calor que hacía en el interior del salón, recibió el cambio de temperatura casi con alivio. Con paso seguro, recorrió la terraza hasta el extremo y giró para enfilar el lateral. Allí, al fondo, apoyada sobre la balaustrada, estaba ella. Apenas podía distinguir su figura, solo el brillo plateado de su falda, que reflejaba la luz que provenía del interior.

Cuando solo se encontraba a un par de pasos, ella reparó en su presencia y se sobresaltó, aunque recuperó la compostura con inusitada celeridad.

—Lo siento, no pretendía asustarla —se disculpó.

—Hacía mucho calor ahí dentro —le dijo ella, como si tratara de justificar su presencia en el exterior.

—La fiesta de Wingham es una de las más concurridas, nadie quiere perdérsela.

—No hay duda de que sabe cómo organizar una excelente velada.

—¿Le han gustado los fuegos?

—Han sido maravillosos. Me encantan ese tipo de espectáculos, aunque el ruido siempre me asusta —contestó, algo tímida.

La claridad proveniente de los ventanales se reflejó en su rostro y Alexander tuvo que hacer un esfuerzo para no alzar la mano y acariciarle la mejilla, que brillaba como si estuviera tachonada de estrellas.

—Imagino que estos días habrá echado de menos a su familia —le dijo en cambio.

—Sí, por supuesto. —Ella desvió la vista hacia el jardín—. La Navidad siempre ha sido una de mis épocas favoritas.

Alexander detectó cierta vulnerabilidad que le resultó enternecedora. Aquella mujer estaba a miles de millas de su hogar, celebrando el fin del año en compañía de un montón de desconocidos. Se preguntó cómo de próxima se sentiría al conde de Algernon y si este, de algún modo, era capaz de suplir la ausencia de su familia.

—¿Sus padres aún viven? —se interesó él—. ¿Tiene hermanos?

—Solo mi madre, y soy hija única. —Lo miró—. ¿Y usted?

—Dos hermanos varones, mayores que yo.

—Supongo entonces que las Navidades en su casa habrán sido siempre bastante divertidas.

—No crea. Me llevo casi diez años con el segundo y doce con el primero. Cuando yo tenía edad de jugar, ellos ya estaban pensando en las chicas o en ir a la universidad.

—Claro.

Un silencio incómodo se estableció entre ambos, alzando una frontera invisible que él no supo cómo salvar hasta que la vio arrebujarse en su chal.

—¿Tiene frío? —le dijo, al tiempo que se quitaba la chaqueta para colocársela sobre los hombros.

—Un poco —reconoció, turbada por su proximidad—, creo que será mejor que vuelva dentro.

En ese momento se encontraba tan cerca de ella que apenas cabía un suspiro entre ambos. Le colocó la chaqueta, pero no la soltó, y la mantuvo sujeta por las solapas. Si tiraba un poco, solo un poco, tendría aquel cuerpo voluptuoso y cálido pegado al suyo. Ella alzó una mano dispuesta a sujetar la prenda y ambos se rozaron un instante.

—Creo que aún no le he felicitado el año, señorita Whitaker —le susurró, sin apartar la mirada de aquellos dos estanques de aguas profundas.

—Feliz año entonces, señor Lockhart —balbuceó ella, con su aliento rozándole la barbilla.

Alexander no se lo pensó. Inclinó la cabeza y, en cuanto vio que ella contenía la respiración, supo que no había vuelta atrás y atrapó su boca con un gemido.

Sus labios eran sedosos, tan dulces como el néctar, y, aunque estaban un poco fríos, enseguida ardieron bajo los suyos. Alexander la sujetó por la cintura para pegarla a su cuerpo y ella, lejos de resistirse, le rodeó la nuca con el brazo. Se atrevió a avanzar un poco más y salió al encuentro de su lengua, y creyó que los fuegos artificiales habían vuelto a comenzar. Profundizó el beso, dejándose llevar por aquel incendio que le nacía en las entrañas y que parecía estar consumiéndolos a los dos. Porque no había duda de que esa mujer estaba tan entregada como él, que se bebía sus gemidos como si le fuera la vida en ello.

Fue ella, sin embargo, quien lo dio por concluido. Se separó unos centímetros y colocó su mano en el pecho de Alexander, que notaba su corazón queriendo salir a su encuentro. Apoyó la frente sobre su tórax y permaneció así unos segundos, recuperando el resuello, mientras él luchaba contra el deseo de alzarla en brazos y llevársela al fin del mundo para hacerla suya.

—No sabía... —carraspeó ella, aún sin mirarlo—. No sabía que en Inglaterra se felicitaba el Año Nuevo de forma tan efusiva.

Alexander sonrió. Le gustaba el sentido del humor de esa mujer.

—Para mí será un placer enseñarle todas nuestras disolutas costumbres.

—Tal vez... —dijo ella con picardía—. Aunque ahora sí, yo... he de regresar dentro.

Se retiró un paso para proporcionarle espacio y la vio alejarse de él.

Al menos, pensó, no había dicho que no.

1840 había comenzado con buen pie, después de todo.

27

Robert Foster, el marchante de arte, había escrito desde Egipto y Gordon Cleyburne abrió la carta con expectación, ansioso de noticias. Tras un par de párrafos en los que el joven compartía los detalles del viaje y cómo había establecido el servicio que les permitiría comunicarse con la mayor celeridad posible, pasaba luego a comentar que ya había mantenido dos entrevistas con el jeque propietario de la excavación. Sin embargo, también le alertaba de que había otros interesados en aquel tesoro, entre ellos un agente británico —aunque no había logrado averiguar para quién trabajaba—, un francés que aspiraba a obtener aquellas piezas para las salas dedicadas al antiguo Egipto en el Museo del Louvre y un marchante americano de Nueva York.

Al parecer, ya había un buen número de piezas que el jeque y su gente habían extraído de la tumba, aunque un derrumbe imposibilitaba por el momento el acceso a la cámara funeraria, donde se esperaba encontrar una cantidad aún mayor. A continuación, Foster enumeraba los artículos que había podido contemplar: un cofre repujado en oro con una docena de papiros en su interior, tres vasijas de alabastro adornadas con gemas preciosas, dos estatuillas de oro macizo de unos treinta centímetros de altura, un *menat* —collar que cubría la zona pectoral— de oro y lapislázuli con dos brazaletes a juego, una vajilla de doce servicios también de oro... Lujosas telas, algunas joyas pequeñas, estelas de piedra con inscripciones en escritura jeroglífica, herramientas, figuras decorativas, dos espadas con la empuñadura de oro y, lo que más le llamó la atención, un sarcófago en miniatura que, suponía, era una representación del que se podría encontrar en el interior de la cámara funeraria.

Tras la entusiasta y pormenorizada relación de aquellas maravillas, un consternado Foster mencionaba la cantidad de dinero que el jeque pedía por ellas y por la exclusividad de continuar la excavación y de llevarse cuanto allí encontraran. La cifra era astronómica, bastante más elevada que la que Cleyburne había autorizado, y Foster solicitaba instrucciones. Los otros marchantes habían escrito también a sus respectivos jefes y estarían a la espera de noticias. Si ninguno ofrecía la cifra solicitada por el jeque, tal vez tuviera oportunidad de negociar un precio más asequible, aunque el joven no se mostraba muy esperanzado. No era sorprendente, se dijo Cleyburne, ya que podía tratarse de la primera tumba egipcia encontrada intacta. Ni siquiera Napoleón, en su famosa expedición a aquellas tierras, había tenido tanta suerte. No sabía qué harían el otro británico o el americano, pero estaba bastante seguro de que los franceses pagarían casi cualquier precio.

Durante unos minutos repasó la lista una y otra vez, imaginándose aquellos objetos repartidos por el enorme salón de baile que haría las veces de sala de exposiciones. Se deleitó al recrear los rostros envidiosos de sus coetáneos, en especial de algunos de ellos, y el gesto de admiración de los demás. Su nombre podía aparecer en los libros de Historia que se escribirían a partir de entonces, el único modo de alcanzar la inmortalidad.

Cogió papel y pluma y se dispuso a redactar una respuesta, autorizando el aumento de la oferta de forma considerable. No hasta alcanzar lo solicitado por el jeque, que se le antojaba un despropósito, pero sí bastante más de lo que había previsto en un principio, con una partida extraordinaria para que, en caso de conseguir su objetivo, Foster fletara un barco especial que llevara el valioso cargamento a Inglaterra a la mayor brevedad posible. Cuando todo aquello hubiera finalizado, se dijo, conservaría algunas piezas y las demás las vendería por separado. Con ello obtendría incluso más de lo que había pagado, lo que le permitiría recuperar la inversión y, además, obtener un buen beneficio. Estaba convencido de que no le faltarían clientes.

El Museo del Louvre entre ellos.

A Temperance le estaba costando demasiado tiempo redactar aquella carta dirigida a Claudia Jane. Tres cuartillas arrugadas a un lado de la mesa daban muestra de que no le estaba resultando fácil. De tanto en tanto fijaba la mirada en el reloj de bolsillo que descansaba en una esquina del secreter, con la tapa abierta. Marcaba las cuatro menos veinte, la misma hora que el día que lo rescató de aquella caja donde su padre lo había guardado tantos años atrás, junto con las cartas de tío Markus. Había pertenecido a su familia desde el siglo anterior, luego su padre se lo había regalado a tío Markus y finalmente lo había heredado ella. Desconocía en qué momento exacto se habían detenido las manecillas, pero desde que llegó a sus manos decidió no darle cuerda aunque lo llevara casi siempre encima. Como un recordatorio, como una prenda.

Trató de volver a concentrarse en la carta, aunque sus pensamientos volvían con más frecuencia de la deseada a la noche de fin de año, cuando había permitido que Alexander Lockhart la besara y ella había respondido con entusiasmo. No lograba dilucidar cómo había terminado encontrándose en aquella situación y solo recordaba que, unos instantes antes, mientras permanecía en el salón, la había asaltado una terrible añoranza de su casa, de su hogar.

Desde la muerte de su padre no había pasado ni unas Navidades lejos de Claudia Jane. Sabía que ella también la añoraría y que estaría temiendo por ella tanto como deseando su vuelta. También extrañaba a sus amigos, las reuniones de las organizaciones a las que pertenecía, las salidas por una ciudad que conocía y amaba… Londres era para ella una urbe tan desconocida como podían serlo Roma o París. Sabía que de niña la había visitado en una ocasión, pero no conservaba ningún recuerdo.

Sin embargo, no podía hablarle sobre la nostalgia que la había asaltado de improviso, porque no pretendía entristecerla. Y dudaba si mencionar a Alexander. ¿Qué podía decirle, a fin de cuentas? ¿Que se sentía atraída por un hombre fascinante e inteligente y que ese hombre era, además, el socio del ser que más odiaba en el mundo?

Resultaba complicado escribir una carta en la que quería volcar todo lo que llevaba dentro a la única persona capaz de comprenderla y no atreverse por miedo a hacerla sufrir. La situación le recordaba demasiado a aquella época en la que Gwen y ella se escribían sin apenas contarse nada.

—Tiene visita, señorita. —Seline entró en la estancia.

Temperance entrecerró los ojos.

—¿Quién es? —preguntó, con la sospecha de que ya conocía la respuesta.

—El señor Lockhart.

—Dile que no estoy —le ordenó, volviendo a centrarse en el papel que descansaba sobre la mesa.

—Eso le dijimos antes de ayer.

—Pues se lo decimos otra vez —contestó, molesta.

—¿Seguro que no quiere verlo?

—¿Te parece que dudo? —inquirió, incisiva. Al instante se arrepintió del tono empleado—. Lo siento. Yo… estoy un poco nerviosa.

—Bueno, dado el aspecto del caballero, he de decirle que no me sorprende.

—Ya…

—Si me permite… no creo que sea uno de esos hombres que va a perseguirla noche y día. Como aquel joven de Nueva York, ¿cómo se llamaba? Julian…

—Jules —la corrigió—. Jules Mackintosh.

—Eso. No creo que el señor Lockhart sea de ese estilo. Es la segunda vez que viene e intuyo que no habrá una tercera.

—Mejor —murmuró.

Seline la miró con atención y ella aguantó el escrutinio.

—Créeme, es lo mejor —insistió.

La doncella asintió, conforme, y salió de la habitación.

Temperance no quería ver a Alexander, no quería caer en la tentación de volver a probar sus labios.

Su vida ya era bastante complicada como para incluirlo a él.

Como para incluir el mejor beso que le habían dado en toda su vida.

Gordon Cleyburne se sentía algo cansado esa tarde, y un tanto sobrepasado, cosa poco normal en él. Tenía la mesa cubierta de papeles, todos ellos importantes. Allí estaban los documentos que lo hacían ya poseedor de una importante plantación de cacao en Venezuela, y tenía en mente a la persona a la que iba a enviar para que se hiciera cargo de ella. El año siguiente pretendía construir varias instalaciones para moler el cacao y envasarlo en polvo con destino a Inglaterra. De ese modo el producto no perdería ni un ápice de frescura y tampoco sufriría las mermas del transporte.

Ahí estaban también los números de su fábrica de conservas que, en la actualidad, no podían ser más florecientes. Aunque aún no se había extendido de forma mayoritaria la costumbre de consumir alimentos enlatados, que resultaban más caros, los miembros más pudientes de la sociedad comenzaban a mostrar cierto interés. También, y especialmente, aprovisionaba a viajeros e incluso a exploradores que iban a participar en trayectos de larga duración, y poseía un acuerdo comercial con una compañía naviera, a la que suministraba productos para todas sus travesías.

En ese momento proyectaba un gran pedido con destino a la Marina Real británica, en previsión de un inminente conflicto con China. Unos meses atrás, ante la masiva llegada de barcos británicos cargados de opio a los puertos chinos, las autoridades del país acabaron por exigir la entrega de los cargamentos, lo que provocó un conflicto diplomático sin precedentes. Las mercancías fueron arrojadas al mar y, desde el incidente, los navíos anglosajones tenían problemas para comerciar en aquellas costas. La situación no había dejado de recrudecerse y el gobierno no tardaría en enviar tropas a la región, tropas que deberían alimentarse a diario. A pesar de que ya se habían producido algunos encontronazos, los miembros del Parlamento se mostraban reacios a declarar la guerra de forma oficial. El problema con las guerras, y Cleyburne lo tenía muy claro, era que se sabía cuándo comenzaban pero nunca cuándo finalizaban. Por el momento, Gran Bretaña no parecía entusiasmada con la idea de enfrascarse en un conflicto al otro lado del planeta. Sin embargo, también conocía el orgullo que caracterizaba a sus compatriotas, que no permitirían que un extranjero les dictara las leyes que debían regir el comercio.

Contaba con ello.

Una de las ventajas de contar con amigos tan buenos como los que Alexander tenía era que no se veía obligado a disimular su verdadero estado de ánimo. Esa noche se encontraban los tres reunidos en su casa de Chelsea, frente a una mesa bien surtida y un par de botellas de vino a medio vaciar.

Durante la mayor parte de la velada, los había dejado hablar sobre todo tipo de banalidades, desde las fiestas de Navidad —que ya se le antojaban lejanas— hasta el próximo estreno teatral o el siguiente baile. En un momento dado, Jake y Harold se enfrascaron en una conversación sobre técnicas de cultivo que no podía haberle seducido menos, y ni siquiera intervino cuando la charla derivó hacia la finalización de la publicación por entregas de *La vida y las aventuras de Nicholas Nickleby*, de Charles Dickens.

—Si no pensabas hablar en toda la noche, ¿por qué nos has invitado? —le preguntó unos minutos después Jake Colton en tono socarrón.

—Para escucharos, por supuesto —contestó Alexander en el mismo tono.

—Así que estás de acuerdo —dijo Harold Barton.

—¿Eh? ¿De acuerdo con qué?

—Con pasar un par de meses en Moscú —contestó, muy serio.

—¿Queréis ir… a Rusia? —Alexander los miró, atónito.

—Te dije que no estaba escuchando. —Harold hizo una mueca en dirección a Jake, que soltó una risotada.

—¿Qué diablos te ocurre? —le preguntó Colton.

—Nada —contestó de mala gana.

—Ese *nada* no tendrá *algo* que ver con cierta americana de cabello castaño, ¿verdad?

—Es que no entiendo a las mujeres —se quejó.

—¿A las mujeres o a una en particular? —bromeó Harold.

Alexander refunfuñó.

—¿Todo esto es por el beso? —preguntó Jake.

—¿Beso? ¿Qué beso? —Harold los miró a ambos—. ¿Has besado a la señorita Whitaker?

—¿Acaso no lo habrías hecho tú de tener oportunidad? —preguntó Jake con sorna.

—Eh, ni siquiera me lo he planteado —reconoció Harold—. Es hermosa, es inútil negarlo, pero… no sabría explicarlo.

—Pues será mejor que no lo hagas, en caso de cambiar de opinión —señaló Alexander, mordaz.

—Dios, ¿tan terrible fue?

—Diría que todo lo contrario —respondió Jake por él.

—¿Y por eso está así?

—No ha querido recibirlo desde entonces.

—Sigo aquí, por si no os habéis dado cuenta —masculló Alexander.

—Cierto, pero como pareces empeñado en no hablar, alguien tendrá que poner a Harold al corriente de tus amoríos.

—¿He hablado yo de amor? —preguntó, cáustico, al tiempo que lanzaba una mirada asesina a Jake—. ¡Pero si apenas la conozco! Me resulta estimulante, es todo.

—Y besa bien —añadió Jake.

—Oh, vaya. —Harold se repantigó en su silla, divertido con la conversación—. ¿Muy bien?

—Como una condenada diosa —murmuró Alexander, que apuró de un trago su copa de vino.

El Banco Cleyburne & Co estaba ubicado en un elegante edificio de piedra arenisca y mármol, a pocas calles de distancia del Banco de Inglaterra, situado en Threadneedle Street. Ocho años atrás había atravesado esas mismas puertas casi con reverencia, ansioso por hacerse un hueco en el mundo de las altas finanzas. Asociarse con el viejo Collins había sido una de las mejores decisiones de su vida y, tras la muerte de aquel hombre solo dos años después, había quedado al mando de la entidad en solitario. Contaba con un puñado de socios menores, el conde de Woodbury y su hijo Alexander entre ellos, que habían invertido parte de su capital y que recibían a cambio unos buenos dividendos.

Por fuera, el vetusto edificio apenas había cambiado, aunque por dentro había sido renovado y modernizado. Las paredes forradas de madera y los muebles austeros pero elegantes infundían la confianza que un establecimiento de aquellas características requería. Cleyburne, además, era muy estricto con sus empleados y había impuesto el uso de trajes de color negro o gris oscuro, perfectamente limpios y planchados, y camisas blancas impolutas. Tampoco consentía que sus trabajadores alzaran la voz ni que utilizaran palabras soeces o que hablaran comiéndose algunas letras, como solían hacer las personas de un nivel inferior. Allí todo estaba cuidado al detalle, desde la luz exacta hasta el servicio de té y café que siempre estaba disponible, y que se servía en elegantes tazas de porcelana.

Su entrada siempre provocaba cierto revuelo, que de forma habitual acogía de buen grado. Le gustaba ver cómo, a su llegada, las espaldas se erguían y las posturas relajadas se corregían, e incluso el volumen de las voces parecía disminuir. Esa tarde, como muchas otras, se encaminó directamente al despacho del gerente. Melvin Horton era apenas un par de años mayor que él y ya estaba allí en tiempos de Collins. Era un hombre avezado con los números y con un don especial para tratar con las personas. No poseía un aspecto físico sobresaliente, pues era de mediana estatura y con rasgos incluso anodinos, pero en cuanto abría la boca se transformaba en alguien con el que cualquiera querría pasar una entretenida velada. Él era quien se ocupaba del funcionamiento diario del banco y de las operaciones más habituales, mientras que Cleyburne se reservaba para las de mayor envergadura o aquellas relacionadas con altos miembros de la aristocracia.

Horton se levantó de su asiento en cuanto lo vio entrar en su despacho y lo saludó de manera cordial. El barón le respondió del mismo modo.

—¿Alguna operación importante en el día de hoy? —le preguntó como tenía por costumbre, mientras echaba un rápido vistazo a los papeles acumulados sobre su mesa.

—Ha sido una jornada ajetreada, milord —contestó el empleado—. Pero sí, hemos tenido una poco habitual, la cancelación de un préstamo bastante importante. —Horton comenzó a revisar los documentos—. Ah, sí, aquí está.

Le extendió la información y Cleyburne la revisó. Y tuvo que hacerlo dos veces, asombrado por lo que veía. Al parecer, esa misma mañana, Joseph Reed había liquidado su préstamo por completo. Frunció el ceño.

—¿Algún problema, milord? —preguntó Melvin Horton, que no tenía constancia de que aquel asunto revistiera especial importancia para él.

—Ninguno —respondió al tiempo que le devolvía los papeles—. Ninguno en absoluto.

Joseph Reed era el dueño de la empresa que llevaba tanto tiempo deseando hundir. No es que tuviera nada en concreto contra su persona, solo que el mercado de las conservas era demasiado pequeño para tanta competencia y él aspiraba a controlar el mayor porcentaje posible. Que Reed hubiera reconvertido su fábrica y se dedicara a la producción de otros artículos no era suficiente para Cleyburne, a quien le gustaba cubrirse las espaldas. Llevaba tiempo aguardando su caída, momento en el cual tenía previsto presentarse como su salvador y adquirir la empresa por un precio irrisorio.

El barón abandonó el despacho un tanto contrariado y luego el edificio, mientras se preguntaba de dónde demonios habría sacado Joseph Reed tanto dinero.

28

Aquel dieciséis de enero la reina Victoria había inaugurado las sesiones del Parlamento en la Cámara de los Lores, como antes lo habían hecho sus tíos Guillermo IV y Jorge IV y su abuelo Jorge III. Se trataba de un acto simbólico pero de gran ceremonial, con cuyo resultado Gordon Cleyburne no podía sentirse más complacido. La joven reina, que parecía una niña sentada en aquella enorme silla, había mostrado su preocupación por los acontecimientos en China, que estaban provocando la interrupción de los intercambios comerciales británicos. «He prestado, y continuaré prestando, la más seria atención a un asunto que afecta a los intereses de mis súbditos y a la dignidad de mi Corona», había dicho.

La prensa llevaba meses hablando de forma periódica sobre aquel asunto. En noviembre, el secretario de Asuntos Exteriores, lord Palmerston, había ordenado al gobernador general de la India que organizara una expedición militar contra China. Aún no había noticias al respecto, y Cleyburne deseaba —ansiaba incluso— que dichas noticias no fueran buenas para Gran Bretaña. Las palabras de la reina Victoria lo inducían a pensar que, en caso de derrota o humillación, forzaría a su primer ministro, lord Melbourne, a declarar la guerra.

Palmerston se oponía, igual que la gran mayoría de parlamentarios, pero solo era cuestión de tiempo y algo de fortuna que cambiara de parecer. Aunque el secretario de Asuntos Exteriores era un reconocido *whig*, había comenzado su carrera como *tory*, igual que el propio Cleyburne, y los unía cierta amistad desde entonces. Una amistad que le sirvió, unos meses atrás, para aproximarse a él con un ventajoso acuerdo por el que, en caso de conflicto, su fábrica conservera sería la encargada de suministrar las provisiones para la Marina Real a un precio más ajustado que sus competidores. Eso significaba un pedido de toneladas de alimentos, miles y miles de latas. Por eso el barón ya había hecho aumentar un quince por ciento la producción de su fábrica, pero el preocupante discurso de la reina le hacía pensar que tal vez no fuese suficiente. Si la situación se precipitaba, debía estar preparado.

El proceso de fabricación de conservas era laborioso, aunque no excesivamente complicado. Finas láminas de acero se cubrían de estaño y luego se les daba forma cilíndrica. Se colocaba la comida en el interior (carne de vacuno o cordero, sopa, zanahorias, bizcocho...), se sellaba el recipiente y se hervía lentamente. Antes de finalizar la cocción, se levantaba ligeramente la tapa y luego volvía sellarse con una aleación de estaño y plomo. Para abrirlas se podía utilizar un cuchillo, una bayoneta o cualquier utensilio puntiagudo que se tuviera a mano.

Una vez finalizados los catorce años de la patente de Donkin —que ya entonces se dedicaba a otros negocios—, otros emprendedores se agregaron al mercado de las conservas, entre ellos Cleyburne.

En ese momento, además de buenas tierras de cultivo, disponía del estaño que le proporcionaba la mina que había arrebatado a Jonathan Barton. El acero, sin embargo, se veía obligado a adquirirlo a un tercero, que le suministraba las láminas que luego él estañaba en su propia fundición, dándoles la forma cilíndrica adecuada. Y, gracias a un increíble golpe de suerte, hacía unos años que las obtenía a muy buen precio. Con ello contaba para llevar a cabo su plan.

Harmony había regresado a Londres con su familia y se disponía a iniciar su segunda temporada en sociedad. Su madre la llevó a la modista, donde encargó media docena de vestidos nuevos y ordenó que arreglaran algunos de los antiguos. Con un lazo aquí y un volante allá, pretendía enmascarar que ya habían sido estrenados. Blanche Barton estaba convencida de que los hombres no se fijaban en los atuendos de las damas hasta el punto de reconocerlos de un año para otro, y Harmony no podía sino darle la razón. Sin embargo, las mujeres rara vez olvidaban ese tipo de detalles y resultaría difícil que los viejos vestidos pasaran por nuevos por muchos accesorios que les añadiesen o quitasen.

—Es cierto que no podemos competir con otras familias de la aristocracia —le comentaba su madre en el camino de regreso—, pero tampoco somos las únicas que reutilizamos prendas de otras temporadas.

—Sí... —asintió con cierto hastío.

—Por eso te he recalcado siempre la necesidad de que tu doncella anote con todo detalle las prendas que utilizas en cada evento.

—Pero si voy a repetirlas, ¿qué importancia tiene?

—Ah, querida, en eso consiste este pequeño arte —contestó su madre—. Si en la fiesta de los Swainboro te pusiste el vestido celeste con los guantes blancos y un chal de color turquesa, en la siguiente ocasión que lo luzcas será con unos guantes azul marino, y añadiremos un lazo en la cintura del mismo color y otro chal que vaya a juego. Hasta los adornos del cabello y las joyas serán diferentes.

—Así parecerá completamente distinto.

—Exacto —confirmó su madre—. Es posible que muchas damas recuerden que llevaste en una ocasión un vestido de ese color, pero es poco probable que recuerden también el corte exacto o los accesorios que lo acompañaban. Por eso, como te he dicho muchas veces, ninguno de ellos debe ser ostentoso ni llamativo.

—Porque serían difíciles de olvidar.

—Eso es. Las mujeres de nuestra posición no podemos permitirnos ser elegantes y extravagantes al mismo tiempo.

—¿Como la señorita Whitaker?

—Sí, es un buen ejemplo —contestó la vizcondesa—. ¿Recuerdas aquel vestido de color bronce que llevaba la primera vez que la vimos?

—Imposible de olvidar —suspiró Harmony.

—Por eso mismo no podrá volver a lucirlo, al menos en Londres.

—No tengo la sensación de que esa mujer padezca dificultades económicas.

—Tal vez no —convino su madre—, pero no sabemos nada de ella. Ni siquiera estoy segura de que lord Algernon la conozca en profundidad.

—Pero es algo así como su sobrina, ¿no?

—Una sobrina a la que no conocía, hija de una prima a la que no ha visto en décadas.

—Pero el conde ha abandonado su retiro por ella.

—Cierto. —Su madre hizo un mohín y permaneció unos segundos pensativa—. Quizá, después de todo, la conozca mejor de lo que pensamos.

Harmony estuvo de acuerdo y resistió la tentación de añadir que a ella también le gustaría intimar un poco más con aquella mujer. Sabía que su madre no lo aprobaría, así que optó por guardar silencio. Con un poco de suerte, se dijo, coincidiría con la Americana en las semanas siguientes y tendría oportunidad de conocerla mejor.

Frederick J. McKenzie era un escocés de cuarenta y nueve años alto y vigoroso, de abundante cabello rojizo y una voz potente como un trueno. Por fortuna para sus empleados y allegados no la alzaba con frecuencia y rara era la ocasión en la que permitía que su fuerte carácter dominara sus acciones. James Stuart McKenzie, había fundado hacía más de medio siglo la empresa que ahora dirigía el hijo y, si no fuera porque había perdido totalmente la cabeza, sin duda se sentiría satisfecho con lo mucho que había crecido en la última década. No tanto si hubiera averiguado que ese crecimiento podría haber sido aún mayor si no pesara sobre su familia la amenaza de un escándalo.

Como cada mañana, Frederick desayunó en compañía de su esposa Louise en su casa de Marylebone, una vivienda de tres plantas en una bonita calle. No era excesivamente lujosa, pero sí contaba con todas las comodidades y era lo suficientemente espaciosa como para poder organizar veladas para una docena de invitados. Louise, cinco años menor que él, era una gran anfitriona y esa semana preparaba una cena a la que serían invitados algunos de sus amigos.

Mientras la escuchaba relatarle los detalles sobre el menú que tenía pensado servir, no podía dejar de observarla, con el corazón henchido. Llevaban veintiséis años casados y continuaba amándola profundamente, como había hecho desde el día que la conociera. Ella apenas contaba dieciocho años por aquel entonces y, en su caso, si aceptó convertirse en su esposa fue solo por complacer a su familia. Frederick fue consciente de ese hecho desde el primer momento y se prometió cortejarla durante el matrimonio hasta que lo amara del mismo modo que él a ella. A esas alturas de sus vidas, podía asegurar sin temor a equivocarse que hacía tiempo que había cumplido su objetivo, aunque no había resultado un camino fácil.

Lo que él no sabía al proponerle matrimonio era que la muchacha estaba enamorada de otro hombre, un artista soñador y de aspecto engañosamente delicado que no dudó en seducirla una vez casada, aprovechando que Frederick estaba demasiado ocupado en el negocio familiar. Pese al tiempo transcurrido, no había llegado a olvidar el profundo dolor que lo atravesó al descubrir la traición.

Su primera intención, cegado por la cólera, fue la de retar en duelo a aquel miserable, sin importarle el desenlace ni que aquellas justas estuviesen severamente perseguidas. Y luego, de sobrevivir al lance, repudiarla a ella, aunque eso le partiera el alma en pedazos. Sin embargo, las conmovedoras súplicas de una temblorosa Louise lo acabaron por convencer de que olvidara el contencioso. Le había asegurado entre lloros que no podría vivir con su muerte sobre la conciencia, sabiendo que aquel hombre era un experto espadachín y un excelente tirador. Así que acabó accediendo, no por temor al fatal encuentro sino porque la imagen de ella arrastrando esa carga durante años se le antojó insoportable.

Louise juró además que aquella relación se había terminado y que, si no la repudiaba, le compensaría con creces todo el dolor que le había causado. Aunque en un principio se resistió a creerla, por parecer las vanas promesas de una joven, se aferró a una brizna de esperanza que, además de permitirle mantener la cordura, con el tiempo lo habría de llevar a perdonarla. O quizá aceptó porque ella había sido y aún era la luz de su vida, y porque aquello solo era el error de una chiquilla demasiado joven e inexperta como para resistirse a los encantos de un conquistador experimentado.

Años después ambos podían decir que ninguno lamentaba la decisión tomada. Louise descubrió finalmente en él al hombre íntegro y cariñoso que había terminado por conquistar su corazón y Frederick, por su parte, logró sentirse amado por la criatura que siempre había adorado, tanto a la joven como ahora a la mujer y madre de sus hijos.

Sin embargo, los errores que cometemos en la vida tienen consecuencias, y en ocasiones esas consecuencias tardan en aparecer. Casi dos décadas más tarde, Gordon Cleyburne, con quien llevaba ya un par de años trabajando, se presentó en su oficina con un cartapacio y un colgante que había pertenecido a Louise. En el interior de aquella carpeta de cartón había un dibujo al carboncillo de su esposa, mucho más joven, recostada en un diván y con ese mismo colgante descansando entre sus pechos desnudos. Frederick apenas les echó un vistazo rápido, mordido por la vergüenza y la humillación al saber que aquellas comprometedoras pruebas se hallaban en manos de aquel miserable. Ignoraba cómo había logrado hacerse con las evidencias de aquel desliz de juventud que, en caso de salir a la luz, destrozarían sus vidas sin remedio. Y supo de inmediato que la felicidad que había logrado alcanzar y mantener con su esposa pendería desde entonces de un hilo.

Recordaba a la perfección cada segundo de aquella conversación, en la que Cleyburne lo amenazaba de forma sutil con entregar aquel retrato —junto a otros dos que guardaba a buen recaudo— a algún periódico sensacionalista si él no accedía a venderle las láminas de acero a bajo precio, incluso por debajo de su coste.

Si aquel escándalo se hacía público, Louise quedaría destrozada y lo mismo ocurriría con sus dos hijos, cuya legitimidad Cleyburne incluso se atrevió a poner en duda. Frederick hizo un increíble esfuerzo para no romperle la crisma a aquel individuo y no tuvo otro remedio que aceptar sus abusivas condiciones a cambio de su silencio. Durante los cinco años siguientes compensó aquellas pérdidas con los beneficios que obtenía del resto de sus clientes. El problema se había agravado en los últimos meses, en los que el barón Oakford había solicitado cada vez más material, aumentando casi un veinte por ciento su pedido habitual.

—¿Me estás escuchando, querido? —le preguntó su esposa desde el otro extremo de la mesa.

—En realidad no —confesó.

—Oh. —Pareció un tanto decepcionada.

—Pensaba en que no deja de maravillarme que cada día te encuentre más hermosa.

—Eres un adulador —sonrió ella, con las mejillas encendidas.

—Soy totalmente sincero. —Se llevó una mano al pecho, como si quisiera imprimir más veracidad a sus palabras—. Soy un hombre afortunado.

—Espero que sigas pensando igual cuando mi rostro esté surcado de arrugas y mis ojos hayan perdido el brillo.

—Querida, para mí continuarás siendo tan bella como el día que te conocí —le aseguró—. Más incluso, porque cada una de esas arrugas será una línea de nuestra historia.

Frederick se levantó y se acercó a su esposa para depositar un suave beso en su frente. Sí, pensó, era un hombre afortunado, y haría lo que fuera preciso para proteger su don más preciado.

A dos semanas del 10 de febrero, el día en que la reina Victoria iba a casarse con el príncipe Alberto, en Londres no se hablaba de otra cosa. Tampoco en el salón de Edora Haggard, condesa de Easton, donde Temperance tomaba el té en compañía de otras damas de la alta sociedad. Entre ellas se encontraba la condesa De La Warr, cuya hija, Elizabeth Sackville-West, de poco más de veintiún años, iba a ser una de las doce damas de honor de la reina. La joven, de grandes ojos claros y boca pequeña, era bien parecida aunque un tanto tímida, al contrario que su madre, que parecía disfrutar compartiendo algunos detalles de la ceremonia.

La boda, según explicó al reducido grupo de damas, iba a celebrarse en la capilla real del palacio de St James, demasiado pequeña para albergar a todos los miembros de la aristocracia. Solo trescientas personas habían recibido el honor de acompañar a Su Majestad en el día de su enlace y la condesa no podía ocultar el orgullo que representaba para su familia que su hija, además, fuese a ocupar un lugar tan relevante en la ceremonia. No reveló ningún detalle sobre el vestido de la novia o sobre el pastel de bodas, bien porque no los conociera, bien porque no deseaba hablar más de la cuenta. Sí sabía, en cambio, que la reina llegaría a la capilla en una procesión de carruajes desde el palacio de Buckingham y que la pareja pasaría su luna de miel en el castillo de Windsor.

Temperance asistía en silencio a la conversación que mantenían aquellas damas, decididas a elucubrar hasta sobre los detalles más nimios. Ella, en cambio, ignoraba las reglas de etiqueta para eventos de tamaña magnitud, y no conocía tampoco a aquellas mujeres más que de haber coincidido en alguna velada. Si se encontraba allí era porque al fin había decidido visitar a la condesa de Easton. De haber sabido que su salón iba a estar tan concurrido, quizá se lo habría pensado mejor.

La conversación fue languideciendo y las damas comenzaron a despedirse al filo de la media tarde. Ella también tenía intención de marcharse, aunque aceptó permanecer en su sitio cuando Edora Haggard le hizo un disimulado gesto con la mano.

—Al fin solas —le dijo, dejándose caer con una gracia innata sobre una de las butacas.

—¿Le aburren sus amistades?

—La mayoría de las veces.

—Y sin embargo las recibe en su salón.

—En esta ciudad nunca se está lo bastante bien relacionado —confesó la condesa—. El título lleva aparejadas sus responsabilidades, y la mía es la de abrir mi casa a las damas de la alta sociedad que deseen visitarme. Y a la vez tomarme la molestia de visitarlas a ellas. En el futuro, quizá alguno de mis hijos se case con alguno de los hijos de esas mujeres. Imagino que en Nueva York no debe ser muy diferente.

—En realidad no. Existen una serie de familias que gozan de cierto estatus, casi como los aristócratas británicos, un círculo bastante hermético que acepta de mala gana los cambios.

—Deduzco que usted forma parte de él.

—Solo un poco —reconoció—. Mi familia está muy bien considerada, aunque no forma parte de la élite más exclusiva.

—Estar dentro y fuera al mismo tiempo le proporciona a usted una cierta perspectiva, ¿verdad?

—Cierto —respondió.

—Le he pedido que se quedara porque, según me comentó la primera vez que nos vimos, estaba interesada en ver mis nuevos cuadros.

—Ah, sí, eso sería magnífico.

La condesa se levantó y le pidió que la siguiera. Se internaron en el corazón de la mansión Haggard, una excelente muestra del estilo gótico que había resurgido hacía algunas décadas. Llegaron al fin a una amplia estancia, casi toda acristalada. La luz tibia del atardecer se colaba desde el jardín situado al otro lado y llenaba la habitación de una claridad aterciopelada.

En un extremo había dos butacas y un diván a juego frente a una mesa baja, y en el otro un caballete cubierto por una sábana, junto al que se encontraban un par de mesas altas llenas de tubos de pintura, paletas y pinceles de todo tipo. El escenario le recordó dolorosamente al estudio de Warford Hall, que había visitado hacía bien poco. Apoyados contra las paredes había al menos dos docenas de lienzos y sospechó que eran los cuadros que Edora Haggard había terminado.

—Por favor, le ruego que sea sincera en sus opiniones —le dijo al tiempo que tomaba uno y le daba la vuelta.

Durante varios minutos, Temperance contempló embobada una pintura tras otra, a cuál mejor. Paisajes de gran viveza se alternaban con retratos o bodegones. Algunos eran realmente sublimes. Parecía que la condesa de Easton le había reservado el mejor para el final, porque se quedó muda de asombro al contemplarlo. Sobre una colina, con un fondo tormentoso, se alzaba la figura de una mujer de espaldas. Del cabello, recogido sobre la cabeza, se habían escapado algunos mechones que bailaban al viento. La figura era apenas una sombra, sin rasgos definidos, aunque resultaba evidente que llevaba un vestido sencillo, con las mangas remangadas. Los brazos estaban ligeramente separados del cuerpo y tenía los puños apretados; la cabeza, un tanto alzada, parecía gritar a los cielos. Era una pintura que hablaba de pérdida y derrota, pero también de esperanza y fuerza.

—No… no tengo palabras —le dijo, con un nudo en la garganta.

—¿De verdad le gusta?

—¿Cómo no iba a hacerlo? Es arrebatador, es… Este cuadro cuenta una historia. Una historia terrible, pero también una historia alentadora. No sabría cómo explicarlo.

—Lo ha entendido a la perfección —asintió, complacida.

—Intuyo que tiene un significado especial, ¿me equivoco?

—En absoluto. —Edora Haggard sonrió, casi melancólica—. Esa mujer es, hoy en día, una de mis mejores amigas, y este cuadro es mi pequeño tributo a su coraje.

—Debe ser una mujer magnífica —murmuró, sin apartar la mirada de su figura.

—Lo es. Espero que algún día pueda conocerla.

—¿Cómo...? ¿Cómo se llama?

—Madeleine —respondió la condesa—. Madeleine Hancock.

29

Cuando a Frederick J. McKenzie le anunciaron la visita de Gordon Cleyburne aquella mañana en su despacho en la ciudad —lejos de la fundición de acero propiedad de su familia, situada al otro lado del Támesis—, intuyó que la delicada situación en la que se encontraba inmerso no iba sino a empeorar. No importaba cuán alto y vigoroso se percibiera a sí mismo la mayor parte del tiempo, siempre se sentía amilanado en presencia de aquel aristócrata de pacotilla, como si aquel individuo lo encerrara en una diminuta jaula cada vez que acudía a verlo, sin posibilidad alguna de moverse o respirar siquiera.

Ordenó a su secretario que lo hiciera pasar y, tras el frío saludo de rigor, Cleyburne tomó asiento como si estuviera en su casa. Frederick ocupó su silla con un incendio devorando sus entrañas.

—Usted dirá… —comenzó.

—Necesito aumentar mi pedido.

—¿Otra vez? —inquirió, cansino.

—El triple de láminas, a entregar de inmediato.

Frederick abrió los ojos de forma desmesurada.

—¿Se ha vuelto loco?

—Y la misma cantidad el próximo mes, y también el siguiente.

—¿Acaso pretende arruinarme? —Frederick alzó esa voz de trueno, que hizo temblar los cristales del despacho. Ya le estaba sirviendo una cantidad muy elevada de materiales y, a ese ritmo, se vería obligado a cerrar el negocio antes de que finalizara el año.

—Estoy dispuesto a aumentar tres peniques por lámina —le dijo, condescendiente—. Créame, mi intención no es acabar con su negocio.

—Eso tampoco cubrirá los costes —gruñó él.

—Pero las pérdidas serán más ajustadas.

—Ahora mismo no dispongo de esas láminas —anunció.

—¿No?

—Las tengo comprometidas con otros clientes.

—Pues dígales que se esperen.

—¡No puedo hacer eso! —Golpeó la mesa con la palma de la mano—. ¡Perdería toda mi credibilidad!

—Créame, tiene mucho más que perder si no lo hace. —El barón ni siquiera se había inmutado ante su exabrupto.

Frederick le mantuvo la mirada, con el deseo burbujeando en su interior de saltar sobre la mesa y abofetear a aquel individuo. Era consciente de que no conseguiría absolutamente nada con la violencia, excepto una inmensa gratificación personal. Cleyburne no bajó los ojos y mantuvo una postura relajada, sabiéndose vencedor en aquella confrontación de voluntades.

—¿Hasta cuándo va a durar esto? —preguntó al fin, derrotado.

—Los dos tenemos prósperos negocios que atender, y nuestra asociación resulta beneficiosa para ambos.

—¿Usted cree? —inquirió, mordaz.

—Piense en las consecuencias de romper nuestro trato y usted mismo encontrará la respuesta.

El barón Oakford se levantó, estiró los faldones del chaleco, se quitó una inexistente pelusa de la manga de la chaqueta y lo miró con una sonrisa de medio lado.

—Que tenga un buen día, señor McKenzie.

Esta vez, cuando el barón desapareció por la puerta, Frederick no sintió que se llevara aquella imaginaria jaula con él.

Continuaba sintiéndola a su alrededor, ahogándolo sin remedio. Aquel hombre lo iba a conducir a su perdición.

La inminente boda de la reina también era tema de conversación esa tarde en casa de los Cleyburne. Ernestine, tumbada en el sofá del salón, se contemplaba las pulidas y redondeadas uñas mientras Mathilda y Hester trataban de adivinar de qué color sería el vestido de la novia. Aunque en los últimos años se habían puesto de moda los tonos rosas y azules pastel, ella creía que la reina elegiría algo más exclusivo, tal vez en un tono mucho más vivo y adornado con encaje de Bruselas, el más exquisito del mundo.

Ninguna de las tres asistiría al evento, aunque ella había mantenido la esperanza hasta el último momento. ¿Acaso no se había convertido su padre en uno de los hombres más importantes de Londres? No obstante, cuando quedó patente que las dimensiones del recinto eran demasiado reducidas y que la mayoría de las personas que conocía tampoco habían sido invitadas, se sintió un poco mejor. Aunque solo un poco.

A pesar de todo, un acontecimiento de aquella relevancia requería una celebración acorde, y en toda la ciudad se preparaban fiestas y veladas para festejar el enlace. Ernestine había recibido hasta tres invitaciones para asistir a sendos bailes y había aceptado dos de ellas. Su intención era pasar la mitad de la noche en la mansión de los marqueses de Broomfield y la otra en la de los condes de Dahlgren, los padres de Hester. Su amiga, lejos de molestarse, lo había encontrado incluso lógico y, según aseguró, si sus padres no fuesen los anfitriones de una de ellas, habría hecho exactamente lo mismo. De hecho, buena parte de la alta sociedad londinense tenía intención de disfrutar de la noche de forma similar.

Ernestine esperaba, de todos modos, no coincidir de nuevo con la Americana, cuya presencia siempre acababa eclipsándola. Aún recordaba con resquemor la fiesta de Año Nuevo, en la que ella había despuntado por encima de las demás hasta que el vestido de aquella insufrible mujer había destacado como un faro en la niebla. Quizá tendría que hablar con su padre para que le consiguiera revistas de moda del otro lado del Atlántico.

Su padre podía obtener cualquier cosa que ella le pidiera.

Desde el momento en que Temperance había comenzado años atrás a investigar al barón Oakford y a sus propios tíos fue consciente de que era una tarea que no podía realizar en solitario, sobre todo viviendo a tantas millas de distancia. La información que podía obtener a través de los diarios y las revistas que llegaban desde Londres era limitada e insuficiente. Por otro lado, sabía que, una vez que regresara a Inglaterra, necesitaría contar con personas de cierta confianza que la ayudaran en su cometido, personas que solo conocerían la parte del plan que les iba a corresponder. Era el único modo de mantener el secreto. Sin embargo, era preciso que todo se orquestara a través de un tercero, alguien con cierta entidad que sería quien manejara los hilos en su nombre. Esa persona era el hombre que la aguardaba esa noche en casa de lord Algernon.

Cuando llegó, los dos caballeros se encontraban ya en el salón, disfrutando de una copa de brandi, y se levantaron para saludarla. El conde se ofreció a servirle un jerez, que ella aceptó de buen grado, y tomó asiento en el diván situado frente a las dos butacas.

Mientras el noble le servía la bebida, se fijó en el otro caballero, en su abundante mata de pelo canoso y en su mirada franca y abierta. Lionel Ashland había ayudado a su padre en una ocasión y, al iniciar aquel proyecto, había sido una de las primeras personas en las que había pensado. La actitud entre pragmática y compasiva que había mostrado tantos años atrás era una buena carta de presentación, y solicitó a la agencia de detectives que había contratado que la informaran acerca de él. El abogado, que comenzó su carrera en Dover, había terminado abriendo un bufete en el corazón de Londres con otros dos socios, un bufete que acabó por ganar una excelente reputación. Cuando Temperance descubrió que hacía años que Ashland se había desvinculado totalmente de Gordon Cleyburne, supo que era su hombre.

—Como ya le adelanté en mi carta, el señor Reed aceptó el acuerdo —le comunicó Ashland— y liquidó el préstamo.

—¿Ha comenzado a comprar la maquinaria? —se interesó ella.

—Esas eran sus instrucciones.

—Es importante que lo haga con discreción —insistió—. Ni siquiera su personal debe estar al corriente.

—De acuerdo —dijo el abogado—, volveré a reunirme con él mañana mismo.

—Necesitará también productos para envasar —intervino lord Algernon—. Imagino que ya habrán pensado en ello.

—Así es —respondió Temperance—. El señor Ashland ya se ha encargado de ponerse en contacto con las personas adecuadas. No le faltará mercancía cuando llegue el momento.

—Con respecto al resto de materiales, aún no me ha comunicado cómo debo proceder —dijo Ashland.

—Puede comenzar ya a reunirse con los proveedores, pero no les comunique todavía cuál será el destino final de las entregas. —El abogado asintió, mientras tomaba notas en un pequeño cuaderno de tapas negras—. En cuanto a las láminas de acero para fabricar las latas será Reed en persona quien se encargue de adquirirlas.

—Puedo hacerlo yo también, o alguien de mi oficina.

—En este caso no.

—Como desee. Se lo comunicaré entonces al señor Reed.

—Todavía no. —Temperance hizo una pausa—. Tengo en mente un proveedor en concreto, pero aún es pronto para acercarse a él.

—Es consciente de que esta operación entraña muchos riesgos, ¿verdad? —preguntó Algernon—. Muchas cosas podrían salir mal.

—Lo sé.

—Y podría perder mucho dinero.

—Aun así, sería un dinero bien invertido.

Los dos hombres intercambiaron una mirada que no le pasó desapercibida. Intuía que ambos consideraban que aquel plan era una locura, y debía reconocer que hasta ella lo hacía en ocasiones. Sin embargo, estaba decidida a llegar hasta el final, aunque ello supusiera perder gran parte de su fortuna.

Londres era una ciudad pensada para el disfrute, sobre todo el de los varones. Alexander se preguntaba si existiría en el mundo otra metrópoli con más clubes de caballeros que Londres y estaba convencido de que la respuesta era un rotundo no. No solo estaban el White's —el más antiguo de todos— o el Brooks's —el más popular en esos momentos—, sino que en los últimos años se habían creado un elevado número de asociaciones más o menos exclusivas que los habitantes masculinos de la urbe solían frecuentar, casi todos en las cercanías de St James Street. Él, en concreto, era socio de tres de ellos, y en ese momento se encontraba en el Arthur's, ubicado en el número 69 de la famosa calle.

Frente a una copa de un excelente whisky escocés —no en vano seis de los once miembros del comité fundador eran escoceses—, Alexander charlaba con Samuel Cunard, un magnate naviero que había obtenido poco más de un año antes un contrato del gobierno para el transporte del correo entre Gran Bretaña y Estados Unidos. Su objetivo, sin embargo, era más ambicioso y pretendía construir grandes barcos propulsados a vapor para cruzar el Atlántico en mucho menos tiempo. En unos meses tenía previsto realizar el primer viaje de prueba a bordo del SS Unicorn, y se había comprometido a llevarlo a cabo en un plazo no superior a quince días, lo que suponía todo un récord. Y ya tenía a punto de ser botado en un astillero escocés otro trasatlántico, el RMS Britannia, con capacidad para más de cien pasajeros.

Alexander compartía el entusiasmo de aquel visionario de

frente amplia y pobladas patillas, por eso había invertido una cantidad sustancial en aquel proyecto. El aumento del número de personas dispuestas a viajar de uno a otro lado era constante, y las comodidades y la velocidad que ofrecía un navío de esas características eran muy superiores a las que los barcos a vela podían proporcionar.

En algún punto de la charla se descubrió pensando de nuevo en la señorita Whitaker, que había cruzado el océano pocos meses atrás. Trató de convencerse de que era hasta cierto punto normal que el nombre de esa mujer acudiera a su mente en una conversación de esas características, puesto que era la única persona que conocía que hubiera cubierto ese trayecto recientemente. Sin embargo, en el fondo sabía que no se trataba solo de eso. Tras dos infructuosos intentos por volver a verla, había decidido arrinconar aquel beso en la terraza de Wingham, la noche de fin de año, ya que ella parecía no haberle dado importancia. Un escarceo sin relevancia que pronto quedaría relegado al olvido, como tantos otros a lo largo de su vida. Al menos trataba de convencerse de ello.

Samuel Cunard se despidió media hora más tarde y Alexander decidió que para él también había llegado la hora de retirarse. Conforme avanzaba hacia la puerta principal vio a un par de conocidos sentados a una mesa y se acercó a saludar. Uno de ellos era Frederick J. McKenzie, dueño de una fundición de acero con la que sabía que Cleyburne hacía negocios. El otro hombre, un miembro del Parlamento, respondió a su saludo con efusividad e incluso le preguntó por su padre, el conde. McKenzie, en cambio, se mostró comedido e incluso molesto con su presencia, algo que resultó evidente a juzgar por el comentario que dejó caer a continuación.

—Una lástima que el hijo de un hombre tan honorable como Woodbury haya acabado en tan malas compañías —sentenció.

Para Alexander resultó evidente que el hombre había bebido quizá más de la cuenta, y su compañero pareció compartir su impresión, porque cambió de tema de inmediato y trató de relajar el ambiente. Como no deseaba provocar ningún altercado,

Alexander se despidió y abandonó el club tan turbado como inquieto. Ese comentario solo podía deberse a su relación con Cleyburne, y se preguntó qué maniobra habría orquestado el barón esta vez para ganarse un nuevo enemigo.

Solomon Peyton-Jones, doctor en Medicina según su tarjeta de visita, había iniciado esa primera semana del mes de febrero atendiendo las quemaduras de una ayudante de cocina en casa de un baronet. Al parecer, la joven e inexperta muchacha se arrimó demasiado a los fogones y su ropa comenzó a arder. Nerviosa y asustada, se echó a gritar y a correr por las cocinas, expandiendo las llamas, hasta que dos de los lacayos lograron tirarla al suelo y los demás le lanzaron cubos de agua encima. Gracias a la rápida intervención de los criados, la sirvienta había salvado la vida, aunque las quemaduras en piernas y costado tardarían mucho tiempo en cicatrizar, y el proceso iba a resultar tremendamente doloroso.

En realidad, Solomon nunca había tratado heridas de esa magnitud y se vio obligado a consultar los libros que obraban en su poder, sin duda su posesión más valiosa. Su efímero paso por la facultad de Medicina de Cambridge no le permitió profundizar en ningún área, aunque los años le habían proporcionado la experiencia necesaria para tratar los males más comunes.

Esa y no otra era la información que Gordon Cleyburne utilizaba para mantenerlo bajo su yugo. De alguna manera había descubierto que Solomon no había logrado finalizar sus estudios y que el título que enarbolaba con tanto orgullo no era más que una falsificación. En un primer momento, quiso explicarle que tuvo que abandonar la carrera porque le resultaba demasiado onerosa, y que su instinto innato y sus años de experiencia valían tanto como aquel pedazo de papel, pero enseguida intuyó que no iba a servir de nada. En el mundo en el que vivían, tan valioso resultaba un título nobiliario como uno en Medicina, y sin él Solomon se vería obligado a atender de tapadillo a ladrones y prostitutas en los barrios más pobres de la ciudad.

Ahora, en cambio, era un miembro respetado de la sociedad, que vivía en una casita en Holborn con su hermana soltera y que disfrutaba de los pequeños placeres de la vida: buena comida, excelentes vinos, ropa cómoda y cara y, de tanto en tanto, una visita a alguna reputada casa de placer. No se relacionaba con otros médicos ni formaba parte de ningún club, porque siempre temía encontrarse con alguien de su pasado o quedar en evidencia si surgía alguna conversación médica, así que mantenía un perfil discreto que no llamaba mucho la atención. Solo una vez se había encontrado en un aprieto, cuando coincidió con un compañero de estudios, que se sorprendió al verlo con el maletín. Con mucha más soltura de la que esperaba, le contó que había abandonado Cambridge para continuar su formación en Oxford. El otro no dudó ni por un segundo e incluso le felicitó.

Solomon nunca se había casado, ni había sentido tampoco la necesidad de hacerlo. Su hermana Betty, la única que estaba al corriente de su verdadera historia, mantenía la casa impoluta y en orden, y sus necesidades *afectivas* las aliviaba lejos del hogar.

Si no fuera por las visitas periódicas a Gordon Cleyburne, Solomon Peyton-Jones habría podido jurar que era un hombre feliz.

Y ese hombre medianamente feliz se preparaba para acudir de nuevo a casa del barón con el objeto de proporcionarle nueva información sobre distintos miembros respetables de la sociedad.

Dispuesto a pagar el precio que exigía su estilo de vida.

30

El 10 de febrero de 1840, día de los esponsales de la reina Victoria con Alberto de Sajonia-Coburgo-Gotha, amaneció acompañado de una lluvia torrencial. Desde antes de las ocho de la mañana, la multitud, ajena por completo al mal tiempo, comenzó a agolparse en St James Street y St James Park para ver la procesión que iba a conducir a la joven reina desde el palacio de Buckingham hasta la capilla del palacio de St James, donde se celebraría el enlace. Aunque la boda no iba a tener lugar hasta la una del mediodía, nadie quería perderse un acontecimiento de tal magnitud y acudía gente desde todos los rincones de la ciudad en busca de un hueco desde el que poder observarlo todo.

Cerca de las once, Temperance se unió al público, acompañada de su doncella y de Moses, que intentaba con gran esfuerzo mantener cierto espacio de seguridad a su alrededor. No la seducía especialmente formar parte de aquel espectáculo, pero Claudia Jane le había pedido en su última carta que le relatara todos los detalles de primera mano y no tenía intención de defraudarla.

A las doce del mediodía sonó el primero de los veintiún cañonazos, que sobresaltó a la multitud y que marcaba el momento en el que Victoria entraba en su carruaje. La gente comenzó a ponerse nerviosa y a empujarse, y Temperance decidió alejarse un poco. Moses había llevado con él un cajón de madera, que depositó en el suelo para que pudiera subirse a él. Desde esa posición privilegiada asistió al desfile de vehículos, ricamente engalanados. Gritos de entusiasmo acompañaron el paso de la comitiva, y la novia, sonriente y feliz, saludaba a uno y otro lado. Le sorprendió el color elegido para el vestido, de un blanco inmaculado, y sobre todo la tiara que adornaba su cabeza. Lejos de diamantes o piedras preciosas, Victoria había escogido una sencilla corona de flores de mirto y azahar.

La muchedumbre comenzó a dispersarse en cuanto el último vehículo desapareció de la vista, y en la zona solo quedaron algunos rezagados comentando lo que habían presenciado. Temperance, que a estas alturas sentía los pies mojados y el frío calándola hasta los huesos, decidió que ya había tenido suficiente. Durante la fiesta a la que asistiría esa noche sin duda se enteraría de todos los detalles del enlace, y podría escribir a Claudia Jane una larga carta repleta de información frívola y banal sobre el que sin duda iba a convertirse en uno de los acontecimientos más relevantes de la década.

Efectivamente, como no podía ser de otra manera, la boda fue el tema principal de todas las conversaciones que se mantuvieron esa noche en casa de los marqueses de Broomfield, donde Temperance acudió en compañía de lord Algernon.

El salón de baile, muy concurrido desde el inicio de la velada, era una cacofonía de voces y risas, y, por primera vez desde su llegada a Londres, ni ella ni el conde despertaron más interés que un puñado de miradas curiosas.

Con suma elegancia, su acompañante la condujo a través de la estancia al tiempo que saludaban a unos y a otros, hasta que llegaron a la altura de los Barton: sus tíos y su prima Harmony. El conde de Folkston y su esposa se encontraban con ellos, y Temperance recordó el interrogatorio al que la había sometido la mujer la primera vez que se vieron.

—Señorita Whitaker, qué alegría verla de nuevo —la saludó su prima con entusiasmo.

—Para mí también es un placer, señorita Barton —devolvió

el saludo tratando de disimular el agrado que le procuraba volver a ver a la joven.

Excepto aquellos expresivos ojos azules, nada en Harmony Barton le recordaba a aquel bebé al que se había pasado horas contemplando y por el que había llegado a sentir verdadero afecto. Ella, pensaba siempre con cierta amargura, se convertiría también en una de las víctimas de su plan de venganza, la única inocente en todo aquel desagradable asunto. Un daño colateral que había asumido hacía mucho tiempo y que, cada vez que la veía, le pesaba un poco más.

—Dicen que la cola del vestido medía más de cinco metros de largo —comentaba la condesa de Folkston unos segundos después.

—A mí lo que más me sorprende es que se haya casado vestida de blanco —apuntó su tía Blanche.

—Cierto, es un color tan… insustancial —señaló la condesa—. Además, la marquesa de Anglesey, cuya hija, como ya sabrá, ha sido una de las doce damas de honor, me ha dicho que el encaje, en lugar de ser de Bruselas, ha sido confeccionado aquí.

—¿En Londres? —Harmony elevó las cejas.

—En Honiton, en el condado de Devon. Y que la tela del vestido proviene de unos talleres de Spitalfields. —Su voz sonaba cargada de reproche.

—Quizá la nueva reina ha decidido apoyar el comercio británico, lo que me parece muy loable —señaló Conrad Barton—. En este país podemos hacer las cosas igual de bien o mejor que en cualquier otro lugar. Dudo mucho que ese encaje de Bruselas que menciona sea muy superior al que hayan podido coser en Devon.

—De lo que no hay duda es de que, si la reina ha decidido usarlo en el día de su boda —intervino lord Algernon—, muchas otras lo harán después. Auguro un buen futuro para Honiton.

—Mientras no establezca la moda de casarse de blanco… —puntualizó la condesa de Folkston.

Justo en ese instante, el cuerpo de Temperance se tensó

como la cuerda de un arpa. A menos de veinte pasos, una mujer de su edad, con el cabello castaño y ataviada con un elegante vestido en tonos púrpura, mantenía fijos en ella sus grandes ojos de color miel. A su lado se encontraba el que supuso que era su marido, Phillip Arthur Dixon, un hombre alto, desgarbado y de escaso atractivo, pero que la sujetaba de la cintura con una delicadeza conmovedora.

Desvió la vista con disimulo, como si solo estuviera echando un vistazo a los asistentes. Sentía el rostro pétreo, y una gota de sudor le recorría la espalda. Una nueva pareja se unió al grupo en el que se encontraba. Los había conocido en la fiesta de Wingham, pero en ese momento no recordaba sus nombres, aunque sabía que los había añadido a su cuaderno de notas. Con la mente bullendo de excitación apenas prestó atención a la conversación que se desarrolló a su alrededor, que continuaba versando sobre los esponsales. Le pareció que la recién llegada mencionaba que la tarta nupcial había pesado trescientas libras y que se habían necesitado cuatro hombres para transportarla. Temperance iba comprobando con el rabillo del ojo que la mujer de cabello castaño también permanecía con su atención centrada en las personas que la acompañaban, aunque, de tanto en tanto, percibía su mirada inquisitiva sobre ella.

Gwendolyn Rossville acababa, al fin, de cruzarse en su camino.

Alexander se aburría. ¿Acaso Gordon Cleyburne no era capaz de disfrutar de una fiesta sin necesidad de intentar cerrar algún negocio o sacar algún provecho? En ese momento charlaba con lord Palmerston, el secretario de Asuntos Exteriores, que comentaba que se disponía a enviar una carta al emperador chino para exigirle indemnizaciones por las propiedades británicas destruidas, así como el derecho a ser tratados con respeto y a no ser ajusticiados por las autoridades locales.

Cleyburne asentía con vehemencia, totalmente absorto en las palabras del político. Él, por otro lado, hacía ya unos minutos que había dejado de prestar la atención debida y se dedicaba a recorrer el salón con la mirada. Hasta que localizó a Temperance Whitaker. Aunque trató de disimular cuanto le fue posible, apenas si pudo ya despegar la vista de ella. Esa noche lucía un vestido de color crema adornado en el escote y las mangas con una gruesa cinta en tono bronce. Estaba exquisita, como siempre. Sin embargo, percibió algo distinto en ella. Cierta rigidez en la espalda y el cuello, la sonrisa que no lograba llegar a sus ojos, la mandíbula más tensa de lo acostumbrado. Estaba nerviosa, intuyó, y se preguntó qué podía haber provocado que aquella mujer tan imperturbable perdiera la calma.

Con el rabillo de su único ojo estuvo atento a todos sus movimientos. La vio desplazarse por el salón con lord Algernon, charlar con un elevado número de invitados y tomarse una copa de champán a pequeños sorbos. De tanto en tanto se llevaba la mano al pecho, como si le faltara el aire, y, cuando la vio disculparse y dirigirse hacia la zona donde se encontraba el tocador de señoras, decidió seguirla. Muy a su pesar, pensó, se estaba convirtiendo en una especie de acosador de damas.

Aceleró el paso en cuanto se internó en el pasillo, con miedo a perderla. Fue un temor infundado. Sus largas piernas le permitieron darle alcance en unos pocos segundos y la tomó del brazo. Ella se volvió, con el rostro pálido.

—Ah, es usted —le dijo.

—¿Se encuentra indispuesta? —se interesó.

—¿Qué? —Se mostró sorprendida—. Estoy bien, gracias por su interés.

Alexander no la creyó y tiró de ella. Con rapidez buscó con la vista un lugar discreto donde poder mantener una conversación y, excepto un par de puertas —que no sabía si estarían abiertas—, no encontró más que un diminuto rincón tras dos enormes plantas junto a un ventanal. La empujó con suavidad y ella, más desconcertada que otra cosa, se dejó hacer. La distancia entre las macetas y el ventanal era mayor de lo esperado y allí detrás, con la tenue luz del pasillo, sería difícil que alguien los descubriera.

—¿Se puede saber qué está haciendo? —le espetó ella en voz baja, reaccionando al fin.

—Algo le ha sucedido —insistió él—, y me gustaría saber qué es. ¿Alguien se ha propasado con usted?

—¡No diga sandeces!

—Pero está nerviosa.

—Señor Lockhart, no me conoce tan bien como supone —le dijo, irónica.

—Tal vez no, aunque la he observado lo suficiente como para reconocer sus gestos.

—No sé si sentirme halagada o alarmada ante esa afirmación.

—Siéntase como guste —replicó él—, solo quería asegurarme de que se encuentra bien.

—¿Llevándome a un rincón oscuro? —ironizó.

—No se me ocurrió otro lugar...

—Es usted muy amable —le dijo, más calmada—, pero todo esto es innecesario. Solo estoy un poco cansada.

—¿Cansada?

—Esta mañana cogí algo de frío —reconoció, bajando aquellos ojos azules que habían perdido parte de su brío.

—No me diga que estuvo en la calle, bajo la lluvia, para ver el desfile de la boda —rio, quedo.

—Ya imagino que le hace gracia, pero en Estados Unidos no tenemos oportunidad de asistir a eventos de esa índole, como bien supondrá.

—¿Tiene fiebre?

Alexander alzó la mano para tocar su frente, aunque ella se retiró antes de que hubiera podido posar la palma sobre su piel.

—No voy a hacerle daño —le aseguró, con suavidad.

Ella iba a replicar, pero Alexander escuchó voces en el pasillo y colocó su dedo índice sobre los labios de la mujer. Un grupo de muchachas pasaron junto a ellos parloteando y riendo y se alejaron en dirección al tocador. No los habían visto.

No obstante, no retiró el dedo. Sentía pegados a él aquellos labios suaves y apetecibles, tan suculentos que eran como la invitación a un lujurioso banquete.

—Señor Lockhart —se apartó unos milímetros—, he de regresar a la fiesta.

—Todavía no —susurró él, con el cuerpo encendido.

—Lo que sucedió la otra noche… fue un error —dijo ella, sin atreverse a enfrentar su mirada.

—Un error que estoy dispuesto a repetir de nuevo.

Con un brazo rodeó la cintura de la mujer y la acercó tanto a su cuerpo que pensó que se fundiría con él. Con la otra la sujetó de la nuca y la besó, preparándose para el rechazo. En cuanto ella diera muestras de no estar conforme con aquella invasión, la soltaría y se disculparía. En el primer instante, pensó que eso era exactamente lo que iba a suceder, hasta que ella respondió a su beso con el mismo ímpetu. Mientras se perdía en aquellos labios pensó que, después de todo, quizá debería haber probado antes con una de aquellas puertas cerradas. Ahora podrían encontrarse ambos totalmente a solas y a salvo de miradas indiscretas.

Temperance no lograba entender cómo ese hombre era capaz de hacerla reaccionar de esa manera. Había tratado de evitarlo desde la noche de fin de año, e incluso había llegado a rechazar algunas de las invitaciones que recibía ante el temor de coincidir con él. Necesitaba estar centrada, y Alexander Lockhart era una distracción que no se podía permitir. Bastante fantaseaba ya su cabeza sin necesidad de añadir más leña al fuego. Sin embargo, ahí estaba otra vez, entre esos brazos fuertes y cálidos, bajo aquella boca que hablaba su mismo idioma, con el cuerpo dolorido de deseo y anticipación.

Tenían que ser los nervios, se dijo. Ver a Gwen, a su Gwen, la había trastornado. Hasta ese momento, estuvo convencida de que sería capaz de lidiar con ello, igual que había hecho al reencontrarse con sus tíos o sus primos, pero se equivocaba. Su vieja amiga la observó durante unos minutos y luego perdió por completo el interés, como si hubiera comprendido que lo que sus ojos le decían era un imposible y que el parecido entre esa mujer y aquella niña a la que había conocido era una mera casualidad. Aun así, estuvo intranquila toda la velada. ¿Y si se le acercaba y la interpelaba? ¿Y si la acusaba ante todo el mundo de ser una impostora? La Gwen que había conocido jamás habría hecho nada semejante, pero esa mujer era ahora una completa desconocida.

Aunque fuese cierto que esa mañana había cogido algo de frío bajo la lluvia y que de tanto en tanto la recorría algún escalofrío febril, la verdad era que se sentía superada por sus emociones. El impulso de correr y echarse en brazos de su vieja amiga resultó difícil de vencer y el autocontrol que llevaba años practicando la mantuvo en su sitio. Un autocontrol que Alexander Lockhart había vuelto a romper. Por segunda vez.

Se separó de él unos centímetros, casi sin resuello. Aquella mirada gris que la contemplaba con anhelo era un pozo de perdición, y no podía permitirse caer en él.

—No me gusta… —murmuró.

—Oh, yo creo que sí —bromeó él al tiempo que recorría su mejilla con las yemas de sus dedos.

—No me gusta que me bese —logró terminar la frase.

—¿Está segura? —Pegó los labios a su sien, y Temperance cerró los ojos solo un segundo para disfrutar del momento.

—Por completo —dijo en cambio, echándose hacia atrás. Necesitaba poner distancia entre ambos—. Por favor, le ruego que no vuelva a hacerlo.

—¿Sigue pensando que es un error? —Frunció el ceño.

—Por supuesto —contestó ella, sin dudarlo un instante. Alzó el mentón y endureció la mirada.

—De acuerdo. —Él se separó también y levantó los brazos. Ya nada los mantenía unidos, excepto el aire que habían compartido y que bailaba entre ambos—. Pero quiero que sepa que, por mi parte, este es el mejor error que haya podido cometer jamás.

Temperance no contestó y él aguardó unos instantes, tal vez

esperando unas palabras que ella no estaba dispuesta a pronunciar. Luego bajó los brazos, resignado, y se asomó entre las plantas. Cuando se cercioró de que no había nadie en el pasillo, salió de aquel escondrijo y se alejó.

Ella necesitó unos minutos más para recuperar el aliento y para calibrar el alcance de sus propios errores.

31

Gordon Cleyburne había decidido regresar antes del club. Le apetecía cenar en su casa con tranquilidad, quizá en compañía de su hija si esta no lo había hecho ya. Al menos, se dijo, la boda real ya no sería el tema de conversación principal. En la semana transcurrida desde el enlace se había dicho todo lo que podía decirse sobre el particular y él, a estas alturas, estaba más que agotado de oír hablar del asunto.

Pensó en pasar primero por su despacho, para comprobar si había llegado alguna carta durante la tarde, y se detuvo en el pasillo. Frente a la puerta cerrada se encontraba la doncella de su hija, con la mano alzada, como si hubiera estado llamando. La joven volvió la cabeza y se sobresaltó al encontrarlo allí.

—Milord —se llevó una mano al pecho—, me ha asustado.

—¿Quería algo...?

—Daphne.

—¿Quería algo, Daphne?

—Su hija me ha enviado a preguntarle si mañana podrían salir media hora antes —le dijo—. Le gustaría pasar a recoger a su amiga Hester de camino a la ópera.

—De acuerdo —consintió.

—Bien, subiré a decírselo de inmediato.

La joven pasó por su lado con la mirada baja.

—Daphne... —La voz del barón la detuvo a escasos pasos de distancia.

—Milord…

—Mi hija, ¿ha cenado ya?

—Hace un rato, milord. ¿Quiere que le diga que baje a hacerle compañía?

—No, está bien. Ya la veré mañana.

—Como guste…

La chica dobló la esquina y desapareció en el interior de la casa. Cleyburne sacó la llave del bolsillo y abrió la puerta. Pensó en sentarse a trabajar un rato, pero la habitación estaba demasiado fría. Podría pedir que encendieran el fuego, pero le dio pereza.

Decidió cenar algo ligero y acostarse temprano. Aquello solo era un poco de cansancio. A su edad, acudir a tantos eventos nocturnos acababa pasando factura, sobre todo si acostumbraba a levantarse con las primeras luces del día para ponerse a trabajar. No había duda de que la vida ociosa de los aristócratas de su entorno no estaba hecha para él.

Temperance sabía que a lord Algernon no le entusiasmaba la ópera, pero que se quedara dormido en mitad de un aria era incluso preocupante. ¿Qué edad debía tener? ¿Sesenta y cinco? ¿Setenta años? Desde la fiesta de la boda real, habían asistido a una cena, habían mantenido una nueva reunión con Ashland que se alargó más de lo previsto y ahora, la ópera. Se sintió culpable. Le exigía demasiado, se dijo. Él insistía en decirle que no se preocupara, que se lo estaba pasando bien por primera vez en años, pero ella dudaba. Lo cierto era que no presentaba mal aspecto. Más bien al contrario, si comparaba al anciano casi decrépito que la recibió la primera vez en su hogar con ese hombre mayor que había ganado algo de peso y que lucía un rostro sonrosado y una mirada brillante casi todo el tiempo. Sin embargo, esa noche había tenido que darle con el codo en un par de ocasiones, con escasa fuerza, pero la suficiente como para que dejara de roncar. Los vecinos del palco contiguo habían comenzado a mirarlos de reojo y a cuchichear.

Los aplausos del final del primer acto lo despertaron de golpe y Temperance disimuló la risa que le provocó ver su estado de aturdimiento.

—Ha sido magnífico, ¿verdad? —comentó él, con los ojos somnolientos.

—Magnífico, sí —contestó ella, que por nada del mundo deseaba avergonzarlo.

—Salgamos al pasillo a estirar un poco las piernas —la invitó, ofreciéndole el brazo—. Mis huesos se anquilosan si paso demasiado tiempo sentado.

—En realidad, ¿le importaría que nos retirásemos ya?

—Oh, ¿no quiere quedarse hasta el final?

—Estoy algo cansada, pero, si usted está disfrutando mucho, no me importa acompañarlo hasta la bajada del telón.

—Ah, no, de ningún modo consentiré que trasnoche por mi culpa —le dijo mientras la acompañaba fuera—. Saludemos a algunos conocidos y luego nos vamos, ¿le parece bien?

—Le estaría muy agradecida.

El corredor estaba muy concurrido cuando abandonaron el palco, como era habitual. Marcharse en ese momento habría provocado comentarios curiosos, así que sería mejor que aguardaran hasta el inicio del segundo acto para abandonar el teatro con discreción.

Durante los siguientes minutos intercambiaron saludos y frases de cortesía con varias personas. En un momento dado, a pocos pasos, Temperance vio a los Barton, que esa noche compartían el palco de Alexander Lockhart, a quien vio en compañía de una pareja mayor que reconoció como sus padres, los condes de Woodbury. En los años que habían transcurrido desde la última vez que los viera, siendo una niña, le pareció que apenas habían cambiado.

Alexander la vio a su vez, le dedicó una breve mirada y un ligero saludo con la cabeza, y a continuación la ignoró. Transmitía la sensación de estar muy concentrado en la conversación que mantenían los vizcondes Bainbridge con sus padres e incluso intercambió confidencias con su prima Harmony. No se trataba de una actitud seductora, era más bien el tipo de comportamiento que tendrían dos hermanos o dos amigos muy íntimos. Temperance recordó que Alexander solía frecuentar la casa de sus tíos cuando era niño, y eso no tenía por qué haber cambiado tras su marcha. Seguramente conocía a Harmony mejor de lo que ella la conocería jamás y eso, sin quererlo, le provocó cierta sensación de vacío.

Estaban a punto de regresar al palco que Algernon había alquilado para la temporada cuando volvió a ver a Gwen, aunque no logró identificar a las personas que la acompañaban. Las miradas de ambas se encontraron un instante, como ocurre a menudo cuando coincidimos con multitud de personas en un mismo lugar. En sus ojos no vio reconocimiento, ni siquiera un atisbo de duda o curiosidad, y no supo si eso la alegraba o la entristecía.

Quizá era una mezcla de ambas.

A Ernestine sí le entusiasmaba la ópera. Se quedaba ensimismada contemplando a aquellas mujeres que alcanzaban notas imposibles con la voz y hacían vibrar el aire a su alrededor. Por desgracia, ella no poseía aptitudes para el canto más que para ejecutar alguna sencilla tonada, pero, de haber tenido la fortuna de nacer con aquel don, se habría dedicado a la música, como aquellas fascinantes intérpretes. Fantaseaba con sus vidas: viajando de un lugar a otro, recibiendo atenciones de todo el mundo, subiendo a los escenarios y emocionando a miles de personas, vestidas con aquellas prendas brillantes de épocas antiguas que la transportaban a otros tiempos. Seguro que su padre se habría opuesto, no albergaba la menor duda, y se imaginaba huyendo en mitad de la noche en busca de una vida de aventura, fama y glamour. Jamás había comentado esas fantasías con nadie, ni siquiera con sus dos mejores amigas, porque eran tan absurdas como irrealizables y porque las fantasías eran solo eso, sueños vacuos que debían permanecer bajo llave.

Hester la acompañaba esa noche. Era evidente que la ópera

no se encontraba entre sus pasiones y se pasó todo el primer acto parloteando en voz baja, mientras observaba con ojo crítico a los espectadores de otros palcos. Ernestine estuvo tentada de pedirle que se callara en más de una ocasión, porque no le permitía concentrarse, pero optó por ignorar sus comentarios con la esperanza de que se diera por aludida. Al final, por suerte, había conseguido disfrutar de la conclusión del primer acto en todo su esplendor y ahora se encontraban en el corredor principal, abarrotado de público.

Entendía que, para la mayoría de los allí presentes, aquel tipo de eventos no eran más que una prolongación de su vida social, y que muchos solo asistían para entablar amistades o relaciones que pudieran resultarles beneficiosas en el futuro. Allí estaban, sin ir más lejos, los Barton, con aquella hija insulsa que acababa de iniciar su segunda temporada. Y compartían palco nada menos que con los condes de Woodbury, a quienes ella tenía en gran consideración.

—Ahí están esos arribistas —dijo en voz alta.

—¿De quién hablas? —Hester siguió su mirada.

—Los Barton —respondió con desdén.

—Ah. ¿Sabías que a la madre la llaman la Tres B? Lo escuché el otro día.

—¿Qué?

—Blanche Barton, vizcondesa Bainbridge.

Ernestine soltó una risita. Era gracioso, tenía que reconocerlo, con ese punto malicioso que guardaban la mayoría de las bromas, apodos y chismes de su entorno. Se preguntó si también existiría alguno dedicado a ella que circulara en esos momentos de boca en boca. No lo creía probable. Su padre no lo habría consentido.

—Señorita Cleyburne, permítame decirle que la encuentro encantadora esta noche—. Bryan Mulligan se había aproximado hasta ellas.

—Es muy galante, señor Mulligan.

—¿Está disfrutando de la ópera?

—Sin duda alguna.

—Tiene algo de mágico, ¿verdad?

Ella lo miró con el ceño ligeramente fruncido. Bryan Mulligan poseía unos ojos castaños expresivos e intensos, que en ese momento brillaban de expectación.

—Supongo que sí… —contestó, como si en realidad no le importara.

Aunque estuviera totalmente de acuerdo con él.

Lord Algernon sostenía entre los dedos una tarjeta en color crema en la que los condes de Carlisle los invitaban a una fiesta en su casa.

—¿Seguro que también quiere rechazar esta invitación, Temperance? —preguntó. Desde la ópera a la que habían asistido la semana anterior, la joven había declinado varias proposiciones.

—También —contestó ella.

—¿Puedo saber el motivo por el que ya no parece estar tan interesada en frecuentar los salones londinenses? —inquirió en tono preocupado—. Creía que era uno de sus objetivos.

—Sigue siéndolo —le aseguró—. Es solo que… me gustaría tomarme unos días.

—Por supuesto, está en su derecho.

—¿Acaso lo echa de menos? —preguntó ella, con dulzura.

—Confieso que ha supuesto un estimulante cambio en mi vida y que hacía tiempo que no disfrutaba tanto de esas cosas. Sin embargo, reconozco que me placen mucho más estas cenas tranquilas.

—A mí también —aseguró Temperance—. Sin embargo, a veces tengo la sensación de que todo va demasiado lento, no sé si me entiende.

—Imagino que estará deseando finalizar lo que ha venido a hacer y regresar a su casa.

No hizo falta que ella contestara para que lord Algernon comprendiera que había dado en el clavo.

Aquel paréntesis en sus vidas concluiría más pronto que tarde, para ambos.

Rogaba porque aquella mujer a la que había llegado a apreciar de verdad no acabara destruida en el proceso.

Gordon Cleyburne ocupó la silla de su despacho y tomó los informes que había sobre la mesa. Nada nuevo en el banco, todo parecía funcionar como siempre. No había nuevas cancelaciones de préstamos ni operaciones de envergadura que requirieran su atención inmediata. La fábrica de conservas funcionaba a toda máquina y se había visto obligado a contratar a mucho más personal para tenerlo todo listo en la fecha prevista, a pesar de las reticencias de su propio capataz.

Sobre la mesa también estaba la copia de los documentos que había preparado para el hombre que había enviado a Venezuela, que había partido dos días atrás. Stuart Polk llevaba casi una década trabajando para él en distintos puestos y Cleyburne sabía que últimamente había tenido algunas desavenencias con el encargado de la fábrica, donde había estado destinado el último año y medio. El montante que le ofreció en compensación por el viaje, más que abultado, limó las posibles dudas que pudiera albergar. Polk era un hombre rudo, fuerte y trabajador, y sabría dirigir aquella plantación con mano firme. Necesitaba a alguien de su talante en aquel lugar, pues había oído mencionar cientos de veces que las gentes de aquellas latitudes eran propensas a la pereza y la desidia, y no se había gastado un buen pellizco de su fortuna para que aquellos desharrapados se echaran la siesta.

Una vez revisado lo más farragoso de ese día, abrió el cajón y extrajo el sobre que había llegado esa misma mañana. Se repantigó en el sillón y con cara de enorme satisfacción se dispuso a releer aquella misiva con entusiasmo. Había dejado lo mejor para el final. Se trataba de la carta en la que Rober Foster le comunicaba que, tras arduas negociaciones, el jeque había accedido al fin a venderle tanto las piezas como el derecho a continuar con la excavación. Foster se estaba ocupando de buscar un barco ligero y veloz con el que transportarlas a Inglaterra. En ese momento, le decía, estaban empaquetándolo todo y calculaba que llegarían durante la última semana de marzo, quizá un poco antes si los vientos eran favorables. El joven se mostraba tan ilusionado como un colegial y sin duda ya imaginaba su nombre encabezando los titulares de los periódicos del mundo entero. Cleyburne, desde luego, no estaba dispuesto a cederle el honor, aunque tampoco se oponía a que obtuviera una parte de la gloria. No obstante, tendría que ser una parte pequeña, ya se encargaría él de que así fuera. Por lo pronto, tenía que comenzar a preparar la lista de las personas que acudirían a la presentación para encargar las invitaciones, desde miembros del Museo Británico hasta especialistas en historia y egiptología. Y, por descontado, todos los nobles de la ciudad. Cogió una hoja de papel en blanco y apuntó el primer nombre: William Spencer Cavendish, sexto duque de Devonshire.

32

A Alexander el ejercicio físico siempre le había sentado bien. Le permitía alejar las preocupaciones de la mente durante un rato y, desde que había descubierto que luego era capaz de afrontar los problemas con energías renovadas, procuraba ejercitarse con frecuencia.

Esa tarde, decidió practicar un poco de esgrima y su contrincante, como muchas otras veces, no era otro que Harold Barton. A ambos se les daba especialmente bien desde sus tiempos en Oxford, mucho mejor que a Jake, y su destreza era similar, lo que aseguraba resultados variables. Sin embargo, el primogénito de los Barton ya llevaba dos combates ganados y estaba a punto de conseguir el tercero.

—Estás distraído —lo acusó, mientras cruzaban las espadas.

—Estoy en plena forma —se defendió Alexander.

Sus palabras, en cambio, llegaron acompañadas de un nuevo tanto para Harold, que se hacía con la tercera victoria consecutiva.

—¿Sabes lo aburrido que es ganar siempre? —se burló—. Este deporte exige un contrincante a la altura para que represente un reto. De otro modo no es más que un pasatiempo sin aliciente.

—Oírte hablar en esos términos es como si volviera a escuchar al señor Treehorn. —Alexander hacía referencia al profesor de esgrima que habían tenido en la universidad.

—Desde luego, por eso mismo lo he hecho. —Harold entregó su arma a uno de los jóvenes ayudantes.

—Eh, espera, un lance más —trató de animarlo.

—Por esta tarde ya he tenido suficiente.

Alexander hundió los hombros, conforme, y entregó también el florete. Se aproximaron a uno de los laterales en busca de toallas con las que enjugarse el sudor y luego se sentaron a observar a otra pareja, que no había tardado en ocupar su lugar.

—Hacía tiempo que no te ganaba tan seguido —se jactó Harold.

—Ha sido solo una cuestión de suerte.

—Quizá deberías practicar más.

—Practico lo mismo que tú —bufó—. A no ser que te haya dado por venir con más frecuencia.

—Sabes de sobra que no soy miembro de este club y que solo se me permite el acceso porque vengo como tu invitado.

—Podrías estar ejercitándote en otro lugar…

—¿De verdad? —Se encaró con él, con aquella mirada burlona que tan bien conocía brillando en sus ojos—. ¿No has pensado que el problema podría ser tuyo?

—No.

Harold se rio y el sonido le resultó gratificante. Su amigo no se reía abiertamente con asiduidad y, de tanto en tanto, incluso aparentaba estar sumido en un estado de melancolía perpetua del que resultaba difícil sacarlo.

—Será mejor que nos aseemos y nos cambiemos de ropa —propuso—. Podríamos tomar un brandi en el piso de arriba.

—Me parece bien —aceptó Alexander, que había comenzado a sentir un poco de frío.

Había estado lento en sus movimientos, era consciente. Falto de concentración. Por nada en particular, se dijo. De hecho, ni siquiera recordaba en qué había estado pensando mientras maniobraba con aquel florete en el aire. Aunque recordaba a la perfección en qué había estado pensando justo antes del primer envite.

O mejor dicho en quién.

Temperance ya se había acostumbrado a las visitas de los jueves. Aun así, con el transcurrir de las semanas, su otrora abarrotado salón presentaba ahora un aspecto mucho más diáfano. La quincena de damas que acudían a tomar el té había menguado hasta un número manejable que rara vez superaba la media docena, y en días como aquel, con el frío arreciando fuera y la amenaza de nieve colgando del cielo, era extraño incluso que acudieran una o dos. Esa tarde en particular, en el salón solo se encontraban ella y dos personas más. Una era la marquesa de Swainboro, que había aceptado su invitación para agradecerle su amabilidad en la primera fiesta a la que había acudido en Londres. La otra era Harmony Barton, quien, para su sorpresa, se había presentado sin su madre.

Tomaron el té y unos dulces y charlaron sobre temas variados, desde los últimos detalles sobre la boda real que se habían hecho públicos —como que la reina llevaba aquel día un broche de zafiros que Alberto le había regalado— hasta los próximos eventos de la agenda social o el compromiso recién anunciado entre dos miembros de la alta nobleza. Cuando la nieve comenzó a caer, la marquesa se despidió con cierta precipitación y Temperance la acompañó a la puerta, agradeciéndole de nuevo la visita.

Al regresar al salón, Harmony no se había movido de su sitio. Había imaginado que la muchacha aprovecharía ese momento para despedirse también, pero, por lo visto, se sentía cómoda y no daba muestras de que la hubiera afectado el empeoramiento del tiempo.

—¿Otra taza de té, señorita Barton? —le ofreció.

—Con mucho gusto.

Temperance hizo los honores, volvió a llenar las tazas y le ofreció también la bandeja de dulces.

—Los de almendra son exquisitos, ¿no le parece? —le preguntó.

—¿Son de Fortnum & Mason?

—Sí, en efecto.

—¿No es una de las tiendas más encantadoras de Londres?

—No hay duda de que el establecimiento es elegante y refinado —contestó ella—, y que los productos que venden son de excelente calidad.

—Imagino que en Nueva York también contarán ustedes con lugares similares. Leí en el periódico que hace pocos años se inauguró allí algo que llaman restaurante.

—Ah, el Delmonico's, sí.

—¿Y es verdad que la gente acude a comer con desconocidos?

—No es muy diferente a lo que ocurre en muchas otras veladas aquí en Londres, ¿no cree?

—Pero aquí al menos sabemos quiénes son nuestros compañeros de mesa —comentó, en tono divertido.

—Cierto —sonrió Temperance—, pero es una experiencia enriquecedora, y cuentan con un chef soberbio.

—¿Ha comido usted allí? —Harmony la contempló con admiración.

—Un par de veces, sí. Es un local tan elegante como la tienda de Fortnum & Mason, créame. Incluso más, me atrevería a decir.

—¿Lo echa de menos? —La joven la miró con renovado interés.

—¿Nueva York o comer en Delmonico's? —bromeó ella.

—Ambas cosas, supongo —contestó, un tanto cohibida—. ¿Le está resultando muy difícil vivir lejos de su familia?

—¿Acaso tiene usted intención de irse a vivir al otro lado del océano? —inquirió.

—Oh, no, en absoluto —contestó, risueña. Un gesto que enseguida se transformó en otro más serio—. Bueno, claro, a menos que mi esposo lo decida.

—Ah, no sabía que ya estaba usted comprometida.

—No, no. Todavía no al menos —se apresuró a aclarar—. Sin embargo, imagino que tal cosa sucederá tarde o temprano.

—Ya. Y eso la asusta…

Temperance sintió una oleada de ternura hacia la joven que trató de refrenar de inmediato. Aquella chica era una conocida, ni siquiera una amiga, se dijo; no tenían por qué importarle las preocupaciones que le rondaran por la cabeza.

—Discúlpeme, señorita Whitaker. —Harmony se levantó, algo turbada, y tuvo la sensación de que lamentaba haberse dejado llevar por la situación. La vio sacudirse de la falda las pequeñas migas que se habían quedado prendidas—. Creo que será mejor que me marche ya. La nieve está comenzando a caer con fuerza y mi madre estará preocupadísima preguntándose dónde estoy.

—¿Cómo? ¿No le ha comentado que acudía a visitarme?

—Sí... sí, pero con este temporal... y es una mujer que se altera por nada —expresó con timidez.

Temperance miró hacia la ventana donde, en efecto, los copos se sucedían a mayor velocidad.

—Puedo pedirle a mi cochero que la lleve —se ofreció.

—No será necesario, gracias. El nuestro estará ya aguardando fuera.

Se levantó para acompañarla a la puerta.

—Ha sido muy amable al recibirme —se despidió Harmony.

—Puede usted volver cuando quiera —le dijo. Y luego añadió, sin pensárselo siquiera—. Aunque no sea jueves ni día de visita.

La joven volvió a agradecérselo y ella se preguntó por qué diantres no se había mordido la lengua. ¿No se había repetido hasta la saciedad que lo que sucediera en el seno de aquella familia ya no le concernía?

¿Que ya no era asunto suyo?

El cielo plomizo colgaba sobre las crestas de los edificios aquella mañana de finales de febrero. La nieve caída en los últimos días se acumulaba, sucia y deforme, junto a los bordillos y sobre las aceras, pisoteada por cientos de transeúntes hasta formar serpenteantes senderos de un gris apagado. Desde la ventanilla de su carruaje, Joseph Reed agradecía contar con un vehículo apropiado para desplazarse por la ciudad, porque odiaba sentir los pies húmedos y fríos. Cuando el coche se detuvo al fin, también agradeció que lo hiciera bajo una marquesina y que el suelo estuviera allí relativamente seco.

Accedió a las oficinas principales de la Fundición McKenzie y se anunció al joven que se encontraba tras el mostrador del vestíbulo, que desapareció tras una puerta lateral. Regresó al punto y lo acompañó al interior del edificio, hasta un despacho amplio y bien amueblado donde ardía un fuego vivo que mantenía la estancia caldeada.

Frederick J. McKenzie, tan alto y robusto como recordaba y con enormes patillas que le cubrían las mejillas, se levantó para saludarlo.

—Señor Reed, un placer verlo de nuevo —le dijo al tiempo que estrechaba su mano con energía.

—El gusto es mío, señor McKenzie —correspondió al gesto.

Se habían visto en varias ocasiones, de forma breve. Actos benéficos, alguna fiesta, algún evento… Nunca habían trabajado juntos, aunque ambos sabían a qué se dedicaba el otro.

—He de reconocer que me sorprendió recibir su nota ayer —comenzó el empresario del acero—. ¿En qué puedo ayudarlo?

—Tengo intención de iniciar un nuevo proyecto en mi empresa y preciso de materiales —contestó—. He pensado en su fundición.

Aquello no era del todo cierto, pensó Reed en cuanto hubo pronunciado esas palabras. Había sido el abogado, Lionel Ashland, quien le había indicado adónde debía dirigirse, aunque no los motivos.

—¿Qué tipo de material en concreto?

—Láminas de acero.

—Ya veo —contestó McKenzie, con una mueca.

—Necesitaré un pedido considerable.

—No imagina cuánto lamento no poder ayudarlo. —El hombre se retrepó en su sillón.

—Oh, tenía entendido que su fundición podía suministrármelas.

—En otro momento no dude que lo haría. Sin embargo, ahora mismo no dispongo de excedentes. De hecho, tengo toda la producción comprometida al menos hasta el verano.

—Estoy dispuesto a pagarlas bien —insistió Reed—. Hasta un diez por ciento por encima de su precio habitual.

La respuesta del empresario no le había sorprendido. Ashland ya le había adelantado que, probablemente, McKenzie no dispondría en ese momento de las piezas que necesitaba y, aun así, insistió en que debía acudir a él y solo a él. E incluso le dijo qué tipo de oferta debía hacerle por las láminas. Se trataba de uno de los requisitos de su nuevo socio y Reed no estaba por la labor de cuestionarlos. Desde que ese hombre había entrado en su vida, esta había mejorado de forma sustancial. No sentir aquella espada de Damocles en forma de préstamo abusivo sobre su cabeza había supuesto un gran cambio.

—Me parece usted un hombre honrado, señor Reed —le dijo McKenzie— y cuantos lo conocen no tienen más que buenas palabras hacia su persona. Créame cuando le digo que nada me haría más feliz que poder hacer negocios con usted.

—Es muy amable.

—Si quiere que le recomiende a alguien del ramo… —añadió, afable—. Soy consciente de que se trata de mi propia competencia, pero es lo único que puedo hacer por usted.

—Lo comprendo. —Reed se levantó—. En todo caso, si la situación cambiara de improviso, hágamelo saber.

—Por supuesto, así lo haré.

El escocés lo acompañó hasta la puerta y se despidió de él con un nuevo apretón de manos, aunque esta vez tuvo la sensación de que con menos ímpetu.

Reed volvió a preguntarse de qué iba todo aquello. Mientras el carruaje lo conducía de regreso a su propia oficina, una creciente inquietud se fue formando en la boca de su estómago.

Si no iba a poder disponer de aquellas láminas, ¿cómo iba a iniciar la producción para la que su socio lo estaba preparando? ¿Y qué papel jugaba Frederick J. McKenzie en todo aquel juego cuyo alcance aún no era capaz de vislumbrar?

Aquella noche, por primera vez desde su llegada a Londres, Temperance iba a asistir a un evento sin la compañía de lord Algernon. Edora Haggard, condesa de Easton, la había invitado a una cena íntima en su casa. No sabía qué esperar de aquellas directrices, ni qué entendería aquella mujer por una cena íntima. ¿Seis invitados? ¿Una docena? ¿Veinte comensales?

A medida que el carruaje la conducía a la mansión de los condes, se sintió inexplicablemente vulnerable. Lord Algernon había sido su escudo protector en todas sus salidas nocturnas y, aunque no temía nada malo ni de Edora Haggard ni de su esposo, una palpable aprensión había comenzado a dominarla. Moses conducía el vehículo esa noche y su proximidad, en cierto modo, le procuró cierta calma, la suficiente como para presentarse ante sus anfitriones con la seguridad a la que estaba acostumbrada.

Esa seguridad estuvo a punto de venirse abajo en cuanto fue conducida al salón principal, donde ya aguardaba el resto de los invitados.

Uno de ellos era Alexander Lockhart.

33

No era la primera vez que Alexander acudía a aquella casa. Jake y Eliot mantenían una fuerte amistad con los condes de Easton, sobre todo con Edora Haggard, una de las mejores amigas de la madre de ambos. Así que, cada vez que los hermanos se encontraban juntos en la ciudad —lo que no sucedía con mucha frecuencia— la condesa tenía por costumbre invitarlos a cenar. No era infrecuente que les propusiera acudir acompañados de sus amigos, por lo que Harold y él habían cenado allí con relativa asiduidad. Esa noche, sin embargo, solo él acompañaba a los Colton. Ni siquiera había asistido Gilbert Ross, el mejor amigo y compañero de estudios de Eliot, ni tampoco el conde, a quien un asunto de negocios mantenía lejos de Londres. Alexander se preguntaba a qué damas habría invitado la condesa para no romper las reglas de etiqueta al cenar a solas con tres caballeros y, en cuanto vio aparecer a Temperance Whitaker, intuyó que aquella velada iba a resultar de lo más interesante. Mucho más de lo esperado.

En cuanto ella lo vio allí, frunció el ceño, sin duda tan asombrada como molesta, y él alzó los hombros, indicándole que no tenía nada que ver con aquella —para él— afortunada coincidencia.

—Imagino que ya conocen a la señorita Whitaker —la presentó la condesa.

—Me temo que yo no he tenido aún el placer. —Eliot se adelantó un paso y besó la mano enguantada de la recién llegada.

El menor de los Colton no era tan corpulento como su hermano y tenía el cabello de un tono más claro. Era atractivo, de ojos expresivos y rasgos suaves, y su aura, una preciada mezcla entre vulnerabilidad y determinación, resultaba tan magnética como seductora. Mientras tomaban un refrigerio antes de la cena, Alexander asistía casi en silencio a la charla que ambos mantenían a dos pasos de él.

—Me parece admirable que decidiera usted estudiar medicina. Según tengo entendido, sus padres pertenecen a la nobleza —le decía ella en ese instante.

—Así es, aunque nunca he considerado que ambas cosas fueran excluyentes. Desde muy niño quise tener la oportunidad de poder ayudar a los demás. No siempre fue posible, por desgracia, pero espero hacerlo en el futuro y continuar mejorando día a día.

—Creo que yo sería incapaz de realizar ese trabajo, aunque tuviese la oportunidad de acceder a ese tipo de educación —señaló la señorita Whitaker—. La visión de la sangre me enferma.

—No es agradable, lo reconozco —confirmó Eliot—, y la cirugía es sin duda la parte más complicada de nuestra labor, aunque tan necesaria como todo lo demás.

—Mi hermano ha pasado los últimos meses en Edimburgo —Jake pasó un brazo sobre los hombros de Eliot con evidente satisfacción—, estudiando con uno de los mejores cirujanos del mundo.

—Bueno, quizá del mundo sea exagerarlo un poco —comentó Eliot, un tanto cohibido.

—Uno de los mejores, entonces —concedió Jake.

—Todos estamos muy orgullosos de estos jóvenes —sentenció Edora Haggard, que incluyó a Alexander con una mirada.

El comentario le resultó tan halagador como curioso, habida cuenta de que esa bella y admirable mujer era poco más de una década mayor que él.

—¿Qué les parece si pasamos ya al comedor? —preguntó entonces la condesa.

Jake le ofreció el brazo y Eliot hizo lo mismo con la señorita Whitaker. Alexander los siguió en último lugar.

Apenas había podido pronunciar media docena de palabras desde su llegada.

Aunque la presencia del señor Lockhart la mantenía en un estado de tensión constante, Temperance hubo de reconocer que la cena resultó muy agradable. Los hermanos Colton se revelaron como dos grandes conversadores y era evidente que apreciaban a la anfitriona. Según pudo deducir de algunas anécdotas que salieron a colación, la dama había pasado una temporada, muchos años atrás, en Blackrose Manor, la casa que la familia poseía en el condado de Hereford. Jake le habló de la sidra que fabricaban allí aprovechando que Edora Haggard había sacado un par de botellas, y le pareció absolutamente deliciosa.

La condesa presidía la mesa, con Jake a su derecha y ella a su izquierda. Junto a Temperance se había sentado Eliot, así que tenía a Alexander en diagonal. Procuraba mirarlo lo menos posible, aunque él se mostraba distendido e incluso compartió también algunos recuerdos de su estancia en la casa de los hermanos. El pueblo de Falmouth debía de ser un lugar encantador.

—Mi intención es acabar ejerciendo la medicina allí —señaló Eliot.

—¿No disponen de médico?

—Sí, desde luego, y uno bastante competente, además. Pero el pueblo ha crecido mucho en los últimos años y está desbordado.

—Mi familia quiere abrir allí un pequeño hospital —dijo Jake—, así que no les faltará trabajo a ninguno de los dos.

—Oh, qué iniciativa tan loable. Imagino que a sus padres también les parecerá fantástico que vaya usted a residir tan cerca de ellos.

—Están muy complacidos, sí.

—Y nuestros hermanos pequeños también —puntualizó Jake.

—Ah, no sabía que tuvieran más familia.

—Una chica y un chico...

—Nellie y Arthur —finalizó Eliot con orgullo.

—Y son absolutamente adorables —añadió Edora Haggard.

La conversación se desarrolló de forma relajada durante varios minutos y, si no hubiera sido por la presencia turbadora de Alexander y su inquisitiva mirada, la habría disfrutado mucho más.

—Cuénteme, Temperance, ¿ya ha visitado la National Gallery? —inquirió la condesa cuando llegaron al postre, un exquisito suflé de naranja.

—Aún no he tenido ocasión —contestó—. He estado algo ocupada y, con el frío que ha hecho estos últimos días, no resultaba muy apetecible salir de casa.

—Claro, es comprensible. Le aconsejo que no se marche de Londres sin dedicarle al menos una mañana.

—Descuide...

—Seguro que Alexander la acompañaría con mucho gusto —propuso la dama con una sonrisa un tanto pícara—. ¿No es así, querido?

—Eh, sí, claro, por supuesto. —El aludido se había quedado inmóvil en el gesto de llevarse la cuchara a la boca e intercambió con Temperance una elocuente mirada—. Será un auténtico placer.

—No creo que sea necesario... —comenzó a decir ella.

—Le garantizo que el señor Lockhart conoce el museo al detalle y que será un guía extraordinario —la interrumpió Edora.

—¿Sí? —Aquella información le resultó desconcertante.

—Su hermano William forma parte de la junta directiva y Alexander ha pasado allí muchas horas en los últimos años.

—Hace ya tiempo de eso —confirmó él—, aunque dudo mucho que haya cambiado tanto desde mi última visita.

—¿Lo ve? —preguntó ufana la condesa de Easton—. Arreglado. Podrían ir esta misma semana, antes de que llegue el buen tiempo y los compromisos sociales vuelvan a abrumarla.

—¿Usted no nos acompañará? —inquirió Temperance, que

trataba de evitar por todos los medios una salida a solas con Alexander, aunque llevara a Seline como carabina.

—Me temo que mis obligaciones maternas me tienen demasiado ocupada —se disculpó—. Pero espero que luego venga a verme y me cuente lo que le ha parecido.

—Claro, así lo haré.

Volvió a concentrarse en su postre, al tiempo que se preguntaba cómo diantres había terminado colocándose en una situación tan comprometida.

Tomaron el café en el salón, donde Temperance ocupó uno de los divanes y Alexander se sentó junto a ella. En un momento dado, cuando los hermanos Colton se enfrascaron en una conversación con la anfitriona, aprovechó para dirigirse a él.

—No está obligado a acompañarme —le susurró.

—Lo sé, pero será un placer hacerlo.

—Señor Lockhart...

—Prometo no volver a besarla —musitó entre dientes.

La taza que ella sostenía tembló sobre el platillo y tuvo que sujetarla con la otra mano. De reojo vio el gesto divertido de su acompañante.

—Dígame que esto no ha sido cosa suya.

—En absoluto —confesó—. La condesa de Easton no se dejaría influenciar por nadie. Simplemente creo que ha pensado que sería una buena idea.

—¿Y está de acuerdo con ella?

—Bueno, es verdad que conozco bien el museo —le aseguró—, e incluso podría mostrarle los sótanos. Allí se guardan muchísimas obras que, por motivos de espacio, no pueden exhibirse en las salas.

La propuesta era tentadora, no podía negarlo.

—Me lo pensaré —accedió al fin.

—Perfecto. ¿Le va bien el próximo miércoles?

Con la ayuda de su doncella Daphne, Ernestine desempaquetó sus últimas compras. Se trataba de un abrigo entallado de color violeta con un precioso sombrerito a juego. El día anterior Mathilda lo había visto en un escaparate y se había quedado prendada de él. En cuanto ella lo vio también, le sucedió exactamente lo mismo. El problema era que la familia de Mathilda no tenía cuenta en aquella exclusiva *boutique* de Bond Street, así que no había podido adquirirlo. Le aseguró que regresaría al día siguiente a por el conjunto, pero en cuanto se despidieron un par de horas más tarde, Ernestine se apresuró a volver al establecimiento. Al inicio de su primera temporada, su padre había abierto cuenta en las tiendas más lujosas de la ciudad, y aquella no era una excepción, así que pudo llevárselo sin problema.

Frente al espejo de su habitación, se probó las dos piezas.

—Con uno de los vestidos de color lavanda, será un conjunto magnífico —comentó Daphne.

—Este tono me favorece mucho, ¿no crees?

—Desde luego, su cabello destaca de forma especial.

Sí, estaba de acuerdo. A Mathilda, con su pelo oscuro, no le habría quedado tan bien. Probablemente se enfadaría cuando descubriera que era ella quien se lo había llevado, pero tampoco importaba demasiado. Ya intentaría convencerla de que el tono no la favorecía. Incluso se ofrecería a prestárselo una vez lo hubiera estrenado, aunque sabía que no aceptaría. Además, ¿no era mejor que lo hubiera adquirido alguien cercano en lugar de una desconocida? De todos modos, era tan bonito que probablemente su amiga no lo habría encontrado tampoco al día siguiente. La dependienta le había asegurado que lo habían colocado en el escaparate esa misma mañana y que ella era la cuarta persona que preguntaba por él. Así que, después de todo, incluso debería estarle agradecida.

—Probemos con uno de esos vestidos —le dijo a Daphne mientras se quitaba la prenda.

Necesitaba ver el resultado final para decidir en qué ocasión sería mejor estrenarlo. Quizá, pensó en un momento dado, en una en la que no fuera a coincidir con Mathilda.

Temperance revisaba la correspondencia. Había recibido una nueva carta de Claudia Jane y otra de Edora, agradeciéndole su asistencia a la cena, que esperaba que hubiera disfrutado. Sin embargo, lo que en ese momento la tenía absorta era una misiva muy diferente, una que podía trastocar sus planes. La releyó un par de veces más, mientras su mente trabajaba rápido en busca de una posible solución. Desde el inicio de aquella aventura, había sido consciente de la posibilidad de que no todo saliera según sus propósitos y se viera obligada a ir adaptándose a las dificultades que pudieran surgir en el camino. Como mantenía la puerta del despacho abierta, escuchó que alguien se acercaba. Con cierta rabia contenida, arrugó el papel en la palma de la mano y se recostó contra el respaldo de la silla.

—Tiene visita, señorita Whitaker —anunció Seline, entrando en el pequeño despacho.

—Hoy no es día de recibir.

—Se trata de la condesa de Folkston, y viene acompañada de otras dos señoras. Le ruegan unos minutos de su tiempo.

—Diles que no estoy en casa. —La idea de tener que charlar con aquella insufrible mujer era más de lo que podía soportar en ese momento.

—Pero es que las otras dos damas son la condesa de Abingdon y su hija, la señora Dixon.

—¿Gwendolyn Dixon? —Irguió la espalda.

—En efecto. Me pidió que la avisara si algún día se presentaba...

—Hazlas pasar a la salita —ordenó con la boca súbitamente seca.

Gwen estaba en su casa. A esas alturas la hacía de regreso en Mánchester. ¿Qué habría venido a hacer allí, y en una compañía tan extraña? Era poco probable que buscara un enfrentamiento, y menos con una testigo como la condesa de Folkston, así que debía de tratarse de otro asunto.

Trató de mantener la calma. Se alisó el vestido y comprobó su disfraz en el espejo. Todo estaba en su sitio. Además, la salita era una estancia pequeña con poca luz, y confiaba en que el día gris que se desplegaba al otro lado de la ventana la ayudara a pasar un poco más desapercibida.

Bajó las escaleras aspirando y espirando el aire a grandes bocanadas para sosegar el pulso que le latía encabritado en las muñecas y, cuando se encontró frente a la puerta, había recuperado la compostura.

—Condesa de Folkston —saludó al entrar—. Qué visita tan inesperada.

—Señorita Whitaker —La mujer se levantó de la silla que había ocupado—. Espero que perdone esta intromisión en su hogar. Ya sé que no es su día de recibir, pero queríamos tratar un asunto con usted y nos pareció más conveniente hacerlo en la intimidad.

Aquellas palabras la pusieron alerta, aunque no dejó traslucir ningún atisbo de preocupación.

—Por supuesto —dijo en cambio, con una sonrisa.

—Permítame que le presente a la condesa de Abingdon y a su hija, la señora Dixon.

Temperance las miró a ambas mientras las saludaba. Aquellos ojos de color miel apenas le dedicaron una mirada de circunstancias.

—He pedido que nos preparen un poco de té —les dijo, invitándolas a tomar asiento.

—Muy amable por su parte —dijo la condesa de Abingdon.

Era una mujer atractiva, algo entrada en carnes, con los ojos de un tono muy similar al de su hija, y los labios dibujados de idéntica forma.

—No sé si lo sabe —comenzó la condesa de Folkston—, pero formamos parte de una organización benéfica que trata de ayudar a los niños más desfavorecidos de Londres.

Así que se trataba de eso, pensó. Casi se echó a reír de puro alivio. Aquellas mujeres habían venido a pedirle dinero.

—Una labor encomiable, sin duda —dijo.

—Estamos recaudando fondos para construir una nueva escuela en Whitechapel y un hospicio para niños sin hogar.

—Las damas de la alta sociedad acostumbran a participar en organizaciones de esta índole —comentó Gwen.

Volver a escuchar su voz casi le provocó un sobresalto. Excepto porque sonaba un poco más grave, era exactamente la misma. Ella, desde que se había sentado, había tratado de adoptar un tono diferente y mantenía las manos bien sujetas sobre el regazo para evitar hacer algún gesto que pudiera delatarla.

—El hecho es que, en fin —dijo la madre de su amiga—, somos conscientes de que no es usted inglesa y que nuestras costumbres quizá puedan resultarle poco ortodoxas.

—En absoluto —carraspeó—. En Nueva York también es habitual colaborar para ayudar a los más desamparados.

—Me alegra oírlo. —La condesa de Folkston sonrió, encantada—. Quizá le gustaría apoyar de algún modo nuestra causa.

—Puede donar algún objeto para subastar —puntualizó Gwen— o hacer una contribución monetaria. Lo que le parezca mejor.

—Por supuesto, estaré encantada de participar.

—Es usted muy generosa, señorita Whitaker. —La condesa de Abingdon inclinó ligeramente la cabeza en su dirección—. No sé cuánto tiempo tiene intención de permanecer en Londres, pero confío en que pueda comprobar por sí misma el provecho que reportará su aportación.

—Oh, aún no sé cuánto se alargará mi estancia, pero no me cabe duda de que harán buen uso de ella.

Durante los siguientes minutos, conversaron sobre los proyectos que la organización había puesto ya en marcha. Gwen contribuía poco y de forma un tanto cohibida, pero, cuando lo hacía, parecía realmente ilusionada con el trabajo que llevaban a cabo. Era en esos momentos cuando veía en ella a la niña que había sido y supo sin temor a equivocarse que seguía siendo la maravillosa persona que recordaba.

34

Un hombre de la posición social de Conrad Barton no podía permitirse no pertenecer a ningún club de caballeros. Conocía casos en los que miembros importantes de la sociedad habían dejado de pagar a sus acreedores antes que renunciar a las abultadas cuotas de socio que exigían ese tipo de establecimientos. En lugares como aquel se cerraban tratos, se hacían contactos e incluso se concertaban matrimonios para los hijos. No dejarse ver de tanto en tanto en alguno de ellos era casi como condenarse al ostracismo social y eso era algo que el vizconde Bainbridge no estaba dispuesto a consentir. Sus ingresos podían ser limitados en comparación con otros pares del reino, pero aún podía permitirse ser miembro de uno de aquellos clubes.

Esa noche de primeros de marzo se hallaba cómodamente instalado en una de las confortables butacas situadas en una esquina del recinto. Había charlado unos minutos con un par de conocidos, echado un vistazo a la prensa y comido un buen bistec con guarnición. En ese momento se encontraba disfrutando de una copa de excelente brandi antes de regresar a casa, una copa que estuvo a punto de dejar a medias cuando vio que Gordon Cleyburne aparecía en el club y, tras percatarse de su presencia, se aproximaba hasta él.

—¿Puedo acompañarle? —le preguntó.

—Estaba a punto de retirarme ya —contestó en tono seco.

—Entonces seré breve.

El barón tomó asiento y Conrad se preparó para lo peor. Muchos años atrás, cuando Oakford había descubierto aquellas cartas tan comprometedoras sobre su hermano, lo había chantajeado con hacerlas públicas si no le entregaba una cuarta parte de sus tierras. Había accedido, por supuesto, con la vana ilusión de que aquello sería todo cuanto su vecino querría de él. Pero no había sido así. Aunque era evidente que Conrad ya no revestía para él una especial importancia a nivel económico, aún podía resultarle útil para otros menesteres. Desde entonces, de tanto en tanto, lo había presionado para que votara en el Parlamento a favor o en contra de algunas leyes que lo beneficiaban o perjudicaban, o lo había utilizado, sobre todo al principio, para entablar contacto con algunos de los miembros más prominentes de la alta sociedad.

Conrad pecó nuevamente de ingenuo tras el fallecimiento de su hermano. Pensó que, con Jonathan muerto, Cleyburne abandonaría sus sucias prácticas, pero comprendió que aquel hecho, en realidad, carecía de importancia, y que aquella documentación comprometedora aún podría perjudicarles. Así que, más de dos décadas después de aquel feo asunto, en determinadas situaciones todavía continuaba bajo el yugo de ese miserable.

—Como debe saber, el tema de China continúa siendo un asunto sin resolver para el gobierno británico —comenzó—. Hasta el momento, nuestro país no se ha mostrado muy proclive a entrar en un conflicto de forma abierta, aunque eso podría cambiar en breve.

—¿Qué quiere decir?

—Lord Palmerston podría cambiar de parecer.

—Hasta la fecha se ha mostrado contrario a la guerra.

—En efecto, pero informaciones recientes le han hecho considerar que tal vez China no sea un rival tan fuerte como suponía.

—¿Y eso en qué puede concernirme?

—Llegado el caso, el tema se discutirá y votará en la Cámara. Quiero que usted vote a favor.

—¿A favor de la guerra? —Conrad alzó ambas cejas.

—Así es.

—Ni lo sueñe.

—¿Disculpe? —Cleyburne lo miró, con aquella expresión de suficiencia que tanto había llegado a odiar.

—No votaré a favor de enviar a nuestros soldados a la otra punta del mundo solo porque algunos comerciantes sin escrúpulos han perdido sus cargamentos de opio.

—Sabe perfectamente que esa no es la cuestión o, mejor dicho, que el asunto es mucho más complicado que esa explicación simplista que acaba de ofrecerme.

—Pues no me interesa conocer el resto.

—Gran Bretaña no puede tolerar que un país extranjero juzgue a sus súbditos, ni que coaccione a otros para que no se comercie con ellos.

—El mundo es grande, ya encontraremos otros mercados.

—Me temo que no me ha comprendido, Barton.

—Le he entendido perfectamente —gruñó.

Cleyburne lo contempló con fijeza y Conrad le sostuvo la mirada sin inmutarse. El barón alzó la mano y un camarero acudió, solícito. Pidió una copa de brandi para él y otra para Conrad, aunque este negó con la cabeza al muchacho, que desapareció y regresó en pocos segundos con la comanda.

—¿No me acompaña? —preguntó el barón.

—Me marcho ya.

—Una lástima. —Chasqueó la lengua—. Había pensado que podríamos charlar un poco sobre nuestras hijas.

—¿Cómo?

—Su pequeña, Harmony se llama, ¿cierto?

—Sí —murmuró.

—Tengo entendido que esta es su segunda temporada en sociedad. —Cleyburne bebió un sorbo de su vaso sin dejar de mirarlo—. Resulta difícil encontrar un marido apropiado, ¿no le parece?

—Aún es joven.

—En efecto, pero no me negará que resulta complicado hallar al candidato perfecto —continuó—, y eso en circunstancias normales. Imagine si cualquiera de las jóvenes de nuestro círculo se viera salpicada por algún escándalo. ¿No sería terrible?

Conrad sintió que una oleada de rabia ascendía a toda prisa por su estómago. Cerró los puños con fuerza, hasta clavarse las uñas en las palmas. Aquel bastardo estaba amenazando a su hija de forma evidente y delante de sus narices. Si no fuera porque era un caballero y aquello podría llevarlo incluso a prisión, se habría abalanzado sobre él y le habría abierto la cabeza con lo primero que hubiera encontrado a mano.

—En fin, es una lástima que tenga usted que irse tan pronto. —Cleyburne se levantó, tomó su vaso aún lleno y se despidió—. Que tenga una buena noche, vizconde Bainbridge.

Conrad aún permaneció unos minutos allí sentado, tratando de recuperar la calma, con el pulso atronándole en los oídos y unas ganas inmensas de beberse todo el brandi que guardaran en la bodega.

Fuera caía una lluvia torrencial. El estrépito de las gotas estrellándose contra el pavimento había logrado sofocar en parte los gemidos de la mujer que permanecía con el vientre abierto sobre la mesa de operaciones del doctor Solomon Peyton-Jones. A esas alturas, la pobre ya no emitía sonido alguno, pues su corazón había dejado de latir unos minutos atrás.

Solomon revisó sus notas, una vez más. Le había suministrado la dosis de opio apropiada —sabía que había médicos probando otros procedimientos de anestesia inducida por gases, pero era una técnica que no conocía— y había realizado el corte según indicaba el libro de anatomía. El tumor que la paciente presentaba adherido a uno de sus ovarios era de gran tamaño y le había resultado imposible seccionarlo sin provocar un daño aún mayor. Frente a la aterrada mirada de su ayudante, Julius, trató en vano de cerrar la herida, pero la mujer acabó desangrándose sobre la mesa sin que hubiera podido hacer nada por evitarlo.

Con los antebrazos llenos hasta el codo del líquido viscoso, Solomon se prestó a cerrar la incisión.

—Era una operación complicada —sentenció en voz alta.

—Sí, doctor —respondió Julius, con el rostro ceniciento.

El joven había comenzado a limpiar el suelo y no se atrevía a mirar a la paciente, una mujer de unos treinta y cinco años, con los senos llenos de estrías cayendo a ambos lados de su torso desnudo. Era una prostituta de Londres, madre de tres hijos de padres distintos, que se personó en la consulta dos semanas atrás con el abdomen rígido e hinchado. En un primer momento, Solomon pensó que era otro embarazo, pero la mujer insistió en que se trataba de otra cosa. Ya había parido antes y los síntomas eran totalmente distintos, entre ellos un dolor atroz. Tras una primera palpación, Solomon intuyó lo que podía encontrarse una vez decidiera operarla.

Para un hombre con los limitados conocimientos de Peyton-Jones el único modo de formarse en el campo de la medicina consistía en tratar a cuantos pacientes acabaran en sus manos. La experiencia que le proporcionaba cada uno de ellos era fundamental para llevar a cabo su labor. Sus conejillos de Indias eran siempre personas de baja condición, que no podían pagar a un cirujano de verdad y accedían a ponerse en sus manos a cambio de un puñado de monedas. Para aquellas pobres gentes el médico era casi un benefactor, dispuesto a ayudar a los más necesitados. Para él, sin embargo, ellos no eran más que un medio para obtener la formación de la que carecía.

Su buena fama entre los desharrapados se había cimentado en un elevado número de éxitos a la hora de tratar pequeños males, desde un flemón infectado hasta un resfriado o la extirpación de algún quiste. Cuando la dolencia era grave, en cambio, el resultado se parecía más al que en ese momento permanecía sobre su mesa. A pesar de ello, sabía a ciencia cierta que los escasos familiares de la paciente le agradecerían el intento, sin ser conscientes de que en manos más experimentadas era muy probable que la finada hubiera logrado sobrevivir.

Por suerte para él, la cantidad de enfermos a su disposición era casi infinita. Había comenzado a interesarse por los casos más complicados, ya que, a fin de cuentas, se decía, cualquiera podía recetar un poco de láudano para algún dolor o aplicar un ungüento en una llaga purulenta.

Si aspiraba a ser un médico de verdad, debía dominar el arte de la cirugía. Aunque ello supusiera terminar empapado hasta las cejas de sangre ajena un día sí y otro también. Nadie iba a exigirle explicaciones por la muerte de una puta, un mendigo o un huérfano sin hogar.

La National Gallery era un edificio de estilo neoclásico ubicado en Trafalgar Square, al que se accedía tras atravesar un domo sostenido por ocho columnas. El edificio actual, según la informó Alexander, se inauguró en 1838 y ya muchos lo consideraban demasiado reducido para alojar tamaña colección.

Temperance, que había albergado serias dudas con respecto a aquella cita impuesta por la condesa de Easton, descubrió en cambio que Alexander era un gran conversador y un gran entendido en la historia de aquel edificio y las colecciones que albergaba.

—Estuvo inicialmente ubicado en Pall Mall, en la antigua casa del hombre que dio inicio al museo, Julius Angerstein —le contó en cuanto atravesaron las puertas—. Fue él quien, a su muerte, dejó un legado de treinta y ocho pinturas que la Cámara de los Comunes decidió adquirir, tras haber dejado escapar muchas obras de arte importantes que ahora lucen en pinacotecas de todo el mundo. Una verdadera lástima.

—Sospecho que no para los ciudadanos que ahora tienen acceso a ellas en distintos lugares del planeta —comentó ella.

—Cierto —asintió él, que continuó con su explicación—. Hace unos años se aprobó el proyecto para construir esta nueva sede que, como podrá comprobar, se ha vuelto a quedar pequeña. Ya hay quienes abogan por una ampliación del edificio.

—Imagino que usted entre ellos.

—Por supuesto. Además, debemos preservar nuestro patrimonio artístico, especialmente las obras de artistas británicos, ¿no está de acuerdo?

—En principio debería estarlo, pero eso supondría que solo podría admirar cuadros de los ingleses en Inglaterra, de los italianos en Italia o de los españoles en España. No todo el mundo tiene la oportunidad de viajar a todos esos lugares para disfrutar del arte.

—Desde luego, aunque no me estaba refiriendo a todos los cuadros —apuntó él—. Sin ir más lejos, en la National Gallery se exponen obras de Tiziano, Rafael o Leonardo da Vinci. No obstante, sería de desear que las piezas de nuestros artistas no se dispersaran por el planeta por falta de fondos o por desidia, y que una parte importante de su obra pudiera permanecer aquí.

—No me queda sino darle la razón —concedió ella.

—Me gusta cuando está de acuerdo conmigo —contratacó él, con un guiño.

Temperance sintió un conocido calor en las mejillas y echó un vistazo a su doncella, que caminaba un par de pasos tras ellos. O no había escuchado el comentario del señor Lockhart o había preferido ignorarlo.

Alexander siguió guiándolas a través de las distintas salas y les relató los pormenores de tal o cual adquisición o incluso la historia de algunos cuadros. Ella asistía a sus explicaciones del todo embelesada y hasta Seline parecía fascinada por cuanto les decía.

—Sería usted un profesor excelente —atestiguó Temperance.

—No sé si el señor Beaufort estaría de acuerdo con esa afirmación —rio, quedo.

—¿Quién?

—Mi profesor de Historia del Arte en Oxford.

—No sabía que había cursado estudios de Arte. —Lo miró entre sorprendida y admirada.

—Cursé estudios de muchas cosas, aunque los artísticos solo fueron un pasatiempo. La mayoría de mis asignaturas tenían más que ver con las leyes y la economía.

—¿Pintaba usted?

—Con poco acierto —sonrió él—. Me temo que Dios no me concedió el don de la proporcionalidad ni de la perspectiva. Una vez traté de pintar un retrato de Harold Barton, y he de confesar que fue mi último intento.

—Quizá podría haber optado por la caricatura —sugirió ella, divertida.

—Créame, también hice mis pinitos en ese campo, con bastante más éxito a juzgar por mis compañeros de entonces. —Se quedó unos segundos en silencio, como si rememorara aquella parte de su juventud—. ¿Y usted?

—¿Yo? —preguntó, atrapada en la bruma de su afilada mirada.

—¿Pinta?

—Probé con las acuarelas cuando era niña, pero no. —El recuerdo de tío Markus y ella en el estudio de Warford Hall la asaltó de repente y tuvo que tragar saliva—. Dibujo algo, al carboncillo.

—¿Se le da bien?

—Tengo buen pulso —contestó, sin comprometerse.

Seline carraspeó a su lado y Temperance volvió la cabeza en su dirección.

—De acuerdo, no se me da mal —accedió al fin.

Alexander miró a ambas mujeres.

—Tengo la sensación de que su doncella sería una excelente fuente de información sobre sus aptitudes.

—Puede probar si quiere —lo incitó ella—, aunque no le auguro éxito alguno.

Alexander debió de pensar lo mismo a juzgar por la mirada mordaz que la mujer de color le dirigió y que evidenciaba más allá de las palabras que jamás traicionaría a su señora.

—¿Quiere ver ahora los cuadros de la condesa de Easton? —preguntó en cambio.

—Oh, sí, me encantaría.

Le ofreció el brazo y ella lo aceptó. Estaba disfrutando de aquella jornada mucho más de lo que habría esperado.

Temperance intuyó que algo no iba como debía cuando fue Moses y no el mayordomo quien le abrió la puerta de su casa.

—Tiene visita —le susurró al tiempo que se hacía cargo de su abrigo y su sombrero.

—¿Ahora? —inquirió, un tanto molesta.

No se encontraba de humor para recibir a nadie. La mañana había resultado placentera, pero también agotadora. Solo quería subir a su habitación, quitarse la peluca y el vestido y descansar un par de horas.

—La señora Dixon está aquí de nuevo.

Aún no se había acostumbrado a asociar aquel nombre con Gwen y le llevó un par de segundos relacionarlos. ¿Otra vez habían acudido las damas de aquella organización benéfica?

—Dígales que estaré con ellas en unos minutos.

—Ha venido sola —la informó Moses—. Llegó hace más de una hora e insistió en esperarla.

Temperance apretó los labios. Encontrarse a solas con Gwen era demasiado arriesgado, aunque tampoco podía eludirla si se había comprometido a colaborar en su organización. Le entregó los guantes a Seline y se contempló en el espejo del recibidor. Todo permanecía en su sitio, pese a las horas transcurridas, aunque se sentía tan expuesta como si fuese desnuda. Decidió subir un momento, pese a todo, para que la doncella le retocara un poco el maquillaje y comprobara que la peluca no se movería de lugar.

Entretanto, pidió que les sirvieran algo y, cuando volvió a bajar, se dirigió a la salita. Confiaba en poder solventar aquel asunto a la mayor brevedad.

—Señora Dixon, qué agradable volver a verla —la saludó al entrar, de nuevo metida en su papel.

En la mesita de centro, una de las criadas había colocado ya una bandeja con té y unas pastas.

—Señorita Whitaker, espero que disculpe mi atrevimiento por presentarme en su casa sin avisar.

—Oh, no, es usted bienvenida. ¿Le sirvo una taza?

—Sí, gracias. Con dos terrones de azúcar, por favor.

Temperance tuvo que hacer un esfuerzo de voluntad para que el pulso no le temblara y acabó entregándole la bebida sin un solo percance. Luego se sirvió una taza para ella y tomó asiento.

—¿Lo bebe sin azúcar? —preguntó Gwen.

—Eh... —Miró su taza—. En realidad, no.

Sonrió un tanto cohibida y volvió a levantarse para añadirse un terrón. A ella nunca le había gustado tan dulce como a Gwen.

—Vengo de visitar la National Gallery y parece que estoy más cansada de lo que esperaba —se disculpó.

—Confío en que haya disfrutado de la excursión.

—Oh, desde luego, ha sido sumamente enriquecedora. —Se llevó la taza a los labios con el pulso firme—. Incluso hemos recorrido los sótanos. Es increíble la cantidad de obras que permanecen allí, aguardando el momento de ser expuestas.

—Eso dicen.

—Me habían comentado que el espacio abierto al público es demasiado reducido para albergarlas todas.

—Ya...

—Y he podido comprobarlo por mí misma. —Bebió otro sorbo de té—. Quizá en unos días vaya a visitar también la Casa Montagu.

—Claro.

—Dicen que...

De repente, Gwen se echó hacia delante en el sofá de forma brusca y dejó la taza y el platillo sobre la mesa, con tanta fuerza que Temperance temió por su integridad.

—Ya basta —la increpó—. ¿Hasta cuándo vas a hacer durar esta pantomima?

—¿Cómo... dice? —La boca se le secó de inmediato.

—Sabes perfectamente de lo que estoy hablando... Grace.

35

—Tengo la sensación de que me confunde con otra persona —balbuceó Temperance, apenas sin resuello, en un intento por mantener a flote aquella farsa.

—Eso mismo fue lo que pensé yo la primera vez, cuando te vi en la fiesta tras la boda de la reina —rebatió Gwen—. Me dije: «No puede ser. Está muerta. Grace murió años atrás. Esa mujer se le asemeja mucho, pero no es más que una coincidencia». E igual supuse el día que coincidimos en la ópera, e incluso se lo mencioné a Phillip... Phillip es mi marido, ¿sabes?

—Eh, me temo que aún no he tenido el gusto de... —habló en un susurro contenido.

—Pero el otro día, oh, el otro día ya no me quedó ninguna duda —continuó, como si no la hubiera escuchado—. Me refiero a cuando estuve aquí con mi madre y la condesa de Folkston. ¿Sabes que fue idea mía venir a tu casa? Necesitaba cerciorarme y no se me ocurrió una excusa mejor que aquella. A mi madre no le hizo ninguna gracia; a fin de cuentas, no formas parte de la aristocracia británica, pero yo necesitaba verte de cerca, oírte hablar...

Gwen parecía alterada, tanto que se había levantado y se movía por el salón, inquieta, retorciendo las manos con furia.

—Señora Dixon...

—¡Oh, deja de llamarme así! —Se detuvo y le lanzó una mirada furibunda, una que ella jamás le había visto—. Desde que estuve aquí no he logrado dormir ni una noche entera, preguntándome por qué diablos me habías hecho creer que habías muerto. ¿Sabías que cuando me enteré de tu supuesto fallecimiento me pasé cuatro semanas llorando y casi una sin comer? —A Temperance, con el corazón encogido, le resultó evidente que no aguardaba una respuesta, porque continuó hablando como si no la esperara—. Pero estos últimos días, cuanto más pensaba en ello, más convencida estaba de que no podía haber sido cosa tuya. ¿Qué edad tendrías entonces? ¿Trece? Tuvo que ser algún adulto quien tomara esa decisión por ti, así que me dije que debió haber sido tu padre. Entonces todo empezó a cobrar sentido. Quizá su marcha se debió a algún delito que había cometido y, cuando al fin te reuniste con él, decidió que ambos adoptarais otro nombre para poder iniciar una nueva vida en Australia. Así que, después de todo, comprendí que no podía culparte por aquello, porque no hacías sino seguir las órdenes que te habían dado. «Pero ¿y después? —me pregunté—. ¿Por qué no me lo dijo después?». Me llevó otro día convencerme de que el delito de tu padre debió haber sido muy grave y que por eso no podías contármelo, y, créeme, he llegado a aceptarlo. Sin embargo, has venido a Londres. —La miró, con los ojos brillantes—. Estás aquí, de nuevo, desde hace varios meses según he averiguado, y no te has tomado la molestia de venir a verme, ni siquiera de acercarte para hablar conmigo, como si yo no fuera nadie, como si la mejor amiga que creí un día tener en realidad solo hubiera estado en mi imaginación. Y eso sí que no puedo perdonártelo, Grace. No puedo... —terminó, quebrándose y con una mano sobre el pecho.

Temperance sentía la garganta contraída en un fino hilo que no le permitía ni tragar saliva. Todas las lágrimas del mundo parecían haberse acumulado en ese estrecho pasadizo dentro de su cuello. La cabeza había comenzado a picarle, y tenía que hacer verdaderos esfuerzos para no alzar las manos y arrancarse la peluca de un manotazo. Las palabras pugnaban por salir de sus labios, aunque no se atrevía a pronunciarlas. No deseaba herir a su amiga, pero era mejor que la mantuviera al margen de todo aquello. Muchas cosas podían salir mal. Lo que le llegara a ocurrir a ella misma ya lo había asumido, pero se moriría si el escándalo salpicaba a aquella mujer que tanto había significado en su vida.

—Me temo… Me temo que debo insistir en que se confunde usted de persona —logró articular al fin, con un dolor indescriptible.

Gwen la miró, con tanta rabia como tristeza relampagueando en sus ojos. De un manotazo, cogió el bolsito que había dejado sobre el diván.

—Entonces será mejor que me marche —le dijo—, porque es evidente que aquí no hay nada que pueda interesarme. Solo le diré una cosa, *señorita Whitaker*. Cuando haya abandonado esta casa, tenga en cuenta que no volveré. Jamás. Y que no será bien recibida en la mía.

Una compungida y angustiada Temperance observó cómo su amiga recorría la escasa distancia hasta la puerta y, al ver que comenzaba a girar el pomo, el miedo le explotó en la boca.

—Golondrina —profirió, en voz alta.

—¿Qué? —Gwen se detuvo y se giró hacia ella, lívida.

—Guisante, Gacela, Girasol… —continúo Temperance, recordando aquel inofensivo pasatiempo al que jugaban siendo niñas.

Los hombros de Gwen se sacudían mientras lloraba y reía al mismo tiempo.

—Galleta… —balbuceó al fin, todavía sin moverse.

Temperance se puso en pie, con las rodillas temblorosas y sin poder tampoco contener sus propias lágrimas.

—No te vayas, Gwen…

Salvó la distancia que las separaba y la abrazó, y su mejor amiga en el mundo la aceptó entre sus brazos y la apretó con fuerza. Durante varios minutos ninguna fue capaz de hacer otra cosa que llorar por todo el tiempo que habían perdido.

Por todo el tiempo que les habían robado.

Temperance no lograba encontrar palabras suficientes para disculparse. ¿Cómo se podía regresar del mundo de los muertos y borrar el mal causado?

Cuando ambas lograron serenarse lo suficiente, tomó a Gwen de la mano y la condujo a su habitación. Allí pidió que les sirvieran algo de comer, y luego se quitó la peluca y se limpió la cara.

—Oh, tu precioso pelo... —suspiró Gwen, tomando una de sus guedejas entre las manos—. He de reconocer que ese tono castaño me tuvo completamente despistada. Y que ya no tuvieras esa pequita junto a la boca... ¡sabía que la habías ocultado con maquillaje!

—Siempre fuiste la más inteligente de las dos —mencionó, con cierta tristeza.

—No me adules. Continúo enfadada contigo —le aseguró, con el rictus serio de nuevo—. No pienses ni por un instante que te he perdonado.

—Lo sé, ni siquiera sé si soy capaz de perdonarme a mí misma... Pero tuve que tomar una determinación. Creo que será mejor que te sientes. Tengo una historia que contarte. Una muy larga.

En un rincón del dormitorio había una mesa con dos sillas, y allí les sirvieron el almuerzo. Frente a unos emparedados y un tazón de sopa, que apenas tocaron, Temperance inició su relato, y comenzó hablando de su padre y de aquellas cartas. Decidió no ocultarle nada, así que fue como volver a revivirlo todo de nuevo. Aquella tarde, en aquella lujosa mansión de Mayfair, se derramaron muchas lágrimas y se compartieron muchos secretos.

—¿Por eso has vuelto? —preguntó Gwen, una vez finalizada la larga explicación—. ¿Para vengarte?

—Desde que descubrí lo que había pasado, no he conseguido pensar en otra cosa —reconoció—. Quise escribirte y contártelo todo, necesitaba hacerlo, pero decidí que primero era preciso que los culpables pagaran por lo que nos habían hecho a mi padre y a mí.

—¿Y si yo no hubiera aparecido? ¿Si no te hubiera reconocido?

—Habría ido a buscarte en cuanto todo hubiera terminado.

—¿Lo dices de verdad? —La voz de Gwen sonó algo más ronca.

—¿Acaso lo dudas? —Temperance le apretó la mano por encima de la mesa.

Los ojos de color miel de su amiga se centraron en los suyos, como si pudiera asomarse al abismo de su alma. Allí, al fin, pudo apreciar que continuaban presentes la confianza y la complicidad de siempre.

—De acuerdo —accedió, aparentemente convencida—, dime entonces cómo ayudarte.

—¿Ayudarme? —rio, conmovida—. Oh, Dios, había olvidado lo maravillosa que podías llegar a ser.

—Y solo he mejorado con el tiempo. —Gwen le guiñó un ojo.

—Pero no debes implicarte, no lo consentiré... ese fue uno de los motivos por los que no he contactado contigo —le aseguró—. Ni siquiera puedes contarle esto a tu marido.

—Oh, eso es... un problema.

—¿Por qué? ¿Qué ocurre?

—Jamás le he ocultado nada a Phillip.

—¿Nada? —La miró, extrañada.

—Bueno, supongo que tuviste la oportunidad de comprobar que no me casé con un hombre guapo después de todo —sonrió—. Pero es el hombre más fascinante del mundo, te lo aseguro. Es amable y considerado, dulce y cariñoso, leal, divertido y muy, muy apasionado.

—¡Gwen! —rio.

—¡Es cierto!

—No te imaginas cuánto me alegro por ti.

—A mis padres no les hizo gracia que me casara con un plebeyo, puedes hacerte una idea, pero fue la mejor decisión de mi vida. Soy feliz, tan feliz que a veces me cuesta incluso creerlo, y tenemos dos hijos preciosos.

—¡Eso no lo sabía!

—Una niña y un niño. Grace y August.

—¿Le pusiste…? —Las lágrimas acudieron de nuevo a sus ojos—. ¿Llamaste Grace a tu hija?

—¿Y de qué otro modo iba a hacerlo? —Los ojos de su amiga también brillaban de emoción.

—¿Cómo… es?

—Aunque no te lo creas, se parece mucho a ti. No físicamente, claro, pero tiene tu mismo aire de pícara cuando nos conocimos, ¿lo recuerdas?

—Jamás lo he olvidado.

—Pensé que eras la niña más rebelde y fascinante que había conocido nunca.

—¿Yo? —inquirió, sorprendida.

—Tú, sí. ¿O ya no recuerdas las veces que dormiste en la Cueva?

—Para desesperación de la directora. Sí, claro que me acuerdo.

Temperance carraspeó para volver a poner un poco de orden en su cabeza.

—Entiendo que tu esposo es un hombre singular, pero te ruego que no le cuentes nada, al menos no todavía.

—Espero que comprendas lo que me estás pidiendo.

—Lo sé, y créeme que lamento colocaros en esta situación, pero será mejor así —insistió—. De todos modos, supongo que no tardaréis en regresar a Mánchester. Una vez allí, si lo deseas, puedes explicárselo.

—¿Mánchester? Hemos venido a Londres a quedarnos.

—¿Qué?

—El padre de Phillip está delicado de salud y él va a ocuparse del negocio familiar aquí en la ciudad —le dijo—. En este momento estamos buscando una casa donde instalarnos.

—Ah, eso es…

—¿Maravilloso?

—Iba a decir inesperado —respondió—, pero también maravilloso, sí. Sin embargo, de momento será mejor que mantengamos cierta distancia, por si acaso.

—Y ahora, ¿vas a hablarme de ese hombre que te ha acompañado a casa?

—¿Qué?

—Ya sabes a quién me refiero. Os he visto por la ventana. Ese hombre tan atractivo, con el parche en el ojo. Es Alexander Lockhart, ¿cierto?

—¿Lo conoces?

—Nuestros padres son amigos —contestó—. De hecho, hace unos años, se barajó incluso la idea de que nos casáramos.

—Bromeas.

—¡No! —rio—. Por suerte para ti, yo ya había conocido a Phillip.

—¿Por suerte para mí?

—He visto cómo lo mirabas.

—No sé a qué te refieres —disimuló.

—No trates de negarlo porque no te creeré.

—Es… complicado. —Se frotó las sienes.

—Aún no ha oscurecido. —Gwen miraba a través de la ventana—. Tenemos tiempo.

Y Temperance comenzó un nuevo relato.

La soledad es como un león dormido. Siempre presente, letal cuando abre los ojos y las fauces. Así se sentía Harold Barton en ocasiones, como si viviera con el miedo constante al despertar de su propia fiera. Quizá por eso se encontraba tan a menudo rodeado de otras personas. La muerte de Irina, la mujer con la que estaba destinado a casarse, la única a la que había amado hasta la fecha, le había dejado un hueco en el pecho que difícilmente lograba colmar. No recordaba haber experimentado esa sensación antes de aquello, y su infancia y su juventud permanecían en su memoria llenas de luz y plenitud.

El amor te hace fuerte, invencible. Pero la pérdida te roba la inmortalidad que creías conquistada y convierte tu mundo en cenizas. De los rescoldos deben nacer sueños nuevos y nuevas formas de alcanzar la dicha. En los años transcurridos desde aquellos dramáticos días —pronto se cumpliría el séptimo aniversario—, Harold se esforzó por obtener la suya. Se había centrado en su familia y en sus amigos, las únicas personas a las que les confiaría la vida, hasta lograr que el león permaneciera dormido cada vez más tiempo.

Esa tarde se encontraba en el salón de su casa, en compañía de Alexander y los hermanos Colton, disfrutando de una copa de licor y de una conversación amena. Habían almorzado juntos en el club y luego los había convencido para que alargaran la sobremesa en la casa familiar. La chimenea chisporroteaba, alegre, aumentando la sensación de calidez que lo embargaba.

Su hermana Harmony apareció en ese momento en la puerta del salón.

—Perdón, no sabía que tenías compañía —se disculpó dirigiéndose a Harold.

Todos se levantaron a la vez para recibirla.

—Solo somos nosotros —comentó Alexander.

—¿Te unes a nuestra pequeña reunión, Harmony? —preguntó Jake.

Resultaba evidente la confianza que existía entre sus amigos y su hermana, a la que conocían casi desde niña y a la que habían tratado con frecuencia. A excepción de Eliot Colton. Que él recordara, solo había visitado Barton Manor en dos o tres ocasiones, y en los últimos años había estado tan centrado en sus estudios que apenas habían coincidido en actos sociales.

—Señorita Barton... —la saludó, un tanto cohibido.

—Ah, señor Colton. ¡Cuánto tiempo sin verlo!

—Eliot, por favor.

—Creo que la última vez que coincidimos yo aún llevaba trenzas —dijo ella, risueña.

—Lo recuerdo —aseguró él.

—¿Sí? —La mirada de Harmony brilló un instante.

—Estaba leyendo en el jardín de su casa, junto al roble viejo.

—Es... posible —balbuceó ella.

—Permítame decirle que está mucho más bonita que entonces.

—Recordáis que aún estamos aquí, ¿verdad? —preguntó Alexander, socarrón.

Harold no se había movido ni un milímetro, por temor a perderse algo. ¿Qué había sucedido entre esos dos en ese breve lapso de tiempo? Su hermana lucía las mejillas sonrosadas y Eliot parecía haber alcanzado el nirvana en los últimos segundos. El joven médico no tenía por costumbre flirtear con las jóvenes de su entorno, y tenía la sensación de que eso era justamente lo que acababa de hacer. Con suma amabilidad y cortesía, tenía que reconocerlo.

Harmony aceptó la copita de jerez que le sirvió Alexander y tomó asiento frente a su hermano y en diagonal a Eliot, a quien no dejó de observar subrepticiamente, como si Harold no tuviera ojos en la cara. Sorprendió la mirada de Jake fija en él, con una ceja alzada, como si también se preguntara sobre lo que había ocurrido en el salón.

Tendría que hablar con Harmony en cuanto se encontraran a solas. Aunque apreciaba y admiraba a partes iguales al más joven de los Colton, un cortejo entre ambos sería totalmente inaceptable, por lo que era mejor que no tratara de propiciarlo. Sus padres no lo consentirían.

Y luego debería mantener una conversación también con Eliot. Quizá solo se había mostrado cordial con su hermana por la amistad que lo unía a Harold. Esperaba que solo se tratase de eso.

Lo esperaba de veras.

No tenía tantos amigos como para permitirse perder a uno de ellos.

36

En el despacho de Melvin Horton, el gerente del Banco Cleyburne & Co, no se oía más que el rasgar de la pluma sobre el papel. Con las manos apoyadas sobre el abultado vientre, el hombre contemplaba al barón Oakford firmar un documento tras otro, como era habitual cada vez que se personaba en las oficinas. Ambos repasaban las operaciones importantes, sobre todo en lo referente a la concesión de préstamos, y quería estar al corriente de ellas tanto como le fuera posible. Horton no tenía objeción alguna, por supuesto, aunque siempre acababa preguntándose para qué necesitaba aquel aristócrata a un empleado de su trayectoria y experiencia si pretendía supervisar su trabajo de forma constante.

Aún no había llegado a la mitad cuando unos golpes en la puerta los interrumpieron. Horton chasqueó la lengua, molesto. Tenía dicho a todos los oficinistas que bajo ningún concepto lo importunaran cuando se encontraba reunido con el barón. Seguro que era uno de los chicos jóvenes, que todavía no había asimilado bien las reglas de aquel establecimiento, y dio permiso para entrar.

Sin embargo, no fue ninguno de sus empleados quien cruzó el umbral. Ni nadie a quien él conociera. Se trataba de un hombre joven, de poco más de treinta años, con un bigote bien recortado y unos ojos claros que destacaban sobre su tez bronceada.

—¡Foster! —Cleyburne se levantó de un salto y fue a estrecharle la mano—. ¿Cuándo ha regresado?

—Ahora mismo, milord. —El joven sonrió y la blancura de sus dientes aún destacó más sobre su piel morena—. Pasé primero por su casa y me dijeron que se encontraba aquí.

—¿Ha ido todo bien? No lo esperaba hasta dentro de unos días. —El barón se mostró momentáneamente inquieto.

—Estupendamente —contestó el joven, a todas luces satisfecho—. En estos momentos están descargando la mercancía en los muelles y depositándola en uno de los almacenes.

—Perfecto, perfecto.

Cleyburne volvió la cabeza y miró un instante al gerente.

—Podemos continuar en otro momento —propuso Horton.

—Sí, será lo mejor —acordó—. Foster, si no está demasiado cansado del viaje…

—En absoluto, milord. Lo acompaño con gusto.

Los dos hombres desaparecieron y cerraron la puerta tras ellos. A esas alturas, Melvin Horton ya sabía de qué se trataba. No en vano había preparado astronómicas cartas de pago en los últimos meses para una importante compra de antigüedades que, según dedujo, ya habían llegado.

Se preguntó, en un alarde de vanidad, cómo le quedaría a él aquel saludable bronceado y acabó riéndose ante la imagen que conjuró su imaginación.

—Lo ha conseguido, Foster.

Cleyburne contemplaba, atónito, la enorme cantidad de cajas que habían sido depositadas en el almacén, más de las que había esperado.

—Usted lo ha hecho, milord.

—¿Qué tal se lo tomó el americano?

—No muy bien, me temo —contestó el joven con picardía—. Al parecer, la familia a la que representaba estaba muy interesada en esa adquisición.

—¿No logró averiguar su nombre? —inquirió Cleyburne,

a quien le habría encantado saber a quién había logrado vencer en su nuevo proyecto.

—Fue imposible —respondió Foster—, y eso que la última noche lo invité a varias copas, por ver si se le soltaba un poco la lengua. Lo único que pude extraerle fue que residían en Nueva York y que la posible compradora era una dama muy rica.

—En fin, no tiene importancia. —Echó un vistazo alrededor—. Aquí habrá cosas muy valiosas, ¿ha establecido ya una vigilancia adecuada?

—Ha sido lo primero de lo que me he ocupado.

—Perfecto. —Volvió a contemplar los bultos con cierta inquietud—. Quizá habría que aumentarla.

—Me encargaré de inmediato —aseguró el joven—. Catalogaré las piezas en unos pocos días y podremos comenzar a llevarlas a su residencia. Ahora mismo, si le soy sincero, ni siquiera sé qué contienen muchas de estas cajas.

—Claro…

—¿Quiere que abramos alguna?

Cleyburne estaba ansioso, aunque trataba de disimularlo bajo una pátina de fría calma que a duras penas lograba contener. Asintió con un gesto enérgico y Foster se aproximó a una de ellas, sobre la que descansaba una palanca de hierro. Con ella en la mano, de repente pareció no saber por cuál empezar.

—Esa misma. —Le señaló la que se encontraba más próxima.

Con gran destreza, Foster tardó escasos segundos en hacer saltar la tapa. Quedó al descubierto una buena capa de heno seco, que retiró de un par de manotazos. El barón se acercó para contemplar lo que había quedado al descubierto y contuvo la respiración. Media docena de vasijas de cerámica y vidrio descansaban sobre un lecho de paja. Blancos, dorados, azules y turquesas se mezclaban creando intrincadas formas geométricas.

—Se utilizaban para guardar perfumes e inciensos —le informó Foster.

—Son… magníficas.

—Espere a ver el resto —sonrió el joven, ufano.

En la siguiente caja, los aguardaban dos figuras de bronce que representaban, según el joven, al dios Anubis, el encargado de conducir a los muertos a la sala del juicio final. Medían algo más de veinte centímetros de altura y la cabeza, en forma de chacal, resultaba tremendamente llamativa. En la tercera se encontraba el peto que Foster había mencionado en su carta, mucho más fascinante que cualquier cosa que Cleyburne hubiera podido imaginar. El oro y las piedras preciosas refulgían a la luz de las lámparas que ambos habían colocado en sus proximidades.

—Me temo que no voy a poder dormir tranquilo hasta que todo esto no se encuentre a salvo en mi casa —reconoció—. Solo esta pieza debe valer más que todas las antigüedades que he adquirido hasta ahora.

—Es posible —reconoció Foster—. No se inquiete, contrataré a gente suficiente y, si es preciso, yo mismo dormiré aquí hasta que haya terminado. De momento, si quiere, podemos llevarnos ya las que hemos abierto.

—Eso sería perfecto, sí. Y ocúpese de que lo trasladen todo lo antes posible —solicitó. No se fiaba de que aquella mercancía tan valiosa permaneciera mucho tiempo allí—. Contrate al personal que sea necesario, no escatime en gastos.

—Como desee.

—Y Foster, ha hecho usted un buen trabajo. —Posó la mano sobre su hombro—. Le aseguro que sabré recompensarle.

—Este hallazgo es recompensa suficiente, créame, milord —aseguró el joven.

Cleyburne imaginó que el marchante tenía sus propios planes. De hecho, estaba convencido de que se habría quedado con alguna pieza menor para su disfrute, algo que no pensaba reprocharle. Por otro lado, una vez que todo se hubiera catalogado y estudiado, podría pasar una década entera publicando artículos en revistas y diarios, lo que le reportaría fama y dinero.

Robert Foster iba a pasar a la historia.

Y Gordon Cleyburne con él.

Temperance había aceptado la invitación de Alexander Lockhart para dar un paseo por Hyde Park. Tras hablar con Gwen sobre la inverosímil relación que parecía unirlos, su amiga la había animado a continuar explorándola.

—Diviértete cuanto puedas mientras estés aquí —le había dicho—. Y Lockhart promete ser un entretenimiento de lo más ameno.

No podía sino darle la razón. Desde que la había recogido hasta ese momento, en el que caminaban por el parque seguidos por Seline, se había mostrado tan encantador como de costumbre.

—Eso es un olmo —le dijo, al tiempo que señalaba un árbol alto de muchas ramas—, y esos arbustos de ahí son espino. La primavera acaba de comenzar y ya están cargados de pequeños capullos que más tarde se convertirán en unas preciosas flores blancas.

—¿En serio? —preguntó ella, sorprendida por sus conocimientos sobre la naturaleza, aunque fuesen rudimentarios.

—Nunca bromeo sobre plantas —aseguró, colocándose la mano en el pecho.

A ella se le escapó la risa.

—Créame —continuó él—, tener un amigo botánico te proporciona una ingente cantidad de información inútil sobre especies herbáceas. Cuando era niño no hubiera sido capaz de distinguir un manzano de un roble, o de un pisapapeles, dicho sea de paso.

Temperance volvió a reírse.

—Tiene una risa preciosa. —La miró un instante, con aquel ojo gris lleno de promesas—. Imagino que se lo habrán dicho en muchas ocasiones, pero es muy posible que aquí en Londres yo sea el primero.

—Así es. —Desvió la vista.

—¿Se lo han dicho muchas veces o yo soy el primero?

—¿Ambas?

Ahora fue el turno de él de reírse y Temperance se mordió la lengua para no confesarle que su risa también le gustaba. Grave y abierta, aunque no escandalosa.

—¿Y ese arbusto qué es? —preguntó en cambio, señalando un seto delicadamente podado.

—Hummm, tendría que consultar mis notas. Pero no se lo cuente a Jake, por favor.

—Lo prometo —le dijo, risueña.

Hacía algo de frío, aunque el cielo era diáfano y el invierno parecía ir quedando atrás definitivamente. La incipiente primavera teñía aquellos prados de un verde rabioso, salpicado aquí y allá por las primeras florecillas. Se alegraba de haber acudido a la cita, porque allí se respiraba una reconfortante quietud, alejada del bullicio de las ajetreadas calles londinenses. No había muchos transeúntes, aunque varios grupos de jinetes los habían sobrepasado en los últimos minutos.

—¿Monta a caballo? —le preguntó él.

—Eh, sí.

—Podríamos venir un día. Este es el único lugar en el corazón de la ciudad donde se puede cabalgar a gusto.

—¿Por qué hace esto, señor Lockhart? —Volvió la cabeza hacia él.

—¿Invitarla a un paseo a caballo? —preguntó él sin mirarla, como si no se hubiera dado por aludido, aunque ella intuía que era lo bastante inteligente como para haber captado el verdadero significado de sus palabras.

—Tratar de cortejarme —respondió ella en su lugar—. Es consciente de que tarde o temprano tendré que regresar a Nueva York, ¿verdad?

—Lo tengo presente.

—¿Entonces?

—Me agrada su compañía —confesó, y esta vez sí la miró—. ¿No es motivo suficiente?

—Supongo que sí —concedió.

—¿Qué es lo que teme?

—Que la situación se complique demasiado.

—Somos adultos, señorita Whitaker, y de momento no somos más que amigos.

—Pero me ha besado dos veces —añadió, bajando el tono de voz.

—Ah, eso fue inevitable. No se puede luchar contra las fuerzas de la naturaleza. Jake también me enseñó eso.

—¿Soy una fuerza de la naturaleza? —inquirió ella, inexplicablemente halagada.

—Como una tempestad.

Temperance tragó saliva.

—Señor Lockhart... —murmuró.

—¿Sí?

—Busque un arbusto, porque me gustaría besarlo.

Alexander se detuvo de forma abrupta y se volvió hacia ella.

—¿Ahora? —Miró a un lado y a otro.

—A poder ser...

Sin aguardar a que se lo repitiera, la tomó del brazo y casi la arrastró hacia unos setos. Temperance apenas tuvo tiempo de echar un vistazo a Seline, que se había quedado boquiabierta en mitad del sendero. Con un leve gesto le indicó que no se moviera y se dejó conducir por Lockhart.

—Esto es acebo, por si luego no me acuerdo de decírselo —la informó al pasar junto a los arbustos.

A resguardo de miradas curiosas, Alexander la rodeó por la cintura y la pegó a su cuerpo, para luego capturar su boca en un beso avasallador que la dejó literalmente sin aliento. Se sentía flotar entre aquellos brazos fuertes y masculinos. El beso ganó en profundidad y un reconocido calor comenzó a ascender desde la parte baja de su vientre. De repente, percibía que toda la ropa era superflua y ansiaba la calidez de su piel.

Con manos temblorosas tiró de los faldones de la camisa e introdujo las manos por debajo hasta sentir los músculos de la espalda de Alexander bajo sus dedos. Maldijo los guantes que llevaba puestos y comenzó a maniobrar para quitárselos.

—¿Qué hace? —preguntó él, al tiempo que depositaba delicados besos en su mandíbula y su cuello.

—Quitarme los guantes —balbuceó, con los sentidos abotargados—. Necesito sentirte.

Se rio bajito y se quedó inmóvil para que ella pudiera concentrarse en lo que estaba haciendo. El guante cayó al suelo e introdujo de nuevo la mano bajo la camisa. La piel era cálida y suave. Alexander soltó un gemido y ella lo imitó, casi mareada por las sensaciones que la aturdían.

—Va a matarme, señorita Whitaker.

—Temperance —musitó—. Y no dejes de besarme o yo también me moriré.

Frederick J. McKenzie no tenía por costumbre acudir a su despacho durante los fines de semana. Le gustaba dedicar ese tiempo a su familia y a sus amigos. Sin embargo, no era infrecuente que se llevara a casa papeles que revisar y le gustaba hacerlo en el salón, mientras Louise leía o bordaba. De tanto en tanto, alzaba la cabeza y se quedaba unos instantes contemplándola, sabiéndose un hombre afortunado. En otras, al elevar la vista, la sorprendía observándolo a su vez, y se preguntaba si ella albergaría el mismo tipo de pensamientos acerca de él. Aunque por la dulzura de su mirada intuía que no debían ser muy distintos.

¿Cuántos hombres de su posición podían afirmar sin tapujos que eran felices con sus esposas? Gran parte de sus conocidos mantenían a alguna amante ocasional, otros llevaban una existencia completamente ajena a sus cónyuges, y solo se les veía juntos en actos de cierta relevancia, y muchos simplemente convivían con ellas como lo harían con un animal de compañía.

Frederick abandonó esos pensamientos y volvió a centrarse en las columnas de números. El pedido de Cleyburne había dañado seriamente sus ganancias, y aún no le había servido ni un tercio de lo estipulado. Dos de sus clientes habituales se habían molestado tanto por haber cancelado sus suministros a última hora que habían buscado otro proveedor y era consciente de que sería prácticamente imposible recuperarlos. Y eran clientes grandes, a los que les proporcionaba otros muchos materiales, así que las pérdidas serían cuantiosas pasado el tiempo.

La campanilla de la puerta sonó en ese instante y dio un pequeño respingo. Louise lo miró.

—¿Esperamos a alguien? —preguntó.

—No que yo sepa.

—Bien, que se ocupe Bedford entonces —comentó su esposa, refiriéndose al mayordomo.

Unos minutos después, el señor Bedford apareció en el salón con un paquete entre las manos del tamaño de un sobre o un libro grande.

—Han traído esto para usted, señor McKenzie —le dijo.

—Bien, déjelo con el resto del correo.

—Me han dicho que era urgente.

Frederick frunció el ceño.

—¿Era alguien de la fundición?

—No, señor. Solo era un muchacho, un recadero.

Asintió. El mayordomo se acercó y depositó el envoltorio en la mesa antes de retirarse. Frederick lo miró. No daba la sensación de ser nada relevante; ni siquiera el embalaje, de simple papel de estraza, indicaba cuál podía ser el contenido. Louise había retomado la lectura, como si se hubiera desentendido del asunto.

—¿Has comprado algo, querida?

—¿Algo como qué? —Lo miró, un tanto intrigada.

—No lo sé, ¿algún libro nuevo, quizá?

—No que yo recuerde.

Frederick tomó el paquete y rasgó el papel. Dentro había otro, liado del mismo modo, y lo rompió también. Ante él apareció un cartapacio y algo envuelto en una tela, y supo lo que contenía sin necesidad de abrirlo.

Louise, que se había levantado y acercado, en ese instante se encontraba frente a él, al otro lado de la mesa, con la misma expresión de estupor en el rostro.

—¿Esto es...? —preguntó él.

—Parece que sí.

Frederick salió corriendo del salón, cruzó el pasillo y el vestíbulo. Abrió la puerta de la calle y bajó los tres escalones de acceso. Un par de transeúntes se sobresaltaron al verlo surgir tan de improviso, pero no se fijó en ellos. Recorrió la calle con la mirada, primero en una dirección y luego en la otra. No había ni rastro de ningún muchacho en las cercanías, ni de nadie que pudiera estar observándolo.

Más confuso que otra cosa, regresó al interior. Louise no se había movido de su sitio, con la mirada angustiada fija en aquellos objetos.

—¿Qué significa esto? —le preguntó con un hilo de voz.

—No lo sé.

—¿Cleyburne te los ha devuelto? —Louise lo miró—. ¿Por qué?

—Querida, sé lo mismo que tú, te lo juro.

Permanecieron allí unos segundos, sin saber muy bien cómo actuar.

—¿Seguro que serán esos dibujos? —preguntó Frederick.

—Reconozco la cubierta.

—Será mejor que lo comprobemos.

—No quiero que lo hagas tú. —Louise posó la mano en su antebrazo. Sus ojos se habían llenado de lágrimas—. No lo soportaría, no...

—De acuerdo, de acuerdo. —La atrajo hacia él y le dio un beso en la frente—. Míralos tú y asegúrate.

Se alejó unos pasos y vio cómo ella desenvolvía primero el envoltorio de tela, que dejó al descubierto un colgante en forma de lágrima de color azulado. Luego, con el pulso tembloroso, abrió el cartapacio. Primero extrajo un sobre, que dejó a un lado, y luego le echó un vistazo rápido a las tres láminas que contenía. A continuación, cerró la cubierta y alzó la vista. Su piel había empalidecido.

—Son los dibujos. Los tres.

—¿Estás segura?

—Absolutamente —confirmó, y estalló en llanto.

Frederick volvió a acercarse, la abrazó con fuerza y la consoló durante unos minutos, hasta que recuperó la calma.

—¿Y el sobre? —inquirió él al fin—. Estaba dentro.

—No lo sé, viene a tu nombre.

—¿A mi nombre?

Con una mezcla de ansiedad, angustia y curiosidad lo tomó entre las manos y le dio un par de vueltas. Era de color crema y papel grueso, de buena calidad. Y su nombre, en efecto, aparecía escrito en el centro con letra elegante. Extrajo de él una simple cuartilla en la que, con la misma caligrafía, alguien había escrito una breve nota.

Estimado señor McKenzie:

Me es grato hacerle llegar estos artículos que, según tengo entendido, les pertenecen a usted y a su esposa.

Pueden hacer con ellos lo que consideren oportuno sin el temor, además, de que alguien haya podido realizar copia alguna.

Frederick se la pasó a su esposa.

—¿Qué vamos a hacer? —preguntó ella, dejando caer el papel. Había comenzado a temblar.

Él contempló aquella carpeta, la cogió con una mano y se acercó a la chimenea encendida. Antes de lanzarla al fuego, miró una última vez a su mujer.

—Hazlo —le pidió ella—. Por favor.

Mientras las llamas consumían aquel pedazo de su pasado, Louise se acercó a él y lo tomó de la mano, y no se retiraron de allí hasta que todo se hubo convertido en humo.

De repente, Frederick J. McKenzie se sintió veinte años más joven. El yugo que pesaba sobre él y su familia había desaparecido para siempre.

Fuese quien fuese su benefactor, les había devuelto la vida.

37

El salón de baile de la mansión de los Cleyburne se había transformado por completo. El acostumbrado espacio diáfano se estaba convirtiendo en la sala de exposiciones de un museo, con mesas auxiliares junto a las paredes y varios pedestales para lucir las piezas más llamativas.

Ernestine, junto a sus amigas Hester y Mathilda, contemplaba desde el umbral a su padre y a Robert Foster decidiendo dónde iban a colocar cada cosa. Ella había tenido la oportunidad de ver el contenido de un par de aquellas cajas y no le había parecido nada tan extraordinario, pero su padre le había asegurado que lo que estaba por llegar era mucho mejor. Durante un instante, se regocijó con la imagen del salón a rebosar de gente en lo que prometía ser una de las mejores fiestas de la temporada.

—Foster es bastante apuesto —susurró Hester a su lado.

—Nunca me he fijado —mintió. Claro que lo había hecho, solo que aquel hombre y ella estaban tan lejos el uno del otro como la Luna de la Tierra.

—¿Por qué está tan bronceado? —preguntó Mathilda sin alzar la voz.

Tras el episodio del abrigo, la muchacha le había retirado la palabra durante unos días, hasta que el enfado se diluyó, y en ese momento volvían a ser amigas.

—Ha pasado demasiado tiempo al sol durante su estancia en Egipto —explicó.

—Oh, qué fascinante. —Hester se llevó la mano al pecho—. Es como una especie de aventurero, ¿verdad?

—Eh, supongo que sí.

En ese momento el marchante miró en dirección a las muchachas y les dedicó una sonrisa, que provocó un suspiro en Mathilda y una risita en Hester. En ella, en cambio, fue más como una corriente que la atravesara, aunque decidió ignorarla. Aquel plebeyo no le concernía lo más mínimo.

—Vamos a la salita —les dijo a sus amigas—. He pedido que nos prepararan algo para merendar.

—Podríamos quedarnos un rato más —aventuró Hester.

—Seguro que no les gusta que estemos aquí curioseando —dijo—. Quieren que todo sea una sorpresa.

—Oh, está bien. —Su compañera accedió de mala gana.

—¿Ya sabes qué te pondrás para la fiesta? —preguntó Mathilda.

—Mi padre ha encargado un vestido especial —contestó, ufana—, pero no os voy a decir nada más.

—¡Ernestine! —Hester la cogió del brazo mientras avanzaban por el corredor—. ¿De qué color es?

—Dorado —respondió, risueña. En realidad, se moría de ganas de darles todos los detalles—. Con pequeños cristales cosidos a la falda en distintos tonos de azul.

—Desde luego será un atuendo singular —sentenció Mathilda.

—Hará juego con una de las piezas principales. Y eso es todo lo que os voy a contar, y ahora hablo totalmente en serio —aseguró con aire soñador.

El carruaje traqueteaba con suavidad por las calles de Londres, envuelto en la niebla vespertina y bajo una persistente llovizna. En su interior, lord Algernon, recostado contra el mullido respaldo, observaba a Temperance.

—Parece usted… contenta —le dijo.

—Vamos a un baile, ¿por qué no habría de estarlo? —preguntó, cordial.

—Hemos ido a muchos desde que llegó. ¿Se debe tal vez a que espera usted volver a ver a su amiga?

—Sé que estará allí, esta misma tarde me envió una nota.

Algernon no se había mostrado muy conforme con que pusiera al corriente a Gwendolyn Dixon sobre sus planes. En su opinión, cuanta menos gente estuviera involucrada, mucho mejor para todos. Sin embargo, también entendía la estrecha relación que las había unido en el pasado y que, según apuntaban los nuevos acontecimientos, había sobrevivido a todas las vicisitudes.

A punto de iniciarse el mes de abril, la temporada estaba en todo su apogeo. Cada día recibía en su domicilio varias invitaciones para asistir a todo tipo de actos y reconocía que ver el montante de propuestas siempre le provocaba cierto vértigo. Por suerte para sus cansados huesos, Temperance ya recibía algunas directamente en su casa de Mayfair y llevaba varias semanas aceptando solo un pequeño número de ellas, las suficientes para continuar formando parte de aquella élite, pero sin excederse.

A pesar del tiempo que hacía ya que se conocían, y de las veladas que habían disfrutado juntos, aún percibía en ella algo oculto, algo que se negaba a compartir con él. Intuía de qué podía tratarse y sospechaba que las razones para mantener el secreto tenían que ver con su intención de no herirlo ni de colocarlo en ninguna situación comprometida. Sin duda conocía la amistad que también lo unía a los Barton, y que no se avendría a participar en nada que pudiera perjudicarlos. Por eso se negaba a mencionar el tema delante suyo, aunque Algernon presentía que, en algún recoveco de aquel plan de venganza, Temperance tenía reservado también algo para ellos. En su fuero interno, confiaba en poder llegar a convencerla de que lo olvidara, si es que tenía oportunidad.

Mientras tanto, había optado por continuar disfrutando de su agradable compañía y de esa calidez que había aportado a su vida.

—La echaré de menos —musitó al fin.

—¿Qué?

Algernon carraspeó. Había pronunciado aquellas palabras en voz alta casi sin darse cuenta, y ahora no iba a retractarse ni a fingir que no las había pronunciado.

—Cuando regrese a Nueva York —le dijo—. La extrañaré.

—Aún es pronto para preocuparse por eso. —Temperance sonrió con dulzura—. Pero yo también lo añoraré. Mucho.

Algernon asintió y no añadió nada más. De repente, sentía cierta opresión en la garganta y un desconcertante picor en los ojos. «La edad —se dijo— te vuelve blando».

También lo bastante sabio como para saber cuándo abandonar una conversación demasiado emotiva.

Que Temperance se hallara algo nerviosa no se debía solo a su próximo encuentro con Gwen, por primera vez en público. Su amiga la había visitado una vez más desde aquel día y la había sorprendido llevándole un par de libros de cuentos, encuadernados en piel y con las letras doradas destacando sobre el lomo. No conocía al autor, pero pensó que era un obsequio encantador.

—Los leeré en cuanto pueda —le aseguró.

—Más te vale —la amenazó entre risas—, porque los escribí yo.

—¡¿Qué?! —Volvió a contemplar los dos volúmenes con renovado asombro—. Oh, Gwen, lo hiciste. ¡Lo hiciste!

Abrazó a su amiga, presa de la euforia.

—Ahora estoy escribiendo el tercero y Phillip me está ayudando —le dijo Gwen—. Ya sabes, leyéndolos, corrigiéndolos y dándome su opinión.

—¿Sabes? Creo que, después de todo, tu marido sí es el hombre más guapo del mundo —rio.

—Lo sé.

Temperance ya había leído el primer volumen, entero, y un par de relatos del segundo. Ahí estaban algunas de las historias que su amiga había inventado cuando eran niñas, mejoradas y ampliadas, pero claramente identificables. Se emocionó al recordarla en aquel desván, enhebrando palabras con las que construyó un hogar para ambas. Leer aquellas páginas le devolvió un pedacito de la persona que había sido entonces, de la antigua Grace Barton. La que se había quedado a vivir en aquella buhardilla para siempre.

Gwen también estaba nerviosa y no paraba de mirar en dirección a la puerta. Desde que Grace (Temperance, se corrigió mentalmente) había vuelto a su vida, todo se le antojaba más diáfano, más luminoso. Escuchar su terrible historia la congració del todo con ella, y el resquemor que la invadió al descubrir su engaño se había disuelto en el aire.

—Si continúas estrujándote las manos así vas a rasgarte los guantes —le susurró su marido, de pie a su lado—. Si no te conociera, diría que estás esperando ver aparecer a tu amante.

—¡Qué tontería! —rio ella de forma demasiado estridente.

—¿Se puede saber qué te ocurre? —insistió.

—Esta noche me gustaría presentarte a alguien —le dijo al fin—. Aún no puedo hablarte mucho de ella, pero es mi amiga.

—Estás muy misteriosa… —La miró, divertido, con aquellos dulces ojos marrones.

—¿Confías en mí?

—Absolutamente —contestó, casi antes de que ella hubiera terminado de formular la pregunta.

—Entonces todo irá bien.

Le guiñó un ojo, aguantándose las ganas de besarlo en mitad de aquel salón. Él interpretó bien el anhelo de su mirada, porque le pellizcó cariñosamente el trasero y ella dio un pequeño respingo.

—Señor Dixon… —lo riñó con un murmullo.

—Solo trato de adelantarme a sus deseos, señora Dixon…

Gwen disimuló una risa ocultando el rostro tras el abanico que llevaba colgado de la muñeca con un cordoncillo. En ese momento, Temperance atravesó la puerta principal del brazo de lord Algernon. Aún no se acostumbraba a verla con aquella peluca de color castaño, pero estaba arrebatadora. El vestido de color malva que había elegido para la ocasión, con la falda formando multitud de pliegues, era tan elegante como la mujer que lo portaba, que se deslizaba por el salón como si flotara.

Sus miradas se encontraron un instante y cuando le sonrió, Gwen sintió una oleada de afecto recorrerla de la cabeza a los pies.

Aquella mujer maravillosa era su amiga. Su mejor amiga.

Phillip había resultado ser tan encantador como Gwen le había asegurado. Aunque no pudo disfrutar de una conversación demasiado larga —porque habría llamado demasiado la atención—, fue suficiente para comprender que aquel hombre era perfecto para ella. En los pocos minutos que había permanecido a su lado, su desgarbado aspecto y el rostro poco agraciado se transformaron como por arte de magia, e incluso veía en él cierto atractivo que solo salía a la luz con el trato.

Cuando todo el asunto que la había traído a Londres hubiera finalizado, esperaba encontrar a un hombre que la mirara como Phillip miraba a su amiga, y eso sucedería en todo caso en Nueva York. Esa reflexión, de forma inevitable, la llevó a pensar en el segundo motivo por el que esa noche estaba especialmente inquieta: Alexander Lockhart.

Tras los besos que habían compartido a escondidas en Hyde Park —y que incluso la habían llevado a ganarse una mirada reprobatoria por parte de Seline— habían continuado paseando y charlando de forma amigable hasta la hora del almuerzo. No habían vuelto a verse desde entonces y, aunque reconocía que era lo mejor para ambos, se había descubierto pensando en él con excesiva frecuencia. Más de la que convenía a sus intereses.

«Solo es un poco de diversión», se dijo.

Sin embargo, cuando lo vio en un lateral junto a uno de sus hermanos —el primogénito de los Lockhart— el vuelco de su corazón le dijo otra cosa. Una que no quería escuchar.

Durante un rato lo observó de reojo. El cabello rojizo y la barba un poco más clara le daban una apariencia varonil, acentuada por aquel parche de cuero negro que le confería el aspecto de un elegante pirata. No ayudaba el hecho de que su cuerpo estuviera tan bien proporcionado, con piernas largas y musculosas y una espalda sobre la que podría haber cargado a media tripulación.

Sintió una oleada de calor subirle al rostro y se abanicó con furia.

—¿Se encuentra bien? —le preguntó lord Algernon, a su lado.

—Sí, perfectamente. Hace un poco de calor.

—Ah, creí que se había alterado a causa de Cleyburne.

—¿Cómo?

Siguió la dirección de la mirada de su acompañante. No lejos de Alexander, el barón Oakford y su hija Ernestine charlaban con una pareja que estaba de espaldas y que no logró identificar. Se había distraído tanto con Lockhart que ni siquiera se había dado cuenta de que Cleyburne se encontraba también allí. Sí, definitivamente aquello se estaba convirtiendo en una peligrosa distracción, pensó. Deliciosa y estimulante, pero muy peligrosa.

Cuando se dispone de la visión de un solo ojo, resulta en extremo difícil observar con disimulo. Alexander se veía obligado a moverse con relativa frecuencia para que su ángulo muerto no le impidiera continuar pendiente de la señorita Whitaker. La Americana había resultado ser una mujer mucho más fascinante de lo que había imaginado. Que lo incitara a besarla en un lugar público como Hyde Park, a pesar de la escasez de viandantes, era de un atrevimiento tan imprudente como refrescante. Había tenido que echar mano de toda su fuerza de voluntad para no tumbarla sobre la hierba húmeda y hacerle el amor allí mismo, a veinte pasos de la doncella.

Era consciente de que todo había sido producto de un impulso por el que ella se había dejado llevar y por eso, temiendo que luego se arrepintiera, había decidido mantener cierta distancia desde entonces. Y había estado practicando esgrima hasta desfallecer, porque no se le ocurrió otro modo de consumir la hoguera que ardía dentro de él.

La observó moverse por el salón con su característica gracilidad, algo que nunca dejaba de asombrarle, porque no era una mujer menuda. Cuando sus miradas se encontraron le dedicó un saludo con la cabeza, al que ella correspondió con la sombra de una sonrisa danzando sobre sus labios. Y supo que todo estaba bien.

—¿Se divierte, señorita Whitaker? —le preguntó un rato después.

Alexander había aprovechado para acercarse a ella, dado que lord Algernon charlaba con el marqués de Swainboro a unos pasos de distancia.

—¿Y usted? —inquirió ella, coqueta.

—Lo haría mucho más si me concediera un baile.

—Sabe que no es posible —comentó con un mohín.

—Hasta hoy estaba convencido de que uno de los requisitos para asistir a una fiesta era, precisamente, bailar.

—Me encantaría —confesó en voz baja—, pero si bailo con usted tendré que hacerlo también con todos los caballeros de la sala que lo soliciten.

—Comprende que es muy libre de negarse, ¿verdad?

—¿Y herir susceptibilidades? —Ladeó la cabeza, jovial—. Mejor no.

—Cierto. Los caballeros británicos somos muy orgullosos. Algunos no se lo perdonarían jamás —bromeó.

Sus miradas se quedaron prendidas un instante, y Alexander casi estiró el brazo para acariciarle el rostro.

—¿Pasado mañana irá a Fortnum & Mason? —le preguntó.

—¿Qué? —Ella pareció despertar de algún tipo de ensoñación.

—Es jueves.

—Ah, sí. Probablemente. ¿Por qué?

—Había pensado que podía invitarla a desayunar.

—No sé si sería apropiado que nos vieran juntos con tanta frecuencia.

—Su doncella y usted podrían encontrarse casualmente en la chocolatería que hay al final de la calle justo cuando yo vaya a tomar un refrigerio —propuso—. Sería de mala educación no sentarme a charlar unos minutos con usted, y sería descortés por mi parte no acompañarla luego con sus paquetes.

—Lo tiene todo pensado…

—Créame, no hago otra cosa.

—¿De verdad?

—Eso y batirme con la espada en duelos imaginarios, pero eso se lo contaré otro día.

—De acuerdo.

—¿A las diez?

Ella asintió de forma imperceptible porque justo en ese momento lord Algernon volvía a centrar su atención en ellos. El marqués se había alejado para reunirse con su esposa, así que Alexander lo saludó y permaneció allí unos segundos más antes de despedirse de ambos.

Mientras regresaba junto a su hermano pensó que tendría que enviarle recado a Harold.

Al día siguiente iba a necesitar doble sesión de esgrima.

38

Aquella nota no tenía sentido, pensó Cleyburne con el papel aún en la mano. Su capataz se la había hecho llegar hacía solo unos minutos y aún trataba de comprender si se trataba de un error. Ordenó que le prepararan el carruaje y partió de inmediato.

Su fábrica de conservas se encontraba en los límites de la ciudad, al otro lado del Támesis, y el viaje se le hizo inusitadamente largo. En cuanto el vehículo se detuvo y puso un pie en tierra, se encontró de bruces con Michael Highgate, su capataz. El hombre, de poco más de cuarenta años, mostraba un aspecto cansado, y su formidable envergadura parecía ligeramente encorvada. Cleyburne sabía que en los últimos meses había trabajado mucho. Y cobrado mucho también, se dijo, mientras lo saludaba con frialdad.

—¿Cuál es el problema? —inquirió.

—Las láminas de acero no han llegado —respondió.

—¿Cuándo estaba previsto que nos las sirvieran?

—Hace casi una semana.

—¿Una semana? —Alzó una ceja—. ¿Por qué ha tardado tanto en avisarme?

—Pensé que solo se debía a un poco de retraso.

—Su trabajo no es pensar, Highgate —le reprochó con una mueca—. ¿Ha contactado con el proveedor?

—Sí, milord.

—¿Y bien? —preguntó, impaciente.

—Dice que no va a entregarlas.

—¿Es una broma?

—No... no, milord. —El hombre carraspeó, incómodo—. También tenemos algunos problemas de suministro con los productos a envasar. Casi no queda carne, y apenas verduras.

Cleyburne se pasó una mano por el cabello, mientras un creciente malestar se asentaba en su estómago.

—Que los cocineros hagan la sopa más aguada y los estofados más ligeros —ordenó—. Y que varios de sus hombres vayan a los mercados y procuren comprar todo lo que encuentren.

—Pero el coste será muy superior.

Cleyburne lo sabía. Aunque una parte de lo que utilizaban provenía de sus tierras, había descubierto que le resultaba más rentable vender casi toda la producción propia y adquirir a otros las frutas y verduras que presentaban un aspecto poco atractivo para la venta al público, y que obtenía a muy buen precio. En la fábrica se encargaban de retirar los trozos en mal estado o con golpes y aprovechaban el resto para los guisos.

—Solo es una medida temporal —dijo—. ¿Le han dado alguna explicación por el retraso?

—Al parecer hay escasez de los productos que adquirimos de forma habitual.

—Esto es inaudito —bufó—. Hagan lo que puedan mientras se soluciona.

—Sí, señor. ¿Y qué hacemos con las láminas?

—Yo me encargo. ¿Para cuánto tiempo disponemos?

—Quizá una semana.

Cleyburne asintió. Sin despedirse siquiera volvió a subir al vehículo y le dio al cochero la nueva dirección.

Antes de que finalizara la mañana, pensó, tendría aquel asunto resuelto.

Frederick J. McKenzie esperaba aquella visita. Llevaba años aguardándola, de hecho. Cuando vio entrar a Gordon Cleyburne como una tromba en su despacho lo recibió con fingida cordialidad.

—Barón, ¿qué le trae de nuevo por aquí?

—Todavía no ha servido el pedido que le hice hace unas semanas —le dijo armado con una mirada peligrosa, sin responder a su saludo y sin sentarse, como era habitual.

—En efecto. —Se reclinó contra la silla—. Ya le dije que tenía ese material comprometido con otros clientes.

—Teníamos un acuerdo, McKenzie —le dijo, sibilino—. ¿Necesita que se lo recuerde?

—Créame que lamento no poder atender su solicitud —mintió—, pero tengo una empresa que dirigir del mejor modo posible. Si está dispuesto a esperar hasta el verano...

—¿Hasta el verano? —ladró ya sin poder contenerse—. ¿Ha perdido usted el juicio?

—Dirijo un negocio modesto, milord, me temo que no puedo hacer más —contestó sin perder la calma.

Cleyburne lo miró como si quisiera convertirlo en piedra, con las mejillas encendidas de rabia y la boca prieta.

—Lamentará esto, McKenzie —lo amenazó—. Lo lamentará de veras.

Sin esperar respuesta, el barón abandonó el despacho con la misma brusquedad con la que había entrado, cerrando la puerta con tanto ímpetu que uno de los cuadros que había colgados en la pared cayó al suelo.

Frederick no se levantó a recogerlo. Antes debía redactar una nota a Joseph Reed. Si aún estaba interesado en adquirir aquellas láminas, estaba dispuesto a vendérselas.

El club White's, en el 38 de St James Street, era considerado el cuartel general no oficial de los *tories*, así como el Brooks's, ubicado en el número 60 de la misma calle, lo era de los *whigs*. No era extraño, entonces, que Cleyburne fuera uno de sus socios destacados. Alexander no era miembro, pero esa noche acudía invitado por el barón, como tantas otras veces en el pasado.

—Parece usted muy satisfecho de sí mismo, muchacho —le dijo su mentor.

—No encuentro motivos para no estarlo —le aseguró—. Usted, en cambio, parece preocupado por algo. ¿Se trata de la exposición?

Cleyburne mantenía el brazo apoyado sobre la mesa y sostenía una copa de brandi con la mano, moviéndola de un lado a otro y golpeando con suavidad la superficie con los dedos.

—No. Por suerte, eso va según lo previsto —le dijo—. Ha surgido un pequeño contratiempo en la fábrica de conservas y trato de vislumbrar la mejor solución.

—Seguro que no tardará en encontrarla. —Aunque trataba de animarlo, sus palabras no podían resultar más veraces. No conocía a nadie más cualificado que ese hombre para salir airoso de cualquier revés.

En ese momento, Horace Pearson, marqués de Broomfield, se aproximó hasta ellos. Iba en compañía de un desconocido, un tipo alto y delgado de unos cuarenta y cinco o cincuenta años, con un poblado bigote entrecano y unos pequeños ojos celestes rodeados de una telaraña de arrugas.

—Señores, permítanme que les presente a Percival Lister-Kaye, un hombre de negocios de Filadelfia, en Norteamérica —les dijo.

Una vez hechas las presentaciones, el marqués les solicitó unos minutos de su tiempo y Cleyburne los invitó a sentarse con ellos.

—El señor Lister-Kaye representa los intereses de un importante empresario estadounidense, Cornelius Vanderbilt —comenzó Pearson.

—¿Es ese al que llaman el Comodoro? —inquirió Alexander.

—¿Lo conoce usted? —El americano lo miró con curiosidad.

—He oído hablar de él. En los últimos años he desarrollado cierto interés por el transporte marítimo y tengo entendido que Vanderbilt posee una de las mayores flotas de barcos fluviales de todo el país.

—Está usted bien informado —sonrió el americano—. Sin

embargo, el señor Vanderbilt tiene intención de diversificar algo más sus negocios y está invirtiendo ahora en el ferrocarril.

—De ahí este *improvisado* encuentro —intervino el marqués—. Vanderbilt busca capital para su nuevo proyecto.

—¿Aquí en Londres? —preguntó Cleyburne, receloso.

—¿No se encuentran aquí algunas de las mayores fortunas del mundo? —preguntó el americano en tono ocurrente.

El acento de aquel individuo era muy similar al de la señorita Whitaker, pensó Alexander, aunque algo más acusado.

—El señor Lister-Kaye ofrece unos dividendos muy sustanciosos —continuó Pearson— y estoy pensando en invertir algo de capital.

—Milord, creo que sería más conveniente que tratáramos este asunto de forma privada. —Cleyburne echó un rápido vistazo a su acompañante—. Pásese por el banco y lo comentaremos con calma.

—Solo quería conocer su opinión.

—Es imposible que pueda disponer de una bien razonada con tan escasa información.

—Pregunte lo que desee —intervino el americano—. Estoy en disposición de mostrarle toda la documentación que he traído conmigo.

—Es solo que me resulta inverosímil que ese señor Vanderbilt necesite del dinero británico para llevar a cabo sus negocios.

—¿Ha visitado Estados Unidos, milord? —preguntó Lister-Kaye.

—No. Aún no, al menos —contestó al tiempo que negaba con la cabeza.

—Bien, porque si considera que Inglaterra es un país grande, tenga en cuenta que el nuestro es, de costa a costa, al menos cincuenta o sesenta veces mayor, tal vez incluso más, o lo será cuando todo ese territorio haya sido colonizado. —Hizo una pausa dramática—. ¿Puede siquiera imaginar lo que supondría tender vías de ferrocarril por toda esa superficie?

—¿Tienen intención de expandirse hacia el oeste? —preguntó Alexander con interés.

—No de forma inmediata, aunque solo es cuestión de tiempo. Con esa extensión por cubrir, todo el capital que pueda reunirse será poco.

Alexander miró a Cleyburne. Por su expresión, que ya conocía, supo que los engranajes de su cerebro habían comenzado a girar. Muchas de las recientes fortunas londinenses tenían su origen en las ganancias que había proporcionado la construcción del ferrocarril durante los últimos años. Una cantidad de territorio como la que mencionaba Lister-Kaye era un reclamo sumamente atractivo.

—De acuerdo, le echaré un vistazo a esa documentación —concedió Cleyburne al fin—. Pásense por mi oficina cualquier mañana de esta semana.

El marqués de Broomfield asintió, satisfecho, y los dos hombres se alejaron en animada charla.

—¿Tiene intención de invertir usted también? —le preguntó Alexander al barón tras asegurarse de que ya no podían oírlos.

—No en este momento —contestó, pensativo—. Primero he de revisar esos números, pero, si es como ese tipo asegura, tal vez lo tenga en cuenta en el futuro. —Volvió la vista hacia él—. ¿Y usted?

—Creo que yo también esperaré a ver esa documentación.

—Una decisión inteligente. —Cleyburne alzó la copa en dirección a Alexander y luego la apuró de un trago—. Creo que pediré otro brandi. ¿Me acompaña?

Alexander accedió. De todos modos, pensó, esa noche no tenía nada mejor que hacer.

La mansión permanecía en silencio, como si fuese una casa vacía, un cascarón sin vida. A la luz de la luna que se colaba por los ventanales, Cleyburne recorría el inmenso salón, convertido ya en una sala de exposiciones. Ochenta y seis piezas en total, repartidas por toda su superficie. Se preguntó cuántas más habría ocultas en la cámara funeraria de aquella excavación, porque si resultaban ser la mitad de exquisitas que aquellas sería el mayor tesoro descubierto jamás.

En el centro habían colocado un pedestal en el que se exhibiría el gran collar de oro y piedras preciosas. Otras piezas menores lo rodearían, expuestas sobre anaqueles y mesitas auxiliares. En un lateral, Foster había preparado una gran mesa en cuyo centro había situado la réplica en miniatura del supuesto sarcófago aún por descubrir, rodeado de estatuillas, vasijas y vasos canopos de oro macizo. Sobre el féretro, mediante un sistema de cables y poleas, colgaba una esfera dorada que simbolizaba a Ra, el dios del Sol en la mitología egipcia. En el otro extremo del gran salón, el cofre que contenía los papiros, parcialmente abierto, dejaba entrever su contenido, y uno de los manuscritos había sido desplegado como muestra, sujeto por las esquinas con cuatro gemas casi idénticas.

Mientras admiraba unas y otras piezas, movía aquella figurita un poco hacia delante, giraba la otra un poco a la izquierda o centraba el papiro expuesto, le fue inevitable pensar en los acontecimientos de los últimos días.

El 9 de abril, finalmente, el Parlamento había aprobado la declaración de guerra contra China por 272 votos a favor y 262 en contra. Un resultado tan ajustado provocó una sucesión de mociones para tratar de evitar un conflicto que, de hecho, ya se estaba produciendo, aunque aún hubiera quien dudara de ello. La noticia, sin embargo, lejos de hacerlo feliz, había traído aparejada cierta sensación de angustia para Gordon Cleyburne.

En la semana transcurrida desde entonces, logró solucionar los mayores problemas a los que se enfrentaba en la fábrica de conservas, aunque a un coste muy elevado. Localizó a un par de proveedores que pudieran suministrarle las láminas de acero que precisaba, pero se vio obligado a pagar un precio desorbitado por ellas para compensar los perjuicios que los clientes a los que iban destinadas originariamente iban a padecer, y que recaerían en los suministradores. Cleyburne lo entendía, por supuesto, aunque lo enfurecía hallarse en esa situación. McKenzie lo había traicionado en el peor momento posible y pagaría por ello. Aún no había dispuesto de tiempo suficiente para ocuparse de ese asunto, pero lo haría pronto. Tampoco deseaba que el escándalo que iba a provocar —su esposa, a fin de cuentas, era la hija de un vizconde— ocupara las portadas de los periódicos y desplazara las dos noticias que esos días se habían convertido en las protagonistas: la guerra contra China y su exposición sobre el antiguo Egipto.

En cuanto a los ingredientes necesarios para elaborar los platos enlatados, se había tropezado con un muro infranqueable. Nadie parecía disponer de productos suficientes, como si los mercados hubieran quedado desabastecidos de repente. No tenía constancia de que las cosechas hubieran sido especialmente malas en los últimos meses; al menos la suyas en Kent no lo habían sido y ya hacía semanas que las había vendido. Al final tuvo que fletar un par de barcos para que se aprovisionaran en Francia y en Irlanda.

Había hecho números y su margen de beneficios se había reducido tanto que la operación sería un auténtico fracaso. Lo único bueno que sacaría de todo ello sería el prestigio de haber suministrado a la Marina Real británica, lo que le reportaría nuevos y cuantiosos encargos en el futuro.

Poco más podía hacer por el momento, se dijo, solo disfrutar de la fiesta de ese domingo y afrontar al día siguiente los problemas añadidos que pudieran surgir.

Los tropiezos, pensó, son los que hacen que un hombre se levante con más ganas de luchar.

39

La tarde comenzaba a declinar cuando Alexander salió de la casa familiar, en St James. Las nubes, grandes y esponjosas, tejían intrincadas formas hiladas por el sol del atardecer. Con cierto fastidio, pensó que era una perfecta estampa de primavera, o lo habría sido si no fuera por todo lo sucedido en la última hora.

El gesto adusto de su padre se le había quedado prendido en la retina, igual que el ceño fruncido de su hermano Victor y la mueca de desdén en los labios de William.

El cochero aguardaba frente a la puerta y Alexander le indicó con un gesto que lo siguiera a cierta distancia. Necesitaba caminar, aunque en realidad el cuerpo le pedía un ejercicio más enérgico que en ese momento y en ese lugar no se podía permitir. Aceleró el ritmo y sintió que su corazón bombeaba con más fuerza entre sus costillas. Acompasó la respiración al ritmo apresurado de sus piernas, masticando todos los improperios que pugnaban por salir de su boca.

Aún trataba de hallar una explicación para lo ocurrido, que arrojara algo de luz sobre un asunto tan espinoso como el que tenía entre manos. Y solo había una persona que pudiera proporcionársela.

Mientras Seline la ayudaba a acicalarse para acudir a la fiesta del barón Oakford, Temperance pensaba en lord Algernon. Aquel hombre se había esforzado por complacerla en todo lo que ella le había solicitado, por lo que se sentía culpable al no haberlo hecho partícipe del auténtico alcance de su plan.

La intención de vengarse de sus tíos había estado presente desde el inicio, tanto como la de hundir a Gordon Cleyburne. Sin embargo, así como no se había guardado nada en lo que incumbía al barón, había reservado para sí misma sus propósitos con respecto a los Barton, que solo eran conocidos por Lionel Ashland, el abogado. Era una situación sumamente delicada y, aunque se había convencido de que lo hacía por el bien de lord Algernon, aquel secreto empezaba a pesarle demasiado.

Por otro lado, temía que, llegados al final de aquel turbio asunto, la amistad que la unía al viejo conde se quebraría sin remedio.

Con cierto pesar, comenzaba ya a intuir que el precio que pagaría por resarcirse de cuantos la habían perjudicado en el pasado iba a ser demasiado alto.

Aunque todavía estuviera dispuesta a pagarlo.

Su ayuda de cámara estaba terminando de colocarle la chaqueta cuando unos golpes en la puerta anunciaron al mayordomo.

—Tiene visita, milord —le dijo.

—¿Ahora? —Cleyburne comprobó su reloj de bolsillo. Aún faltaban más de cuarenta y cinco minutos para el inicio de la fiesta.

—Es el joven señor Lockhart.

—De acuerdo. Hágalo pasar al despacho.

Comprobó su impecable imagen en el espejo y se preguntó qué habría traído a Alexander con tanta anticipación a su casa.

Lo intuyó en cuanto cruzó la puerta y lo vio de pie, con las manos sujetas tras la espalda y el ceño fruncido.

—Alexander, muchacho, ha venido con mucha antelación. ¿Le sirvo una copa? —Le ofreció en tono amable mientras se aproximaba a la mesa de bebidas del rincón.

—No quiero nada —negó—. Solo que me diga que se trata de un error.

—¿A qué se refiere? —inquirió, en tono despreocupado.

—¿Es verdad que ha estado utilizando las reservas del banco para su uso personal? —Su tono de voz era duro, cortante.

—¿Quién le ha contado algo semejante?

—Melvin Horton, nuestro gerente, ¿quién sino?

—No debería haberlo hecho. —Se sirvió dos dedos de whisky.

—Le recuerdo, Cleyburne, que mi familia y yo poseemos una quinta parte del capital del banco. Horton está obligado a informarnos de cualquier operación irregular.

—Así que eso es lo que ha hecho.

—Al parecer, retiró usted una ingente cantidad de dinero hace unos meses, imagino que para sufragar esta locura de exposición que se ha montado.

—Ah, muchacho, es magnífica, ya lo comprobará en unos minutos.

—La segunda vez ha sido esta misma semana… —continuó, ignorando el comentario.

—La fábrica de conservas atraviesa un momento un tanto delicado, ya se lo comenté…

—No tenía derecho a disponer de esos fondos. —Apretó las mandíbulas—. No hay ninguna documentación que lo avale ni ninguna garantía.

—Solo es un préstamo, lo devolveré en unas semanas —se defendió—. He tenido un pequeño problema de liquidez, algo temporal.

No iba a recordarle a aquel jovenzuelo que el año anterior había reformado la casa por completo para la presentación de Ernestine en sociedad, que había gastado una fortuna en carruajes, vestidos y joyas, y que en los últimos tiempos había adquirido también una inmensa propiedad en Venezuela… ni que se había empeñado en hacer negocios con la Marina Real británica. Por lo que, cuando se le había presentado la oportunidad de adquirir las antigüedades, no disponía de los fondos suficientes.

—Para ganar en los negocios es necesario arriesgar —le dijo. Una frase que ya había utilizado con él en multitud de ocasiones.

—Uno arriesga lo que tiene, barón Oakford, no el dinero de los demás.

—¿No se lo está tomando demasiado en serio, Lockhart? —inquirió, molesto ya con el tono y con las acusaciones de su protegido.

—Tan en serio como que mi familia y yo hemos iniciado los trámites para desvincularnos del banco y retirar nuestro capital.

—¿Qué? —Cleyburne dejó el vaso con tanta fuerza sobre la mesa que el cristal saltó en pedazos—. ¡No pueden hacer eso! ¡Tenemos un contrato!

—Un contrato que usted ha roto en dos ocasiones, al menos —replicó.

—Los demandaré, Lockhart —amenazó, cortante.

—Hágalo, Cleyburne —Alexander lo contemplaba con una tormenta en la mirada—, y el mundo entero sabrá que ha malversado el dinero de sus socios y de sus clientes.

Sin darle oportunidad de replicar, el joven salió por la puerta y abandonó la casa con un sonoro portazo.

Cleyburne soltó una maldición. Una de las primeras cosas que tendría que hacer al día siguiente sería acudir de inmediato a ver al conde de Woodbury. Si la fiesta no estuviera a punto de comenzar, lo habría hecho en ese momento. Estaba convencido de que podría arreglar aquel malentendido.

Luego, más calmado, sonrió, aunque con cierta desgana. Alexander había estado espléndido, tenía que reconocerlo. Había mostrado carácter, una cualidad imprescindible en el mundo en el que pretendía moverse, aunque en esta ocasión lo hubiera manifestado en la dirección equivocada.

Ernestine se sentía esa noche como una auténtica reina de Egipto. El vestido era tan fascinante como el collar en el que se inspiraba, con aquellos cristales azules brillando sobre el fondo dorado. Incluso Daphne, su doncella, se quedó sin respiración cuando contempló el resultado final.

Situada junto a su padre en la entrada principal, recibía a los más de cuatrocientos invitados con una expresión luminosa. Se sintió enormemente satisfecha cuando Hester y Mathilda la admiraron entre impresionadas y envidiosas. Hasta el marqués de Wingham le dedicó unas palabras galantes a la par que halagadoras, y ella pensó que esa noche, como anfitriona de la fiesta, dispondría de ciertas oportunidades con el joven que pensaba aprovechar cuanto le fuera posible.

De reojo observaba a su padre saludando a los recién llegados y agradeciéndoles su asistencia, y percibió cómo se tensaba cuando apareció el duque de Devonshire, a quien, esta vez, le había ganado la partida.

Nunca como entonces se había sentido más orgullosa de su apellido.

Harmony estrenaba esa noche un precioso vestido de color crema del que, hasta su llegada a la fiesta, se había sentido muy satisfecha. Sin embargo, en comparación con la fastuosa prenda que lucía Ernestine Cleyburne, se le antojaba poco más que un saco de arpillera.

El salón estaba abarrotado y no lograba apartar los ojos de todas aquellas figuras y objetos, que parecían sacados del más increíble y fantasioso cuento. Junto a cada uno de ellos habían colocado una tarjeta que informaba de su posible origen y del material del que estaba compuesto. Se cansó de leer las explicaciones tras la tercera pieza y se dedicó solo a admirarlas.

—¿Vas a seguir enfadada conmigo mucho más tiempo? —le preguntó Harold a su lado.

—Aún no lo he decidido —contestó, cortante.

—Tuve que hacerlo, Harmony.

—Oh, ¿en serio? ¿De verdad era preciso que hablaras con Eliot Colton para dejarle claro que yo no estaba disponible?

—Pensé que era mejor hacerlo antes de que le diera por albergar algún tipo de esperanza —se defendió, por enésima vez.

—Harold, ¡solo fue amable conmigo!

—Lo sé, fue lo mismo que me dijo él —reconoció, contrito.

—Y aun así le humillaste. Nos humillaste a ambos…

—Dejad ya de discutir —los riñó la madre, a solo un paso de distancia—. Estáis llamando la atención. Y tu hermano tiene razón, estas cosas es mejor atajarlas a tiempo.

Harmony hizo un mohín, pero resistió la tentación de soltar una réplica. ¿Con qué derecho se atrevían a inmiscuirse en su vida? Que Eliot Colton fuera el joven más interesante y estimulante con el que había coincidido en los últimos años no tenía nada que ver con su enfado. Nada en absoluto.

Gordon Cleyburne se paseaba por el salón como un rey ante sus súbditos, atendiendo a los invitados y recibiendo todo tipo de alabanzas y parabienes. Había dedicado los primeros minutos a charlar con los periodistas a los que había invitado y tuvo la deferencia de hacer un aparte con Frank Thompson, del *London Sentinel*, en agradecimiento al elogioso artículo que había publicado meses atrás.

Robert Foster, tan satisfecho como podía estarlo él mismo, había decidido permanecer a un lado y no robarle el protagonismo esa noche. Le había explicado todos los pormenores de la excavación, para que pudiera responder por su cuenta a las preguntas de los reporteros, y se quedó en segundo plano por si surgía alguna duda. Cleyburne, sin embargo, se defendió con soltura e incluso bromeó con los periodistas.

Vio a su hija junto al espléndido collar con cuyo vestido hacía juego, charlando de forma distendida con sus amigas y otros invitados, perfecta en su papel de anfitriona. También localizó a Morgan Haggard y a su esposa, que habían aceptado la invitación a pesar de que no le tenían ninguna simpatía. No podía reprochárselo, él sentía lo mismo y también había acudido en varias ocasiones a su casa. El mundo en el que se movían era lo bastante hipócrita como para aparcar las desavenencias personales o políticas con motivo de una fiesta o un baile.

Y aquel evento, sin ningún género de duda, lo merecía.

Del brazo de lord Algernon, Temperance contemplaba aquella fastuosa colección con una admiración imposible de disimular.

—Es… magnífica —musitó.

—Tal vez pueda comprársela a Cleyburne más adelante… —sugirió el conde a su lado.

—Hummm. No lo descarto —sonrió.

Recorrió el salón con la mirada y le sorprendió no ver allí a Alexander. Resultaba extraño que se perdiera la fiesta que celebraba su socio y mentor. También se dio cuenta de que no había presente ningún miembro de su familia, lo que juzgó aún más insólito.

Tras deambular unos minutos de grupo en grupo, sus pasos los condujeron al fin hasta los Barton. A Temperance le sorprendía también no haber coincidido todavía con su primo Justin y se preguntó dónde estaría y si ya habría regresado de las minas de carbón de Northumberland.

—Señorita Whitaker, lord Algernon, un placer verlos de nuevo —los saludó Harold Barton.

—Una velada más que interesante, ¿no les parece? —señaló Algernon, tras besar las manos de las damas.

—Todo es tan… pomposo. —La vizcondesa acompañó sus palabras con un mohín desdeñoso.

—Y tan deslumbrante… —añadió su hija, en un tono mucho más apreciativo—. ¿Usted qué opina, señorita Whitaker?

—Confieso que jamás había visto nada semejante.

—Yo considero que todo esto debería estar en un museo —añadió su tío Conrad— para que todo el mundo pudiera disfrutarlo.

—Creo que he visto por ahí al director del Museo Británico. —Harold alzó la vista por encima de las cabezas de los invitados—. Así que es probable que sus deseos se cumplan a no mucho tardar, padre.

—No hay duda de que Inglaterra tiene mucho que ofrecer al mundo —expuso Temperance.

—Inglaterra no es solo Londres —apuntó su tío, en tono cordial.

—Cierto, pero de momento es lo único que conozco —reconoció ella—. Algún día espero visitar también la campiña.

—Oh, nosotros partimos hacia Barton Manor esta misma semana —dijo Harmony—. Cada año celebramos un almuerzo campestre con nuestros vecinos, los condes de Woodbury. Es como una especie de tradición.

—Suena encantador.

—Sí, lo es. ¿Nunca ha estado en una casa de campo?

—Me temo que soy una mujer de ciudad...

—Podría usted acompañarnos —le propuso.

—Seguro que la señorita Whitaker tiene muchos compromisos que atender —se apresuró a comentar la madre, que disimulaba a duras penas lo molesta que estaba por la impetuosa invitación de su hija.

—¿No podría unirse a nosotros, aunque fuesen un par de días? —insistió Harmony.

Temperance intuyó que la invitación de su prima era sincera, pero, al mismo tiempo, detectó cierta rebeldía en su actitud, como si tratara de resarcirse de algo. Sin embargo, no podía desaprovechar la oportunidad que ella misma había propiciado con sus comentarios.

—Bueno, nada me causaría más placer —dijo al fin—. Es usted muy amable, señorita Barton. Acepto con mucho gusto si sus padres no tienen ninguna objeción.

—¡Por supuesto que no! —Harmony se volvió hacia la vizcondesa—. ¿Verdad, madre?

—En absoluto. —Sonrió de forma forzada—. Será usted bienvenida a nuestra casa.

—Tal vez a lord Algernon le apetecería también pasar unos días en el campo —intervino el vizconde.

—Muy agradecido, pero me temo que tengo un par de compromisos que, en mi caso, sí son ineludibles —se disculpó—. ¿En otra ocasión, quizá?

—Cuando guste, milord —contestó su tío—. Sabe que allí siempre será bien recibido.

Ernestine no tuvo reparo en deshacerse con un gesto de sus dos amigas en cuanto comprobó que el marqués de Wingham se aproximaba a ella. No deseaba que ninguna de las dos distrajera su atención, especialmente Mathilda, que era con diferencia la más hermosa de las tres. Sabía que aquella sería una oportunidad única, y no iba a consentir que nadie se la estropeara.

—Está deliciosamente fascinante esta noche, señorita Cleyburne —la saludó al llegar a su lado.

—Es muy amable, milord.

—Su vestido es una obra de arte, solo comparable a los maravillosos objetos que se encuentran expuestos.

—¿Solo mi vestido? —coqueteó ella, que había decidido arriesgarse un poco más.

—Bueno, sin lugar a dudas toda su persona —replicó, seductor. Ella bajó la mirada con fingida modestia—. Y no se me ocurre mejor lugar para lucir ese collar que tiene al lado que su esbelto cuello.

Ernestine se llevó la mano al pecho y acarició con los dedos el zafiro que colgaba de un cordoncillo dorado. Los ojos castaños del marqués recorrieron la piel de la zona con sincero interés. Se le veía tan atractivo, con aquel cabello suave y ondulado cayendo sobre su frente y aquella sonrisa tan embelesadora, que tuvo que tragar saliva para mantener la compostura.

—Toda usted parece bañada en oro —continuó él, meloso—. Hasta me atrevería a asegurar que su cabello debe haber sido tejido por los dioses.

—Es usted muy galante… —El pulso se le había encabritado.

—Créame, la compañía lo merece.

—Durante su recorrido por Europa debe haber dejado tras de sí un sinfín de corazones rotos. —Su voz fue apenas un murmullo, que acompañó de una caída de ojos.

—No tantos como se imagina —le aseguró—, más bien al contrario.

—Permítame decirle entonces que la dama en cuestión no lo merecía —aseveró, tratando de disimular su súbito descontento.

—En realidad, más que un quién, fue un qué. —Se inclinó ligeramente hacia ella, enigmático—. Roma, Florencia, Venecia o Turín pueden robarle el alma a cualquiera, y para siempre.

—Oh —suspiró Ernestine, encantada con aquella información.

—Y ahora este pequeño rincón egipcio en el corazón de Londres.

40

La velada transcurría mejor de lo previsto. Los canapés de Fortnum & Mason estaban deliciosos, la bebida era de excelente calidad, la luz resultaba cálida y suave y el cuarteto de cuerda que tocaba en un rincón lo hacía de forma discreta, sin interferir en las conversaciones que se desarrollaban en distintos puntos del salón. El ambiente era relajado y distendido, y Cleyburne había recibido tantas felicitaciones que ya había perdido la cuenta.

En ese instante, localizó al duque de Devonshire, con quien media hora antes había intercambiado un puñado de frases corteses. Se encontraba junto a la mesa de los papiros, en compañía de dos hombres. Uno era el director del Museo Británico, sir Henry Ellis, con su abultada papada y su cabello rizado, que estaba inclinado ligeramente hacia delante y observaba el papiro que Foster y él habían colocado como muestra. El otro era sir John Gardner Wilkinson, que se atusaba su poblado bigote mientras miraba en la misma dirección. Wilkinson era un famoso viajero que había vivido en Egipto durante más de dos décadas y que unos años atrás había publicado un libro sobre los modales y las costumbres de los antiguos egipcios. Había alcanzado tanto renombre que ya se le consideraba el primer egiptólogo británico.

Decidió aproximarse a ellos con estudiada calma.

—Espero que estén disfrutando de la velada —los saludó,

cordial, al llegar junto a ellos, al tiempo que entrelazaba las manos tras la espalda.

—Eh, sí, sí, por supuesto —contestó Ellis, poniéndose recto—. Está resultando muy agradable.

—Estábamos apreciando el papiro —comentó Devonshire.

—Ah, ¿y qué les parece?

—Es... un galimatías. —Wilkinson movía la cabeza de un lado a otro.

—¿Un galimatías? —preguntó, extrañado. Claro que era un galimatías, pensó, estaba escrito con jeroglíficos.

—No tiene ningún sentido —respondió el egiptólogo.

—Aún no ha sido traducido. —Sin abandonar su sonrisa buscó de reojo a Foster.

—Ah, no se trata de eso —continuó Wilkinson—. Da la sensación de que los jeroglíficos han sido colocados sin ningún orden ni concierto. Eso sin contar con que algunos resultan muy extraños.

—Hay tanto aún por descubrir sobre esa cultura milenaria... —mencionó él, como un hecho evidente.

—Sin duda, sin duda. —Sir Henry Ellis parecía un tanto incómodo ante la insistencia de su compañero.

—Por otro lado, la lámina también resulta... insólita —continuó el egiptólogo.

—¿En qué sentido? —Cleyburne se inclinó sobre el documento.

—El papiro se fabricaba con la fibra de una planta, como imagino que sabe —explicó—, de cuyo tronco se extraían unos filamentos largos y finos que se prensaban unos junto a otros horizontal y verticalmente. La superficie resultante, que luego se pulía, formaba unas tiras horizontales en el anverso, que era donde se escribía, y verticales en el reverso. En este caso, como puede ver —decía mientras señalaba hacia la mesa— la escritura figura exclusivamente en la parte posterior, por lo que dudo mucho que se trate de un papiro auténtico.

—¿Qué...? ¿Qué quiere decir? —preguntó, sin dejar de mirar la pieza.

—Seguro que el señor Wilkinson estaría encantado de poder observarlo con detenimiento en otra ocasión —intervino de nuevo sir Ellis—. Como bien ha mencionado, aún tenemos mucho que descubrir sobre la cultura egipcia.

—¿Dónde dice que se encuentra esa excavación? —Wilkinson continuaba impertérrito y concentrado, ajeno a cualquier convención social.

—En Egipto, cerca de Luxor. —Los miró a los tres—. Ya habrán oído hablar de ella, se publicó en la prensa.

—¿Aquí en Inglaterra? —El director mostró su sorpresa.

—No, no. La noticia la publicó un periódico de El Cairo.

—¿Recuerda el nombre? —preguntó Wilkinson—. Me resulta chocante, porque yo recibo la prensa egipcia a diario y no recuerdo haber visto esa noticia en ningún momento.

—En realidad solo era una breve nota —señaló, ufano—. La persona que la descubrió no deseaba llamar demasiado la atención sobre el hallazgo.

—Y usted ha sabido mantener el secreto a buen recaudo, milord —apuntó el duque de Devonshire con una mirada de reconocimiento.

Cleyburne trató de disimular la satisfacción que le habían provocado las palabras del duque, a quien correspondió con un breve cabeceo a modo de agradecimiento.

—Sigo pensando que... —comenzó a decir el egiptólogo de nuevo.

—Espero que nos permita visitar la colección en otro momento —lo interrumpió el director del Museo— para poder estudiarla con calma.

—Oh, por supuesto, están invitados cuando deseen.

Justo en ese instante, un chirrido los sobresaltó y Cleyburne se dio la vuelta para localizar el origen. La esfera dorada que estaba suspendida en un lateral, sobre el sarcófago de oro rodeado de pequeñas estatuillas, se balanceaba colgada de uno de los dos cables que la sujetaban. El otro parecía haberse partido y había producido el ruido que había resonado por todo el salón.

—No pasa nada, amigos —dijo en voz alta en cuanto comprobó en qué había quedado todo, y acompañó sus palabras con una sonrisa para calmar los ánimos—. El señor Foster se encargará de arreglarlo de inmediato...

Pero entonces, desde la otra punta de la estancia, resonó un golpe mucho más fuerte y contundente, seguido por algunas exclamaciones entre la sorpresa y el sobresalto, y todas las miradas convergieron en aquella dirección.

Desde que Phillip Arthur Dixon se había casado con Gwendolyn Rossville su vida se había transformado por completo. No solo se había convertido en un hombre felizmente casado y padre de familia, también había emparentado con la nobleza británica al contraer matrimonio con la hija de un aristócrata. Debía reconocer que los prolegómenos de dicha unión no resultaron sencillos, pues la inicial negativa de los condes a concederle la mano de Gwendolyn casi lo sumió en la desesperación. Sin embargo, el fuerte carácter de su esposa y su determinación a la hora de elegir marido no tardaron en limar todas las asperezas.

Phillip era consciente de que sus suegros no le tenían en alta estima y no podía tampoco reprochárselo. Gwen era su única hija y habrían deseado para ella un enlace con uno de sus pares. Que el amor hubiera entrado en la ecuación era algo que nadie ni siquiera él mismo, había previsto. La evidente felicidad posterior de su esposa tampoco había logrado mitigar el perenne sinsabor que parecía dominarlos, y no había sido hasta la llegada de los dos nietos cuando la relación se había suavizado lo suficiente como para sentirse al fin aceptado. Como si su semilla hubiera actuado como una especie de pasaporte para poder formar parte al fin de aquella familia. Ahora que se habían instalado en Londres, confiaba en que ese vínculo mejorara con el trato.

Hasta la fecha, Gwen no había mostrado nunca una excesiva inclinación a acudir a las fiestas de la alta sociedad, menos incluso que él, que acostumbraba a sentirse un intruso en aquel ambiente. Sin embargo, estaba dispuesto a hacer cualquier sacrificio para que ella no sintiera que había perdido algo al no contraer matrimonio con otro miembro de su círculo. En las últimas semanas, no obstante, su bella esposa había manifestado una reciente inclinación a aceptar las invitaciones que llegaban a casa de sus padres, los condes de Abingdon, y Phillip comenzaba a sospechar si no estaría echando de menos el boato de aquellas reuniones sociales a las que prácticamente no asistían en Mánchester y de las que huían durante sus estancias en la capital. Fuera como fuese, se mostraba proclive a complacerla y se esforzaba por encontrarle él también el gusto a ese tipo de eventos.

Y, ciertamente, el de esa noche en particular lo tenía fascinado. Contemplar aquellas piezas milenarias, expuestas como en un museo, resultaba sobrecogedor. En ese momento se encontraban junto a una mesa donde descansaban tres estatuas de oro macizo de casi un metro de altura, que evocaban a tres deidades, aunque aún no había tenido la oportunidad de leer la información de la cartela que las acompañaba. Se disponía a hacerlo cuando un ruido seco sonó al otro lado del salón. Se giró, sobresaltado, y, por encima de las cabezas de los invitados, vio una esfera dorada que se balanceaba sujeta por un solo cable.

Volvió la cabeza hacia Gwen, que estaba a su lado. Tenía el ceño fruncido y no apartaba la mirada de aquel lateral, así que él también centró su atención en el mismo punto. Por el rabillo del ojo la vio retirarse un tanto y a continuación le llegó, amortiguado, el sonido trabajoso de su respiración. Giró un poco el cuello y no pudo encontrarle sentido a lo que estaba viendo. Su esposa, su dulce y educada esposa, intentaba empujar la base de una de aquellas estatuas hacia el borde de la mesa, con cierto disimulo y utilizando ambas manos. Por imposible que esa visión le resultara.

Entonces ella alzó la vista y sus miradas se encontraron. No le dijo nada, ni siquiera le pidió ayuda. Permaneció inmóvil, quizá tratando de encontrar las palabras adecuadas para justificar aquella insólita acción. Pero Phillip no las necesitaba. Si su esposa pretendía tirar aquella estatua al suelo, sin importar el motivo ni dónde se encontraban o con quién, tendría sus razones. Y él confiaba en ella, hasta las últimas consecuencias.

Se colocó a su lado, pasó un brazo por encima de su cabeza para darle un fuerte empujón a la figura, que cayó hacia delante con estrépito, y posó ese mismo brazo sobre los hombros de su esposa para atraerla hacia él, al tiempo que adoptaba una expresión beatífica e inocente.

Todas las personas que se encontraban a su alrededor dieron un respingo al escuchar el estruendo y todas, sin excepción, se volvieron hacia ellos. Phillip estaba convencido de que ambos, allí quietos y con aquellas sonrisas bobaliconas, debían presentar un aspecto bastante ridículo. Sin embargo, nadie les prestó excesiva atención y no tardó en comprender la causa.

Frente a la mesa, en el suelo, yacía el objeto del estropicio, solo que presentaba un aspecto singular. La parte superior de la estatua se había fragmentado en pequeños trozos, dejando al descubierto una robusta pieza de hierro fundido, parcialmente recubierta aún por lo que parecía una gruesa capa de escayola pintada de color dorado.

Todavía atónito, sintió la mano de Gwen apretando la suya y la sujetó con fuerza.

La velada, pensó, se había vuelto de repente aún más interesante.

Gordon Cleyburne estaba furioso. ¿A qué tipo de patanes había invitado a su casa?, se preguntó. La mayoría de ellos no sabría distinguir una obra de arte de un sándwich de pepino, pensó, al tiempo que se aproximaba al lugar de donde había provenido el fuerte sonido.

La música se había interrumpido, la atmósfera se había vuelto densa como la melaza y sentía el rumor de las voces aproximarse hacia él como si fuesen las olas de un mar agitado. Sus pasos se detuvieron junto a un pequeño fragmento de escayola, apenas mayor que un dedal, rodeado de otros de tamaños diversos. No era necesario ser un experto en ninguna disciplina en concreto para discernir lo que estaba viendo, aunque esperaba que el corrillo que se había formado alrededor no poseyera una mente tan despierta como la suya.

—¿Alguien se ha hecho daño? —inquirió forzando un tono cordial.

Algunas tímidas negativas respondieron a su pregunta, así que hizo un gesto con la cabeza al cuarteto de cuerda para que reanudara la música y con la mano dio paso al mayordomo, que avanzó seguido de tres lacayos que portaban escobas y otros utensilios de limpieza. En un par de minutos no quedaría ni rastro de aquel desastre. Era hora de buscar a Robert Foster para que le explicara qué significaba todo aquello.

Supuso que se encontraría en el otro extremo del salón, tratando de reparar el mecanismo de la esfera, y hacia allí dirigió sus pasos. No había recorrido ni la mitad de la distancia cuando el otro cable que la sostenía se partió con un chasquido y la bola cayó con estrépito sobre la escena que Foster había preparado con tanto esmero. Gritos de sorpresa acompañaron sus últimos pasos y rápidamente fueron sustituidos por expresiones de asombro.

La esfera de metal había destrozado por completo la exposición, hasta límites que no habría creído posibles. Cientos de fragmentos de escayola dorada yacían por doquier, dejando al descubierto segmentos de hierro y acero, algunos de forma indeterminada.

—Es todo falso —oyó un cuchicheo a su derecha.

Creyó identificar la voz de la condesa de Folkston, y los rumores corrieron como el fuego por el salón mientras él no podía apartar la vista de aquella catástrofe. Un sudor frío comenzó a perlar su frente y los susurros se convirtieron en arenas movedizas a punto de engullirle.

Volvió la cabeza y se tropezó con la mirada de Devonshire. En ella apreció el desconcierto, pero también un atisbo de compasión, que le resultó más humillante que todo lo demás.

Unos metros más allá, junto al pedestal donde descansaba el collar, Ernestine lo contemplaba también, con los ojos llorosos y la piel pálida como la cera. A su lado, el marqués de Wingham era incapaz de reaccionar. Entonces, su hija soltó un sollozo y abandonó la estancia a toda prisa, seguida por las miradas y los murmullos de todos los presentes.

Cleyburne, con la sensación de encontrarse en alguna especie de mal sueño, se escuchó a sí mismo dirigirse a la concurrencia:

—¡Si tienen la amabilidad de salir a los jardines, arreglaremos este desastre de inmediato! —pidió antes de desaparecer tras su hija.

Cerca de las dos de la madrugada, un carruaje sin insignias se detuvo en una tranquila calle del distrito de Paddington. De él bajó un único pasajero embozado que, tras mirar a uno y otro lado, subió la escalinata que conducía a una de las viviendas y tocó la campanilla. Parecían estar aguardando su llegada, porque la puerta se abrió de inmediato y un mayordomo lo hizo pasar al interior.

Tras dejar la capa y los guantes, Temperance fue conducida al despacho de Lionel Ashland, donde ya se habían reunido en anteriores visitas. Allí la aguardaba el abogado, que no se hallaba solo. Otros dos hombres se levantaron de sus asientos al verla aparecer. Uno era Frank Thompson, el periodista del *London Sentinel*. El otro era Robert Foster.

—Buenas noches, caballeros —los saludó, exultante.

—¿Todo ha marchado según lo previsto? —inquirió el marchante—. Tuve que marcharme antes de tiempo.

—El mecanismo de la esfera falló, como imagino que ya le habrá comentado el señor Thompson, pero al final todo ha salido a pedir de boca —le informó ella, satisfecha.

—La caída de aquella estatua fue providencial —aseguró el periodista con una mueca divertida—, aunque la esfera terminó cayendo de todos modos, solo que con algo de retraso.

—Lo de la estatua fue una improvisación por parte de alguien que se puso algo nervioso al ver que el plan original no funcionaba. —Sonrió al recordar a Gwen tratando de empujar aquella estatua con disimulo, aunque en su momento solo le provocó un acceso de pánico.

Temperance tomó asiento y se permitió unos minutos para pensar y hacer balance de la noche. Cuando comenzó a investigar a Gordon Cleyburne le llamó la atención de inmediato el gusto que había desarrollado por las antigüedades, un mercado en alza y de difícil acceso. Todavía desde Nueva York, comenzó a mover los hilos para conseguir que Robert Foster —que era una identidad falsa— lograra entrar en su pequeño círculo. Les había llevado algo de tiempo, pero era imprescindible que el joven se ganara poco a poco la confianza del barón. Las primeras adquisiciones habían sido auténticas, para sustentar el papel que interpretaba, y el resto no fue otra cosa que un plan minuciosamente ejecutado.

Frank Thompson había sido el encargado de preparar e imprimir el falso ejemplar de periódico que Foster había dejado como al descuido en su mesa, con la esperanza de que Cleyburne se fijara en él. El primero de una sucesión de cebos en los que habían pensado. Ese mismo diario se encontraba en ese instante sobre la mesa del abogado, así como toda la documentación referente a la falsa tumba descubierta. A Temperance aún le sorprendía que un hombre de la inteligencia del barón hubiera caído con tanta facilidad en la trampa, dejando en evidencia que su soberbia y su vanidad eran incluso superiores a su intelecto.

Foster no había viajado a Egipto, desde luego. Se escondió en la costa de Devon, donde había supervisado los trabajos de un buen número de artesanos y había tomado el sol invernal, tan pronto aparecía tras las nubes, para adquirir cierto tono bronceado que luego había aumentado con algo de maquillaje. Las primeras pruebas de algunas piezas resultaron un fracaso y, cuando se lo hizo saber, Temperance vio peligrar su plan. Sin embargo, había demostrado con creces que sus famosas dotes como timador, capaz de superar cualquier obstáculo, no eran infundadas. Otras personas involucradas se habían encargado de interceptar el correo del barón e hicieron llegar las supuestas cartas de Foster desde Egipto sin levantar sospechas.

En cuanto a ella, desde su llegada a Londres había acudido gracias a lord Algernon a fiestas suficientes como para que el barón, una vez comenzara a preparar la lista de asistentes, no se olvidara de incluirla. A esas alturas ya era aceptada en las mejores casas londinenses y habría sido un error de etiqueta no invitarla. Si no a ella, al menos al conde, toda una institución en la ciudad. Temperance no había querido perderse la humillación pública del hombre que había destruido a su padre, y el resultado no podía satisfacerla más.

—Señor Foster, he de decirle que ha llevado a cabo un trabajo magnífico —lo felicitó—. Las falsificaciones eran soberbias, dignas de figurar en cualquier museo.

—Contaba con buenos artesanos —aseguró el joven— y con dinero en abundancia para gastar.

—¿El señor Ashland le ha hecho entrega ya de sus honorarios?

—Así es —contestó el abogado—, y de un pasaje con destino a América en un barco que zarpará de Liverpool en dos días.

—Eso fue lo convenido —señaló Foster, complacido—. Primero me asearé un poco y recuperaré mi aspecto habitual. Odio llevar este bigote.

—¿Tiene ya la noticia preparada, señor Thompson? —le preguntó entonces al periodista.

—Saldrá en primera página.

—Perfecto, perfecto....

El *London Sentinel*, el periódico que había comenzado a publicarse hacía poco más de un año, pertenecía a un consorcio del que Temperance formaba parte como socio en la sombra. Encontrar a un periodista que estuviera dispuesto a jugársela por aquella historia fue cosa de Ashland, que no tuvo más que indagar un poco en el reguero de personas perjudicadas a lo largo de la trayectoria de Cleyburne para dar con él. Frank Thompson era de los pocos que no participaban en el plan por dinero, aunque su fama como reportero había crecido tanto que ya había medios más importantes que el *Sentinel* tratando de contratarle. A todos les había pedido algo de tiempo para pensarlo, porque su tarea aún no había concluido.

—Será mejor que se marche cuanto antes, señor Foster —dijo el abogado—. A estas alturas ya debe haber muchas personas buscándole en la ciudad.

—No se preocupe. Dentro de un rato mi aspecto será totalmente irreconocible. Pero sí, es mejor no tentar a la suerte —añadió, al tiempo que se ponía en pie.

—Ha sido un placer trabajar con usted, señor... Foster —se despidió ella, tendiéndole la mano.

—Me he divertido mucho, lo reconozco —confesó, risueño—. Si en América precisa de nuevo de mis servicios, búsqueme.

—Espero que no sea necesario —sonrió.

Temperance aún permaneció un rato en el despacho de Ashland, primero dando instrucciones a Thompson y luego, cuando se quedaron a solas, destruyendo cualquier prueba que pudiera implicarlos en uno de los mayores fraudes de los últimos años.

El fuego consumió el trabajo de varios meses, un trabajo ejecutado a la perfección.

Con Gordon Cleyburne era mejor no arriesgarse.

41

El barón Oakford tenía cuatro periódicos sobre la mesa, y la escandalosa fallida exposición de la noche anterior ocupaba las portadas de todos ellos.

¿Cómo podía haber sido tan estúpido?, se recriminaba.

No había pegado ojo en toda la noche. Primero buscó a Foster y, tras hallar su despacho vacío de cualquier prueba del delito, habló con las autoridades y con varios detectives privados para que dieran con él. Vivo o muerto. Preferiblemente esto último. Quería a ese hombre bajo tierra, lapidado, despellejado, convertido en despojos. En su pecho ardía el fuego del infierno, que ni siquiera había logrado mitigar destrozando todas aquellas baratijas de la exposición. El salón, convertido en un mar de añicos de cerámica, cristal y materiales diversos, parecía un campo de batalla abandonado a su suerte.

Ernestine, encerrada desde la fiesta en su cuarto, se había negado a hablar con él, y solo había dejado entrar esa mañana a su doncella. La joven, con el rostro pálido, salió un rato después del cuarto de su hija con el vestido hecho jirones.

Cleyburne, parapetado en su despacho, repasaba mentalmente los acontecimientos de los últimos meses. No lograba identificar ninguna grieta, ningún atisbo de falsedad ni en su marchante ni en todo lo que había sucedido después. Lo que sí le resultaba evidente era que aquel plan no podía haber sido orquestado por Foster, al menos no en su totalidad. Aún no había logrado dilucidar si él era el cerebro de la operación o solo un peón más, pero intuía que tras el joven se ocultaba otra persona, tal vez incluso varias. A lo largo de su dilatada carrera se había creado multitud de enemigos, así que la posible lista sería larga. Descartó de inmediato a Frederick J. McKenzie, porque no disponía ni de los medios ni de la imaginación para urdir aquel plan maquiavélico, pero en ese momento era incapaz de ir más allá.

Impaciente, aguardaba noticias de los detectives que había contratado, algunos de reputación dudosa. Cuando hubiera obtenido más información, encontraría la manera de resarcirse.

En cuanto Alexander leyó la noticia en los periódicos, se vistió a toda prisa y se presentó en la mansión Woodbury, en Marylebone. No le sorprendió descubrir que su padre conocía las malas nuevas desde la noche anterior, cuando uno de los invitados había acudido a su domicilio para comentarle los sucesos de la fiesta.

—Es un escándalo —le dijo el conde, sentado frente a una taza de café y con un periódico en la mano—. Por desgracia, nuestro nombre aún está ligado al de ese individuo, así que es probable que nos salpique.

—Lo sé. —Se dejó caer en una silla a su lado—. Si se descubre que Cleyburne ha desfalcado dinero del banco para esa monstruosidad, podría perjudicarnos.

—De momento nadie más que nosotros parece estar al corriente.

—Y Horton, el gerente del banco —añadió Alexander—. Y es probable que no sea el único allí que lo sabe, o al menos lo ha intuido.

—Siempre había considerado al barón un hombre sagaz.

—Hasta el más sabio puede sucumbir a sus debilidades. Es un hombre perspicaz e inteligente, pero también demasiado pagado de sí mismo.

—Cierto. Siempre fue así —señaló el conde.

—¿Siempre?

—Era el hijo bastardo del anterior barón Oakford y desde los inicios trataba de demostrar que era mucho mejor que sus antecesores, como si de algún modo necesitara justificar el título que había acabado heredando.

—No sabía nada de eso.

—No tenías por qué saberlo —comentó su padre—. Hasta bajo el Londres más elitista se mueven corrientes de aguas turbias.

—¿Por qué entonces me animó a trabajar con él? ¿Por qué invertimos nuestro dinero en el banco?

—Porque, pese a todo, Cleyburne es un hombre de negocios brillante. Saldrá de esta, ya lo verás. En unos días, el escándalo se habrá olvidado o, al menos, ya no será noticia de portada. Imagino que tardaremos en volver a verlo en los salones de baile, pero resurgirá de sus cenizas. Los hombres como él siempre lo hacen.

—¿Y mientras tanto? —preguntó Alexander.

—Mientras tanto nada. Pasaremos desapercibidos. Nos iremos a Kent mañana mismo, un poco antes de lo planeado, y quizá sería conveniente que alargásemos nuestra estancia unos días más de los previstos, hasta que las aguas vuelvan a su cauce.

La perspectiva de regresar a la casa familiar y de pasar unas horas en compañía de Harold Barton se le antojó de repente muy tentadora.

Tras la desastrosa fiesta de Cleyburne, Harmony le hizo llegar una nota a Temperance renovando la invitación a Barton Manor para acudir al almuerzo con los Woodbury que ella, por supuesto, había aceptado de nuevo. En el carruaje que la conducía a Kent, pensaba en lo sucedido en los últimos días. Cleyburne terminó por declarar a la prensa que había sido víctima de un fraude, seguramente orquestado por alguna mente maquiavélica que no solo pretendía perjudicarlo a él, sino que atentaba contra todo lo que representaba el Imperio británico. Hacía hincapié en los esfuerzos de hombres como él por rescatar la historia del olvido y enarbolaba las virtudes del pueblo sajón que luchaba por conseguirlo. Prometía, además, no cesar en su empeño de encontrar a los culpables e impedir que atacaran de nuevo los intereses de los súbditos de Su Majestad.

En definitiva, Gordon Cleyburne acababa de convertirse en el adalid del orgullo patrio y Temperance debía reconocer que había actuado con inteligencia y sabido darle la vuelta a aquel turbio asunto en su provecho.

En una larga y prolija carta, contó a Claudia Jane todos los pormenores de la fiesta, incapaz de ocultar la enorme satisfacción que le había producido contemplar la humillación de su enemigo. Quizá eso no hablaba muy a favor del tipo de persona en quien se había convertido, pero era innegable que abandonó aquella fastuosa mansión con el alma más ligera. Algernon, aunque también satisfecho, había expresado su malestar ante la humillación de Ernestine, que no era más que una víctima inocente en todo aquel asunto. Temperance estaba de acuerdo, aunque solo en parte. Tampoco nadie pensó en ella años atrás, aunque esa justificación cada vez parecía pesar un poco menos. De todos modos, se recuperaría, concluyó. Ella lo había hecho.

Estaba más preocupada, en cambio, por Alexander. No lo vio en la fiesta y no había sabido nada de él. ¿Lo habría perjudicado todo aquello de algún modo? A esas alturas ya había descubierto que la asociación entre Cleyburne y él no era más que circunstancial y que el joven Lockhart no se asemejaba en nada al barón ni le tenía una adhesión especial. Sacudió la cabeza como si con ello pudiera ahuyentar aquellos pensamientos. Desde el principio había sido consciente de que su venganza perjudicaría de algún modo a otras personas que no tenían nada que ver con ella ni con lo sucedido años atrás y, aunque había tratado por todos los medios de asegurarse de que los daños fuesen menores, no podía estar del todo segura. Que se hubiera encaprichado de aquel hombre no podía, ni debía, cambiar ni un ápice sus planes.

A medida que se aproximaba a Barton Manor la inquietud fue haciendo presa de ella. ¿Qué sentiría después de tantos años ausente? ¿Qué malos recuerdos la asaltarían al encontrarse allí? Y, lo más importante, ¿sería capaz de disimular su estado de ánimo llegado el caso? Siempre podía alegar un asunto urgente y marcharse antes de tiempo. Por otro lado, se dijo, ya era una mujer hecha y derecha, no una niña asustada y perdida, y los años habían construido una resistente coraza a su alrededor. Esperaba que lo bastante gruesa como para resistir los envites del pasado.

Seline la acompañaba en calidad de doncella y Moses ocupaba el pescante, haciendo de cochero una vez más. No es que previera que iba a necesitar de su fortaleza, pero contar con su presencia siempre la hacía sentirse más segura.

Mientras la campiña se extendía al otro lado de la ventanilla, el paisaje le recordaba a ratos al del norte del estado de Nueva York, donde Claudia Jane y ella se refugiaron en el verano de 1832. Por aquel entonces se había declarado una nueva epidemia de cólera en la ciudad y muchos huyeron para evitar el contagio. Ellas no regresaron hasta enero del año siguiente, cuando la enfermedad remitió al fin. El paisaje no era el mismo, desde luego, pero sí se respiraba esa misma sensación de sosiego que en aquellos parajes, donde el tiempo parecía transcurrir más despacio, o con más sentido. Pese al nerviosismo que la dominaba desde el inicio del viaje, se dejó contagiar por la aparente calma que la rodeaba, convirtiendo la virtud a la que apelaba su nombre de pila, templanza, en un nuevo escudo.

El carruaje bordeó la pequeña rotonda situada en la parte frontal y se detuvo frente a la escalinata de acceso. Temperance echó un rápido vistazo a la casa, grande y de líneas sobrias, y un tropel de recuerdos la asaltaron. Algunos, incluso, totalmente nuevos, como si hubieran permanecido allí agazapados esperando su regreso. Sin poder evitarlo, sus ojos se dirigieron hacia la esquina suroeste, donde sabía que se encontraban los establos. Un nudo de angustia se le atascó en el fondo de la garganta.

«Temperance —se dijo—. Tu nombre es Temperance».

Respiró hondo y aguardó a que Moses abriera la portezuela. En cuanto puso un pie en el primer peldaño, la puerta principal se abrió y una jovial Harmony, envuelta en un chal, apareció seguida del mayordomo y de sus tíos.

—Señorita Whitaker, bienvenida a Barton Manor. —Harmony se había colocado a su lado y la tomó del brazo para conducirla al interior.

Ascendieron la escalinata y saludó a los anfitriones.

—Han sido muy amables al invitarme —les dijo—. Tienen una casa preciosa.

—Gracias, señorita Whitaker. —Blanche Barton la saludó con una sonrisa, cuya sinceridad no supo interpretar—. Confío en que se sienta usted como en su propia casa.

—Milord, debe usted sentirse muy satisfecho de este lugar —le dijo a su tío, que aceptó el comentario de buen grado—. Es una propiedad magnífica.

—Sin duda lo es —contestó, halagado—. Lleva ya siete generaciones en mi familia.

—Qué interesante —señaló mientras cruzaba el umbral—. En América no hay muchas propiedades que puedan presumir de un linaje tan antiguo.

—¿Su familia no lleva allí instalada mucho tiempo? —preguntó el hombre.

—Tres generaciones nada más —contestó ella, que conocía al detalle la historia familiar de Claudia Jane—. Cuatro contando la mía.

—¿Y de dónde procedían? ¿Inglaterra?

—Del condado de Essex.

—Ah, así que su visita a nuestro país tiene que ver con sus raíces —aventuró Harmony—. ¡Qué romántico!

—En cierto modo así es.

—Disculpe a mi familia, señorita Whitaker —intervino

Blanche Barton—. La hemos acorralado en la entrada sin haberle permitido siquiera tener la oportunidad de instalarse.

Temperance echó un rápido vistazo a su espalda y vio a Seline con un par de bolsas de viaje en las manos y a Moses que cargaba un baúl en brazos. Su tía Blanche dio instrucciones al servicio para que los condujeran al piso de arriba.

—Yo la acompañaré a su habitación —se ofreció su prima, volviendo a tomarla del brazo.

—Harmony, quizá la señorita Whitaker sienta deseos de descansar un rato antes de la cena. —El tono de su madre era admonitorio.

—Desde luego —respondió su hija—. Solo le enseñaré dónde está y bajaré enseguida.

—Es muy considerada, señorita Barton —le dijo Temperance, amable.

Ella conocía aquella casa bastante bien y con que solo le hubieran indicado cuál era su alcoba, la habría encontrado a la primera. Que recordara, había cuatro habitaciones para invitados en la parte oeste de la mansión. Una la había ocupado ella siendo niña y rogaba a Dios porque no fuera la misma que le habían adjudicado en esa ocasión, ya que no sabía si podría soportar la avalancha de recuerdos que brotaban de todas partes y en todas direcciones.

«Temperance —se dijo una vez más mientras ponía el pie en el primer escalón—. Tu nombre es Templanza».

Robert Foster había desaparecido de la faz de la Tierra. Ninguno de los detectives contratados por Gordon Cleyburne obtuvo ni una sola pista. El apartamento donde había vivido hasta entonces estaba vacío. Ningún documento, ninguna señal que indicara de dónde provenía, a dónde se dirigía o quiénes habían sido sus socios en aquella estafa. El barón acudió a todos sus contactos, incluido el doctor Solomon Peyton-Jones, pero nadie sabía nada.

Una rabia negra y con múltiples tentáculos se había instalado en el centro de su pecho, impidiéndole incluso dormir. Y no se debía a la ingente cantidad de dinero que había perdido con aquella operación y que tendría que recuperar lo antes posible. No. Tenía que ver con la deshonra de saberse burlado por un don nadie, con la vergüenza de sentirse expuesto ante sus semejantes, con la humillación que aquella mirada piadosa del duque de Devonshire había dejado tan patente. Una mirada que, por desgracia, había vislumbrado en otros rostros mientras abandonaba el salón. En el conde de Folkston, en el marqués de Broomfield, en el conde de Easton...

Pese a la tempestad que vapuleaba su pecho sin descanso, Cleyburne se veía obligado a adoptar una actitud desenvuelta y, sobre todo, de confianza y seguridad. Los artículos que habían aparecido en la prensa eran solo el primer paso. Debía volver a hacer acto de presencia. En los clubes de los que era socio, en las fiestas y bailes de la temporada, en el teatro, en la ópera... Y debía continuar con sus negocios como si nada hubiera pasado.

En cuanto las aguas se calmaron un poco, acudió a ver al conde de Woodbury. Miles Lockhart y él se conocían desde hacía años y, aunque no podían considerarse amigos en el más amplio sentido de la palabra, habían aprendido a respetarse. Pese al varapalo ocurrido con las antigüedades, sabía que podía convencerlo para que no retirara su dinero del banco. Su sorpresa fue mayúscula cuando le anunciaron que los condes se habían ausentado de Londres durante unos días.

«Maldito cobarde», masculló de vuelta a su carruaje. Había abandonado la ciudad para esconderse de él. «No importa», se dijo. De peores situaciones había salido sin la ayuda de nadie. Esa no sería diferente.

Ernestine estaba convencida de que jamás lograría recuperarse de la terrible humillación que había sufrido. Todo se le antojaba tan irreal, tan insólito y desproporcionado que a veces incluso se convencía de que lo había soñado. En otras, en cambio, aún percibía a su alrededor aquel mar de miradas, maliciosas unas, compasivas otras, que la habían acompañado durante su salida de la fiesta. Desde entonces había permanecido encerrada en su habitación, negándose a ver a nadie, ni siquiera a sus dos amigas, que ya habían acudido en dos ocasiones. Tampoco a Bryan Mulligan, el hermano del vizconde Craxton, que había terminado enviándole una nota sumamente gentil con la que pretendía insuflarle ánimos, la única que había recibido desde aquella noche. Ni siquiera a su padre, el causante de su desgracia. Porque, aunque a esas alturas ya sabía que había sido Robert Foster el artífice de todo, era el *todopoderoso* barón Oakford quien, en realidad, se había dejado engañar.

Siempre había pensado que su padre era el hombre más inteligente y capaz de todo Londres, de toda Inglaterra incluso. Y que alguien tan insignificante como aquel marchante de pacotilla hubiera logrado engatusarlo había hecho tambalear todas sus creencias. Quizá, después de todo, Gordon Cleyburne no era tan imbatible como ella siempre había dado por hecho. Quizá, después de todo, no fuese más que un hombre de carne y hueso susceptible de sufrir los embates del destino igual que los demás.

¿Dónde la dejaba eso entonces a ella?

42

Aunque Temperance llevaba semanas preparándose para aquel encuentro, hallarse de repente frente a su primo Justin le provocó una pequeña conmoción que a duras penas pudo disimular. No sabía que ya había regresado del norte, ni que se encontraría en Barton Manor durante su estancia. El hombre que le fue presentado, no obstante, apenas guardaba similitud con aquel niño de cabello claro y ojos castaños, excepto, quizá, en el brillo de su mirada. No se apreciaba burla ni tampoco un atisbo de reconocimiento, pero sin duda aquellos eran los ojos que se habían mofado de ella tantos años atrás.

La saludó con exquisita cortesía y ella correspondió a su gesto forzando una sonrisa. Para su sorpresa, se mostró amable, le preguntó por su estancia en Londres y se interesó por si la campiña era de su agrado o la habitación de su gusto. Por supuesto, pensó, ¿por qué iba a comportarse de otra manera con una desconocida, una invitada en su casa? Aquel niño malicioso no se había transformado en un diablo con cuernos y larga cola, como ella lo había conjurado en su imaginación a lo largo de los años.

Para aumentar su incomodidad, en la cena terminó sentado en diagonal a ella, de forma que cada vez que alzaba la vista del plato lo veía ahí delante, tan digno, tan formal, tan adulto. No lograba conjugar la imagen del niño con la del hombre en el que se había convertido, y eso la tenía totalmente desconcertada.

—¿No le gusta el asado, señorita Whitaker? —Harmony, sentada frente a ella, interrumpió sus pensamientos.

Temperance observó su plato casi intacto.

—Está delicioso, señorita Barton —contestó, amable—, aunque me temo que el viaje me ha dejado el estómago un tanto revuelto.

—Puedo pedirle a la cocinera que le prepare una infusión de hierbas.

—No se moleste. Seguro que una noche de descanso será más que suficiente.

Su comentario estaba cargado de intención. No quería alargar aquella velada más de lo necesario, y reunirse en el salón con toda la familia después de cenar se le antojaba una prueba insuperable.

—¿A qué se dedica su familia, señorita Whitaker? —le preguntó entonces su tío Conrad—. Harmony nos ha mencionado que están relacionados con el ferrocarril.

—En efecto —contestó ella con seguridad—. Aunque el ferrocarril es solo uno de los muchos negocios en los que participamos.

—Comprendo.

—Es arriesgado apostar a un solo caballo, si me permiten el símil —continuó Temperance, que encontraba cierta calma en hablar sobre un tema que conocía y que no representaba peligro alguno—. Si un negocio falla, y con lo volátil que es la economía eso puede suceder en cualquier momento, uno debe poder mantenerse a flote con las ganancias que le proporcionen los demás. —Hizo una breve pausa—. Hace unos años, en diciembre de 1835, el centro de Manhattan se quemó hasta los cimientos. Hacía tanto frío que el agua se congelaba en las mangueras y no hubo manera de extinguirlo. Cientos de edificios quedaron destruidos por completo y muchas compañías aseguradoras se fueron a la quiebra.

—Oh, espero que esa desgracia no afectara a su familia —comentó Harmony.

—En realidad sí lo hizo —aseguró ella—. Poseíamos un tercio de una aseguradora y representó un duro golpe para nuestras finanzas. Por fortuna, no era nuestra única fuente de ingresos.

—No siempre es posible diversificar —dijo su tío Conrad—, sobre todo si uno no dispone de medios. Aquí en Inglaterra casi todos los nobles viven en exclusiva de las rentas que les proporcionan las tierras.

—Ya hay muchos nobles que invierten en otro tipo de negocios, padre —señaló Justin—, y estoy convencido de que esa tendencia aumentará en el futuro. De hecho, nosotros mismos...

—Pero para invertir es necesario poseer cierto capital y estar dispuesto a arriesgarlo —lo interrumpió su padre, como si tratara de impedir que su vástago hablara más de la cuenta—, y la tierra siempre es un valor seguro.

—Sin embargo, sin esas inversiones de personas que pueden permitírselo, las sociedades no avanzarían —siguió Temperance—. Y los beneficios pueden ser cuantiosos.

—También las pérdidas —intervino Harold.

—Cierto —corroboró ella—, pero en el riesgo está el éxito, o eso dicen.

—¿Qué le está pareciendo Inglaterra, señorita Whitaker? —preguntó entonces Blanche Barton, que apenas había abierto la boca desde que se habían sentado.

—Encantadora —contestó ella—, pero ¿siempre llueve tanto?

Sus palabras provocaron una risita de Harmony y sonrisas condescendientes en los demás. Claro que ella sabía que en Inglaterra llovía con frecuencia, aunque no de forma abrupta. Se trataba más bien de una suave llovizna presente la mayoría de los días, a veces tan insignificante que casi pasaba desapercibida. Pero no mencionarlo habría resultado llamativo en alguien que, supuestamente, no conocía el país.

La conversación fluyó sin dificultad alrededor del tiempo durante varios minutos, y casi logró relajarse lo suficiente como para disfrutar del postre. Luego se disculpó y se retiró a su habitación. Seline, que estaba al corriente de casi todos los pormenores de su vida, la recibió hecha un manojo de nervios.

Temperance había superado sin contratiempos su primera noche en Barton Manor.

La última persona a quien Alexander hubiera esperado encontrar esa mañana en la mansión de los vizcondes Bainbridge para el almuerzo anual era Temperance Whitaker, y se preguntó si aquello no sería alguna jugarreta del destino. Los había visto charlar con ella en alguna ocasión, pero no más que con otros muchos conocidos de Londres. Por el modo en que Harmony no se despegaba de la bella americana supo que aquella invitación tenía que ser obra suya, y le estaba muy agradecido. Aquel ambiente, más relajado que en la capital, podía representar una buena oportunidad para conocerla un poco mejor.

—Podías haberme dicho que teníais una invitada —regañó a Harold en un aparte.

—Oh, entonces me habría perdido la expresión de tu cara cuando la has visto aquí.

—No sabes cuánto me alegra ser el objeto de tu diversión —bufó.

—Yo también. Mi vida es demasiado insípida, ya sabes —le dijo, burlón—. Permíteme disfrutar de estos pequeños placeres.

—Te aconsejo que comiences a buscártelos lejos de mí —masculló— o la próxima vez que veas mi espada será para dejarte un bonito tajo en la cara.

—No me negarás que los dos juntos, cada uno con un parche en el ojo, formaríamos una estampa memorable.

—Si te dejo cabeza suficiente para atártelo como es debido.

Harold se rio y le dio un empellón con el hombro que a punto estuvo de desestabilizarlo.

—Relájate y disfruta —le aconsejó.

Su amigo se alejó en busca de su hermano Justin y él aprovechó para observar a Temperance mientras saludaba a sus padres, a sus hermanos Victor y William y a sus cuñadas. Se desenvolvía con soltura, como era habitual, aunque parecía algo más rígida de lo acostumbrado, como si no acabara de sentirse cómoda en aquel ambiente. Quizá se trataba de una de esas personas que solo disfrutaban de las grandes reuniones y de las aglomeraciones. No la conocía lo suficiente como para asegurarlo, aunque en ese momento no se le ocurrió otra explicación.

—No esperaba encontrarla aquí —le susurró cuando se acercó hasta ella—. Es una agradable sorpresa.

—Me alegra que lo piense —contestó la mujer con una sonrisa deslumbrante.

A la luz del sol, que aquella mañana se había dignado a hacer acto de presencia, sus ojos azules adquirían un tono algo más claro, aunque eran igual de profundos y misteriosos.

Harmony se materializó junto a ellos.

—¿Le apetece jugar con nosotros un partido de críquet, señorita Whitaker? —preguntó.

Aquella era una tradición más de aquel encuentro anual. En cada ocasión, los Lockhart se enfrentaban a los Barton en aquel juego que se alargaba hasta la hora del almuerzo. El pasado año habían ganado los anfitriones y, hasta ese instante, él había deseado tomarse la revancha. Ahora, sin embargo...

—Me temo que no conozco las reglas —se disculpó Temperance— y que no haría más que estorbar. Lo cierto es que prefiero quedarme aquí y observarlos.

—Claro —convino Harmony, un tanto decepcionada.

—Yo me quedaré con ella, para hacerle compañía —dijo él.

—¿Sí? —Harmony recuperó la sonrisa—. ¡Eso es estupendo!

—¿Lo es? —La americana parecía un tanto desconcertada.

—Alexander es un fiero contrincante. Quién lo diría, ¿verdad?

—¿Lo dices por mi ojo? —preguntó él, en tono grave—. O mejor dicho, ¿por la falta de él?

—Oh, por Dios, ¡en absoluto! —Las mejillas de la muchacha se tornaron de color carmesí—. Lo decía por tu porte, siempre tan pulcro y elegante que...

Alexander rio.

—Harmony, solo bromeaba.

—¡Eres terrible! —Le propinó un manotazo en el hombro—. ¿Cómo te atreves a bromear con algo tan serio?

—Si no lo hago yo, otro lo hará. Es mejor tomar la iniciativa.

—A veces creo que habría sido mejor que ese tigre te arrancara también la lengua.

—¿En serio? —preguntó él, con el rostro adusto de nuevo.

—Oh, ¡me haces decir unas cosas horribles! —La joven, totalmente avergonzada, se cubrió el rostro con las manos.

Alexander volvió a reír y luego se acercó a ella y le dio un beso en la coronilla.

—Nada de lo que tú digas podría ser horrible —le dijo—. Y ahora ve a jugar y procura hacerlo lo peor posible.

Ella lo miró, con el rostro aún colorado.

—Ni lo sueñes...

Y se alejó de ellos con un exagerado contoneo que lo hizo sonreír. Esa muchacha era tan refrescante, tan dulce y sensible que no sabía si existiría un hombre que la mereciera ni que supiera hacerla feliz.

—Están muy unidos —observó Temperance, a su lado.

—Sí, para mí es casi como una hermana.

—Ya lo veo. —Lo miró con los ojos entrecerrados—. Por cierto, no conocía ese aspecto suyo.

—¿Mi lado bromista?

—Su capacidad para reírse de sí mismo.

—Si uno se empeña en ocultar sus defectos es susceptible de convertirse en el objeto de burla de los demás —le aseguró—. Y como ve, el mío es más que visible.

—Yo no lo consideraría un defecto.

—¿No? —Clavó en ella la mirada.

—Le proporciona un aire misterioso, una especie de escudo de fuerza. Estoy convencida de que incluso impone cierto respeto entre sus semejantes.

—A usted no le desagrada —constató con cierta satisfacción.

—Al contrario...

Alexander contempló su rostro y lamentó verse rodeado de tantos testigos, porque en ese momento no sentía deseos más que de besarla. Miró hacia el frente y soltó el aire que había retenido sin darse cuenta.

—¿Le apetece dar un paseo? —le preguntó entonces. Ella mostró cierta reticencia y él se apresuró a añadir algo más—. Solo por aquí, a la vista de todos. Rodearemos el campo de juego, si le apetece estirar un poco las piernas.

—Encantada —aceptó al cabo.

El prado en el que ya había comenzado el partido de críquet se encontraba en un lateral de la mansión, bordeado de arbolillos que la brisa mecía con suavidad, como si el viento temiera quebrarlos. El trino de los pájaros y las voces de los jugadores vibraban bajo el sol, acompañando sus pasos.

—¿Es cierto que un tigre le hizo eso? —Lo miró de reojo.

Alexander se mordió el labio, sin saber muy bien qué responder.

—¿Señor Lockhart? —insistió ella.

—Más o menos —respondió.

—¿Fue un león? ¿Una pantera?

—No, fue un tigre. En la India.

—¿Ha estado en la India? —Lo miró con interés.

—He estado en muchos lugares. La India solo fue uno de tantos —contestó con media sonrisa.

—Me encantaría que me hablara sobre ellos.

—¿Tiene pensado visitar otro continente antes de volver a Estados Unidos?

—En realidad no, pero me gusta mucho leer libros de viajes. ¿Qué mejor modo de conocer un lugar que no se ha visitado, o que no se tiene intención de visitar pero que aun así despierta nuestro interés?

—Quizá yo podría escribir sobre eso.

—¿Por qué no lo hace?

—No tengo ningún talento para las letras.

—Lo suyo son las matemáticas.

—Exacto. ¿Cómo lo ha sabido? —La miró, con una ceja alzada.

—Lo he dado por supuesto —La mujer esquivó su mirada—. Dado que se dedica usted a los negocios... Además, lo mencionó durante nuestra visita a la National Gallery.

—Sí, cierto.

—¿Y entonces?

—¿Qué?

—El tigre, en la India. —Ella sonrió y todo el oro de la mañana se condensó en su rostro. Dios, qué ganas tenía de volver a besarla.

—¿Promete guardarme el secreto? —le preguntó en voz baja, como si alguien pudiera oírlos, pese a que no había nadie en varios metros a la redonda.

—¿Hay un secreto que guardar? —Ella había bajado también el tono.

—Hummm.

—Lo prometo.

—Fue un tigre... pero pequeño —confesó al fin.

—Bueno, no creo que el tamaño del tigre sea relevante para...

—Un cachorro —la interrumpió.

—¿Cómo?

—Solo era un cachorro, poco mayor que un gato común —respondió—. Me empeñé en jugar con él y todo iba bien hasta que se excitó demasiado y...

La risa de Temperance resonó por el prado, aunque luego trató de disimularla colocando una mano frente a su boca. Sonaba como una cascada o como una ristra de cascabeles. Tan diáfana y luminosa que le provocó un pellizco entre las costillas.

—Lo siento... yo... —le decía ella, sin poder contener las carcajadas.

Lejos de sentirse insultado u ofendido, Alexander acabó riéndose con ella. Excepto Harold y Jake nadie más conocía los pormenores de aquel bochornoso episodio y, a lo largo de los años, había esquivado cualquier pregunta directa y dejado que los rumores sobre el supuesto ataque de un fiero felino circularan a su antojo. Siempre había considerado que le sentaba mejor a su imagen que la verdad.

Ahora alguien más lo sabía. Y, sin poder explicarse ni el cómo ni el porqué, estaba convencido de que su secreto estaba a salvo con esa mujer.

43

Temperance debía reconocer que hacía tiempo que no lo pasaba tan bien. Alexander Lockhart era un gran conversador, y además divertido. Tras el ataque incontrolable de risa que la había sacudido tras narrarle el episodio con el cachorro de tigre, continuaron paseando y le contó algunas cosas sobre la India que le resultaron curiosas y reveladoras a partes iguales.

Cuando llegó la hora del almuerzo, lamentó que tuvieran que regresar con los demás. En el último momento, ya a punto de unirse a los Barton y a los Woodbury, Alexander le rozó la mano con la suya de forma intencionada, y ella la abrió para que ambas palmas se tocaran antes de separarse. Le pareció un gesto tan íntimo que no pudo evitar que un escalofrío la recorriera por entero.

Durante el almuerzo y mientras tomaban té y café en el jardín, procuró no mirarlo en exceso. Ni siquiera era capaz de concentrarse en la conversación general que versaba, cómo no, sobre el episodio de la fiesta de Gordon Cleyburne. La alegró sobremanera descubrir que los Woodbury se habían distanciado financieramente del barón, antes incluso de que hubieran tenido lugar los acontecimientos de aquella noche. No logró descifrar el motivo que los había llevado a tomar esa decisión, pero tampoco le costaba imaginárselo.

Su tío Conrad no intervino demasiado y el peso de la conversación recayó sobre todo en Miles Lockhart, el padre de Alexander.

Lady Woodbury propuso a las damas un corto paseo mientras los hombres hablaban de negocios, y ella no supo cómo negarse sin resultar descortés. Odiaba que se diera por supuesto que alguien de su sexo no pudiera sentir el mismo interés que un varón en una charla sobre esas cuestiones, pero no era ni el momento ni el lugar para hacer reivindicaciones de ese tipo, así que se resignó y acompañó a las mujeres. Harmony se cogió de inmediato de su brazo.

—¿Se está divirtiendo, señorita Whitaker? —le preguntó.

—Estoy encantada de haber aceptado su invitación —contestó—. Su casa es maravillosa, y el paisaje… sublime.

—Aún no le he dado las gracias por mantener a Alexander alejado del campo de juego —dijo, risueña—. Los Barton hemos ganado por segundo año consecutivo.

—Me alegra haberle resultado útil —comentó en el mismo tono desenvuelto.

—Hacían una pareja magnífica, por cierto.

—¿Eh?

—Alexander y usted. —La miró de reojo—. Los vi desde mi posición y… no sé cómo explicarlo, parecían encajar a la perfección.

—Es un hombre agradable —concedió, un tanto cohibida por aquella observación.

—Oh, es mucho más que eso —sonrió—. Aunque imagino que ya se habrá dado cuenta usted sola.

Temperance sonrió a su vez. Su prima había resultado ser una joven perspicaz. Y eso, sin saber por qué, hizo que se sintiera orgullosa de ella.

—Mañana por la noche asistiremos a la fiesta de los Pearson —anunció Gordon Cleyburne desde su lado de la mesa.

Ernestine dejó caer el cubierto, que hizo un ruido seco al chocar contra el plato.

—No quiero ir a ninguna fiesta —anunció.

—Pero debes hacerlo.

—No, no iré a ningún sitio hasta que todo el mundo se haya olvidado de... de eso —insistió, con un tono de voz desafiante—. Todos nos observarán.

—Que lo hagan. ¿Qué importa?

—¡A mí me importa! —Alzó la voz—. Jamás me había sentido más humillada ni más ridícula que aquella noche.

—Si nos quedamos en casa dará la sensación de que nos escondemos.

—¿No es eso lo que deberíamos hacer? —preguntó ella, nerviosa.

—En absoluto. Eso solo serviría para aumentar los comentarios maledicentes. Solo se esconden quienes tienen algo que ocultar. Nosotros debemos demostrar que no es así.

—¿Y si alguien pregunta o menciona aquella noche?

—Dudo mucho que alguien se atreva a cometer semejante falta de etiqueta, pero, llegado el caso, contestaremos con naturalidad, restándole importancia y, a ser posible, riéndonos del episodio.

—No seré capaz de hacer eso —confesó, derrotada.

—Querida, pues tendrás que aprender —señaló el barón—. Cuando estés casada y seas dueña y señora de tu hogar, te verás obligada a tratar con personas que no serán de tu agrado y que, sin embargo, deberán sentirse bien recibidas en tu casa. En muchos casos, la vida es como una obra de teatro y uno debe saber interpretar todos los papeles. Hasta el de director de escena.

—Como si fuese una cantante de ópera... —apuntó.

—Exacto. Debes convencerte de que estás interpretando a un personaje distinto a ti. Una vez que la gente se haya dado cuenta de lo poco que nos ha afectado el escándalo, dejará de ser importante y lo olvidarán.

Ernestine miró a su padre con renovada devoción. Lo que decía tenía sentido, mucho sentido. Y ella se veía capacitada para representar ese papel. Quizá, si lo ensayaba una y otra vez, sería capaz incluso de creérselo.

A no muchas calles de distancia, Edmund Keensburg, conde de Algernon, también se disponía a cenar, aunque sin compañía alguna. Llevaba años haciéndolo así, desde que su esposa y su hijo perecieran en un naufragio frente a las costas españolas. Tanto tiempo después, aún había ocasiones en las que alzaba la vista del plato y esperaba encontrarse los ojos ambarinos de su mujer observándolo risueña desde el otro lado de la larga mesa, o creía escuchar la voz de su hijo contándole alguna nueva anécdota de la escuela.

Con el transcurrir de los años, había acabado por acostumbrarse al silencio y a las sillas vacías de su alrededor, y no era infrecuente que aprovechara para leer mientras comía o cenaba. ¿Quién iba a llamarle la atención?

No obstante, algo había cambiado en los últimos meses y, en ese momento, aquellos asientos desocupados le parecían casi una afrenta. Qué fácil resultaba acostumbrarse a las cosas que nos hacen felices, a las cosas que disfrutamos, y él había aprendido a disfrutar de sus charlas con Temperance. Desde que esa mujer había entrado en su vida habían compartido muchas veladas tranquilas, conversando de forma amigable sobre literatura o arte, sobre historia, economía o política. Era una joven con una formación sobresaliente, versada en multitud de temas, más que muchos estudiantes de grandes universidades que se jactaban de haber obtenido un título y que eran incapaces de sostener un diálogo de cierto nivel. O, al menos, así era en su juventud y en los años en los que había frecuentado los salones londinenses con su esposa, y dudaba mucho que la situación hubiera mejorado de forma sustancial durante su ausencia.

Esas conversaciones se habían convertido para él casi en una necesidad y habían destapado la dolorosa verdad de su existencia: era un hombre solitario. «No —se corrigió mentalmente—: era un viejo solitario». Un viejo sin otra familia que aquella desconocida llegada del otro lado del planeta, que había encendido de nuevo su corazón y que a no mucho tardar volvería a cruzar el océano y lo dejaría atrás. ¿Podría volver a acostumbrarse a la soledad de aquellas paredes? ¿A su mesa vacía de amigos y conversaciones? ¿A deslizarse por su triste vida sin propósito alguno?

De repente había perdido el apetito, así que dejó el cubierto junto al plato aún lleno y se retiró a la biblioteca, donde se sirvió una generosa copa de brandi. Ocupó su butaca favorita y se dejó mimar por el calor que desprendía el fuego de la chimenea, preguntándose cómo le estaría yendo a Temperance en Barton Manor. La recurrente sospecha de que quisiera vengarse de Conrad era algo que lo atormentaba y la noche anterior a su partida había tratado de sacar el tema.

—No sea tan dura a la hora de juzgar a su tío —le había dicho—. Para él tampoco fue fácil.

—Más que para mí —replicó ella, herida.

—Probablemente, pero le recuerdo que yo lo visité en varias ocasiones y nunca tuve la sensación de que se sintiera aliviado por la marcha primero de su hermano y más tarde de usted. Más bien al contrario.

—Ya… —musitó ella.

—No olvide que su tío también es una víctima en todo esto, Temperance.

La mujer no contestó. Se limitó a hacer un mohín con los labios y dio el tema por zanjado.

Lord Algernon confiaba en que sus palabras hubieran hecho mella en la joven y que las recordara durante su estancia en Kent.

Aquel iba a ser el último día de Temperance en casa de sus tíos y en unas horas regresaba a Londres.

Todavía era capaz de sentir la emoción recorriendo sus venas al pensar en Alexander Lockhart. Después de aquel paseo apenas pudieron disfrutar de nuevo de unos minutos de charla, pero, cada vez que se habían cruzado en el jardín o en el interior de la casa, sus manos se habían vuelto a buscar a escondidas, solo un breve roce, palma con palma, al pasar el uno junto al otro, suficiente sin embargo para que toda su piel ardiera en llamas en cada ocasión.

Esa mañana, tras el desayuno, sus primos y ella se encontraban reunidos en el salón, una escena que, en otras circunstancias, le habría resultado familiar e incluso entrañable. Harold y Justin jugaban a las cartas en una mesa del rincón, junto a la ventana, y ella y Harmony leían acomodadas cada una en un diván. O más bien ojeaban algunas revistas. Fuera caía una ligera llovizna que, por el aspecto casi despejado del cielo, no tardaría en remitir.

De tanto en tanto, Temperance no podía evitar mirar hacia la puerta. Alexander había mencionado que esa misma mañana volvía a la ciudad y se preguntaba si no se pasaría por allí de camino a Londres. Quizá una visita corta. Cayó en la cuenta de que sus ansias por verlo correspondían más a las de una adolescente que a las de una mujer hecha y derecha y tuvo que recordarse, una vez más, que Lockhart no era, ni podía ser, más que un entretenimiento.

—Señorita Whitaker, ¿le apetece pasear un rato? —preguntó entonces Harmony.

—Está lloviendo, Harmony, y hace frío —dijo Harold desde su rincón—. Y no me gusta que salgáis solas.

—Oh, por favor, no nos alejaremos, y ya casi no llueve —refunfuñó su hermana—. Además, nadie va a raptarnos.

—No sería la primera vez —comentó Justin como al descuido.

—¿Cómo? —El comentario había llamado la atención de Temperance—. ¿Fue usted víctima de un secuestro?

—Bueno, no...

No recordaba haber leído nada sobre ese hecho en ninguno de los informes que le hicieron llegar los detectives que había contratado durante los dos últimos años.

—Debió de ser horrible —dijo.

—En realidad no lo recuerdo. Solo era un bebé.

—¿Un… bebé?

Temperance palideció. Era imposible. No podían estar refiriéndose a…

—Y nunca he pensado que me raptaran —añadió Harmony.

—Alguien te sacó de la cuna en mitad de la tarde y se fue contigo —dijo Harold—, y no te encontramos hasta el día siguiente.

—Pero nunca he creído que quisieran hacerme daño.

—¿Qué pasó? —preguntó, con un nudo en la garganta.

—No tiene importancia. —Harmony hizo un gesto con la mano.

—Podrías haber muerto. —Justin miró a su hermana con afecto—. Estuviste enferma casi una semana.

—Oh, Dios mío. —Se llevó una mano a la garganta. ¿Por qué nadie le había llegado a contar nunca aquello?

—Tenía una prima, ¿sabe? —explicó Harmony—. No llegué a conocerla, pero dicen que era un poco extraña.

«¿Extraña? —se preguntó—. ¿Así le habían hablado de ella?».

—Solo era una niña, Harmony —señaló Harold—, una niña que había perdido a su padre. Cuando llegó aquí estaba siempre callada y triste.

—Parecía un fantasma —puntualizó Justin—. No nos hablaba, no nos miraba… era como si no existiéramos. Nosotros éramos solo unos niños, igual que ella, y tampoco entendíamos muy bien qué estaba pasando.

—Y quizá fuimos algo crueles con ella. —Harold torció el gesto.

—Sobre todo yo, me temo —añadió Justin.

Temperance asintió de forma imperceptible.

—Yo solo tenía ocho años —se disculpó Justin con una mueca—. No sabía muy bien qué ocurría, solo que mis padres estaban siempre preocupados y enfadados.

—¿Y qué pasó? —preguntó ella, que de repente necesitaba conocer todas las respuestas.

—De la noche a la mañana cambió por completo —respondió Harold—. Se convirtió en una niña horrible. Robaba cosas, nos ponía bichos en las sillas, destrozaba los libros y los muebles... incluso le prendió fuego al salón.

—Nadie sabía cómo tratarla y todos le teníamos miedo —añadió Justin.

¿Ellos le tenían miedo?, se preguntó. ¡Pero si era ella la que estaba aterrada! Verse a través de los ojos de sus primos no le gustó en absoluto. La imagen que conservaban de ella le resultaba tremendamente sombría y amarga.

—Al final mi padre tuvo que llevarla a un internado —continuó Harold con desgana—. Volvió un par de veces, hasta el día que decidió secuestrar a nuestra hermana. Con ella todo era inesperado y peligroso. Mi madre incluso sufrió un desmayo cuando Harmony desapareció.

—A mí siempre me ha dado pena —dijo Harmony—. No la recuerdo, claro, pero su historia me parece muy triste. Debía sentirse muy confundida.

—Durante años me he preguntado si todo habría sido distinto si yo hubiera sido... no sé, más amable quizá —manifestó Justin, con la mirada perdida más allá del ventanal.

—Discúlpenos, señorita Whitaker —dijo entonces Harold—. Lo cierto es que no tenemos por costumbre comentar este tipo de cuestiones con personas ajenas a la familia.

—Me hago cargo —contestó ella con un hilo de voz y luego se volvió hacia su prima—. Me encantaría dar ese paseo ahora, señorita Barton.

Temperance sentía el escozor de las lágrimas tras los párpados. La imagen que sus primos guardaban de la niña que fue resultaba dolorosa. En todos esos años, en los que había dejado que su rabia y su frustración crecieran dentro de sí, jamás se había detenido a pensar en cómo habrían vivido aquellos mismos sucesos las demás personas involucradas en su vida. No podía negar que tenían parte de razón. Ahora, con la perspectiva que le otorgaba el transcurrir del tiempo, comprendía que su comportamiento había sido errático y extravagante, que estaba tan consumida por su propio dolor y por su cólera que no le había importado nadie más.

De repente, necesitaba alejarse de allí, salir y respirar aire puro. No le importaba el frío que pudiera hacer fuera, ni la lluvia. El fuego que en ese instante ardía en su interior sería abrigo suficiente.

Alexander había pensado en pasar por Barton Manor de camino a Londres con la excusa de despedirse de Harold, aunque era plenamente consciente de que solo se trataba de eso, de una excusa, porque ambos habían quedado con Jake para la noche siguiente en su casa de Chelsea. La realidad era muy distinta y tenía que ver con la encantadora señorita Whitaker, y por eso mismo había terminado descartando la idea. Aquella mujer se estaba convirtiendo en una pequeña obsesión —o en una grande, dependiendo del momento del día— y a menudo le ardían las manos y los labios de deseos de tocarla y de ansia por besarla.

Ella había dejado muy claro, durante aquel paseo por Hyde Park, que no deseaba complicar las cosas y él tenía la sensación de que eso mismo era lo que estaba sucediendo. Temperance Whitaker solo estaba en Inglaterra de visita y, un día u otro, regresaría a su país. A Alexander ya le habían roto el corazón una vez y no estaba dispuesto a exponerlo de nuevo en una partida de la que sabía que no había modo posible de salir victorioso. Lo mejor era poner un poco de distancia y dejar que las emociones se enfriaran. Por fortuna, contaba con distracciones suficientes para lograrlo. Esa noche había quedado con Samuel Cunard y a la mañana siguiente tenía cita con el abogado de la familia para ultimar los detalles sobre la disolución del acuerdo con Cleyburne.

Lamentaba que las cosas hubieran acabado de esa forma con el barón porque, pese a todo, era un hombre con talento para los negocios y aún podría haber aprendido mucho a su lado, pero ni él ni su familia estaban dispuestos a permitir que el apellido Lockhart acabara arrastrado por el lodo si se descubría el fraude que Cleyburne había cometido con los fondos del banco. Estaba convencido de que alguien con su sagacidad conseguiría salir airoso del trance sin arrugarse ni la camisa, pero no podían arriesgarse.

44

El aire era fresco y la lluvia había cesado casi por completo. El día, sin embargo, era desapacible, y ahora, ya más calmada, Temperance contempló la posibilidad de sugerirle a Harmony regresar al interior de la casa. Sin embargo, la joven parecía entusiasmada con la idea de poder pasar un rato a solas con ella y la tomó del brazo con familiaridad.

—Espero que nuestra historia familiar no la haya escandalizado.

—En absoluto —contestó con fingida indiferencia—. Imagino que todas las familias tienen sus propios secretos, y los suyos no me resultan tan escandalosos como pueda suponer. En realidad, diría que son más bien tristes.

—Sí, yo también lo creo. —La muchacha hizo una pausa—. ¿Tiene hermanos?

—Por desgracia no.

—¿Tíos? ¿Primos?

—Sí, un hermano de mi padre. Y tres primos.

—¿Y por parte de su madre?

Pensó en su madre, Elizabeth Reston. Sus padres —los abuelos de Temperance— habían muerto cuando ella tenía cuatro años, solo dos después que su única hija. Claudia Jane era la única madre que había conocido y tampoco poseía una familia muy extensa.

—Una tía lejana, aunque no tenemos mucha relación.

—A mí me encantan las familias grandes —confesó Harmony— y espero tener muchos hijos con mi futuro esposo.

—¿Algún candidato en perspectiva? —se interesó.

—Eh, no, todavía no —contestó con cierto retraimiento.

—No se inquiete, aún es joven.

Durante unos minutos caminaron en silencio. El viento balanceaba las copas de los árboles que jalonaban el y producía un sonido que invitaba a refugiarse en algún lugar, a ser posible con una chimenea bien provista de leña.

Fue entonces cuando vio un par de figuras recortarse más allá del camino y se detuvo. No podía distinguir sus rasgos, pero eran dos hombres en la treintena, y uno de ellos sostenía una especie de palo que había clavado en el suelo.

—Ese es Peter Shaw, el de cabello más claro —la informó Harmony—. Está haciendo prospecciones en nuestras tierras. Asegura que aquí debajo hay una mina de carbón. —La miró e hizo un mohín—. El otro es el señor O'Brien, nuestro administrador. Es él quien lo acompaña estos días.

—Parece demasiado joven para ser el administrador de estas tierras —comentó ella, que recordaba a un hombre mucho mayor.

—El anterior se retiró hace un par de años. Aquel es su hijo. Lleva tanto tiempo con nosotros que se conoce la finca incluso mejor que yo.

—¿Siempre ha vivido usted aquí? —le preguntó a su prima, aunque conocía de sobra la respuesta.

—Sí, desde que nací. Creo que es un lugar maravilloso donde crecer, ¿no está de acuerdo?

—Desde luego. ¿No fue entonces a ninguna escuela de señoritas?

—Oh, sí, cuando cumplí los diez me enviaron a un colegio, pero pasaba aquí casi todos los fines de semana.

—¿Y hasta entonces?

—Tuve una institutriz.

—Comprendo. Imagino que fue ella quien le enseñó las primeras letras.

—En realidad no. Eso fue cosa de mi niñera, la señora Galla-gher. —Harmony miró hacia el horizonte—. Fue una mujer fabulosa.

—¿Fue? —Temperance contuvo la respiración.

—Murió hace cuatro años, en su pueblo natal. —La miró con la vista empañada—. Lloré durante días cuando lo supe.

—Lo… siento.

No fue capaz de decir nada más. Hasta ese momento no había conseguido encontrar el modo de averiguar sin levantar sospechas si la señora Gallagher continuaba viva tras haberse retirado. Descubrir que había muerto antes de haber podido volver a verla se le antojó una broma cruel del destino. Otra más.

Porque estaba convencida de que, si hubiera existido en el mundo otra persona capaz de reconocerla igual que Gwen, esa habría sido sin duda su antigua niñera.

La reunión con Samuel Cunard había resultado de lo más inspiradora para Alexander. Al parecer, el Britannia ya estaba casi listo para el viaje inaugural. Cunard le dijo que su buque completaría en julio su primera travesía transoceánica, de Liverpool a Halifax, en Nueva Escocia, y que esperaba que lograra cruzar el Atlántico en poco más de diez días, lo que sería toda una proeza. Además de la carga habitual, y de seiscientas toneladas de carbón para alimentar las máquinas, transportaría a ciento quince pasajeros y ochenta y dos tripulantes.

El triunfo de la empresa marcaría un antes y un después en el transporte marítimo. Alexander estaba tan convencido del éxito que pensaba invertir en la compañía del estadounidense el capital que retiraría del Banco Cleyburne & Co, y esperaba que su padre hiciera lo mismo. Poder cruzar el océano en menos de dos semanas abría un mundo de posibilidades comerciales que no tenía intención de desaprovechar. Mientras atendía a las entusiastas explicaciones de Cunard tampoco pudo evitar pensar en lo fácil que resultaría en breve visitar a la señorita Whitaker en Nueva York cuando esta regresara.

Llovía cuando abandonó el club y se metió en un coche de alquiler, y continuaba lloviendo cuando llegó a su casa en Chelsea. El mayordomo le abrió la puerta y se hizo cargo de sus prendas mojadas, y Alexander le dijo que podía retirarse. Esa tarde, antes de salir, ya había dejado instrucciones para que no lo esperaran para cenar.

Sabía que un buen fuego ardería en ese momento en la chimenea de su despacho-biblioteca, como era costumbre a esas horas si iba a estar en casa. Le gustaba disfrutar de la tranquilidad de aquella estancia antes de irse a dormir, a poder ser con una buena copa de licor en la mano y, tal vez, una buena lectura como compañía.

Se quitó la chaqueta y el corbatín, que dejó con descuido sobre el respaldo de uno de los sillones, y se desabrochó los primeros botones de la camisa, así como los puños. A continuación, se dirigió a la mesa de las bebidas para servirse una generosa ración de brandi y luego tomó asiento, con las piernas estiradas cuan largas eran y la mirada perdida en las danzarinas llamas. No llevaba ni cinco minutos en esa posición cuando le pareció escuchar unos golpes en la puerta. No la campanilla que de manera habitual se usaba para llamar, lo que le resultó anormal.

Salió al recibidor y, en efecto, volvió a escucharlos. Echó un rápido vistazo hacia la escalera y recordó que los pocos criados con los que contaba estaban todos durmiendo, en el tercer piso. Así que decidió abrir él mismo. Su sorpresa fue mayúscula cuando comprobó quién había ido a visitarlo al filo de la medianoche. Temperance Whitaker, totalmente empapada, se encontraba frente a su puerta.

Alexander miró por encima de su hombro, pero no vio ningún carruaje junto a la acera.

—He venido... he venido en un coche de alquiler desde Mayfair —dijo ella, que interpretó su gesto sin dificultad.

—¿Iba subida en el pescante? —preguntó él, porque no se le ocurrió ninguna otra razón para que se encontrara en aquel estado.

Ella soltó una risita cansada y a continuación hizo algo totalmente insólito. Dio un paso hacia él y buscó el refugio de sus brazos.

Y luego se echó a llorar.

Alexander la envolvió con su cuerpo y permitió que se desahogara, sin importarle que su propia ropa comenzara a humedecerse. Ni siquiera le preguntó qué le ocurría, porque dedujo que no se encontraba en condiciones de responder ni a las cuestiones más simples. Así que permaneció allí, acariciándole la nuca mientras se rompía en pedazos junto a su pecho y él no encontraba el modo de mantener esos fragmentos unidos.

Habría permanecido en aquella postura, casi convertido en una estatua, si ella no hubiera comenzado a temblar de forma incontrolable.

—Va a pillar una pulmonía —le dijo.

Sin soltarla, la condujo con delicadeza hacia la biblioteca y, una vez dentro, se situaron cerca del fuego, donde tras unos minutos recuperó un tanto la compostura.

—Siento haberme presentado así… —balbuceó ella.

—¿Quiere contarme qué ha sucedido? —se atrevió a preguntar.

—No.

—De acuerdo —accedió—. Espero que los Barton no hayan sido desconsiderados con usted.

—En absoluto.

Alexander observó su aspecto desangelado y sintió una oleada de ternura recorrerlo entero.

—Será mejor que le traiga unas toallas para que pueda secarse.

—No… no es necesario.

—Está temblando —le dijo—. Además, a mí tampoco me vendrán mal.

Echó un vistazo a su propia camisa, que a esas alturas ya solo era un trozo de tela arrugado y chorreante.

—Oh, lo siento.

—Deje ya de disculparse, se lo ruego.

—Está bien.

Allí, junto al fuego, con los ojos vidriosos, las mejillas encendidas y aquel aspecto desaliñado y vulnerable, estaba más hermosa que nunca.

—Puedo prestarle un batín... o algo, si quiere poner su ropa a secar. Arriba hay un par de habitaciones para invitados.

—Gracias.

—¿Eso significa que sí? —inquirió él, un tanto confuso con su respuesta.

Temperance asintió con suavidad mientras se quitaba la capa que la cubría, y luego los guantes. Alexander, inmóvil frente a la chimenea, era incapaz de ordenar a sus músculos que se movieran. Ella lo mantenía atrapado en su mirada azul y, cuando comenzó a desabrocharse el corpiño, tragó saliva.

—Señorita Whitaker...

—Temperance.

—Creo que... sería mejor que fuera a buscar esas toallas.

—Es probable que no las necesitemos —dijo, al tiempo que uno de sus níveos hombros quedaba al descubierto.

—Temperance...

Ella se detuvo y lo miró. Alexander percibió cómo su cuerpo se encogía un tanto, como si temiera un rechazo.

—Me marcharé si lo prefieres —se ofreció ella, con la voz temblorosa.

—Es solo que... creo que en este momento no estás en condiciones de tomar decisiones precipitadas y yo... yo no sé si dentro de unos minutos estaré en disposición de comportarme como un caballero.

—Espero sinceramente que no —contestó ella, con una sonrisa dulce y tentadora al mismo tiempo.

Alexander sabía cuándo había perdido una batalla, y aquella había sido una derrota en toda regla. Salvó la distancia que los separaba, la tomó de la nuca y atrapó su boca como si el mundo entero estuviera a punto de desintegrarse.

Aquella boca con la que soñaba dormido y despierto, y de la que no lograba saciarse.

El cuerpo de Temperance temblaba y no se debía precisamente al frío. Las diestras manos de Alexander habían logrado quitarle toda la ropa con asombrosa facilidad y ahora, ataviada solo con la camisola y las enaguas, luchaba por desabrochar la camisa masculina con sus ateridos dedos. Él la detuvo colocando su mano cálida sobre las suyas y, mientras le daba un beso en la punta de la nariz, tomó el relevo y dejó su pecho al descubierto. El torso, bien formado y cubierto de vello dorado, era cálido y suave, y Temperance volvió a refugiarse en él. Percibió a través de la piel el latido desaforado de su corazón y depositó un reguero de besos hasta la clavícula y el cuello, mientras él la sujetaba con fuerza por la cintura, como si quisiera fundirla con su cuerpo.

Ella apenas era ya capaz de recordar cómo había llegado hasta allí. Había regresado de Barton Manor con el ánimo alicaído y de pésimo humor, mientras el rostro de Alexander no dejaba de conjurarse en su imaginación. Pasadas las diez de la noche, supo lo que quería hacer, lo que necesitaba hacer, y salió a hurtadillas de su propio hogar para coger un coche de alquiler. El día del almuerzo había escuchado a Alexander comentar que esa noche tenía una cena con alguien, así que buscó un lugar lo bastante resguardado como para permitirle aguardar su regreso, aunque al final acabó empapada. Lo vio llegar y decidió esperar un poco más, hasta cerciorarse de que el personal de servicio se hubiera retirado. No sabía explicarse la razón, solo obedecía a la imperiosa necesidad de verlo, de tenerlo cerca, de sentir su cuerpo próximo al suyo. Tampoco había entrado en sus planes echarse a llorar de esa manera, pero experimentó un alivio tan intenso cuando lo tuvo delante que no pudo controlarse.

Y, desde luego, no había contado con acabar haciendo el amor con el hombre que en ese momento cubría sus hombros de besos y suspiraba de anhelo por ella.

No era la primera vez que Temperance compartía intimidad con un varón. Unos años atrás había mantenido una aventura tan corta como intensa con un hombre de la frontera, uno de aquellos pioneros que se habían instalado en los límites de las Grandes Llanuras y que había acudido a Nueva York para conducir una caravana de colonos que se instalarían en aquellas tierras aún desconocidas. No le habían faltado candidatos. Gente de toda procedencia, la mayoría europeos, que se hacinaban en la gran ciudad en míseras condiciones, se dejaron seducir por la posibilidad de obtener tierras a bajo precio. Durante algo más de un mes, John Williams Mills había pasado los días reuniendo provisiones y colonos, y las noches con ella.

Por aquel entonces, Temperance formaba parte de una asociación que se encargaba de proporcionar ayuda a los inmigrantes recién llegados, algunos de los cuales ni siquiera conocían el idioma del país en el que habían decidido establecerse. Gracias a su trabajo en dicha organización, John se había cruzado en su camino, con su aire rudo y su sonrisa franca. Ella, con veinticinco años recién cumplidos, era muy consciente de que sus posibilidades de contraer matrimonio habían ido quedando atrás. Estaba tan obsesionada con llevar a cabo su venganza que no había consentido que nadie se le acercara lo suficiente como para que le hiciera cambiar de idea en el futuro. Por eso se dejó seducir por aquel vaquero, o quizá fue ella quien lo sedujo a él, y vivió algunas de las noches más memorables de su existencia.

Sin embargo, no recordaba haber experimentado ese anhelo transitándole la piel entera con el simple roce de una caricia, como le ocurría en ese instante entre los brazos de Alexander Lockhart. Ni el aliento entrecortarse cuando sentía su respiración en la base del cuello, o el leve mareo cuando sus nudillos le recorrieron con delicadeza el costado mientras le quitaba la camisola. Tampoco el fuego mordiéndole las entrañas cuando su mano acogió uno de sus generosos senos y sus dedos pellizcaron aquella protuberancia rosada que había salido a su encuentro. Parecido, pero no igual. Ahora todo se le antojaba más intenso, como sobredimensionado, como expandido en todas direcciones.

Alexander le había ofrecido subir a su dormitorio, pero ella negó con la cabeza. Tenía la sensación de que el breve interludio rompería la magia que en ese instante flotaba alrededor, y allí, frente al fuego de la chimenea, sobre una alfombra mullida y cálida, rindió su cuerpo al hombre que lo había conquistado.

Su piel era tan suave como la seda más delicada, pensaba mientras la recorría por entero, mientras se la aprendía de memoria y grababa cada detalle en las yemas de los dedos. Ella arqueaba la espalda, buscando su contacto, emitiendo una serie de gemidos quedos que lo consumían vivo. Cuando al fin alcanzó su centro lo encontró suave y húmedo, aguardándolo. Con un movimiento suave se introdujo dentro de ella y notó la cálida carne envolviéndolo.

Los ojos de Temperance eran dos abismos azul intenso que lo miraban mientras él entraba y salía de su cuerpo con una deliciosa cadencia, hasta que ella alcanzó el clímax y él se retiró para derramarse sobre su vientre. Pegó su frente a la de la mujer mientras intentaba recuperar el ritmo de su respiración y la besó con una inusitada ternura que removió cosas que creía dormidas.

Cosas que no deberían haberse despertado.

45

Aún tumbados sobre la alfombra, Alexander echó mano de una manta que siempre tenía en una de las butacas, con la que los cubrió a ambos, y deslizó un brazo por debajo de la cabeza de Temperance para pegarla a su costado. Ella pasó una de sus piernas desnudas por encima de él y se acurrucó a su lado, con una mano acariciando el vello de su torso.

—¿Vas a contarme ahora qué te ha ocurrido? —preguntó él, al tiempo que le daba un beso en la frente.

—Sigo prefiriendo no hablar —musitó ella.

—No insistiré entonces —consintió él—. ¿Podrías contarme entonces por qué llevas esa peluca?

—¡¿Qué?!

Temperance se incorporó de golpe y se llevó las manos a la cabeza. En algún momento del encuentro amoroso, su disfraz se había venido abajo. Solo un poco, pero lo suficiente como para que quedara en evidencia que aquel no era su auténtico cabello.

—Yo... —comenzó a decir, esquivando su mirada.

—No importa. —Aunque la visión de aquel cuerpo desnudo resultaba tentadora, la tomó de las manos, volvió a tumbarla a su lado y los tapó de nuevo con la manta—. Tampoco yo soy la perfección personificada.

—Permíteme dudarlo —sonrió ella.

—Puedes quitártela cuando desees, solo quería que lo supieras —comentó él.

—¿Quitármela?

—Bueno, quizá aún no hemos alcanzado ese nivel de intimidad, solo quería que supieras que… no me importa.

Ella se alzó sobre un codo y lo miró.

—¿Qué es exactamente lo que no te importaría?

—Pues… en fin, que carezcas de cabello, o que tengas tan poco que creas necesitar una peluca para cubrirlo.

Temperance rio bajito.

—Eres muy considerado.

—Me alegra que te lo tomes con humor —repuso él, aliviado, al tiempo que acariciaba su mejilla sonrosada con los nudillos. Ella cerró los ojos y ronroneó.

—¿Te quitarías tú ese parche? —le preguntó, risueña.

—No.

—Vaya, ni siquiera te lo has pensado.

—Créeme, es mejor que no veas lo que hay debajo.

—¿Por qué no?

—Porque la última que lo hizo no pudo resistirlo.

Si no fuera por el tono serio que utilizó al pronunciar aquellas palabras, ella tal vez habría pensado que se trataba de una broma.

—No puede ser tan horrible para que oculte tus otras muchas cualidades —le aseguró.

—Supongo que depende del punto de vista del que mira.

—Entonces, permíteme decirte que esa mujer era ciega, y una necia.

Alexander la miró y vio tal convencimiento en sus pupilas que experimentó la imperiosa necesidad de volver a besarla. La tomó de la barbilla y la acercó a su boca anhelante. Cuando sus lenguas se reencontraron, los rescoldos de la hoguera que los había consumido unos minutos antes se reavivaron.

Y volvió a hacerle el amor.

Lord Algernon notaba algo distinto en Temperance, aunque no lograba averiguar de qué podía tratarse. Iba ataviada con la elegancia de siempre, con un peinado sencillo que ya le había visto en más ocasiones, pero estaba diferente, como si irradiara una luz especial. Intuyó que solo podía deberse al éxito en el asunto de las antigüedades y se lamentó, porque ese resplandor no tardaría en esfumarse ante el inesperado giro que habían dado los acontecimientos.

Lionel Ashland se encontraba también en su salón. Habían vuelto a reunirse tras las noticias publicadas en la prensa, que aseguraban que varias personas relacionadas con el fraude en casa del barón habían sido detenidas y estaban siendo interrogadas. No podía tratarse de Robert Foster, que a esas alturas se encontraría en medio del Atlántico bajo otra identidad, y tampoco era probable que se tratara de los artesanos contratados para el trabajo. Las noticias también comentaban que Cleyburne había logrado recuperar casi la totalidad del importe sustraído en la estafa, aunque los allí presentes sabían que eso no era cierto. Por suerte, no todos los rotativos habían aceptado de buen grado unas explicaciones tan sospechosamente oportunas y alguno se atrevía incluso a dudar de su veracidad. Entre ellos, como no podía ser de otro modo, se encontraba el *London Sentinel*.

—He acudido a un abogado amigo mío para que realizara algunas pesquisas —los informaba Ashland—. Al parecer, se trata del casero de Foster y de dos de los hombres que contrató en el puerto para vigilar la carga.

—Pero esas personas no saben nada del asunto —intervino Temperance, con el ceño fruncido.

—Lo sé, pero el investigador que dirige el caso está empeñado en encontrar a alguno de los responsables, imagino que acicateado por Cleyburne.

—¿Y qué vamos a hacer? —preguntó lord Algernon.

—No sé si podemos hacer nada —contestó el letrado.

—¿Qué? —Los miró alternativamente—. ¿Vamos a consentir que tres inocentes paguen por nuestro delito?

—Desde luego que no —respondió ella con prontitud—. Pero ahora mismo no se me ocurre cómo podemos ayudarlos sin descubrirnos.

—Quizá este asunto ya ha llegado demasiado lejos —expresó su descontento—. Nadie más que el barón tenía que salir perjudicado, y por ahora hay tres personas que no han tenido nada que ver metidas en la cárcel.

—No se altere, milord —lo tranquilizó Ashland—. Ninguno de ellos está en prisión, de momento. Solo los están interrogando. No encontrarán ninguna prueba que los acuse, así que no tardarán en ser liberados.

—Quizá no resulte tan sencillo —insistió el conde—. Si Cleyburne no puede echar mano al auténtico responsable, tratará de que otros paguen por lo ocurrido, aunque solo sea para limpiar su honor.

—Hummm. Sospecho que el barón va a encontrarse un tanto ocupado próximamente —aventuró Ashland.

En las últimas semanas, Joseph Reed había recuperado el apetito y volvía a disfrutar con fruición de la buena mesa. Dormía a pierna suelta todas las noches e incluso había recobrado su buen humor, que hasta que su esposa no lo mencionó ni siquiera sabía que había perdido.

En ese momento se encontraba disfrutando de un buen asado con guarnición en una de sus tabernas favoritas, donde almorzaba con frecuencia. Casi había dado cuenta del plato cuando alguien conocido entró en el establecimiento. Detuvo el gesto de cortar un pedazo de carne con el cuchillo y el tenedor mientras observaba los movimientos del recién llegado, y dejó del todo lo que estaba haciendo cuando el individuo se dirigió directamente hacia él.

—En su oficina me han dicho que podía encontrarlo aquí —lo saludó al llegar a su mesa.

—¿Quiere tomar asiento? —le ofreció él.

—Si no le importa… solo serán unos minutos.

Reed hizo un gesto con la mano y el otro hombre se sentó. Un camarero se acercó, solícito, pero fue despedido con un ademán.

—Usted dirá, señor Ashland —comenzó.

—Ha llegado el momento —repuso el abogado—. Ya puede instalar la maquinaria en su empresa, pero no contrate todavía al personal necesario para ponerla en funcionamiento.

—Pero ¿cómo...?

—No se inquiete —lo interrumpió—. Está todo previsto.

—De acuerdo —accedió, aunque de mala gana. No terminaba de estar conforme con que las cosas se hicieran con tanta reserva—. Las láminas de acero llegaron hace unos días, así como el resto de los materiales. Me encargaré de solicitar los productos necesarios para las cocciones de inmediato.

—También nos hemos ocupado de eso —le dijo Ashland—. Su socio adquirió varias cosechas y a mediados de la próxima semana recibirá frutas, verduras y carnes en abundancia. ¿Estará todo listo para entonces?

—Delo por hecho.

—Entonces no le interrumpo más. —El abogado volvió a ponerse en pie—. Disfrute del almuerzo, señor Reed.

Y tal como había venido, Lionel Ashland salió del establecimiento. Y Reed regresó a su asado, que ni siquiera había tenido tiempo de enfriarse.

Gordon Cleyburne tenía la sensación de que había logrado recuperar las riendas de su vida, al menos de forma parcial. Las personas que estaban siendo interrogadas por los hechos no parecían guardar ninguna relación con Foster más allá de la casualidad de haberse tropezado con él, pero esperaba que sirvieran de escarmiento para otros indeseables que desearan estafarle en el futuro. No tendría piedad con nadie, fuese inocente o no.

En la velada a la que su hija y él habían acudido la noche anterior, recibió las felicitaciones de varios conocidos ante la premura con la que se estaba resolviendo aquel escabroso asunto, y su honor comenzaba a restablecerse sin fisuras.

La prensa, con escasas excepciones, había aceptado de buen

grado su explicación de los hechos y, aunque aún había quien lo dudaba —para su sorpresa, el *London Sentinel* entre ellos—, no tardarían en aceptarlo también. ¿Cómo iban a demostrar que no era cierto que hubiera recuperado gran parte del dinero perdido? ¿O que las personas retenidas no eran tan culpables como él pretendía hacerles creer? Todo era cuestión de tiempo y de saber untar los bolsillos adecuados.

Sin embargo, pese a la imagen que estaba proyectando sobre sí mismo como adalid del Imperio británico, lo cierto era que continuaba sin noticias auténticas que lo condujeran a la resolución de aquel embrollo, como tampoco de Foster ni de ninguno de sus secuaces. Y eso continuaba devorándolo por dentro, a feroces dentelladas. Aun así, estaba convencido de que, tarde o temprano, lo encontraría. No importaba cuánto tiempo fuera necesario ni cuántas piedras tuviera que levantar en el proceso. Los culpables de aquella fechoría acabarían pagando por su crimen. De la forma más horrible que se le ocurriera.

Cómodamente apoltronado en la butaca de su despacho, tras haber tomado un frugal desayuno, fantaseaba con la idea de tomarse cumplida venganza. Unas fantasías que se vieron interrumpidas cuando unos golpes en la puerta anunciaron la llegada de Michael Highgate, el capataz de su fábrica.

—Señor Highgate, ¿qué le trae por aquí? —le preguntó, extrañado.

—Milord…

—¿Qué sucede?

—Han cerrado la fábrica.

—¿Qué? —preguntó, convencido de que no había oído bien—. ¿Qué está diciendo?

—Hace poco más de una hora, las autoridades la han clausurado. Nos acusan de incumplir las Leyes fabriles de 1833.

—¿Pero qué barbaridad es esa? —Se levantó casi de un salto, con el corazón bombeando salvajemente en su pecho.

Conocía bien aquella ley fabril aprobada por el Parlamento varios años atrás para regular el trabajo infantil. Dicha legislación prohibía trabajar a los menores de nueve años y estipulaba que, hasta los trece, los niños no podían hacerlo más de ocho horas al día —nunca de noche—, además de recibir otras dos horas de enseñanza básica. También determinaba que, entre los trece y los dieciocho años, la jornada laboral estaba limitada a las doce horas diarias. Sabía que había incumplido la ley, aunque solo porque se había visto obligado. Los más jóvenes eran mano de obra barata no especializada y cobraban alrededor de la mitad que una mujer y casi un ochenta por ciento menos que un hombre. ¿Cómo iba a conseguir completar el pedido de la Marina Real si no se saltaba un poco las reglas?

—¿Les ha dicho que solo se trataba de una medida temporal? —preguntó.

—Desde luego, milord.

—Pero... no lo entiendo. Creía que teníamos al inspector en el bolsillo.

—Y así es, pero los hombres que han venido hoy... no los había visto nunca.

—Maldita sea —masculló.

Iba a precisar de una buena cantidad de libras si pretendía sobornar a aquellos funcionarios para que le permitieran mantener la fábrica abierta. El dinero era un lenguaje universal y todo el mundo tenía un precio.

Solo necesitaba averiguar cuál era.

46

La mañana era tan clara como fresca. El sol apenas se había alzado sobre la línea del horizonte y, según Alexander, esa era la mejor hora para cabalgar por Hyde Park. En un rato el parque estaría muy concurrido y por la tarde, alrededor de las cinco, gran parte de la alta sociedad se daba cita en aquellos jardines para pasear, charlar, dejarse ver y flirtear a partes iguales.

Comenzaron con un trote ligero. Temperance llevaba meses sin montar y no conocía aquella yegua que Alexander había traído con él. Según le dijo, pertenecía a las caballerizas de su familia y era un animal fácil de manejar. Ella no pudo más que estar de acuerdo cuando el corcel respondió a la presión de sus piernas. Sentada al estilo de las damas no podía alcanzar la velocidad que habría logrado de otro modo, pero no se le dio mal.

Tras ellos, en un tílburi alquilado, los seguían Moses y Seline a bastante distancia. Tanta que, durante unos minutos, los perdieron incluso de vista.

Cuando los animales se detuvieron, Temperance sentía la mente algo más despejada. Desde que había conocido la noticia de la detención de aquellas personas, se sentía intranquila. Sabía que Ashland estaba haciendo cuanto podía, y esperaba que su trabajo no tardara en dar frutos.

Alexander la ayudó a bajar del caballo y ella permitió que su cuerpo se pegara al de él de forma indecorosa. Por fortuna, no parecía que hubiera nadie en los alrededores.

—No imaginas las ganas que tengo de besarte —le confesó él.

—Oh, creo que sí —le aseguró ella, pícara—. Deben ser muy similares a las mías.

Se separaron, tomaron las riendas de sus monturas y pasearon un rato por la zona. La hierba, húmeda aún de rocío, mojó los bajos de su falda y sus preciosas botas de piel. Caminaba con la cabeza baja, sumida en sus cavilaciones.

—Estás abstraída —le dijo transcurridos unos minutos.

—Lo siento —reaccionó ella—. No me había dado cuenta de que me había perdido en mis pensamientos.

—Si tienen que ver conmigo… te perdono —le sonrió él.

—Hyde Park está precioso a esta hora, como si lo hubieran colocado aquí durante la noche —suspiró—. Parece tan… reluciente.

—Lo cierto es que he solicitado que lo dejaran así de bonito para nuestro paseo —bromeó él.

El coche conducido por Moses apareció en su línea de visión. El criado redujo la marcha hasta casi detenerse y los observó con disimulo desde la distancia.

—Ayer por la tarde fui a visitar a Edora Haggard —le informó ella—. Todavía no había tenido la oportunidad de agradecerle que me recomendara visitar la National Gallery.

—Puedo volver a llevarte cuando desees.

—Alexander…

—No lo digas —la cortó.

—¿Qué? —Se detuvo y lo miró—. No puedes saber lo que iba a decir.

—Déjame adivinar. —Torció la boca—. Querías volver a dejar claro que lo que hay entre nosotros no puede complicarse demasiado, o ambos acabaremos heridos. ¿Voy bien?

—Eres un hombre insufrible —se quejó.

—¿Me he equivocado?

Ella hizo un mohín de lo más elocuente.

—No espero más de lo que puedas darme —le aseguró él—. Eres una mujer maravillosa y ambos estamos disfrutando de unos días que tienen fecha de caducidad. Limitémonos a aprovecharlos.

—Por supuesto…

—Es curioso, fue precisamente en este parque donde mencionaste el asunto por primera vez.

—Ah, ¿sí?

—Sí. Me temo que vamos a tener que tacharlo de nuestra lista de lugares que visitar.

Ella rio y, mientras seguían caminando, lo observó de reojo.

Empezaba a tener la sensación de que sus palabras llegaban demasiado tarde y de que la situación ya se había complicado en exceso.

Al menos en su caso.

La suerte de Conrad Barton parecía haber cambiado. Esa misma mañana había recibido carta desde Barton Manor. Peter Shaw, el ingeniero, aseguraba que había encontrado al fin la veta en el extremo noroeste de la propiedad. Iban a necesitar maquinaria y más personal para comenzar a excavar, y eso requeriría un desembolso inicial de tres mil libras. Sería mucho más en los meses venideros, pero para entonces ya sabrían lo que tenían bajo sus pies. Conrad podría entonces buscar un inversor que quisiera asociarse con él para explotar la mina, porque sus limitados recursos no iban a ser suficientes para financiar la totalidad de la operación.

Hizo llamar al despacho a sus dos hijos mayores y los puso al tanto de las nuevas.

—Esto podría cambiarlo todo —comentó Harold.

—Esa es la idea, ¿no? —replicó Justin—. Si no, ¿para qué me he pasado varios meses en Northumberland? Ni te imaginas el frío que hace allá arriba.

—En cuanto sea oficial —dijo el padre— haremos circular el rumor con discreción.

—¿Está pensando en Harmony, padre? —preguntó el mayor.

—Por supuesto —contestó el patriarca—. En cuanto se sepa que su dote podría llegar a ser sustanciosa y que su familia dispone de una posición económica sólida, dejará de ser la joven prácticamente invisible de todos estos años.

—¿No nos estamos adelantando demasiado a los acontecimientos? —Harold lo miró, con el ceño algo fruncido—. Esa supuesta veta podría no ser más que un pequeño depósito.

—Bueno, espero que Shaw no tarde en averiguarlo, pero yo tengo una corazonada. —Los observó y se detuvo en el menor—. Justin, espero que la joven por la que estás interesado no se haya comprometido, porque esto podría suponer también un avance importante en tus intenciones de cortejarla.

—Su padre es un hueso duro de roer —aseguró el muchacho.

—Créeme, el dinero es una excelente herramienta para derribar hasta los muros más infranqueables —le aseguró—. En cuanto a ti, Harold…

—Ah, no, a mí no me incluya en sus planes. —El joven alzó las manos.

—Ya has cumplido los treinta y dos años, hijo. ¿A qué estás esperando para encontrar a una mujer con la que casarte?

—Ya lo hice, padre, por si no lo recuerda… —comentó con una mueca.

—Ha pasado mucho tiempo desde aquello…

—Casi siete años, lo sé muy bien.

—Exacto, tiempo suficiente como para haber rehecho tu vida.

—Yo ya he rehecho mi vida, pero no contemplo el matrimonio.

—¿Qué? —Conrad lo miró, atónito, y vio que Justin daba muestras de estar tan sorprendido como él mismo.

—No tengo intención de casarme, es todo.

—Pero ¿es que has perdido la sesera? —lo increpó—. ¡Eres el heredero al título!

—Que se lo quede Justin cuando yo falte —respondió Harold—. Y luego alguno de sus hijos.

—No… no hablas en serio. —Su hermano lo miraba, estupefacto.

—¿Te parece que bromeo?

—¿Has bebido, Harold? —inquirió el vizconde, que no salía de su asombro.

—Son las diez de la mañana, padre.

—Por eso lo pregunto, porque lo que estás diciendo no tiene ningún sentido.

—No voy a casarme con ninguna mujer a la que no ame y estoy convencido de que no podré amar a nadie más —repuso, vehemente—. ¿Tan difícil es de entender?

—¿Y quién ha hablado de amor?

—No me casaré por conveniencia, a menos que sea imprescindible para la familia. Y visto el giro que han dado las cosas, intuyo que eso no va a ser necesario…

—Harold…

—Si hemos terminado, tengo cosas que hacer. —Se puso en pie y abandonó la habitación sin mirar atrás.

—Cambiará de idea —dijo Conrad, dirigiéndose a su otro hijo.

—Ambos sabemos que no será así —repuso Justin, con tristeza.

El vizconde se dejó caer contra el respaldo de la butaca. El amor era un sentimiento tan poderoso como destructivo, pensó con cierta amargura. Al menos parecía ser así en el caso de los Barton.

Cleyburne no daba crédito a la información contenida en los papeles que descansaban frente a él: una larga lista de acusaciones por incumplimiento de las leyes contra el trabajo infantil. ¿Cómo diablos se habían enterado aquellos funcionarios de pacotilla de lo que sucedía en el interior de su fábrica? Solo alguien que trabajara entre sus muros podía haberlos puesto al corriente, porque allí figuraban un montón de nombres de empleados que a él le eran del todo ajenos, pero que su capataz había reconocido sin dudar.

Alguien estaba tratando de hundirlo. Esa sospecha no había

dejado de rondarle desde hacía horas. Primero el fraude con las antigüedades y ahora eso. No podía tratarse de una coincidencia. O tal vez sí, se dijo, mientras se masajeaba las sienes con energía. Un insistente dolor de cabeza le martilleaba la nuca y la frente, como si alguien se la estuviera presionando por ambos lados con una fuerza sobrehumana.

Para colmo, aquellos debían de ser los dos únicos funcionarios honestos del gobierno, porque en cuanto había dejado caer la posibilidad de una compensación económica, lo habían mirado con cara de pocos amigos y el más alto de los dos, delgado y con las mejillas hundidas, lo había incluso amonestado verbalmente. Ante la velada amenaza de una posible denuncia por intento de soborno, Cleyburne había reculado y asegurado que solo se trataba de un malentendido.

Tendría que averiguar para quién trabajaban y a quién debían informar. Tal vez esos dos no aceptaran dinero por hacer la vista gorda, pero alguien, en la larga cadena que se extendía tras ellos, podía mostrarse mucho más proclive a una buena cantidad de libras por olvidarse de aquel asunto.

Y debía darse prisa. Cada día que la fábrica estaba parada le costaba una fortuna.

Gwen, tumbada sobre la cama de Temperance, la miraba con los ojos desorbitados.

—Repítemelo, porque creo que no he oído bien —le pidió.

—Alexander Lockhart y yo hemos mantenido relaciones íntimas —repitió ella, acomodada en una butaca frente a su amiga.

—¡Oh, Dios, Grace! ¿Vas a casarte con él?

—¿Qué? ¡No! Vaya pregunta más absurda…

—Bueno, es lo normal si…

—No es la primera vez que yazgo con un hombre.

—Un momento. —Gwen se puso de rodillas sobre el colchón—. ¿Quieres decir que ya te habías acostado con alguien antes?

—Eso es justo lo que he dicho.

—Y digo yo… Durante todas las conversaciones que hemos mantenido desde que nos reencontramos… ¡¿no se te ha ocurrido mencionarlo ni una sola vez?!

—No grites —rio Temperance ante el dramatismo que mostraba su compañera.

—Pero ¿con quién? ¿Y cuándo? —La miró con intensidad—. Y, lo más importante, ¿lo conozco?

—No. Fue en Nueva York, hace unos años.

—Oh, por favor, quiero todos los detalles.

—¡Gwen! —volvió a reír.

—Soy tu mejor amiga, ¿o no?

—Sabes de sobra que sí.

—Bien, puedes empezar. —Volvió a tumbarse boca abajo, con la barbilla apoyada en sus manos entrelazadas.

—Pues fue un…

—¡No! Espera…

—¿Qué?

—Comienza por Alexander.

—No sé yo si…

—¿Fue en su cama? —la volvió a interrumpir—. ¿En la tuya? Oh, Señor, ¿en esta? —Miró la colcha con sospecha.

—En realidad fue sobre la alfombra de su despacho.

—Maldita sea, ¿ni siquiera pudo llevarte a su dormitorio?

—No nos dio tiempo…

Gwen la miró con las cejas alzadas y luego le dio un ataque de risa, que trató de sofocar hundiendo su rostro en el colchón. Cuando volvió a levantar la cabeza tenía las mejillas coloradas y los ojos brillantes.

—Sabía que tenerte de nuevo en mi vida iba a resultar sumamente entretenido —le aseguró, sin parar de reír.

—¿Y no pudiste llevarla arriba? —le preguntaba Jake en ese instante a Alexander.

Ambos estaban disfrutando de una cena tranquila en su casa de Chelsea, a la que Harold no había podido acudir. Habría preferido contarles lo sucedido a ambos, pero no había podido callárselo durante más tiempo. Le estaba quemando por dentro.

—Fue todo tan… imprevisto.

—Ya veo… —comentó su amigo—. Me perdonarás si esta noche prefiero no tomar una copa en tu despacho.

—Te aseguro que esa mujer ya no está allí tendida —rio Alexander.

—Lo sé, pero tengo una imaginación muy vívida y, la verdad, prefiero no imaginarme a mi mejor amigo desnudo frente a esa chimenea.

—Hummm, tampoco yo querría verte a ti —reconoció, jocoso.

—Pues te garantizo que sería un espectáculo digno de ver —bromeó Jake.

—No lo dudo.

—¿Y… cómo fue?

—Glorioso —contestó, sin pensárselo siquiera.

—Mierda. —Jake chasqueó la lengua.

—¿Qué? —Alexander frunció el ceño—. ¿Esperabas que hubiera sido un desastre?

—Esperaba que no te estuvieras enamorando de esa mujer.

—Yo no…

—Eso díselo a Harold, tal vez a él lo puedas convencer —lo interrumpió—, pero yo te conozco, a veces creo que más de lo que te conoces a ti mismo.

—Solo es un poco de diversión —se justificó.

—Si tú lo dices…

—Es la verdad.

—Eso espero, por tu bien, porque esa mujer volverá a su país.

—Soy totalmente consciente.

—De acuerdo. Ya no eres el jovencito que se enamoró en la India y debo dar por supuesto que sabes lo que haces.

—Lo sé.

—Bien, porque no quiero tener que volver a recoger los pedacitos de tu corazón.

—Créeme, no será necesario.

Sin embargo, y muy a su pesar, Alexander no estaba del todo convencido de sus palabras.

Gwen la había escuchado sin interrumpirla, aunque Temperance decidió no relatarle los detalles más íntimos. Esos solo les pertenecían a ella y a Alexander. Le contó lo que había sucedido en Barton Manor, cómo había decidido ir a su casa y cómo la había recibido, y luego pasó por encima de todo lo demás.

—¿Y cómo fue? —preguntó su amiga.

—Glorioso —respondió ella, pensativa.

Gwen la miró con los ojos muy abiertos y un atisbo de tristeza en sus ojos de color miel.

—¿Qué? —inquirió, inquieta por aquella inesperada expresión.

—Temperance, estás enamorada de ese hombre. —Su tono de voz le pareció un tanto sombrío.

—No, en absoluto —le aseguró—. Solo me estoy divirtiendo un poco, ya sabes que todo este asunto de Cleyburne me tiene algo alterada.

La expresión del semblante de su amiga, pese a esa afirmación, no cambió.

—Es por el modo en que hablas de él —le dijo—. Se te ilumina la mirada, se te ilumina todo el rostro, hasta tu pelo luce más rubio.

—Qué bobadas dices —rio.

—¿Tú crees? —ironizó.

—Por supuesto. Sé perfectamente lo que hago.

—Eso espero, porque cuando vuelvas a Nueva York no estaré allí para consolarte —replicó, lúgubre.

—Oh, Gwen, no me recuerdes eso…

La sola idea de tener que volver a separarse de ella era algo que la carcomía desde hacía semanas, un dolor sordo que iba creciendo a medida que transcurrían los días y su tiempo en Inglaterra tocaba a su fin.

Había decidido no pensar en ello, no hasta que su partida fuera inminente, hasta que ya no tuviera más remedio que afrontarlo. Mientras tanto, esperaba disfrutar de esos momentos juntas tanto como le fuera posible.

Y con respecto a Alexander, tampoco estaba aún preparada para enfrentarse a lo que hubiera entre ellos. Había tomado la decisión de no complicar las cosas y eso iba a tratar de hacer.

Con todas sus fuerzas.

47

Solomon Peyton-Jones, doctor en Medicina según rezaba su tarjeta de visita, volvió a leer la noticia sin que pudiera evitar cierto grado de satisfacción. El barón Oakford, después de todo, no era invencible. Primero lo habían timado con aquel asunto de las antigüedades, y ahora su fábrica de conservas había sido clausurada de forma temporal. Sin embargo, bien sabía él que la investigación que anunciaban los periódicos se quedaría en nada, como siempre ocurría cuando se trataba de hombres de la talla de Gordon Cleyburne. A donde no llegaban los contactos, llegaba el dinero y, de una forma u otra, saldría bien librado.

Hacía varias semanas que no acudía a su mansión en Mayfair porque no disponía de nueva información sobre ningún asunto que pudiera resultar útil al barón. En ese momento, pensó si no podría inventarse algún rumor inofensivo, solo para tener la oportunidad de ir a verlo y tantear la situación.

Enseguida abandonó la idea. Esos hombres se revolvían cuando estaban heridos y, aunque en su fuero interno se alegraba de su desgracia, también temía que decidiera descargar su frustración en aquellos a los que tenía dominados.

Como él, por ejemplo.

Temperance se removió en su asiento, inquieta. Se encontraba de nuevo en casa de lord Algernon, en la biblioteca, con Lionel

Ashland también presente. Los planes no estaban saliendo según lo esperado y ahora un nuevo contratiempo se había sumado a la lista.

—¿Qué quiere decir con que Joseph Reed no puede absorber a los empleados de Cleyburne? —le preguntó al abogado.

—No contábamos con que el barón hubiera contratado a tanto personal —contestó el letrado—. Reed se ha quedado con una buena parte de ellos, pero no con todos.

—¿Cuántos se han quedado fuera? —se interesó.

—Ciento doce, según nuestras cuentas.

—¿Hemos dejado a ciento doce personas sin empleo? —Temperance empalideció.

—Eso me temo.

—Cleyburne ha debido contratar a muchos más últimamente —intervino lord Algernon—. Nosotros solo contábamos con la lista pormenorizada de trabajadores que nuestros investigadores nos proporcionaron hace algunas semanas.

—La lista que le hemos pasado a Reed. —Ashland se pasó la mano por su abundante y nívea cabellera—. Del resto no sabíamos nada.

—Eso no cambia las cosas —señaló ella, descorazonada—. Todas esas personas malviven en los barrios más pobres de la ciudad. Si ahora se han quedado en la calle, ¿cómo van a sobrevivir?

—¿Y qué propone? —preguntó el abogado.

Temperance se tomó unos minutos para pensar en la respuesta. La voz de Claudia Jane parecía resonar en sus oídos. Tiempo atrás, antes de comenzar con todo aquel asunto, ya le advirtió que llevar a cabo una venganza como la que preparaba podía afectar a inocentes, que quedarían atrapados en aquel peligroso juego. Por aquel entonces, había pensado en la hija de Cleyburne o en sus primos, tal vez incluso en algún socio del barón. Aunque todos ellos lograrían sobrevivir porque disponían de recursos suficientes como para mantenerse a flote, aunque fuese de forma precaria.

Sin embargo, por su causa había varias personas todavía en

prisión y acababa de dejar en la calle a más de un centenar, que no tendrían a quién acudir. Sintió que las tripas se le revolvían.

—Hay que conseguir que vuelvan a abrir la fábrica de Cleyburne —dijo al fin.

—¿Qué? —preguntó el conde.

—Es preciso dar un paso atrás —respondió ella con un suspiro—, ya encontraré otro modo de acabar con él.

—Es imposible —sentenció Ashland.

—Nada es imposible —contratacó ella.

—En este caso me temo que sí. —El abogado apretó los labios con fuerza—. No podemos retractarnos de la denuncia anónima que hemos hecho llegar a las autoridades. Bueno, podríamos retractarnos claro; el problema es que, una vez que la maquinaria se ha puesto en marcha, es imposible detenerla. Ahora tienen las pruebas de que lo comprendido en toda esa documentación era auténtico. Es más, disponen incluso de más evidencias de las que les hemos proporcionado. Parece que las condiciones de trabajo eran peores de lo que supusimos.

—Pero algo podremos hacer —dijo ella, con un hilo de voz.

—En este momento no se me ocurre qué —reconoció Ashland.

—Que Reed instale más maquinaria y contrate al resto.

—No dispone de más espacio en su fábrica.

—Pues que alquile otra —propuso ella, de mal humor.

—Pero eso tardaría semanas. Igual que la maquinaria, los materiales, los productos... —repuso el abogado—. Para entonces quizá el problema ya se haya resuelto.

—¿Y mientras tanto? —resopló.

—No lo sé.

—Habrá que confiar en las organizaciones benéficas —comentó un lord Algernon de aspecto macilento.

—¿Qué? —Temperance volvió la cabeza hacia él.

—Son los únicos sitios a los que muchas de esas personas podrán acudir en busca de alimentos, medicinas o ropa, incluso un techo bajo el que cobijarse —respondió el conde.

—Por suerte, ya estamos en mayo y no hace mucho frío —añadió Ashland.

Temperance se reclinó en la butaca y se tomó unos minutos para valorar aquella posibilidad.

—Señor Ashland, averigüe qué organizaciones de ese tipo hay en los barrios más afectados por el cierre de la fábrica y haga una donación generosa de fondos —ordenó al fin.

—De acuerdo, me encargaré mañana a primera hora.

—Y asegúrese de que ese dinero es destinado a los pobres y que no acaba en los bolsillos de algún desaprensivo —lo instó.

—Eso será más complicado —reconoció el abogado.

—Contrate al personal que sea preciso para que se encargue de hacer algún tipo de seguimiento.

—Quizá lo mejor sería hacer varias donaciones menores, separadas por algo de tiempo, en lugar de una grande que pueda despertar la codicia de las personas que gestionan esas organizaciones.

—Bien, buena idea —acordó ella.

Unos minutos después, Lionel Ashland abandonaba la mansión de lord Algernon, y el conde y Temperance se quedaban a solas.

—Le parezco una persona horrible, ¿verdad? —No se atrevía a mirarlo de frente.

—En absoluto —contestó el anciano—. El problema es que está demasiado cegada por todo este asunto y no se ha detenido a pensar en las consecuencias que podrían acarrear sus actos a los demás.

—¿Cree que debería abandonar? —Ahora sí lo miró, esperando ver la desaprobación grabada en sus ojos.

—Al contrario —respondió, sorprendiéndola—. Ya ha llegado demasiado lejos. Además, está haciendo todo lo posible para paliar el daño que haya podido causar y, cuando esa fábrica vuelva a abrir, si es que lo hace, sus empleados gozarán de mejores condiciones que nunca. Si usted no hubiera intervenido, ¿quién sabe hasta qué límites los habría conducido la avaricia de ese individuo?

—Espero no estar equivocándome con todo esto... —musitó.

—Yo creo en usted —le aseguró, y decía la verdad—. No pierda usted la confianza en sí misma.

Ella asintió, pensativa. Lord Algernon tenía razón al menos en una cosa. Ya había llegado demasiado lejos. Y no había vuelta atrás.

Temperance no se sentía con ánimos de asistir a ninguna fiesta, pero una ausencia repentina podría llamar demasiado la atención. En las últimas semanas se había prodigado poco en los salones londinenses, así que esa noche había aceptado la invitación de los condes de Kilbourne, en Saint James, y acudió con lord Algernon, como siempre.

Solo habían transcurrido un par de días desde la charla con Ashland y esa misma mañana el abogado le había confirmado la realización de las donaciones anónimas, lo que la alivió un poco más.

El salón estaba muy concurrido y le llamó la atención encontrarse allí a Gordon Cleyburne y a su hija. A esas alturas los hacía metidos en su casa, ocultándose del mundo y tratando de que el escándalo pasara lo más rápido posible. Una vez más, había subestimado a aquel hombre, que charlaba con los presentes con su seguridad acostumbrada. Nada, ni en su pose ni en sus facciones, hacía sospechar que se encontraba en la cuerda floja. Era así como uno se sobreponía a las adversidades, recordó ella. Si te mostrabas débil, las fieras se cebaban contigo. Y el barón Oakford podía ser muchas cosas, pero no era un pusilánime.

Sus tíos y sus primos, los tres en esta ocasión, también se encontraban allí y charló con ellos durante varios minutos. Ver a Justin en aquel ambiente le provocó una inaudita quemazón en el pecho y pensó que, de haberse encontrado con él en algún momento anterior, no lo habría reconocido. Mientras lo observaba de reojo cayó en la cuenta de que el resquemor que se había encargado de alimentar durante las dos últimas décadas no era ahora más que una molestia de bordes indefinidos. Quizá se debiera, precisamente, a que era incapaz de ver en él al niño que fue, como si el tiempo se lo hubiera llevado para siempre. ¿Era posible continuar odiando a una persona que en realidad ya no estaba allí y que había crecido a la par que ella en su mente? ¿Que tal vez nunca había estado allí tal y como nos la habíamos imaginado?

La conversación que había mantenido en Kent con sus primos le había resultado tan dolorosa como esclarecedora. La visión que ella y los otros tenían de aquella época lejana era tan distinta que bien podría haberse tratado de dos vidas diferentes, de dos historias sin nada en común. ¿Era legítimo que culpase a Justin por sus actos cuando, al parecer, los suyos propios no habían sido precisamente ejemplares?

No era el caso de sus tíos, por supuesto. Aún no les había llegado el momento, pero no tardaría en caer sobre ellos el peso de lo que les aguardaba.

Alexander había descubierto un idioma secreto. Uno compuesto exclusivamente de miradas y pequeños gestos casi imperceptibles. Le resultaba increíble todo lo que aquella mujer podía transmitirle con aquellos ojos llenos de mar. Y cuando aquellos mismos ojos le rogaron unos minutos a solas, abandonó el pequeño grupo en el que se había integrado y salió al jardín.

La noche era fresca pero agradable. El cielo era como un mantel recién planchado, con las estrellas primorosamente bordadas, y se tomó unos minutos para contemplarlo a placer. Cuando comprobó con el rabillo del ojo que ella salía por otra puerta, bajó la escalinata y se internó por uno de los senderos, sabiendo que Temperance seguiría sus pasos.

Unos segundos después, la sostenía entre sus brazos y se saciaba de sus besos, con un apetito voraz. Todos aquellos metros de tela que la separaban de sus manos se convirtieron en un suplicio.

—Tengo la sensación de que no te gusta mi vestido nuevo —dijo, divertida.

—Oh, sin duda es maravilloso, aunque te prefiero cuando solo me llevas a mí sobre la piel —ronroneó.

—También yo.

Temperance pegó aún más su cuerpo al de Alexander, hasta que este sintió que le subía un acceso incontrolable de fiebre.

—Dime que vendrás esta noche —le pidió.

—Hummm.

—Si no lo haces, saltaré la tapia de tu jardín y me colaré en tu habitación.

—Moses te mataría.

—¿Quién es Moses? —Alexander se retiró unos centímetros.

—Mi cochero.

—¿Ese que parece un boxeador retirado y que me mira siempre con recelo?

—El mismo —sonrió ella.

—Pues pelearía con él. Por ti estaría dispuesto incluso a perder el otro ojo —replicó él.

—Señor Lockhart, es usted todo un romántico. —Temperance lo miró, con una inusitada mezcla de diversión y ternura que lo sacudió por dentro—. Pero no pondré en peligro tu integridad física.

—¿Y cómo piensas evitarlo?

—Había pensado ir a verte después de la fiesta, si no tienes otros planes.

—Dalos por cancelados.

Ella rio y él se bebió su risa y todos los besos que llegaron después.

Tras el pequeño escarceo en el jardín, Temperance volvía a encontrarse en el interior del salón. Había visto a Gwen y en ese momento ambas se encontraban en una esquina de la estancia mientras su marido, Phillip, y lord Algernon iban a buscarles un vaso de limonada fresca.

—Será mejor que no los mires con tanta fijeza —le susurró su amiga.

—¿Eh?

—A tus tíos, van a acabar dándose cuenta.

—Ya...

Temperance volvió un poco la cabeza y se tropezó con la brillante mirada de Alexander, que la contemplaba desde uno de los laterales. Él alzó la copa en su dirección y ella le correspondió con un ligero asentimiento. Estaba deseando abandonar la fiesta de los Kilbourne, y sabía que él estaba anhelando lo mismo.

—Quizá también deberías evitar mirarlo a él —rio Gwen con disimulo.

—Eres una aguafiestas —replicó ella, divertida.

Sus ojos se desviaron de nuevo hacia su familia. En ese momento, un joven invitaba a bailar a su prima Harmony, que respondió con una sonrisa tan encantadora que le provocó un pellizco entre las costillas.

—Eres consciente de que también le harás daño a ella, ¿verdad? —le preguntó Gwen.

—Estará bien.

—¿Sigues empeñada en vengarte de ellos?

—Por supuesto —replicó—, me abandonaron y...

—Bueno...

—¿Bueno? —Temperance la miró, atónita—. ¿De qué parte estás, si puede saberse?

—De la tuya, por supuesto, pero te recuerdo que ellos te abandonaron a ti tanto como tú a ellos.

—¿Qué diantres significa eso?

—No abriste ni una sola de sus cartas desde aquel verano.

—Ni falta que hacía.

—Y te negaste a ver a tu tío cuando vino a verte.

—¿Eh? No sé de qué hablas —le dijo—. Mi tío me dejó en Blackbird House aquel verano y se desentendió de mí.

—Eso no es cierto, Temperance.

—¿Cómo que no? —replicó, tensa.

—Vino a verte, al menos dos veces que yo recuerde. Y te negaste a recibirlo y a regresar a Barton Manor por Navidad.

—No… eso no fue así…

—Oh, ya lo creo que sí. Lo sé porque me escondí contigo en el desván hasta que se marchó, las dos veces.

¿De verdad eso sucedió como lo contaba Gwen? Un recuerdo vago, inasible, se asomó a su consciencia, un atisbo que confirmaba que lo que su amiga le estaba diciendo era, quizá, cierto.

—No puede ser… me acordaría.

—Pues haz memoria, porque sucedió tal y como te lo cuento —insistió.

—Aunque fuese así, aún quedaría pendiente lo que le hicieron a mi padre.

—Sí, eso es verdad, aunque en realidad eso fue culpa de…

Temperance la miró con el ceño fruncido y Gwen se calló.

—Estoy de tu parte —le aseguró mientras la tomaba de la mano a escondidas—. Siempre estaré de tu parte.

—Más te vale —le dijo, un tanto reconfortada.

—Aunque te equivoques.

48

A veces, los sueños de un hombre se construyen con ladrillos de viento. Esa era la sensación que tenía Gordon Cleyburne mientras contemplaba su fábrica vacía, como si un vendaval surgido de ninguna parte hubiera tirado abajo lo que tanto esfuerzo le había costado erigir.

En el aire flotaba el inconfundible aroma de las frutas y verduras en descomposición y de las viandas echadas a perder, aunque con una intensidad mucho menor de la esperada. Al parecer, sus empleados habían sido lo bastante avispados como para llevarse casi todos los productos perecederos, quizá hasta que alguien los amonestó, el capataz a buen seguro, y solo una pequeña parte se había quedado allí emponzoñando la atmósfera.

Las ventanas, cubiertas de mugre, apenas dejaban pasar los mortecinos rayos de un sol tibio que hacía brillar las motas de polvo que flotaban en el ambiente, movidas sin duda por sus pasos sobre la suciedad del suelo. La contemplación de aquella maquinaria ahora en desuso, como las ruinas de un antiguo imperio desaparecido, resultaba desoladora.

El almacén, situado en la parte trasera y con salida a otra calle, estaba lleno de latas de conserva. Miles de ellas se acumulaban unas sobre otras, bien empaquetadas en cajas, y otras muchas aún esperaban a ser debidamente embaladas. Allí estaba la prueba de su esfuerzo, la evidencia de su fracaso.

Hacía menos de una hora que había abandonado el despacho de lord Palmerston, el secretario de Asuntos Exteriores, que lo hizo llamar esa mañana de forma urgente. Había intuido lo que iba a decirle y se preparó para contrarrestar sus argumentos.

En esta ocasión, los prolegómenos fueron más escasos de lo acostumbrado y, tras el saludo inicial y la oferta de una taza de té, el político entró en materia.

—Lamento mucho comunicarle que me he visto forzado a romper nuestro acuerdo, lord Oakford —le dijo, con una calma impasible.

—No puede hacer eso, milord —manifestó, mientras trataba de mantener la compostura.

—Me temo que no está en condiciones de servir el pedido completo a la Marina Real.

—Estoy atravesando una situación un tanto complicada, soy consciente, pero estoy convencido de que es solo cuestión de días que todo vuelva a la normalidad. Cumpliré con el pedido tal y como habíamos acordado.

—Quizá está usted siendo demasiado optimista.

—¿Cómo? —Lo miró con estupefacción—. ¿A qué se refiere?

—Según he podido averiguar, los cargos que pesan sobre usted son consistentes y mucho me temo que el embrollo en el que está metido no se solucionará tan pronto como cree.

—Entre usted y yo, milord, creo que hay alguien que está tratando de perjudicarme a propósito —le confesó, en un arranque de sinceridad con el que esperaba conmover a Palmerston.

—¿Quiere decir que las acusaciones son falsas?

—Creo que se han tergiversado —contestó.

—Bueno, no es eso precisamente lo que he oído.

—Aún no he logrado averiguar quién está llevando a cabo la investigación sobre este asunto, pero no dudo que se tratará de una persona razonable.

—Lord Oakford, lamento decirle que este caso en particular está atrayendo excesiva atención —dijo el político, sin duda haciendo referencia a las noticias que estaban apareciendo en la prensa—. El Gobierno no puede consentir que la opinión pública crea que los hombres de su posición están exentos de cumplir las normas. ¿Cómo podríamos entonces pedirles que acaten nuestras leyes si quienes las elaboramos nos negamos a cumplirlas?

Cleyburne lo miró, sin comprender todavía el alcance de sus palabras.

—Según tengo entendido —continuó Palmerston—, pretenden que sirva usted como ejemplo.

—¿Como ejemplo para qué?

—Para demostrar, precisamente, que nadie, ni siquiera un par del reino, está por encima de la ley.

—¡Pero eso es absurdo! —se defendió, con tono acerado—. Es una trampa, una burda maquinación.

—Es posible —dijo Palmerson con una mueca—, pero las pruebas en su contra parecen abrumadoras.

—Mis productos son de una calidad excelente, lo sabe bien. —Trató de buscar un nuevo enfoque.

—Me consta, por eso he alcanzado un acuerdo para que no confisquen la producción de su fábrica, y nos quedaremos con las existencias según el precio acordado. Pero nuestro acuerdo finaliza ahí.

—Pero... —Cleyburne carraspeó, con la garganta seca de repente—. Eso apenas cubrirá los gastos en los que he incurrido en las últimas semanas para hacer frente a la totalidad del pedido.

—Lo siento mucho, créame, pero no puedo hacer más.

El barón tensó los hombros y la mandíbula, tratando de contener el acceso de ira que amenazaba con dominarlo.

—Con un poco de suerte, es posible que todo esto acabe resolviéndose más pronto que tarde con una multa, que intuyo que no será pequeña —señaló el político, conciliador—. En unas semanas, su fábrica volverá a estar en funcionamiento, ya lo verá.

—Sin posibilidad de mantener nuestro trato.

—Sí, por desgracia eso ya no es factible.

Cleyburne apretó los labios. Había comprendido que aquello no se trataba únicamente de quién estaba o no por encima de la ley. La Marina Real británica no quería verse asociada con alguien que incumplía las normas y cuyo nombre protagonizaba los titulares de la prensa a diario. Que accedieran a comprarle lo que ya había fabricado era lo único que iba a obtener, y eso porque tal vez habrían valorado la posibilidad de que decidiera llevarlos a juicio, aumentando la notoriedad del escándalo.

—Quizá en el futuro… —añadió Palmerston.

—Claro, por supuesto. —Forzó una sonrisa—. Estaré encantado de servir a mi país como siempre he hecho.

Y eso fue todo. Se había marchado de allí con la cabeza alta, aunque aún había tenido arrestos para detenerse a saludar a unos y a otros, como si el mundo no se estuviera desmoronando a su alrededor.

Visitar la fábrica le había parecido el paso más apropiado tras aquella conversación. Como si necesitara cerciorarse de la realidad de lo que estaba sucediendo.

Mientras contemplaba aquella pila de latas de conserva hizo balance de su situación. Aunque había finalmente conseguido reunirse con el conde de Woodbury, tanto este como su hijo Alexander se mantuvieron firmes en su propósito de desligarse del banco. Eso lo dejaba con unas reservas menguadas tras el enorme pellizco que había supuesto primero el pago de las antigüedades y luego la adquisición de las láminas de acero y unas mercancías que ya no iba a necesitar. En ese momento no tenía modo posible de devolver ese dinero. Quizá, cuando cobrara las rentas por sus tierras y la Marina Real le pagara lo producido hasta ahora, lograría reponer gran parte de los fondos sustraídos, pero podría no ser suficiente.

Una oleada de rabia lo sacudió por entero. Tomó una de las latas y la estrelló contra la pared, y luego otra más, y otra. Ninguna reventó, aunque en ese momento ni siquiera sintió el orgullo de un trabajo bien hecho. Su mente era una especie de oscuro nubarrón. ¿Quién estaba detrás de todo aquello? ¿Quién se había atrevido a enfrentarse a él de forma solapada?

¿Cuántos enemigos se había hecho en su camino hacia el éxito?

El marqués de Broomfield parecía haberse convertido en el valedor de aquel americano larguirucho que respondía al nombre de Percival Lister-Kaye. Al menos eso pensaba Alexander mientras lo escuchaba recitar las bondades de aquel proyecto del ferrocarril patrocinado por Cornelius Vanderbilt. Había sido una de las últimas cosas que había hecho con su mentor, comprobar aquella documentación y llegar a la conclusión de que, en efecto, daba la sensación de ser una inversión bien pensada y con una rentabilidad sustancial. Quizá por ello esa noche su padre y él se encontraban en casa del marqués, junto a otros muchos caballeros de su entorno, entre ellos un circunspecto conde de Algernon. Varios de ellos eran clientes del Banco Cleyburne & Co, al que muy pronto los Lockhart dejarían de pertenecer si todo iba según lo previsto.

Miles Lockhart, conde de Woodbury, lamentaba no haber roto los lazos con el barón mucho antes, porque el nuevo escándalo en el que se hallaba inmerso no hacía sino aumentar el profundo hoyo en el que había caído. Los rumores sobre Cleyburne sobrevolaban todas las reuniones sociales, cuchicheos a media voz que cesaban de inmediato en cuanto lo veían aparecer. Su porte distinguido y aquella pose de estudiada indiferencia, como si nada pudiera afectarle, surtían siempre el efecto esperado. Sin embargo, Miles Lockhart lo conocía mejor que la mayoría de sus congéneres ya que prácticamente lo había visto crecer. Era una de las pocas personas capaz de distinguir los sutiles matices de aquel rostro granítico y había llegado a la conclusión de que su antiguo socio no estaba tan seguro de sí mismo como pretendía aparentar. Sospechaba que el cierre de la fábrica, que a todas luces sería solo temporal, había significado un duro varapalo para él.

Pese a ello, no sentía ninguna compasión por ese hombre, que se había comportado de forma poco honorable y que había terminado por perjudicar a muchas otras personas. Cuando uno juega a los dados con el diablo, corre el riesgo de sufrir una mala mano, y Cleyburne ya había encadenado unas cuantas. A saber dónde desembocaría todo aquello.

Para Ernestine solo existía un modo irrefutable de mejorar un estado de ánimo sombrío: ir de compras. Y el suyo era inversamente proporcional a la indecente cantidad de libras que se había gastado esa mañana en un buen puñado de las mejores tiendas de Bond Street y Regent Street.

Desde que el apellido de su familia volvía a mencionarse en los periódicos, en esta ocasión asociado a un asunto mucho más turbio que una humillante estafa de antigüedades, sentía como si estuviera viviendo la vida de otra persona, como si hubiera salido de su propio cuerpo y pudiera verse a sí misma desde cierta altura. Sin duda se trataba de ella, ese cabello rubio era el suyo, y los ojos celestes también le pertenecían, y aquella era su piel, y esas sus manos... Sin embargo, nada se le antojaba real. Para empezar, casi siempre estaba sola. Sus amigas, Mathilda y Hester, parecían estar siempre demasiado ocupadas para encontrarse con ella, como habían hecho infinidad de veces desde el inicio de la temporada. Esa mañana, sin ir más lejos, ambas habían alegado tener otros compromisos que les impedían ir de compras, aunque eso no la había amedrentado.

Cuando coincidían en alguna velada, las conversaciones eran más circunstanciales, casi forzadas, y siempre extremadamente escuetas. Hasta su carnet de baile se había resentido y apenas lograba llenarlo hasta la mitad. El único que daba muestras de mantenerse fiel a su interés inicial era precisamente Bryan Mulligan, que le solicitaba un par de piezas en cada ocasión. Antes de todo aquel estropicio, ella había tenido por costumbre rechazar la mayoría de sus proposiciones por considerar que le restaban tiempo para lograr objetivos más sustanciosos. Ahora, en cambio, era ese mismo hombre de mirada afable quien la ayudaba a mantener la apariencia de cierta normalidad.

Pese a todo, Ernestine mantenía su porte erguido y orgulloso, como su padre le había aconsejado hacer, tan inmersa en su papel que ya no sabía si su auténtico yo era la joven que había comenzado la temporada o esa que se movía ahora por los salones como si todo el mundo le debiera algo.

Mientras descendía del carruaje que la había llevado a casa, pensó en las caras de envidia que pondrían sus amigas al verla estrenar todas las fruslerías que acababa de adquirir, y que el cochero, el lacayo y su doncella Daphne cargaban en brazos. Eso sin contar con la media docena de vestidos nuevos que había encargado y que llegarían en unos días.

—¿Qué diantres es todo esto? —Oyó la voz de su padre en cuanto entró en el vestíbulo seguida por los sirvientes.

—Buenos días, padre —lo saludó ella, jovial—. No es nada, solo unas compras.

—¿Unas… compras? —Primero la miró a ella y luego a los tres criados, que se habían detenido en el recibidor y que aguardaban algún tipo de orden—. ¡¿Pero es que has perdido la sesera?!

El exabrupto la dejó clavada en el sitio. Apretó los labios y expulsó el aire por la nariz con un resoplido nada elegante. Luego, con un gesto, ordenó a los sirvientes que siguieran su camino hasta el piso de arriba para dejar los paquetes y, en cuanto los vio desaparecer por la escalera, se revolvió hacia su padre.

—No le permito que me hable en ese tono —le dijo, cortante.

—¿Que tú no me permites…? —comenzó él.

—Ya ha convertido nuestra vida en un hazmerreír y no voy a consentir que me arrastre con usted —le señaló ella, muy seria—. Me propongo encontrar marido antes de que finalice la temporada, si aún hay alguien dispuesto a casarse conmigo después de todo lo que ha sucedido.

—¿Y era preciso que te gastaras un dinero que no tenemos para conseguirlo? —le espetó él, a todas luces furioso.

—¿Qué? —Ernestine empalideció—. ¿Qué significa eso? ¿No…? ¿No tenemos dinero?

Vio a su padre llevarse las manos a la cabeza y atusarse el cabello, en un gesto de desesperación que le había visto hacer en muy pocas ocasiones.

—Será mejor que vayamos al despacho —le dijo en cambio—. Hay algunas cosas que debes saber —miró hacia arriba—, que de hecho debería haberte contado ya.

Ella lo siguió, dócil, con el miedo tan metido en el cuerpo que a duras penas fue capaz de dar el primer paso.

Un miedo que no tardó en transformarse en ira. Si las palabras de su padre eran ciertas, tal vez tendría que devolver todo lo que acababa de comprar, lo que supondría una nueva humillación en su vida.

Aquel hombre que caminaba frente a ella, con la espalda tan rígida como una tabla, estaba destruyendo su futuro.

Temperance estaba comenzando a pensar que no existía lugar en el mundo más cálido y seguro que los brazos de Alexander Lockhart, donde además era capaz de alejar momentáneamente sus preocupaciones. Sentirse rodeada por ellos, piel con piel, se le antojaba la sensación más placentera del mundo. O quizá la segunda más placentera, porque hacer el amor con él la transportaba a cotas que hubiera creído imposibles.

En el poco tiempo que había transcurrido desde su primer encuentro a solas, habían alcanzado un nivel de intimidad y compenetración tan soberbio como excepcional. Aprender a conocer el cuerpo de la otra persona se estaba convirtiendo en un proceso extraordinario y cada pequeño descubrimiento, por nimio que fuera, en un hallazgo mágico e irrepetible. Saber, por ejemplo, que a él le gustaba que le mordiera con suavidad el lóbulo de la oreja, o que se volvía loco cuando ella se estremecía si la besaba en la nuca, resultaba embriagador.

Solo había una cosa que enturbiaba aquellos encuentros y que lograba contrarrestar la luminosidad que desprendían: el hecho de que el tiempo se les acababa y que Alexander Lockhart no tardaría en convertirse en un recuerdo.

—¿En qué piensas? —le preguntó él, que también había aprendido a interpretar la expresión de su semblante, o al menos a aproximarse peligrosamente a ello.

—Hummm, ¿vas a contarme quién fue esa mujer? —improvisó, aunque lo cierto era que llevaba tiempo queriendo preguntarle sobre el particular.

—¿Qué mujer? —Alzó la cabeza de la almohada y la miró.

—La que no pudo soportar lo de... tu ojo.

—No tiene importancia. —Se dejó caer de nuevo y la pegó más a su cuerpo.

—Entonces no hay razón para que no me lo expliques.

Alexander simuló ignorarla durante unos segundos, tantos que ella pensó que no respondería.

—Mientras estuve en la India conocí a alguien, la hija de un coronel del ejército. Nos enamoramos, o al menos yo lo hice —confesó al fin, con la vista fija en el techo—, aunque todavía no nos habíamos comprometido. Pensaba hacerlo en breve cuando sucedió el episodio con el cachorro de tigre, y eso lo trastocó todo.

—No pudo ser tan grave —intervino ella.

—En aquel momento el aspecto de la herida era terrible, puedes creerme. El ojo se salió de la cuenca y tenía toda la cara tan inflamada que estaba irreconocible.

—Oh, Dios.

—Te ahorraré los detalles más escabrosos, pero baste decir que fue una recuperación larga y que la cicatriz, durante las primeras semanas, resultaba bastante repulsiva. Al menos a ella se lo pareció, porque fue incapaz de volver a mirarme a la cara sin que se le demudara el semblante. Y eso que la mayor parte del tiempo tenía la zona cubierta de vendas y apósitos.

—Alexander... —Le acarició la barbilla.

—Sus visitas se fueron espaciando, hasta que comprendí que ya no iba a volver y, tal como había llegado a mi vida, se fue de ella.

—¿Sin decirte nada?

—Sin una triste nota siquiera.

—Maldita bruja —sentenció Temperance, con los dientes apretados.

Alexander soltó una carcajada.

—Eso pasó hace mucho tiempo. —Le dio un beso en la frente.

—¿Por eso no quieres que yo la vea?

—Prefiero que no lo hagas. —La miró con intensidad, con aquel único ojo del color de la tormenta.

—De acuerdo —accedió ella, que volvió a recostarse sobre su pecho—, aunque quiero que sepas que a mí no me habría importado, y que ahora tampoco lo haría.

Él no respondió, pero estrechó más el abrazo, como si creyera en su palabra.

Como si no tuviera ninguna duda.

49

Gordon Cleyburne ya no sabía cómo hacerle entender al vizconde Hollstrom que no podía retirar el dinero que tenía en depósito en el banco hasta que no hubiera vencido el plazo que habían estipulado al inicio. El hombre, medio sordo de un oído y tal vez con las facultades algo mermadas, insistía en que quería invertir en el negocio del ferrocarril de Lister-Kaye, el americano al que el barón había conocido unas semanas atrás. Finalmente, el vizconde logró comprender lo que le estaba diciendo, pero volvió a sorprenderlo al solicitar un préstamo con la garantía de ese depósito. Según le aseguró, estaba dispuesto a realizar esa inversión a cualquier coste, y Cleyburne no tuvo inconveniente en hacerle firmar un buen fajo de documentos para realizar la operación.

La situación no habría pasado de ser una anécdota más si esa misma tarde otro de sus clientes no se hubiera presentado con una petición similar, aunque en su caso el vencimiento estaba a solo dos semanas vista. Tampoco pudo negarse, por supuesto, pero una incómoda sensación se le fue aposentando en el estómago. Las cantidades que los clientes depositaban en el banco eran a su vez utilizadas para conceder préstamos a otras personas, no permanecían en la cámara acorazada a la espera de que sus dueños vinieran a buscarlas. El dinero estaba siempre en constante movimiento y los intereses que pagaban unos se convertían en los dividendos que cobraban otros. El problema en cuestión era que en ese momento la liquidez del banco estaba en entredicho y, con las reservas menguadas, no podría atender muchas más peticiones de esa índole sin verse abocado a la quiebra.

Después de aquello estuvo departiendo con Melvin Horton, el gerente y tesorero, a quien no había perdonado que hubiera puesto a Alexander al corriente de sus desatinos, pero a quien tampoco podía despedir pues, de todos sus trabajadores, era quien mejor conocía el funcionamiento de las altas finanzas. Sin embargo, la relación entre ambos se había vuelto algo tirante y fue precisamente Horton, con cara agria, quien lo puso sobre aviso. Era preciso que hallara el modo de reponer cuanto antes el montante sustraído, ya que las reservas de Woodbury y su hijo estaban congeladas a la espera de juicio y, en caso de que el banco se viera obligado a entregar cantidades tan grandes como las que habían solicitado esa mañana, el desastre era inminente.

Cleyburne, en un arranque de lucidez, decidió acudir al Banco de Inglaterra, la entidad más solvente del país. Conocía al director y, aunque no les unía ninguna amistad, lo recibió de inmediato. El barón se mostró tan seguro de sí mismo como acostumbraba, e incluso charlaron sobre temas insustanciales durante unos buenos diez minutos, hasta que decidió entrar en materia. En cuanto mencionó la posibilidad de solicitar un préstamo considerable, el rostro enjuto del banquero se endureció. Todo el mundo estaba ya al corriente de sus dificultades con la fábrica y aún no se había olvidado el tema de las antigüedades, así que el hombre no parecía confiar demasiado en la solvencia de ese posible cliente. Cuando le solicitó los números del banco para revisarlos, Cleyburne supo que no podría entregárselos sin que el desfalco que había cometido quedara al descubierto, así que cambió de idea y acabó por afirmar que solo estaba tanteando el terreno y que en ese momento en realidad no precisaba de ese montante.

Mientras regresaba a pie hasta sus oficinas, distantes a solo un par de calles, llegó a la conclusión de que se había convertido en un activo poco atractivo. Su actual situación financiera lo convertía en un riesgo para otras entidades y reconoció que, si el escenario fuese al revés, tampoco él habría concedido un empréstito a alguien en sus delicadas circunstancias, por mucho que le hubiera insistido en que podría salir del apuro antes que tarde.

Cuando entró por la puerta del banco y vio al conde de Folkston en la sala de espera, intuyó cuál era el motivo que lo había llevado hasta su despacho y un sudor frío le perló la frente. Iba a tener que tomar medidas drásticas si quería salir de aquel embrollo, y eso pasaba por vender todo cuanto pudiera. La fábrica era intocable, desde luego, lo mismo que el banco y que su mansión de Mayfair. Tras lo mucho que le había costado llegar hasta allí, no iba a terminar viviendo en una casa de clase media de un barrio cualquiera.

Las opciones que le quedaban, por desgracia, no eran muchas.

Percival Lister-Kaye, el americano del ferrocarril, estiró sus largas piernas y se atusó el poblado bigote con aire distraído. En poco más de una semana tenía previsto abandonar Inglaterra y regresar a Estados Unidos, y no podía sentirse más satisfecho con el resultado de sus gestiones. Con su acostumbrada labia había logrado convencer a un buen puñado de aquellos aristócratas para que invirtieran en lo que prometía ser uno de los negocios más lucrativos de la década. Mientras bebía un sorbo del excelente brandi que le habían servido, se preguntó si su futuro no se encontraba en realidad en esa nueva faceta comercial que había descubierto de forma reciente. Quizá, se dijo, ya había llegado la hora de abandonar el teatro, el mundo al que pertenecía.

Sentados frente a él se encontraban tres personas. Una era un aristócrata, la otra un abogado y la última una hermosa mujer, que era quien lo había contratado en Nueva York para representar aquel papel en Londres.

—Percival, ha hecho usted un trabajo excelente —le dijo

ella, cercana—, mejor incluso que aquella vez que lo vi interpretar a Macbeth.

—¿Usted cree? —preguntó, ufano. Aquella había sido, de lejos, su mejor actuación.

—Doy fe —contestó lord Algernon en su lugar—. Estuve presente en la reunión que llevó a cabo el marqués de Broomfield y se mostró tan convincente que yo mismo pensé en invertir.

—Podría hacerlo sin temor —replicó Temperance Whitaker—. El negocio es auténtico, aunque me temo que Cornelius Vanderbilt no forma parte de él, no de momento al menos.

—Si alguna vez descubre que se ha usado su nombre... —comentó el actor, con una mueca.

—Oh, no se inquiete por eso. No es un desconocido para mi familia —aseguró ella con calma—. De hecho, es muy posible que en este momento esté cerrando algún trato con mi madre adoptiva.

—¿Cómo se encuentra la señora Whitaker, por cierto? —se interesó Percival, que conocía bien a la dama en cuestión.

—Con ganas de verme de vuelta, según sus cartas —respondió ella, con una pátina de tristeza que no le pasó desapercibida.

Ese mismo sentimiento asomó en el rostro del aristócrata sentado a su lado, e intuyó que el viejo le había tomado cariño a la joven. No era de extrañar. Él mismo la conocía desde la adolescencia, cuando Claudia Jane costeó la reforma del teatro en el que él trabajaba y les dio a todos la oportunidad de continuar haciendo lo que más amaban. Temperance la había acompañado en cada ocasión y terminó trabando amistad con toda la *troupe*. Por eso él había accedido a abandonar su casa y su país para hacer aquel trabajo, aunque la generosa cantidad que iba a percibir a cambio no le vendría tampoco nada mal.

El viaje, debía reconocerlo, había supuesto toda una aventura. No solo había tenido la oportunidad de alojarse en uno de los mejores hoteles de la ciudad, también había asistido a los espectáculos londinenses, que había disfrutado enormemente. Codearse con lo más granado de aquella sociedad elitista había resultado un plus, además de una fuente inagotable de nuevas caracterizaciones para sus futuras interpretaciones, si es que decidía prolongar su trayectoria en el mundo del teatro. Tal vez, a su regreso, pensó de nuevo, mantuviera una charla con Claudia Jane. Estaba convencido de que podría resultarle útil a la hora de captar a nuevos inversores para sus lucrativos negocios.

Eso sería a su vuelta, porque aún no había finalizado su tarea. Todavía había unas cuantas personas en su lista a las debía convencer para que invirtieran.

Todas ellas, por supuesto, eran clientes del Banco Cleyburne & Co.

Gordon Cleyburne se mostró reacio a recibir a la persona que le habían anunciado. Llevaba unos días caóticos tratando de hacer malabarismos con los números, lo que había acabado provocándole un dolor de cabeza que no lo abandonaba ni de noche ni de día. Sin embargo, el nombre de la tarjeta de visita le resultaba familiar y, tras hacer memoria, consiguió al fin ubicarlo. Solo entonces se avino a recibirlo.

El hombre que se presentó en su despacho poseía un porte elegante, acentuado por una abundante mata de pelo canoso y unos ojos vivaces, y vestía un traje que debía haberle costado una pequeña fortuna, por no hablar del bastón, con una empuñadora que parecía de oro auténtico.

—Señor Ashland —lo saludó con cortesía—. Qué grato placer encontrarlo de nuevo después de tantos años.

—El placer es mutuo, milord.

Cleyburne había trabajado con el bufete al que pertenecía Ashland en Dover más de veinte años atrás. Supo que tiempo después había abierto el suyo propio en Londres y que había llegado a convertirse en un reputado abogado. Por aquel entonces, sin embargo, el barón ya estaba instalado definitivamente en la ciudad y trabajaba con un bufete distinto. No habían vuelto a coincidir desde entonces, así que no llegaba a intuir qué podía haberlo traído de regreso a su vida.

—Usted dirá, señor Ashland —le dijo, tras ofrecerle asiento.

—En este momento represento a un cliente francés que desea instalar una filial de su sociedad en Londres y que está interesado en hacer negocios con usted —comenzó.

—¿Qué clase de negocios? —inquirió, reprimiendo un atisbo de entusiasmo.

—En concreto estaría dispuesto a adquirir su fábrica de conservas.

—¿Cómo?

—También valoraría la posibilidad de hacerse con las tierras que pueda usted poseer y de las que obtiene los productos, amén de una fábrica de estaño que parece ser de su propiedad, si mis informaciones son correctas.

—Mi fábrica no está en venta —contestó, lacónico.

—Ah, tenía entendido que está cerrada en estos momentos y que su valor ha descendido en picado.

—Es solo una situación temporal, que se solucionará en breve —señaló, más molesto de lo que pretendía.

—En todo caso, mi cliente me ha autorizado a hacerle una oferta.

El abogado extrajo un pequeño sobre del bolsillo de su chaqueta y se lo entregó. Cleyburne lo abrió, movido por la curiosidad, y encontró una tarjeta en la que habían escrito una cantidad de libras.

—¿Esto es una broma? —Volvió a mirar los números—. Esta propuesta es irrisoria, ni siquiera cubre el valor real de la empresa, por no hablar de las tierras.

—Teniendo en cuenta que ese negocio no tiene valor alguno en este momento, no considero que sea una oferta tan descabellada.

—¡Pero lo volverá a tener! —insistió.

—Mi cliente está convencido de que necesitará de una fuerte inversión para ponerla en marcha, comenzando con una campaña de limpieza de imagen. En este momento, me temo que su nombre, milord, no es precisamente una garantía.

—Puede decirle a su cliente que se olvide —le indicó, de mal humor.

—¿También de las tierras?

—¡Desde luego!

—De acuerdo, en ese caso creo que nuestra reunión ha terminado.

El abogado, cuyo rostro no había movido ni un músculo durante toda la conversación, se levantó de su asiento y le tendió la mano.

—Ha sido un placer verlo de nuevo, lord Oakford —le dijo, al tiempo que se la estrechaba—. Si cambia de idea, en mi tarjeta figura la dirección de mis oficinas.

Cleyburne permaneció de pie mientras lo veía desaparecer. Aún sostenía entre los dedos aquella tarjeta y durante unos segundos, solo unos pocos, pensó si no sería mejor aceptar el inesperado cabo que le tendía el destino. Siempre podía volver a comenzar.

Descartó la idea, aunque decidió no desprenderse de aquel trozo de cartón.

Solo por si acaso.

Hyde Park estaba espléndido esa tarde de mayo, con los árboles en flor y distintas tonalidades de verde superponiéndose unas a otras. El bullicio de la ciudad se esfumaba tras atravesar el Arco de Wellington e internarse en el corazón del parque, donde el trino de los pájaros y el susurro del viento se entremezclaban con los ruidos que producían los carruajes y los caballos al desplazarse por los caminos. Cientos de voces y risas competían por obtener su espacio en aquella cacofonía que mezclaba lo mundano con lo divino.

Dejarse ver por allí durante la tarde era uno de los pasatiempos favoritos de la élite londinense y, aquella en concreto, Harold Barton acompañaba a su hermana en uno de esos paseos. Con ella colgada del brazo recorrían un sendero que discurría junto a un nutrido conjunto de olmos, bajo el cual se arracimaban pequeños grupos de personas que disfrutaban de un pícnic a la sombra o de un rato de solaz.

Aunque el parque lucía glorioso, Harold debía darle la razón a su amigo Jake cuando aseguraba que las notas de viveza que le conferirían unos cuantos parterres de flores mejorarían mucho el conjunto. Por desgracia, no todo el mundo compartía su opinión y los escasos puntos de color que tachonaban el verde de la hierba no eran más que manifestaciones espontáneas de una naturaleza caprichosa.

—¿Qué opinas de Wingham? —le preguntó Harmony.

Harold siguió el curso de su mirada y vio al marqués a unos metros del camino, charlando de forma amigable con un reducido grupo de jóvenes de ambos sexos.

—No sabía que te interesara de forma especial.

—Oh, no más que otros —contestó su hermana—. Pero al menos es apuesto, y de una edad similar a la mía. —Hizo una pausa al tiempo que miraba a Harold de reojo—. Sé que es inalcanzable para alguien como yo, pero quizá si lo intento con la suficiente energía...

—Harmony...

—Mejor eso que acabar atada a un hombre que podría ser como papá, ¿no crees?

La sola idea de que su dulce hermana pudiera terminar casada con alguien de la edad de su padre le revolvió el estómago.

—Si tengo que contraer matrimonio con alguien de considerable fortuna —continuó ella—, al menos espero que me resulte agradable a la vista.

—Ya sabes que el asunto de la mina parece prosperar al fin.

—Pero aún falta mucho para que ese proyecto proporcione beneficios, o eso dice padre. Así que mi deber mientras tanto es encontrar a alguien lo bastante rico.

Harold detuvo sus pasos y volvió la cabeza hacia ella. Harmony lo miró con aquellos grandes ojos azules. Su cutis, de una suavidad exquisita, brilló un instante bajo el sol de la tarde antes de que recolocara la sombrilla para ocultarlo a los perniciosos rayos. Que alguien tan puro como ella pudiera acabar en Dios sabía qué manos se le antojó un despropósito. Y un cruel acto de egoísmo por su parte.

—No deberías ser tú quien se sacrificara por la familia —le dijo él al fin en tono suave—. Esa, en realidad, es mi responsabilidad.

—Pero madre dice...

—Olvídate de lo que dice madre. —Le palmeó la mano que descansaba en su antebrazo y reanudaron el paseo—. Yo me ocuparé de ella, y de padre también si es necesario. Me gustaría que encontraras a alguien que te amara, Harmony, que supiera ver en ti el tipo de persona que eres, aunque su fortuna fuese escasa. Te mereces a un hombre que pueda estar a tu altura, aunque en este momento no se me ocurre quién podría reunir el cúmulo de virtudes que yo esperaría de él —añadió, jovial.

—Harold, vas a hacerme llorar —musitó, con la cabeza gacha—. Y estamos en público.

Él rio y le apretó la mano con afecto.

—Solo quiero que seas feliz —le dijo.

—¿Y tú? —inquirió ella, alzando sus ojos brillantes.

—Ya lo fui en una ocasión. —No pudo evitar un deje de nostalgia en la voz—. Sería en verdad extraordinario si lograse alcanzar la dicha por segunda vez, aunque me conformaré con alguien a quien pueda respetar y apreciar en su justa medida.

Ese era, pensó Harold, el tipo de matrimonio que tenían sus padres y, de hecho, la mayor parte de las personas a las que conocía. Y parecía funcionar bastante bien. Quizá, con algo de suerte, encontraría a una esposa poseedora de una generosa dote con la que pudiera disfrutar de una convivencia armoniosa. Había sido injusto por su parte pretender que su hermana menor solventara los problemas financieros de los Barton. Él era el primogénito y, si su dolor no lo hubiera mantenido cegado durante años, habría llegado a esa conclusión mucho antes.

—Todo irá bien, Harmony —le aseguró al fin.

—Tal vez podrías casarte con alguien como la señorita Whitaker, una de esas americanas millonarias —propuso.

—Hummm, le preguntaré si tiene alguna amiga que pueda presentarme —bromeó.

—¡Estoy hablando en serio! —lo riñó, con un mohín.

—Tal vez yo también —contestó él, de forma enigmática.

De hecho, era una posibilidad que no descartaba. Era bien sabido que muchas jóvenes al otro lado del océano, herederas de ingentes fortunas, ansiaban emparentar con nobles británicos para darle más lustre a sus apellidos. Quién sabía si en el futuro alguna de ellas no se cruzaría en su camino, porque Temperance Whitaker era terreno prohibido. Alexander le arrancaría la piel a tiras si osaba siquiera acercarse a ella con ese propósito. Y tampoco existía mujer en el mundo ni fortuna lo bastante cuantiosa como para arriesgar la amistad que los unía.

50

Morgan Haggard, conde de Easton, no acostumbraba a frecuentar el White's con excesiva frecuencia. Una vez a la semana, quizá, tal vez incluso dos si necesitaba confraternizar con sus iguales por algún asunto del Parlamento. Prefería, de largo, compartir las veladas con su esposa Edora y sus hijos. Había tardado mucho tiempo en conseguir el amor de esa mujer y no estaba por la labor de desperdiciar una sola noche lejos de ella.

Ya llevaba un par de horas en el club y había mantenido varias charlas productivas que, en su fuero interno, justificaban su presencia allí. Estaba valorando si regresar ya a su hogar cuando el barón Oakford se aproximó hasta él y le pidió unos minutos. Haggard accedió, un tanto confuso. Gordon Cleyburne no le gustaba, y sabía que la antipatía era mutua, así que no lograba imaginarse qué motivo podía haberlo conducido a su presencia.

El barón se acomodó en la butaca situada en diagonal a la suya, cuyos reposabrazos casi se rozaban. En la mesita auxiliar que se encontraba en medio puso la copa de brandi que le había traído uno de los camareros. Preguntó de forma cordial por la familia de Morgan, como si de verdad le importara, y este contestó lacónicamente mientras aguardaba a que planteara el asunto que de verdad lo había llevado allí.

—Me gustaría proponerle un negocio, Haggard —entró al fin en materia.

—¿Qué tipo de negocio? —preguntó él, con el ceño fruncido.

Todo el mundo estaba al corriente de que Cleyburne no estaba atravesando precisamente por un buen momento y, aunque no conocía el alcance de lo que apuntaban los rumores, intuía que no iban muy desencaminados.

—Hace unos meses —continuó el barón— ambos estuvimos postulando por una plantación de cacao en Venezuela, no sé si lo recuerda.

—Por supuesto —respondió, un tanto incómodo.

—¿Continúa interesado en ella? He estado pensando que quizá me convendría centrar mis esfuerzos en algo más próximo, no sé si me entiende. —Lo miró con fijeza durante unos segundos—. Se la vendería por el mismo precio por el que usted pujó por ella. Ya ve que no ganaría nada con todo esto.

Morgan apretó los dientes y su mirada se endureció.

—Imagino que esto no es más que un burdo intento de timarme —repuso, con voz grave—. Soy consciente de que no nos profesamos ningún aprecio, pero nunca creí que fuese usted a llegar tan lejos.

—¿Qué? No comprendo...

—Sabe tan bien como yo que esa propiedad no vale nada.

Morgan Haggard se levantó de la butaca, con el rostro demudado en una mueca de desprecio y abandonó el club de forma precipitada. ¿Pero quién se había creído aquel individuo que era?

A Cleyburne le llevó algo más de tiempo reunir las fuerzas necesarias para levantarse también de la butaca. Las palabras del conde de Easton le habían dejado un sabor amargo, tan amargo que, pese a las horas que eran, se dirigió de inmediato al banco y entró por la puertecilla lateral que servía de acceso a los empleados.

Las sombras fueron retrocediendo a medida que cruzaba los pasillos con la lámpara de aceite en la mano. En su despacho, se acercó sin perder tiempo a la bandeja de la correspondencia. Había estado tan ocupado que se le habían ido acumulando las cartas. Alterado como se encontraba, se le cayeron varias al suelo y tuvo que agacharse a recogerlas. Pasó los sobres uno tras otro hasta que dio con el que buscaba y, con el pulso tembloroso, rasgó el papel. Extrajo un par de cuartillas escritas con letra apretada. Las firmaba Stuart Polk, el hombre al que había enviado a Venezuela para que se hiciera cargo de la plantación de cacao. Leyó la misiva por encima, suficiente para que lo asaltara un mareo que lo obligó a tomar asiento. Con más calma volvió a examinarla desde el principio, por si su primera impresión estaba equivocada.

Polk le informaba de que las tierras que había adquirido no eran más que varias hectáreas pantanosas sin ningún tipo de valor y, desde luego, sin un solo árbol de cacao en docenas de kilómetros a la redonda. Además, solicitaba instrucciones sobre lo que debía hacer a continuación.

Cleyburne hundió los hombros y se dejó caer contra el respaldo de la silla. Permaneció un tiempo así, con las manos sobre la cabeza, tratando de asimilar todo aquello. Con razón Morgan Haggard se había mostrado tan ofendido. Sin embargo, ¿cómo había sabido el conde de Easton que aquella propiedad no era la plantación de cacao que suponía? O bien él estaba detrás de todo aquel turbio asunto o alguien le había informado al respecto. Ambas opciones eran realmente preocupantes. El conde poseía los medios suficientes para orquestar todo aquel maquiavélico plan, porque a esas alturas ya resultaba evidente que alguien se la estaba jugando, y desde hacía tiempo, además. Pero no veía al honorable Morgan Haggard embarcándose en una aventura de esas características.

En ese momento, sin embargo, el culpable de su debacle pasó a un segundo plano; había otro asunto que revestía mayor gravedad: con una propiedad en las manos que no valía ni el papel en el que estaba registrada, ¿de dónde iba a sacar el dinero necesario para salir del apuro en el que se encontraba?

Fuera llovía de forma queda, como si el mal tiempo no quisiera hacer ruido y oscurecer aún más el ya de por sí ánimo sombrío de Temperance. Con las piernas recogidas bajo la falda, se hallaba sentada en el sillón de su dormitorio, que había girado para poder contemplar la lluvia al otro lado de la ventana. Arrebujada en un chal observaba las gotas que se deslizaban por el cristal y formaban regueros serpenteantes que se unían unos a otros hasta morir en el borde exterior del marco de madera.

La temperatura había descendido varios grados y pensó si no debería pedirle a Seline que se encargara de que encendieran la chimenea. Solo que la idea de tener que ocuparse de algo tan nimio le dio pereza, y prefirió quedarse allí, hecha un ovillo.

Su plan para vengarse de Gordon Cleyburne tocaba a su fin. A esas alturas, intuía que habría tratado de vender la plantación de cacao de Venezuela, que no era más que otro ardid orquestado por ella, un ardid que había estado a punto de torcerse desde el inicio. Cuando Morgan Haggard, el conde Easton, mostró también interés en adquirirla, Temperance impartió instrucciones precisas para que ese terreno acabara solo en manos de Cleyburne. Si Haggard hubiera igualado o superado su oferta, las órdenes eran desaparecer sin dejar rastro, abortando así la operación. Unas semanas atrás, en previsión de que el barón tratara de vendérsela, había hecho llegar al conde una carta en la que lo ponía al corriente del verdadero estado de la propiedad. Y Ashland tenía oídos en todas partes por si intentaba endosársela a un tercero. Poco más le quedaba ya por hacer, y su tiempo en Inglaterra avanzaba hacia su inexorable final. En unas semanas subiría a un barco que la llevaría de vuelta al hogar, con Claudia Jane, al mundo que se había construido en los últimos años y en el que había aprendido a sentirse cómoda.

Sin embargo, por insólito que le pudiera parecer, no había añorado en absoluto a nadie de esa vida, excepto precisamente a su madre adoptiva. Ni sus amistades más cercanas habían ocupado su pensamiento más allá de algunos momentos concretos. En cambio, imaginarse su existencia de nuevo sin Gwen le resultaba en extremo doloroso. ¿Y qué decir de lord Algernon? Ese hombre se había convertido en el abuelo que nunca tuvo. Y Harmony... Su prima era una joven notable, de buen corazón, con la que apenas había tenido tiempo de intimar más allá de sus propios intereses.

Y luego estaba Alexander Lockhart. Temperance era lo bastante inteligente para reconocer cuándo algo se le había ido de las manos. Lo que había comenzado como un simple entretenimiento, como un divertimento para despejar la mente de los asuntos que la habían conducido hasta allí, había terminado derivando en algo mucho más profundo, en algo que se resistía a nombrar y que le provocaba un dolor lacerante en el pecho. ¿Cómo iba a decirle adiós al hombre que llevaba grabado en la piel? ¿Al hombre cuya cama había abandonado hacía apenas unas horas? Y, por otro lado, ¿cómo retenerlo a su lado sin contarle quién era ella y el motivo que la había llevado a Inglaterra?

No, se dijo, lo mejor era continuar con su plan. Terminar lo que había empezado y regresar a su casa. Superaría el dolor, como había hecho antes, cuando era más joven y más débil. Si había logrado sobrevivir a algo tan terrible como aquello, también sobreviviría a lo que estaba por venir.

Tenía pensado convencer a Alexander para pasar unos días en su propiedad de Kent, donde ella aún tenía algunos asuntos que resolver, los últimos flecos del plan que llevaba años pergeñando. Estarían los dos solos y disfrutarían el uno del otro hasta que su tiempo juntos se consumiera en los relojes.

Luego ya se encargaría ella de recomponer los pedazos rotos de su alma.

Ernestine estaba deseando que aquella maldita temporada finalizase. El mes de junio ya había comenzado y pronto muchos se marcharían a sus propiedades en el campo. Confiaba en que durante los meses estivales se olvidaran de los escándalos que no habían dejado de salpicarlos y que, en otoño, cuando su padre hubiera arreglado sus asuntos, ella pudiera regresar a los salones. Ya no en compañía de Mathilda y Hester, por descontado. Aquellas arpías le habían dado totalmente la espalda, y ya ni se molestaban en contestar a sus notas.

Oh, pero ella había obrado en consecuencia y había escrito unas cuantas misivas tan anónimas como esclarecedoras a determinadas personas. Como al joven en el que Hester estaba interesada, haciéndole partícipe de su escasa dote. Y al hombre con el que los padres de Mathilda pretendían comprometerla, poniéndolo al tanto de que su futura prometida no era tan pura como aparentaba.

En los años que hacía que las tres se conocían habían compartido infinidad de confidencias, al menos lo habían hecho las otras dos. Ernestine, por el contrario, siempre se había mostrado más reservada, como su padre le había enseñado a hacer. «Cualquier información que salga de tu boca —le había dicho siempre— será una información que más adelante alguien pueda usar contra ti». La prueba evidente de sus palabras eran precisamente esas maliciosas cartas que había enviado. Si Mathilda y Hester no hubieran confiado en ella como lo habían hecho, no habría dispuesto de herramientas para hacerles pagar su deslealtad. La culpa, se convenció, era solo de ellas.

Por desgracia, ese pequeño acto de venganza no lograba compensar los días largos y tediosos ni la sensación de que todo el mundo la observaba sin tapujos las pocas veces que su padre y ella habían acudido a algún acto social en las dos últimas semanas. Apenas llegaban ya invitaciones para fiestas o bailes, así que las oportunidades cada vez eran más escasas. Hasta Daphne, su doncella, se había despedido dos días atrás, alegando que su hermana enferma la reclamaba en el norte, dondequiera que estuviera su hogar. Ernestine ni siquiera había prestado atención cuando se lo había mencionado. Ahora utilizaba a una de las criadas en su lugar, aunque se mostraba un tanto torpe e insegura y ya había quemado con la plancha los bajos de uno de sus vestidos.

Aquello no podía durar mucho tiempo, se decía cada mañana. Gordon Cleyburne era un hombre poderoso, un barón de Inglaterra, miembro del Parlamento y dueño de un banco, entre otras cosas. Alguien que había llegado tan alto, no podía caer tan rápido.

Mientras tanto, ella se prepararía para su gloriosa reaparición en sociedad.

Gordon Cleyburne, en ese momento sentado en su despacho, no compartía la opinión de su hija. Uno podía caer tan rápido como había ascendido, incluso más, y las últimas evidencias las tenía entre las manos.

Durante años había ido acumulando infinidad de pruebas incriminatorias contra diversas personas, muchas de ellas de la alta sociedad: hijos ilegítimos, infidelidades, adicciones reprobables, deudas de juego, fraudes... Toda esa información había sido volcada con esmero en un cuaderno de tapas negras que ocultaba en su caja fuerte, junto a las pruebas recogidas en ese tiempo, algunas bien caras de obtener. Con ellas había chantajeado a políticos, nobles, empresarios e incluso plebeyos, y nunca se había sentido avergonzado por utilizar unos métodos tan execrables. En la guerra, se decía con frecuencia, todo vale. Y la vida era, para él, una especie de batalla interminable en la que lo único que contaba era alzarse con la victoria.

Tras el fiasco con Haggard y el descubrimiento del nuevo fraude con la plantación, se había puesto en contacto con sus abogados para tratar de localizar al hombre que se la había vendido, aunque albergaba pocas esperanzas. Desde que todo aquello había comenzado, ni letrados ni detectives habían conseguido más que vagos indicios acerca de las personas involucradas en su ruina. Los detenidos tras el asunto de Foster hacía tiempo que habían sido puestos en libertad ante la falta de evidencias incriminatorias, y nadie era capaz de encontrar un hilo del que tirar. Aquello le resultaba tan frustrante que debía realizar verdaderos esfuerzos para no caer en la desesperación.

Así que esa mañana se encerró en su despacho bajo llave y

abrió el armario de seguridad con cerradura Fichet. Allí había guardado en otro tiempo una importante cantidad de efectivo, que entonces ya se había evaporado. Cogió la caja de madera con toda la documentación acumulada durante años, la colocó sobre la mesa y la abrió. Necesitaba repasar algunas de sus anotaciones para averiguar a qué puertas podía llamar en ese momento de apuro. Había muchas que todavía no había usado, porque siempre eran asuntos delicados que requerían de una buena preparación, pero ahora había llegado el momento. De algunos podría obtener favores, de los demás una buena cantidad de libras por continuar manteniendo a salvo sus secretos, libras con las que confiaba salir del atolladero.

Extrajo el cuaderno, que descansaba sobre una buena pila de sobres, documentos y objetos bien envueltos y resguardados, y lo abrió por la primera página. Frunció el ceño. ¿Estaba en blanco? Miró la segunda, la tercera, la cuarta… todo el cuaderno estaba vacío. Le dio la vuelta entre las manos. Parecía ser el mismo, si acaso un poco más nuevo, pero idéntico. Era… imposible.

Tomó luego las primeras cartas y, al abrirlas, descubrió que las cuartillas que contenían tampoco tenían nada escrito. Presa de la excitación, comprobó todos y cada uno de aquellos supuestos documentos. ¿Estaba tan nervioso y ofuscado que la vista le estaba jugando una mala pasada? Hasta el papel tenía aspecto de usado y viejo en algunos casos, pero descartó la idea cuando desenvolvió los objetos que había conservado con tanto esmero y comprobó que no eran más que un puñado de fruslerías sin ningún valor.

La única baza que le quedaba por jugar se había convertido en un puñado de arena entre sus dedos. La angustia le trepó por el pecho como una mala hierba y tuvo que aflojarse el corbatín para poder respirar con normalidad.

Alguien había estado en su despacho. Peor aún, habían localizado la caja fuerte, conseguido abrirla y sustituido todos aquellos papeles por otros que no contenían absolutamente nada, y todo sin que nadie, ni siquiera él mismo, se apercibiera.

Con gesto derrotado se cubrió el rostro con las manos, tratando de ahogar un grito de desesperación. Durante varios minutos fue incapaz de reaccionar y casi creyó escuchar el ruido de su mundo al resquebrajarse por completo.

Luego, mucho rato después, abrió el cajón de su escritorio y sacó la tarjeta que le había entregado Lionel Ashland días atrás.

En ese momento no le quedaba otra opción.

Muy lejos de allí, en una tranquila calle del barrio de Paddington, Suzanne Farrell, falsificadora, ladrona y especialista en la apertura de cerraduras Fichet, abandonaba un elegante edificio con paso seguro. Sostenía bien pegado al costado un bolso de tamaño medio en cuyo interior había ocultado el pago recibido por su trabajo: un abultado sobre que contenía varios miles de libras.

Tomó un carruaje de alquiler y se dirigió al puerto, donde en unas horas zarpaba un barco con destino a su Irlanda natal. Allí la esperaban ya su marido Jimmy y su hijo de tres años, Samuel. Aquel había sido su último golpe. Con el dinero obtenido, tenía pensado abrir una mercería, donde atendería a las damas más adineradas. La formación previa que había recibido para realizar su último encargo, más la experiencia adquirida durante su desempeño, le resultarían extremadamente útiles en su nuevo empleo. Pensaba dejar atrás una vida dedicada a la delincuencia. Ya había cumplido una edad y solo deseaba llevar una existencia tranquila y dedicada a su familia, sin el miedo constante a ser descubierta y detenida.

Una vez en Irlanda, Jimmy y ella comprarían una casita y luego él buscaría trabajo como carpintero, que era su oficio, y ella abriría su local. El futuro, por primera vez desde que tenía uso de razón, se le presentaba lleno de posibilidades.

Suzanne Farrell se bajó del carruaje en su lugar de destino y enfiló el camino hacia su nueva vida, dejando atrás el papel que había representado como doncella de la hija de un conocido noble de la ciudad.

Y lo hizo sin mirar atrás.

Alexander había llegado a la propiedad de su familia en Kent la tarde anterior. La casa disponía de personal suficiente como para mantenerla en perfectas condiciones en todo momento, pero quiso asegurarse. Había avisado un par de días antes de que pasaría unos días allí con una invitada, sin proporcionar más detalles adicionales. Era evidente que los criados no eran estúpidos y que no tardarían en averiguar qué tipo de relación mantenían Temperance y él, pero confiaba en su discreción. Todos lo conocían desde que era un niño y, aunque se le antojaba una situación un tanto arriesgada para la reputación de la dama en cuestión, había sido ella quien había insistido en aquel encuentro.

Temperance también le había comunicado que su regreso a Nueva York era casi inminente, y eso le había resultado mucho más difícil de aceptar. Alexander había sabido desde el inicio que aquello no era más que una aventura, solo que en algún momento indeterminado había dejado que su corazón se involucrara. Un descuido por su parte, era evidente.

Quiso alejar aquellos pensamientos de su cabeza y centrarse en los días que iban a disfrutar el uno del otro, sin prisas, sin ocultarse. Pensaba aprovecharlos al máximo y atesorarlos para el futuro, cuando los separara un océano y sus vidas regresaran a lo que habían sido antes de aquel interludio. Si es que eso era posible. Si es que era aceptable.

El carruaje enfiló el camino de acceso a la propiedad a primera hora de la tarde y Alexander, que había estado pendiente de su llegada, salió a recibirla. Moses, con su nariz torcida y el gesto hosco, bajó del pescante y abrió la portezuela. Primero apareció la doncella, con su piel oscura destacando por encima del cuello de su vestido de color crema, y luego bajó Temperance. Sus miradas se cruzaron un instante y, tras el latigazo inicial que lo recorrió de arriba abajo, se acercó hasta ella.

—Bienvenida a Woodbury House —le dijo, al tiempo que inclinaba la cabeza y la tomaba de la mano.

Ella alzó la vista y contempló durante unos segundos la imponente mansión de piedra y el pórtico columnado que daba acceso a la casa, donde aguardaban el mayordomo y dos de los lacayos, que enseguida bajaron prestos a hacerse cargo del equipaje.

—Es... maravillosa —reconoció ella, aún con la vista fija en los muros y los ventanales de medio punto que jalonaban la fachada.

—Me alegra que te guste —repuso él—. Puedo mostrártela si quieres.

—Me encantaría.

Le presentó al mayordomo, que también le dio la bienvenida, y entraron en el recibidor de mármol, que contempló con el mismo arrobo.

—Tu madre es una mujer de un gusto exquisito —le dijo Temperance.

—Lo sé, y yo soy la prueba más evidente —bromeó.

Ella rio y él sintió unas ganas irrefrenables de besarla.

—Creo que empezaremos por la biblioteca —anunció, al tiempo que la arrastraba con delicadeza.

—¿Ahora? —Pareció un tanto confusa.

—Me temo que no puedo esperar.

La condujo hacia el fondo de la casa sin echar mientes a los criados, que se habían quedado inmóviles en el vestíbulo, cruzando miradas incómodas. Él solo tenía una cosa en mente, y se puso a ella en cuanto se hallaron en la penumbra de la biblioteca. Sin preámbulos de ningún tipo, la pegó a su cuerpo y la besó como si no fuera a volver a hacerlo jamás.

—¡Cómo te he echado de menos! —logró musitar entre beso y beso.

—También yo —balbuceó ella, totalmente entregada.

Alexander se juró que iba a hacer todo lo posible para que aquellos días fueran inolvidables. Para ambos.

51

A Conrad Barton le estaba costando un gran esfuerzo seguir las explicaciones de Peter Shaw. El ingeniero lo había citado en Barton Manor esa mañana alegando un asunto de suma importancia y él había acudido con presteza. Por eso no entendía que ese mismo hombre se encontrara frente a la mesa de su despacho, con tres mil libras pulcramente apiladas entre ambos.

—Entonces —le dijo Conrad—, está tratando de decirme que no hay carbón en mis tierras.

—Exacto —contestó el ingeniero.

—¿Cómo puede estar seguro? —insistió—. Ese dinero era precisamente para comprobarlo, según me comentó hace unas semanas.

—No ha sido necesario, milord.

—¿Y cómo ha llegado a esa conclusión?

—La veta que creía haber encontrado en realidad no era tal.

—Pero podría hallarse en otro lugar, ¿no? —preguntó, negándose todavía a abandonar la esperanza.

—Es poco probable. Me temo que el terreno, después de todo, no reúne las condiciones que cabría esperar si albergara un yacimiento.

Conrad lo miró con asombro.

—O sea, que durante meses ha estado cavando agujeros por toda la propiedad sin ninguna necesidad, ¿es eso lo que está tratando de decirme?

—Lo que trato de decirle es que existía alguna posibilidad, que al final he descartado.

—Quizá solicite una segunda opinión —aventuró un tanto airado—. No es usted el único ingeniero de minas de Inglaterra.

—Ciertamente, milord, aunque yo no lo haría —le aseguró—. Sería un gasto inútil y le confirmaría lo que le dicho yo.

Conrad se recostó contra el respaldo de la butaca, con la mirada perdida.

—Lo siento mucho, vizconde. —Peter Shaw parecía sinceramente afectado.

—Está bien. —Su voz apenas fue un murmullo, hundido como estaba en el sillón—. De todos modos, le agradezco todo el trabajo que ha llevado a cabo aquí. Si queda alguna cuenta pendiente...

—Ya me ha pagado con generosidad durante estos meses —se apresuró a decir el ingeniero.

Conrad asintió y se levantó trabajosamente para despedir al hombre que se llevaba con él la última posibilidad de mejorar el porvenir de su familia.

El carruaje de Temperance se detuvo en el camino de acceso que conducía a Barton Manor, lejos aún de la mansión, pero ella no se bajó. Aguardó en el interior durante unos minutos y solo abrió la portezuela cuando vio acercarse a un jinete procedente de la casa. El caballo se detuvo a pocos pasos.

—Señor Shaw... —lo saludó.

—Señorita Whitaker...

—¿Todo ha ido según lo acordado?

—Todo según sus últimas instrucciones.

—Bien.

—Me alegra que haya decidido no seguir adelante con su plan. —La miró desde su montura—. Los Barton son buenas personas.

—Ya... —Temperance prefirió no contradecirle—. El señor Ashland lo espera en Londres con sus honorarios.

—Perfecto.

—¿Qué tiene pensado hacer ahora? —se interesó.

—Creo que voy a viajar a Alemania, a Rammelsberg. Allí hay mucho trabajo para un hombre como yo.

—¿Qué hay en Rammelsberg?

—Minas, muchas —contestó, risueño.

—Pero usted…

—No soy ingeniero, cierto, pero soy la tercera generación de mineros en mi familia —replicó—. Seguro que sabrán apreciar mis aptitudes.

—No lo dudo —repuso ella, amable—. En fin, gracias por todo.

—A su servicio. —Shaw inclinó la cabeza a modo de saludo y espoleó la montura.

Temperance se quedó allí, contemplándolo alejarse por el camino. Al final, después de todo, había optado por abandonar la parte del plan que concernía a su familia. No es que sus tíos no se lo merecieran, pero la posibilidad de perjudicar tanto a Harmony como a sus hermanos había pesado más que todo el resto. Tras su última visita a la propiedad y la conversación que habían mantenido en el salón, algo había cambiado en ella, algo sustancial y trascendente. De seguir adelante, los Barton habrían acabado en la ruina con aquella mina inexistente, primero echando mano de todos sus recursos y luego solicitando un empréstito que más tarde no habrían podido devolver. El recuerdo de su prima, mecida entre sus brazos aquella noche aciaga, no había cesado de atormentarla y había acabado por preguntarse si de verdad estaba dispuesta a herirla hasta ese punto.

Ella, que siendo niña se había prometido protegerla incluso de sí misma.

Y la respuesta había sido un rotundo no.

Tras la marcha de Peter Shaw, Conrad se había sumido en oscuros pensamientos. Así que para eso lo había hecho venir el ingeniero desde Londres, para comunicarle que la mina no era más que una quimera, una ilusión que acababa de hacerse añicos a sus pies. Aún no había logrado recuperarse de la decepción y de la debacle de todos sus planes cuando el mayordomo le anunció una nueva visita, una totalmente inesperada que no vio manera de eludir.

—Señorita Whitaker. —Se levantó a recibirla.

—Lord Bainbridge...

—Me temo que Harmony no se encuentra aquí.

—Lo sé —contestó ella—. En realidad, he venido a verlo a usted.

—¿A mí?

Conrad le ofreció tomar asiento y él lo hizo también al tiempo que la miraba, intrigado. No se le ocurría qué asunto podría querer tratar con él aquella mujer.

—Usted dirá —dijo al fin, viendo que ella se mostraba reacia a comenzar.

—He venido a entregarle... algo.

Abrió un bolso de mano de tamaño medio y extrajo algunos documentos, que él tomó con recelo. Los colocó sobre la mesa y fue separándolos y examinándolos a medida que su rostro empalidecía.

—Pero... Pero esto es... —balbuceó.

—Son las escrituras de parte de sus tierras —contestó ella por él—, así como las que pertenecieron a Jonathan Barton, que incluyen la mina de estaño.

—¿Cómo ha conseguido usted esto? —inquirió, presa de un mal presentimiento.

—Exactamente donde usted supone —afirmó ella, con tono firme.

—¿Cleyburne ha accedido a entregarle estos papeles?

—Y también las cartas.

—¿Qué... cartas? —preguntó, con el corazón encogido.

—Sabe bien a cuáles me refiero.

El vizconde Bainbridge sintió cómo su cuerpo se envaraba.

—¿Quién es usted y qué es lo que pretende? —preguntó, atorado. Luego señaló los documentos—. Puede usted quedarse con todo esto, pero le suplico que no haga públicas esas misivas. Mis hijos, mi hija...

—No tengo intención de hacer tal cosa.

—Bien... —Se arrellanó en el asiento con un suspiro de alivio—. Yo... no dispongo de mucho dinero, pero haré cuanto esté en mi mano para...

Conrad Barton no podía creerse que, tantos años después, volviera a encontrarse exactamente en la misma situación con aquellas cartas, ahora en manos de esa misteriosa americana.

—Tampoco pretendo hacerle chantaje con ellas —le aclaró la mujer, con el rostro pétreo.

—¿Entonces...?

—Pienso quedármelas. —Clavó en él aquellos ojos azul profundo—. A fin de cuentas, me pertenecen.

—¿Cómo... dice? —Abrió los ojos con desmesura.

La señorita Whitaker hizo una pausa, sin dejar de observarlo.

—Soy Grace, tío Conrad.

El vizconde apoyó las manos sobre la mesa, como si tratara de cerciorarse de que aquello era real, por muy insólito que pudiera parecerle.

—Grace Barton —insistió la mujer.

—¡Está usted loca! —exclamó al fin, a punto de perder el control—. Mi sobrina murió hace muchos años y considero una broma de muy mal gusto que utilice usted su nombre de forma tan irrespetuosa, y a saber con qué fines.

—No miento —aseguró ella, convertida en un témpano de hielo—, y creo que, en el fondo, usted también lo sabe. Lo sospechó el primer día que nos vimos, en la fiesta de los Swainboro, y creyó que ya nos conocíamos.

—No, no... es imposible. —Se llevó los dedos a las sienes—. Grace murió. Mi hermano...

—Jonathan, mi padre, murió, eso es cierto. —La voz se le quebró por primera vez—. Menos de un año después de que me reuniera con él en Nueva York.

—Usted no puede saber eso. —Conrad no daba crédito—. A menos que...

Volvió a mirarla, esta vez con suma atención. Se fijó en su boca bien delineada, sus cejas finas, sus pómulos altos y aquellos ojos azules que no perdían detalle de su escrutinio. Y cuando finalmente se centró en su cabello castaño ella se llevó una mano a la cabeza y estiró uno de los mechones.

—Es solo una peluca —le informó.

—¿Grace? ¿De verdad...? —Tragó saliva con dificultad—. ¿De verdad eres tú?

La mujer asintió, seria, y él experimentó tal cúmulo de sensaciones en su interior que ni siquiera supo cómo gestionarlas. Alegría, miedo, incertidumbre, sorpresa, dolor... ¿Cómo era aquello posible? ¿Cómo podía ser que el destino le brindase una nueva oportunidad?

En ese momento solo quería levantarse y abrazar a aquella desconocida que, de repente, lo era un poco menos. Sin embargo, el gesto austero de ella lo mantuvo pegado a su asiento.

—Solo he venido a devolverle las tierras que Cleyburne les arrebató a usted y a mi padre.

—¿Qué?

—Mi abogado lo visitará para formalizar los trámites. Sin embargo, me quedo con Warford Hall. El barón la ha descuidado hasta casi la ruina, pero me encargaré de que recupere su antiguo esplendor. —Hizo una pausa y se aclaró la garganta—. A partir de ahora ya no tiene que preocuparse por Gordon Cleyburne.

—¿Por eso has vuelto? —le preguntó, con un hilo de voz.

—He venido en busca de justicia, y ya la he conseguido, o estoy a punto de hacerlo.

—Entonces, todo lo que le ha sucedido al barón en estos últimos meses...

—He dispuesto de mucho tiempo para preparar mi venganza —aclaró ella, con los labios firmemente apretados.

Conrad volvió a contemplarla, ahora impresionado. En esa hermosa y sofisticada mujer ya apenas quedaban vestigios de aquella niña escuálida, huidiza y traviesa, y ni siquiera era capaz de imaginar lo que debía haber padecido desde que todo aquello comenzó. ¿Cómo había logrado fingir su muerte?

¿Dónde había vivido desde entonces? ¿Se habían ocupado bien de ella? ¿Por qué no les había escrito para decirles que continuaba con vida? ¿Y por qué se había presentado ante ellos bajo una identidad falsa? ¿Y con qué propósito?

Su estado de ofuscación y sorpresa, sin embargo, le impidió formular aquellas preguntas, y se limitó a quedarse inmóvil, como si todas las palabras hubieran huido por algún resquicio de su piel. Ella, para su vergüenza, había logrado lo que ninguno de ellos había sido capaz de hacer en todos los años que hacía que Cleyburne los tenía sometidos. Estaba convencido de que su hermano Jonathan, estuviese donde estuviese, no podía sentirse más orgulloso. Sintió que una bola de emociones le ascendía rauda por la garganta.

—Esta visita no es una reconciliación —añadió ella, en tono duro—. No puedo perdonar el modo en que usted y tía Blanche trataron a mi padre, ni puedo olvidar tampoco lo que me hicieron a mí, pero no les deseo ningún mal.

—Grace...

—Ahora soy Temperance —aclaró, con cierta tristeza—. Hace muchos años que soy Temperance Whitaker, y así seguirá siendo.

—Pero tus primos querrán saberlo, y tu tía...

—No —lo cortó—. Nadie excepto usted estará al corriente de mi verdadera identidad.

—Somos tu familia.

—Ya tengo una familia, que me espera en Nueva York.

La mujer se levantó y se dirigió con paso resuelto hasta la puerta. Una vez allí, se dio la vuelta y lo miró por última vez.

—Adiós, tío Conrad.

El vizconde, que había sido incapaz de moverse, escuchó la puerta cerrarse y luego percibió el silencio volviendo a asentarse sobre todas las superficies. Soltó la respiración que había estado conteniendo y solo entonces dejó escapar un sollozo.

El primero de muchos.

Temperance se obligó a tragar saliva en varias ocasiones. Aquello había sido lo más duro que había tenido que hacer en años. Ver el rostro demudado de su tío al revelarle su identidad había supuesto un duro golpe. Casi pudo leer en su semblante las ganas de saber de ella, de tocarla, e incluso de abrazarla, pero ella se había mantenido firme. Que hubiera decidido no perjudicarles no implicaba que los hubiera perdonado, como bien le había hecho saber.

No obstante, sentía un nudo en el pecho que le impedía respirar y, una vez en el exterior, le pidió unos minutos a Moses. Si se encerraba en el carruaje, moriría asfixiada, estaba convencida.

Con paso firme y aspirando a grandes bocanadas dio una vuelta a la casa, solo para lograr un poco de sosiego. Al doblar la esquina vio los establos, el único lugar en Barton Manor en que había encontrado un poco de consuelo tanto tiempo atrás.

Hacia allí encaminó sus pasos, pero no se detuvo y pasó de largo. Despertó la curiosidad de un par de mozos, aunque no se atrevieron a preguntarle a dónde iba. Tras ella, oía el carruaje conducido por Moses, que se mantenía a cierta distancia.

De repente se encontró en un pequeño prado bordeado de abedules, justo detrás del edificio. Un cercado casi pegado a la estructura, que no recordaba haber visto antes, alojaba un puñado de ponis. Se aproximó con cautela y, cuando estuvo más cerca, comprobó que eran de varias edades, una feliz familia a buen seguro. El mayor de todos alzó la testuz y el corazón de Temperance se detuvo. Su pelaje castaño, parecido a la tierra húmeda, estaba brillante y bien cuidado. Con las rodillas convertidas en gelatina se sujetó al cercado con ambas manos, mientras sentía las lágrimas rodar por sus mejillas.

—¿Terronillo? —preguntó a media voz.

El animal clavó en ella sus tiernos ojos, los más dulces que había contemplado jamás. Alzó las orejas y movió los orificios de la nariz, como si estuviera tratando de identificar su olor. Y luego relinchó, excitado, al tiempo que se le acercaba al trote.

—Terronillo —volvió a pronunciar su nombre con la voz rota.

El poni llegó a su altura y ella se abrazó a él por encima del vallado, llorando ya con desconsuelo mientras le acariciaba el suave pelaje y le besaba las mejillas.

Alguien había cuidado de su poni por ella, alguien le había procurado una existencia larga y feliz, y le había dado la oportunidad de crear una familia propia y un lugar especial en el que crecer y vivir. Y ese alguien, a su pesar, no podía ser otro que el hombre al que acababa de visitar.

El animal resopló y le dio suaves golpecitos con el morro, como si también le diera la bienvenida.

Como si durante todos esos años la hubiera echado de menos tanto como ella a él.

52

Gordon Cleyburne sabía que se había convertido en un hombre desesperado en cuanto se bajó del coche de alquiler en aquel barrio de clase media. Vender las tierras y la mina de estaño a aquel abogado —representante además de un francés— le había supuesto un duro golpe, pero tener que desprenderse de la fábrica le iba a provocar una úlcera. Tantos años de trabajo, esfuerzo y dedicación se habían diluido en la nada. Y ni siquiera había sido suficiente. Con el dinero obtenido no logró reponer del todo la cantidad previamente sustraída al banco, aunque le había procurado cierto alivio. Sin embargo, el número de clientes que acudían con la intención de disponer de su dinero para realizar otras inversiones seguía siendo constante y, a ese ritmo, a no mucho tardar acabaría por declararse en quiebra.

Para empeorar las cosas, había logrado averiguar que el asunto de la infracción de las Leyes fabriles de 1833 iba a suponerle, como mínimo, una multa de varios miles de libras, y no tenía ni idea de dónde iba a sacar esa suma.

Por eso se encontraba allí. Solo se le ocurría una persona a la que pudiera recurrir en un caso de apuro de esa magnitud, alguien que, tal vez, podría proporcionarle información sustanciosa que le permitiera obtener algún beneficio a corto plazo.

Le sorprendió encontrar la casa cerrada a cal y canto y, aunque llamó con insistencia, nadie acudió a recibirle. La puerta de la vivienda contigua se abrió de improviso y una mujer de edad media, de mejillas rollizas y con una cofia sobre un puñado de rizos entrecanos, asomó la cabeza.

—¿Sabe dónde encontrar al doctor Peyton-Jones? —preguntó.

—¿Era usted uno de sus pacientes? —Lo miró con los ojos entrecerrados.

—Eh... sí.

—Pues permítame que le diga que ha tenido usted suerte. —La mujer salió del todo—. ¿Sabía usted que ese individuo ni siquiera era médico?

—¿Qué?

—Como le digo —le aseguró—. Hace unos días vinieron las autoridades a detenerlo. Dicen que llevaba años ejerciendo la medicina sin haberse siquiera licenciado. ¿Se lo puede usted creer?

—No, yo no...

Cleyburne tragó saliva con dificultad. Al parecer, alguien había utilizado la información obtenida de su caja fuerte para algo más que para impedir que él la usara en su provecho.

—Su hermana, la pobre, ha tenido que dejar la casa y... —La mujer detuvo su perorata—. Oiga, no tiene usted buen aspecto, ¿sabe? Calle abajo, en el número ciento veintinueve, hay otro médico. Es el que siempre hemos tenido en casa y le aseguro que el doctor Rubenhold es de total confianza. Mi marido sufrió hace unos meses de un dolor en...

—Muchas gracias —la interrumpió—. Ha sido usted muy amable.

Cleyburne bajó los tres peldaños que lo habían llevado a la puerta principal y volvió a subir al carruaje, a cuyo cochero le había pedido que aguardara.

Mientras lo conducía de vuelta a su hogar, donde los criados lo miraban con desconfianza y su hija se negaba a hablarle, trató de pensar a quién más de sus antiguos contactos podía acudir.

Cuando el vehículo se detuvo frente a la puerta de su lujosa mansión, varios minutos más tarde, todavía no se le había ocurrido ningún nombre.

Alexander estaba preocupado. Algo le sucedía a Temperance, a pesar de lo mucho que se empeñaba ella en negarlo. No sabía si tenía que ver con su escapada del día anterior, según le aseguró solo para dar un paseo, o si estaba relacionado con el hecho de que el tiempo juntos se les acababa. Fuera como fuese, su mirada se había cubierto de un velo de tristeza que ni siquiera los momentos de pasión que habían compartido lograban despejar.

Así que esa mañana le propuso dar un paseo a caballo. Sabía lo mucho que le gustaba cabalgar y, aunque se mostró un tanto reacia, acabó aceptando. No deseaba forzarla a hacer nada que la disgustase, pero estaba convencido de que un poco de ejercicio al aire libre le sentaría bien.

—Podrías montar a horcajadas —le planteó, con la intención de que la idea le resultara tentadora.

—Oh, eso sería estupendo. —Su sonrisa por fin iluminó todo su rostro—. Te aseguro que entonces no serás capaz de atraparme.

—Eso ya lo veremos —la retó él, feliz por su cambio de humor.

Mientras los mozos les ensillaban las monturas, la observó admirar el paisaje y contempló su perfil con deleite. Pensó que le resultaría extremadamente sencillo acostumbrarse a tenerla en su vida, en los momentos cotidianos como aquel y en la intimidad de su alcoba, donde amarla se había convertido en la experiencia más fascinante de su existencia. Un mordisco de nostalgia anticipada lo sacudió al imaginarse el futuro sin esa mujer.

La ayudó a montar, luego subió a su caballo y se alejaron al trote. El sol lucía espléndido y apenas corría el viento. Era una mañana perfecta, como si alguien la hubiera pintado a propósito para ellos.

Cuando se encontraron lo bastante lejos, hicieron al fin esa carrera, y él retuvo un poco su montura solo por el placer de escucharla reír al acabar vencedora. Dejaron descansar los caballos mientras retozaban en la hierba y se acercaron hasta el arroyo, donde sumergieron los pies en el agua helada. Alexander comprobó, con infinita satisfacción, que su mirada azul profundo parecía haber regresado al fin, y la besó con inesperada ternura. Tomó su rostro entre las manos, decidido a grabárselo para siempre en la memoria, con el corazón a punto de estallar dentro de su boca.

—Temperance... —susurró.

—No lo digas —suplicó ella, con una lágrima bailando sobre sus pestañas.

Y no lo hizo. Se guardó el «te quiero» que luchaba por escaparse de sus labios y volvió a besarla, diciéndoselo sin palabras.

Una y otra vez.

Temperance sabía lo que Alexander había querido decirle un rato antes, lo que le había dicho sin palabras, las mismas que ella luchaba por mantener a raya sabiendo que eso no haría sino enredar aún más una situación que ya era compleja en exceso.

Además, desde la visita a casa de su tío el día anterior y su encuentro con Terronillo, se encontraba especialmente sensible, como si alguien la hubiera desprendido de golpe de todas las capas con las que había ido envolviéndose durante años y la hubiera dejado totalmente desnuda, desprotegida y vulnerable. Un paso en falso y se quebraría en pedazos.

Llevaban ya un rato avanzando al trote, rodeados de campos y prados, como si el mundo estuviera vacío a excepción de ellos dos. Una suave loma, con algún tipo de edificación sobre su cima, se alzaba ante ellos en la distancia.

—¿Qué es aquello? —le preguntó a Alexander.

—Vaya, no tenía idea de que habíamos llegado tan lejos —respondió él, mirando alrededor—. Estas ya no son mis tierras.

—¿Dónde estamos?

—En la propiedad de los Barton.

Temperance volvió a mirar hacia la loma. No recordaba haberla visto en ninguna ocasión anterior.

—Y aquello es el cementerio de la familia —continuó Alexander.

—¿El… cementerio? —Entrecerró los ojos como si con ello pudiera ver mejor desde la distancia—. ¿Podemos ir?

—¿Quieres visitar un cementerio? —La miró, sorprendido.

—¿Te importa?

—No, claro que no. De hecho, es bastante bonito.

—¿Lo conoces?

—He venido con Harold en alguna ocasión, incluso con Harmony y Justin.

Intuyó que allí estarían enterrados sus abuelos, a los que ella ni siquiera conoció, porque sabía que su madre yacía en otro lugar, en la propiedad que había pertenecido a su ascendencia materna y que ahora poseía un joven vizconde. Pensó que el destino la había conducido allí esa mañana para que pudiera despedirse de ellos antes de regresar a su hogar, y el pensamiento le resultó más alentador que doloroso.

Abandonaron el sendero principal y enfilaron por uno mucho más estrecho, que trepaba en suave pendiente hasta una verja de hierro forjado de bella factura. Descendieron de los caballos y ataron las riendas a las ramas de un árbol. Alexander empujó una hoja de la puerta, que se abrió con un leve chirrido, y se internaron en el camposanto. Temperance comprobó que era mucho más grande de lo que aparentaba desde el camino y, como había supuesto, más de la mitad estaba ocupado por numerosos sepulcros. Los primeros y más cercanos a la puerta eran los más antiguos, y en ellos apenas si se podían distinguir las fechas.

Las lápidas estaban distribuidas en cinco pulcras filas. Algunas tumbas estaban adornadas con estatuas, pero la mayoría eran bastante sencillas. Allí estaban sus raíces, pensó, el pasado de su familia, al menos el que concernía a su padre, a quien imaginó visitando ese mismo lugar en su juventud, tal y como estaba haciendo ella.

Llegaron al final de la última fila, donde dos lápidas de aspecto más reciente llamaron su atención. Había flores frescas en ambas. Que ella supiera no había ocurrido ninguna muerte en la familia. Cuando comprobó los nombres y las fechas casi sintió un vahído.

—¿Te encuentras bien? —le preguntó Alexander tomándola del brazo.

—Sí —logró balbucear.

—Impresiona, ¿verdad? —le dijo mientras contemplaba la última tumba—. ¡Era tan joven!

Temperance era incapaz de apartar la vista de las piedras, donde los nombres de su padre y el suyo propio destacaban con nitidez.

—Era la prima de Harold —la informó en un susurro.

—¿Está...? —Se aclaró la garganta—. ¿Está enterrada ahí?

—No, en realidad no. Ambos murieron en el extranjero, en Australia. Pero Conrad Barton insistió en que su lugar era este y mandó construirlas para que nunca se olvidara que pertenecían a la familia.

Temperance era incapaz de hablar. El aire se negaba a entrar en sus pulmones y sentía el pulso martillearle las sienes con ferocidad.

—En primavera siempre hay flores frescas —continuó Alexander—, y en julio, para celebrar el cumpleaños de Grace. Todos los miembros de la familia vienen ese día, hasta yo lo he hecho en alguna ocasión. La conocí, ¿sabes? Dicen que era una niña un poco extraña, pero siempre he creído que solo estaba un poco perdida por la ausencia de su padre...

El dique que había estado conteniendo sus emociones se quebró justo en ese instante y un desgarrado y amargo sollozo rompió el aire a su alrededor.

—¡Temperance! —Alexander se sobresaltó y volvió el cuerpo en su dirección.

Ella cayó de rodillas, sin fuerzas para contener el llanto que la desbordaba por todas las costuras de su cuerpo.

—Chis, tranquila, tranquila —le decía, arrodillado a su lado, mientras le acariciaba el cabello y le depositaba besos suaves en la coronilla.

Durante varios minutos, fue incapaz de hablar, vencida por un dolor que la estaba desgarrando por dentro y que parecía un abismo capaz de tragársela entera. Poco a poco, logró serenarse lo suficiente como para recuperar su voz.

—Volvamos a casa —le pidió.

—Claro —convino él, sin añadir nada más.

—Tengo que… —carraspeó—. Tengo que contarte una historia.

Alexander había pasado de la preocupación a la sorpresa, y de la pena al resentimiento, un resentimiento que ahora se expandía por sus venas como un incendio arrollador. Ni en un millón de años habría imaginado que Temperance iba a contarle una historia semejante. Una historia que le había removido las tripas durante los primeros compases, mientras se imaginaba el dolor de aquella chiquilla y batallaba consigo mismo para no interrumpirla.

Sin embargo, esos sentimientos se habían ido transformando poco a poco a medida que ella continuaba el relato y le narraba lo que había llegado a hacer para vengarse de Cleyburne e incluso de los Barton, su propia familia, aunque al final hubiera desistido de llevar a cabo esa última parte.

Temperance finalizó su explicación y lo miró, aovillada en el sofá que había frente a él, con la mirada expectante.

—¿Alexander?

—Estoy tratando de asimilar todo lo que me has dicho —le contestó, quizá con excesiva dureza.

—Pareces molesto.

—¿Crees que no tengo motivos para estarlo?

—¿Qué?

—¿Eres consciente de todo lo que me has confesado? —la enfrentó—. Querías vengarte de Cleyburne, algo que comprendo mejor de lo que imaginas, pero ¿te das cuenta de que en ningún momento pensaste en nadie más que en ti, en tus motivos, justificados o no?

—¿Qué pretendes decir con eso? —El cuerpo de ella se tensó—. ¡Por supuesto que estaban justificados!

—No he dicho lo contrario, solo que para llevar a cabo tus planes no te ha importado perjudicar a otros, a personas honestas que no tuvieron nada que ver con aquellos actos. —La miró con la furia apenas contenida—. ¿Y yo? ¿Dónde encajaba yo en todo tu maravilloso plan?

—En ningún lado. Al principio solo eras el socio de la persona a la que quería destruir.

—¿Y a quien pretendías usar para tus fines, quizá?

—No voy a negar que lo valoré, pero lo descarté de inmediato, en cuanto me di cuenta de que no eras como él.

—Vaya, muchas gracias —contestó, mordaz.

—Cleyburne es un ser despreciable, lo sabes tan bien como yo —se defendió.

—Esa excusa no me sirve.

—Alexander…

—¿Te das cuenta de que acabas de reconocer que también pretendías arruinar a los Barton? ¡Sabes que Harold es uno de mis mejores amigos! Y también Justin, y que adoro a Harmony como a una hermana.

—Pero al final no lo he hecho.

—¿Y crees que eso disculpa todo lo demás?

Alexander se puso en pie, incapaz de continuar mirándola.

—Cleyburne tenía que pagar por lo que hizo —insistió—. Tenía que hacerlo.

—¿De verdad? —Clavó en ella su único ojo, en el que en ese momento se desataba una colosal tormenta—. Pues me alegra que te sientas tan satisfecha contigo misma, porque en el camino has hecho daño a mi familia, a la tuya, a Ernestine Cleyburne y quién sabe a cuántas personas que no merecían el azote de tu venganza.

—Yo… —Temperance se puso en pie, pero él se retiró un paso, alejándose de ella. Su rostro se contrajo, herida por el rechazo, aunque en ese instante le dio igual.

—Regreso a Londres de inmediato —le anunció, con voz firme—. Puedes pasar la noche aquí, pero mañana te quiero fuera de mi casa.

—Alexander, por favor...

Él se detuvo en el umbral de la puerta del salón, donde había sido testigo de aquellas revelaciones que hubiera deseado no escuchar jamás.

—Espero que haya merecido la pena, Temperance.

Salió de la habitación y cerró la puerta con fuerza. El ruido retumbó en toda la planta baja, pero se sentía tan humillado, tan herido y decepcionado que no le importó. Ni tampoco el llanto que volvió a escucharse al otro lado.

Esas lágrimas ya no tenían poder para conmoverlo.

O al menos no el suficiente como para hacerle dar media vuelta.

Temperance había cometido un error, uno que ya no tenía remedio. Aún no lograba explicarse por qué había decidido contarle a Alexander toda la verdad, por qué había creído que él la entendería, e incluso que la apoyaría. Solo se le ocurría una explicación. Su visita a Kent y todo lo que había sucedido en tan pocas horas la habían debilitado temporalmente, dejándola en tal estado de vulnerabilidad que había permitido que las emociones la arrastraran hacia aguas pantanosas.

A Alexander no le faltaba algo de razón, debía reconocerlo, pero ella había intentado por todos los medios minimizar los daños ajenos y compensar a todas las personas a las que había terminado perjudicando en el proceso. Tal vez puerilmente y a golpe de donaciones anónimas, pero lo había hecho. Quizá Lockhart no lo considerara suficiente, pero ella no se arrepentía de ninguna de esas decisiones. ¿Podría haberlo hecho mejor? Sin duda alguna. En lugar de una década podía haberle dedicado a aquel asunto dos décadas, tres incluso, para que el plan hubiera salido perfecto y sin fisuras. Pero para entonces, quizá Cleyburne ya hubiera muerto. O se hubiera hecho tan inmensamente rico que habría resultado intocable.

Que Alexander no la entendiera evidenciaba lo frágil que era en realidad aquella relación y se lamentó por haber confiado en él hasta ese punto.

En cuanto ella logró recuperar la compostura tras su repentina marcha, le pidió a Seline que se ocupara del escaso equipaje que había traído con ella y a Moses que preparara el carruaje. No quería permanecer en aquella casa ni un minuto más, aunque tuvieran que hacer noche en el camino o llegaran de madrugada.

Las calles de Londres parecían dibujadas al carboncillo, con las luces de las farolas envueltas en una neblina grisácea y pegajosa. A través de la ventanilla, Temperance contemplaba la sucesión de edificios, en cuyo interior todo el mundo dormía, ajeno a las tribulaciones de una mujer que regresaba de un viaje en el que había perdido una parte de sí misma. Una parte que probablemente no recuperaría jamás. La visita a su tío Conrad, el encuentro con Terronillo y la desagradable despedida de Alexander habían destruido la armadura con la que se había protegido durante años.

En el camino de regreso había tratado de recomponerla rememorando cada uno de los momentos amargos de su existencia que justificaban todo su plan, pero solo logró recubrirse de una fina coraza que, aunque le permitía volver a respirar con normalidad, estaba llena de grietas.

La mansión de los Maywood, que había ocupado desde su llegada a la ciudad, se le antojó extraña. Sin embargo, era el único lugar al que podía llamar hogar en aquella tierra que ya no era la suya.

Lamentó tener que despertar a parte del servicio para que los atendieran y procuró que volvieran a descansar lo más pronto posible. Convenció a Seline y a Moses para que se retiraran también, porque ella, pese a estar agotada, sabía que no podría dormir. Trató de leer un rato, pero fue incapaz de concentrarse. Ojeó la bandeja del correo, en cuya parte superior descansaba la tarjeta de su tío Conrad, que al parecer había acudido a verla esa tarde. Por la mañana debía dar instrucciones al servicio para que, si volvía a visitarla, le dijeran que no se encontraba en casa.

Era cierto que había descubierto en Kent cosas que no esperaba y que hablaban a favor de sus tíos, pero los viejos rencores se enquistan de tal forma que resulta casi imposible arrancarlos del corazón. Eso era lo que sentía, y estaba convencida de que ya no tenían nada más que decirse. Él había recuperado sus tierras y ella, las cartas de su padre. A partir de ese momento, sus caminos volvían a separarse, esta vez de forma definitiva.

Al final, cansada de dar vueltas sin sentido, subió al dormitorio. Se quitó la peluca, se limpió el rostro de maquillaje y se metió en la cama. Aunque no lograra dormir, le vendría bien tumbarse un rato. A la mañana siguiente, se dijo, mandaría una nota a Gwen para que fuera a verla. La necesitaba. La necesitaba tanto como la había necesitado años atrás, porque estaba igual de perdida que entonces.

La fatiga acumulada la asaltó de repente y, antes de darse cuenta, los ojos se le cerraron y el sueño la venció.

Y soñó con Alexander, que llevaba a Terronillo de las riendas, ambos alejándose de ella.

Marchándose para siempre.

53

Aquella iba a ser una conversación difícil, Temperance lo sabía bien. Habían transcurrido dos días desde su regreso de Kent y en ese momento se encontraba sentada frente a lord Algernon en la biblioteca del conde, tratando de postergar lo inevitable. Primero lo puso al día de la situación con Cleyburne. Había dado instrucciones a Lister-Kaye para que abandonara la búsqueda de nuevos socios y, a los rezagados, que les comunicara que ya no se aceptaban más inversiones. Temperance tampoco quería provocar un pánico financiero si la voz se extendía y muchas más personas trataban de recuperar sus depósitos o sus ahorros en todas las entidades financieras de la ciudad. Habían alcanzado su objetivo y debían detenerse allí.

El conde asentía ante cada nuevo dato que le proporcionaba, casi tan complacido como ella, pero después de su exposición hubo un minuto de silencio, una especie de antesala que no supo cómo llenar.

—La veo un poco alicaída, querida —comentó.

—No es nada —mintió.

—Le recuerdo que mañana por la noche asistimos a la fiesta de los condes de Easton. Espero que no lo haya olvidado.

—En absoluto —volvió a mentir. Lo cierto era que sí lo había olvidado, por completo, y eso que volver a ver a Edora Haggard siempre era un encantador aliciente.

El silencio volvió a instalarse entre ambos, como un invitado incómodo.

—Intuyo que desea hablarme de algo —le dijo él, que había aprendido a interpretar sus gestos y hasta lo que no pronunciaba.

—He estado en Kent —soltó de corrido. Algernon la miró, aguardando sus siguientes palabras—. Fui a ver a mi tío.

—Confío en que no habrá cometido ninguna imprudencia.

—¿Qué? ¿A qué se refiere?

—Siempre tuve el temor y la sospecha de que su plan de venganza incluyera también a su familia.

—¿Cómo...? —El gesto avergonzado la delató.

—Vaya, y veo que no me equivocaba. —La decepción en su voz resultó evidente—. Comencé a intuirlo cuando me narró su historia, aunque omitió muchos de los detalles relacionados con los Barton. Sin embargo, la he visto comportarse con ellos. —Hizo una pausa y luego continuó con la voz cansada—: Soy viejo, Temperance, y la experiencia en mi caso parece ser una virtud, especialmente a la hora de interpretar a las personas. Es curioso, ¿no opina igual? Con la de años que llevo retirado de la vida pública, aún soy capaz de ver más allá de las apariencias.

—Lord Algernon... —comenzó ella.

—Tengo la certeza de que decidió omitir esa parte de la historia porque era consciente de que yo no la aprobaría, de que no la ayudaría a hacer daño a una familia a la que me unen lazos de amistad que, aunque no profundos, sí son relevantes para mí. ¿Voy desencaminado?

—No —confesó ella—. Arruinar a mis tíos también entraba en mis planes.

Temperance lo vio hacer un mohín de disgusto y luego desviar la mirada al ventanal, por donde se colaba la suave luz de la luna.

—Si no le importa, preferiría que no me relatara esa parte de sus logros —repuso, con un deje de tristeza que no le pasó desapercibido.

—He hablado en pasado, lord Algernon. He abandonado esa parte del plan.

—¿Sí? —Los ojos del conde brillaban al fijarlos de nuevo en ella.

—Le entregué las escrituras de sus tierras, las de mi padre y las de la mina. Y desbaraté el plan con el que pretendía perjudicarlos.

—¿Le confesó quién era usted?

—Sí.

—Ah, bien, muy bien —parecía realmente complacido—. La familia es algo extraño, Temperance. No elegimos formar parte de ella, nos viene dada por nacimiento, pero la sangre es uno los vínculos más fuertes que existen. Me alegra que en este caso ese vínculo haya resultado ser tan poderoso como yo esperaba.

—Me temo que se equivoca —replicó—. Le hice entrega de la documentación, pero le dije que no quería saber nada más de ellos. He decidido no perjudicarlos, pero no los he perdonado.

—Y sin embargo ha obrado correctamente.

—Es posible, pero no tiene nada que ver con ese vínculo que menciona.

—¿Está segura de ello? —preguntó, intrigado.

—Desde luego.

—¿Por qué lo ha hecho entonces? O, mejor dicho, ¿por quién?

—Por Harmony, claro.

—Claro —repitió él—. ¿Y por nadie más?

—Tal vez también por Harold y Justin —reconoció con cierto pesar.

—Tres personas a las que, le recuerdo, está unida por la sangre.

Se mordió el labio, pensativa. Sí, no había duda de que lord Algernon tenía razón.

—Siento mucho haberle ocultado todo este asunto —se disculpó al fin—. No quería que se sintiera usted mal cuando... en fin, cuando todo hubiera terminado.

—Ah, querida, no voy a negar que habría herido este viejo corazón —dijo, al tiempo que posaba una mano sobre su pecho—, pero créame que habría tratado de convencerla de obrar como finalmente ha hecho y, de no haberlo conseguido, habría intentado por todos los medios reparar el daño que hubiera causado.

Temperance guardó silencio y se tomó unos segundos para asimilar aquellas palabras. Ahora tenía mucho más claro por qué su padre, de entre todos sus conocidos, había elegido a lord Algernon para que actuara de intermediario en la correspondencia con su hermano.

Porque era la persona más honesta y honorable que conocía.

Alexander se sentía incómodo consigo mismo. Navegaba a ratos por la compasión hacia la Temperance niña, que había conocido brevemente, a ratos por el amor a la mujer que había tenido entre los brazos y a ratos por la tormentosa cólera que le había provocado saber hasta dónde había llegado para obtener su venganza. En esos momentos, además, esa cólera estaba indisolublemente unida a la información que concernía a Harold Barton y su familia.

Su amigo les había comunicado solo el día anterior que su padre había obtenido unas tierras que en otro tiempo le habían pertenecido, amén de otras que heredara su hermano menor, fallecido muchos años atrás. Y aunque Harold parecía desconocer aún todos los detalles del asunto, se le veía notablemente aliviado. De repente, los Barton disponían de unas apetecibles rentas que los harían escalar varios puestos en el escalafón social. Alexander no podía alegrarse más por él, por la familia en general, pero poseía datos de primera mano que respondían a muchas de las preguntas que se planteaba su amigo. ¿Qué debía hacer con eso? ¿Contárselo todo? Parecía lo más apropiado. Sin embargo, algo lo retenía. Si el vizconde Bainbridge había optado por no explicar a sus hijos cómo habían llegado aquellas tierras a sus manos, ¿le correspondía a él hacerlo?

En ese momento, casi odiaba a Temperance Whitaker por colocarlo en una situación tan comprometida. Alexander tenía la impresión de que estaba mintiendo a Harold, una de las personas a las que más apreciaba en el mundo, que lo estaba traicionando de la manera más vil al ocultarle hechos de suma relevancia. Por otro lado, ¿le haría bien conocerlos? ¿No se sentiría herido al descubrir lo que su propia prima había tratado de hacerles? ¿Y cómo reaccionaría al saber que aquella niña seguía viva y que había ocultado su identidad para aproximarse a ellos con nefastas intenciones?

Haber acudido a casa de los Haggard no estaba precisamente ayudándolo a sobrellevar todo aquello, y no solo porque Harold lo acompañara junto con Jake, sino porque ver a aquella mujer en la fiesta, tan esplendorosa como siempre, le provocó un tirón en el pecho que le cortó la respiración. La imagen de aquel cuerpo desnudo bajo el suyo, de su rostro luminoso al alcanzar el clímax en sus brazos, se superpuso a todo lo demás. Apenas duró un instante, suficiente no obstante para desestabilizarlo. Sin poder evitarlo, endureció el gesto y, cuando sus miradas se encontraron a través del gentío, desvió la vista.

—¿Problemas en el paraíso? —preguntó Jake, jocoso, a su lado.

—Esta noche no, Jake, por favor —respondió, cortante.

—Claro. —La actitud de su amigo se transformó por completo y lo vio intercambiar una mirada preocupada con Harold—. Solo recuerda que nos tienes aquí para lo que sea, ¿de acuerdo?

—Lo tendré en cuenta —contestó, lacónico.

—Vamos a buscar una copa —propuso el joven Barton—. Morgan Haggard siempre tiene whisky de la mejor calidad.

—Pues acabemos con sus reservas —bromeó Jake.

Alexander los siguió, mientras realizaba un esfuerzo titánico para no volver la cabeza hacia Temperance Whitaker, a pesar de la insistencia con la que se lo pedía el resto del cuerpo.

La gélida y breve mirada de Alexander había causado a Temperance un inexplicable dolor físico que se le extendió por todo el pecho. Disimuló su malestar con bastante soltura, porque los condes de Folkston no se dieron cuenta de nada, como tampoco lord Algernon, que fingía estar atento al relato de las proezas del nuevo caballo pura sangre adquirido por el conde.

Durante la siguiente media hora deambularon por el salón saludando a unos y a otros. Para su sorpresa, sus tíos no se encontraban allí y solo había visto brevemente a Harold junto a Alexander. Había temido volver a coincidir con ellos, no muy segura de cuál iba a ser su reacción. Tampoco Gwen estaba presente, aunque sí sus padres, con los que Algernon y ella intercambiaron unas breves frases de cortesía. Cleyburne y su hija, por supuesto, tampoco habían asistido. Era muy probable que ni siquiera hubieran sido invitados, pensó. Echó un rápido vistazo al salón y cayó en la cuenta de que ninguna de las personas que se encontraban allí, exceptuando a los anfitriones, le interesaba lo más mínimo. Con su labor casi concluida, y con aquellos que realmente le importaban ausentes o furiosos con ella, no le apetecía alargar aquella velada más de lo necesario. Tampoco su estancia en Londres, que estaba a punto de llegar a su fin. El día anterior le había comunicado a Algernon su intención de regresar a Nueva York a finales de la siguiente semana, y el conde había asentido sin llegar a pronunciar palabra, con los ojos tan vidriosos que ella temió que también se echaría a llorar.

Solo había una cosa que le restaba por hacer y se ocuparía de ella en breve. Aquella fiesta podía ser, quizá, la última a la que asistiera antes de su partida, y le alegró que se hubiera celebrado en casa de Edora Haggard, a quien se aproximaba en ese momento.

—Señorita Whitaker —la saludó—. Es una inmensa alegría que haya aceptado nuestra invitación. Últimamente no la hemos visto mucho.

—No podía perdérmela —contestó con amabilidad—. De hecho, justo estaba pensando que esta podría ser la última antes de mi regreso a Nueva York.

—Oh, vaya, ¿ya nos deja? —inquirió la mujer, con cierta desilusión en el rostro y en la voz.

—Me temo que sí. De hecho, tengo previsto viajar a finales de la próxima semana.

Morgan Haggard apareció en ese instante con una bebida en la mano, que le entregó a su esposa.

—¿Quiere que le traiga algo de beber, señorita Whitaker? —se ofreció—. ¿Y a usted, lord Algernon?

—Caballeros, ¿podrían disculparnos unos instantes? —preguntó la condesa—. Me gustaría charlar con la señorita Whitaker a solas.

Temperance miró a su acompañante con una ceja alzada antes de seguir a Edora Haggard, que la tomó del brazo mientras la conducía a la parte privada de la mansión.

—Es una pena que nos deje tan pronto —dijo la condesa—. Ahora que casi empezábamos a conocernos.

—Yo también lo lamento, créame —reconoció—. Estos meses han pasado muy rápido, pero he de regresar. Mi familia me espera.

—Por supuesto, es comprensible. Yo sé bien lo que es tener a una hija lejos.

—Ah, creía que sus dos hijos vivían con ustedes.

—En efecto, los pequeños sí —repuso—, aunque también tenemos una hija mayor. Está casada con un conde italiano y viven en Venecia.

—¿Mayor? —La miró, desconcertada—. ¡Pero si es usted muy joven!

—Gracias, querida. —Edora rio, complacida—. Nació cuando yo era casi una chiquilla, a decir verdad.

Temperance intuyó que aquel era un tema espinoso, así que decidió no insistir más en el asunto.

Finalmente llegaron al estudio que ya había visto la primera vez. Sobre un caballete había un cuadro a medio terminar, uno distinto al que había contemplado en aquella ocasión. Eso solo podía significar que Edora Haggard volvía a pintar con asiduidad, lo que no podía alegrarla más. En la pared lateral estaba colgado el que tanto la había impresionado, con aquella mujer sobre la colina contemplando la tormenta. Seguía pareciéndole fascinante, más aún si eso era posible.

—Mi marido y yo salimos pasado mañana hacia Italia —le

dijo— y, como veo que usted se marchará antes de nuestro regreso, no tendré oportunidad de verla antes de su partida.

—Me entristece oírlo —le aseguró con sinceridad.

—Desde nuestro último encuentro, cuando vino a contarme lo mucho que había disfrutado de su visita a la National Gallery, pensé que igual le apetecería llevarse consigo uno de mis cuadros, ya que no se encuentran a la venta. —Hizo una pausa y señaló el montón de lienzos que se encontraban apoyados contra una de las paredes—. Elija el que más le guste, es un regalo.

—Oh, se lo agradezco mucho, pero no podría aceptarlo —repuso, tan sorprendida como halagada—. Me encantaría comprárselo; de hecho, me gustaría comprárselos todos —rio.

—Para eso deberá aguardar a que los exponga en algún momento —replicó, risueña—. De momento, por favor, acepte un presente hecho desde el corazón.

Temperance apretó los labios, conmovida.

—Por favor, elija usted. Yo… no sabría con cuál quedarme —le dijo al fin.

—De acuerdo, yo me ocuparé entonces —accedió—. Haré que se lo lleven mañana a su casa.

—Yo… no sé cómo agradecerle un obsequio tan generoso.

—Ya lo ha hecho, querida. —Le palmeó el antebrazo con afecto—. Ya lo ha hecho.

Gordon Cleyburne llevaba más de veinticuatro horas sin dormir. Ni siquiera se había cambiado la ropa que se había puesto la mañana anterior, ni se había afeitado o aseado desde entonces. Con la mesa cubierta de papeles había tratado, en vano, de encontrar una salida a la situación en la que se encontraba. Y había llegado a una terrible conclusión: no la había.

Con el dinero obtenido con la venta de las tierras, la mina y la fábrica había cubierto gran parte del agujero, pero seguía sin ser suficiente. Como el banco era ya incapaz de afrontar las peticiones de sus clientes, al final había optado por encerrarse en su casa. Solo se le ocurría una solución, drástica y desesperada: su hija y él tendrían que huir. Rapiñaría todo lo que encontrara, se llevarían las joyas y cuanto pudieran acarrear y se instalarían en otro lugar, Francia tal vez. Pondría la casa a la venta y que sus abogados se encargaran de enviarle lo que obtuvieran por ella, eso si las autoridades no metían las zarpas en el asunto y ese dinero no acababa en manos de sus acreedores.

La propiedad en Kent no podía venderse, por desgracia. Estaba ligada al título de barón y era indisoluble, aunque recibiría las rentas en unos meses. Con eso y lo que obtuvieran de la venta de las joyas, las obras de arte y lo que fuera menester, volverían a empezar. Donde nadie los conociera.

Francia, reconsideró, tal vez no se encontraba lo bastante lejos. ¿España mejor? ¿Italia? ¿Más lejos aún? La idea de cruzar el océano no le apetecía lo más mínimo, porque tenía intención de volver algún día a Inglaterra. Aquel era su hogar y, cuando se hubiera recuperado lo suficiente, regresaría. Y lo haría a lo grande.

Encerrado en su despacho, permanecía casi ajeno a la tormenta que se desarrollaba al otro lado de las ventanas. Los truenos hacían retumbar los cristales y la lluvia caía con ferocidad, como si quisiera atravesar todas las superficies. El viento azotaba furioso las ramas de los árboles, que resistían a duras penas las embestidas de la naturaleza. Con el pulso firme, comenzó a redactar una lista con lo que podrían llevarse. Aún no había alcanzado ni la mitad cuando el mayordomo llamó a la puerta. Le había ordenado que no lo molestara bajo ningún concepto, así que debía tratarse de algún asunto importante. Como había cerrado con llave, tuvo que levantarse y acudir él mismo a abrir.

—Tiene una visita, milord —le informó.

—Le he dicho que no recibo a nadie —graznó.

—Se trata de una dama.

—¿Qué?

—Y me ha dado esto. —Le tendió un papel doblado por la mitad—. Me ha asegurado que usted lo entendería.

Cleyburne, con el ceño fruncido, desdobló la nota y su rostro se tornó lívido. Aquel papel era una página de su viejo cuaderno, una en la que solo había un par de anotaciones y, aun así, resultaba inconfundible.

—Dígale que espere unos minutos, que estoy ocupado —contestó al fin, dominando los nervios que habían comenzado a alojarse en la boca de su estómago—. Y haga venir a alguien que ponga un poco de orden aquí.

El despacho presentaba tal desorden que parecía que hubiera sido el escenario de una batalla campal. Dejó la puerta abierta y subió al piso de arriba. Necesitaba adecentarse antes de encontrarse con quien fuera que hubiese acudido a verle con esa inquietante tarjeta de visita.

Mientras el ayuda de cámara lo asistía para cambiarse de ropa y asearse mínimamente, cayó en la cuenta de que ni siquiera le había preguntado al mayordomo el nombre de esa mujer.

A Cleyburne le tocaría averiguar qué pretendía, de parte de quién venía y cómo había logrado hacerse con aquella documentación.

54

Temperance había aprendido a ser paciente. Era una de las cosas más valiosas que le había enseñado Claudia Jane. Ya fuera al hacer una inversión o a la hora de obtener un resultado de cualquier índole, de nada valían las prisas. Cada cosa llevaba su tiempo y ella había esperado mucho para ese momento en concreto, así que no le importó aguardar un poco más en aquella salita decorada en tonos blancos y dorados a que Gordon Cleyburne la recibiera.

Llevaba casi media hora allí sentada, sintiendo en sus huesos el recrudecer de la tormenta que se desarrollaba al otro lado de los ventanales, cuando el mayordomo fue en su busca y la condujo al interior de la casa. Abrió una puerta y la invitó a pasar para cerrar tras ella. Allí, al otro lado de una enorme mesa, totalmente despejada excepto por el pedazo de papel que le había hecho llegar, Gordon Cleyburne la miró con sorpresa. Parecía aguardarla con estudiada calma, pero el ligero hundimiento de las mejillas y los ojos febriles indicaban que se trataba solo de una pose.

—Usted es… la Americana —afirmó con cierto asombro.

—En efecto.

—La señorita Temperance Whitaker, ¿cierto?

—Así es.

—Reconozco que, con toda probabilidad, era usted la última persona a la que esperaba ver aquí en estas… circunstancias.

—Lo imagino.

Cleyburne le indicó con un gesto de la mano que tomara asiento en una de las dos sillas situadas frente al escritorio y ella accedió. Para la charla que pretendía mantener con aquel individuo, prefería estar sentada.

—Me gustaría saber cómo ha llegado esto a sus manos. —El barón tomó la hoja arrancada del cuaderno y la agitó en el aire.

—Hay muchos más de donde proviene ese.

El hombre la miró con los ojos entrecerrados, se reclinó en su asiento y entrelazó las manos a la altura del vientre.

—Si su intención es hacerme chantaje, le comunico que en este momento no me encuentro en situación de pagarle ni un solo penique.

—Ya tengo su dinero —repuso ella, con estudiada calma.

—¿Cómo… dice? —Se incorporó un tanto.

—Me ha oído perfectamente.

—Pero, pero…

—Yo soy la persona que ha provocado su ruina —lo interrumpió—, si es eso lo que está preguntándose.

Cleyburne elevó las cejas y luego, para asombro de Temperance, soltó una risotada.

—Criatura, está usted dotada de un gran sentido del humor, aunque un tanto siniestro y, desde luego, totalmente inoportuno, inapropiado me atrevería a decir. No sé dónde ha conseguido este papelito que carece por completo de valor —volvió a agitarlo—, pero le garantizo que no conseguirá nada por él.

—Me alegra que se lo tome con humor.

—Pero ¿quién rayos es usted? —preguntó, altanero—. ¡Si no la conozco de nada!

—Ah, sí que me conoce, solo que no me recuerda.

Lo vio fruncir el ceño, como si anduviera buscándola por los recovecos de su memoria. Temperance se llevó la mano al bolsillo de su falda y apretó con fuerza el reloj que había pertenecido primero a su padre y luego a tío Markus, y que en ese momento se había convertido en una especie de talismán para ella.

—Soy Grace Barton —dijo al fin.

—¿Quién? —inquirió, desconcertado.

Aquel miserable ni siquiera sabía quién era ella, la mujer que lo había destruido hasta los cimientos.

—La hija de Jonathan Barton.

Entonces sí reaccionó. La boca de Cleyburne se abrió ligeramente, como la de un pez que boqueara buscando aire, y sus pupilas se dilataron, oscureciéndole aún más los ojos.

—No... eso no es... posible —logró balbucear tras varios segundos—. Usted... ustedes...

Ella se mantuvo serena, esperando a que asimilara lo que acababa de revelarle.

—Deduzco que ahora comprenderá que mi afirmación es absolutamente cierta —continuó ella, con una sonrisa de suficiencia.

El silencio flotó entre ambos como una bruma, solo quebrado por un trueno que sonó casi sobre sus cabezas.

—¡Maldita hija de satán! —bramó él, que pareció recuperar el carácter, al tiempo que la miraba con los ojos convertidos en dos ascuas—. ¿Por eso ha orquestado mi destrucción? ¿Por vengar al pervertido de su padre?

—No tenía ningún derecho a hacer lo que hizo, ninguno —contestó ella, con los dientes apretados—. Ni siquiera a causa de mi madre.

—¿Su madre? —La miró, colérico—. Elizabeth Reston era una persona maravillosa, que no se merecía acabar casada con alguien como él.

—¿Y con alguien como usted sí? —inquirió ella, con afán hiriente—. ¿Con el hijo bastardo de un barón que se crio en los muelles de Dover?

—¡Al menos yo era un hombre! —masculló, cargado de rabia.

—Mi padre era diez veces más hombre que usted.

—Claro, por eso aceptó abandonar este país, dejándola a usted atrás y permitiendo que el afeminado de su amiguito pagara por sus pecados —comentó, con todo el veneno que fue capaz de imprimir a sus palabras—. Los Barton son todos iguales. Ni siquiera su tío tuvo arrestos para plantarme cara, ni entonces ni a lo largo de todos estos años.

Temperance tenía que hacer verdaderos esfuerzos para no dejar traslucir lo mucho que la habían afectado sus afirmaciones.

—Pues ya era hora entonces de que alguien lo hiciera —afirmó en cambio.

—Es usted digna hija de su padre —le espetó él, con desprecio.

—Gracias.

—No era un cumplido —gruñó.

—Oh, en realidad yo creo que sí.

—Hice lo que tenía que hacer —le aseguró Cleyburne altivo—. Su padre era un depravado.

—Resulta irónico, ¿no cree? —Entrecerró los ojos—. Que presuma usted de ser un adalid de la moralidad, teniendo en cuenta a lo que se ha dedicado durante todos estos años.

A Cleyburne le costaba creer que aquella mujer hermosa y elegante, que se había introducido en los salones de la mano de un respetado conde, le estuviera hablando en esos términos, y en su propia casa. Ni siquiera era capaz de recordar los rasgos de aquella niña que aseguraba haber sido. Que hubiera regresado del pasado, además, para hacerle pagar por lo que ella consideraba una injusticia no podía ser más que una cruel broma del destino.

—La denunciaré, señorita Whitaker, o señorita Barton, como quiera que se llame —la amenazó, contundente.

—¿Y de qué delitos piensa acusarme? —preguntó, con un deje de burla que le arañó la piel.

—Para empezar, por haber fingido su propia muerte.

—Ah, pero es que en realidad Grace Barton murió en Nueva York en 1823, como figura en toda la documentación oficial de entonces. Le resultará imposible demostrar lo contrario.

—¿Nueva... York? ¿De qué diantres me está hablando?

—Vaya, me congratula saber que desconocía usted ese pequeño detalle. —De nuevo aquella sonrisa sardónica que Cleyburne estaba deseando borrarle de una bofetada—. Jonathan Barton nunca viajó a Australia.

—No, eso no es cierto. El abogado que contraté para…

Y entonces se detuvo. Aquel abogado había sido precisamente Lionel Ashland, y recordaba perfectamente que le había escrito para comunicarle que Jonathan Barton había embarcado, aunque no estaba seguro de que hubiera mencionado el destino. Un destino que él, por supuesto, dio por hecho. El mismo abogado que se había presentado días atrás con aquella inesperada oferta por su fábrica y sus tierras. De repente, todo comenzó a cobrar sentido.

—Ese cliente francés para el que Ashland adquirió las tierras y mi empresa…

—Yo misma —confirmó ella.

Cleyburne se llevó las manos al cabello y lo estiró con fuerza, como si con ello pudiera poner un poco de orden en su cabeza, que en ese momento era un batiburrillo de imágenes y sensaciones que no lograba colocar en su lugar.

Temperance observaba las reacciones del barón tratando de mantener a raya tanto su propia satisfacción como su desasosiego. En esos momentos, ese hombre era una bestia herida y temía que, llevado por la desesperación, pudiera cometer una locura. Moses, que la había acompañado, la esperaba en la entrada con instrucciones de entrar a toda prisa si notaba algo sospechoso o si tardaba demasiado en salir.

—Acabaré con Ashland… —rugió el hombre, de nuevo mirándola como si quisiera convertirla en cenizas.

—Solo es un abogado contratado para realizar un trabajo —expresó ella con desinterés.

—Y con Algernon —prosiguió—. Ese viejo miserable…

—El conde solo ha sido un peón más en este juego. Uno de muchos —mintió—. He dispuesto de mucho tiempo para orquestar su ruina, milord, no se crea ni por un momento que he dejado ningún cabo sin atar.

—Está usted chalada, ¡completamente loca!

—Es posible, pero le aconsejo que conserve la calma, aún no hemos terminado.

—Oh, ya lo creo que sí —aseguró, levantándose al fin de su

asiento—. Ahora mismo le diré a mi mayordomo que vaya a buscar a...

—¿De verdad quiere involucrar a las autoridades en este asunto? —inquirió ella, con el pulso a punto de reventarle los tímpanos—. Le recuerdo que conservo toda la documentación que había en su caja fuerte, o al menos la parte más jugosa y comprometida. También dispongo de pruebas que lo incriminan en un fraude cometido contra su propio banco.

Esa última parte tampoco era cierta, pero Cleyburne no podía saberlo. De hecho, esperaba que no lo dudara ni un instante. Sabía que había sustraído una importante cantidad de fondos de la entidad —ella misma lo había empujado a hacerlo—, pero no conocía el montante exacto ni hasta dónde alcanzaba la operación.

El barón la contempló, tan asombrado que no podía controlar ni el temblor de los puños, cerrados y apoyados sobre la mesa. Con el rostro demudado se dejó caer en la silla como un fardo.

—¿Qué es lo que quiere? —preguntó al fin, con la mandíbula de piedra.

—Según yo lo veo tiene dos opciones —contestó ella—. Una: se entrega a usted mismo a las autoridades y confiesa el fraude que ha cometido en el banco...

—Jamás —la interrumpió—. No pienso ir a la cárcel.

—No he terminado —replicó Temperance, convertida en una estatua de hielo—. Dos: decide no entregarse a las autoridades, en cuyo caso yo les proporcionaré toda la documentación que he recabado sobre usted, que aparecerá también en todos los diarios de Inglaterra.

Cleyburne soltó una risotada nerviosa.

—Ambas opciones son exactamente la misma, jovencita.

—Al contrario, hay una gran diferencia entre ambas.

—¿Qué diferencia? —preguntó con el ceño fruncido.

—Su hija Ernestine.

El barón dio un golpe enérgico contra la mesa.

—¡No se atreva a involucrar a mi hija en esto! —la amenazó, con el dedo índice apuntando en su dirección.

—¿Yo? —inquirió ella, sarcástica—. Su soberbia fue la que lo llevó a querer hacerse con una excavación quimérica y sacar los fondos de su propio banco para presumir ante sus iguales. Fue por su avaricia que decidió infringir las leyes sobre el trabajo infantil en su fábrica. Y su afición a la extorsión y al chantaje ha sido lo que me ha conducido a mí hasta aquí. Yo solo me he dedicado a reunir las piezas del puzle, y he de decirle que me lo ha puesto usted muy fácil. —Hizo una pausa, que se extendió como el queso fundido—. Como le decía, tiene dos opciones, pero, si elige entregarse usted mismo, abriré una cuenta en el Banco de Inglaterra a nombre de su hija con una cantidad sustanciosa que le permitirá vivir con comodidad el resto de su vida.

—Ambas me conducirán a prisión —replicó con una mueca de desdén.

—En efecto, pero es usted un noble, bien relacionado además. Los dos sabemos que su condena no será excesivamente dura.

—Aun así, cuando salga… no tendré nada.

—Dispondrá de sus tierras en Kent —le dijo ella.

Temperance decidió omitir el hecho de que era muy probable que tampoco conservara ni el título ni la propiedad. Una vez condenado por un delito grave, era más que probable que la Corona decidiera arrebatarle ambas cosas, lo que supondría el remate final para un plan bien orquestado y ejecutado. Con la de personas a las que había estado chantajeando durante años, no dudaba de que muchas de ellas elevarían una petición para despojarlo de un título que había deshonrado.

—¿Y si no acepto ninguna de las dos opciones? —preguntó con bravuconería.

—En ese caso le informo de que hay varios hombres apostados en las inmediaciones para evitar una posible huida, y que lo detendrán en cuanto ponga usted un pie fuera de esta casa.

—Es usted una arpía, una maldita… —masculló, con la mirada encendida.

—Ciertamente —lo interrumpió ella en esa ocasión—. Tiene dos días para poner sus asuntos en orden. Usted decide cómo quiere que sean las cosas a partir de ahora.

Temperance se puso en pie, dispuesta a marcharse ya.

—¿Cómo sé que cumplirá con su parte del trato si me entrego? —inquirió Cleyburne.

—Tiene mi palabra.

—Ja, en este momento eso no vale un ardite.

—Tiene más valor que la suya, se lo garantizo.

Temperance le sostuvo la mirada, impertérrita.

—¿Qué pasará con el banco? —preguntó el barón, sin apartar la vista.

—Yo garantizaré los fondos y será absorbido por el Banco de Inglaterra. A fin de cuentas, eso será mejor que declarar la quiebra.

Los hombros de Cleyburne se hundieron, como si el peso de la realidad se hubiera decidido al fin a caer de golpe sobre él. Temperance se dirigió hacia la puerta con fingida calma, a pesar de que sentía que las rodillas no la sostendrían en pie mucho más tiempo.

—Una última cosa, milord —le dijo, ya con la mano sobre el picaporte—. Antes de que finalice el plazo, quiero que me devuelva las pertenencias de mi madre que se llevó de nuestra casa. Todas ellas.

Entonces sí, le dio la vuelta al pomo y salió al pasillo, que recorrió a paso ligero hasta la entrada principal.

Allí ya no le quedaba nada por hacer.

Harmony no dudó ni un instante a la hora de aceptar la invitación de la señorita Whitaker para tomar el té. Su hermano Harold le había comentado tras la fiesta de los Haggard, celebrada dos días atrás, que la Americana regresaba en breve a Nueva York. Por desgracia, Harmony, indispuesta aquella noche, no había podido acudir a uno de los eventos de la temporada que más le agradaban. Cada mes, las abundantes y dolorosas menstruaciones la mantenían postrada en cama uno o dos días, con calambres en el abdomen y unas décimas de fiebre.

Temperance Whitaker la recibió en su precioso salón, donde había dispuesto un servicio de té y pastas variadas. Le preguntó por su familia, por su salud, por Barton Manor… y le confirmó lo que ella ya sabía, que en unos días regresaría a Nueva York.

—Sé que no hemos llegado a intimar demasiado —le dijo—, pero fue usted muy amable invitándome a su casa y no quería abandonar Inglaterra sin haber tenido la oportunidad de despedirme como era debido.

—Siento mucho que se marche —confesó con sinceridad.

—Yo también la echaré de menos —dijo Temperance con dulzura—. Tengo la sensación de que podríamos haber sido excelentes amigas.

—Sí, yo también lo creo.

—Espero que me escriba, tan a menudo como guste.

—Oh, por supuesto que lo haré —afirmó, convencida de que lo haría.

—Y puede venir a visitarme siempre que quiera —añadió—. Mi casa es su casa.

—Es usted muy amable, aunque un viaje tan largo…

—Claro, lo comprendo.

—¿No piensa regresar? —inquirió, esperanzada.

—Tal vez, algún día —contestó con lo que se le antojó una sonrisa cargada de tristeza.

—En ese caso, mi casa también será su casa siempre que quiera.

Temperance Whitaker la miró con los ojos nublados y Harmony sintió un nudo en la garganta. Carraspeó antes de proseguir.

—Según tengo entendido —dijo entonces con la voz algo ronca— la fortuna de su familia ha mejorado sustancialmente desde la última vez que nos vimos. Solo quería decirle que me alegro mucho.

—Sí —confirmó, amable—. ¿No resulta increíble?

—Confío en que eso le abrirá las puertas a nuevas propuestas de matrimonio.

—Ya…

—¿No es eso lo que desea? Creía que…

—Sí, sí —se apresuró a contestar—. Es que preferiría no casarme con nadie solo por una cuestión económica.

—La entiendo.

—Harold, mi hermano, dice que debería elegir a alguien a quien ame y que también me ame a mí.

—Un sabio consejo, aunque no siempre resulta sencillo hallar la combinación de ambas cosas. Por desgracia, con frecuencia amamos a quien no nos corresponde.

—Lo sé. —Agachó la cabeza.

—Ah, vaya, creo que ya ha encontrado usted al candidato adecuado —dijo con simpatía.

—Bueno, aún es pronto para asegurarlo…

—Me alegro, me alegro tantísimo por usted —expresó con efusividad—. Espero que en el futuro me mantenga al corriente de todos sus avances.

—Claro —asintió con timidez.

Charlaron de forma amigable hasta que la tarde comenzó a declinar y Harmony decidió que había llegado la hora de despedirse. Había disfrutado enormemente con esa visita y que aquella mujer tan encantadora fuese a desaparecer de su vida se le antojó una especie de injusticia divina.

La acompañó hasta la puerta y, una vez allí, la señorita Whitaker le dio un sentido abrazo, que ella devolvió con la misma intensidad. Al separarse, no le sorprendió comprobar que los ojos de la mujer estaban empañados, igual que lo estaban los suyos.

Bajó la escalinata para subir al carruaje que la esperaba y se dio media vuelta para saludarla una última vez con la mano.

Sentía en el fondo de su corazón que no volvería a verla jamás, y eso le provocó una tristeza que no fue capaz de explicar.

Un hombre que se preciara de serlo sabía reconocer una derrota, y Gordon Cleyburne había comprendido al fin que había perdido aquella batalla. Toda la maldita guerra, de hecho.

La asombrosa revelación de aquella mujer lo había dejado en tal estado de estupefacción que había tardado horas en recuperarse. Jonathan Barton... ¿Cuántos años hacía que no había pensado en ese hombre más que para recordarle de tanto en tanto a su hermano Conrad que las pruebas de su depravación continuaban en su poder? En todo ese tiempo, ni una sola vez había tenido presente a su hija, aunque la breve imagen de una niña de cabello rubio, con aspecto de estar asustada, sobrevoló su mente en algunos momentos.

Volvió a valorar la posibilidad de denunciarla a las autoridades, aunque terminó por descartarlo. Ella tenía razón. No podía demostrarlo y sería su palabra contra la de esa mujer. Y en ese momento, su palabra no valía gran cosa.

Luego pensó si, pese a todo, no podría infringirle algún tipo de daño por el simple placer de perjudicarla después de todo lo que le había hecho. Quizá podría hablar con algún periodista y explicarle lo de aquellas comprometedoras cartas, solo que, sin pruebas que sustentasen sus afirmaciones, parecería el desvarío de un hombre que se iba a pique sin remedio.

Porque le había vencido. Total e irremediablemente. Y, a pesar de todo el mal que le había causado, debía reconocer que aquella mujer tenía arrestos y que ella sola había orquestado el plan perfecto para hundirlo. ¡Qué grandes cosas podrían haber hecho juntos de haberse encontrado en el mismo bando!, llegó a pensar con admiración en un momento dado.

El plazo que le había impuesto finalizaba en unas horas y ya se había ocupado de todo. Había ordenado sus asuntos con su abogado y reunido las pertenencias de Elizabeth Reston, que a esas alturas no eran muchas. Cuando vació aquel dormitorio en Warford Hall, tantos años atrás, se lo llevó todo a su mansión de Kent, y utilizó los muebles en su propia alcoba. Allí durmió todas las noches hasta que se instaló definitivamente en Londres.

También guardó todos sus vestidos y accesorios. Trató de que su esposa Augusta se pusiera uno de ellos en una ocasión, pero era demasiado gruesa para las delicadas proporciones de

Elizabeth, así que terminaron metidos en unas cajas, donde acabaron apolillándose. Un par de años atrás, cuando había remodelado ambas viviendas para la presentación de Ernestine en sociedad, todos aquellos vestigios de su pasado acabaron convertidos en cenizas. Por aquel entonces ya había superado aquel amor de juventud, aunque se negó a desprenderse de los objetos más pequeños, que había conservado en un pequeño cofre, en el fondo de su vestidor. Hacía años también que no lo abría y, al hacerlo, descubrió algunas joyas, un chal en bastante buen estado, un frasco de perfume cuyo contenido ya se había evaporado, algunas horquillas, dos pares de guantes, un librito con tapas de cuero sobre las vidas de los santos y un puñado de fruslerías más. Decidió conservar el libro y devolver el resto a aquella mujer, como le había exigido. Y, aunque creía que el gesto no le afectaría dados los años transcurridos, se descubrió pensando de nuevo en aquel amor que nunca fue y que había marcado el destino de tantos.

Lo peor en todo ese proceso de ordenar sus asuntos había sido, con diferencia, la charla que había mantenido con Ernestine, que acabó llorando desolada en sus brazos. Ella, pese a sus imperfecciones, era una de las únicas cosas buenas que había hecho en la vida y no se merecía pagar por todos sus errores.

Gordon Cleyburne daría cuenta de sus pecados, pero protegería a su hija.

A toda costa.

Frank Thompson, redactor del *London Sentinel*, puso punto final a su artículo. Por fin se había hecho justicia. Gordon Cleyburne se había entregado a las autoridades y había confesado delitos de fraude, malversación y extorsión. Todos los diarios de Londres se habían volcado con la noticia, aunque él poseía unos cuantos datos extras debidamente suministrados por Temperance Whitaker.

En un estado de euforia absoluto, había redactado la crónica que al día siguiente ocuparía la portada del periódico en el que trabajaba. Todavía no había decidido si a partir de entonces seguiría informando del caso en el *Sentinel* o en algún otro rotativo.

Todo aquel asunto lo había mantenido ocupado y entretenido durante meses, pero había llegado el momento al fin de pasar página.

El juego había terminado.

55

Alexander contemplaba ensimismado el contenido del vaso, apenas un dedo de brandi que removía sin cesar. El líquido ambarino atrapaba en su vaivén el destello de las luces de su salón, como si las aferrara un instante antes de soltarlas de nuevo. Algo similar sucedía dentro de su pecho, donde oscilaban un sinfín de sentimientos encontrados que no sabía cómo manejar. En un momento dado alzó la vista y vio a Jake frente a él, cómodamente recostado contra el respaldo de la silla, con las piernas estiradas y los pies cruzados encima de la mesa. Su amigo lo observaba con atención.

—¿Qué? —le preguntó Alexander, incómodo.

—Estoy esperando a que comiences a hablar —respondió.

—No tengo nada que decir.

—Y yo soy la reina de Inglaterra.

—¿Eh?

—Pensé que estábamos jugando a ver quién decía la mentira más grande.

Hacía escasos minutos que se encontraban los dos solos, tras la marcha de Harold, quien se había retirado alegando que a la mañana siguiente tenía un compromiso. Durante toda la cena, que habían celebrado como otras veces en su casa de Chelsea, Alexander apenas había podido mirarlo a la cara.

—¿Te pasa algo con Harold? —se interesó Jake—. ¿Os habéis enfadado o algo así?

—No, ¿por qué piensas eso?

—Has estado de lo más extraño con él toda la noche.

—Oh, Dios, ¿crees que se habrá dado cuenta? —Se frotó el entrecejo con el dedo índice.

—Lo dudo mucho. Tengo la sensación de que ahora mismo tiene cosas más importantes en las que pensar.

Alexander torció la boca. Harold solía ser un hombre muy observador, dudaba mucho que le hubiera pasado por alto que se había comportado con él de forma inusual.

—¿Y bien? —insistió Jake.

—Es complicado.

—¿Y qué no lo es?

Si existía alguien, además de Harold, a quien Alexander le confiaría su vida sin reservas, ese era Jake Colton. Pensó en decirle que lo olvidara, pero las palabras que terminaron por salir de sus labios fueron muy distintas y, antes de tener la oportunidad de recapacitar, se encontró relatándole todo el asunto de Temperance Whitaker.

—A ver si lo he entendido —dijo Jake una vez finalizado el relato—: ¿me estás diciendo que esa preciosa y hasta hace un instante dulce mujer ha sido la causante de la caída de ese miserable de Cleyburne?

—Así es.

Jake asintió, admirado, antes de continuar.

—Y que es la prima supuestamente muerta de Harold, y que, en todo el proceso, ha estado a punto de hundir a nuestro amigo y a su familia.

—Exacto. ¿Entiendes ahora por qué me comporto de forma rara con él? —le preguntó—. Le estoy ocultando algo muy grave, algo que lo afecta de forma directa.

—Hummm, quizá no sea tu deber contárselo.

—¿Tú crees?

—Sí, pienso que eso le corresponde a su padre, cuando llegue el momento adecuado. —Hizo una pausa y lo miró con suspicacia—. ¿Por eso estás enfadado con ella?

—Motivos no me faltan, ¿no te parece?

Jake asintió de forma casi imperceptible.

—¿Te inquieta el *asunto* de su padre? —inquirió.

—¿Qué?

—La homosexualidad de Jonathan Barton.

—No, no, creo que no.

—¿Crees que no?

—No es algo que haya pensado con detenimiento.

—¿Me aceptarías si yo lo fuera?

Alexander lo miró un instante.

—Te aceptaría aunque fueras un maldito espía francés.

—Entonces es que no. Sea como fuere, el comportamiento de Cleyburne fue inexcusable, en eso estarás de acuerdo conmigo.

—Totalmente.

—Bien, porque te juro que cuando me contabas esa parte mi único pensamiento era matar a ese tipejo de la forma más lenta y dolorosa posible. Me imaginaba a esa niña perdida y no podía evitar recordar los primeros años de mi infancia, lo solo y asustado que estaba todo el tiempo. Eliot apenas se acuerda de aquella época, pero yo no he logrado olvidarla jamás.

—No era mi intención traerte recuerdos amargos —le dijo Alexander, mortificado.

—No importa, esto no va de mí. —Hizo un gesto con la mano restándole importancia—. Pero no puedo creer que mientras ella te lo explicaba no sintieras algo similar.

—¡Por supuesto que sí! —replicó—. Pero ese no es el asunto, Jake, es todo lo que hizo después: engañarnos, manipularnos…

—Tal vez no se haya comportado con honestidad y haya cometido muchos errores —concedió su amigo—. Todos nos hemos equivocado en alguna ocasión, ¿no? Recuerda cómo comenzó el matrimonio entre mis padres adoptivos.

Alexander conocía aquella historia. Nicholas Hancock se vio obligado a casarse con una joven que, pensaba, le había tendido una trampa para conducirlo al matrimonio y él, en castigo, la desterró a una de sus propiedades más lejanas. Madeleine había logrado sobrevivir y convertirse en una mujer de éxito, totalmente irreconocible cuando él regresó a buscarla más de una década después. Con el tiempo habían conseguido arreglar sus diferencias, en apariencia irreconciliables, y desde entonces eran una de las parejas más enamoradas que había tenido la fortuna de conocer.

—Sí —dijo al fin—. Recuerdo que me contaste esa historia.

—Nicholas dice que siempre se ha arrepentido de su comportamiento y que, si él le hubiera concedido la oportunidad de hablar, de explicarse, todo habría sido muy diferente.

—En este caso creo que las explicaciones son las que no me convencen.

—Ya veo. —Jake hizo una pausa—. ¿Piensas que se acostó contigo como parte de su plan?

—¿Qué? ¡No! De lo único que estoy seguro es de que todo eso fue real, auténtico.

—Bien, porque esa es la parte que importa, en realidad.

—¿Cómo? —Alexander lo miró con asombro—. ¿Quieres decir que no crees reprochable todo lo que hizo para vengarse de ese Cleyburne, de su familia?

—Si yo hubiera tenido la oportunidad entonces de resarcirme con los que nos hicieron daño, no lo habría dudado un instante. De haber estado en el pellejo de Temperance, creo que no me habría importado arrasarlo todo a mi paso.

—No hablas en serio.

—¿Te lo parece? —Lo miró con intensidad.

Alexander permaneció cabizbajo unos instantes, mientras recapacitaba sobre las palabras de su amigo. Jake se levantó, le dio una palmada en el hombro y salió por la puerta, dejándolo a solas con sus pensamientos.

El aspecto de Warford Hall se había transformado de forma evidente. Temperance había acudido en compañía de lord Algernon para comprobar el avance de los trabajos que se había encargado de contratar. Más de una docena de hombres pululaban por todas partes. De momento solo habían retirado las contraventanas, que ya no colgaban como insectos muertos de las paredes, y habían despejado el jardín y el camino de acceso. Pronto comenzarían a vaciar el interior y ella albergaba la esperanza de poder salvar algunos muebles, que deberían ser sometidos a un proceso de restauración.

—Puede estar tranquila —le dijo Algernon—. Yo me encargaré de supervisarlo todo.

—Le estoy muy agradecida.

—Es lo menos que puedo hacer.

Temperance le había propuesto que se ocupara de aquel asunto, ya que ella no iba a quedarse en Inglaterra para ver los avances. Por otro lado, pensó, a él le vendría bien tener algo de lo que encargarse tras su marcha.

—Prométame que, cuando me haya ido, no volverá a encerrarse en su casa —le pidió.

Ambos paseaban cogidos del brazo por las zonas del jardín ya limpias de broza y hierbajos, donde un par de rosales de aspecto débil se recuperaban bajo el sol de finales de junio.

—Se lo prometo —musitó él.

—Tiene que acudir a alguna fiesta al menos un par de veces al mes —insistió ella—, porque alguien tendrá que mantenerme informada sobre lo que ocurre en los salones londinenses.

—¿No tiene a la señora Dixon y a su prima para esos menesteres?

—Oh, pero nadie podría darme una visión tan sagaz y sabia como la suya.

—De acuerdo —accedió, con una sonrisa trémula.

—Aún cuenta con muchos amigos, ya lo ha comprobado durante estos meses. Gente que se alegró sinceramente de su vuelta.

—Lo sé.

—No vuelva a perderlos —le rogó, con la voz convertida en un fino hilo.

—No lo haré.

Durante un par de minutos continuaron su paseo en silencio, solo acompañados por sus propias emociones y por las voces de los trabajadores y el ruido que estos producían a su alrededor.

Esa mujer había cambiado el rumbo de su existencia. Algernon pensó durante un instante en Jonathan Barton, en lo mucho que le habría gustado contarle en qué maravillosa mujer se había convertido su hija. Una hija que, en ese instante, también sentía un poco como suya.

La vida de Joseph Reed había dado un vuelco totalmente impensable hacía unos meses. Su empresa estaba funcionando a pleno rendimiento y Lionel Ashland le había comunicado unos días atrás que la antigua fábrica de Cleyburne ahora formaba parte también del entramado que debía ocuparse de dirigir, al menos temporalmente. Una de las peticiones prioritarias fue la contratación de todo el personal que se había quedado sin empleo tras el cierre impuesto por las autoridades, y que él, pese a sus intentos, no había podido absorber. Reed no puso ninguna objeción, al contrario.

Ashland también le informó de que había obtenido un gran pedido de la Marina Real británica, para suministrar las conservas que no había servido Cleyburne, así que aquel negocio no podía comenzar con mejor pie.

El abogado no llegó a proporcionarle el nombre de su socio en la sombra y, a esas alturas, Reed había descubierto que le daba igual. No necesitaba conocer su identidad para saber que le debía su futuro.

Temperance estaba anímicamente destrozada. Tras todo lo sucedido, despedirse de lord Algernon le había provocado una intensa pesadumbre, y hacerlo ahora de Gwen la estaba partiendo en dos.

La noche anterior había acudido a cenar a su nueva casa en Marylebone, donde tuvo la oportunidad de conocer a sus dos hijos, dos criaturas tan encantadoras y avispadas como lo había sido su madre a su misma edad. Phillip Dixon, que entonces ya conocía toda la historia, se mostró amable y afectuoso, y Temperance supo que la dejaba con alguien que la merecía, que la cuidaría, la protegería y la amaría hasta el final.

En ese momento se encontraban solas, sentadas en una salita de la casa de Temperance, despidiéndose entre lloros y un montón de promesas.

—Te escribiré todas las semanas —le aseguraba su amiga de nuevo mientras mantenía su mano sujeta con fuerza—. Varias veces incluso.

—Y yo a ti —aseveró—. No puedo creer que vayamos a separarnos de nuevo.

—Pero ahora no será para siempre —la animó—. Phillip quiere expandir el negocio en Estados Unidos, así que no tardaremos en ir a verte.

—¿Sí? —preguntó, esperanzada.

—¡Y no pienso perderme ni uno solo de sus viajes! Y tú volverás. Vendrás a visitarnos también.

—¡Claro!

—Tendrás que regresar al menos para ver cómo ha quedado tu nueva casa, o tu vieja casa renovada, mejor dicho.

—Sí, cierto…

—Y al conde de Algernon.

—También.

Temperance se limpió las mejillas con un pañuelo que ya estaba tan húmedo como arrugado. Durante unos minutos ninguna dijo nada.

—¿Has sabido algo de Alexander? —le preguntó Gwen, ya algo más serena.

—Nada en absoluto.

—Oh, Grace.

—Es mejor así —le aseguró.

Saber que al día siguiente abandonaba Londres sin haber podido volver a verlo le resultaba tan doloroso que se negaba a pensar en ello. Con el tiempo lo olvidaría, aunque le llevara el resto de sus días conseguirlo.

—Eres mi hermana, Gwen —le dijo al tiempo que le acariciaba la mejilla—. Siempre lo has sido.

—Y tú la mía, Grace. Y nada, ni siquiera un océano, podrá cambiar eso. Nunca.

Nunca era una palabra muy grande, pensó Temperance, pero insignificante en esas circunstancias. Porque sabía que, en ese caso, era real, auténtica y veraz. Y se aferró a Gwen para grabársela a fuego en la piel. A su mejor amiga en el mundo.

Temperance se disponía a acompañarla hasta la puerta. Ya se habían dicho todo lo que tenían que decirse, varias veces de hecho, y la noche había comenzado a anunciarse al otro lado del ventanal. En su casa la esperaban su marido y sus hijos, su vida, y debía dejarla partir.

Iba a abrir la puerta de la salita en la que habían permanecido toda la tarde cuando unos golpes anunciaron a Seline.

—Ha venido de nuevo —pronunció.

—Dile que no estoy.

—Insiste en que no se marchará de aquí sin verla.

Temperance se mordió el labio, indecisa.

—Tienes que hablar con él —le dijo Gwen, que sabía perfectamente de quién se trataba.

—No...

—Hazlo por mí.

—¿Qué? —La miró con sorpresa.

—Por favor —suplicó su amiga—. No puedes irte de Inglaterra sin haber arreglado esto. Tal vez no tengas otra oportunidad.

—Gwen...

—Soy tu hermana mayor, tienes que obedecerme —le dijo al tiempo que ladeaba la cabeza.

Temperance rio bajito y volvió a abrazarla con fuerza.

—Te quiero, Golondrina —musitó junto a su oído.

—Y yo a ti, Galleta.

Cuando al fin se separaron, se volvió hacia la doncella.

—Acompaña a la señora Dixon hasta la puerta y luego hazlo pasar, por favor.

Gwen se inclinó y le dio un beso en la mejilla.

—Gracias —le dijo.

Y salió por la puerta, dejándola allí sin saber lo que la esperaba ni si su ánimo soportaría lo que estaba por venir.

56

Desde que Conrad Barton había asimilado todo lo que su sobrina le había revelado unos días atrás en Kent, había tratado en vano de volver a verla, de tener la oportunidad de explicarse. Sabía que su partida hacia Dover era inminente y no pensaba rendirse hasta que hubiera agotado todas las posibilidades. Así que se presentó de nuevo en su mansión dispuesto a lo que fuera menester para lograr su objetivo.

Le habían dicho, una vez más, que no estaba en casa. Intuía que no era cierto, pero se negó a marcharse hasta que lo recibiera o hasta que regresara de donde fuera que hubiera ido. Y así se lo hizo saber primero al mayordomo y luego a la doncella, una joven de color que lo trató con exquisita cortesía.

Atenazado por los nervios, vio salir a la señora Dixon, quien le dedicó un breve saludo con la cabeza al pasar por su lado y luego desapareció en el atardecer londinense, mientras él permanecía allí, en el vestíbulo, a punto de sufrir un colapso. Cuando la doncella le indicó que podía seguirla, sus piernas tardaron en responderle, y no precisamente debido a su vieja lesión de rodilla.

Cuando traspasó el umbral de aquella salita vio a su sobrina de pie, inmóvil, con expresión seria, y supo que no era bien recibido.

—Yo… gracias por aceptar verme —le dijo al fin.

—Parece que no tenía otra opción —contestó, fría.

—Siento haberme presentado así, pero a estas alturas ya no me quedaban muchas más opciones.

—De acuerdo —accedió ella, que no lo invitó a sentarse—. ¿Qué es lo que desea?

—Hablar contigo, por supuesto.

—Creía que había quedado claro que ya no teníamos nada que decirnos.

—Eso fue lo que aseguraste, es cierto, pero no es verdad. Yo… hay muchas cosas que necesito explicarte.

—Puede comenzar cuando quiera.

Conrad tragó saliva con cierta dificultad. Su sobrina no se lo estaba poniendo fácil.

—Llevo media vida lamentando lo que sucedió con tu padre —comenzó.

—No siga por ahí, tío. Leí las cartas que le escribió en su momento —lo interrumpió.

—Empleé palabras duras, soy consciente, pero en aquel momento me vi superado por las circunstancias —se excusó—. Fue un duro golpe averiguar lo que había ocurrido entre mi hermano menor y aquel hombre que…

—Markus. Se llamaba Markus.

—Cierto, Markus.

—Y era un buen hombre. Yo lo quería. Mi padre lo quería —dijo ella, cuya voz expresó algo de emoción por primera vez.

—Lo sé.

—Y murió para protegernos, a todos, incluido usted.

—¿Qué?

—Se suicidó al ser detenido para evitar pronunciar el nombre de mi padre si lo sometían a tortura —aclaró ella—. ¿No lo sabía?

—¡No! Pero ¿cuándo fue eso? —preguntó, atónito.

—Justo antes de que embarcaran.

—No, no, Markus murió al caerse del caballo mientras iba hacia Dover —replicó él—. Al menos… esa fue la versión oficial.

—Orquestada por Cleyburne, imagino.

—Dios santo.

Las piernas de Conrad ya no lo sostenían y se dejó caer en la primera butaca que tuvo a mano.

—¿Estás...? ¿Estás segura de eso?

—Completamente —contestó.

—¿Por qué Jonathan no me contó...?

—Creo que, pese a todo, no deseaba que se sintiera usted más culpable.

Conrad se frotó los ojos con las yemas de los dedos antes de volver a mirarla.

—Yo quería a tu padre, Grace. Amaba a mi hermano.

—Sí, ya quedó bien patente —repuso ella, mordaz.

—¡Oh! —exclamó, molesto e impotente— ¡Tenía que proteger a mi familia, y eso te incluía a ti!

—¿A mí? ¿Separándome de mi padre? ¿Enviándome a un colegio para luego olvidarse de mí?

—Eso no ocurrió exactamente así.

Ella se mordió el labio, como si de repente se encontrara indecisa.

—Aquello podría habernos destruido a todos —prosiguió—. Reconozco que me equivoqué, y durante años lamenté no haberme enfrentado a Cleyburne yo mismo, lamenté no haber sido capaz de encontrar una solución que nos protegiera de aquel miserable, pero no supe o no pude...

—Eso es evidente —le espetó con crudeza.

—Posiblemente —reconoció, con pesar—. Pero no había forma de evitar el desastre, o yo no supe verla. Tu padre habría acabado en prisión, su nombre arrastrado por el lodo, y junto con él el tuyo. No te habrían aceptado en ningún colegio y habrías sufrido el desdén de toda la sociedad por el resto de tu vida. Y a nosotros nos habría sucedido exactamente lo mismo. A Harold, a Justin... a Harmony, aunque ni siquiera había nacido por aquel entonces. —Hizo una pausa y se miró las manos, que descansaban sobre sus rodillas y que temblaban ligeramente—. Al final has tenido que ser tú quien lo venciera. Hasta Markus consiguió más con su...

La voz se le quebró y necesitó unos segundos para serenarse.

—No podía enviarte con tu padre, Grace —prosiguió, ronco—. Temía lo que pudiera ocurrirte durante el viaje, temía el tipo de vida al que te enfrentarías una vez allí, sin el apoyo de nadie, sin saber si él estaría en condiciones de cuidar de ti como era debido…

—Era totalmente capaz —balbuceó ella.

—Traté de hacerlo lo mejor posible, contigo y con él.

—¿Por eso me internó en aquella escuela?

—Quizá no lo recuerdes, pero en aquel tiempo te convertiste en alguien indomable. Secuestraste a tu prima, y casi morís las dos aquella noche.

—Pero se olvidó de mí, todos lo hicieron —insistió, terca.

—¿Olvidarte? —La miró, con el ceño fruncido—. Te escribí varias cartas, fui a verte en varias ocasiones… y no quisiste ni siquiera recibirme, ni nadie fue capaz de encontrarte. Tu tía y yo confiábamos en que, pasado un tiempo, tu carácter se ablandaría lo suficiente como para traerte de nuevo a casa, y que formarías parte de la familia, como siempre debía haber sido. Pero entonces desapareciste.

—Dudo mucho que mi tía me hubiera querido de vuelta —ironizó ella.

—Quemaste el salón, Grace. Provocaste un sinfín de destrozos. Te llevaste a su hija… Y, a pesar de ello, siempre ha lamentado no haber sido capaz de encontrar la manera de tratar contigo. Tu muerte, o tu supuesta muerte, la dejó destrozada.

—Ya… —musitó ella, poco convencida.

—Hay algo que no sabes —prosiguió—. En el cementerio familiar hay dos tumbas que…

—Las he visto —lo cortó.

—¿Sí? —La miró, confuso—. Pues es tu tía precisamente quien se ocupa de que estén siempre en perfecto estado, supervisa al jardinero y se encarga de que haya flores frescas en ambas, sobre todo en la tuya. Y cada año, por tu cumpleaños, es ella quien organiza un pícnic en aquella loma, después de haber visitado tu tumba vacía.

Conrad vio que su sobrina se tambaleaba ligeramente y luego tomaba asiento, a bastante distancia de él.

—Te queríamos, Grace, siempre te quisimos —le aseguró, con la vista empañada—. Tal vez no supimos demostrarlo, quizá no estuvimos acertados, pero lo intentamos. Eras la hija de mi hermano, eras mi sobrina, y habrías sido una hija más para mí si me hubieras dado la oportunidad. Si nos la hubieras dado a todos.

Conrad ya no podía hablar, transido de emoción, y el silencio se instaló sobre ellos como un pesado sudario. Temperance no lo miraba, mantenía la cabeza gacha. Sin embargo, cuando le llegó el sonido de un sollozo rompiendo la distancia que los separaba, él se levantó y acudió a su lado con premura. Le pasó un brazo por los hombros y la atrajo hasta su pecho, mientras dos gruesas lágrimas rodaban por sus propias mejillas.

—Oh, Grace —musitó—. Mi Grace…

Y ambos lloraron juntos por todos los años perdidos y por todas las palabras nunca dichas.

Temperance abandonó Londres unos días antes de que su barco zarpara con destino a América, porque aún había una cosa que le quedaba por hacer. En compañía de su fiel doncella y su hombre de confianza, tomó primero el ferrocarril y luego un carruaje de alquiler que la condujo hasta Bodmin, en Cornualles.

Allí había nacido tío Markus, y allí descansaban también sus restos, en el cementerio más antiguo de la ciudad, dominado por la torre Berry, una estructura de piedra de forma cuadrada que había formado parte de una vieja iglesia, y de la que no quedaban más que un conjunto de ruinas. Con las indicaciones que le preparó uno de los detectives que había contratado, anduvo entre los distintos y variados sepulcros hasta que localizó el que buscaba, una sencilla tumba con una lápida de piedra en la que pudo leer el nombre de Markus Rowe y las fechas de su nacimiento y defunción. Tenía unas magníficas vistas de la torre, e imaginó que eso le habría gustado y que, de haber podido, incluso la habría plasmado en uno de sus lienzos.

Seline y Moses permanecieron apartados mientras ella se arrodillaba junto a la losa, donde un puñado de flores que comenzaban a marchitarse habían dejado unos cuantos pétalos sueltos. Alguien cuidaba de él, se dijo. Sin duda alguna su única hermana, viuda y sin hijos, y ese pensamiento la reconfortó.

—Hola, tío Markus —lo saludó en un susurro.

Permaneció mucho rato allí, contándole en voz queda lo que había sido de su vida, hablándole de Claudia Jane, de los Barton, de Gwen, de Alexander... como si él pudiera escucharla, como si ella no supiera que, estuviera donde estuviera, siempre la había estado observando, que su padre y él, al fin juntos, la habían estado observando.

Una vez finalizó su monólogo, sacó del bolsillo el reloj que había pertenecido a su familia, que su padre le había regalado a tío Markus unas Navidades y que había terminado en sus manos. Las manecillas aún marcaban las cuatro menos veinte, como siempre habían hecho. Con una pequeña pala de jardinería que le pasó Seline cavó un agujero junto a la lápida, lo bastante profundo como para que las lluvias no acabaran por desbaratarlo y, cuando decidió que ya era suficiente, tomó de nuevo el reloj. Por primera vez desde que llegara a ella, el día que encontró aquellas cartas, le dio cuerda hasta que la ruedecilla ya no pudo avanzar más. Sonó un suave tictac y la aguja del segundero comenzó a moverse sobre aquella superficie dorada. Cerró la tapa, lo rodeó con la cadenita y lo metió en el hoyo, que tapó de nuevo. Se afanó durante unos minutos, hasta que no quedó rastro evidente de lo que había hecho.

El tictac ya no sonaba, la tierra se tragaba el rumor de la delicada maquinaria, pero ella sabía que tío Markus lo oiría.

El tiempo había comenzado a girar de nuevo.

La ciudad de Dover se extendía a orillas del mar, con varios navíos amarrados a sus muelles como si fuesen alfileres en un alfiletero. Tras llegar de Cornualles, Temperance había alquilado un par de habitaciones en uno de los mejores hoteles de la ciudad, desde cuya ventana podía contemplar el ancho mar extendiéndose hasta la línea del horizonte. El establecimiento era bastante nuevo, no debía tener más de cinco o diez años, y no se asemejaba en nada al modesto acomodo que habían ocupado Claudia Jane y ella tantos años atrás.

Una fina llovizna empañaba aquella primera tarde de julio y, mientras la contemplaba caer al otro lado del ventanal, le dio por pensar que hacía juego con su estado de ánimo, tan sombrío como las nubes grises que cubrían el cielo.

A pesar de ello, sentía el corazón ligero. Por un lado, porque consideraba que todo había acabado al fin. Su visita a la tumba de tío Markus indicaba el final de una etapa de su vida, el cierre de un ciclo que había comenzado mucho tiempo atrás. Y supo que había hecho lo correcto, que su plan de venganza había obtenido la justicia que merecían. Por ella, por su padre, por tío Markus.

Temperance Whitaker abandonaba Inglaterra con la sensación del deber cumplido. Y, a pesar de todo lo que no había salido bien, no podía sentirse más satisfecha de sí misma.

Por otro lado, había hablado con su tío Conrad durante horas, y consiguieron al fin limar todas las asperezas del pasado y encontrar un lugar común en el que perdonarse viejas afrentas y polvorientos agravios. En el último momento, sin embargo, ella le había pedido que no le contara nada a sus primos ni a su tía, al menos no hasta que ella hubiera embarcado. Como ya le había sucedido con Alexander, temía cómo fueran a recibir la noticia después de haberse hecho pasar por otra persona y no soportaría dejar Inglaterra cargada con más reproches, aunque tal vez se los mereciera. Una vez en Nueva York, les escribiría a todos, disculpándose y haciéndoles saber que los apreciaba, que los llevaba en el pensamiento y que estaría a su disposición siempre que la necesitaran.

El perdón, como Claudia Jane le había comentado en más de una ocasión, era un bálsamo para el alma. Pensó que su madre adoptiva se sentiría feliz al saber que se había reconciliado con aquella parte de su historia, y que ahora, al fin, podría avanzar con paso firme hacia el futuro.

Solo lamentaba que aquel perdón no hubiera incluido también a Alexander Lockhart.

Lord Algernon se sirvió una copita de jerez y ofreció otra a su acompañante. Recientemente, había descubierto en Lionel Ashland a un espíritu afín, con quien disfrutaba de una buena cena, un rato de charla o una agradable partida de ajedrez. Su esposa se encontraba delicada de salud y siempre se retiraba a sus aposentos a media tarde, lo que le permitía cierta libertad de movimientos. Sus dos hijas, ya casadas, tampoco suponían un reclamo, y la soledad le mordía los talones, como aseguraba con humor.

El abogado bregaba por introducirlo en un modesto club de caballeros compuesto en su mayoría por hombres de negocios, banqueros, abogados, médicos y empresarios: gente práctica, inteligente y osada con ideas innovadoras y muchas ganas de construir el porvenir. Algernon se descubrió pensando que le apetecía mucho. Su otrora rutinaria existencia se estaba transformando en otra rica y amena, e incluso había comenzado a apreciar de manera distinta los ratos que disfrutaba de la tranquilidad de su morada. Y todo ello se lo debía a la mujer que en ese momento estaría a punto de cruzar el Atlántico de regreso a su hogar.

—Volverá —comentó Ashland.

—¿Usted cree? —inquirió Algernon, esperanzado.

—Estoy convencido. Aquí ha dejado una parte importante de sí misma.

Algernon pensó en ello durante unos instantes y luego asintió, conforme, mientras se preguntaba cuánto tardaría aquella mujer en retornar a sus vidas.

Alexander se removía inquieto en la cama. Las sábanas arrugadas daban muestra del rato que llevaba dándole vueltas al sueño, que se mostraba más esquivo que nunca. Su mente no paraba de conjurar la imagen de Temperance Whitaker. Recordó la velada de Fin de Año en casa del marqués de Wingham, la noche de su primer beso. Rememoró el sabor de sus labios y aquellos ojos azules que le habían recordado a dos estanques de aguas profundas. Le pareció verla acostada allí, junto a él, riendo despreocupada después de hacer el amor, como si en el mundo, detenido un instante, no existieran más que ellos dos. La vio cabalgar por Hyde Park, retándolo, y luego diciéndole que su relación no podía complicarse cuando ambos sabían ya que se había complicado del todo. A pesar de lo sucedido entre ambos, esa mujer se le había colado hasta los huesos y ahora no sabía cómo iba a sacarla de allí sin romperlos todos.

Trató de contrarrestar todas esas imágenes y sensaciones con la irritación que había sentido al conocer el alcance de su traición, y descubrió que, después de todo, esa parte ya no pesaba tanto. Los había perjudicado a él y a su familia, era cierto, pero no tardarían en recuperarse del todo. Le había mentido, cierto también, aunque por una buena causa, como Jake le había hecho notar. Su pretensión de arruinar a los Barton tampoco la había llevado a cabo.

Por otro lado, Alexander se había interesado esa misma tarde por Ernestine Cleyburne. La muchacha se había negado a recibirlo, y él había acabado sobornando a una de las criadas para que lo informara sobre su estado. La mujer le comunicó que se encontraba mejor y que últimamente disfrutaba de las asiduas visitas de un joven caballero que había logrado levantarle el ánimo. Así que el único que realmente parecía haber sufrido la cólera de Temperance era Gordon Cleyburne, el único también que se la merecía.

Y entonces comprendió que ya la había perdonado, que quizá ya lo había hecho días atrás aunque aún no hubiera sido capaz de reconocerlo. Y que la amaba. Que la amaba por encima de sus diferencias, de sus desencuentros, por encima del azul de los mapas que ahora iban a separarlos, y que no podía permitir que se fuera sin haberle al menos confesado lo que sentía. Sin haberle dicho que ella era su hogar, su lugar favorito en el mundo, su luz en mitad de la tempestad.

Antes de eso, sin embargo, necesitaba hablar con alguien.

Y necesitaba hacerlo ya.

57

El día había amanecido soleado en Barton Manor. La lluvia caída la tarde anterior había refrescado el ambiente y se respiraba el aroma a tierra mojada y a rosas en flor. En el jardín trasero se hallaban reunidos los tres hermanos Barton y los dos hermanos Colton, dando cuenta de un buen desayuno antes de salir a cabalgar. Harold los había invitado solo por el placer de disfrutar de la compañía de sus mejores amigos ahora que las cosas habían mejorado para su familia.

—Es una lástima que Alexander no haya venido —comentaba en ese momento.

—Necesita unos días —dijo Jake.

—¿Unos días para qué? —preguntó Harmony mientras untaba mantequilla en una tostada—. ¿Está enfermo?

—Algo así —respondió el mayor de los Colton.

La muchacha intercambió una mirada con Eliot, sentado en diagonal a ella, como si él pudiera añadir algo más de información. A fin de cuentas, era el único médico presente, pero el joven se encogió de hombros, como si no supiera de qué estaban hablando.

—Hay males que solo el tiempo es capaz de curar —sentenció Jake.

—Ya, pues... —comenzó a decir ella.

No terminó la frase, porque se quedó mirando hacia el vano de la puerta que conducía al interior de la casa, y todos siguieron el curso de su mirada. Allí, como si hubiera sido convocado por algún hechizo, se encontraba Alexander, con el pelo alborotado, las mejillas encendidas y aquel único ojo enrojecido por la falta de sueño. Por su aspecto desaliñado, parecía haber cabalgado toda la noche.

Les echó un rápido vistazo a todos y su mirada apremiante se detuvo en Harold.

—Necesito hablar contigo.

—Bien, pero tómate un café antes —le dijo el mayor de los Barton.

—Es urgente, no puedo esperar.

Harold miró al resto de los presentes, un tanto confuso, pero se levantó y acompañó a Alexander al interior.

—Vayamos arriba —dijo el recién llegado una vez dentro—. A tu habitación.

—¿Qué rayos te pasa?

—Por favor…

Unos segundos después, ya en sus aposentos, Harold no sabía qué pensar de su amigo. Se preguntó si realmente no padecería algún tipo de enfermedad, porque se conducía como si fuera a saltar sobre algo en cualquier momento.

—Tengo que contarte una cosa —comenzó a decirle, mientras recorría la habitación de una punta a la otra—. Es una historia un poco larga y me temo que voy a tener que resumirla.

—Alex, empiezas a asustarme —le dijo, usando el diminutivo que solo empleaba cuando se encontraban a solas.

Su amigo detuvo su errático deambular y lo miró un instante. Luego se sentó en una de las dos butacas que había en el cuarto.

—Será mejor que te sientes tú también.

Harold obedeció y se dispuso a escucharle, sin sospechar lo que esa historia iba a suponer para todos ellos.

—¿Grace? —musitó Harold, estupefacto—. ¿Me estás diciendo que Temperance Whitaker es en realidad mi prima Grace? ¿La misma que creíamos muerta?

—Sí, eso es.

—Pero ¿estás seguro?

—Completamente. Puedes preguntárselo a tu padre si quieres.

—¿Mi padre lo sabe?

Alexander asintió.

—Ahora mismo no está aquí —repuso Harold—. Mi madre y él han salido.

Tras pronunciar esas palabras se sumió en un mutismo absoluto, como si tratara de procesar toda aquella información. Su amigo lo observaba sin atreverse a intervenir, consciente de lo que estaba suponiendo para él conocer parte de la historia de su familia, una parte nada agradable, además. Finalmente, Harold alzó la vista, con la mirada despejada.

—Es... inaudito —sentenció.

—Lo sé. Y sé que no me correspondía a mí contártelo —reconoció entonces Alexander—, y sabes también que te quiero como a un hermano, pero...

—Amas a esa mujer.

—Más que a mí mismo.

—¿Y qué esperas de mí? —Su amigo lo miró ahora con una ceja alzada.

—Tu bendición, Harold. Después de todo lo que te he contado, si consideras que no serás capaz de perdonarla, aquí termina mi viaje.

—¿Y renunciarías a esa mujer por mí?

—Ahora mismo. Por ti y por todos vosotros. Sois como mi familia, lo sabes bien.

Harold lo miró, conmocionado, y durante unos segundos no apartó la mirada.

—Una vez amé a una mujer como tú pareces amarla a ella, ya lo sabes —dijo, con la voz rota—, y jamás consentiría que renunciaras a eso, ni por mí ni por nadie. ¿Perdonarla? Ni siquiera sé si tengo algo que perdonar, o si es ella quien debería perdonarme a mí por no haber sido capaz de protegerla cuando tuve la ocasión, por no haber sido el primo mayor que ella necesitó en aquel momento.

—¿Entonces lo apruebas? —inquirió, excitado.

—Por supuesto que sí.

Alexander se levantó de un salto y le dio un abrazo que estuvo a punto de lanzarlos a ambos al suelo.

—Entonces parto hacia Dover en el acto —le anunció.

—Y yo iré contigo.

—No, no, yo…

—Es mi prima, Alex, no pienses ni por un instante que voy a dejar que se vaya de Inglaterra sin verla antes.

—De acuerdo —convino al fin—. Necesito algo de ropa, al menos una muda.

—¿Qué?

—Salí de casa con lo puesto. Si me voy a embarcar con destino a América necesitaré llevar algo conmigo, y tú y yo somos casi de la misma talla.

—¿Te vas a… América?

—Bueno, aún no lo sé; no sé nada, Harold. Ni siquiera sé si me aceptará, pero tengo que ir preparado, por si acaso.

—Está bien, pero eres más alto que yo —replicó—. Todo te vendrá un poco pequeño.

—¿Crees que eso me importa ahora?

—No, imagino que no —rio.

—Apresúrate, no hay ni un minuto que perder.

Entre los dos prepararon una pequeña bolsa de viaje en apenas un par de minutos y a continuación Alexander salió de la habitación como si se dispusiera a apagar un fuego.

Y entonces se produjo el desastre. En sus prisas por avanzar más veloz que el tiempo, Alexander descendió tan raudo las escaleras que resbaló en los últimos peldaños y cayó hacia atrás sobre su propia espalda.

El dolor le atravesó el espinazo como una lanza y el grito que escapó de su garganta retumbó en toda la casa.

En un instante, Harold se encontraba a su lado, y a él no tardaron en unirse Justin, Harmony, Jake y Eliot, alertados por el escándalo. El menor de los Colton se aproximó de inmediato.

—No te muevas —dijo, al tiempo que se arrodillaba a su vera.

Alexander no podría haberlo hecho aunque hubiese querido, y respondió a las preguntas de su amigo mientras este palpaba primero su torso y luego sus extremidades. Cuando le preguntó dónde le dolía, no tuvo reparos en indicarle el lugar exacto.

—Creo que podrías haberte fracturado el coxis —le comunicó—. Va a ser una recuperación tediosa, pero con descanso te repondrás en unas semanas.

—No, no, tengo que ir a Dover ahora mismo.

—¿A Dover? —preguntó Harmony.

—Ni lo sueñes —insistió Eliot—. No podrás cabalgar en un tiempo.

—Iré a rastras si es preciso —afirmó, muy serio.

Trató de ponerse en pie y apretó la mandíbula cuando el dolor volvió a atravesarlo desde el trasero hasta la nuca. Harold se situó a su lado para que se apoyara en él y encontró cierto alivio.

—Podemos ir en el carruaje —propuso.

—Mi consejo es que no viajes —insistió Eliot.

—Tengo que ir.

—Pero Dover está a más de tres horas de distancia —intervino Justin.

—Yo iré con vosotros —se ofreció Jake—, me temo que vas a necesitar más ayuda.

—Estaré bien —masculló Alexander.

—¿Vas a ver a la señorita Whitaker? —preguntó entonces Harmony.

—Si llego a tiempo…

—¿Entonces tú y ella…? —comenzó Justin, un tanto sorprendido.

Alexander dio un par de pasos con dificultad y comprendió que no podría hacer aquello solo.

—Quizá deberías descansar un rato antes —insistió el mediano de los Barton.

—No, no, tu prima debe estar a punto de embarcar.

—¿Mi... prima? —Justin lo miraba, atónito.

—Mierda —masculló Alexander, que lanzó una mirada de disculpa a Harold. Se le había escapado.

—¿Qué prima? —Harmony los miraba a todos, sin comprender lo que estaba sucediendo.

—Joder —musitó Jake, que se llevó la mano a la cabeza para tirarse del cabello.

El silencio casi se palpó durante unos instantes antes de que Harold lo rompiera.

—Temperance Whitaker es la prima Grace —dijo al fin.

—¿Nuestra... Grace? —balbuceó Justin.

Harmony se había quedado callada con la mirada perdida, pero con una misteriosa expresión en el rostro.

—¿Estás bien, Harmony? —preguntó Harold, al ver que no reaccionaba.

Ella pareció volver en sí y los miró a todos.

—Lo sabía —aseguró con vehemencia—. No me digáis por qué, pero sabía que esa mujer y yo teníamos un vínculo especial.

—Bien, pues ya os contaré los detalles luego —aclaró Harold, mientras pasaba el brazo de Alexander por sus hombros para ayudarlo a avanzar.

—Ah, no, de eso ni hablar —le dijo su hermana—. Yo también voy.

—Harmony, por favor...

—Y yo —se sumó Justin, algo más comedido.

—Y necesitaremos a Eliot también —comentó Jake, sardónico—. Es el médico de la familia y tu trasero puede precisar atención durante el viaje.

—Jake... —bufó Alexander.

—¿No estoy en lo cierto? —preguntó su amigo, jovial.

—Dios santo —rezongó Alexander, medio encorvado y sostenido solo por Harold—. ¿Podemos irnos ya, seamos los que seamos?

—Pediré que preparen el carruaje —dijo Justin, mientras salía corriendo hacia la puerta.

—Comprobaré que los caballos estén ensillados —añadió Harmony, saliendo tras él.

—Subiré a buscar mi maletín. —Eliot comenzó a ascender los peldaños de dos en dos.

Los tres amigos se quedaron solos en el vestíbulo.

—Menuda has liado, amigo. —Jake soltó una risita.

—Me consta.

—Podrías haberte decidido hace un par de días, digo yo —añadió.

—¿Cómo? ¿Tú también lo sabías? —Harold los miró sucesivamente con el ceño fruncido.

—Era una carga demasiado pesada para que la llevara un hombre solo —respondió Colton—. No nos lo tengas en consideración, por favor.

Harold hizo una mueca.

—Ya arreglaremos cuentas cuando todo esto haya acabado.

—Si es que conseguimos salir de aquí algún maldito día —farfulló Alexander, que comenzaba a perder la paciencia.

La logística resultó más complicada de lo esperado. Harold y Jake subieron al carruaje apostado frente a la entrada principal, donde acomodaron a Alexander de medio lado y luego se sentaron enfrente. Luego subió Eliot con su maletín y se sentó en el espacio que quedaba junto al lesionado, y Justin se encajonó como pudo entre su hermano y el mayor de los Colton. Cuando Harmony abrió la portezuela y los vio allí apretujados se echó a reír.

—¿En serio? —les preguntó—. ¿De verdad tenemos que ir todos ahí dentro?

Miró hacia atrás, donde un par de mozos de cuadra sostenían las bridas de varias monturas, las que habían pensado usar para salir a cabalgar esa mañana.

—Tiene razón —convino Harold, que maniobró casi de espaldas para bajar del vehículo—. Harmony, tú irás con ellos.

Justin se bajó también.

—Justin, tú no —ordenó.

—¿Por qué no?

—Creo que Alexander puede aprovechar el trayecto para poneros al corriente de todo.

Su hermano asintió y volvió a subir.

—Eliot también debería ir dentro, por si Alexander lo necesita —propuso Harmony.

—Claro, bien pensado. ¡Jake, tú y yo a caballo! —gritó hacia el interior del carruaje.

—¡Enseguida salgo!

—¿Cuál prefieres? —le preguntó en cuanto asomó la cabeza.

—¡Maldita sea! —bramó Alexander, acodado en la ventanilla y agitando la mano—. ¿Queréis moveros de una vez?

El cochero, subido al pescante, observaba la escena sin poder disimular su diversión. Aquellos nobles estaban todos locos, debió pensar.

Y, cuando por fin se disponían a salir, un tílburi apareció por el sendero que conducía a la mansión. Conrad Barton y su esposa regresaban de su paseo matutino. Cuando se detuvo, uno de los mozos se acercó, solícito, y tomó las riendas de manos del vizconde, mientras otro se aproximaba para ayudar a la vizcondesa a bajar.

—¿Qué está pasando aquí? —preguntó mientras los miraba de forma alternativa.

—Nos vamos a Dover —respondió Harold.

Padre e hijo se sostuvieron la mirada durante unos segundos y luego Conrad apoyó la mano sobre el hombro de su primogénito.

—Tráela a casa —le pidió, casi en un susurro.

Harold asintió e impartió las últimas órdenes antes de ponerse en marcha.

Unos segundos después, solo quedaban allí una estela de polvo y un hombre que se volvía hacia su esposa, consciente de que había llegado el momento de mantener una larga charla.

El puerto de Dover era un constante trajinar de personas y mercancías. Mientras observaba aquel movimiento incesante, Temperance trató de evocar a su padre en aquel mismo lugar, más de dos décadas atrás, y el corazón se le encogió de tristeza. A pesar de que ella se marchaba de igual manera, con el dolor como compañero de viaje, intuyó que el de su padre fue cien veces mayor. A fin de cuentas, ella, al menos, volvía a su casa. Él, en cambio, abandonó su hogar con rumbo incierto, dejando a su única hija atrás y con la irreparable pérdida de la persona a la que amaba clavada en el pecho.

Lo imaginó solo, en aquel mismo muelle, perdido, asustado y con una pena tan grande que debía estar asfixiándolo por dentro. También ella experimentaba algo similar en ese momento. Despedirse de Gwen, de Harmony, de su tío, de lord Algernon, y medio huir de sus primos... Su corazón estaba colmado de una congoja de color ceniza que lo impregnaba todo. Lo peor, sin embargo, era abandonar Inglaterra sin haber podido ver a Alexander solo una vez más, aunque fuera para separarse sin rencores y sin esa aflicción que le laceraba las costillas.

El centro de su pecho era ahora un erial azotado por un viento helado que arrastraba los rastrojos de sus emociones de un lugar a otro, y tenía la sensación de que jamás podría convertir ese desierto en un nuevo jardín. No sin él.

58

Norman Perkins llevaba dieciocho años como capitán de navío. Su esposa, decía siempre, era la mar, y sus hijos los hombres y mujeres que, o trabajaban con él, o pasaban por su vida el tiempo que duraba cualquiera de sus viajes. Como hijos que eran, algunos se alejaban llegado el momento y otros permanecían siempre cerca, creciendo ante sus ojos y convirtiéndose en hombres de provecho. Solo el mar permanecía siempre fiel, arrullando sus noches en los días tranquilos y desbaratando sus planes cuando se enfadaba. Y así sería hasta que ambos se unieran para siempre en su postrero día.

La primera vez que subió a un barco para trabajar como grumete apenas había cumplido los trece años, y en las más de cuatro décadas transcurridas desde entonces había viajado hasta las antípodas y surcado todos los océanos conocidos. En ese tiempo, pensaba siempre, había tenido la oportunidad de ver todo lo que se podía ver a bordo de un navío. O eso pensaba hasta esa mañana, cuando, asomado a la popa del Queen Mary, contemplaba las maniobras del personal de tierra, que habían terminado de soltar las amarras y se alejaban en dirección a su siguiente faena.

Un grupo de personas, compuesto por varios hombres y una joven, llegaron corriendo por el muelle. Uno de ellos se movía con cierta dificultad, ayudado por otros dos. Y fue precisamente ese quien, de forma totalmente impensable, cogió la amarra que aún permanecía medio enrollada sobre el suelo, a la espera de que los marineros de a bordo tiraran de ella para recogerla.

«Pero ¿qué hace ese loco?», pensó, mientras lo veía tirar con todas sus energías, como si con ello pudiera detener el avance del barco. Tenía el rostro contraído y un parche en el ojo de lo más turbador.

Debían estar borrachos, se dijo al ver cómo el resto se le unía y todos juntos se esforzaban al máximo.

—¡Suelten la cuerda! —les gritó con toda la fuerza de sus pulmones. Aún no se habían alejado lo suficiente de tierra, así que supo que lo habían escuchado a la perfección. Si no le obedecían, acabarían todos en el agua.

—¡Tiene que detener el barco! —le gritó a su vez el del parche.

—¡Lo siento, pero ya no es posible!

—No lo entiende. ¡Tengo que ir a América!

—¡Este barco va a Newcastle!

—¡¿Qué?!

—¡¡¡Newcastle!!! —repitió.

Y entonces, como si hubiera gritado la palabra mágica que aquellos locos necesitaban, todos soltaron la maroma y se quedaron allí, impávidos, contemplando cómo el barco se alejaba.

En esa tesitura ya no le parecieron beodos. Intuyó, en cambio, que todo aquello encerraba algún tipo de historia y, mientras abandonaba su puesto para dirigirse hacia la proa del barco, se preguntó, curioso, de qué tipo sería.

«Seguro que una de amor», se dijo. Eran sus favoritas.

Habían llegado tarde, pensó Alexander, que se llevó la palma de la mano a la frente y presionó con fuerza. Echó un rápido vistazo a sus amigos, todos, como él, mirando hacia el horizonte, hacia ese barco que se alejaba de ellos y que no llevaba a Temperance a bordo. Solo entonces cayó en la cuenta del ridículo que habían hecho tratando de detener de aquella forma un navío de varias toneladas. Había sido un acto tan impulsivo como absurdo, porque en ese momento no se le ocurrió otro plan más inteligente.

Miró a uno y otro lado. Algunas personas los observaban, cierto, y varias de ellas con gestos burlones que no se molestaron en disimular. Volvió la cabeza un poco más y entonces el tiempo se detuvo.

Allí estaba ella, varios metros atrás, en compañía de su doncella. Los observaba a todos, riendo y llorando al mismo tiempo, tan vulnerable y preciosa como una estrella. Ya no llevaba aquella absurda peluca y su cabello, rubio como el trigo maduro, brillaba bajo el sol de julio.

Los demás se volvieron también y durante un instante nadie se movió. Luego todo pasó muy rápido. Harmony echó a correr y se abrazó a su prima con ímpetu. Harold llegó poco después a su altura, le pasó un brazo por los hombros y le dio un beso en la frente, uno tan sentido que hasta Alexander pudo percibirlo sobre su propia piel. Justin fue el último y, durante unos segundos, se quedó parado frente a ella, como si no supiera muy bien cómo actuar.

—Perdóname —lo oyó decir.

Y Temperance asintió apenas, le tendió la mano y luego lo abrazó, como había hecho con sus dos hermanos.

Alexander contemplaba la escena, tan conmovido como Jake y Eliot, que lo flanqueaban, y creyó percibir que los ojos del menor de los Colton se empañaban. Durante un par de minutos no hizo nada y dejó que los primos disfrutaran de aquellos momentos.

—¿Necesitas ayuda? —le preguntó Jake cuando vio que comenzaba a moverse.

—No, prefiero hacer esto solo.

—Podrías apoyarte en nosotros —murmuró Eliot.

—Claro, seguro que a ella le encantará verme caminar como si fuera un anciano —musitó.

—A juzgar por cómo te está mirando —repuso Jake—, yo creo que no le importaría ni siquiera un poco.

Era cierto. Temperance tenía los ojos fijos en él. Sus primos se habían hecho a un lado y poco a poco comenzaban a separarse de ella, proporcionándoles el espacio que iban a necesitar. Alexander, con la mandíbula apretada para mantener el dolor bajo control, se acercó en solitario hasta quedar a solo un paso de ella.

—¿Qué pretendías hacer? —le preguntó, risueña y frágil al tiempo. Tenía las mejillas húmedas y arreboladas, y estaba tan preciosa que dolía mirarla.

—Detener el barco, por supuesto —bromeó.

—Qué disparate —rio.

—Pensaba que ibas a bordo. —Ahora su tono se había vuelto serio.

—El mío zarpa en un par de horas. —Miró hacia el extremo oriental del muelle, donde un navío aún mayor que el que acababa de levar anclas flotaba sobre las aguas.

—Creía que no llegaría a tiempo.

—¿A tiempo para qué?

—Para verte, para hablar contigo, para…

—Alexander… —suspiró ella.

—Para decirte que te amo.

Temperance sintió aquellas palabras atravesarla de parte a parte. Solo unos minutos antes se encontraba paseando con Seline, antes de embarcar, mientras Moses se ocupaba de que cargaran el equipaje debidamente. Había visto llegar desde lejos a un grupo de personas a la carrera. En un primer momento no distinguió sus rasgos y no logró identificarlos hasta que se encontraron casi a la altura de aquella amarra que Alexander cogió con todas sus fuerzas.

¿Qué hacían todos allí?, se preguntó. Vio a sus tres primos, e incluso a los hermanos Colton, tratando de ayudar a Lockhart en su pueril intento de sujetar aquella maroma. La situación le resultó tan cómica y al mismo tiempo tan enternecedora que no pudo contener sus emociones. Fue entonces cuando Alexander se volvió y sus miradas se entrelazaron. Un atisbo de esperanza viajó por todo su cuerpo, y se obligó a refrenar el impulso que la impelía a acercarse a él.

Por primera vez se encontró también frente a sus primos sin disfraces ni engaños. Y no percibió ningún reproche en sus miradas, solo curiosidad, y anhelo, y más cosas que ya no fue capaz de ver a través de las lágrimas.

Ahora lo tenía frente a ella, al fin, como siempre debía haber sido.

—Te amo, Temperance. O Grace, como prefieras que te llame —repitió Alexander, con aquel único ojo fijo en ella.

—Yo… mi vida está en Nueva York.

—De acuerdo, me iré a Nueva York contigo.

—¿Qué? —Lo contempló, atónita.

Con un gesto de la cabeza señaló una pequeña bolsa de viaje que sostenía Jake, a su espalda.

—Mi vida estará donde esté la tuya. Si no te gusta Inglaterra, nos instalaremos allí.

—Me encanta Inglaterra.

—Pues volveremos todas las veces que quieras. O viviremos en ambos sitios. No me importa. Mi casa eres tú.

—¿Ya no estás enfadado? —inquirió, un tanto recelosa.

—Conmigo más que contigo. —Le acarició la mejilla con el pulgar—. Por no haber sido capaz de comprenderte mejor, por haberte juzgado con demasiada celeridad, por no haberme dado cuenta antes de que tus razones deberían haber sido mis razones.

Temperance reprimió a duras penas un sollozo. En ese momento él alzó la mano y acarició con los dedos una de las guedejas de su pelo.

—Es precioso —musitó.

—Soy rubia —le dijo ella, con una sonrisa tímida y algo nerviosa.

—Ya sabía que eras rubia.

—¿Cómo…?

Se detuvo. Claro que sabía que era rubia, pensó ella. Su cabeza no era la única parte de su cuerpo donde podía apreciarse el auténtico color de su cabello, y el recuerdo de ese hombre arrodillado entre sus piernas le coloreó aún más las mejillas. A él debió hacerle gracia, porque dejó escapar una risa ronca.

—Adoro cuando te ruborizas —le confesó.

—Contigo me pasa más a menudo de lo que quisiera —replicó con un mohín.

—Entonces haré que te ruborices todos los días desde aquí hasta el final.

Temperance volvió a bajar la mirada, superada por todo lo que estaba sintiendo en esos momentos. Apenas podía contener todas aquellas emociones dentro de su cuerpo.

—Hoy he venido a pedirte que te quedes —continuó él—. Unos días al menos, hasta que logre convencerte de que te cases conmigo. Luego podemos irnos juntos a Nueva York, a Australia, al Polo Sur... Donde prefieras.

—¿Estás... seguro?

—Tan seguro como que respiro. Eres mi destino, Temperance Grace Whitaker. Quiero despertarme a tu lado todas las mañanas del resto de mi vida, quiero todos tus besos y todos tus suspiros, quiero trabajar contigo codo con codo, y ayudarte a vengarte del resto del mundo si es tu deseo.

—No necesito vengarme de nadie más —logró balbucear a duras penas.

—Bien, mejor. Solo quería que supieras que puedes contar conmigo. Ahora, siempre.

Alexander la miró con una intensidad turbadora antes de llevarse las manos a la coronilla.

—Creo que solo falta hacer una cosa más —le dijo entonces mientras maniobraba para quitarse el parche.

—No es necesario que... —comenzó a decir ella.

—Lo es. Necesito saber que me aceptarás, por todo lo que soy, lo que se ve a simple vista y lo que no.

Por primera vez, Temperance tuvo la oportunidad de contemplar aquel rostro al completo. Dos gruesas cicatrices partían de la parte superior de la ceja hasta el nacimiento del pómulo, de un color rosado que contrastaba con el tono pálido de su piel. El globo ocular permanecía en su sitio, pero el iris de color gris presentaba un aspecto opaco y velado. Era una herida impresionante, debía reconocerlo. Alzó los dedos trémulos y la acarició con suavidad, apenas un roce que fue casi como un aleteo.

—Te amo, Alexander Lockhart —le dijo al fin—. Porque lo que mantienes oculto a la vista es tan hermoso como el resto de ti. Y porque no conozco a nadie más en el mundo que hubiera tratado de detener un barco como lo has hecho tú.

—¿Te casarás conmigo? —le preguntó, anhelante.

—Dos veces si es preciso —contestó ella, riendo.

Y entonces Alexander la tomó entre sus brazos y atrapó su boca, sin importarle que algunos transeúntes se detuvieran a observarlos con reproche ni que, tras ellos, un pequeño grupo de amigos hubiera comenzado a aplaudir y a vitorearlos.

El puerto de Dover se extiende frente al mar como si durmiera a su orilla. Para algunos, solo es un lugar de paso, un espacio al que llegar o desde el que partir. Retazos de miles de historias circulan por sus muelles y sus calles. Gente que parte, gente que regresa, y todos dejan su pequeña impronta en la atmósfera que lo rodea.

Esa tarde tres carruajes y dos caballos partieron de los muelles hacia el interior dejando tras ellos también una parte de su historia. Una historia de pérdidas, de venganzas, de familia y de amistad, de rencores y perdones, de promesas de futuro...

Porque, incluso tras la peor de las tempestades, siempre llega la calma.

Siempre.

EPÍLOGO

Condado de Kent, Inglaterra, abril de 1841.
Diez meses después

Warford Hall lucía esplendoroso. Totalmente renovado y reformado, brillaba como una gema bajo el tímido sol de abril. Recorrer sus pasillos y sus estancias se había convertido para Temperance Grace Whitaker en un modo de conjugar pasado y presente. A veces, incluso creía escuchar las voces de su padre y de tío Markus mientras jugaban una partida de ajedrez o charlaban junto al fuego. En otras, le parecía oír las risas de los niños que la llenarían en el futuro, continuando la historia de la familia.

Alexander la había acompañado de vuelta a Nueva York tres semanas después de los hechos de aquel día, dispuesto a iniciar una nueva vida junto a ella. Claudia Jane se había mostrado encantada y lo había recibido como a un miembro de la familia. Sin embargo, Temperance no había sido capaz de volver a habituarse a su vida allí. Al principio, pensó que solo era cuestión de tiempo, pero, tras varias semanas, seguía sin encontrar su lugar.

—Podríais volver a Inglaterra —le propuso Claudia Jane una tarde en la que la vio especialmente apática.

—No, no, estaremos bien aquí. Solo tengo que habituarme de nuevo —señaló ella, que procuró mostrar una expresión más alegre—. Además, da la sensación de que Alexander se está amoldando muy bien.

—Alexander te seguirá a cualquier lugar al que vayas —comentó la mujer—. Además, allí tienes a tu familia.

—Tú eres mi familia —replicó.

—De acuerdo —aceptó—, entonces nos mudaremos todos a Londres.

—¿Qué?

—Querida, soy lo bastante rica como para poder permitirme una casa en Inglaterra, o una docena si quisiera. Y, tras todo lo que me contaste en tus cartas, lo cierto es que siento una gran curiosidad por conocer el país más a fondo.

—Pero...

—Puedo pasar la mitad del año allí, incluso más —continuó la mujer, ilusionada para su sorpresa—. Y, cuando esté en Nueva York, Alexander y tú podéis venir a verme y a ocuparos de vuestros negocios aquí. De ese modo solo estaríamos realmente separadas dos o tres meses al año. Creo que es bastante aceptable, ¿no crees? Además, con las últimas mejoras en el transporte marítimo y esa nueva empresa en la que participa tu prometido, los viajes cada vez serán más rápidos y confortables.

—Tus amistades, tus negocios... todo está aquí —mencionó Temperance, un tanto preocupada.

—Haré amistades nuevas —rio la mujer—, ya sabes que tengo facilidad para esas cosas. Y en cuanto a mis negocios, nada que no puedan manejar durante mis ausencias un par de administradores bien escogidos y una nutrida correspondencia. Además, tengo intención de explorar las posibilidades que pueda ofrecerme Inglaterra, y el resto de Europa si es preciso. Mi lugar está junto a mi familia, pequeña, y esa familia eres tú.

Y así fue como ambas acabaron instaladas en Londres en noviembre de 1840, justo un año después de que Temperance hubiera iniciado su aventura en aquellas tierras. Claudia Jane adquirió una espaciosa mansión en Mayfair, muy cerca de lord Algernon, con quien enseguida hizo muy buenas migas. No era inusual verlos acudir juntos a algún evento y, si a la alta sociedad londinense le extrañó que el conde llevara a otra Americana del brazo, nadie se atrevió a cuestionarlo. Varios meses después, Claudia Jane se había convertido en uno de los pilares de esa misma sociedad y sus fiestas y actos benéficos atraían a todos los aristócratas británicos y a todos los magnates de la ciudad, sin distinciones.

Por aquel entonces, el juicio a Gordon Cleyburne ya se había celebrado. Fue condenado a varios años de prisión, aunque Temperance sospechaba que acabarían convertidos en solo unos meses. Ya no le importaba. La Corona, como había sospechado, le había arrebatado el título y las tierras, y se rumoreaba que irían a parar a un pariente lejano del antiguo barón, aunque aún no había dado señales de vida. De Ernestine lo único que se sabía era que había contraído matrimonio con Bryan Mulligan, el hermano del vizconde Craxton, un hombre sin título pero que parecía adorarla. Ambos se habían instalado en Liverpool, donde los ecos de los escándalos de un tal Cleyburne sonaban muy lejanos y donde ella había comenzado a destacar entre la élite de la ciudad por su refinamiento y buen gusto.

Desde la ventana del que sería el dormitorio principal, Temperance contemplaba a todos los invitados a su boda distribuidos por el jardín. Allí arriba, junto a ella, se encontraban Claudia Jane, Gwen, Harmony y Seline, que se había negado a quedarse en América. Entre todas la habían ayudado a vestirse con aquel precioso atuendo de seda y satén de color blanco, la nueva moda imperante para las novias. Allí abajo estaban los condes de Woodbury con toda su familia, y los condes de Abingdon, los padres de Gwen, junto a su esposo Phillip y sus dos hijos. Pronto se les uniría un tercero, que en ese momento aún dormía en el abultado vientre de su amiga. Los vizcondes de Bainbridge, sus tíos, ocupaban lugares de honor con Harold y Justin, y muy cerca de ellos lord Algernon, al que había visto charlar con Lionel Ashland, el reputado abogado, y su esposa.

Cerca de ellos se hallaban Jake y Eliot Colton junto con sus padres adoptivos, los barones Falmouth. Temperance había tenido la oportunidad de conocer a Nicholas y Madeleine Hancock y había congeniado enseguida con ambos, sobre todo con ella. Irradiaba una luz cálida y enérgica al mismo tiempo, y pensó que el cuadro de Edora Haggard, que le había parecido extraordinario, no le hacía del todo justicia. La condesa de Easton, por supuesto, también se encontraba allí en compañía de su esposo, Morgan Haggard.

Las personas importantes en su vida se habían reunido en aquellos preciosos y renacidos jardines para asistir a uno de los días más importantes de su vida. Solo faltaban dos. A una se había prometido ir a verla cada año a Cornualles. La otra descansaba no muy lejos de allí, en el cementerio familiar de los Barton donde, al fin, habían sido enterrados los restos de Jonathan, traídos desde Nueva York. Temperance se había propuesto que, cuando la ya anciana hermana de tío Markus falleciera, haría llevar los restos de aquel hombre maravilloso junto a los de su padre para que pudieran descansar juntos al fin.

Temperance se contempló en el espejo. A su lado, Harmony la miraba, arrobada.

—¿Lista? —le preguntó una Seline visiblemente emocionada al recolocarle los pliegues del vestido.

—Lista —contestó al tiempo que la tomaba con afecto de la mano.

Gwen se acercó hasta ella.

—Estás preciosa —le aseguró—. Como recién salida de un cuento.

Temperance rio. Claudia Jane se aproximó entonces para darle un beso en la mejilla y murmurarle unas palabras al oído.

—Si tu padre pudiera verte ahora, te garantizo que sería el hombre más feliz sobre la faz de la Tierra. Y Markus también.

—Lo sé —musitó, con la voz estrangulada.

—No la haga llorar, tía Claudia —pidió Harmony, divertida—. Acabará con la cara llena de manchurrones.

—Querida, me temo que acabará así de todos modos —rio la mujer.

Las cinco abandonaron la habitación. Fuera la aguardaba Moses, su fiel escudero, que se había negado también a separarse de ella. Ataviado con un traje elegante, le ofreció el brazo para bajar las escaleras.

Allí, al pie, la esperaba ya su tío Conrad. Lo vio apretar las mandíbulas al verla y, cuando la tuvo a su altura y los demás se retiraron unos pasos, le dio un beso en la frente.

—Hoy es un gran día, Grace —le dijo al oído—. Y me siento afortunado de ocupar el lugar que le correspondería a mi hermano.

Ella asintió, conmovida, y vio como las cuatro mujeres más importantes de su vida salían al exterior para ir a ocupar sus lugares. Unos segundos después, ella y su tío las siguieron.

Al fondo, junto al altar, vio a Alexander de pie junto a Harold y a Jake. La miraba con infinita dulzura y ella sintió un nuevo pellizco entre las costillas. Mientras avanzaba en su dirección, iba pensando en todos los pasos que había dado en su vida y que la habían llevado hasta allí, hasta ese lugar y ese momento. Rodeada de personas que la querían y a punto de convertirse en la esposa del hombre más excepcional del mundo.

—Espero que estés preparada para volver a cambiar de nombre —musitó él cuando la tuvo a su lado—, porque a partir de hoy serás Temperance Grace Lockhart.

—Por supuesto —murmuró ella.

Estaba preparada, en realidad, para cualquier cosa que les deparara el futuro. Porque, después de todo lo que había sucedido, estaba convencida de que solo podían ser cosas buenas.

Muy buenas.